Ellen Marie Wiseman

Das verlorene Medaillon

PIPER

Zu diesem Buch

Nach dem Tod ihrer Eltern muss die neunzehnjährige Emma Malloy nach Coal River zu reichen Verwandten ziehen, wo sie schon einmal als Kind mit ihrem Bruder für eine Weile gelebt hat. Die kleine Stadt – bedeckt mit dem schwarzen Staub der Kohle, die hier abgebaut wird, geprägt von der erschütternden Armut der Bergarbeiter – ist ihr verhasst. Ihr Bruder ertrank damals in den eisigen Fluten des Flusses, ein tragischer Unfall, an dem ihr Cousin Percy beteiligt war und Emma sich mitschuldig fühlt. Nun muss sie wieder mit Percy unter einem Dach wohnen, in dem Haus von Tante Ida und Onkel Otis. Die behandeln sie wie ein Dienstmädchen, doch unterwürfig gibt sich Emma nicht, ganz im Gegenteil: Je mehr sie über das entbehrungsreiche Leben der Bergarbeiter erfährt, umso mehr wird ihr Widerspruchsgeist geweckt. Während sie zunächst noch heimlich Lebensmittel an die Ärmsten verteilt und einigen Kindern Lesen und Schreiben beibringt, bekommt sie von dem attraktiven Minenarbeiter Clayton Nash unerwartet Hilfe im Kampf gegen das Unrecht in Coal River …

Ellen Marie Wiseman wurde in Three Mile Bay, einer kleinen Ortschaft im Bundesstaat New York, geboren. Sie besucht häufig ihre Verwandten in Deutschland und interessiert sich sehr für die deutsche Geschichte und Kultur. »Das verlorene Medaillon« ist der zweite Roman der Autorin. Wiseman lebt zusammen mit ihrem Mann, ihren beiden Kindern und drei Hunden am Ufer des Lake Ontario.

Ellen Marie Wiseman

Das verlorene MEDAILLON

Roman

Aus dem Amerikanischen
von Claudia Franz

PIPER
München Berlin Zürich

Mehr über unsere Autoren und Bücher:
www.piper.de
Aktuelle Neuigkeiten finden Sie auch auf Facebook, Twitter und YouTube.

Von Ellen Marie Wiseman liegt im Piper Verlag vor:
Die dunklen Mauern von Willard State

FSC
www.fsc.org
MIX
Papier aus verantwortungsvollen Quellen
FSC® C083411

Deutsche Erstausgabe
Februar 2017

Titel der amerikanischen Originalausgabe:
»Coal River«, Kensington, New York

Published by Arrangement with Kensington Publishing Group Corp., New York, USA
Dieses Werk wurde vermittelt durch die
Literarische Agentur Thomas Schlück GmbH, 30827 Garbsen.
Umschlaggestaltung und -abbildung: www.buerosued.de
Satz: Kösel Media GmbH, Krugzell
Gesetzt aus der Bembo
Druck und Bindung: CPI books GmbH, Leck
Printed in Germany ISBN 978-3-492-30982-0

Für meine Schätze,
Rylee, Harper und Lincoln –
ich kann gar nicht sagen, wie sehr ich euch liebe.

In herzlicher Erinnerung an unseren wundervollen
Freund Billy

KAPITEL 1

Coal River 1912

Am letzten Junitag jenes Jahres, in dem die Welt durch den Untergang der *Titanic* einen wahren Schock erlitten hatte, blieb der neunzehnjährigen Emma Malloy nur die Wahl, den nächsten Zug nach Coal River, Pennsylvania, zu nehmen oder in ein Armenhaus in Brooklyn geschickt zu werden. Der Arzt hatte sie aus dem Krankenhaus in Manhattan entlassen, die katholische Gemeinde hatte ihr ein Köfferchen mit ein paar Kleidungsstücken überreicht – einschließlich des gebotenen Trauergewands, einiger Unterwäsche, einer Nagelbürste und eines Stücks Seife –, und ihre Tante und ihr Onkel hatten Geld für die Fahrkarte gesandt. Kaum eine Stunde blieb ihr für die Entscheidung, dann taumelte sie auch schon wie in Trance vom Krankenhaus zum Bahnhof, verabschiedete sich von der Krankenschwester, stieg die Stufen zum Passagierwaggon hoch und begab sich zu ihrem Platz. Die Schwester hatte es als Wunder bezeichnet, dass Emma dem verheerenden Theaterbrand entkommen war – für diese zweite Chance solle sie ewig dankbar sein. Emma konnte aber nichts anderes denken, als dass sie nun eine Waise war. Was aus ihr wurde oder wo sie hinging, spielte keine Rolle. Wie schon ihr verstorbener Bruder Albert würden auch ihre Eltern immer bei ihr sein. Vor diesem entsetzlichen Kummer und dem unerträglichen Schmerz, der auf ihrer Brust lastete, gab es kein Entrinnen.

Zwei Tage später, als der Zug den langen Tunnel durch den Ash Mountain verließ und auf das hölzerne Gerippe der Brücke über den Coal River fuhr, schienen sich winzige Dornen in Emmas Haut zu bohren. Niemals hatte sie in diese abgeschiedene Bergbaustadt, die nach dem wilden, schwarzen Fluss der Gegend benannt worden war, zurückkehren wollen, das hatte sie sich geschworen. Aber da war sie nun und näherte sich in rasendem Tempo den unentrinnbaren Erinnerungen an jenen Tag, den sie um jeden Preis vergessen wollte.

Draußen vor den Zugfenstern lastete die unerbittliche Sommerhitze auf diesem Landstrich Pennsylvanias, als würde die Welt mitsamt den Dingen in einem gewaltigen Holzofen schmoren. Die Bäume ließen in der gleißenden Sonne ihre Äste hängen, die dürren Blätter wurden an den Rändern schon gelb. Über einen Monat hatte es nicht mehr geregnet. Der schwarze Fluss unter der Eisenbahnbrücke führte allerdings viel Wasser und wirbelte wie giftige Brühe an den Klippen vorbei. Stromaufwärts war das Ufer mit Bäumen und Dornengestrüpp zugewuchert, undurchdringlich für Mensch und Tier. In der Ferne fielen zerklüftete Berge zum Flussbett hin ab und versperrten mit ihren steilen Felswänden den Talausgang.

Emma dachte an das winzige Fläschchen mit der schwarzen Flüssigkeit in ihrem Kordelzugbeutel. Sie hatte es im Krankenhaus vom Nachtschränkchen geklaut, als die Krankenschwester gerade nicht hingeschaut hatte. Jetzt sehnte sie sich danach, den bitteren Geschmack der Gleichmut auf der Zunge zu spüren. Es waren aber nur noch wenige Schlucke von dem Laudanum übrig, und die wollte sie nicht vergeuden. Sie würde die Medizin weiß Gott noch brauchen, um die nächsten Tage zu überstehen. Also krallte sie die Fingernägel in den Stoffbezug der Armlehnen und zählte die Sekunden, bis der Passagierwaggon wieder festen Boden unter den Rädern hatte. *Vielleicht ist ja alles ganz anders jetzt*, dachte sie. *Vielleicht hat sich Onkel Otis ja verändert. Oder vielleicht bin ich auch nur nervös, weil der Zug über dieses Holzgestell rattert, mehr als hundert Meter über der Erde.* Sie hätte es gerne geglaubt. Aus ganzem Herzen. Aber sie war nicht gut darin, sich etwas vorzumachen.

Als der Zug schließlich das andere Ufer erreichte, schob sie einen Finger in den hohen Kragen ihres Trauergewands, wo der Bombasin-Stoff an ihrem Hals scheuerte. In dem brütend heißen Passagierwaggon fühlte sich das Kleid mit den schweren Ärmeln und dem engen Halsausschnitt wie eine Zwangsjacke oder eine Rüstung an, obwohl es etliche Nummern zu groß war. Gewiss, es gab immer noch Leute, die der Meinung waren, eine trauernde Tochter habe ein Jahr lang Schwarz zu tragen, aber warum mussten Trauergewänder so steif und unbequem sein? Als sei der Kummer nicht schon schlimm genug.

Wie sehr sie sich nach ihrem Matrosenkleid mit der lockeren Taille sehnte oder nach einer Sommerhose. Wenn es nach ihr gegangen wäre, hätte sie gleich in den ersten Minuten ihrer Reise das Korsett und die Baumwollhose unter ihrem Rock ausgezogen und sie aus dem Zugfenster geworfen. Sie hätte die Ärmel hochgekrempelt, die Hutnadeln gelöst und sich der Strumpfhose entledigt. Aber die entgeisterten Blicke der anderen Passagiere, als sie den Trauerschleier vom Hut gelöst und in ihre Handtasche gestopft hatte, hatten sie schnell eines Besseren belehrt.

Da Emma ihre Kindheit in Schauspielerkreisen verbracht hatte – zwischen Personen, die sich als Wikinger oder Piraten, Gespenster oder Bettler, Nonnen oder Ägypter verkleideten –, konnte sie einfach nicht verstehen, dass viele Leute ihre Mitmenschen nach der Kleidung beurteilten. Im Theater hatte niemand auch nur einen Gedanken daran verschwendet, wenn sie in Turnhose, Schiebermütze und Jungenhemd Programmzettel verteilt oder das Viertel erkundet hatte. Zugegeben, wenn sie flache Schuhe und eine Kniehose trug, wirkte sie mit ihrer zarten Gestalt eher wie ein pubertierender Knabe als wie eine junge Frau, und wenn sie ihr hüftlanges mittelbraunes Haar zu einem Zopf flocht, statt es nach der neuesten Mode einzudrehen, wirkte sie noch einmal jünger. Aber mit langer Pluderhose und Korsett durch den Central Park zu radeln wäre kaum möglich gewesen, und mit Absätzen und Röcken konnte man eben nicht während der Proben auf den Hebebühnen herumklettern. Ihre Mutter pflegte zu scherzen, dass sie nicht einen, sondern zwei Söhne habe, und ihr Vater hatte immer gesagt, dass Emma mit ihren winzigen Händen, der Stupsnase und dem Herzmund wie eine lebensgroße Porzellanpuppe aussehe. Meine kleine Liliputanerin, hatte er sie immer genannt. Ihre Eltern hätten nichts dagegen gehabt, wenn sie das Trauergewand abgelegt und ihre eigenen Sachen angezogen hätte.

Nur dass das Trauergewand nebst dem Baumwollrock, der Bluse mit dem Schalkragen und dem Musselin-Nachthemd in dem abgewetzten Koffer alles war, was sie besaß. Ihre eigenen Sachen, einschließlich des Matrosenkleids und ihrer Lieblingshose, waren fort. Im Feuer zu Asche verbrannt.

Das Feuer. Die Worte bohrten sich ihr wie ein Messer ins Herz.

Gelächter und Gespräche wogten durch den Passagierwaggon und hallten zusammen mit dem Klappern der Eisenräder und dem Schnaufen der Lokomotive in Emmas Ohren wider. In wenigen Minuten, wenn der Zug anhalten würde, müsste sie aufstehen und aussteigen. Nichts weiter. Es bestand kein Grund, darüber nachzudenken, was dann kam. Das Atmen war schon schwer genug. Schließlich bremste der Zug mit einem Zittern, näherte sich in einer großen, langsamen Kurve dem Bahnhof und gab den Blick auf die Ebene frei, die wie eine Schwarz-Weiß-Zeichnung aus einem Schulbuch vor ihr lag.

Umgeben von Gipfeln, auf denen kaum Bäume und Blätter

wuchsen, schmiegte sich das Städtchen Coal River an den Fuß des Bleak Mountain, eine verstreute Ansammlung von Holzhäusern, Steingebäuden, Geschäften und Saloons. Schotterstraßen und unbefestigte Wege führten durch die Stadt hindurch oder um sie herum, um sich dann in Richtung der Schluchten und Täler zu verlieren oder zur Bergarbeitersiedlung anzusteigen und noch darüber hinaus. Wie die dunklen Beine einer Riesenspinne zogen sie sich über die Erde.

Fast schon am Fuße des Hauptgipfels ragte hinter einem Kirchturm der neunstöckige Kohlebrecher der Bleak Mountain Mining Company auf. Wie eine gewaltige Kreatur, die unentwegt dunklen Qualm aus ihren schwarzen Nüstern blies, hockte er über der Stadt. Er bestand aus einem Sammelsurium wild aufeinandergestapelter Blöcke, als würde man jedes Jahr etwas anbauen, ohne allzu sehr über den Gesamteindruck nachzudenken. Die Stockwerke erkannte man an den Reihen kleinteiliger Sprossenfenster. Auf dem Dach wiederum befand sich eine merkwürdige Erhöhung, als habe man im letzten Moment noch ein Miniaturhaus ganz oben aufgesetzt. Zum obersten Stockwerk führte ein Holzgerüst mit Schienen, das Emma an die Achterbahn auf Coney Island erinnerte – die einzige Attraktion, die zu betreten sie sich strikt geweigert hatte, weil sie in schwindelerregende Höhen aufragte. Um den Kohlebrecher herum verteilte sich der Rest des Bergwerks: Schornsteine, ein Labyrinth aus Gebäuden und Schuppen, Eisenbahnschienen, Rohre, Straßen und Dampfmaschinen. Am Rand des Geländes lagerte in großen Halden der Abraum, aus dem dichter weißer Qualm aufstieg. Als Kind hatte sich Emma immer vorgestellt, dass das rote, blaue und orangefarbene Glühen der schwelenden Kohlereste der Widerschein des Höllenfeuers sei.

Rechts vom Bergwerk, ein Stück den Hang hinauf, gruppierten sich um ein tiefes Loch herum die Häuser der Bergarbeiter. Emma war nie in der Bergarbeitersiedlung gewesen, aber sie hatte die Kinder, die dort wohnten, fernab vom steifen Prunk der besseren Gesellschaft von Coal River, immer beneidet. Sie hatte sich vorgestellt, dass sie durchs Gras liefen und auf Bäume kletterten und bis zum Sonnenuntergang draußen bleiben durften, um dann barfuß auf der Veranda zu sitzen und Limonade zu trinken. Tante Ida hätte ihr die Ohren lang gezogen, wenn sie draußen die Schuhe ausgezogen hätte, auf einen Baum geklettert wäre oder sich das Kleid schmutzig gemacht hätte. Ihre Tante legte Wert darauf, dass man beim Teetrinken den kleinen Finger abspreizte, und ließ Emma gelegentlich mit Büchern auf dem Kopf herumlaufen, damit sich ihre Haltung verbesserte. Emma hätte nicht sagen können, wie oft sie daran gedacht hatte, mit ihrem Bruder davonzulaufen und sich in der Bergarbeitersiedlung zu verstecken, bis ihre Eltern aus New York zurückkommen würden. Vielleicht hätte sie es tatsächlich getan, wenn Albert nicht gestorben wäre.

Aus dem Augenwinkel sah sie etwas Rotes aufblitzen, und als sie nach links schaute, lief ihr ein weiterer Schauer über den Rücken. Auf einem Hügel am nördlichen Stadtrand stand ein dreistöckiges Herrenhaus, umgeben von Kiefern und einem penibel gestutzten Rasen. Das rote Dach leuchtete in der Nachmittagssonne. Das Anwesen sah noch genauso aus wie damals, bis hin zum Marmorbrunnen im Vorgarten. Plötzlich hatte Emma eine Gänsehaut. Dann raubte ihr der Lokschuppen die Sicht auf das Anwesen.

Der Zug verlangsamte das Tempo, und die Eisenräder blockierten quietschend, wieder und wieder. Die Passagiere standen auf und sammelten ihre Sachen zusammen, froh, nach der langen Fahrt endlich aussteigen zu können. Emma blieb sitzen und lugte aus dem Fenster, einen Kloß im Hals. Der Bahnsteig wimmelte von Menschen – Männern mit Weste und

Strohhut, Kindern in sommerlichem Weiß und Frauen im Reisekostüm, die sich mit Papierfächern Luft zuwedelten. Auf der linken Bahnhofseite standen Polizisten mit Schirmmützen und knielangen Militärjacken, Winchester-Gewehre an die Brust gedrückt. Sie versperrten einem Trupp finsterer Bergarbeiter mit abgerissenen Mänteln, Schiebermützen und speckigen Melonen den Weg. Allen Menschen schien die Hitze zuzusetzen.

Emma dachte kurz darüber nach, einfach im Zug sitzen zu bleiben oder wieder zurückzufahren. Aber wohin zurück? Nach Hause? Die winzige Wohnung ihrer Eltern über dem Theater gab es nicht mehr, da sie mitsamt Inventar in Flammen aufgegangen war. Außerdem hatte sie keine Zugfahrkarte. In ihrer Handtasche befanden sich nichts als das Laudanum, eine leere Kleingeldbörse und der Trauerschleier.

Sie biss sich auf die Lippe und suchte die wartende Menge nach Onkel Otis ab. Schließlich sah sie ihn gegenüber von den Polizisten stehen, im Gespräch mit einem jungen Mann in Cutaway und Zylinder. Ihr Onkel war groß und drahtig; die Haut spannte sich über Gesicht und Finger wie bei einer Rinderhälfte, die man zum Trocknen in die Sonne gehängt hat. Sein weit nach unten gezogener Schnurrbart und die Koteletten waren von grauen Strähnen durchsetzt. Wie furchtbar alt er aussah, dachte Emma, wie hart und verbraucht durch das Leben und seine Liebe zum Whisky.

Immerhin hatte ihr die Zugfahrt die Zeit verschafft, einen Plan auszuhecken, wie sie aus Coal River wieder herauskommen konnte. Wenn sie es richtig anstellte, würde Onkel Otis sicher darauf anspringen. Das hoffte sie wenigstens. Nein, sie betete darum, obwohl sie seit Alberts Tod nicht mehr betete. Wenn ihr Plan fehlschlug, wusste sie nicht, was sie tun sollte. Jedenfalls würde sie nicht den Rest ihres Lebens an diesem Ort verbringen können.

Draußen auf dem Bahnsteig nickte der Mann mit dem Zylinder auf eine Äußerung von Onkel Otis hin. Gleichzeitig ließ er seine schmalen Augen über die einzelnen Zugwaggons wandern. Der schlaksige Körper und die O-Beine kamen Emma vertraut und gleichzeitig fremd vor, als sei sie diesem Mann in einem anderen Leben begegnet. Dann erkannte sie das flache, blasse Gesicht, das wie ein Brett mit Nase und Glupschaugen aussah. Es war ihr Cousin Percy, der mittlerweile in die Höhe geschossen war. Innerlich musste sie stöhnen. Percy war immer noch hier. Percy, der ihr wie ein Hündchen gefolgt war, bis sie ihm die Lippe blutig geschlagen und ihm erklärt hatte, er möge sie in Frieden lassen. Percy, der ihnen Streiche gespielt und ihre Bettlaken verknotet hatte. Und der sie an dem Tag, als Albert ertrank, an den Fluss gelockt hatte.

Emma spürte, wie sämtliches Blut aus ihrem Gesicht wich, als sie das Grauen unvermittelt wieder vor sich sah: ihr achtjähriger Bruder mit seiner roten Mütze und den Winterstiefeln, die Augen weit aufgerissen, als das Eis nachgab und seine nackten Hände auf der Suche nach Halt über die spiegelglatte Oberfläche rutschten. Sie hörte seine Schreie und seine Stimme, die panisch ihren Namen rief. Und dann war er verschwunden, fortgerissen von der schnellen, kalten Strömung des Coal River. Der Ausdruck von Entsetzen und Verwirrung in seinen Augen, bevor er unterging, hatte sich ihr ins Gedächtnis eingebrannt und verfolgte sie seither.

Sie blinzelte gegen die Tränen an und versuchte krampfhaft, das Bild zu verdrängen, wie er unter dem Eis gefangen war, die dunklen Locken in der Strömung wallend, die Augen blind und leer. Schon die Vorstellung war schier unerträglich. *Du warst erst zehn. Du hattest ihn gewarnt, er solle nicht aufs Eis gehen.* Und im nächsten Moment: *Aber er war überhaupt nur wegen dir unten am Fluss.*

Sie berührte die Stelle am Dekolleté, wo das Silberamulett ihrer Mutter gehangen hatte, bevor es mit Albert unter dem Eis verschwunden war, und plötzlich hatte sie das Gefühl, ins Nichts zu fallen. Sie musste sich an ihren Sitz klammern, um nicht umzukippen. Seit sie vor vier Tagen im Krankenhaus aufgewacht war, hatte sie immer wieder unter nervösen Anfällen gelitten, aber dieses Mal war es so heftig, dass Übelkeit und Schwindel übermächtig wurden. Wie hatte sie nur nach Coal River zurückkehren können? Wie sollte die Entscheidung, ins Haus ihres Onkels zurückzuziehen, wo sie mit Albert während der Arbeitssuche ihrer Eltern vier elende Monate verbracht hatte, ihr verkorkstes Leben retten? Dann kam ihr ein anderer Gedanke, bei dem sich sofort ihr Magen zusammenkrampfte.

Vielleicht ist das die gerechte Strafe.

Der Zug bebte ein letztes Mal, stieß eine Dampfwolke aus und kam mit einem derartigen Ruck zum Stehen, dass die Passagiere, die schon aufgestanden waren, auf ihre Plätze zurückplumpsten. Emma erhob sich mit zitternden Knien, strich mit den Händen über die Seiten ihres steifen Kleids und nahm ihren Koffer. Als der letzte Fahrgast den Waggon verlassen hatte, raffte sie den schweren Saum ihres viel zu langen Kleids hoch und begab sich mit pochendem Herzen zum Ausgang. Es war, als würde sie sich selbst beobachten, in einem Traum oder auf einer Leinwand mit bewegten Bildern. Im selben Moment, als sie aus dem Waggon stieg, schlug sie die Hand vor den Mund, da der faulige Schwefelgeruch, den der schwelende Abraum verströmte, die schreckliche Wahrheit bestätigte: Sie war zurück in Coal River.

Nachdem Albert gestorben war und ihre Eltern sie nach Manhattan zurückgeholt hatten, hatte dieser Geruch monatelang in ihren Kleidern gehangen, sooft ihre Mutter sie auch gewaschen hatte. Jahrelang waren die Ausdünstungen der brennenden Kohlereste durch ihre Albträume gegeistert und morgens wie ein penetrantes Parfum aus ihrem Kissen aufgestiegen. Eines Tages waren sie dann fort gewesen, und sie hatte gedacht, diesen Pestgestank nie wieder riechen zu müssen.

Sie kämpfte gegen den Würgereiz an und schüttelte den Kopf, als ihr der Kofferträger seine Dienste anbot. Um sie herum wuselte es von Reisenden, die sich mit ihrem Gepäck abmühten und ihren wartenden Freunden und Verwandten zuwinkten oder etwas zuriefen. Emma stellte sich auf die Zehenspitzen, um über Schultern und Rücken hinwegschauen zu können, und suchte in der Menge nach Onkel Otis und Percy.

Zwei Waggons weiter stieg eine Gruppe Männer in abgetragenen Jacken und Arbeitshosen aus dem Zug, die Mienen finster. Die Bergleute auf dem Bahnsteig schrien, sie sollten dorthin zurückgehen, wo sie hergekommen seien, und warfen mit Steinen und Stöcken nach ihnen. Die Polizei drängte die Bergleute zurück und forderte sie auf, sich zu beruhigen. Im nächsten Moment durchbrach ein Bergmann die Sperre und rannte auf den Zug zu. Vier Polizisten richteten ihre Gewehre auf seine Kollegen, während sich drei andere den Ausbrecher schnappten, ihn zu Boden warfen und ihm die Arme auf den Rücken drehten. Emma eilte geduckt zum Bahnhofsgebäude und versuchte sich daran zu erinnern, wo sie ihren Onkel gesehen hatte. Plötzlich griff eine starke Hand nach ihrem Koffer, und sie fuhr herum, bereit, sich zu wehren. Percy lächelte, entwand ihr den Koffer und tippte sich zum Gruß an den Zylinder. Seine Wimpern waren so hell, dass man sie kaum sehen konnte, und sein blondes Haar wirkte fast weiß.

»Hallo, Emma«, sagte er. »Es tut mir leid, dass du unter so traurigen Umständen nach Coal River zurückkehrst, aber es ist schön, dich zu sehen.«

Sie nickte. »Percy«, sagte sie.

In diesem Moment durchbrach ein Bergmann in einem abgerissenen Mantel die Phalanx der Polizisten und rannte mit wutentbranntem Gesicht auf Onkel Otis zu. Ein Polizist fing ihn ab, schlang ihm einen Arm um den Hals und zerrte ihn über den Bahnsteig zurück. Ein zweiter Polizist eilte ihm zu Hilfe und legte dem Mann hinter dem Rücken Handschellen an.

»Was in aller Welt ist hier los?«, fragte Emma.

»Zurzeit drehen die Leute einfach durch«, sagte Percy. »Das ist die Hitze.«

»Aber warum bewerfen die Bergarbeiter diese Männer mit Steinen?«

Er schaute über die Schulter, als würde er den Tumult jetzt erst bemerken. »Das sind Einwanderer«, sagte er. »Die Bergleute denken, dass sie ihnen die Arbeit wegnehmen.« Er hielt ihr den Ellbogen hin und fragte, ob er sie durch die Menge geleiten dürfe. »Wollen wir?«

Sie raffte den Rocksaum hoch und nahm widerwillig seinen Arm. »Meinetwegen.«

»Du siehst noch genauso aus wie früher«, sagte er. »Ich meine, ich wollte sagen, du siehst wunderschön aus.«

Sie lächelte ihm schmallippig zu und betrachtete dann beflissen die Gesichter der Umstehenden, um sich seinem bohrenden Blick zu entziehen. Zweifellos war er erstaunt, dass sie immer noch so klein war, obwohl seit ihrem letzten Besuch neun Jahre vergangen waren. Es würde sicher nicht lange dauern, bis er sich über ihre Körpergröße lustig machen würde. Er führte sie durch die Menschenmenge und schob die Leute mit Emmas Koffer aus dem Weg. In der Nähe des Fahrkartenschalters stand Onkel Otis und sprach mit einem Polizisten. Sein Gesicht war knallrot, seine Augenbrauen gerunzelt.

»Notieren Sie die Namen aller Männer, die Unruhe stiften!«, sagte er.

»Ja, Mr. Shawcross«, sagte der Polizist.

»Vater«, sagte Percy. »Schau mal, wer hier ist.«

Onkel Otis lächelte und breitete die Arme aus. »Willkommen zurück, Emma«, sagte er. »Es tut mir leid, was mit deinen Eltern geschehen ist, aber es ist eine Freude, dich zu sehen.«

»Guten Tag, Onkel.« Sie spannte die Kiefermuskeln an und drehte den Kopf beiseite, damit er sie umarmen konnte.

»Gütiger Gott, junge Dame«, zischte er ihr ins Ohr. »Wo ist dein Trauerschleier? Hast du denn keinen Anstand im Leib?«

Sie entzog sich ihm, klammerte sich an ihren Beutel und nestelte an der Kordel herum. »Den habe ich im Zug abgenommen«, sagte sie. »Es war einfach zu unbequem, ihn auf der ganzen Fahrt zu tragen.«

»Nun, jetzt bist du aber angekommen«, sagte Onkel Otis und rang sich ein Lächeln ab. »Bevor wir durch die Stadt fahren, musst du ihn wieder anlegen.«

Sie zuckte mit den Achseln. »Es tut mir leid, aber das geht nicht«, erklärte sie. »Im Zug war es unerträglich heiß, und als ich das Fenster geöffnet habe, wurde er vom Fahrtwind rausgesogen.«

Onkel Otis runzelte die Stirn. »Mit so etwas kann ich mich jetzt nicht abgeben«, sagte er. »Die Bergleute machen mir schon genug zu schaffen. Bring sie nach Hause, Percy, und komm dann wieder zurück. Sag deiner Mutter, dass sie Emma alles zeigen soll.«

»Ja, Sir«, sagte Percy.

Onkel Otis wollte schon gehen, blieb dann aber noch einmal stehen und drehte sich zu Percy um. »Nimm Nebenstraßen«, sagte er leise.

Hinter ihm durchbrach eine Gruppe Bergarbeiter den Ring der Polizisten, rannte über den Bahnsteig und warf den Einwanderern obszöne Schimpfworte an den Kopf. Die Polizisten eilten hinterher und holten sie ein zweites Mal zurück. Onkel Otis lief gestikulierend auf den Tumult zu. Als ein Schuss fiel, packte Percy Emma am Arm, schob sie durch eine Tür und bugsierte sie dann durchs Bahnhofsgebäude hindurch.

Die unbefestigte Straße auf der anderen Seite des Lokschuppens wimmelte von Pferden, Fuhrwerken, Fußgängern, Automobilen und Fahrrädern. An einem Bohlenweg parkte ein gelber Ford Tin Lizzie. Die hohen, weißen Räder waren grau gesprenkelt, und die goldenen Scheinwerfer und die niedrige Windschutzscheibe waren mit einer feinen schwarzen Staubschicht überzogen. Wie auf allen Dingen in Coal River – Gebäuden, Fenstern, Bürgersteigen, den Vordächern der Läden, den Telefonmasten, dem Boden – hatte sich der Kohlenstaub auch auf dem Wagen abgesetzt. Percy öffnete die Beifahrertür und half Emma hinein. Sie zerrte die schwarzen Fluten ihres Rocks hinter sich her und drapierte sie um ihre Füße, dann lehnte sie sich zurück und schaute sich um.

Ein paar Meter weiter, auf der anderen Straßenseite, war ein Junge mit einer viel zu großen Kappe und einer ausgefransten Jacke an einem mit verrußten Handzetteln beklebten Telefonmast niedergesunken, den leeren Blick auf die Passanten und Pferdewagen gerichtet. Sein Gesicht war aufgedunsen und blass, die eingesunkenen Augen silbrig. Sein dunkles, dichtes Haar erinnerte an das von Albert. Sein linkes Bein war verkümmert und steckte in einer Metallschiene. Die ramponierten Stiefel und die Enden seiner Krücken ragten über die Bordsteinkante hinaus auf die Straße.

Hinter ihm saßen zwei ältere Jungen auf einer Holzkiste und rauchten, der Straße den Rücken zugewandt. Ein Polizist näherte sich den dreien, trat gegen die Krücken und forderte den Jungen barsch auf, er solle Platz machen. Mühsam versuchte der Junge, auf die Beine zu kommen, während der Polizist neben ihm stand und darauf wartete, dass er seiner Anordnung Folge leistete. Emma wollte schon aussteigen, um zu helfen, aber im nächsten Moment zogen die älteren Jungen ihn hoch und gingen mit ihm davon.

Percy stellte ihren Koffer auf die Rückbank, kletterte auf den Fahrersitz und ließ den Motor an. Dann nahm er seinen Zylinder ab und setzte eine Autofahrerbrille und eine Lederhaube auf.

»Bereit?«

Sie nickte, eine Faust auf den krampfenden Magen gepresst. Percy zog vom Bürgersteig weg und lenkte den Wagen auf die betriebsame Straße, wo er um Spurrillen herumfuhr und langsame Pferde und streunende Kinder aus dem Weg hupte. Auf den Bohlenwegen blieben Frauen stehen, um ihnen nachzuschauen und hinter ihren behandschuhten Händen zu tuscheln. In jedem Block patrouillierten Polizisten und gingen, Gewehr über der Schulter, Straßen und Bürgersteige ab. Einige hoben die Hand zum Gruß, andere hielten den Kopf gesenkt und spuckten Tabaksaft auf den Boden oder rauchten.

Emma konnte sich nicht erinnern, bei ihrem letzten Aufenthalt so viele Polizisten auf der Straße gesehen zu haben. Sie wollte sich schon bei Percy nach dem Grund erkundigen, aber der Motor machte einen Höllenlärm, und ihr war auch nicht nach Reden zumute. Ansonsten stellte sie bestürzt fest, wie wenig sich in Coal River getan hatte. Es war, als sei sie in der Zeit zurückgereist, in eine unveränderte Welt, die in Erwartung ihrer Rückkehr erstarrt war.

Auch der zweigeschossige Einkaufsladen der Bleak Mountain Mining Company mit seinen Ziegelschornsteinen, der abgeblätterten roten Holzverkleidung und den schwarzen Fensterläden war noch wie früher. Und wie früher saßen Alte in Schaukelstühlen und auf Hockern auf klapprigen Veranden und schnitzten oder spielten auf umgedrehten Fässern Schach. Das Schild mit der eingebrannten Aufschrift »Müllkippe« war immer noch an den Eselsstall genagelt, und die schmale Straße, die am Stadtpark vorbeiführte, hatte nach wie vor tausend Schlaglöcher.

Auf dem Bürgersteig kam ihnen eine alte Frau mit weißen Zöpfen entgegen, humpelnd und so tief vornübergebeugt, als wolle sie etwas vom Boden aufheben. Neben ihr ging ein Junge auf Holzkrücken, das leere Hosenbein unten zugebunden. Emma erstarrte. Der Junge hätte Alberts Zwilling sein können. Er hatte denselben Schopf dichter schwarzer Haare, dieselben braunen Sommersprossen auf der Nase, dieselben vorstehenden Zähne. Als Percy an ihm vorbeifuhr, drehte sich Emma um, unfähig, den Blick von dieser Erscheinung loszureißen. Der Junge drehte ebenfalls den Kopf und schaute ernst zurück. Dann hielt er inne und runzelte die Stirn, als habe er sie erkannt.

Die eiskalten Finger der Angst schnürten ihr die Kehle zu. War das alles nur ein furchtbarer Albtraum? Hatte Albert die ganze Zeit gelebt, gefangen in Coal River, und nur darauf gewartet, dass sie ihn hier herausholte? Aber warum war er nicht älter geworden? Und was war mit seinem Bein geschehen?

Schließlich drehte sich der Junge wieder um und ging weiter, offenbar wenig beeindruckt von dieser Begegnung. Emma richtete den Blick auf die Straße, und der fahle Hauch der Trauer durchwehte sie. Das Gefühl, ins Nichts zu fallen, kehrte mit einer solchen Macht zurück, dass sie sich mühsam beherrschen musste, um nicht nach Percys Arm zu greifen.

Nein, dachte sie. *Albert ist tot. Ich habe seinen gefrorenen Körper selbst gesehen, als er zwischen den Eisschollen unter dem Gerüst der Eisenbahnbrücke aus dem Wasser gezogen wurde. Ich war dabei, als sein kleiner Sarg an einem strahlenden Wintertag auf dem Freedom Hill Cemetery in die Erde gesenkt wurde. Ich habe den eiskalten*

Wind gespürt, der vom Bleak Mountain herabpfiff. Ich habe gesehen, wie meine Mutter schluchzend in den Armen meines Vaters lag. Es kann nicht Albert sein.

Sie atmete tief ein, hielt die Luft an und versuchte, gegen die aufsteigende Panik anzukämpfen. Würde das jetzt so weitergehen? Würde jeder kleine Junge in Coal River sie an Albert erinnern? Würden sie alle verletzt oder verkrüppelt sein? Oder verlor sie endgültig den Verstand?

Vielleicht hätte sie doch in einem Armenhaus in Brooklyn ihr Glück suchen sollen.

KAPITEL 2

Percys Ford T quälte sich die steile Steigung des Flint Hill hoch. Zu beiden Seiten der Straße fiel der Wald zum Tal hin ab. Rechts konnte Emma ins Zentrum von Coal River hinabschauen, zur Linken thronte Flint Mansion über der Stadt. Das Herrenhaus im italienischen Stil lag inmitten eines penibel gestutzten Rasens, mächtig und weitläufig, mit sanft geneigten Dächern und breiten Traufrinnen. Eine mehrfach abgestufte Veranda zog sich um das Erdgeschoss herum, die weiß gestrichene, schmiedeeiserne Brüstung auf den Fassadenschmuck abgestimmt. An der höchsten Stelle des Gebäudes überwölbte eine überdimensionale achteckige Kuppel das rote Ziegeldach wie ein Miniaturleuchtturm.

Emma lief ein Schauer über den Rücken. Fröstelnd schaute sie zu dem Haus hinauf und fragte sich, ob ein Gebäude seine Einwohner mit einem Fluch belegen konnte. Der Skandal und der Todesfall, die sich mit diesem Herrenhaus verbanden, hatten sich Jahre vor ihrer Geburt zugetragen, aber die tragische Legende, die daraus erwachsen war, würde feierlich von Generation zu Generation weitererzählt werden.

Die Geschichte von Hazard Flint und seiner Frau Viviane war das Einzige, was in Coal River den Rang einer lokalen Legende beanspruchen durfte. Viviane, die Alleinerbin der Bleak Mountain Mining Company, war, kaum sechzehnjährig, in einer arrangierten Ehe mit Hazard Flint verheiratet worden. Zwei Monate später starben ihre Eltern auf dem Weg nach Chicago bei einem Zugunglück, und Hazard übernahm den gesamten Besitz. Laut Haushaltshilfe war er verschlagen und hartherzig und übte neben der Herrschaft über die Bergwerksgesellschaft auch die über seine Frau aus. Nach der Geburt ihres Sohns Levi bestand Viviane auf getrennten Schlafzimmern. Als sie nach fünf Jahren einen zweiten Jungen gebar, fragten sich alle, ob Hazard sich verändert hatte oder ob das Kind aus einer Affäre hervorgegangen war. Als das Baby erst sechs Tage alt war, wurde es von dem Kindermädchen und dem Knecht entführt. Die beiden hinterließen eine Nachricht in der Wiege, dass sie zehntausend Dollar verlangten, um den Jungen wohlbehalten wieder zurückzubringen. Hazard hinterlegte das Geld, wie vereinbart, auf dem Weg hinter der Schmiede, aber das Kind ward nie wieder gesehen.

Gerüchten zufolge war es Hazard, der Viviane fand, als sie im Sommer 1889 an den Streben der Kuppel hing. Auf dem Zedernholzboden zu ihren Füßen lag ein tränenbenetzter Abschiedsbrief, in dem sie erklärte, dass sie ohne ihr Baby nicht weiterleben könne. Von diesem Moment an weidete sich die Jugend von Coal River an der gruseligen Fantasie, ein weiblicher Geist stehe an den Kuppelfenstern und warte auf die Rückkehr des Kindes. Und in all den Jahren mussten viele Jungen vom Grundstück verjagt werden, weil sie am Gitter vor der Kinderstube hochgeklettert waren, um einen Blick in den Raum zu werfen, in dem seit dem Verschwinden des Jungen angeblich nichts mehr verändert worden war.

Emma sah die dunkel getäfelten Flure, die Perserteppiche, die überdimensionalen Möbelstücke und die Ölporträts an den Wänden immer noch vor sich. Sie roch noch das alte Holz und den Putz, als habe sie Sägespäne oder kalten Haferflockenschleim im Mund. Warum hatte sie vor all den Jahren keinen anderen Ausgang gefunden? Wäre sie durch ein Seitenfenster oder eine Verandatür hinausgeschlüpft, würde Albert jetzt vielleicht noch leben.

Sie dachte an den Winter zurück, als Percy und seine

Freunde Albert dazu verleiten wollten, heimlich in das Herrenhaus einzudringen. Wochenlang hatten sie ihm zugesetzt, hatten sich über seine städtische Kleidung lustig gemacht und ihn wegen seiner dichten Locken »Mädchen« genannt. Eines Tages dann, als Emma im Laden der Bergwerksgesellschaft Kartoffeln gekauft hatte und auf dem Rückweg war, sah sie, wie Percy und seine Freunde über die schneebedeckte Hecke vor Flint Mansion lugten und kichernd Wetten abschlossen, ob der Junge, der sich auf das Grundstück gewagt hatte, geschnappt werden würde. Als Percy ihr erzählte, dass sie Albert versprochen hatten, ihn nicht mehr aufzuziehen, wenn er zum Beweis seiner Heldenhaftigkeit etwas aus der Kinderstube stahl, warf sie den Kartoffelsack nach ihm und rannte los, um ihren Bruder zu befreien.

Auf Zehenspitzen schlich sie sich durch die Gartenveranda, schlüpfte durch eine Hintertür ins Haus und stahl sich durch die Sommerküche in einen rückwärtigen Flur. Auf halbem Weg stand eine Tür auf, und eine sanfte, rhythmische Stimme drang heraus, als würde jemand etwas vorlesen. Dicht an die Wand gepresst, schob sie sich mit zitternden Beinen vorwärts und lugte um den Türrahmen herum. In dem Raum saßen an einem Mahagonitisch eine ältere Frau und ein blasser, dunkelhaariger Junge und beugten die Köpfe über ein offenes Buch. Es waren eine Hauslehrerin und Vivianes erster Sohn Levi, der Tante Ida zufolge fast wie ein Gefangener gehalten wurde, weil Hazard Flint Angst hatte, ihn auch noch zu verlieren. Emma wechselte auf die andere Seite des Flurs, huschte schnell an dem Raum vorbei und fragte sich, was Mr. Flint wohl davon halten würde, wenn er wüsste, wie leicht man in sein Haus eindringen konnte.

Sie fand Albert oben in der Kinderstube, wo er zitternd und schluchzend neben einer mit Spinnennetzen überwucherten Wiege hockte, eine staubige Rassel in der Hand und den Hosenstall nass. Sie entwand ihm die Rassel, warf sie wieder in die Wiege und führte ihn aus dem Raum. Auf dem Weg nach unten wiederholte Albert unentwegt, dass im Spiegel in der Kinderstube Vivianes Geist erschienen sei und mit seinem knorrigen Finger auf ihn gezeigt habe. Ein Nachthemd habe er getragen und eine Schlinge um den Hals, und aus seinem Mund habe eine geschwollene schwarze Zunge gehangen.

Emma versuchte, ihren Bruder zu beruhigen, und begab sich mit ihm auf dem schnellsten Wege aus dem Herrenhaus hinaus: durch die Eingangshalle zur Vordertür und von dort ins Freie. Percy und seine Freunde warteten am Ende des Bürgersteigs. Sie lachten, zeigten auf Alberts nasse Hose und verspotteten ihn, als er schwor, Vivianes Geist gesehen zu haben. Als Percy ihn zu Boden schubste, verpasste Emma ihrem Cousin einen Faustschlag auf die Nase. Dann packte sie ihren Bruder am Mantel, zog ihn hoch und drehte sich um. Bevor sie allerdings gehen konnten, hielt Percy sie am Arm fest, riss ihr das Amulett ihrer Mutter vom Hals und rannte die Straße hinab. Sie jagte ihm und seinen Freunden hinterher, dicht gefolgt von Albert. Ihr Bruder bettelte, sie möge die Jungen laufen lassen, Percy würde das Amulett sicher später mit nach Hause bringen. Aber sie hörte nicht auf ihn und rannte weiter. Bis hinunter zum Fluss liefen die Jungen, Emma immer hinterher.

Als sie das Ufer erreichten, hielt Percy das Amulett so, dass Emma nicht herankam, und lachte. Sie trat ihm in den Schritt, und er ließ das Amulett in den Schnee fallen. Einer seiner Freunde hob es auf und warf es hinaus aufs Eis. Und Albert lief los, um es zu holen.

Emma gab sich alle Mühe, die Erinnerungen zu vertreiben, damit die Finsternis sie nicht verschlang.

Percy merkte, dass sie zum Herrenhaus hochsah, und verlangsamte das Tempo. »Hazard Flint wohnt immer noch da!«, rief er über den Motorenlärm hinweg.

Sie fixierte die Straße, ihr Mund war staubtrocken.

»Levi auch«, sagte Percy. »Er arbeitet für Mr. Flint. Es ist nur eine Frage der Zeit, bis er alles erbt.«

Emma erwiderte nichts. Sie schien in einem Albtraum gefangen, dem nie ein Morgen folgen sollte. Vielleicht war sie ja doch bei dem Theaterbrand ums Leben gekommen, und dies war nun die Hölle. Percy trat aufs Gaspedal und schaltete mühsam herunter, um so die steile Straße zum Haus seiner Eltern hinaufzukommen.

Onkel Otis und Tante Ida wohnten in einem gelben, dreigeschossigen Queen-Anne-Haus mit einem Ecktürmchen und Giebeln mit Schnitzwerk. Das Anwesen lag weit genug vom Bergwerk entfernt, um vom unsichtbaren Kohlenstaubregen verschont zu bleiben. Große Kiefern, Berglorbeer und Fliederbüsche rahmten das große Grundstück ein, auf den runden Veranden standen Korbmöbel und Kübel mit Farnpflanzen, und am Vorderzaun rankte sich Schwarzäugige Susanne empor. Percy parkte den Wagen in der Einfahrt, half Emma heraus und nahm ihren Koffer vom Rücksitz. Emma betrachtete die Aussicht, die in jede Richtung meilenweit den Blick freigab.

Zu ihren Füßen breitete sich Coal River aus, mit der Main Street und dem Stadtpark mitten im Tal. Wohnhäuser und andere Gebäude wirkten wie zusammengewürfelt und drängten sich zwischen Straßen und vertrockneten Wiesen aneinander. Das rote Dach des Flint Mansion glänzte in der Mittagssonne wie ein mit Blut gefülltes Becken in einem Meer aus Brauntönen. Im Osten, bei der Eisenbahnbrücke, wirbelten die schwarzen Massen des Coal River dahin, als habe sich ein Band aus Gewitterwolken über die Erde gelegt. Die fernen Kämme der Berge zogen sich wie graue Rauchfahnen durch den Himmel.

Tante Ida fanden sie im Speisezimmer, wo sie darüber wachte, dass der Tisch fürs Abendessen ordnungsgemäß gedeckt wurde. Wie alle Räume in dem dreistöckigen Haus war auch dieser mit überdimensionierten Mahagonimöbeln, Glasfiguren, Vasen, Ölgemälden, Teppichen und Spitzendeckchen vollgestopft, wobei es Emma schien, als habe sich das Zeug seit ihrem letzten Besuch noch einmal verdoppelt. Tante Ida trug ein doppellagiges violettes Kleid und eine Kamee, die mit ziemlicher Sicherheit aus echtem Elfenbein bestand. Die Goldkette, an der sie hing, war so fein, dass man sie kaum sehen konnte. Wie oft hatte Emma diese Kamee nicht in ihren Albträumen gesehen, wo sie an den vereisten Ufern des Coal River über ihr schwebte? Oder über Alberts Leiche. Oder über seinem Grab.

Am Tisch war eine grauhaarige Frau in Dienstmädchenkluft damit beschäftigt, pfirsichfarbene Servietten zusammenzufalten und sorgfältig unter das Tafelsilber zu schieben. Ihre Hände waren von Arthritis verunstaltet, die Knöchel geschwollen. Als sie einen Löffel fallen ließ, riss ihr Tante Ida sofort die Serviette aus der Hand, empört die Lippen geschürzt. Dann sah sie Percy und Emma durch die Tür treten, und ihre Züge entspannten sich. Sie legte die Serviette auf den Tisch und kam mit ausgestreckten Armen auf sie zu.

»Emma«, sagte sie mit brechender Stimme. Ida war Emmas Tante mütterlicherseits, aber wenn man sie sah, würde man das kaum für möglich halten. Während Emmas Mutter blond und gertenschlank gewesen war, war Tante Ida klein und rundlich und hatte kastanienbraunes Haar. Sie trug es in der Mitte gescheitelt und zurückgekämmt, was ihr Mondgesicht noch betonte. »Komm her, meine arme Kleine.«

Emma schlang matt die Arme um sie. Tante Ida gab ihr einen flüchtigen Kuss auf die Wange und ließ sie dann wieder los. Als sie zurücktrat, benetzten Tränen ihre fülligen Wangen.

»Ich kann es immer noch nicht fassen, dass meine Schwester von uns gegangen ist«, sagte sie. »Und das unter so grauenvollen Umständen!« Sie zog ein Taschentuch aus dem Ärmel und tupfte sich die Augen. »Gott weiß, dass wir nicht immer ein Herz und eine Seele waren, aber sie war trotz allem meine Schwester. Ich habe sie geliebt.«

Emmas Brust schnürte sich zusammen. »Sie hat Sie auch geliebt.«

Hinter Tante Ida blieb das grauhaarige Dienstmädchen mit dem Schuh an einem Stuhlbein hängen und ließ ein Trinkglas fallen. Mit einem dumpfen Geräusch traf es auf dem dicken Teppich auf, um dann bis zum Saum von Idas Rock weiterzurollen. Emma trat schnell vor, hob das Glas auf und reichte es dem Dienstmädchen. Die alte Frau nickte und schenkte ihr ein schwaches Lächeln.

»Was zum Teufel ist nur mit dir los, Cook?«, fragte Tante Ida, die Hände in die Hüften gestemmt. »Ich könnte schwören, dass du von Tag zu Tag ungeschickter wirst.«

»Es tut mir leid, Ma'am«, sagte Cook. »Ich werde mir Mühe geben, ab sofort vorsichtiger zu sein.«

»Das will ich dir auch geraten haben«, sagte Tante Ida. »Nun, da meine Nichte hier ist und mir zur Hand gehen kann, könntest du dich leicht ohne Arbeit wiederfinden.«

»Ja, Ma'am«, sagte Cook. Sie stellte das Glas auf den Tisch, faltete die letzte Serviette zusammen und humpelte aus dem Raum.

Tante Ida steckte das Taschentuch wieder in den Ärmel und musterte Emma von oben bis unten. »Wie um Himmels willen bist du eigentlich angezogen? Das Kleid könnte ja aus dem Kleiderschrank meiner Großmutter stammen. Abgesehen davon ist es viel zu groß!«

»Ich weiß. Aber etwas anderes habe ich …«

»Maggie!«, rief Ida über die Schulter, und Emma zuckte

zusammen. Als Maggie nicht sofort antwortete, schüttelte Ida den Kopf und runzelte die Stirn. »Maggie, komm sofort her!«

Hinten im Haus war zu hören, wie Schritte die Holztreppe herabeilten. Wenige Sekunden später kam ein junges Mädchen ins Speisezimmer gestürzt, das Gesicht rot angelaufen. »Ja, Mrs. Shawcross?«

»Sorge dafür, dass wir genug Stoff haben, damit wir für meine Nichte neue Kleider anfertigen können«, sagte Tante Ida. »Sie braucht für jeden Tag eins, dann eins für die Hausarbeit und zwei Ausgehkleider.«

»Ja, Mrs. Shawcross«, sagte Maggie. »Ich werde gleich morgen früh zum Kleiderladen laufen.«

Tante Ida drehte sich zu Maggie um. »Nein, du wirst sofort zum Kleiderladen laufen.«

»Ja, Mrs. Shawcross.« Maggie knickste und huschte aus dem Raum.

»Warum lässt du Emma nicht erst einmal ankommen, bevor du irgendetwas in die Wege leitest, Ma?«, fragte Percy.

»Das ist schon in Ordnung«, sagte Emma mit einem gezwungenen Lächeln. »Aber bitte nichts allzu Ausgefallenes, wenn ich das sagen darf. Ich mag bequeme, schlichte Kleidung.«

Ida lachte. »Da mach dir mal keine Sorgen«, erklärte sie. »Wir werden sicher nicht Unsummen ausgeben, um dich wie ein Püppchen auszustaffieren. Die Zeiten sind hart, Emma. Es reicht schon, dass wir uns bereit erklärt haben, dir ein Dach über dem Kopf zu verschaffen, meinst du nicht auch?«

Emma nickte und spürte, dass ihre Wangen heiß wurden.

»Soll ich Emma ihr Zimmer zeigen, damit sie sich frisch machen kann?«, fragte Percy.

»Nein, nein«, sagte Ida. »Das mach ich schon. Hol deinen Vater. Das Abendessen ist in einer halben Stunde fertig.«

»In Ordnung, Ma«, sagte Percy, nickte Emma noch einmal zu und ging.

Tante Ida hakte Emma unter, führte sie aus dem Speisezimmer in einen Flur und tätschelte mit ihrer pummeligen Hand ihre Hüfte. Durch den Flur erreichten sie den Salon, wo Tante Ida immer hinter Percy gestanden und überwacht hatte, dass er auch richtig Klavier übte. Bei jedem falschen Ton hatte sie ihm eine Kopfnuss verpasst, aber es war ihm einfach nicht gelungen, auch nur ein einziges Stück fehlerfrei zu spielen. Einmal, als niemand im Salon gewesen war, hatte Emma vorsichtig auf die Tasten gedrückt und versucht, nach Gehör »Oh My Darling, Clementine« zu spielen. Im nächsten Moment war Tante Ida in den Raum gestürmt, hatte Emma fast den Klavierdeckel auf die Finger geknallt und ihr verboten, das Klavier je wieder anzufassen. Sie hatte sich daran gehalten.

Als sie den Salon betraten, schnürte sich Emmas Kehle zusammen. Ihr war klar gewesen, dass dieser Raum schmerzhafte Erinnerungen heraufbeschwören würde, aber sie hatte gehofft, dass er in den vergangenen neun Jahren wenigstens umgestaltet oder renoviert worden wäre. Er wirkte vollkommen unverändert. Sofort sah sie Alberts kleinen Körper dort liegen, aufgebahrt unter dem Messingleuchter. An jeder Tür hatten schwarzer Trauerflor und Veilchen gehangen; die Spiegel waren mit Kreppstoff verhängt und die Uhren angehalten worden. Emma hatte sich nicht gesträubt, als ihre Tante darauf bestanden hatte, dass sie sich für ein Trauerporträt neben ihren Bruder setzte. Danach weigerte sie sich, den abgedunkelten Raum wieder zu verlassen, und wollte weder schlafen noch essen noch von seiner Seite weichen, bis ihre Eltern aus Manhattan kommen würden. Sie setzte sich in den Ohrensessel in der Ecke und schaute zu, wie winzige Wassertropfen von Alberts auftauendem Körper herabtropften und den Perserteppich unter der Bahre dunkel färbten.

Als sie ihre Eltern schließlich durch die Salontür kommen sah, hielt sie die Luft an und erstarrte, felsenfest davon überzeugt, dass die beiden nie wieder mit ihr sprechen würden. Als sie an Albert herantraten, ihre Mutter die zitternde Hand vor dem Mund, ihr Vater mit schmerzverzerrtem Gesicht, stand Emma endlich auf.

»Mama«, sagte sie, dann gaben ihre Beine nach.

Ihre Mutter rannte quer durch den Salon und fing sie auf. Sie fiel auf die Knie und drückte Emma an ihre Brust. Als Emma zu zittern begann und zum ersten Mal seit dem Tod ihres Bruders Tränen vergoss, hielt ihre Mutter sie in den Armen und sagte ein ums andere Mal, dass alles gut werden würde. Ihr Vater strich ihr mit der Hand über die Wange und bat sie inständig, stark zu sein, weil ihre Mutter und er es nicht ertragen würden, wenn ihr auch etwas zustieße.

Emma hatte nicht geahnt, dass man bis fast zum Ersticken weinen konnte; die Schluchzer brachen aus der Brust hervor, als wären sie tief aus der Seele gekommen. Sie konnte sich noch erinnern, dass sie sich gefragt hatte, ob man im Alter von zehn Jahren den Verstand verlieren konnte. Dann starben ihre Eltern im Feuer, und wieder zerbrach sie innerlich, überzeugt davon, dass die Qualen dieses Verlusts sie dahinraffen würden. Dieses Mal befand sie sich in einem weißen Krankenhauszimmer, zusammen mit einem Arzt mit versteinerter Miene und einer ungerührt dreinschauenden Krankenschwester, und niemand nahm sie in den Arm oder erklärte ihr, dass alles gut werden würde, oder küsste sie auf die schweißnassen Augenbrauen. Als sie jetzt daran zurückdachte, wurde sie von der neuerlichen Welle des Schmerzes fast in die Knie gezwungen.

»Emma?«, fragte Tante Ida und holte sie ins Hier und Jetzt zurück.

Sie blinzelte. »Entschuldigung. Was haben Sie gesagt?«

»Ich wollte wissen, wie dir die neuen Vorhänge gefallen«, sagte Tante Ida stolz, als habe sie sie selbst genäht. »Die alten waren so verblichen, dass ich sie einfach nicht mehr sehen konnte!«

»Die sind sehr schön«, sagte Emma im Bemühen, Interesse zu heucheln. Wenn sie ehrlich war, sahen die Vorhänge genauso aus wie die vor neun Jahren.

Tante Ida führte sie durch die weiß gekachelte Küche in den hinteren Teil des Hauses, wo ihre Schritte von den Dielen widerhallten. Sie traten durch eine Tür in einen kurzen Flur und stiegen dann die steile, enge Treppe zu den Dienstbotenkammern hoch.

»Ich hoffe, du wirst es mir nachsehen«, sagte Tante Ida, »aber der Raum, den du und …« Sie hielt inne und blieb stehen. »Oh, verzeih mir. Ich kann seinen Namen kaum aussprechen, ohne dass mir ganz anders wird.«

»Albert?«

»Ja, dein armer Bruder, Albert. Gott hab ihn selig.« Sie bekreuzigte sich und stieg dann weiter die Treppe hoch. »Was für eine Schande. Das ganze Leben lag noch vor ihm. Und jetzt ist meine arme Schwester auch noch von uns gegangen.« Sie schüttelte den Kopf, und ihr Gesicht legte sich in tausend Falten. »Entschuldige bitte«, sagte sie. »Es ist nur … Das ist alles so schwer für mich. Ich hätte niemals gedacht, dass ich so viel Leid im Leben erfahren muss.«

Emma klammerte sich ans Treppengeländer. »Ich weiß, was Sie meinen.«

»Es gibt so viele schreckliche Dinge in der Welt«, sagte Tante Ida schniefend. »Für einen empfindlichen Menschen wie mich ist das nur schwer zu ertragen. Ich wünschte, ich würde von all diesem Elend gar nichts mitbekommen. Aus diesem Grund versuche ich auch, vor allem das Schöne im Leben zu sehen, schon um mich selbst zu schützen.«

Wenn es nur so einfach wäre, dachte Emma. Dann fiel ihr wieder der Junge ein, der an dem Telefonmast in sich zusammengesunken war, und Alberts Zwilling mit dem einen Bein. »Wo wir schon von Leiden reden«, begann sie, »darf ich Sie etwas fragen?«

»Natürlich, Liebes«, sagte Tante Ida. »Was auch immer du willst.«

»Auf dem Weg hierher habe ich zwei Jungen gesehen«, erzählte sie. »Dem einen fehlte ein Bein, und der andere trug eine Beinschiene. Wissen Sie, was ihnen zugestoßen sein könnte?«

Wieder blieb Tante Ida auf der Treppe stehen und nestelte an ihrer Brosche herum. »Ach du liebe Güte«, sagte sie. »Meinst du etwa zwei von diesen armen Kohlejungen?«

»Kohlejungen? Was ist denn das?«

Tante Ida hob einen Finger, um Emma zum Schweigen zu bringen. »Bitte«, sagte sie. »Das ist jetzt zu belastend für mich. Wir haben in letzter Zeit genug Kummer erlitten, meinst du nicht auch?«

»Ja, Ma'am«, sagte Emma.

Ihre Tante stieg weiter die Treppe hinauf, keuchend vor Anstrengung. Dann lächelte sie plötzlich, und ihre Stimmung war wie umgewandelt. »Was ich eigentlich sagen wollte: Das Zimmer, in dem du und Albert das letzte Mal geschlafen habt, ist jetzt der Nähraum. Maggie kann nämlich ausgezeichnet nähen. Warte ab, bis du erst die wunderschönen Kleider siehst, die sie für mich anfertigt! Jedenfalls ist im Haupthaus kein Platz mehr für dich.«

»Das ist schon in Ordnung«, sagte Emma. »Ich bin nicht anspruchsvoll.«

In Wahrheit war Emma heilfroh. Das Zimmer, das sie sich mit Albert geteilt hatte, würde ständig irgendwelche Erinnerungen wecken: wie sie in den Schränken und unter den

Betten Verstecken gespielt hatten; wie sie aus dem Fenster gelinst hatten, um zuzuschauen, wie Percy im Garten Unterricht bekam; wie sie Mikado und »Wer bin ich?« gespielt hatten, wenn Onkel Otis sie während irgendwelcher Dinnerpartys in ihrem Zimmer eingeschlossen hatte. Dort wohnen zu müssen wäre eine große Belastung für sie.

Oben angekommen, führte Tante Ida sie durch einen engen, gekalkten Flur, blieb vor einer niedrigen Tür stehen und schnappte nach Luft. Nach einer Weile sagte sie: »Von den meisten Haushaltshilfen mussten wir uns wieder trennen, es sind einfach keine guten Leute mehr zu finden.« Sie zeigte ans andere Ende des Flurs. »Das Wasserklosett ist dort hinten. Du wirst es mit Maggie und Cook teilen müssen, aber es wird schon genügen.« Sie holte einen Schlüsselbund aus ihrer Schürzentasche und schloss die Tür auf. »Ich denke, dass du hier genug Platz hast.«

In dem engen Raum stand ein Bett mit einem Kopfende aus Eisen an der Wand. Die Matratze war mit einer braunen Wolldecke bezogen. Gegenüber dem Bett ging ein sechsteiliges Sprossenfenster auf den Garten an der Hausseite hinaus. Es gab einen hölzernen Waschtisch, einen blauen Frisiertisch, einen Stuhl mit Holzstreben als Rückenlehne und einen fadenscheinigen grünen Teppich, der die Hälfte des Dielenbodens bedeckte. An der hinteren Wand hing eine gelbe Tapete mit kleinen Röschen. Die anderen Wände waren weiß gestrichen.

Emma rang sich ein Lächeln ab. »Das Zimmer ist wunderbar«, erklärte sie.

»Ich bin so froh, dass du das sagst«, erwiderte Tante Ida. »Ich war schon besorgt, du könntest empört sein, weil du nicht bei uns im Haupthaus wohnst.«

»Überhaupt nicht. Der Raum ist größer als mein Schlafzimmer in Manhattan.« Emma stellte den Koffer ab, zog die Hutnadeln heraus und legte den Hut und den Beutel aufs Bett. »Aber wenn es Ihnen nichts ausmacht, könnte ich etwas Ruhe gebrauchen, die Zugfahrt war sehr anstrengend.«

»Jetzt?« Tante Ida rümpfte die Nase, als habe sie etwas Fauliges gerochen. »Aber dein Onkel wird dich beim Dinner erwarten! Du weißt doch, wie er ist, wenn …«

»Entschuldigung«, sagte Emma. »Sie haben recht. Dann mache ich mich nur ein bisschen frisch und komm gleich herunter.«

Tante Ida legte die Hände unter dem Kinn zusammen, als würde sie inständig beten. »Das wird das Beste sein«, sagte sie. »Es gibt eine Menge zu bereden, Emma. Dies ist jetzt dein Zuhause, und dein Onkel hat bestimmte Erwartungen und besteht darauf, dass gewisse Regeln eingehalten werden. Du möchtest ihn sicher nicht gleich am ersten Tag vor den Kopf stoßen.«

»Natürlich nicht«, sagte Emma. Um ihre Lippen herum begann es zu kribbeln. Schnell griff sie nach dem Türknauf, schob Tante Ida hinaus und wollte die Tür schließen.

»Zwanzig Minuten«, sagte Tante Ida. »Keine Minute länger.«

»Ja, Ma'am.«

»Weißt du noch, was dein Onkel immer sagt?«, fügte Tante Ida hinzu. »Die Uhr wurde nicht aus Jux und Tollerei erfunden.«

»Ja, Tante Ida. Ich weiß.«

Die Tür fiel ins Schloss. Emma trat einen Schritt zurück, starrte auf den weißen Knauf und versuchte sich zusammenzureißen, vergeblich. Die Panik krallte sich in ihrem Innern fest wie eine Katze in einem Sack. Mit zitternden Händen öffnete sie den Zugbandbeutel, riss den Trauerschleier heraus und griff nach dem Fläschchen. Nachdem sie den Pfropfen herausgezerrt hatte, nahm sie einen Schluck von der bitteren

Flüssigkeit. Dann zog sie die Schuhe aus und brach auf dem Bett zusammen, die Augen geschlossen und die Hände vor dem Gesicht, während Heimweh und Kummer wie gewaltige Wellen über ihr zusammenschlugen.

Nach langen, unerträglichen Minuten spürte sie, wie sich das Laudanum in ihren Adern und Muskeln verteilte und die niederschmetternde Angst auflöste. Als sie das Gefühl hatte, sich aufsetzen zu können, ohne dass ihr schwindelig wurde, schwang sie die Beine von der Matratze und erhob sich. Sie knöpfte die langen Ärmel und den hohen Kragen des Trauergewands auf, löste das Taillenband und wollte das Gewand über den Kopf ziehen. Ein Versteifungsbügel vom Rock verfing sich in ihrem Haar, und sie steckte eine Weile fest. Schließlich zerrte sie das schwere Kleidungsstück gewaltsam über den Kopf und riss sich dabei ein Büschel Haare aus. Vor Schmerz schossen ihr die Tränen in die Augen, und sie blinzelte, um nicht wieder von Verzweiflung übermannt zu werden. Dann stieg sie aus dem Unterrock, schnürte das Korsett auf und zog die Strumpfhose aus.

Als sie endlich Luft bekam, öffnete sie ihren Koffer und nahm die Ausgabe der *New York Times* heraus. Die Krankenschwester hatte sie ihr gegeben, bevor sie das Krankenhaus verlassen hatte. Sie setzte sich aufs Bett, blätterte zu der Seite, auf der die im Brand verstorbenen Theaterleute aufgelistet waren, und las wohl zum hundertsten Mal die Namen ihrer Eltern.

Wenn Emma mit ihrem Vater an den Büros der *New York Times* vorbeigekommen war, hatte er immer gewitzelt, dass sein Name wohl erst nach seinem Tod in der Zeitung stehen würde. Sollte es irgendwann so weit sein, hatte er hinzugefügt, solle sie sich stets in Erinnerung rufen, dass er das Leben gelebt habe, das er wollte, und dass er sie, Emma, über alles in der Welt geliebt habe. Egal, wie sehr sie ihn vermissen würde, sie müsse in die Zukunft schauen, auf das Leben, das noch vor ihr lag, und sich für das Glück entscheiden.

Die Druckerschwärze verschwamm vor ihren Augen, als sie versuchte, die Entscheidung zu treffen, glücklich sein zu wollen. Es gelang ihr nicht. Sie legte die Zeitung wieder in den Koffer und zog ihre Bluse aus.

Am Waschtisch hing an einem schmiedeeisernen Haken ein dünnes Handtuch, und auf einem zusammengefalteten Waschlappen lag ein Stück Lavendelseife. Erleichtert stellte sie fest, dass der Krug mit Wasser gefüllt war. Sie goss es in die Waschschüssel, wusch sich das Gesicht und rieb sich mit Waschlappen und Seife den Schweiß und Dreck von drei Tagen von Armen, Händen und Hals. Wie sehr sie sich danach sehnte, in einer Wanne mit heißem Seifenwasser zu liegen, sich die schmutzigen Haare zu waschen und ihre müden Muskeln zu entspannen. Aber dazu war keine Zeit.

Nachdem sie die Wäsche beendet hatte, löste sie die Haarnadeln, bürstete die Knoten aus ihrem Haar und flocht es zu einem langen Zopf, den sie einfach auf den Rücken herabhängen ließ. Sie zog ihren Petticoat und den Walkrock an und schnürte den Gürtel straff um die Taille, damit sie den Rock nicht verlor. Dann zog sie die unförmige Bluse mit dem Schalkragen und ihr einziges Paar Schuhe an – spitz zulaufende Schnürstiefel mit Absätzen. Schließlich atmete sie einmal tief durch, öffnete die Tür und stieg die Treppe hinab.

KAPITEL 3

Im Speisezimmer saßen sie unter einem Gasleuchter, dessen kleine, flackernde Flammen von der mit Walnussholz getäfelten Decke reflektiert wurden. Onkel Otis nahm den Platz am Kopfende des Tisches ein, Tante Ida saß zu seiner Linken und Percy, der das Etikett der Weinflasche in seiner Hand studierte, zu seiner Rechten. Tante Ida hatte darauf bestanden, dass Emma neben Percy saß, um nicht über das irrwitzig lange Möbel hinwegschreien zu müssen. Auf der Anrichte hinter Tante Ida standen Platten mit Rinderbraten, schüsselweise grüne Bohnen, eingelegte Rote Bete und ein Korb mit Teebrötchen, frisch aus dem Ofen. Emma, der beim bloßen Gedanken ans Essen schon übel wurde, hätte gerne ein Glas kaltes Wasser getrunken. Auf dem Tisch standen aber nur Wein, Kaffee und heißer Tee. Zu ihrem Entsetzen ließ die Wirkung des Laudanums bereits nach, und das unentrinnbare Gefühl ergriff sie, in der Falle zu sitzen. Sie erwog, ein Glas Wein zu trinken, hatte aber Sorge, dass sie dann nicht mehr aufhören könnte. Alles, was sie riechen konnte, war der warme Staub, der aus dem Perserteppich aufstieg. Am liebsten hätte sie gefragt, ob man nicht eines der drei großen Fenster öffnen könne, besann sich dann aber eines Besseren.

Die dunklen, holzvertäfelten Wände und das gewaltige Ölgemälde über dem Steinkamin verstärkten noch das Gefühl, ersticken zu müssen. Das Porträt zeigte die Familie Shawcross: Onkel Otis in schwarzem Anzug und karierter Krawatte, mit gelangweiltem Blick auf einem Stuhl mit lederner Rückenlehne sitzend, dann Tante Ida, die in einem roten Gazekleid neben ihm stand, eine Hand auf seiner Schulter, den Busen fast bis zum Doppelkinn hochgeschnürt, und in der Mitte der junge Percy in einem weißen Matrosenanzug mit blauem Kragen, die pummeligen Beine wie Würste in die Marineleggins gezwängt, das Gesicht bleich wie das eines Ghuls.

Emma dachte an den Tag, an dem ihre Eltern sie und Albert in Coal River zurückgelassen hatten, um sich in Manhattan eine neue Arbeit zu suchen. Auf der Rückfahrt vom Bahnhof, wohin sie ihre Eltern mit dem Wagen gebracht hatten, hatte sie das Amulett ihrer Mutter derart fest umklammert, dass es ihr fast in die Finger geschnitten hatte. Später an jenem Tag, als sie an ebendiesem Speisetisch gesessen hatten, hatte Onkel Otis ihr und Albert eröffnet, man erwarte ab sofort von ihnen, dass sie sich ihren Aufenthalt verdienten. Immerhin habe er, Onkel Otis, sie alle aufgenommen, nachdem ihre Eltern in New York ihre Arbeit verloren hatten, und nun seien sie schon doppelt so lange da wie ursprünglich geplant. Am nächsten Morgen putzte Albert Schuhe, während Emma auf Händen und Knien das Badezimmer schrubbte, streng überwacht von Tante Ida, die kontrollierte, ob sie auch zweimal nachwischte. Fortan war Emma Tag für Tag beschäftigt, polierte das Silber, faltete Leinenwäsche zusammen, fegte die Räume aus und bügelte Wäsche, während Albert die Schweine fütterte, Holz hackte, Brennholz herbeischleppte und Öllampen reinigte und neu befüllte.

Als es im Winter einmal taute, schickte Onkel Otis Emma die Leiter hoch, damit sie im zweiten Stock von außen die Fensterscheiben putzte. Sie bettelte, dass er ihr das erlassen möge, und Albert bot sogar an, es für sie zu übernehmen. Onkel Otis schlug das Angebot aber aus und erklärte, dass Emma ihre Ängste überwinden lernen müsse. Als sie starr vor Angst oben auf der Leiter stand und sich nicht mehr herunterwagte, schickte er den Pferdeburschen hoch, um sie zu befreien. Weil sie sich angeblich um die Aufgabe herumdrücken wollte, bekam sie zur Strafe zwei Tage lang kein Abendessen. Als Albert eine Woche später vergaß, den Schweinekoben abzuriegeln, zwang ihn Onkel Otis, im Durchgangszimmer zwischen Küche und Garten auf einem Maiskolben zu knien, um ihn dann, als Albert mit roten, geschwollenen Knien in die Küche wankte, anzuherrschen, dass er sich nicht so anstellen solle.

Jetzt musste Emma alleine mit Onkel Otis klarkommen, ohne mit Albert hinter seinem Rücken Grimassen schneiden zu können, wenn er allabendlich seine Moralpredigten hielt oder Wutanfälle bekam. Wie sollte sie das ohne ihren Bruder nur aushalten?

»Solange sie unter unserem Dach wohnt«, begann Onkel Otis, »muss sie anständige Trauerkleidung tragen.«

»Ihr Trauergewand ist viel zu groß«, sagte Tante Ida. »Selbst in den Sachen, die sie jetzt anhat, schwimmt sie ja regelrecht. Ihre Eltern, Gott hab sie selig, haben vermutlich nicht genug verdient, um das arme Ding angemessen einzukleiden.«

Emma wollte etwas erwidern, aber Onkel Otis ging dazwischen.

»Dann lass ein neues für sie schneidern! Es ist schon schlimm genug, dass sie an meinem Tisch sitzt, ohne ihren toten Eltern den gebührenden Respekt zu zollen. In der Öffentlichkeit werde ich das aber auf gar keinen Fall dulden.« Er zog seine Serviette unter dem Silberbesteck hervor, wischte sich über die Brauen und steckte sie dann wie ein Lätzchen in seine Weste.

»Die Welt ändert sich, Onkel«, sagte Emma, die Hände im Schoß zur Faust geballt. »In der Stadt tragen immer weniger Frauen Schwarz, wenn sie in Trauer sind. Man trägt jetzt Grau oder Violett, manchmal sogar Malve. Nach dem Tod meines Bruders hat meine Mutter ihr Trauergewand nach einer

Woche wieder abgelegt. Albert hat gewusst, wie sehr sie ihn liebt, da war es auch egal, was sie anhatte.«

»In der Stadt mag das so sein«, sagte Onkel Otis. »Aber wir sind hier in Coal River, und ich werde es nicht zulassen, dass du deiner Familie Schande machst.«

»Das wird sie schon nicht tun«, sagte Tante Ida und klopfte neben dem Teller ihres Ehemanns aufs Tischtuch. »Ich werde dafür sorgen, dass sie zum Ausgehen ein angemessenes Trauergewand bekommt, wenn du wirklich der Meinung bist, das muss so sein.«

Onkel Otis runzelte die Stirn, als habe er auf verdorbenes Fleisch gebissen. »Bist du nicht ganz bei Trost?«, fragte er. »Natürlich muss das so sein.«

»Ich bin mir da nicht so sicher«, erwiderte Tante Ida. »Fast gelange ich zu der Ansicht, dass es keine gute Idee wäre, Emma in Trauerkluft durch die Stadt laufen zu lassen.«

»Was für ein Scheißdreck!«, sagte Onkel Otis. »Von so einem Unsinn will ich nichts wissen.«

Tante Ida schürzte die Lippen. »Bitte«, sagte sie. »Es besteht kein Grund, solche Wörter in den Mund zu nehmen.«

Onkel Otis atmete schwer. Dann sackten seine Schultern herab, und als er seine Frau anschaute, waren seine Augen plötzlich sanft. »Tut mir leid, mein Liebling«, sagte er. »Du weißt, dass ich deinem Urteil vertraue, aber dieses Mal liegst du falsch. Das ist dir doch selbst klar, oder?«

»Hör mir wenigstens zu, bevor du etwas sagst«, erwiderte Tante Ida. »Du weißt doch, wie diese Bergleute sind. Das ist ein abergläubisches Völkchen. Beim Damen-Lunch am Samstag kursieren schon Gerüchte, dass Emma Unglück über Coal River bringt.«

Emma zuckte zusammen, als habe jemand sie geschlagen. »Ich?«, fragte sie. »Wieso das denn?«

Onkel Otis verdrehte die Augen. »Du darfst nicht immer

auf die alten Weiber hören«, sagte er zu seiner Frau. »Die haben nichts Besseres zu tun, als zu tratschen und aufeinander herumzuhacken.«

Tante Ida schüttelte den Kopf. »Nein, nein«, sagte sie. »Ich meine nicht nur die Damen von der Kirche. Mary Fergus hat mir erzählt, dass sie mitbekommen hat, wie Asa Clark auf dem Postamt mit dem Brandschutzmeister geredet hat. Offenbar will er das Bergwerk unbedingt noch einmal inspizieren, bevor die Arbeiter kommen. Alle denken, auf Emma laste ein Fluch, weil ihr Bruder im Fluss ertrunken ist und ihre Eltern in diesem schrecklichen Feuer umkamen. Man hat Angst, dass sie den Fluch über die Stadt bringen könne.«

Emma schluckte und schaute auf ihren Teller hinab. Das Licht des Kronleuchters spiegelte sich in winzigen Pünktchen im Tafelsilber und im Porzellan. Es war schon schwer genug, nach Coal River zurückkehren zu müssen, schwer genug, jede einzelne Minute zu überstehen. Und nun hatte sie auch noch die ganze Stadt gegen sich?

»Albert ist nicht der Erste, der im Coal River ertrunken ist«, sagte sie.

»Wohl wahr«, sagte Tante Ida. »Aber er ist das letzte Opfer. Und jetzt sind auch noch deine Eltern gestorben, und das auf so grausame Art und Weise … Die Leute scheinen eine Art böses Omen in dir zu sehen.«

»Aber das ist doch irrwitzig«, sagte Emma. »Ich …«

»Mutter hat recht«, sagte Percy. »Die Bergarbeiter sind abergläubisch. Sie sitzen jeden Tag beim Mittagessen an derselben Stelle, fahren immer mit denselben Freunden zur Arbeit und sitzen im Bus immer auf demselben Platz. Sie weigern sich, freitags den Schacht zu wechseln oder einen neuen anzulegen. Manche denken auch, es bringt Unglück, wenn eine Frau ein Bergwerk betritt, weil sie es ja verfluchen könnte. Sie finden es schon schlimm genug, so nahe am Reich des Satans zu arbeiten, weil ja möglicherweise eine Hexe ihre schwarze Magie dort ausübt. Manche halten es sogar schon für gefährlich, morgens auf dem Weg zur Arbeit einer Frau zu begegnen. Sie machen auf den Hacken kehrt, gehen wieder nach Hause zurück und beginnen den Weg von Neuem.«

»Das glaubst du doch sicher nicht, oder?«, fragte Emma.

»Was tut es zur Sache, ob *ich* das glaube?«, fragte Percy. »Die Bergleute glauben es halt. Sie müssen nur ein Geräusch im Bergwerk hören, und schon denken sie, es ist ein Geist.«

»Das klingt alles ziemlich wirr«, sagte Otis. »Aber ihr dürft die Bergarbeiter nicht vorschnell schlechtmachen. Sie wissen auch eine Menge. Das mit den Ratten zum Beispiel.«

»Mit den Ratten?«, fragte Emma.

»Bergleute würden unter Tage niemals eine Ratte töten, weil die Tiere das Geräusch von splitterndem Holz und brechendem Gestein noch vor den Menschen hören. Wenn die Bergleute sehen, dass die Ratten in Panik geraten und die Stollen hochflitzen, rennen sie sofort hinterher. Ratten verlassen die Grube, wenn ein Einsturz droht oder giftige Gase freigesetzt wurden.«

»Für die Maultiere gilt das auch«, sagte Percy.

»Richtig«, sagte Otis und nickte. »Maultiere haben einen Riecher für nahendes Unheil. So manch ein Tier hat Bergleute gerade noch rechtzeitig in Sicherheit gebracht.«

»Über Bergleute weiß ich nichts«, sagte Tante Ida. »Aber du hast Emma am selben Tag hierhergeholt, als auch die neuen Einwanderer gekommen sind. Einige Vorarbeiter und ihre Ehefrauen fragen sich allmählich, ob du wirklich das Beste fürs Bergwerk willst. Es wäre wichtig, dass alle in Emma sehen, was sie ist, ein unschuldiges Mädchen, das zum Opfer der Lebensumstände wurde. Sie sollte sich ein bisschen hübsch machen und helle, ungezwungene Kleidung tragen wie eine junge Frau, die ein neues Leben beginnt.«

Onkel Otis trommelte mit den Fingern auf dem Tisch herum und dachte nach. »Aber es wissen doch alle, dass sie in Trauer ist«, gab er zu bedenken. »Was sollen wir den Leuten denn erzählen?«

Tante Ida griff zu ihrem Weinglas und lächelte listig. »Wir werden ihnen erzählen, dass Emmas Eltern Bühnenstars waren, die zu all diesen großen Modenschauen in der Stadt gegangen sind und immer den letzten Schick trugen. Emma hat gesagt: Die Städter tragen nicht mehr Schwarz. Sicher will niemand hier zugeben, dass er nicht auf der Höhe der Zeit ist. Überlass das nur mir, ich werde es den Leuten schon beibringen.«

Onkel Otis zuckte mit den Achseln. »In Ordnung, meine Liebe«, sagte er. »Ich überlasse dir die Sache.«

»Gut«, erklärte Tante Ida. »Manchmal frage ich mich, was du ohne mich wohl anfangen würdest.« Sie lächelte und tippte sich auf die Wange, damit Otis ihr einen Kuss gab. Er stand auf, beugte sich über den Tisch und tat es.

Percy warf Emma einen Blick zu, peinlich berührt vom Geturtel seiner Eltern. Seine Ohren waren rot angelaufen.

Onkel Otis richtete seine Aufmerksamkeit wieder auf Emma. »Da sich die Gepflogenheiten nun einmal ändern, hast du meine Erlaubnis, nicht mehr Schwarz zu tragen.«

Emma nickte. Ihre Fingernägel bohrten sich in die Handflächen. Eigentlich hatte sie ein paar Tage warten wollen, bevor sie mit dem Plan herausrückte, den sie während der Zugfahrt ausgeheckt hatte. Aber vielleicht war dies genau der richtige Zeitpunkt.

»Es ist mir sehr unangenehm, dass ich Ihnen solche Unannehmlichkeiten bereite«, begann sie. »Aber vielleicht habe ich ja eine Lösung, falls ich sie vortragen darf.«

Onkel Otis hob die Augenbrauen. »Hoffentlich ist es etwas Gescheites«, sagte er, nahm einen Schluck Wein, stellte sein Glas wieder hin und schaute sie erwartungsvoll an.

»Um was handelt es sich denn, Emma?«, fragte Tante Ida. »Hast du darüber nachgedacht, wie du die Leute für dich einnehmen könntest?«

Emma ignorierte die Bemerkung ihrer Tante und räusperte sich. »In Manhattan habe ich an der Theaterkasse gearbeitet und bin nebenher zur Schule gegangen, weil ich nämlich Lehrerin werden möchte. Ich möchte Ihnen wirklich nicht mehr zur Last fallen, als ich es ohnehin schon tue, daher dachte ich, dass ich mit ein bisschen Hilfe … von hier weggehen und eine normale Schule besuchen könnte …«

Tante Ida bekam einen Hustenanfall, als würde sie ersticken. »Du möchtest fort von hier, um zur Schule zu gehen?«, sagte sie mit aufgerissenen Augen. »Hast du eine Vorstellung, was das kostet?«

»Ja«, sagte Emma. »Aber Sie geben ja ohnehin schon so viel Geld für mich aus, indem Sie mich aufnehmen und mir ein Dach über dem Kopf geben. Sie lassen Kleider für mich anfertigen und teilen Ihr Essen mit mir. Ich bin mir sicher, dass es irgendwo in Pennsylvania eine normale Schule gibt. Vielleicht wäre es billiger, mich dorthin zu schicken, als …«

Tante Ida lehnte sich zurück und lachte ein leises, bitteres Lachen, als würde ein Ferkel im Schlamm feststecken. »Darüber mach dir mal keine Gedanken«, sagte sie. »Du wirst uns hier schon zur Hand gehen, du hast dir doch wohl nicht vorgestellt, dass wir dich ohne Gegenleistung durchfüttern, oder? Wie willst du denn deinen Lebensunterhalt verdienen, wenn wir dich zur Schule schicken?«

»Ich könnte alles zurückzahlen, wenn ich fertig bin«, sagte Emma und kämpfte darum, ihre Stimme ruhig zu halten. »Sobald ich eine Stelle als Lehrerin bekomme, könnte ich …«

»Vielleicht hat sie ja einen Koffer voller Bargeld dabei«, sagte Onkel Otis lachend.

»Oder vielleicht denkt sie auch, dass wir in Geld schwimmen, nur weil wir in einem richtigen Haus wohnen und hübsche Dinge haben«, sagte Tante Ida.

»So wird es sein«, bestätigte Onkel Otis und musterte Emma. »Genau wie ihre Eltern dachten, dass wir in Geld schwimmen, als sie das Mädchen und ihren Bruder vier Monate hiergelassen haben, um sich in Manhattan eine lustige Zeit zu machen.«

Tante Idas Miene verfinsterte sich. In Emmas Brustkorb schwoll eine heiße Wut an, aber als sie protestieren wollte, wurde sie von Tante Ida unterbrochen.

»O nein«, sagte sie und drohte ihrem Ehemann mit dem Finger. »Meine Schwester hältst du da raus. Ich werde es nicht dulden, dass in meinem Haus schlecht über die Toten geredet wird.«

»In *deinem* Haus?«, fragte Onkel Otis. »Als ich zum letzten Mal darüber nachgedacht habe, war ich es noch, der sechs Tage die Woche in die Grube geht.«

»Es ist mal wieder so weit«, sagte Percy, verdrehte die Augen und kippte seinen Wein hinunter.

»Jetzt hörst du mir mal gut zu, Otis Shawcross«, sagte Tante Ida. Sie beugte sich so weit vor, dass sie schon fast stand. »Du magst ja jeden Tag in die Grube gehen, aber während du dort bist, führe ich hier den Haushalt und sorge dafür, dass du saubere Sachen am Leib und warmes Essen im Magen hast. Tu bitte nicht so, als würde ich den ganzen Tag hier herumsitzen und Däumchen drehen, während du …«

»Genug jetzt!«, rief Emma und schlug mit beiden Händen auf den Tisch. Onkel Otis und Tante Ida verstummten und schauten sie schockiert an. »Bitte! Es tut mir leid, dass ich dieses Thema aufgebracht habe.«

Tante Ida setzte sich wieder richtig hin. »Mir auch durchaus«, sagte sie. »Das ist einfach eine lächerliche Idee. Von nun an solltest du lieber nachdenken, bevor du den Mund aufmachst.«

»Deine Tante hat recht«, sagte Onkel Otis. »Das mit der Schule kannst du dir aus dem Kopf schlagen, junge Dame.«

Emma kaute auf der Innenseite ihrer Wange herum und blinzelte gegen die Tränen an. Vielleicht sollte sie um eine Fahrkarte zurück nach New York bitten. Vielleicht könnte sie eine Stelle als Zimmermädchen oder Kellnerin finden und sich mit jemandem ein billiges Zimmer teilen. Sie schalt sich selbst, dass sie überhaupt in diesen Zug gestiegen war. Dann dachte sie daran, wie sie im Krankenhaus zu sich gekommen war und erfahren hatte, dass ihre Eltern tot waren. Man hatte sie vor die Wahl zwischen Coal River und dem Armenhaus gestellt, und in ihrem Schockzustand war ihr alles egal gewesen. Zudem hätte der Arzt sie gar nicht entlassen, wenn sie allein auf der Straße hätte herumirren müssen. Und einem mittellosen Mädchen in einem viel zu großen Kleid aus Wohltätigkeitsbeständen hätte auch niemand eine Stelle gegeben, geschweige denn ihr so viel bezahlt, dass sie sich ein anständiges Zimmer hätte leisten können. Die billigen Absteigen an der Lower East Side kannte sie und auch die verkommenen Gassen hinter den Häuserblocks und die Armenbaracken mit den Bettlern davor. Sicher wäre sie dort irgendwo gelandet, wenn nicht gar Schlimmeres. Sie ist nach Coal River zurückgekehrt, weil sie keine Wahl hatte.

Tante Ida seufzte. »Nun, da wir diese unerfreulichen Dinge geklärt haben, sollten wir aber essen, oder? Der Himmel weiß, wie viel Zeit und Mühe ich auf mich genommen habe, um dieses schöne Willkommensmahl vorzubereiten. Das Mindeste, was wir von dir verlangen können, ist ja wohl, dass wir es in Ruhe genießen können.«

Onkel Otis tätschelte die Hand seiner Frau und atmete heftiger aus, als nötig gewesen wäre. Auf ein Nicken seiner Mutter hin sprach Percy ein kurzes Tischgebet. Dann trat Schweigen ein, während Cook mit dem Rindfleisch herumging und an jedem Platz stehen blieb. Die Serviergabel kratzte über die Platte.

»Gab es noch Ärger mit den frisch eingetroffenen Einwanderern?«, erkundigte sich Percy bei seinem Vater.

Onkel Otis trank seinen Wein aus und drehte den Stiel des Kristallpokals zwischen den Fingern hin und her. »Die Iren wurden im Kesselhaus untergebracht«, sagte er. »Und die Deutschen und Italiener wohnen vorerst im Fremdenheim. Die Coal and Iron Police hat die Bergleute aufgefordert, sie in Frieden zu lassen. Sollte es sich als nötig erweisen, werden wir die Polizeikräfte verstärken.«

»Denkst du, es kommt zum Streik?«

»Vor Ende des Sommers vermutlich nicht. Dann schlägt das Wetter um, und die Leute brauchen Kohle, um im Winter ihre Häuser zu heizen.«

»Was ist mit Clayton Nash?«, fragte Percy. »Führt er immer noch Böses im Schilde?«

»Da kann man sich nie sicher sein«, sagte Onkel Otis. »Es gibt Gerüchte, dass er versucht, Geheimtreffen mit den anderen Bergleuten zu organisieren. Er darf aber nicht mehr als vier Menschen um sich haben, die nicht zu seiner Familie gehören, sonst verstößt er gegen das Gesetz.«

Emma schaute ihren Onkel verdutzt an. Seit wann war es in den Vereinigten Staaten von Amerika verboten, sich mit mehr als vier Menschen zu treffen? Erneut packte sie das Gefühl, dass in Coal River die Uhren stehen geblieben waren. Oder vielleicht lebten die Leute auch einfach hinter dem Mond.

»Nash schert sich nicht um Regeln«, fügte Onkel Otis hinzu.

»Denkst du, er wird versuchen, die Gewerkschaft wieder aufleben zu lassen?«, fragte Percy.

»Da wette ich drauf«, sagte Onkel Otis. »Aber wenn einer

von denen Ärger macht, ist er, ehe er sichs versieht, seine Arbeit los und verlässt die Stadt. Über hundert Männer stehen in den Startlöchern, um sie jederzeit zu ersetzen. Gerade eben habe ich noch gehört, dass in Scranton zweihundert Deutsche auf Arbeit warten. Und diese Immigranten sind bereit, jede Aufgabe zu übernehmen, egal wie gefährlich sie ist.«

»Aber wenn es zum Streik kommt und einige der Bergarbeiter sich nicht daran beteiligen, dann ist der Teufel los«, sagte Percy.

»Mach du einfach deine Arbeit und lass das mal meine Sorge sein«, erklärte Onkel Otis. »Für dich bedeutet das keinen Unterschied.«

»Natürlich bedeutet es einen Unterschied«, sagte Percy. »Wenn die Bergleute nicht bezahlt werden, haben sie auch kein Geld, das sie im Laden ausgeben können.«

»Das stimmt«, sagte Tante Ida. »Und wenn die Produktion heruntergefahren wird, was wird dann aus uns? Nächste Woche bekomme ich fünf Lagen Satin und ein halbes Rind geliefert. Wie sollen wir das alles bezahlen, wenn es zum Streik kommt und du freigestellt wirst?«

Onkel Otis warf die Hände in die Luft. »Heiliger Josef!«, sagte er. »Bevor du dich jetzt in einen hysterischen Anfall hineinsteigerst, solltest du dir in Erinnerung rufen, dass ich der Grubenaufseher bin!«

Tante Ida runzelte missbilligend die Stirn. »Otis«, sagte sie streng. »Wie oft muss ich dir noch sagen, dass du aufpassen sollst, was du sagst.«

Onkel Otis ignorierte die Bemerkung. »Du hältst dich da raus und lässt die Bergleute meine Sorge sein. Ich werde es dich schon wissen lassen, wenn wir uns wegen irgendetwas Sorgen machen müssen!« Er stand auf, ging zur Anrichte, schenkte sich Whisky ein und kippte ihn in drei geräuschvollen Zügen hinunter. Dann füllte er das Glas noch einmal, nahm es mit zum Tisch und setzte sich wieder, das Gesicht wutverzerrt.

»Es tut mir leid, mein Schatz«, sagte Tante Ida. »Du hast ja recht. Aber jetzt beruhige dich bitte und iss dein Abendessen, bevor dir das Ganze noch auf den Magen schlägt.« Sie schaute Emma an. »Wo wir gerade von Arbeit reden, Emma, ich habe eine Liste von Aufgaben für dich.«

»Ja, Ma'am«, sagte Emma. Sie nahm Percy den Salzstreuer ab und wünschte, ihr Onkel hätte Hunde, damit sie das Essen unter den Tisch werfen könnte.

»Percy könnte Hilfe im Laden gebrauchen«, sagte Onkel Otis.

Emmas Augen schossen zu ihrem Onkel hinüber, und sie fühlte sich gleich ein bisschen besser.

Mit Percy zusammenzuarbeiten war eine grässliche Vorstellung, aber wenn sie einer geregelten Tätigkeit nachging, konnte sie vielleicht genug Geld sparen, um nach New York zurückzugehen und sich dort eine eigene Existenz aufzubauen.

»Das stimmt«, sagte Percy kauend. Er wischte sich mit der Serviette über den Mund und legte sie dann wieder in den Schoß. »Aber ich brauche einen Mann, der anpacken kann, keine Frau.«

»Und ich brauche Emmas Hilfe hier«, sagte Tante Ida. »Im Haushalt.«

»Was meinst du mit ›du brauchst jemanden, der anpacken kann‹?«, erkundigte sich Onkel Otis bei Percy. »Wie schwer kann es schon sein, Zahlen in eine Registrierkasse zu tippen?« Er schaufelte eine Gabel Fleisch in den Mund und kaute schnaufend.

»Percy tut mehr, als die Registrierkasse zu bedienen«, sagte Tante Ida. »Und das weißt du auch. Er arbeitet sehr hart. Und das für einen ziemlichen Hungerlohn, wenn ich das hinzufügen darf.«

»Ich würde gerne im Laden arbeiten«, sagte Emma.

»Ich brauche jemanden, der stark genug ist, um Waren auszuladen«, sagte Percy zu seinem Vater. »Es ist Schwerstarbeit, die Regale aufzufüllen, die Bestellungen und den Papierkram zu erledigen und immer allen Wünschen gerecht zu werden. Nicht nur einmal ist es vorgekommen, dass der Lieferant die Geduld verloren hat und ich fast zwei Wochen ohne Matratzenstoff dasaß. Ein andermal war es Lampenöl. Und ich bin es dann, der sich das Geschimpfe und Gestöhne anhören muss, wenn wir nicht haben, was die Leute wollen.«

Otis ignorierte ihn und wandte sich an seine Frau. »Wofür braucht Percy mehr Geld? Es ist ja nicht so, dass er für ein Haus oder eine Familie sorgen müsste. Er macht nicht einmal Anstalten in diese Richtung. Wenn ich es recht bedenke, bin ich es, der sich um ihn kümmert!« Er bedachte Percy mit einem bohrenden Blick. »Und jetzt hör mir mal gut zu, mein Junge. Die Arbeit in einer Kohlegrube ist verdammt hart. Versuch nie wieder, mir etwas über Schwerstarbeit zu erzählen.«

»Du weißt doch, dass Percy die Feuchtigkeit und den Staub nicht verträgt«, mischte Tante Ida sich ein. »Der Arzt hat gesagt …«

»Ich weiß, was der Arzt gesagt hat!«, rief Onkel Otis. »Seit sechs Jahren liegst du mir ständig damit in den Ohren. Aber in der Grube arbeiten Männer, die mit denselben Schwierigkeiten zu kämpfen haben wie Percy. Der Unterschied ist, dass sie keine Wahl haben. Der Junge ist zwanzig Jahre alt, aber du behandelst ihn immer noch wie ein Kind. Du behältst ihn hier zu Hause und sorgst dafür, dass er keinen Finger krümmen muss. Und jetzt lass uns über etwas anderes reden. Ich werde nicht hier herumsitzen und mir von meiner Frau und meinem ach so armen Sohn Geschichten über Schwerstarbeit anhören. In dieser Familie bin ich der Einzige, der weiß, was harte Arbeit bedeutet!«

Tante Ida schluckte, knallrot im Gesicht. Sie legte die Hände neben ihrem Teller auf die Tischdecke und atmete langsam und tief ein. Nach einer Weile räusperte sie sich und schaute Emma an.

»Vielleicht kannst du ein paar Tage in der Woche im Haushalt arbeiten«, sagte sie, »und an den anderen Tagen Percy im Laden helfen. Dein Lohn würde natürlich ins Haushaltsbudget einfließen. Du musst dir schließlich, wie Percy auch, Kost und Logis verdienen.«

Emma sank das Herz. »Ja, Ma'am«, sagte sie.

»Ist die Abmachung in deinem Sinne?«, fragte Tante Ida ihren Ehemann.

Onkel Otis biss in ein gebuttertes Brötchen und sagte mit erhobenem Zeigefinger zu Percy: »Emma kann die Kasse bedienen, während du ablädst und die Waren einräumst. Es wird dich schon nicht umbringen, wenn du mal etwas Schweres anhebst.«

»Hast du schon einmal eine Registrierkasse bedient?«, fragte Tante Ida.

»Nur die im Kartenhäuschen«, sagte sie. »Aber ich lerne schnell. Und ich kann auch beim Einräumen der Regale helfen. Ich scheue mich nicht vor schwerer Arbeit.« Auf diese Weise würde sie wenigstens aus dem Haus kommen.

»Das ist gut, mein Liebes«, sagte Tante Ida.

Onkel Otis schnaubte. »Wenn dein Vater sich nicht vor schwerer Arbeit gescheut hätte, würden deine Eltern jetzt noch leben.«

Emma erstarrte, ihr brach der Schweiß aus.

»Bitte nicht jetzt, mein Schatz«, sagte Tante Ida. »Ich bin ohnehin schon mit den Nerven am Ende.«

»Das muss man sich mal vorstellen«, sagte Onkel Otis. »Wenn Emmas Vater mein Angebot, im Bergwerk zu arbeiten, angenommen hätte, wären sie nicht bei dem Brand ums Leben gekommen. Sie könnten in diesem Moment hier sitzen und mit uns zu Abend essen.«

»Bitte«, sagte Tante Ida. »Geschehen ist geschehen, es gibt kein Zurück mehr. Wir haben unser Bestes getan, um die beiden dazu zu bewegen, in Coal River zu bleiben, aber sie haben ihre Entscheidung getroffen. Und wir müssen jetzt damit …« Sie senkte den Kopf und tupfte sich schnell mit der Serviette die Augenwinkel.

Emma hielt dem Blick ihres Onkels stand. »Mein Vater hat hart gearbeitet«, sagte sie und konnte ihre Stimme nur mühsam ruhig halten. »Und meine Mutter auch. Sie waren Künstler, haben Bühnenbilder gemalt und Kostüme für das Theater genäht. Sie haben ihre Arbeit geliebt und jeden Penny, den sie erübrigen konnten, in meine Ausbildung gesteckt. Und in Manhattan haben sie gelebt, weil sie dort bessere Arbeitsmöglichkeiten hatten …« Die Kehle schnürte sich ihr zusammen, und sie blinzelte gegen die Tränen an. Dann schluckte sie und fand zurück zu ihrer Stimme. »Nur weil mein Vater sich geweigert hat, sein Leben in einem Loch zu verbringen, um andere reich zu machen, ist er noch lange nicht faul. Wenn überhaupt ist es ein Zeichen von Klugheit.«

Onkel Otis klappte die Kinnlade herunter, und seine Miene verfinsterte sich.

»Ich bin mir sicher, dass dein Onkel nichts dergleichen sagen wollte«, erwiderte Tante Ida schnell. »Es ist nur … nun ja … Was wir zu bieten haben, schien ihnen nie genug zu sein, obwohl deine Eltern von dem, was wir haben, nur träumen konnten. Und jetzt … Lass uns einfach festhalten, dass wir uns vor dem Herrn verneigen und ihm für alles danken sollten, womit er uns gesegnet hat, statt unser Glück woanders zu suchen. Sonst …« Tante Ida schüttelte den Kopf.

Emma schob ihren Stuhl zurück und stand auf. »Würden Sie mich bitte entschuldigen?«, sagte sie. »Mir geht es nicht gut.«

»Was hast du denn?«, fragte Tante Ida. »Du wirst doch wohl nicht krank?«

Percy drehte sich von Emma weg und drückte eine Serviette auf Mund und Nase. »Sie ist gerade erst aus dem Krankenhaus gekommen«, sagte er. »Denkst du, Emma, du könntest dir dort etwas eingefangen haben?«

Emma schüttelte den Kopf. »Nein«, sagte sie. »Sicher nicht. Vermutlich ist es einfach die Hitze hier. Oder die engstirnigen Leute in diesem Raum.« Sie schlang die Arme um den Leib und eilte zur Tür. Tante Ida brach in Schluchzen aus.

»Ich habe ja gesagt, dass es keine gute Idee ist, sie hierherzuholen«, sagte Onkel Otis. Seine Worte klangen vernichtend, und es konnte kein Zweifel daran bestehen, dass sie für Emma bestimmt waren. Als sie den Raum verließ, spürte sie seinen brennenden Blick auf ihrem Hinterkopf.

KAPITEL 4

Am Tag nach Emmas Ankunft in Coal River war Zahltag für die Bergarbeiter, und der Laden blieb länger geöffnet. Nach dem Abendessen, wenn die meisten Bergarbeiterfrauen ihre Einkäufe erledigt haben würden, fuhren Tante Ida und Emma mit der Kutsche in die Stadt, um für die Woche einzukaufen: Mehl und Zucker, Lampenöl und Kernseife, Buchweizen und Salz. Tante Ida hatte eine Liste erstellt, die Emma auswendig lernen musste.

Die Abendsonne brannte hart und gleißend auf die Erde herab und ließ das ohnehin schon braune Gras ganz verdorren. Die stehende Luft roch nach warmem Holz, schwelendem Abraum und Pferdemist. Emmas mittelbrauner Rock zog die Hitze förmlich an, sodass sie sich wie in einem Backofen fühlte.

Am Vorabend hatte Maggie, Tante Idas Näherin, Emmas Kleid aufgetrennt und wieder zusammengenäht. Sie hatte den Saum des Walkrocks gekürzt und aus der Bluse mit dem Schalkragen ein Stück herausgenommen. Heute nähte ihr Maggie ein paar neue Kleidungsstücke, unter anderem ein Hauskleid für den Alltag, ein Besuchsgewand und ein fließendes rosafarbenes Teekleid. Einerseits war Emma nicht erpicht darauf, weil sie wusste, dass sie alles, was sie von ihrer Tante und ihrem Onkel bekam, in irgendeiner Weise mit Zinsen zurückzahlen müsste. Und so würde sie auch gerne aufs Essen verzichten, wenn das denn ginge. Andererseits freute sie sich darauf, etwas Kühleres zum Anziehen zu bekommen.

Seit dem Morgen hatte sie drei Körbe Wäsche aufgehängt,

auf der Hintertreppe grüne Bohnen geschnippelt, ein paar Hosen geflickt und gebügelt und den Boden der Sommerküche gewischt, weil Cook aus dem Hühnerstall Dreck hereingetragen hatte. Tante Ida hatte alle ihre Bewegungen überwacht und Anweisungen erteilt, wie sie schneller und effizienter arbeiten könne. Auf der Fahrt in die Stadt hielt sie Emma eine Moralpredigt, weil Emma ihre Handschuhe vergessen hatte, und schlug jedes Mal, wenn sie ihren Worten Nachdruck verleihen wollte, mit der Peitsche auf das Pferd ein.

»In der Öffentlichkeit muss man immer Handschuhe tragen, auch in der Kirche und bei anderen formellen Anlässen«, sagte sie. »Nur zum Essen und Trinken darf man sie ausziehen.«

»Bei meiner Mutter musste ich nie Handschuhe tragen«, sagte Emma.

»Jetzt bin ich aber für dich verantwortlich, da deine Mutter ja …«

»Bitte nicht«, sagte Emma.

»Bitte nicht was?«

»Bitte reden Sie nie wieder von meiner Mutter.«

»Ach du liebe Güte«, sagte Tante Ida. »Wie oft muss ich dir noch sagen, dass es deinem Onkel leidtut, was er gestern gesagt hat? Er wollte dich nicht gegen sich aufbringen. Du weißt doch, wie er manchmal ist. Und wenn es unter den Bergarbeitern brodelt, wird es noch schlimmer.«

»Und was ist mit Ihnen?« Emma knöpfte den Kragen auf und krempelte die Ärmel hoch, ungeachtet der missbilligenden Blicke ihrer Tante. Das Pferd legte ein ordentliches Tempo vor, und sie wollte den Fahrtwind spüren. »Tut es Ihnen leid, was Sie gesagt haben?«

Tante Ida zog die Zügel an und brachte den Wagen unvermittelt zum Stehen. Emma musste sich an ihrem Sitz festhalten, um nicht hinauszufallen.

»Mir?«, fragte Tante Ida schrill. »Was hab ich denn getan? Ich möchte nur das Beste für dich, merkst du das denn nicht?«

»Mir kommt es eher so vor, als würden Sie vor allem eine kostenlose Haushaltshilfe in mir sehen«, sagte Emma, bevor sie sich auf die Zunge beißen konnte.

Tante Ida schnappte nach Luft. Sie ließ die Zügel in den Schoß fallen und kramte im Ärmel nach ihrem Taschentuch. »Allmächtiger Gott«, sagte sie mit feuchten Augen. »Nie im Leben wurde es mir so schlecht gedankt, dass ich jemandem zu helfen versuche. Ist dir nicht klar, dass du wie eine Tochter für mich bist? Die Tochter, die ich selbst nie hatte?«

Emma seufzte. Es hatte keinen Sinn, Tante Ida irgendetwas erklären zu wollen. Sie war zu sehr damit beschäftigt, die Fehler bei den anderen zu suchen, um ihre eigenen erkennen zu können. Emma wollte ihren Ärger herunterschlucken, aber er blieb ihr in der Kehle stecken. »Es tut mir leid«, rang sie sich eine Entschuldigung ab. »Bitte vergessen Sie, was ich gesagt habe.«

Tante Ida schniefte und wischte sich die Nase ab. »Ich weiß, dass wir uns noch aufeinander einstellen müssen«, sagte sie. »Daher akzeptiere ich deine Entschuldigung. Aber nimm bitte Rücksicht auf die Gefühle deiner Mitmenschen, bevor du den Mund aufmachst. Und jetzt knöpf deinen Kragen zu und krempele die Ärmel herunter, bevor dich noch jemand sieht.«

Emma ignorierte die Aufforderung. Stattdessen nahm sie die Zügel, ließ sie sanft niedersausen und schnalzte mit der Zunge, um das Pferd zum Gehen zu bewegen. »Ich dachte, Sie könnten mir vielleicht beibringen, wie man die Kutsche lenkt.«

Tante Ida nahm ihr die Zügel aus der Hand. »Jetzt noch nicht«, sagte sie. »Wenn du im Laden arbeitest, kannst du zu Fuß gehen. Percy wird dich dann nach Hause mitnehmen, zusammen mit den Sachen von meiner Liste. Die Kutsche muss jederzeit zu meiner Verfügung stehen, da ich nie weiß, wann ich in die Stadt muss.«

Als sie den Laden der Bergwerksgesellschaft erreichten, hielt Tante Ida am Rand der staubigen Straße an und wartete, bis Emma das Pferd an einen Pfosten gebunden hatte. Emma half ihrer Tante beim Aussteigen und folgte ihr dann über den Bohlenweg zum Ladeneingang. Zwei Frauen kamen heraus, schwatzend und lachend. Die jüngere trug einen Weidenkorb, der mit einem rot-weiß karierten Tuch bedeckt war, die ältere hatte ein braunes Papierbündel unter dem Arm. Es konnte kein Zweifel daran bestehen, dass es sich um Mutter und Tochter handelte, da sie dieselbe Himmelfahrtsnase und dieselben wässrig blauen Augen hatten. Die Tochter hatte lange Löckchen, die ihr wie eine Mähne auf die Schultern hinabfielen. Die Mutter hatte ihr mausbraunes Haar zu einem lockeren Knoten hochgesteckt, wie es die jungen Mädchen damals trugen. An Schläfen und Scheitel blitzten graue Strähnen. Beide Frauen trugen pastellfarbene Kleider, die Mutter in Hellblau, die Tochter in Zartviolett.

»Guten Abend«, sagte Tante Ida.

Die Frauen wollten zurückgrüßen, rissen dann aber den Mund auf, als sähen sie Emma zum ersten Mal. Sie musterten sie von oben bis unten, als müsse man vor Mädchen mit offenem Kragen und hochgekrempelten Ärmeln Angst haben. Nach einem kurzen, unbehaglichen Schweigen rissen sie sich zusammen und grüßten.

»Emma«, sagte Tante Ida mit einem übertriebenen Lächeln. »Du erinnerst dich doch an Sally und Charlotte Gable, oder? Sally ist eine ganz liebe Freundin von mir, schon seit Urzeiten. Und die hübsche Miss Charlotte war eine Spielkameradin von Percy.«

Emma erinnerte sich an keine von beiden. Bei ihrem letzten Aufenthalt hier war sie erst zehn gewesen, und damals hatte sie sich nur dafür interessiert, wann ihre Eltern wohl kommen und sie und Albert wieder zu sich holen würden. *Nicht zu vergessen, dass alle meine Erinnerungen unter dem gespenstischen Eindruck vom Tod meines Bruders begraben liegen*, dachte sie. Es wäre aber nicht ratsam, ihrer Tante zu widersprechen. »Schön, Sie wiederzusehen«, sagte sie und streckte die Hand aus.

Charlotte trat einen Schritt zurück, und Sally klammerte sich an ihr Paket, das Gesicht plötzlich finster. Sie starrten auf Emmas nackte Hand, als sei es eine Giftschlange.

»Oh«, sagte Sally. »Sie sind also die Person, die …«

Emma zog die Hand wieder zurück. Es stimmte also. Die ganze Stadt redete über sie.

»Sie haben es sicher gehört«, sagte Charlotte, zu ihrer Mutter hinübergebeugt, und senkte die Stimme. »Im Kohlebrecher hat es gestern wieder einen Unfall gegeben.«

»Gütiger Gott«, sagte Tante Ida, die ängstlich an ihrer Gemme herumfummelte. »Davon habe ich gehört. Ist das nicht schrecklich?«

»Dem Jungen wurden ein Arm und ein Bein abgetrennt«, flüsterte Charlotte. »Er ist verblutet, bevor irgendjemand etwas unternehmen konnte.«

Emmas Magen revoltierte. *Was tat ein Junge im Kohlebrecher? War es das, was Tante Ida gemeint hatte, als sie von den Kohlejungen gesprochen hatte?* Sie wollte sich erkundigen, wurde aber von Sally unterbrochen.

»Still, Charlotte«, sagte Sally mit einem warnenden Blitzen in den Augen. Sie schaute Emma an, das Gesicht eine Maske geheuchelten Mitleids. »Es tut uns entsetzlich leid, was mit Ihren Eltern geschehen ist. Was für eine grausame Weise zu …«

»Meines Erachtens ist das Unglück im Kohlebrecher zur selben Zeit passiert, als Emmas Zug in den Bahnhof eingefahren ist«, ging Charlotte dazwischen.

»Jetzt reicht es aber!«, fuhr Sally sie an. »Du forderst das Schicksal heraus, wenn du so redest.«

Emma biss sich auf die Zunge. *Machen sie etwa mich für den Tod des Jungen verantwortlich?*

»Das ist doch Unfug«, sagte Tante Ida und kicherte nervös. »Es ist einfach zufällig zur selben Zeit passiert, nichts weiter. Meine Nichte hatte eine Pechsträhne, das ist alles. Aber nun, da sie hier bei uns ist, habe ich endlich die Möglichkeit, sie auf den rechten Pfad zu bringen. Von nun an wird alles gut, nicht wahr, Emma?«

So würde es also laufen. Man würde sie behandeln, als leide sie an Typhus oder Gelbfieber. Sie zwang sich zu einem Lächeln und drückte Charlottes Handgelenk an der Stelle, wo zwischen dem Ärmel und dem weißen Handschuh ein Stück Haut zu sehen war. Das Blut wich aus Charlottes Wangen, und Sally schnappte nach Luft wie eine sterbende Maus.

»Es war sehr schön, Sie wiedergesehen zu haben«, sagte Emma. »Vielleicht können wir uns ja mal auf einen Tee treffen und ein bisschen plaudern.« Sie ließ Charlottes Handgelenk los und trat an den beiden vorbei. Im Vorübergehen ließ sie eine Hand über Sallys Arm gleiten. »Hocherfreut, Mrs. Gable.« Dann huschte sie, die Wangen glühend von der Demütigung, in den Laden.

Die Glocke bimmelte, dann schlug die Tür hinter ihr zu. Einen Moment lang stand Emma auf der anderen Seite der Schwelle und wartete, dass sich ihre Augen an das düstere Licht im Innern gewöhnten. Das schwere Kakaoaroma des Kaffees, vermischt mit dem Geruch von reifem Käse und altem Holz, erinnerte sie an den Bäcker in Manhattan, wo sie und ihr Vater jeden Samstagmorgen Brot gekauft hatten. Außer dem Brot hatte ihr Vater immer zwei Petits Fours gekauft, eines für sie und eines für ihre Mutter – als besondere Aufmerksamkeit für die Frauen, die er liebte. Bei dem Gedanken verspürte Emma einen nagenden Schmerz in der Brust. Am liebsten hätte sie auf den Hacken kehrtgemacht und in der Kutsche gewartet, aber dann hätte sie an diesen beiden törichten Frauen vorbeigehen müssen. Außerdem hatte Tante Ida sie ja mitgenommen, damit Emma ihr behilflich sein konnte.

Am anderen Ende des Ladens schaute Percy von seiner Registrierkasse auf. Er trug eine weiße Schürze über seinem dunklen Anzug, außerdem einen Ärmelraffer am rechten Oberarm, wie ihn auch der Friseur von Emmas Vater getragen hatte. Über seinem Kopf hing eine Garnrolle von der Decke herab, und neben der Kasse lag ein Stapel Einwickelpapier. Außerdem sah man eine Glasglocke mit einem Käselaib darunter und eine Kaffeemühle. Diesseits der Theke, mit dem Rücken zu Emma, stand eine Frau, ein wimmerndes Baby auf dem Arm, daneben ein kleines Mädchen ohne Schuhe und mit schmutzigen Beinen. Der Saum des bodenlangen Rocks der Frau war zerschlissen, ihre Bluse mit den Keulenärmeln fleckig und zerknittert. Ihr kurzes Haar war so stumpf und schmutzig, dass man kaum die Farbe erkennen konnte. Das Mädchen drehte sich um und schaute Emma an, die großen Augen wie kleine Ozeane in dem blassen Gesicht, das blonde Haar strähnig unter der angegrauten Musselinhaube. Ihr Kleid war zwei Nummern zu groß, sodass die Taille von einem speckigen Seil hochgehalten wurde. Der bloße Anblick ließ Emma ahnen, wie elend es dem Mädchen gehen musste. All die Jahre der Entbehrungen, all die Monate, in denen es in der Winterkälte zittern musste, all die Nächte, in denen es mit leerem Magen zu schlafen versucht hatte, mit nichts als dem nagenden Hunger im Bauch.

Hinten im Laden standen drei Jungen in geflickten Kniehosen und abgewetzten Kappen vor den Bonbongläsern, zählten ihre Münzen und beäugten die Glasgefäße mit Kräuterbonbons, Lakritz, Pfefferminzstangen und Fruchtdrops. Ihre

Gesichter waren schwarz, und ihre Hände hatten die Farbe von fleckigem Gestein. Der Älteste schien sieben oder acht zu sein. Er griff nach einem der Glasdeckel.

»He, Jungs, ihr wartet, bis ich hier fertig bin!«, rief Percy.

Der Junge legte den Deckel wieder aufs Glas, drehte der Theke den Rücken zu, steckte die Hände in die Taschen und flüsterte seinen Freunden etwas zu. Während er mit dem Stiefel scharrte, behielt er Percy über die Schulter im Blick.

Emma trat in den ersten Gang. Bei jedem Schritt ächzte und knarrte der Dielenboden unter ihren Füßen. Sie konnte sich noch gut erinnern, dass sie sich als Kind immer gewünscht hatte, diese Wunderwelt an Waren in aller Ruhe betrachten zu können, aber ihre Tante hatte sie immer ermahnt, nicht zu trödeln. Jetzt schien es einen doppelt so großen Bestand zu geben wie damals.

Alle nur denkbaren Haushaltsartikel füllten diesen Teil des Raums: Wäscheklammern, Bohnerwachs, Eimer, Besen, Bügelbretter, Rührschüsseln, Holzlöffel, Kaffeemühlen. Auf der anderen Seite befanden sich die Lebensmittel: Behältnisse mit Mehl, Zucker, Salz, getrockneten Bohnen und Gewürzen, außerdem die verschiedensten Konserven. In der Mitte des Ladenlokals waren Tische und Ständer mit Arbeitshosen und Arbeitshemden für Männer, Frauenstrümpfen und Blusen, Kinderpullovern und Unterwäsche aufgestellt. An der Rückwand fand man Vorhänge und Bettwäsche, dann eine Ecke mit Seifen und Tinkturen, eine andere mit Nähzubehör wie Nadeln, Faden und Stoff. Teekessel und Spülschüsseln, Töpfe und Eisenpfannen, Trichter und Sturmlaternen, Kaffeekannen und Eimer, Waschschüsseln und Waschbretter, Krüge und Körbe hingen von der Decke herab. Mittendrin stand ein bauchiger Ofen, umgeben von Stühlen, Spucknäpfen und Holzfässern mit eingelegtem Gemüse, Salzhering, verschiedenen Saaten und Kartoffeln.

Emma ging ins Hinterzimmer durch und betrachtete die Gerätschaften dort: Ackerbau- und Gartenwerkzeuge, Fässer mit Nägeln, Pferdegeschirre, Kummete, Hufeisen, Axtgriffe, Schaufeln, Ofenrohre, Zaundraht und ein Kerosintank mit Handpumpe. In einem weiteren Raum befanden sich Hühner, Hühnerfutter, Säcke mit Düngemittel, Eierpaletten und Seilrollen, außerdem eine Auswahl an Maschinen- und Schlossschrauben, Holzschrauben, Gartenpflüge, Steinguttöpfe und kistenweise Einweckgläser. Grubenbedarf füllte einen vierten Raum – Bohrer, Sprengpulver, Zünder, Schaufeln, Spitzhacken, Kerosin und Öl. Nicht einmal in Manhattan hatte Emma einen Laden mit einem solchen Warenangebot gesehen.

Nachdem sie sich eine Weile umgeschaut hatte, ging sie, vorbei an Regalen mit Brot und Brötchen, zur Verkaufstheke.

»Es tut mir leid«, sagte Percy zu der Frau, die vor der Kasse stand. »Es fehlen immer noch zehn Cent.«

Die Frau wiegte das Baby auf der Hüfte, damit es nicht noch unruhiger wurde. »Können Sie den Betrag nicht für nächste Woche anschreiben? So viel ist es doch nicht.«

Percy schüttelte den Kopf. »Ihre Verbindlichkeiten überschreiten bereits den Lohn Ihres Mannes. Und von letzter Woche schulden Sie mir auch noch Geld.«

»Aber ich muss eine Schar hungriger Mäuler füttern«, sagte sie. »Zu Hause habe ich auch noch drei.«

»Tut mir leid«, sagte Percy. »Aber das ist nicht mein Problem.« Er wischte mit einem Tuch über die Registrierkasse, um dem Blick der Frau auszuweichen. Zu Emmas Überraschung wirkte er gequält.

Emma schlich sich näher, um zu sehen, was die Frau kaufen wollte. Ein Laib Brot und eine Flasche Milch standen auf der Theke.

»Wäre es nicht möglich, das Brot ein paar Cents billiger zu

verkaufen?«, fragte die Frau. »Ich schwöre, dass ich den Rest beim nächsten Mal zahle.«

Wieder schüttelte Percy den Kopf. »Wenn Sie noch Schulden von letzter Woche haben, kann ich nicht anschreiben, bis sie bezahlt sind. Tut mir leid, aber so läuft das nun einmal.«

Die Frau wiegte sich vor und zurück und kratzte sich mit ihren schmutzigen Fingernägeln im Nacken, als denke sie über eine Lösung nach. »Kann ich nicht irgendetwas tun, um Sie umzustimmen?«, fragte sie. »Vielleicht kann ich ja wiederkommen, wenn der Laden geschlossen ist, und …«

»Nein!«, schnitt Percy ihr das Wort ab und schaute nervös zu Emma hinüber. »Entweder Sie bezahlen jetzt, oder Sie gehen.«

Die Frau erstarrte in der Bewegung. »Nun, dann hoffe ich für Sie, dass Sie heute Nacht gut schlafen können, während sich meine Kleinen in den Schlaf weinen, weil ihr Magen leer ist!«

Percys Gesichtszüge wurden sanfter. »Sie wissen, dass ich die Regeln nicht gemacht habe.«

Die Frau wandte sich zum Gehen und schob ihre Tochter an der Schulter fort. Das Baby, das puterrot war im Gesicht, hörte auf zu wimmern. Als die Frau Emma erblickte, blieb sie stehen und schaute sie mit blitzenden Augen an. »Wenn Ihr Mann nicht in der Grube arbeitet und Sie woanders einkaufen können, dann tun Sie es besser«, sagte sie. »Dieser Betrieb hier wird nicht umsonst der Halsabschneiderladen genannt.«

Hinter Emmas Rücken rissen die Jungen jetzt die Deckel von den Bonbongläsern, schnappten sich händeweise Lakritz und Zitronenbonbons und schossen zur Seitentür hinaus. Percy sprang um die Theke herum und jagte ihnen hinterher. Die Frau sah ihm nach und musterte Emma dann mit zusammengekniffenen Augen. Nach einem kurzen Moment des Zögerns nahm sie Brot und Milch, steckte sie in die Tasche, die an ihrem Unterarm hing, und eilte aus dem Laden. Weniger als eine Minute später kam Percy wieder in den Laden gestürmt, keuchend und mit rotem Kopf.

»Diese nichtsnutzigen Halunken!«, rief er.

Tante Ida trat durch den Eingang, besorgt die Stirn gerunzelt. »Um Himmels willen!«, sagte sie und fächelte sich mit einem Paisley-Fächer Luft zu. »Was ist denn hier los?«

»Diese verdammten Kohlejungen!«, sagte Percy. »An jedem Zahltag kommen sie und machen Ärger.«

»Warum lässt du ihnen das durchgehen?«, fragte Tante Ida. »Vergiss nicht, du trägst die Verantwortung für den Laden.«

»Ich tu mein Bestes, Ma«, sagte Percy. »Leider habe ich keine Augen im Hinterkopf. Das ist ein weiterer Grund, warum ich Hilfe brauche. Ich kann schließlich nicht überall sein!«

»Wenn Emma alles gelernt hat, was sie im Haus zu tun hat, schicke ich sie dir.«

»Je eher, desto besser«, sagte Percy. Er stapfte um die Theke herum, blieb an der Registrierkasse stehen und merkte, dass die Milch und das Brot fort waren. »Verdammt!«

Tante Ida riss die Augen auf. »Was ist denn jetzt schon wieder?«

Percy schüttelte den Kopf. Die Adern an seiner Stirn waren angeschwollen. »Nichts«, sagte er. »Mir ist nur gerade etwas eingefallen, was ich eigentlich längst tun wollte. Brauchst du heute etwas Besonderes?«

»Ich dachte, du könntest Emma vielleicht alles zeigen, damit sie die Sachen das nächste Mal alleine findet«, sagte Tante Ida.

»Heute nicht«, sagte Percy. »Ich habe zu viel zu tun.«

»Jetzt hör mir mal gut zu, Percy Francis Shawcross«, begann Tante Ida. »Erst fluchst du ohne ersichtlichen Grund, und dann schlägst du deiner Mutter eine Bitte ab. Was würde denn dein Vater davon halten? Eine Hand wäscht die andere, nicht wahr? Du möchtest doch, dass ich dafür sorge, dass Emma hier arbeiten kann, daher solltest du etwas entgegenkommender sein.«

»Ja, Ma'am«, sagte Percy und trat mit einem langen Gesicht wieder um die Theke herum.

Tante Ida reichte Emma die Liste. »Ich bin draußen und verabschiede mich noch von Sally Gable«, verkündete sie und ging zur Tür. »Ihr Sohn hat offenbar ein nettes Mädchen aus Wilkes-Barre geheiratet, und es ist schon guter Hoffnung.« Bevor sie in die Abenddämmerung entschwand, rief sie noch über die Schulter: »Nichts erfüllt eine Frau mit größerem Stolz, als mitzuerleben, wie ihr Sohn ein hübsches Mädchen heiratet!«

Percy sah ihr hinterher, die Hände in die Hüften gestützt. »Diese Schlampe«, zischte er dann leise.

»Was ist denn?« Emma tat so, als wisse sie nicht, was los sei.

»Diese verdammte Frau hat das Brot und die Milch gestohlen, die sie kaufen wollte.«

»Nein, hat sie nicht«, erwiderte Emma. »Ich dachte, ich könnte mich schon einmal nützlich machen, und habe das Brot aufs Regal zurückgelegt und die Milch ins Eisfach gestellt.«

Percy seufzte schwer, offensichtlich erleichtert. Dann schien er zur Besinnung zu kommen und drückte die Schultern durch. »Hör zu«, sagte er. »Du wirst hier nichts anrühren, bevor ich es dir nicht sage.«

»Ich dachte, ich soll dir helfen.«

Er nahm ihr die Liste aus der Hand und eilte in den hinteren Bereich des Ladens. »Sollst du auch. Aber du arbeitest doch noch gar nicht hier, oder?«

»Nein«, sagte sie und blieb stehen. »Tu ich nicht. Und ich bin mir sicher, dass ich ohne Mühe einen Weg finden könnte, um nie hier arbeiten zu müssen.«

Er blieb stehen, schaute sie an und rang die Hände. »Herrgott«, sagte er. »Tut mir leid. Es ist nur … Die Arbeit hier ist nicht so leicht, wie mein Vater sich das vorstellt. Und wo ich dich nach all diesen Jahren plötzlich wiedersehe …«

»Denkst du, für mich ist das alles leicht?«

»Nein«, sagte er. »Das kann ich mir kaum vorstellen. Ich wollte dich nicht …«

»Hör zu«, sagte sie. »Wir müssen einen Weg finden, um miteinander auszukommen. Wenigstens so lange, bis ich weiß, wie ich hier verschwinden kann. Also mach das bitte nicht noch einmal.«

Er trat vor und legte ihr eine Hand auf die Schulter. »Ich möchte, dass du weißt, wie leid es mir tut, was mit deinem Bruder passiert ist, als du das letzte Mal hier warst. Eigentlich hätte ich mich damals schon entschuldigen sollen, aber ich wusste nicht, was ich sagen soll.«

Sie schob seine Hand weg und schritt den Gang hinab. »Es ist sinnlos, jetzt darüber zu reden«, sagte sie. »Sämtliche Entschuldigungen der Welt können nicht ungeschehen machen, was damals passiert ist.«

»Ich weiß«, sagte Percy. »Ich wollte nur, dass du …«

Sie fuhr herum und schaute ihm ins Gesicht. »Können wir bitte über etwas anderes reden?«

Er zuckte mit den Achseln, ging zum Ende des Gangs und begann damit, die Dinge von der Einkaufsliste seiner Mutter zusammenzutragen. »Und worüber?«

Sie folgte ihm. »Was hat die Frau damit gemeint, dass ich besser woanders einkaufen soll, wenn mein Mann nicht für die Bergwerksgesellschaft arbeitet?«

Er nahm eine Dose Lampenöl aus dem Regal und trug sie zur Kasse. »Bergarbeiter und ihre Familien sind verpflichtet, hier einzukaufen.«

»Warum?«

»Der Gesellschaft gehört der Laden.« Er nahm einen Korb und ging den Mittelgang hinunter.

Sie folgte ihm. »Ja und?«

Er schaute sie an, als habe sie behauptet, die Erde sei eine Scheibe. »Die Leute würden sofort ihre Arbeit verlieren, wenn sie woanders einkaufen würden.«

»Warum das denn?«, fragte sie. Aber dann ging ihr ein Licht auf, und sie verzog das Gesicht. »Du meinst, um sie zu zwingen, hier einzukaufen? So einen Blödsinn habe ich ja noch nie gehört.«

»So war es doch immer schon.«

»Ich habe nur ein paar Monate hier gelebt, wie du weißt. Damals war ich zehn. Auf solche Dinge habe ich nicht geachtet.«

Percy nahm zwei Beutel getrocknete Bohnen aus dem Regal. »Dann musst du wohl noch einiges lernen. Und damit meine ich nicht nur über den Laden.«

»Was kannst du mir über die Kohlejungen erzählen?«, fragte sie. »Tante Ida will nicht damit herausrücken, was es mit ihnen auf sich hat.«

Er runzelte die Stirn, trug den Korb nach vorne und stellte ihn auf die Theke. »Die Kohlejungen arbeiten im Kohlebrecher.«

»Und was tun sie dort?«, fragte sie. »Einige von ihnen können nicht älter als sechs oder sieben sein!«

»Sie sortieren die Kohle.«

»Jeden Tag?«

»Natürlich jeden Tag«, sagte er. »Außer sonntags. Das ist der einzige Tag, an dem im Bergwerk alles stillsteht.«

»Ich habe gehört, dass es einen Unfall gab und ein Junge ums Leben gekommen ist. Ist die Arbeit gefährlich?«

»Manchmal schon.«

»Ist das denn legal?«

»Die Bleak Mountain Mining Company tut nichts anderes als alle anderen Bergwerksgesellschaften in diesem Land auch.«

»Und was ist mit der Schule?«

Wieder warf er ihr einen Blick zu, als sei sie soeben von einem Rübenlaster gefallen. »Für die Kinder der Grubenarbeiter gibt es keine Schule in Coal River.«

Sie starrte ihn an und versuchte sich daran zu erinnern, ob sie bei ihrem letzten Aufenthalt hier Bergarbeiterkinder gesehen hatte, die mitten am Tag durch die Stadt liefen. Sie konnte sich nicht erinnern. »Warum nicht?«, fragte sie. »Ist es nicht gesetzlich vorgeschrieben, dass alle Kinder eine Schulausbildung bekommen?«

Er wirkte leicht gequält. »Keine Ahnung«, sagte er. »Solange ich zurückdenken kann, ist es hier immer so gewesen. Die Hälfte der Kinder kann kaum Englisch, von Lesen und Schreiben ganz zu schweigen. Wie soll man ihnen da etwas beibringen?«

Sie schüttelte den Kopf, unfähig zu glauben, was sie da hörte. Was für Menschen steckten kleine Jungen in ein Bergwerk, statt sie in die Schule zu schicken? Irgendwie, egal wie, musste sie einen Weg finden, um aus diesem gottverlassenen Nest herauszukommen. Dann kam ihr plötzlich ein anderer Gedanke. *Wenn ich Tante Idas Knute gelegentlich entkommen könnte, ließe sich ja vielleicht eine Möglichkeit finden, wie ich den Bergarbeiterkindern etwas beibringen könnte, und sei es nur, ihren Namen zu schreiben.*

Kurz darauf half sie Percy, Tante Idas Einkäufe zur Kutsche zu tragen. Die Sonne hing tief am Horizont und warf lange Schatten auf die Straße. Nachdem sie sämtliche Taschen und Päckchen hinten eingeladen und zugedeckt hatten, hielt sich Emma an der hölzernen Armlehne fest und kletterte auf die Sitzbank hoch. Tante Ida, die bereits auf der Fahrerseite saß, arrangierte die schweren Falten ihres Rocks und griff nach den Zügeln.

Percy schaute mit zusammengekniffenen Augen zu ihnen hoch. »Fahrt auf dem schnellsten Weg nach Hause.«

»Ja, Sir.« Tante Idas Stimme klang leicht sarkastisch.

»Warum hat euch nicht der Fahrer gebracht?«, fragte Percy.

»Du weißt doch, dass ich die Kutsche gerne selber lenke«, sagte Tante Ida. »Außerdem musste der Fahrer Cook in der Sommerküche beim Wursten helfen.«

»Aber dich kennen hier alle«, sagte er. »Und bei allem, was in Coal River so vor sich geht ...«

»Um mich musst du dir keine Sorgen machen.« Tante Ida klopfte auf ihren Rock. »Ich weiß mir schon zu helfen.«

Bis dahin hatte Emma die kleine Beule unter dem Kleid ihrer Tante gar nicht bemerkt.

Percys Augenbrauen schossen hoch. »Das ist hoffentlich nicht das, was ich jetzt denke.«

Tante Ida grinste. »Die Pistole von deinem Daddy?«, fragte sie. »Und ob sie das ist. Aber wehe, du erzählst ihm das. Wenn etwas passiert, werdet ihr beide froh sein, dass ich nicht auf euch gehört habe.« Sie richtete sich auf und ließ die Zügel niedersausen. Das Pferd zuckte und setzte sich dann in Bewegung, Flanken und Hinterteil mit getrocknetem Schweiß bedeckt. Percy schüttelte resigniert den Kopf und winkte ihnen hinterher, als sie über die staubige Straße davonfuhren.

Emma hob kurz die Hand zum Abschied und drehte sich dann um. »Was meinen Sie mit ›wenn etwas passiert‹?«, fragte sie. »Was soll denn passieren?«

Tante Ida winkte ab. »Nichts, worüber du dir Gedanken machen müsstest«, sagte sie. »Du hast doch gehört, worüber dein Onkel und Percy gesprochen haben. Die Bergleute stiften in letzter Zeit eine Menge Unfrieden. Wie immer machen sie die Leute in den gehobenen Positionen für alles verantwortlich.«

»Aber sie würden doch nicht ...«, sagte Emma. »Ich meine, sie würden doch nicht tatsächlich jemandem etwas antun, oder?«

Just in diesem Moment rannte eine Gruppe schreiender Jungen direkt vor ihrer Kutsche über die Straße. In ihren abgewetzten Kniehosen und den ramponierten Schuhen sahen sie aus wie ein Horde Waisenkinder. Einer der Jungen ging auf Krücken und hüpfte auf einem Bein, das leere Hosenbein zugebunden. Wie in Zeitlupe drehte er Tante Ida und Emma den Kopf zu. Es war der Junge von gestern, Alberts Zwilling. Aus der Nähe wirkte er zugleich wild und kindlich wie eine uralte, gequälte Seele, die in einem jungen Körper gefangen ist. Mitten auf der Straße zögerte er einen Moment und richtete den Blick auf Emma. *Du hast deinen Bruder sterben lassen.*

Trotz der Hitze fröstelte es Emma, und sie konnte ihre Augen nicht von ihm losreißen. *Woher weiß er das?*

Tante Ida zog die Zügel an und brachte das Pferd zum Stehen. »Ihr nutzloses Gesindel, passt doch auf, wo ihr langlauft.«

Alberts Zwilling senkte den Blick und hüpfte dann weiter auf die andere Straßenseite. Emma sackte in sich zusammen, als sei sie aus einem Trancezustand erwacht. Sie schüttelte den Kopf, um wieder zu Verstand zu kommen. *Ich leide wohl schon an Halluzinationen*, dachte sie. *Dieser Junge weiß nichts über mich. Es ist reiner Zufall, dass er wie Albert aussieht, sonst nichts. Ich muss mich zusammenreißen, bevor ich mich noch selbst verrückt mache!*

Tante Ida schnaubte empört, die Lippen wütend gespitzt, und trieb das Pferd wieder an. Plötzlich lief noch ein Junge über die Straße und sprang erst im letzten Moment beiseite. Er lachte, streckte ihnen die Zunge heraus und rannte dann seinen Freunden hinterher.

»Sind das Kohlejungen?«, fragte Emma.

»Leider ja«, antwortete Tante Ida.

»Percy hat mir erzählt, was sie machen und wie gefährlich das ist. Kann Onkel Otis ihnen nicht irgendwie helfen?«

Tante Idas Gesicht verfinsterte sich, aber sie hielt den Blick auf die Straße gerichtet. »Ich hatte dir doch schon gesagt, dass ich nicht darüber reden möchte.«

»Nicht über etwas zu reden heißt nicht, dass es von selbst verschwindet.«

»Bitte!«, sagte Tante Ida. »Keine Fragen zu den Kohlejungen. Das ist meine letzte Warnung!«

»Aber das ist eine Schande!«

Tante Ida ignorierte sie und schlug heftiger mit den Zügeln auf das Pferd ein. Emma drehte sich um und sah, dass sich die Kohlejungen in einer staubigen Gasse zwischen dem Tabakladen und einem Saloon zu einer Gruppe älterer Jungen gesellt hatten und wie verspielte Welpen um sie herumsprangen. Die älteren Jungen hielten ihnen Zigaretten und Kautabak hin, während die jüngeren in ihren Taschen nach Münzen kramten und sich gegenseitig wegschubsten. Nachdem sie den älteren das Geld gegeben hatten, steckten sich die kleinen Jungen – von denen manche sicher erst sechs waren – Zigaretten und Maiskolbenpfeifen an oder schoben sich Kautabak zwischen Zähne und Wangen.

»Ich glaub, ich trau meinen Augen nicht«, sagte Emma, der fast der Atem wegblieb.

Tante Ida schnalzte. »Es ist eine Schande, dass diese Bergarbeiter ihre Kinder nicht im Griff haben. Eine Horde wilder Tiere ist das, wenn du mich fragst! Aber es gibt eben Menschen, die nicht geschaffen sind für die Zivilisation.« Sie nahm eine Peitsche und hieb sie dem Pferd aufs Hinterteil, damit das ohnehin schon überhitzte Tier einen Schritt zulegte.

KAPITEL 5

Traditionsgemäß wurden die Feierlichkeiten zum Unabhängigkeitstag am vierten Juli im Stadtpark abgehalten, dort wo sich die Main Street in die Railroad Avenue und die Murphy Lane gabelte. Amerikanische Flaggen und bunte Wimpelgirlanden schmückten das Pennsylvania Hotel mit dem Fremdenheim, Herrick's Apotheke, Judd's Schmiede, Abe's Pferdewechselstation und das Postamt. Von jedem Dach und aus jedem Fenster hingen wie wallende Bettlaken rote, weiße und blaue Tücher herab. Weitere Flaggen wehten an den Laternen und am Musikpavillon, wo eine zwanzigköpfige Kapelle unter Luftschlangen und Bannern patriotische Stücke anstimmte. Nach der Parade um ein Uhr mittags trafen sich die Einwohner zum Picknick im Park. Später am Abend würde in der Baracke neben dem Pavillon zum Tanz aufgespielt.

Gegen halb zwei stand die Sonne wie ein glühender Feuerball am Himmel, und die Nachmittagstemperaturen stiegen noch stärker als in den vergangenen Tagen. Hunderte von Menschen ergossen sich über den Park, Männer in Jacketts und Dreiteilern, Frauen in pastellfarbenen Kleidern, Jungen in schicken Hosen und glänzenden Schuhen, Mädchen in weißen Pumphosen und Matrosenkleidchen. Der Geruch von Grillwürsten, Bier und gerösteten Erdnüssen lag in der Luft, und man hörte das Knallen von Feuerwerkskörpern und den Klang verschiedener Sprachen. Polizisten der privaten, von der Bergwerksgesellschaft bezahlten Coal and Iron Police patrouillierten durch die Menge, Schlagstöcke und Revolver am Gürtel. Einige trugen ein Gewehr über der Schulter. Neben den schicken Kleidern der besseren Gesellschaft stachen die Männergruppen, die Jungencliquen und die Bergarbeiterfamilien, die in geflickten Hosen, abgetragenen Kleidern und löchrigen Schuhen durch die Menge wanderten, besonders ins Auge. Die jüngsten Kinder gingen barfuß.

Emma hatte versucht, sich vor dem Ereignis zu drücken, indem sie Magenprobleme wegen der großen Hitze vorgeschoben hatte, aber Tante Ida hatte nichts davon wissen wollen. Wenn Emma bei den Shawcross leben und all die Vorzüge dieser Zugehörigkeit genießen wolle, dann sei es ja wohl das Mindeste, dass sie ihre Verwandten zu dem Fest begleite. Außerdem sei ihr Erscheinen dort unabdingbar, um den Städtern zu demonstrieren, dass sie eine ganz normale junge Frau sei. Wenn sie zu Hause bleibe, würde das die Gerüchte nur noch anheizen, dabei könne man nichts weniger gebrauchen als die allgemeine Befürchtung, dass man ihr besser aus dem Weg gehe.

Jetzt trottete Emma neben ihrer Tante durch den Stadtpark, einen weißen Sonnenschirm auf die Schulter gelegt. Tante Ida hatte Emmas Aufzug peinlich genau ausgewählt, vom elfenbeinfarbenen Teekleid mit Spitzenkragen bis hin zu den Riemenschühchen aus weißem Wildleder. Es war schließlich wichtig, dass Emma bei ihrem ersten Auftritt mit der Familie wie eine wohlerzogene junge Dame aussah und nicht wie ein verfluchtes Mädchen, das Unglück brachte, oder wie eine Göre, die in den Straßen von Manhattan Flugzettel verteilt hatte. Onkel Otis war der Grubenaufseher, und die Shawcross mussten auf ihren Ruf achten. Allerdings hatte sich Emma geweigert, ihre Haare hochzustecken, indem sie darauf beharrt hatte, dass es zu heiß sei, wenn ihr eine dicke Lockenmasse im Nacken hänge. Tante Idas missbilligendes Schnalzen, als sie mit einem langen Zopf auf der Vorderveranda erschienen war, hatte sie noch gut im Ohr. Tante Ida hatte sich natürlich in

Schale geworfen und trug ein gelbes Teegewand mit weißer Schärpe und juwelenbesetzten Tressen, dazu einen breitkrempigen Hut mit Pfauenfedern. Auch Onkel Otis und Percy trugen ihren besten Sonntagsstaat.

Emma fragte sich, was all die Menschen wohl denken würden, könnten sie Onkel Otis abends bei Tisch erleben, wenn er schnaufend und schnaubend seine Sorge zum Ausdruck brachte, dass die Schwelbrände in den Abraumhalden auf den Kohlebrecher übergreifen könnten, oder sich wieder einmal über die Bergarbeiter und die Maultiere beklagte, die noch störrischer waren als sonst. Was würden sie sagen, wenn sie ihn nach dem Essen wie ein verschwitztes Kind schlaff in seinem Sessel hängen sähen, verhätschelt und umsorgt von seiner Frau? Jeden Abend war es dasselbe: Tante Ida nahm ihm das Whiskyglas aus der Hand, knöpfte ihm den Kragen auf, wischte ihm mit einer nassen Serviette das Gesicht ab und brachte ihn dann mit Percys Hilfe ins Bett.

Mit Onkel Otis' Alkoholproblem und dem, was früher am Tag geschehen war, hatte Emma genug in der Hand, um den Ruf der Shawcross' in weniger als fünf Minuten zu ruinieren. All die Pfauenfedern und Nadelstreifenanzüge könnten gegen die Wahrheit, wenn sie denn ans Licht käme, nichts ausrichten. Andererseits schien sich in Coal River niemand darum zu scheren, dass im Kohlebrecher Jungen verletzt oder getötet wurden. Warum sollte man sich also dafür interessieren, was ihr widerfahren war? Sie legte die Hand an die wunde Wange, fragte sich, ob sie noch rot war, und dachte wieder an den morgendlichen Aufbruch zurück. Tante Ida bestand darauf, ein Familienfoto zu machen, und lag Onkel Otis in den Ohren, er möge wieder ins Haus zurückgehen, um seine Kodak Pocket Camera zu holen. Sie könnten sich auf die Verandatreppe stellen, erklärte Tante Ida, und ein schönes Bild mit dem Haus im Hintergrund aufnehmen.

»Wir sind alle so hübsch angezogen«, sagte sie. »Und das Licht ist perfekt. Lass uns das Foto lieber machen, bevor du und Percy euch in dem allgemeinen Tumult die schönen Sachen ruiniert.«

»Es ist viel zu heiß«, stöhnte Percy.

»Und ich müsste wieder reingehen und die Treppe hochsteigen, um die Kamera zu holen«, sagte Onkel Otis. »Steig einfach in die Lizzie, damit wir endlich losfahren können.« Er machte eine Geste, als würde er einen Dienstboten entlassen.

»Jetzt hörst du mir mal zu, Otis Shawcross«, sagte Tante Ida, die Fäuste in die Hüften gestemmt. »Du warst es doch, der darauf bestanden hat, sündhaft viel Geld für diese großartige neue Kamera auszugeben, und jetzt benutzt du sie gar nicht. Die meiste Zeit des Jahres liegt sie im Schlafzimmerschrank und staubt ein! Wofür um alles in der Welt schonst du sie eigentlich?«

Onkel Otis zuckte mit den Achseln.

»Jetzt geh schon rein und hol sie, dann kann Emma uns fotografieren!«

Leise vor sich hin fluchend folgte Onkel Otis ihrer Aufforderung. Wenige Minuten später kam er mit der Kamera und einer Filmrolle wieder, das Gesicht rot und die Haare zerzaust, als habe er sich durch einen Berg Leinenwäsche und Kleider hindurchwühlen müssen. Tante Ida dirigierte Percy auf eine Stufe, stellte sich neben ihn und wartete, bis Onkel Otis den Film eingelegt, die Objektivplatte herausgezogen und Emma gezeigt hatte, wie man ein Foto machte.

»Du musst sie ganz gerade halten. So«, sagte er und zeigte es ihr. »Dann schaust du hier durch und drückst auf den Belichtungshebel.«

»In Ordnung«, sagte Emma und wollte zur Kamera greifen.

Er zog sie weg. »Und egal, was du anstellst, mach sie nicht kaputt«, sagte er. »Die war teuer.«

»Keine Sorge.«

Widerstrebend reichte Onkel Otis ihr die Kamera. Dann stieg er die Treppe hoch, stellte sich neben seine Frau und fuhr sich mit den Fingern durchs schüttere Haar. Percy stand auf der anderen Seite seiner Mutter. In diesem Moment kam Cook um die Hausecke, eine Kiste mit Einweckgläsern im Arm. Sie stellte die Kiste ab und hinkte zu Emma hinüber.

»Lassen Sie mich das Bild machen«, sagte sie. »Gehen Sie auf die Treppe und stellen sich zu Ihrer Familie.«

»Nicht nötig«, blaffte Onkel Otis sie an. »Drück einfach auf den Auslöser und sieh zu, dass du fertig wirst, Emma.«

»Ich mach das aber gern«, sagte Cook. »Dann ist Emma auch mit drauf.«

»Es soll ein Familienporträt werden«, sagte Tante Ida. »Emma kann sich hinterher alleine hier aufstellen, wenn sie mag.«

Cook schenkte Emma ein schwaches, zittriges Lächeln, das gleichermaßen freundlich und traurig war.

»Ist schon in Ordnung«, sagte Emma. »Sie sind ja nicht meine richtige Familie.« Sie streckte die Hand aus, um Cooks Arm zu tätscheln und ihr für ihre Freundlichkeit zu danken, wobei ihr irgendwie die Kamera aus der Hand glitt. Wie in Zeitlupe flog sie durch die Luft und traf schließlich mit einem dumpfen Geräusch auf dem Boden auf. Emma rutschte das Herz in die Hose. Bevor sie sich bücken konnte, war Onkel Otis schon die Treppe heruntergesprungen, stieß sie mit wildem Blick beiseite und hob die Kamera auf. Dann gab es einen lauten Knall, und Emma lag am Boden, ohne zu begreifen, wie sie dort gelandet war. Sie schmeckte Blut, und als sie aufschaute, sah sie ihren Onkel über sich stehen, einen Arm erhoben. Er blinzelte und ließ die Hand sinken. Percy eilte die Treppe herab.

»Alles in Ordnung?«, fragte er und half ihr auf.

Sie fasste sich an die brennende Wange. Ihr Kinn zitterte, als sie nickte.

Percy schaute seinen Vater an, und aus seinen Augen sprach Verachtung. »Es ist doch nur eine Kamera«, sagte er.

Onkel Otis ignorierte ihn. »Ich hatte gesagt, dass du vorsichtig sein sollst!«, knurrte er Emma an. »Geh und warte im Wagen! Und rühr um Himmels willen nichts an! Steig einfach ein und bleib still sitzen!« Er reichte Cook die Kamera und stapfte dann die Treppe hoch. Cook machte das Bild, gab ihm die Kamera zurück, hob dann ihre Kiste auf und verschwand hinter dem Haus. Otis brachte die Kamera wieder hinein, während Percy und Tante Ida in die Tin Lizzie einstiegen.

»Mir ist schleierhaft, was dein Vater mit dieser Kamera hat«, sagte Tante Ida zu Percy. »Ich schwöre dir, eines Tages verkaufe ich sie und besorge etwas Nützliches von dem Geld, einen Ballen Satin oder eine neue Brosche.«

»Mir ist zu Ohren gekommen, dass er sie beim Poker unten im Pennsylvania Hotel gewonnen hat«, sagte Percy. »Sally Gables Mann Grover hat sie eingesetzt, als ihm das Bare ausgegangen ist.«

»Das würde mich nicht überraschen«, sagte Tante Ida. »Zwischen den beiden bestehen alte Rivalitäten, die ich nie ganz durchschaut habe.«

»Man munkelt, Grover sei Pa zuvorgekommen, als er Sally einen Heiratsantrag gemacht hat«, sagte Percy.

Schneller als der Blitz war Tante Ida herumgeschossen und hatte Percy im nächsten Moment eine Ohrfeige verpasst. »So darfst du nie wieder über deinen Vater reden!«, rief sie. »Mit dieser Hure würde er sich nie im Leben abgeben. Und er hat auch nie jemand anderem einen Heiratsantrag gemacht als mir!«

»Tut mir leid, Ma«, sagte Percy und rieb sich die Wange.

Jetzt bahnte sich Onkel Otis im Stadtpark seinen Weg durch die Menge und winkte und nickte, als sei er eine Königliche Hoheit, die von treuen Untertanen umringt wird. Percy ging neben ihm und trug den Korb mit dem gebratenen Huhn, dem Kartoffelsalat, den gefüllten Eihälften und Tante Idas berühmtem Angel Food Cake, einem Biskuitkuchen mit Erdbeeren. Die Speisen hatte alle Cook zubereitet, aber Tante Ida hatte Emma instruiert, dass sie, falls jemand sich erkundigte, sagen solle, ihre Tante habe seit fünf Uhr morgens am heißen Herd gestanden und geschuftet.

Als sie sich dem Pavillon näherten, schaute sich Emma nach bekannten Gesichtern um. Sie hoffte, dass die Jungen, die vor all den Jahren ihren Bruder getriezt hatten, weggezogen waren. An ihre Namen konnte sie sich nicht mehr erinnern, aber sie sah es noch vor sich, wie sie ihre Lippen spitzten und höhnisch grinsten, wenn sie Albert aufzogen. Und auch ihre kreidebleichen Wangen und die ängstlichen Blicke, als er ins Eis eingebrochen war, hatte sie noch vor Augen. Bereute auch nur einer von ihnen, was sie getan hatten? Hatten sie je noch einen Gedanken an Albert verschwendet? Oder hatten sie ihr Leben weitergelebt und den unschuldigen Jungen, den sie umgebracht hatten, einfach vergessen? Emma hatte sich in den vergangenen Jahren verschiedene Schicksale für diese Quälgeister ausgedacht. Einer war zu einem verschwitzten Trunkenbold geworden, der seine Tage im Saloon vergeudete. Einer saß im Knast, weil er eine Bank ausgeraubt hatte. Ein dritter war als Bettler auf der Straße gelandet, nachdem er seinen Besitz beim Pokern verloren hatte. Das schlimmste Szenario aber blieb dem Jungen vorbehalten, der das Amulett aufs Eis geworfen hatte. Sie stellte sich vor, dass er in der geschlossenen Abteilung eines Irrenhauses saß und von Albträumen und Schuldgefühlen gejagt wurde.

Da sie sich mittlerweile mit eigenen Augen davon hatte

überzeugen können, dass die Schandtaten bei Percy keinerlei Spuren hinterlassen hatten, erfüllte sie die Vorstellung, bei den Feierlichkeiten zum Vierten Juli seinen Freunden über den Weg zu laufen, mit Grauen. Sie könnte es nicht ertragen, mit anschauen zu müssen, wie die Verantwortlichen für Alberts Tod mit hochgekrempelten Hosen und Panamahüten Krocket spielten. Oder ihre Ehefrauen oder Freundinnen zum Picknickpavillon führten. Oder ihre Kinder hochhielten, damit sie die Musikgruppe im Musikpavillon sehen konnten. Albert hatte nie die Gelegenheit erhalten, dergleichen zu tun, und er würde sie auch nie bekommen. Mit welcher Berechtigung konnten diese Jungen in Gottes Universum ein fröhliches Leben leben? Wie konnte es sein, dass sie nie für ihre Tat büßen mussten? Emma holte tief Luft und verscheuchte den Gedanken. Wenn sie doch nur das Fläschchen mit dem Laudanum mitgenommen und es nicht in seinem Versteck unter der Matratze gelassen hätte.

Sie kamen an einer ausgedehnten Rasenfläche vorbei, wo eine Gruppe von Kohlejungen Fußball und Fangen spielte. Andere Jungen saßen an der Seitenlinie und feuerten die Mannschaften an. Kurz fragte sich Emma, ob sich der Junge, der wie Alberts Zwilling aussah, wohl auch in diesem Gewusel befand und sie heimlich beobachtete. Im nächsten Moment fiel ihr auf, dass den meisten Jungen an der Seitenlinie ganze Körperteile fehlten, eine Hand oder ein Teil vom Arm. Ein Junge ohne Beine und mit vernarbter Wange saß auf einer Holzkiste und sah zu, wie die anderen rannten und spielten. Sein Gesicht sah elend aus. Plötzlich hatte Emma einen Kloß im Hals, und sie schaute schnell weg. *So viele Jungen sind betroffen.* Wenn es ums Sterben und Leiden Unschuldiger ging, gab es so etwas wie Gerechtigkeit vielleicht gar nicht.

Sie blinzelte gegen die Tränen an und folgte ihrer Tante, vorbei an ein paar Kindern, die an einem Sackhüpfen teilnahmen. Als sie eine Ansammlung von Männern umrundeten, die sich im Gewichtheben maßen, konnte sie kaum noch mit ihrer Tante Schritt halten. Der weiche Boden neben der Gruppe war feucht von ausgespucktem Kautabak und verschüttetem Bier. Emma raffte ihren Rock hoch, damit der Saum nicht schmutzig wurde, und wich Bierflaschen und leeren Erdnusstüten aus. Im Kreis der Umstehenden stemmte nun ein bärtiger Mann in einem grauen Hemd mit roten Hosenträgern eine gewaltige Hantel über den Kopf, das Gesicht schweißüberströmt. Die anderen johlten los und stießen die Fäuste in die Luft. Der plötzliche Tumult ließ Emma zusammenzucken und trieb sie zur Eile.

Sie war schon fast an der Gruppe vorbei, als direkt vor ihren Füßen eine Bierflasche landete. Braunes Stout sprudelte ins Gras. Ein Mann trat aus der Gruppe, bückte sich, um die Flasche aufzuheben, und versperrte ihr den Weg. Er schnappte sich die Flasche, bevor das Bier vollständig herausgeflossen war, richtete sich zu voller Größe auf und schaute Emma an. Er war so groß wie ein Arbeitspferd, und sein schmutziger Pullover und die Latzhose spannten sich über seiner Brust, als seien sie zwei Nummern zu klein. Als er grinste, sah sie seine schiefen, tabakbraunen Zähne. Dann nahm er seine Mütze ab und fuhr sich mit seinen massigen Fingern durchs strähnige Haar. Der Haaransatz war schwarz von Kohlenstaub.

»Entschuldigung, Miss«, sagte er mit einem breiten irischen Akzent. »Tut mir leid, dass ich im Weg stehe.«

Emma nickte, senkte den Blick und wollte an ihm vorbeitreten, aber er packte sie mit seiner fleischigen Hand am Arm.

»Was ist?«, fragte er. »Sind wir zu vornehm, um mit einem armen Schlucker wie mir zu reden?«

Emmas Herzschlag beschleunigte sich, und sie schüttelte den Kopf. »Nein«, sagte sie und entzog sich seinem Griff. »Ich möchte nur nicht meine Tante verlieren.«

»Ihre Tante?«, fragte er. »Sollte ein so hübsches Ding wie Sie nicht mit einem gut aussehenden Kerl auf einem so netten Fest sein?«

Etliche der Männer hatten sich jetzt umgedreht, um dem Wortwechsel zu folgen. Einer brüllte: »Mit dir würde die bestimmt nicht in die Schlacht ziehen, du Tölpel.« Alle lachten.

»Wenn Sie mich jetzt entschuldigen würden«, sagte Emma. »Ich muss weitergehen.«

Der riesenhafte Ire nahm einen großen Schluck Stout, zog eine Grimasse und wischte sich mit dem Handrücken übers Kinn. »Weißt du was«, sagte er. »Je höher der Affe klettert, desto weiter kann man seinen Arsch sehen.«

»Wie bitte?«, fragte sie.

»Du hältst dich wohl für etwas Besseres mit diesen feinen Klamotten und all deinem Geld.«

Emma wollte sich schon umdrehen, als jemand rief: »Lass sie in Ruhe, Nally!«

Ein großer junger Mann drängelte sich durch die Menge der Schaulustigen und kam auf sie zu. Der Ire drückte streitlustig die Schultern durch und reckte das Kinn. Als er allerdings sah, wer da gerufen hatte, entspannte er sich und grinste.

»Wir haben nur ein bisschen geplaudert, Mr. Nash«, sagte er. »Ein bisschen Spaß muss doch sein, was?«

»Besser, du lässt die junge Dame ziehen«, sagte der Mann, als er bei ihnen ankam. »Wir können keinen Ärger gebrauchen.« Er schien Anfang zwanzig zu sein und hatte eine gerade Nase und grüne Augen, außerdem einen Vollbart, der so dunkel glänzte wie Zuckerrübenmelasse. Seine Hemdsärmel waren hochgekrempelt und ließen die muskulösen Unterarme sehen. Eine Hand in der Tasche, stand er mit seinen kräftigen Beinen da, als sei er an der Stelle festgewurzelt, ein untrennbarer Teil dieses Landes wie der wirbelnde Fluss, die niedrigen Rußwolken und die Kojoten in den Bergen. Obwohl seine Kleidung schon bessere Zeiten gesehen hatte, war er auf eine wilde Weise anziehend, ein Grubenarbeiter im Sonntagsstaat, herausgeputzt für das große Fest. Emma verschlug es den Atem.

Nash, dachte sie. Den Namen hatte sie schon einmal gehört. Dann fiel ihr wieder ein, dass sich Percy und Onkel Otis über einen Mann namens Clayton Nash unterhalten hatten. Einen Unruhestifter hatten sie ihn genannt.

Nun erschien ein Polizist der Coal and Iron Police, eine Hand am Schlagstock. Er war breitschultrig und hatte einen rötlichen Schnurrbart. Unter seinen Augen lagen dunkle Schatten. Eine goldene Plakette an seiner Kappe verriet, dass er Captain war.

»Was ist hier los?«

»Nichts, Officer«, sagte Clayton.

Nally hob mit Unschuldsmiene die Hände.

»Sie sagen besser die Wahrheit«, sagte der Captain. »Wir wollen doch heute keinen Ärger, oder?«

»Nein, in der Tat«, sagte Clayton. »Und am wenigsten mit Ihnen.« Er schaute zu Emma hinüber und nickte. »Einen schönen Tag noch, Miss.« Dann stapfte er davon und bedeutete Nally, ihm zu folgen.

Der riesenhafte Ire gehorchte. »Cheers!«, sagte er und grinste Emma zu, bevor er sich in Bewegung setzte.

»Alles in Ordnung bei Ihnen, Emma?«, fragte der Captain.

Emma nickte und ging weiter, das Herz immer noch wild klopfend. Das Letzte, was sie gebrauchen konnte, waren weitere Feinde oder öffentlicher Wirbel um ihre Person. Sally und Charlotte hatten in der besseren Gesellschaft von Coal River sicher schon die Details ihrer Begegnung verbreitet und im Flüsterton berichtet, wie sie Charlottes nackten Arm berührt hatte, um sie zu verhexen. Emma wollte nicht auch noch die Bergleute gegen sich aufbringen. Sie wollte einfach in

Ruhe gelassen werden, bis sie einen Weg fand, von hier zu verschwinden. Gott sei Dank, dass Clayton Nash gekommen war und die Situation gerettet hatte.

Plötzlich stand ihr wieder sein attraktives Gesicht vor Augen, und sie fragte sich, ob ihr Herzklopfen von der Angst herrührte oder doch von etwas anderem. Natürlich war sie schon öfter gut aussehenden Männern begegnet, aber Clayton hatte etwas an sich, das ihn außergewöhnlich anziehend wirken ließ. Sie konnte nicht genau sagen, was es war – diese Aura des Mysteriösen, Gefährlichen vielleicht oder die Art und Weise, wie er nur das Kinn heben musste, um Selbstbewusstsein auszustrahlen. Was auch immer man ihm vorwerfen mochte, er gehörte jedenfalls zu den Menschen, die klare Überzeugungen vertraten. Irgendwie hatte Emma in den wenigen Minuten, die sie in seiner Gegenwart zugebracht hatte, etwas Staatsmännisches an ihm wahrgenommen. Vielleicht war das ja der Grund, warum Onkel Otis eine Bedrohung in ihm sah.

»Sind Sie mit Ihrem Onkel und Ihrer Tante hier?«, fragte der Captain, der ihr gefolgt war.

»Entschuldigung?«, fragte sie, weil er sie aus ihren Gedanken gerissen hatte.

Er grinste. »Ich habe gefragt, ob Sie mit Ihrem Onkel und Ihrer Tante hier sind.«

»Ja«, sagte sie. »Und mit Percy.«

»Wie geht's denn dem guten Percy?«, fragte der Captain. »Immer noch so artig wie eh und je?«

Emma blieb stehen und schaute ihn an, weil ihr plötzlich bewusst wurde, dass er sie mit Namen angeredet hatte. »Kennen wir uns?«, fragte sie ihn.

Er drückte die Schultern durch und legte die Hände auf den Rücken. »Natürlich kennen wir uns«, sagte er. »Ich bin Frank. Frank Bannister. Jetzt Captain Bannister. Können Sie sich denn nicht an mich erinnern? Ich habe mit Ihnen und Albert gespielt, als Sie das letzte Mal hier waren. Es tut mir sehr leid, was ich über Ihre Eltern gehört habe.«

Sie erstarrte. War er einer der Jungen, die für den Tod ihres Bruders verantwortlich waren? Sie schaute dem Polizisten ins Gesicht und suchte in seinen Augen nach irgendetwas Vertrautem. Mit einem Mal hatte sie ein Bild vor Augen: Percy und die anderen Jungs, die lachen und auf Alberts vollgepinkelte Hose zeigen. Ein magerer, rothaariger Junge, der Albert in den Schnee stößt, die Lippen vor Wut und Ekel verzogen. Das war Frank Bannister.

Plötzlich hatte sie einen bitteren Geschmack auf der Zunge und bekam kaum noch Luft. »Tut mir leid«, sagte sie. »Ich muss jetzt gehen.« Sie marschierte los, so schnell sie konnte, ohne zu rennen. Was hätte sie nicht um einen Schluck Laudanum gegeben.

Er folgte ihr. »Es macht nichts, wenn Sie sich nicht an mich erinnern«, sagte er. »Das ist ja auch schon lange her. Lassen Sie mich Ihnen nur einen wohlgemeinten Rat geben. Halten Sie sich von Clayton Nash fern. Er ist ein Lügner und Dieb und vermutlich sogar noch Schlimmeres.«

Dann sollten Sie beide ja sicher gut miteinander auskommen, dachte sie.

Sie wollte ihn schon auffordern, ihr nicht länger hinterherzulaufen, als Tante Ida erschien, keuchend und ihr verschwitztes Gesicht fächelnd. »Ach, hier bist du!«, sagte ihre Tante. »Ist es zu viel verlangt, in meiner Nähe zu bleiben? Ich bin schließlich nicht hier, um den ganzen Tag nach dir zu suchen.« Sie packte Emma am Handgelenk und zog sie mit sich. »Jetzt bleibst du aber bei uns, ja?«

»Ja«, sagte Emma. »Es tut mir leid. Es war nur …«

»Spar dir deine Ausreden«, sagte Tante Ida. Dann blieb sie stehen und musterte den Captain, als habe sie ihn jetzt erst bemerkt. »Oh! Guten Tag, Captain Bannister! Bitte sagen Sie Ihrer Mutter doch einen Gruß von mir, ja?«

Frank tippte sich an die Kappe. »Wird erledigt, Mrs. Shawcross. Vielleicht kann ich Ihnen ja bald mal meine Aufwartung machen, um Emma zu besuchen? Wenn Sie es gestatten, natürlich nur.«

»Natürlich«, sagte Tante Ida lachend, hakte Emma unter und machte sich auf den Weg. Über die Schulter rief sie zurück: »Kommen Sie, wann immer Sie mögen.«

Als sie außer Hörweite waren, fragte Emma: »Warum haben Sie das gesagt?«

Tante Ida ließ den Blick über die Menge schweifen, als suche sie jemanden, ein gezwungenes Lächeln im Gesicht. »Ach du meine Güte«, sagte sie. »Benimm dich doch nicht wie ein verängstigtes kleines Mädchen. Wenn Captain Bannister uns besucht, werdet ihr euch im Salon unterhalten. Bei den Abendessen in der Kirche und bei Tanzveranstaltungen könnt ihr euch dann besser kennenlernen. Solltest du heiraten, wirst du allerdings weiterhin bei uns arbeiten, bis du deine Schulden abbezahlt hast.«

In Emmas Brust ballte sich Ärger zusammen. »Wenn er zu Besuch kommt, werde ich mich nicht blicken lassen.«

»Ich weiß, dass du ihn nicht gut kennst«, sagte sie. »Aber als Kind war er Percys bester Freund. Und in unserer Situation, meine Liebe, ist es nicht von Belang, ob wir einen potenziellen Verehrer kennen oder nicht. Solange ein Mann die Mittel hat, um für einen zu sorgen, nimmt man, was man bekommen kann, und zeigt sich dankbar dafür. Die meisten Mädchen würden sich glücklich schätzen, von Captain Bannister umworben zu werden.«

»Aber ich kenne ihn viel zu gut«, sagte Emma. »Er war an dem Tag, als Albert ertrunken ist, mit Percy zusammen.«

Tante Ida schüttelte den Kopf und schnalzte mit der Zunge.

»Über so traurige Dinge wollen wir heute aber nicht sprechen«, sagte sie. »Wisch jetzt diese zornigen Falten aus deinem Gesicht und lächele. Die Leute beobachten uns.«

Später im Tanzsaal saß Emma neben Percy auf einem Klappstuhl, an einem mit einer Leinendecke gedeckten Tisch, der mit amerikanischen Flaggen und roten Wimpeln geschmückt war. Tante Ida und Onkel Otis tanzten zu »Everybody Two-Step«. Obwohl die Fenster und die Flügeltüren aufstanden, war es in dem holzgetäfelten Gebäude brütend heiß und stickig. Alle Tische und Stühle waren besetzt, und an jeder freien Stelle an den Wänden und anderswo lehnten Bergleute und alleinstehende Männer. Die Kapelle kam aus Wilkes-Barre, und die Bewohner von Coal River nutzten die Gelegenheit, um zu den neuesten Stücken zu tanzen. Männer in teuren Anzügen und Frauen in fließenden Teekleidern tanzten den Two-Step neben den Bergarbeitern mit ihren geflickten Hosen und den abgetragenen Hemden und ihren Frauen, die fadenscheinige Baumwollkleider und ausgetretene Schuhe trugen. Eine Gruppe Bergleute, unter ihnen auch Nally, der hünenhafte Ire, stand in der Nähe des Eingangs, trank Bier aus Blechkannen, spuckte Kautabak zum Fenster hinaus und behielt die jungen Frauen im Blick.

Emma schaute sich nach Clayton Nash um, konnte ihn aber nirgends entdecken. Vielleicht hatten Unruhestifter keine Zeit für so frivole Dinge wie Tanzveranstaltungen. Sie zog eine rote Nelke aus der Vase auf dem Tisch, lehnte sich zurück und drehte den nassen Stiel zwischen den Fingern hin und her. Ihre Eltern kamen ihr in den Sinn. Die beiden hatten furchtbar gerne getanzt. Nach jeder Samstagabendaufführung hatte der Inspizient, während die anderen aufgeräumt hatten, den Phonographen angestellt. Sobald sie fertig waren, hatten ihre Eltern auf der leeren Bühne Walzer, Foxtrott und Tango getanzt. Alle waren der Meinung, dass die beiden Tanzstars hätten werden können, wenn sie unter günstigeren Umständen aufgewachsen wären. Emmas Augen füllten sich mit Tränen. Vielleicht hatten die Leute in der Stadt ja recht: Vielleicht lag tatsächlich ein Fluch auf ihr. Alle, die sie liebte, waren fort.

»Alles in Ordnung?«, erkundigte sich Percy und riss sie aus ihren Gedanken.

Sie blinzelte gegen die Tränen an und setzte sich gerade hin. »Ja«, sagte sie. »Mir geht es gut.«

»Würdest du gerne tanzen?«

»Nein danke.«

»Bist du sicher?«, fragte er. »Ich tanze auf diesen Veranstaltungen sonst auch nicht, aber es kann nicht besonders amüsant für dich sein, nur hier herumzusitzen.«

»Ganz sicher«, sagte sie. »Außerdem willst du bestimmt nicht dabei gesehen werden, wie du mit mir tanzt. Auf mir lastet ein Fluch, erinnerst du dich?«

»Das ist Unsinn, und das weißt du auch. Abgesehen davon mögen mich viele Leute hier auch nicht besonders. Mir ist egal, was sie denken, und so solltest du es auch halten.«

»Wieso mögen sie dich nicht?«

»Ist das nicht klar?«, sagte er. »Die Grubenarbeiter hassen mich, weil ich im Laden der Bergwerksgesellschaft arbeite, und die hohen Tiere halten mich für verzärtelt.«

Sie zuckte mit den Achseln. »Ein Stück weit stimmt das ja auch.«

»Danke«, sagte er. Seine Lippe zuckte, dann senkte er den Blick zu Boden. »Daran ist meine Mutter schuld.«

Plötzlich kam ihr eine Idee. Vielleicht konnte sie über Percy aus Coal River herauskommen, zum Beispiel, indem sie mit ihm nach New York ginge. »Hast du je überlegt, etwas dagegen zu unternehmen? Du arbeitest schon so lange im Laden, da wirst du doch sicher etwas Geld beiseitegelegt haben.«

Er schaute sie an und stieß ein zynisches Lachen aus. »Meine Mutter gibt mir ein bisschen Taschengeld und zahlt den Rest von meinem Gehaltsscheck auf ein Bankkonto auf ihren Namen ein. Außerdem würde es ihr das Herz brechen, wenn ich wegginge.«

Emma verdrehte die Augen und schüttelte den Kopf. Percy war zweifellos ein Muttersöhnchen. Er würde nie hier verschwinden, es sei denn, es würde etwas Dramatisches passieren. Etwa, dass er sich verliebte. Tante Idas Reaktion, wenn Percy eine andere Frau mehr lieben würde als sie, konnte man sich gut vorstellen, vor allem wenn ihr das arme Mädchen nicht gefiel. Emma steckte die Nelke wieder in die Vase und schaute sich nach jemandem um, mit dem Percy tanzen könnte. Vielleicht befand sich die Person, die Percy helfen würde, sich aus der Abhängigkeit zu befreien, gerade in diesem Moment in diesem Saal. Am Tisch gegenüber saß eine junge Frau in einem roten Kleid zwischen ihren Eltern und wirkte gelangweilt.

»Warum forderst du nicht das Mädchen dort auf?«, fragte Emma. »Sie hat vorhin schon hier herübergeschaut.«

»Hat sie bestimmt nicht«, sagte Percy.

»Hat sie wohl. Wovor hast du Angst? Geh und bitte sie um einen Tanz.« Sie schaute wieder zu der jungen Frau hinüber und sah, dass Frank in der Nähe an der Wand stand. Er fing ihren Blick auf, und sie senkte schnell die Augen. Als sie wieder hinschaute, quetschte er sich um einen Tisch herum, bahnte sich einen Weg durch den Saal und kam auf sie zu. Sie sprang auf und packte Percys Hand.

»Du hast recht«, sagte sie. »Wenn du sonst niemanden aufforderst, können wir auch das Beste aus der Sache machen.« Sie zog ihn just in dem Moment auf die Tanzfläche, als der Two-Step endete und die ersten Takte eines Walzers erklangen. Percy ließ ihre Hand los und erstarrte. Sein blasses Gesicht war plötzlich rot. Aus dem Augenwinkel sah Emma, dass Frank näher kam.

Trotz ihres Widerwillens, Percy zu berühren, führte sie seinen Arm an ihren Rücken und hob seine andere Hand hoch. Aber Percy rührte sich nicht, als seien seine Füße am Boden festgeklebt. »Was ist?«, fragte sie. »Ich dachte, du wolltest tanzen?«

»Ich … Will ich auch«, stotterte er. »Aber … ich habe noch nie mit jemand anderem Walzer getanzt als mit meiner Mutter.«

»Willst du mich auf den Arm nehmen?«, fragte sie. »Aber wie dem auch sei: Meinst du nicht, es wird höchste Zeit, dass du mal mit jemandem deines Alters tanzt, auch wenn es nur deine Cousine ist?« Sie wiegte sich hin und her und schob ihn buchstäblich über die Tanzfläche. Sobald er es geschehen ließ, dirigierte sie ihn schnurstracks in die Raummitte, fort von Frank.

Anfangs stolperte Percy wie eine Marionette im Kreis herum, mit steifen Armen und Beinen, während seine Lippen unentwegt Schritte zählten. Irgendwann entspannte er sich, und sie wirbelten durch den Raum, bis die anderen Tänzer neben ihnen verschwammen. Frank verschwand in der Menge, und Emma atmete erleichtert auf.

Gerade als sie dachte, sie habe die Begegnung mit Frank erfolgreich abgewendet, prallten Percy und sie gegen ein anderes Paar und verloren an Tempo. Percy blieb wie angewurzelt stehen, ließ ihre Hand los und trat einen Schritt zurück. Wie aus dem Nichts tauchte Clayton Nash neben ihnen auf. Der berüchtigte Unruhestifter war fünfzehn Zentimeter größer als Percy, was hieß, dass er Emma um einiges überragte. Stünde sie vor ihm, würde sie ihm gerade mal ans Kinn reichen.

»Darf ich?«, fragte er.

Emma schnappte nach Luft und wich ein Stück zurück. Obwohl sie ihn umwerfend fand, schlug ihr Herz vor Schreck schneller. Alle hatten sie gewarnt, dass dieser Mann gefährlich sei, sogar Percy. Und es war unverkennbar, dass er der Typ war, der nicht aufgab, ehe er hatte, was er wollte. Und in diesem Moment wollte er mit ihr tanzen.

Percy runzelte die Stirn. »Ich glaube nicht, dass das eine gute Idee ist«, sagte er. »Meine Eltern …«

Clayton ignorierte ihn einfach und nahm Percys Platz ein. »Keine Sorge«, sagte er. »Eine Runde über die Tanzfläche zu drehen wird schon nicht so schlimm sein. Wenn Ihrem Onkel das nicht passt, kann er das ja später mit mir besprechen.« Er legte Emma eine Hand in den Rücken. Obwohl sie immer noch zögerlich war, lief ihr ein warmer Schauder die Wirbelsäule hinab.

»Nein«, sagte Percy und packte Emmas Handgelenk. »Treten Sie von ihr zurück.«

Das Paar, das sie beim Tanzen angerempelt hatten, tanzte nun auch nicht mehr und drehte sich zu ihnen um. Der Mann sah gut aus mit seinem kantigen Kiefer, dem bleistiftdünnen Schnurrbart und dem seitlich gescheitelten kastanienbraunen Haar. Er trug einen Dreiteiler von erlesener Qualität mit einem hohen weißen Kragen und einer breiten Satinkrawatte. Eine hübsche rotwangige Frau hakte sich bei ihm ein, lächelte und klimperte mit den Wimpern. Sie schien in Emmas Alter zu sein.

»Gibt es irgendein Problem?«, fragte der Mann.

Percy erbleichte. »Mr. Flint!«, sagte er. »Entschuldigen Sie bitte, Sir. Bitte verzeihen Sie uns, dass wir Sie angerempelt haben!« Emma war verwirrt. Dieser attraktive junge Mann konnte doch nicht Hazard Flint sein. Aber dann dachte sie an den dunkelhaarigen Jungen, den sie gesehen hatte, als sie in das Herrenhaus eingedrungen war, um Albert zu befreien. Dies hier war Mr. Flints Sohn Levi, der mittlerweile erwachsen war. Obwohl Percy wie vor den Kopf gestoßen war, hielt er Emma weiterhin gepackt. Clayton entließ sie aus der Tanzhaltung, aber seine Hand ruhte weiterhin in ihrem Kreuz und brannte ein Loch in die Haut unter ihrem Kleid.

»Percy!«, rief Levi. »Wie oft habe ich Ihnen nicht schon gesagt, dass Sie mich Levi nennen sollen?« Er packte Percy an der Schulter und schüttelte ihn wie einen alten Freund. »Wie läuft's im Laden?«

»Gut«, antwortete Percy und nickte. »Alles bestens, Mr. Flint.«

Levi richtete seine Aufmerksamkeit nun auf Emma und registrierte, dass Percy ihr Handgelenk gepackt hielt und Clayton seine Hand in ihrem Kreuz liegen hatte. »Belästigt Sie dieser Mann, Miss?«, erkundigte er sich mit Blick auf Clayton und hob dann den Arm, um jemanden herbeizuwinken.

»Nein, überhaupt nicht«, sagte sie. »Wir wollten nur gerade zum Tisch zurückkehren. Ich glaube, Tante Ida sucht mich.«

Levis Miene hellte sich auf. »Was sind Sie nur für ein verschlagener Hund, Percy«, sagte er. »Ist diese hübsche junge Dame etwa Ihre Cousine, die berüchtigte Emma Malloy?«

Emmas Wangen wurden heiß. Selbst Levi Flint wusste über sie Bescheid.

»Ja, Sir.« Percy nickte eifrig. »Emma, das ist Levi Flint. Erinnerst du dich, dass ich dir …«

Sie nickte schnell und ignorierte Mr. Flints ausgestreckte Hand. »Einen schönen Tag noch, Mr. Flint«, sagte sie. »Es tut mir leid, aber ich muss jetzt wirklich gehen.«

»Bitte«, sagte Levi. »Nennen Sie mich doch beim Vornamen. Percys Freunde sind auch meine Freunde.«

Die rotwangige Frau klammerte sich an Levis Arm, als habe sie Angst, dass er fortgehen könne. »Ich bin Beulah«, sagte sie strahlend und streckte Percy eine mit Rubinen und Smaragden bestückte Hand hin.

»Sehr erfreut, Sie kennenzulernen«, sagte Percy.

Beulah grinste und nickte Emma zu.

In diesem Moment trat Frank zu ihnen und blieb neben Levi stehen, breitbeinig und den Daumen neben seinem Schlagstock in den Gürtel gesteckt. Ein alter Mann mit einem weißen Bart humpelte an seine Seite und stützte sich mit finsterer Miene auf einen Stock mit Goldknauf. Wie Levi trug er einen teuren Anzug mit Nadelstreifenhose, eine breite Krawatte und auf Hochglanz polierte Lederschuhe. Trotz seines verschorften Augenlids und der bläulichen Lippen konnte man noch den jungen, hübschen Burschen hinter diesen hohen Wangenknochen und den wässrig blauen Augen erkennen.

»Alles in Ordnung, Mr. Flint?«, fragte Frank.

»Was ist hier los?«, erkundigte sich der ältere Mann. Er beäugte Clayton und wandte sich dann an Levi. »Macht Mr. Nash wieder Ärger?«

»Da bin ich mir noch nicht sicher«, sagte Levi.

»Gibt es neuerdings ein Gesetz, das das Tanzen verbietet?«, erkundigte sich Clayton.

»Noch nicht«, erwiderte der Alte. »Aber vielleicht sollten wir einmal darüber nachdenken, die Grubenarbeiter und ihre Familien von den Festveranstaltungen auszuschließen. Die halbe Zeit über benehmen sie sich wie eine Horde Trunkenbolde, die anständigen Personen wie Percy und seiner Damenbekanntschaft hier das Leben schwer machen.«

»Ich bin nicht Percys Damenbekanntschaft«, sagte Emma. »Ich bin seine Cousine. Und Mr. Nash hat keinerlei ...«

Clayton klopfte ihr sanft auf den Rücken, und sie verstummte. »Schön, Sie zu sehen, Mr. Flint«, sagte er. Dann grüßte er den alten Herrn mit zwei Fingern und ging.

Der Alte schaute Clayton hinterher und lachte. »Treib eine Ratte in die Enge, und sie läuft davon.«

»Emma Malloy«, sagte Levi. »Das ist mein Vater, Hazard Flint.« Er zeigte auf den alten Mann und tat dann dasselbe mit Emma. »Vater, das ist die Nichte von Otis Shawcross.«

Mr. Flint musterte sie, machte aber keine Anstalten, ihr die Hand zu geben. »Ich will mal darüber hinwegsehen, was soeben passiert ist, schließlich sind Sie neu in der Stadt«, erklärte er. »Aber von nun an sollten Sie vielleicht darüber nachdenken, in wessen Gesellschaft Sie sich begeben.«

»Mr. Flint hat recht«, sagte Frank. »Ich hatte Sie ja vor Clayton gewarnt. Wo er auftaucht, gibt es nur Ärger.«

»Wir passen nur auf Sie auf, das ist alles«, sagte Levi lächelnd.

»Sie hat ihn nicht zu irgendetwas ermuntert«, sagte Percy mit ängstlicher Stimme.

»Ich kann Ihnen versichern«, sagte Emma, »dass ich bestens auf mich selbst aufpassen kann.«

»Emma wird mir im Laden helfen«, erzählte Percy. »Natürlich nur, wenn Ihnen beiden das recht ist.«

Mr. Flint betrachtete Emma, wobei er die weißen, buschigen Augenbrauen zusammenzog. »Aber ist das nicht das junge Mädchen, das den tödlichen Fluch nach Coal River bringt? Offenbar gehen Sie nicht davon aus, dass sie uns die Kunden vergrault, was?« Er lachte grimmig, wobei sich seine Schnurrbarthaare um seinen Mund kräuselten.

»Natürlich wird sie das nicht tun«, sagte Levi. »Entschuldigen Sie bitte meinen Vater. Das sollte ein Scherz sein.«

Auf Emmas Stirn bildete sich ein feiner Schweißfilm. »Ich werde die Kunden schon nicht vergraulen«, sagte sie. »Soweit ich weiß, feuern Sie Leute, die woanders einkaufen. Was für eine Wahl hätten die Leute schon, selbst wenn sie sich vor mir fürchten sollten?« Die Worte waren heraus, bevor sie sich auf die Zunge beißen konnte.

Percy wurde aschfahl. Er nahm ihren Arm und bohrte ihr die Finger ins Fleisch. »Bitte verzeihen Sie meiner Cousine, Mr. Flint. Sie hat eine Menge durchgemacht und plappert manchmal drauflos, ohne nachzudenken. Ich bitte um Entschuldigung dafür, dass wir Ihnen bei diesem Fest Unannehmlichkeiten bereiten.«

»Du musst dich nicht für mich entschuldigen, Percy«, sagte Emma.

Mr. Flint runzelte die Stirn. »Vielleicht bringt Ihre Cousine tatsächlich Unglück. Zumindest manchen Leuten. Denken Sie immer daran, junge Dame, dass ich es bin, der das Essen auf den Tisch Ihres Onkels bringt.«

Levi schüttelte den Kopf, als sei ihm das Verhalten seines Vaters unangenehm. Die rotwangige Frau an seiner Seite hielt sich die blasse Hand vor den Mund, um ihr Lächeln zu verbergen. Emma drehte sich um und stürmte über die Tanzfläche, die Hände zu Fäusten geballt, das Herz in Flammen. Für wen hielt sich Hazard Flint denn, dass er meinte, sich über sie lustig machen und ihr Anweisungen erteilen zu können? War das hier eine Kohlestadt oder eine Diktatur? Sie kämpfte gegen den Impuls, auf der Stelle kehrtzumachen und Mr. Flint aufzufordern, sich zu entschuldigen. Am liebsten würde sie ihn darüber aufklären, dass ihre Familie tot und ihr Herz in tausend Stücke zerbrochen war und dass sie nichts weniger gebrauchen konnte als die Feindschaft einer ganzen Stadt oder Einmischungen in ihr Leben. Dann wurde ihr allerdings bewusst, dass es an diesem Mann lag, wenn die Grubenarbeiter kaum ihre Familien ernähren konnten, obwohl sie ihr Leben dafür riskierten, ihn reich zu machen. Dies war der Mann, der zuließ, dass kleine Jungen im Kohlebrecher verletzt und getötet wurden. Es würde zu nichts führen, einem Menschen wie ihm irgendetwas erklären zu wollen.

Wütend bahnte sie sich einen Weg durch die Menge und

hielt nach Clayton Ausschau. Sie quetschte sich zwischen erhitzten Körpern hindurch und wurde von betrunkenen Männern und Frauen angerempelt, aber er war nirgendwo zu sehen. Vielleicht irrte sie sich ja in ihm. Vielleicht hatte er gar keine Überzeugungen. Warum sonst sollte er sich von Mr. Flint vorschreiben lassen, was er zu tun hatte? Warum sonst zog er sich einfach zurück?

In der verzweifelten Hoffnung, dem Lärm und Chaos zu entkommen, schlüpfte sie durch eine Nebentür an die frische Luft. Sie schloss die Tür von außen und lehnte sich dagegen. Der Hof war leer und ruhig, wenn man mal von den gedämpften Rhythmen aus dem Tanzsaal absah. Ein paar Meter weiter wurde der Rasen von einer Reihe dicht belaubter Büsche gesäumt. Die schlanken Spitzen stachen wie schwarze Pfeile vom kobaltblauen Himmel ab. Der Vollmond ließ den Rasen leuchten und verlieh der Nacht einen bläulichen Schimmer. Emma atmete tief ein und wieder aus, um ihr pochendes Herz zu beruhigen. Plötzlich hörte sie zu ihrer Linken einen Mann lachen.

In Richtung der Gebäuderückseite hatten sich zwei Gestalten – ein Mann und eine Frau – im Schutz des Schattens versteckt. Die Frau lehnte an der Wand, während sich der Mann gegen sie presste, eine Hand in ihrer Bluse. Sie hob das Kinn, und er küsste sie auf Hals und Mund und wanderte dann zu ihrem Ausschnitt hinab. Sie lachte und drehte den Kopf in Emmas Richtung, die Lippen geöffnet. Das Mondlicht fiel auf ihr elfenbeinfarbenes Gesicht. Es war Charlotte Gable, die junge Frau, deren Handgelenk Emma vor dem Laden gedrückt hatte. Als sie Emma sah, riss sie die Augen auf, stieß den Mann von sich und zog ihre Bluse zu.

»Lass mich in Ruhe!«, sagte sie und fummelte an den Knöpfen herum.

Der Mann taumelte zurück, lachte dann und grapschte wieder nach ihrem Ausschnitt.

»Hör auf!«, sagte Charlotte und schob ihn weg. »Ich habe dir schon hundertmal gesagt, dass du zu alt bist für mich.«

»Ah, verstehe!«, sagte der Mann. »Du spielst heute Abend die Widerspenstige, was?«

Charlotte schüttelte den Kopf und zeigte mit dem Kinn in Emmas Richtung, das Gesicht vor Scham und Angst verzerrt. Der Mann drehte sich um. Es war Onkel Otis.

»Scheiße«, sagte er.

Emma riss die Tür auf und eilte wieder hinein. Ihr ganzer Körper kribbelte vor Ekel. Wie konnte Onkel Otis es wagen, sich mit einem jungen Mädchen einzulassen, das seine Tochter sein könnte? Schlimm genug, dass er ein alkoholsüchtiger Tyrann war, aber er war auch noch ein schmutziger alter Ehebrecher. Und warum sollte ein so junges, hübsches Mädchen wie Charlotte sich mit ihm abgeben? Emma konnte sich beim besten Willen nicht vorstellen, Onkel Otis' runzelige Lippen zu küssen, seinen Whiskyatem und seine faulen Zähne zu riechen und seine knochentrockene Hand auf ihrem Körper zu spüren. Schon bei dem Gedanken wurde ihr übel.

Hinter den Stühlen an ihrem Tisch standen Tante Ida und Frank Bannister und waren in ein Gespräch vertieft. Als ihre Tante sie sah, hellte sich ihre Miene auf.

»Ah, da ist sie ja!«, sagte sie. »Emma, Captain Bannister würde gerne mit dir tanzen. Er hat geduldig auf dich gewartet, und ich habe ihm die Erlaubnis erteilt, mit …«

Emma marschierte am Tisch vorbei. »Ich gehe«, verkündete sie.

»Du gehst?«, wiederholte ihre Tante. »Und wohin gehst du?«

»Nach Hause.«

»Aber es ist dunkel draußen«, sagte Tante Ida. »Du kannst nachts nicht alleine auf der Straße herumlaufen. Das ist zu gefährlich. Und es schickt sich nicht.«

Emma ignorierte sie und marschierte los.

»Ich werde Sie begleiten!«, rief Frank und folgte ihr.

Im selben Moment, als die Kapelle den letzten Ton eines Stückes spielte, rief Tante Ida: »Emma Malloy! Du kommst sofort hierher zurück!«

Alle Augen richteten sich auf Emma und starrten ihr hinterher, als sie auf den Haupteingang zusteuerte. Die Frauen flüsterten hinter vorgehaltener Hand, die Männer grinsten und kippten ihr Bier hinunter, neugierig, was nun wohl passieren würde. Als sie die Tür erreicht hatte, trat ihr Clayton Nash in den Weg und versperrte den Ausgang.

»Sie sollten tun, was man Ihnen sagt«, erklärte er. »Draußen ist es gefährlich.«

»Bitte lassen Sie mich vorbei«, sagte sie und wich seinem Blick aus. »Ich kann selbst auf mich aufpassen.«

»In diesem Fall sollten Sie aber auf mich hören«, sagte er. »Sie sollten nicht alleine da draußen herumlaufen. Und dass ich Sie begleite, wird man sicher nicht zulassen.« Er beugte sich vor und sagte so leise, dass nur sie es hören konnte: »Ziehen Sie nicht den Schwanz ein und laufen davon. Dann wird man nur noch schlimmer über Sie reden.«

Jetzt schaute sie ihn doch an. Seine Augen wirkten freundlich, und seine Stirn war besorgt gerunzelt. In diesem Moment hatte sie das Gefühl, dass es endlich jemanden gab, der auf ihrer Seite stand. Aber woher sollte sie wissen, dass er aufrichtig war?

Gleich darauf erschien Frank an ihrer Seite, keuchend. »Sie halten sich da raus, Nash.«

Clayton hob abwehrend die Hände. »Ich habe ihr nur gesagt, dass sie aufpassen und sich von Ihnen nach Hause begleiten lassen soll.«

Hinter Clayton löste sich ein hellblonder Junge in einer geflickten Hose aus einer Gruppe Bergleute und verfolgte die

Auseinandersetzung mit großen braunen Augen. Er schien ungefähr vier Jahre alt zu sein. Sein Gesicht war mager, die Wangen eingefallen. Ein älterer Junge folgte ihm und legte ihm die Hände auf die Schulter. Die Miene des Älteren war verhärmt, als habe er zu schlimme Dinge erlebt, um darüber sprechen zu können. Seine Augen hatten die Farbe von Rauch, seine Haare die eines angelaufenen Pennys. Einen kurzen Moment fragte sich Emma, warum die beiden Clayton so anstarrten. Waren es seine Brüder? Oder seine Kinder? Sie sahen ihm überhaupt nicht ähnlich.

»Sie haben mit dieser Sache nichts zu schaffen«, sagte Frank zu Clayton. »Und jetzt gehen Sie bitte aus dem Weg.«

Emma funkelte Frank mit blitzenden Augen an. »Sie haben mit dieser Sache auch nichts zu schaffen.« Dann raffte sie ihren Rock und schob sich an Clayton vorbei.

»Warten Sie«, sagte Frank und packte sie am Arm.

Sie schüttelte ihn ab. »Fassen Sie mich nicht an!«

Clayton trat dazwischen und drückte die Schultern durch. »Lassen Sie das Mädchen in Ruhe.«

»Ich vertrete hier das Gesetz«, sagte Frank. »Vergessen Sie das nicht.«

Percy und Onkel Otis erschienen an seiner Seite. Percy war blass und nervös, während Otis still vor sich hin fluchte. Sein schütteres Haar stand in grauen Büscheln ab.

»Lasst es gut sein, Jungs«, sagte er. »Dies ist weder der rechte Ort noch die rechte Zeit für so etwas.«

»Sie sind nichts als ein feiger Hund«, sagte Clayton zu Frank und schob das Kinn vor. »Sie treten den arbeitenden Menschen, wenn er am Boden liegt.«

Im selben Moment ließ Frank seine Faust vorschnellen. Clayton duckte sich, worauf Frank vornüberkippte und auf den Knien landete. Percy schnappte nach Luft und zog sich schnell aus der Gefahrenzone zurück. Nally und ein halbes

Dutzend Bergarbeiter stürmten vor, bereit zum Kampf. Emma wich zurück und behielt Clayton im Auge.

»Aufhören!«, rief sie. »Bitte! Hört auf!« Aber niemand beachtete sie.

Frank rappelte sich wieder auf und streckte die Hand nach Clayton aus, aber bevor er ihn erreichte, packte ihn Nally am Kragen und verpasste ihm einen Hieb mitten ins Gesicht. Frank prallte rückwärts gegen Onkel Otis, fand sein Gleichgewicht wieder und griff Clayton an. Aus seiner Nase schoss Blut. Ein anderer Bergmann packte Frank an den Schultern und riss ihn zurück. Nun kam ein zweiter Polizist hinzu und versuchte, den Kampf zu unterbinden. Zwei Bergarbeiter warfen ihn zu Boden. Aus dem gesamten Tanzsaal kamen nun Polizisten und Bergleute herbeigeeilt.

Eine starke Hand zog Emma aus dem Tumult. Es war die von Levi.

»Bitte treten Sie zurück, Miss Malloy«, sagte er, und die Sorge war ihm ins Gesicht geschrieben. »Ich möchte nicht, dass Ihnen etwas zustößt.« Beulah stand neben ihm, klammerte sich an seinen Ärmel und kaute nervös auf ihren Lippen herum.

Am Rand des Kampfgetümmels zog ein Polizist seine Pistole. »Sofort aufhören!«, rief er, aber die Männer schlugen weiter zu. »Sofort aufhören, sagte ich!« Er richtete die Pistole in die Luft, und Emma steckte sich schnell die Finger in die Ohren. Als er zwei Schüsse abgab, fuhren alle zusammen. Die Kugeln durchtrennten eine Wimpelgirlande und hinterließen Löcher in der Decke. Lautlos trudelten die Wimpel herab und landeten auf der Menge der Schaulustigen. Die Bergleute und die Polizisten hielten im Kampf inne, zogen sich zu ihrer jeweiligen Gruppe zurück und richteten Jacken, Hüte und Haare. Viele von ihnen hatten lädierte, blutige Gesichter.

»Geht es Ihnen gut?«, erkundigte sich Levi bei Emma.

Sie strich mit der Hand über ihren Rock, um unsichtbaren Staub zu entfernen. »Mir geht es gut.«

Wie um alles in der Welt kann Levi Mr. Flints Sohn sein?, fragte sie sich. Er wirkte so sanft und freundlich, fast still. Dann fiel ihr aber wieder ein, dass er für seinen Vater arbeitete. Er musste von den Vorgaben für den Laden und von den Kohlejungen wissen, oder? Mr. Flint war unverkennbar ein Monster, aber vielleicht war Levi ja der Wolf im Schafspelz.

Tante Ida kam auf Emma zugestürzt, zitternd und keuchend. »Jetzt sieh nur, was du angerichtet hast. Was sollen denn die Leute denken?«

»Was *ich* angerichtet habe?«, fragte Emma. »Frank war es doch, der …«

Mr. Flint rief Frank und den anderen Polizisten nun Befehle zu. »Verhaften Sie Clayton Nash! Und alle anderen auch, die sich an diesem Aufruhr beteiligt haben!«

Clayton und Nally wollten zur Tür hinausstürzen, aber die Polizisten schnitten ihnen den Weg ab. Drei Männer warfen Nally zu Boden und drehten ihm die Arme auf den Rücken, während ein vierter mit einem Schlagstock seine Schultern und seinen Nacken traktierte. Clayton hob die Hände, um sich zu ergeben, da ihm klar war, dass er gegen diese Übermacht an Männern nicht ankommen würde. Als Frank und einer seiner Kollegen Clayton hinter dem Rücken Handschellen anlegten, brach der hellblonde Junge aus der Menge hervor, schüttelte den Kopf und klammerte sich weinend an Claytons Bein. Der ältere Junge war ihm auf den Fersen, zerrte an ihm und bat ihn, das Bein loszulassen. Der kleine Junge tat es und fiel auf die Knie, seine Schultern bebten.

»Es wird sich schon alles klären«, sagte Clayton zu dem Jungen. »Keine Sorge, ich komme bald wieder.«

Frank, dem immer noch Blut aus der Nase tropfte, zog Clayton zum Ausgang und blaffte ihn an, sich zu bewegen.

»Benimm dich anständig«, rief Clayton dem Jungen über die Schulter zu. »Hör auf Sawyer. Er wird sich um dich kümmern.«

Emma ging zu dem hellblonden Jungen und kniete sich neben ihn. »Es ist alles in Ordnung«, sagte sie und rubbelte ihm über den schmalen Rücken. »Weine nicht. Kannst du mir sagen, wie du heißt?«

Tränen tropften von seiner Nase herab. »Jack«, sagte er leise.

»Ist Clayton dein Vater?«

Er schüttelte den Kopf. Emma schaute den größeren Jungen fragend an.

»Sein Vater ist tot«, sagte der ältere Junge. »Er ist letztes Jahr bei einem Stolleneinbruch umgekommen. Clayton kümmert sich jetzt um ihn.«

»Bist du Sawyer?«, fragte sie.

»Ja, Ma'am.«

»Wo ist Jacks Mutter?«

»Auch tot«, sagte Sawyer. »Vor sechs Monaten am Fieber gestorben.«

Vor Kummer schnürte sich Emmas Brustkorb zusammen. Jack war ein Waisenkind, genau wie sie. »Was wird nun aus ihm, jetzt wo Clayton verhaftet worden ist? Wie geht es mit ihm weiter?« Sie richtete sich auf und wandte sich händeringend an Tante Ida. »Wir müssen diesem armen Jungen helfen.«

Tante Ida schüttelte den Kopf. »Vielleicht wirst du ab sofort auf mich hören und Ärger aus dem Weg gehen! Und jetzt komm. Es ist nicht unsere Aufgabe, uns in solche Dinge einzumischen. Ich werde Percy sagen, dass er dich nach Hause bringen soll. Du hast uns für heute genug Scherereien bereitet.« Sie griff nach Emmas Handgelenk, aber Emma riss sich los.

»Sie mögen vielleicht in der Lage sein, das einfach zu ignorieren«, sagte Emma. »Aber ich kann das nicht.« Sie zeigte auf Jack, der immer noch auf dem Boden hockte und weinte, den Kopf in den Händen. »Er ist noch so klein! Wer soll sich denn um ihn kümmern?«

Eine Frau in einem ausgewaschenen Paisley-Kleid trat vor. Sie war spindeldürr, hatte hohe Wangenknochen und einen gehetzten Blick. »Da machen Sie sich mal keine Gedanken«, sagte sie. »Wir kümmern uns schon selbst um uns. Das haben wir bisher getan, und das tun wir auch weiter.«

Onkel Otis und Percy nahmen Emma am Arm und zogen sie mit sich fort. Emmas Augen füllten sich mit Tränen, als sie über die Schulter zu den beiden Jungen zurückschaute. Sawyer half Jack auf die Beine, dann verschwanden sie in der Menge.

KAPITEL 6

Nach der Prügelei im Tanzsaal wurde Emma von Onkel Otis ermahnt, nie wieder mit Clayton zu sprechen, wenn sie nicht im nächstbesten Armenhaus landen wolle. Er weigerte sich, ihr mitzuteilen, wie lange Clayton im Gefängnis bleiben müsse, allerdings konnte sie Percy später entlocken, dass es vermutlich nur für eine Nacht sein würde. Man hatte nämlich Angst, dass einige seiner Kollegen den Bergwerksbetrieb sabotieren könnten, wenn Clayton am nächsten Morgen nicht zur Arbeit erschien. Verstimmte Bergleute konnten allerlei Unheil anrichten, erklärte Percy – voll beladene Förderwagen blockieren, Weichen verstellen, das Lager plündern –, und es bestand kaum eine Aussicht, sie dabei zu ertappen. Niemand wusste genau, wer Claytons Verbündete waren, aber Hazard Flint war wild entschlossen, es herauszufinden.

Am nächsten Morgen ging Emma zum Laden, damit Percy ihr das Lager zeigen und sie in die Bedienung der Registrierkasse einführen konnte. Auf dem Weg den Hügel hinab kam sie an schlichten, holzverkleideten Häusern vorbei. Wo sie standen, wich der Wald ein wenig zurück, sodass die gepflegten Gärten und die eingezäunten Höfe wie zusätzliche Räume aussahen. Frauen arbeiteten in Gemüsegärten, zupften Unkraut oder gossen Setzlinge, während andere frisch gewaschene Wäsche aufhängten. Percy zufolge gehörten die Häuser Bergleuten, die in der Hierarchie höher standen als die einfachen Arbeiter, dem Brandschutzmeister zum Beispiel oder dem Aufseher unter Tage oder den Mitgliedern der Rettungsmannschaft.

Nach ihrer Ankunft im Laden zeigte Percy ihr zunächst das Kundenregister und erklärte ihr, wie man nachhielt, wer was kaufte, wer wie viel verdiente und wie viele Schulden jemand hatte. Schon ein kurzer Blick ins Register offenbarte, dass viele Bergarbeiter Woche für Woche fast ihr gesamtes Gehalt im Laden ließen, manchmal sogar noch mehr.

»Was passiert denn, wenn jemand mehr schuldig ist, als er verdient?«, fragte sie.

Percy zuckte mit den Achseln. »Kommt drauf an«, sagte er. »Wenn das gelegentlich mal geschieht, dann wird der Saldo bis zum nächsten Zahltag mit hinübergenommen. Wenn es zwei Wochen hintereinander passiert, kann ich das nicht mehr dulden. Dann dauert es nicht lange, bis der Mitarbeiter sich eine neue Arbeit suchen kann.«

»Aber irgendwann bekommst du das Geld doch, oder? Warum solltest du jemanden feuern lassen, nur weil er versucht, seine Familie zu ernähren?«

Percy ließ den Blick durch den Laden huschen, um festzustellen, ob jemand zuhörte. Zwei Frauen begutachteten die Besen und die Drahtbürsten, während eine dritte eine lange Unterhose hochhielt, um Knöpfe und Nähte zu inspizieren.

Er redete leise. »Nicht alle Bergarbeiter haben Familie. Und selbst wenn, gilt ihre erste Sorge nicht immer Frauen und Kindern. Manche haben ihren Lohn schon im Pub versoffen, bevor ihre Frauen den Scheck überhaupt zu Gesicht bekommen. Es ist nicht meine Aufgabe, mir den Kopf darüber zu zerbrechen, wie ein Bergmann sein Geld ausgibt. Außerdem stelle ich auch nicht die Regeln auf.«

»Aber wenn eine Frau mit zwei hungrigen Kindern hier hereinkommt, wie kannst du sie dann abweisen? Und dann die Preise!« Sie nahm einen Brotlaib vom Regal und fuchtelte damit herum. »Nicht einmal in Manhattan war Brot derart teuer!«

Er warf ihr einen warnenden Blick zu, damit sie die Stimme senkte. »Die Preise mache ich auch nicht«, sagte er. »Und Mr. Flint kontrolliert die Bücher jeden Monat. Wenn ich im Preis runtergehen oder den Bergleuten Schulden erlassen würde, wäre ich meinen Job genauso schnell los wie die Bergarbeiter. Außerdem würde ich meinen Vater in Schwierigkeiten bringen.«

»Vielleicht sollte Mr. Flint den Bergleuten genug zahlen, damit sie anständig leben können. Dann müsste er auch nicht befürchten, dass sie nicht genug Geld haben, um ihre Einkäufe zu bezahlen.«

»Ich sagte, du sollst leise sprechen!« Percy nahm sie am Ellbogen und führte sie mit besorgter Miene in sein Büro. »Würdest du bitte aufpassen, was du sagst? Das ist doch kein Spielchen hier.«

»In der Tat«, sagte sie. »Das ist kein Spielchen hier. Den Bergarbeiterkindern, die jeden Abend hungrig ins Bett gehen, musst du das sicher nicht erst sagen.«

»Geh einfach schon mal hinaus und warte auf mich. Ich schließe in ein paar Minuten.«

»Mit Vergnügen«, sagte sie und marschierte aus dem Laden.

Statt aber auf der Veranda zu warten oder sich auf den Beifahrersitz der Tin Lizzie zu setzen, machte sich Emma auf den Weg. Sie reckte das Kinn, strich sich ein paar Strähnen aus der Stirn und ließ sich die frische Brise ins erhitzte Gesicht wehen. Die Sonne verschwand bereits hinter den Bergkämmen, und die Berge ragten in der hereinbrechenden Dämmerung grau auf. Man konnte die Nacht fast schon riechen.

Ohne bestimmtes Ziel wanderte Emma durch die Stadt, vorbei an verwitterten Geschäftsfassaden und dem Postamt, an einem Schweinepferch und dem Stall von Abes Pferdestation. Die Männer tippten sich an den Hut, wenn sie vorbeikam, während die Frauen stehen blieben und sie anstarrten. Entweder waren sie schockiert, dass eine junge Frau um diese Uhrzeit alleine draußen herumlief, oder sie wussten, dass sie das Mädchen war, auf dem ein Fluch lastete, das Mädchen, das Charlotte Gable mit ihrer verseuchten Hand angefasst und außerdem die Schlägerei im Tanzsaal ausgelöst hatte.

In Manhattan hatten ihre Eltern ihr erlaubt, alleine in den Straßen umherzuschweifen, solange sie in der Nähe blieb. Es war lächerlich, dass Tante Ida oder sonst jemand es für unanständig oder gefährlich hielt, ohne Begleitung durch diese kleine Stadt zu flanieren. Und selbst in Begleitung durfte man noch lange nicht tun, was man wollte. Emma hörte es noch, wie ihre Tante sie ermahnte, kleine, gemessene Schritte zu machen, die Augen geradeaus zu richten und nicht den Kopf zu neigen.

Sie bog rechts in die Sullivan Lane ein und folgte ihr bis zum Pennsylvania Hotel, blieb dann aber überrascht stehen, weil sie sich plötzlich in einer ausgestorbenen Straße wiederfand, direkt vor dem Stadtgefängnis. Sie erinnerte sich, bei ihrem letzten Aufenthalt ein- oder zweimal an dem imposanten Steingebäude vorbeigekommen zu sein, hatte aber vergessen, wo es sich befand. Der kantige, zweigeschossige Bau stand etwas erhöht und war von einer Mauer umgeben. Wie eine mittelalterliche Festung thronte er über den anderen Gebäuden hier. Oben auf dem Flachdach stand ein Wachturm, und vor den hohen, schmalen Fenstern befanden sich schwarze Gitterstäbe. Aus irgendeinem Grund flößte ihr der Bau Unbehagen ein. Es war, als würden der Schmerz und das Elend, die darin erlitten wurden, durch die grauen Mauern hervorquellen und in ihre Haut eindringen wie die Wärme eines Felsens an einem sonnigen Tag. Dass Clayton in einer der Zellen hier saß, auf einer harten Pritsche hockend und um Jack bangend, konnte sie sich kaum vorstellen. Sie konnte nur hoffen, dass Percy recht hatte und man Clayton schon wieder entlassen hatte.

Einen Moment überlegte sie, hinzugehen und an die massive Vordertür zu klopfen. Vielleicht würde man sie ja hereinlassen oder ihr wenigstens sagen, ob Clayton noch da war. Bevor sie aber zu einer Entscheidung gelangt war, erschien ein Schwarm Dohlen am grauen Himmel und landete auf dem Gefängnisdach. Die Vögel ergossen sich über die Steingesimse, machten sich wechselseitig den Platz streitig und erfüllten die Luft mit ihren heiseren Schreien. Dann verstummten sie einer nach dem anderen, und es war, als würden sie alle mit ihren schwarzen Knopfaugen auf Emma herabschauen. In der plötzlichen Stille hallte vom Bürgersteig zu ihrer Rechten ein sanftes, rhythmisches Geräusch wider und kam immer näher und näher. Zuerst dachte sie, es sei ihr Herz, das da klopfte, aber dann spürte sie ein leichtes Vibrieren der Bohlen unter ihren Füßen. Aus dem Augenwinkel sah sie einen Jungen auf sich zukommen, das bleiche Gesicht über der schwarzen Kleidung schwebend. Als sie sich zu ihm umdrehte, wusste sie nur zu gut, wer es war: Alberts Zwilling, der Kohlejunge, dem ein Bein fehlte. Er blieb neben ihr stehen und stützte sich auf seine Holzkrücken, die schwarz verschmiert waren vom Kohlenstaub. Sie zwang sich zu einem Lächeln und unterdrückte den Impuls, die Flucht zu ergreifen.

»Hallo«, sagte sie. »Ich heiße Emma. Und du?«

Der Junge antwortete nicht. Er stand einfach da und schaute sie mit ernster Miene an.

»Kann ich irgendetwas für dich tun?«, fragte sie.

»Er ist hier«, sagte der Junge. Seine Stimme war kratzig und rau, als würde ihn das Sprechen unendliche Mühe kosten.

»Wer ist hier?«, fragte sie und sah zum Gefängnis hoch. »Sprichst du von Clayton? Ist er immer noch eingesperrt?«

Der Junge schüttelte den Kopf.

Sie schaute den Bürgersteig hoch und runter. Sie waren alleine. »Von wem redest du dann?«

»Albert.«

Sie zuckte zusammen, als habe man ihr eine Ohrfeige verpasst. »Albert?« Der Schreck durchfuhr sie wie ein Elektroschock. Eine Gänsehaut überzog ihre Arme. »Woher weißt du …«

»Sie müssen helfen«, sagte er.

»Helfen? Wem? Albert?«

Himmel und Bürgersteig schienen zu kippen, und ihre Beine versagten ihr fast den Dienst. Wieder setzte sich die Vorstellung, dass Albert lebte, in ihrem Kopf fest. *Kann er irgendwo in Coal River gefangen sein und darauf warten, dass ich ihn finde?* Dann aber rief sie sich zum tausendsten Mal vor Augen, wie sein kleiner Sarg in die kalte Erde gesenkt worden war. *Nein, das ist unmöglich. Er ist fort und wird nie wiederkommen.*

»Warum stehen Sie einfach da und tun nichts?«, krächzte der Junge.

Einen Moment lang fragte sie sich, ob das Laudanum vielleicht Halluzinationen hervorrufen konnte. Oder vielleicht erlebte sie auch einen Albtraum, weil sie an diesen entsetzlichen Ort zurückgekehrt war. Sie biss sich auf die Innenseite der Wange, bis sie den Kupfergeschmack von Blut auf der Zunge hatte. Nein, sie war hellwach. Woher um alles in der Welt kannte dieser Junge ihren Bruder? Woher wusste er, dass sie dagestanden und keinen Finger gerührt hatte, als Albert ertrunken war? Und was wollte er von ihr? Dann fiel ihr wieder ein, dass sich die ganze Stadt das Maul über sie zerriss. Dies hier war einfach nur ein grausamer Scherz.

»Wer hat dich auf mich angesetzt?«, fragte sie und bemühte sich, ganz ruhig zu bleiben.

Er starrte sie lange an, die Pupillen so schwarz wie eine frisch geputzte Schultafel. Fast konnte sie sich als eine kleine weiße Spiegelung darin erkennen. Dann blitzte etwas Kaltes, Hartes in seinen Augen auf, und er drehte sich um und ging in die andere Richtung davon. Das dumpfe Geräusch der Krücken entfernte sich. Emma schlang die Arme um den Leib und eilte davon, Tränen in den Augen. *Was um Himmels willen geschieht hier?,* dachte sie. *Warum quält er mich so?*

Der Bürgersteig verschwamm vor ihren Augen, und sie wäre fast in einen Priester von der nahe gelegenen Gemeinde hineingelaufen. Es war Father Delaney, der Priester, der bei Alberts Beerdigung die Grabrede gehalten hatte. War er damals weißhaarig und runzelig gewesen, schien er jetzt ein Mann an der Schwelle zum Tod zu sein. Wenige silberne Haare sprossen aus seinem altersfleckigen Schädel hervor, und sein eingefallenes Gesicht war von tiefen Zickzacklinien zerfurcht.

Sie schluckte schwer. »Es tut mir furchtbar leid, Father. Entschuldigen Sie bitte.«

»Ist Ihnen etwas zugestoßen, Miss?«, fragte Father Delaney. »Brauchen Sie Hilfe?« Der scharfe Geruch von Alkohol wehte wie ein feiner Nebel von seinen feuchten Lippen zu ihr herüber, seine wässrigen Augen waren blutunterlaufen.

»Nein danke«, sagte sie. »Ich … Ich muss einfach aufpassen, wo ich hintrete.«

»Geh in Frieden, mein Kind.« Er hob eine verwelkte Hand, als er sie davoneilen sah, und segnete sie aus der Ferne.

An diesem Ort werde ich niemals Frieden finden, dachte sie und rannte zwei Blöcke weiter, wo sie endlich anhielt, um Luft zu schöpfen. Sie konnte sich beim besten Willen nicht vorstellen, warum sie ständig diesem Jungen über den Weg lief oder warum er über Albert reden sollte. Irgendjemand wollte ihr etwas vorgaukeln, das war die einzig sinnvolle Erklärung. Vielleicht hatten die Leute so viel Angst vor dem Fluch, der auf ihr lastete, dass man sie von hier vergraulen wollte. Vielleicht steckte auch Charlotte Gable dahinter, die ihr einreden wollte, dass sie unter Halluzinationen litt, damit sie nichts über Charlotte und Onkel Otis erzählte. Oder vielleicht wollte sich auch

Frank dafür rächen, dass sie nichts mit ihm zu tun haben wollte. Und doch hatte sie, seit sie dem Jungen zum ersten Mal begegnet war, immer dieses Unbehagen gespürt. Außerdem hatte sie niemandem von ihm erzählt. Es musste mehr als ein Streich oder ein Zufall sein. Sie blickte über die Schulter, um sicherzustellen, dass er ihr nicht folgte. Bürgersteig und Straße waren leer. Sie strich sich die Haare aus dem Gesicht und setzte sich wieder in Bewegung.

Drei Blöcke weiter kam sie an McDuff's Alehouse vorbei, einem zweistöckigen Saloon mit einer Holzveranda und Vorhängen vor den Fenstern. Aus dem erleuchteten Innern drang ein Ragtime. Eine Gruppe älterer Jungen saß auf der Veranda, spielte Karten und trank Bier aus Blechkannen. Auf dem staubigen Rasen saßen Männer und Jungen im Kreis, johlten und beschimpften zwei Hähne, die in einem Drahtgehege aufeinander losgingen. Aus der Schwingtür trat eine Frau, die Haare lose auf die Schultern herabfallend, die Lippen blutrot, und schlenderte zu einem jungen Mann auf einer Bank hinüber. Lächelnd beugte sie sich hinab, gab den Blick in ihren Ausschnitt frei und fuhr dem jungen Mann mit den Fingern durchs Haar. Er grinste und zog sie zu sich herab, um ihr an die Brüste zu fassen.

Mit einem unbehaglichen Gefühl beschleunigte Emma den Schritt und wechselte auf die andere Straßenseite, Wagenspuren und Pferdeäpfeln ausweichend. Einige der Jungen vor dem Saloon hatten nicht älter als dreizehn oder vierzehn ausgesehen, andere sogar noch jünger. Tante Ida hatte gesagt, dass die Bergleute ihre Kinder nicht im Griff hatten; aber sie in eine Kneipe gehen zu lassen? Das war fahrlässig und kam der Verwahrlosung nahe. Wo waren nur ihre Mütter? Der nächste Gedanke ließ ihr das Blut in den Adern gefrieren. Vielleicht waren es Waisen, die tun und lassen konnten, was sie wollten. Vielleicht hatten die Menschen, die sie aufgenommen hatten, nicht die Zeit oder die Möglichkeit, ihnen mehr als ein Dach über dem Kopf und ein bisschen zu essen zu bieten. Vielleicht riskierten diese Jungen jeden Tag im Kohlebrecher ihr Leben, um sich Bier, Zigaretten, Hahnenkämpfe und Prostituierte leisten zu können.

Ein paar Minuten später kam sie an zwei Gebäuden mit zerbrochenen Fensterscheiben und fehlenden Dachziegeln vorbei und wünschte, sie hätte einen anderen Weg gewählt. Barsche Stimmen drangen aus der dunklen Gasse zwischen den beiden Gebäuden. Sie konnte nicht jedes Wort verstehen oder irgendjemanden im Schatten erkennen, aber es war klar, dass sich zwei Männer stritten und wechselseitig bedrohten. Sie ging langsamer und fragte sich, ob sie nicht lieber umkehren sollte. Im nächsten Moment schrie ein Mann, und die Gasse hallte von Kampfgeräuschen wider – schwerem Keuchen und dem Aufprallen von Fäusten auf Muskeln und Knochen. Schließlich hörte man das metallische Geräusch eines Messers, das aus der Scheide gezogen wurde, dann ein Ächzen und das erstickte Stöhnen eines Mannes. Panisch rannte Emma auf die andere Straßenseite, bog in eine Nebenstraße ein und lief nach Hause.

Als sie am Haus ihres Onkels ankam, stand Percy in der Einfahrt, mit verschränkten Armen an die Tin Lizzie gelehnt.

»Wo warst du?«, fragte er. »Ich hatte gesagt, dass du vor dem Laden warten sollst.«

»Ich wollte lieber zu Fuß heimgehen.«

»Na wunderbar«, sagte er. »Ist dir eigentlich klar, was los wäre, wenn ich mich ohne dich hier blicken lassen würde?«

»Tut mir leid.«

»Das ist alles, was dir dazu einfällt?«

»Was soll ich denn sagen? Ich sage alles, was du willst.«

Er schüttelte verächtlich den Kopf, ließ die Arme sinken und trat vom Wagen weg. »Ich möchte nicht, dass du etwas *sagst«*, erklärte er. »Ich möchte nur, dass du daran denkst, was meine Eltern von mir erwarten: Ich soll ein Auge auf dich haben, wenn du im Laden arbeitest. Wenn du in Schwierigkeiten gerätst, sind wir beide dran.« Er marschierte aufs Haus zu.

»Warte!«

Er blieb stehen und blickte sich um, die Stirn gerunzelt. »Was ist?«

»Kennst du einen kleinen Jungen mit schwarzen Haaren und Sommersprossen, der nur ein Bein hat? Er geht an Holzkrücken und …«

»Viele Jungen hier gehen an Krücken.«

»Ich weiß«, sagte sie. »Aber dieser ist anders. Er sieht …« Sie hielt inne, weil sie nicht wusste, wie sie ihn beschreiben sollte, ohne die Worte »alt« und »gespenstisch« zu benutzen. Dann fiel ihr etwas ein. »Als ich ihn zum ersten Mal gesehen habe, war eine ältere Frau mit weißen Zöpfen bei ihm. Sie ging so krumm, als wolle sie etwas vom Boden aufheben.«

»Ach, du meinst Michael Carrion«, sagte er. »Seine Großmutter Tala ist indianischer Abstammung. Ich kenne sie gar nicht anders als mit Zöpfen. Obwohl ich sie nicht mehr so oft sehe wie früher.«

»Wie hat er sein Bein denn verloren?«

»Auf dieselbe Weise, wie alle Jungen hier ihre Gliedmaßen verlieren. Im Kohlebrecher. Warum fragst du nach ihm?«

Sie schüttelte den Kopf, ohne ihm in die Augen schauen zu können. Wenn sie ihm die Wahrheit erzählte – dass Michael entweder von jemandem bezahlt wurde, um ihr einen Streich zu spielen, oder Gedanken lesen konnte –, würde Percy sie für verrückt erklären. Und wenn er Onkel Otis und Tante Ida davon erzählte, hätten sie einen guten Grund, Emma ein für alle Mal zum Teufel zu jagen. Man hatte schon von Frauen gehört, die für geringere Verrücktheiten in Armenhäuser abgeschoben wurden – wie etwa die Frau eines Theaterdirektors, die ins Willard Asylum für Geisteskranke eingeliefert wurde, weil sie einen anderen Mann geküsst hatte. Sie war nie wieder zurückgekommen. Emma wollte zwar aus Coal River heraus, aber nicht auf diese Weise.

»Ist nicht so wichtig«, sagte sie. »Ich bin ihm nur auf dem Heimweg begegnet, und er hat etwas gesagt, das ich nicht verstanden habe.«

»Wie meinst du das?«

»Er hat etwas gesagt, das einfach keinen Sinn ergab.«

»Aber das ist unmöglich«, sagte er. »Michael kann gar nicht sprechen.«

»Wegen seines Unfalls im Kohlebrecher?«

Percy schüttelte den Kopf. »Nein, weil er seit seiner Geburt noch kein einziges Wort geredet hat.«

Ein Schauer kroch Emmas Rücken hinauf und erzeugte eine Gänsehaut an ihrem Hals. »Bist du dir sicher?«

»Ganz sicher. Michael ist schon taubstumm zur Welt gekommen.«

Die Morgenluft war feucht und schwer, als Emma das Haus ihres Onkels verließ und den steilen Hügel zur Stadt hinabstieg. Ihre Schuhsohlen knirschten auf der Schotterstraße. Die Heuschrecken und Grillen zirpten im langen, giftgrünen Gras, und um Emmas Ohren herum summten die Mücken. Wie schwarze Pfeile schossen Rotkehlchen und Spatzen durch den blauen Himmel. Wohl zum hundertsten Mal fragte sich Emma, warum Gott die Erde mit so wundervollen Geschöpfen bevölkerte, nur um sie dann so schnell und unerwartet wieder sterben zu lassen. Das ergab keinen Sinn.

Jedes Mal, wenn sie einen Vogel oder ein anderes kleines Wesen sah – ein Eichhörnchen, ein Streifenhörnchen, ein Kaninchen –, kam ihr unwillkürlich diese Frage in den Sinn.

Obwohl sie so schön waren und so gut angepasst an ihre Umwelt und obwohl sie mit raffinierten Überlebensinstinkten ausgestattet waren, hatten sie nur so kurze Zeit zu leben und konnten mit ihren winzigen Knochen und den empfindlichen Schädeln so leicht von einem Wagenrad zerquetscht werden, während ihr zartes Fleisch für größere Tiere mühelos vom Skelett zu reißen war. Emma fragte sich, ob einer Feldmaus, wenn sie für den Winter Samen und Nüsse sammelte, eigentlich klar war, dass ein Fuchs oder ein Adler sie sich ohne Vorwarnung aus dem Gras schnappen konnte. Oder ob der Adler wusste, dass er, wenn er über dem Feld kreiste, von einem Jäger abgeschossen werden konnte. Oder ob dem Eichhörnchen, wenn es eine Straße überquerte, die von den Automobilen ausgehende Gefahr bewusst war. Oder lebten die Vögel und Tiere unbekümmert ihr glückliches Leben, ohne zu ahnen, dass es jeden Moment vorbei sein konnte?

Oben in den Bergen stieg die Sonne höher und beleuchtete nach und nach sämtliche Fensterreihen des Kohlebrechers, während der mächtige Schatten des Ash Mountain wie ein Schleier vom Eingang zum Bergwerk zurückgezogen wurde. Der Kohlenzug, der in der Ferne stampfte, hallte wie ein pochendes Riesenherz im Tal wider. Selbst von ihrem Standort aus konnte Emma die Maschinerie im Innern des Kohlebrechers dröhnen hören, diese ewige Kraftanstrengung der Getriebe und Fließbänder. Das knirschende, splitternde Geräusch, wenn die Kohle in die Zerkleinerungsanlage geschüttet wurde, erinnerte an das Geräusch brechender Knochen.

Sie ging langsamen, doch festen Schrittes und versuchte sich für das zu wappnen, was auf sie zukam. Es war Samstag, ihr erster Arbeitstag im Laden und außerdem Zahltag für die Bergleute. Percy hatte sie vorgewarnt, dass es voll werden würde. Wie sollte sie diesen armen Müttern in die Augen schauen und ihnen mitteilen, dass sie Schulden hatten und keine Milch und kein Brot für ihre hungrigen Kinder bekamen?

Bei dem Gedanken an die Kinder kam ihr sofort wieder Michael in den Sinn. Sie ballte die Fäuste und verspürte ein Engegefühl in der Brust. Er war taubstumm und hatte noch nie ein Wort gesagt. Wie und warum sollte er plötzlich mit ihr sprechen? Handelte es sich um ein Wunder? Sollte sie seine Eltern ausfindig machen und ihnen berichten, dass er endlich den Mund aufgetan hatte? Nein, wie ein Wunder kam ihr das Ganze nicht vor. Etwas anderes schien dahinterzustecken, etwas Finsteres, Bedrohliches. Vielleicht war es eine Warnung, ein Omen, eine Botschaft, die nur sie verstehen sollte. Nur dass sie leider nichts verstand. Überhaupt nichts. Und warum um alles in der Welt hatte er von Albert gesprochen? Woher kannte er überhaupt seinen Namen? Dann kam ihr noch ein Gedanke in den Sinn. Was, wenn Percy sie wegen Michael belogen oder ihn mit jemandem verwechselt hatte? Oder wenn sie sich das Ganze nur eingebildet hatte?

Tränen traten ihr in die Augen, und sie beschleunigte den Schritt. Als sie am Abend erfahren hatte, dass Michael taubstumm war, hatte sie Angst bekommen, dass sie an Halluzinationen litt, und das Laudanum in die Toilette gekippt. Es waren nur noch ein paar Schlucke in dem Fläschchen gewesen, aber wenn es eine solche Wirkung hatte, wollte sie es nie wieder anrühren. Wenn sie ihr Leben irgendwie meistern wollte, brauchte sie einen klaren Kopf. Medikamente würden ihr nur den Verstand vernebeln. Jetzt aber, bei Tageslicht betrachtet, glaubte sie nicht mehr, dass das Laudanum etwas mit der Sache zu tun hatte. Was sie mit Michael erlebt hatte, fühlte sich echt an.

Vor dem Laden wimmelte die Straße von Frauen, die mit Ziegenkutschen oder Handkarren gekommen waren. Emma hielt den Blick stur auf den Bürgersteig gerichtet, weil sie

Angst hatte, Michael in der Menge zu entdecken. Sie holte tief Luft und stieß sie langsam wieder aus, um alle Gedanken zu vertreiben und sich ganz auf ihre Aufgabe zu konzentrieren. Sie konnte es sich nicht leisten, an ihrem ersten Arbeitstag einen Fehler zu machen.

Im Laden wartete eine Reihe von Bergarbeiterfrauen an der Kasse, Weidenkörbe und Baumwollbeutel über dem Arm und Kinder mit schmutzigen Gesichtern am Zipfel ihrer zerschlissenen Röcke. Percy stand hinter der Registrierkasse und fuhr, konzentriert die Augenbrauen gerunzelt, mit dem Finger über die Seiten des Kundenregisters.

Emma ging ins Büro, nahm sich eine weiße Schürze und eilte dann hinter die Verkaufstheke.

»Was soll ich tun?«, fragte sie, während sie sich die Schürze über den Kopf zog und sie hinten zuband.

Percy ließ den Finger auf dem aufgeschlagenen Buch liegen. »Hier«, sagte er. »Ich bediene die Kasse, während du nachschaust, ob von der letzten Woche noch eine Rechnung offen ist. Hier, siehst du? Mrs. Anderson schuldet uns noch sechsundzwanzig Cent. Ich rechne es zu ihren heutigen Einkäufen hinzu, und du kannst es dann als ›bezahlt‹ markieren. Wenn etwas eingepackt werden muss, kannst du das auch schon erledigen, während ich kassiere.«

»In Ordnung.« Sie schenkte der ersten Frau in der Schlange ein Lächeln, um ihr zu zeigen, dass sie auf ihrer Seite stand. Mrs. Anderson blickte mit mürrischer Miene zurück. Percy rechnete ihre Einkäufe zusammen: eine Tüte Mehl, eine Dose Schmalz, drei Schachteln Streichhölzer und ein Stück Kernseife. Dann schlug er die sechsundzwanzig Cent drauf und verkündete die Summe.

Mrs. Anderson griff in den Zugbeutel an ihrer Taille, zählte die Münzen und reichte sie Percy. Der gab Emma einen Gummistempel und erklärte, dass sie die Summe der Frau als »bezahlt« markieren könne. Emma tat es, während Mrs. Anderson wortlos ihre Waren einsammelte, sie in eine Handkarre legte und den Laden verließ. Schwerfällig trat die nächste Frau an die Theke, eine Hand auf ihren dicken Bauch gelegt. Es sah aus, als würde sie im nächsten Moment niederkommen. Sie nannte ihren Namen, und Emma suchte ihn im Register.

»Sie hat Schulden von einem Dollar«, sagte Emma und lächelte die Frau kurz an, um sie wissen zu lassen, dass ihr das Problem nicht gleichgültig war.

Die Frau runzelte die Stirn. »Sind Sie sicher?«, fragte sie. »Schauen Sie noch einmal nach.«

»William und Meredith Trent?«, fragte Emma und hob die Augenbrauen. Die Frau nickte, stützte sich mit den Knöcheln auf die Theke und verlagerte das Gewicht, als würde ihr das Bein wehtun. Emma legte den Finger auf den Namen der Frau und folgte dann dem Bleistiftstrich zur Summe dieser Woche. »Ja. So steht es hier.« Sie drehte das Registerbuch um, damit sich Mrs. Trent selbst davon überzeugen konnte, aber Percy packte sie am Handgelenk.

»Das Register bekommt niemand zu sehen«, sagte er bestimmt.

Achselzuckend drehte Emma das Buch wieder um. Percy fuhr fort, Mrs. Trents Einkäufe in die Kasse zu tippen, fügte den Dollar hinzu und wartete geduldig, während Mrs. Trent in ihrer Schürzentasche nach weiteren Münzen kramte. Mit Tränen in den Augen reichte sie ihm, was sie hatte, und behielt nur zwei Fünf-Cent-Münzen zurück. Unfähig, ihr in die Augen zu schauen, stempelte Emma ein »Bezahlt« in das Buch.

Die nächsten Stunden über standen Percy und Emma an der Registrierkasse und kassierten die Frauen in der Schlange ab. Immer wenn Percy eine Bergarbeiterfrau aufforderte, ihre Waren wieder ins Regal zu legen, weil der Lohnscheck ihres

Mannes den Betrag nicht deckte, musste Emma gegen die Tränen ankämpfen und sich zwingen, nicht in die schmutzigen, verzweifelten Gesichter der Kinder zu schauen. Einige Frauen beschimpften sie und Percy, bevor sie aus dem Laden marschierten, während andere sich still die Tränen aus dem Gesicht wischten und krampfhaft versuchten, Haltung zu bewahren.

Kurz vor Mittag zerschnitt ein hoher Sirenenton die Luft und drang wie ein Geist durch die Ladentür herein. Die Frauen erstarrten und schauten sich mit weit aufgerissenen Augen an. Dann polterten sie wie ein aufgebrachter Mob aus dem Laden und zerrten ihre Kinder hinter sich her.

»Was ist denn los?«, fragte Emma.

Percys Miene erschlaffte. »Wenn die Sirene am Kohlebrecher außerhalb der üblichen Zeiten losgeht, kann das nur eines bedeuten … ein Unglück in der Grube.«

»O Gott«, sagte sie. »Aber warum sind sie alle verschwunden? Ich dachte …«

»Sie gehen zum Bergwerk, um herauszufinden, ob jemand verletzt oder getötet wurde. Die Bosse sagen ihnen aber nichts. Und solange es sich nicht um einen großen Unfall handelt, von dem viele Bergarbeiter betroffen sind, müssen sowieso alle weiterarbeiten.«

Sie rang nach Luft. »Die Arbeit geht weiter? Das kann doch nicht sein.«

Er nahm das Kundenregister und den BEZAHLT-Stempel. »Verletzt oder getötet zu werden ist das Schlimmste, was ein Grubenarbeiter der Bergwerksgesellschaft antun kann«, sagte er. »Warum sollten die Bosse also die Produktion stoppen?« Er zuckte mit den Achseln und ging in Richtung Büro.

Sie schüttelte den Kopf, weil sie kaum glauben konnte, was sie da hörte. »Kein Wunder, dass die Bergleute streiken wollen«, murmelte sie vor sich hin.

Er blieb stehen und drehte sich zu ihr um. »Was hast du gesagt?«

»Nichts.«

Sechs Stunden später schloss der Laden, und Percy willigte ein, sie einen Teil des Heimwegs zu Fuß gehen zu lassen, wenn sie versprach, am verlassenen Holzschuppen unten am Hügel, wo es zum Haus seiner Eltern hochging, auf ihn zu warten. Der Holzschuppen lag ein Stück in den Wald hinein, und sie konnte sich dahinter verstecken, wenn sie jemand anderen als Percys Tin Lizzie kommen hörte. Er würde auch nicht mehr lange brauchen, und es sei wichtig, dass sie zusammen heimkamen.

Mit schmerzenden Füßen und wirbelnden Gedanken im Kopf verließ sie den Laden, während Percy alles abschloss. Das Licht am Himmel wurde bereits schwächer, und die dunklen Schatten des Ash Mountain legten sich über den Kohlebrecher. Emma fand es grotesk, dass er sie immer an eine gewaltige, lauernde Kreatur erinnert hatte. Jetzt kannte sie die Wahrheit, und die war schlimmer, als sie es sich je hätte ausmalen können. Der Kohlebrecher *war* eine Kreatur. Er war ein Monster, das kleine Jungen fraß. Wie war es nur möglich, dass die Einwohner von Coal City vor einem so schrecklichen Szenario Feste feiern, Essen kochen und ihre Kinder ins Bett bringen konnten? Hatte die Gier sie blind gemacht, oder steckte etwas anderes dahinter?

Als sie die Main Street entlangging, dachte sie daran, dass Onkel Otis ihrem Vater vorgeworfen hatte, er wolle nicht in der Grube arbeiten. Wie konnte überhaupt jemand in der Grube arbeiten wollen, vor allem wenn er andere Möglichkeiten hatte? Sie konnte sich ihren Vater beim besten Willen nicht im Bergwerk vorstellen oder Albert im Kohlebrecher. Und sie konnte sich auch nicht vorstellen, wie ihre Mutter im Laden der Bergwerksgesellschaft einkaufte, weil man ihr vorschrieb, wo sie Essen und Kleidung zu kaufen hatte – und wie sie wieder weggeschickt wurde, weil sie nicht genug Geld für überteuertes Brot oder Zucker besaß. In Manhattan hatte ihre Mutter immer mit den Gemüsehändlern und Bäckern gefeilscht und ihnen angeboten, Schürzen und Hemden zu flicken, wenn sie ihr einen Beutel Kartoffeln oder ein Brot überließen. Alle im Viertel hatten miteinander gehandelt und sich in schlechten Zeiten wechselseitig unterstützt. Wenn Emma sah, wie es in Coal River zuging, hatte sie das Gefühl, in einem anderen Land zu sein, dessen Sprache sie nicht verstand, einem wilden, kalten Land mit einer fremden Kultur.

Als sie die Abzweigung erreichte, die zur Bergarbeitersiedlung hochführte, polterte eine geschlossene Kutsche, die von kräftigen, schweißnassen Maultieren gezogen wurde, an ihr vorbei und fuhr den Hügel hinauf. Der Aufbau bestand aus einem schwarzen Kasten, der auf beiden Seiten das Symbol der Ersten Hilfe trug. Eine Gruppe von Frauen und Kindern in abgetragenen Kleidern lief hinter der Kutsche her.

»Was ist denn los?«, fragte Emma ein Mädchen, das ein kleines Kind auf der Hüfte trug.

»Die Schwarze Maria ist unterwegs«, sagte das Mädchen mit finsterer Miene.

»Die Schwarze Maria?«

»Kennen Sie die nicht?«, fragte das Mädchen. »Der Leichenwagen!« Sie schob das Kind ein Stück höher und rannte den anderen hinterher.

Emma stand am Straßenrand und überlegte, was sie tun sollte. Wenn sie nicht am Fuße des Hügels auf Percy wartete, würde er sie nie wieder alleine nach Hause laufen lassen. Andererseits wäre es nur eine Sache von Minuten, zur Bergarbeitersiedlung hochzulaufen und sich zu erkundigen, was geschehen war. Wenn sie sich beeilte, könnte sie wieder unten sein, bevor Percy auch nur den Boden gefegt und die Läden geschlossen hatte. Und wenn er sie auf der Straße zum Schuppen einholte, würde er gar nicht erfahren, dass sie einen Umweg gemacht hatte. Sie würde einfach sagen, dass sie langsam gegangen sei, um die kühle Luft zu genießen. Das konnte er ihr kaum verübeln.

Nachdem sie ihre Entscheidung getroffen hatte, lief sie hinter der Schwarzen Maria her. Die Schotterstraße wurde immer steiler. Vollkommen außer Atem vor Anstrengung und Angst, baten die Frauen den Fahrer, ihnen doch zu verraten, wer im Innern der Kutsche lag.

Der Kutscher schüttelte den Kopf. »Nur den nächsten Angehörigen.«

Manche Frauen ließen erleichtert die Schultern sinken, während andere weiter in Panik waren, weil der Fahrer zweifellos nicht alle Menschen kennen konnte.

Als ein paar Minuten später die Bergarbeitersiedlung in Sicht kam, verlangsamte Emma das Tempo und versuchte zu begreifen, was sie da vor sich sah. Dass die Bergleute arm waren, hatte sie natürlich gewusst, aber der Anblick, der sich ihr darbot, erfüllte sie mit Entsetzen und Traurigkeit. Mit dem, was sie sich als Kind zurechtfantasiert hatte, hatte das nichts zu tun.

In der Siedlung reihten sich unzählige Hütten aneinander, die sich jeweils paarweise die Rückseite zukehrten. Die winzigen Vorgärten waren durch ausgetretene Trampelpfade voneinander getrennt, und die windschiefen Zäune der kleinen Gärten hinter den Häusern waren aus zersplitterten Brettern und verbogenen Metallteilen zusammengenagelt. Viele Behausungen standen auf oder neben alten Abraumhalden, den lockeren Haufen aus Abfallprodukten aus dem Kohlebrecher. Eine Hütte war in ein großes, zerklüftetes Loch gestürzt und schaute gerade noch aus dem eingebrochenen Boden hervor.

Von Coal River aus wirkten die Hütten wie echte, robuste

Häuser und bildeten ordentliche Reihen wie in den Randbezirken einer großen Stadt. Von Nahem betrachtet, waren sie nichts als Bretterbuden und Baracken, die aus grob bearbeitetem Bauholz und rostigem Blech zusammengeschustert worden waren. Veranden, Geländer und Treppen wirkten, als würden sie im nächsten Moment zusammenbrechen. Dünne, schmutzige Gardinen hingen in offenen Fenstern mit zerbrochenen oder mit Holz vernagelten Scheiben. Grauer Rauch stieg aus bröckelnden, rußbedeckten Schornsteinen und vermischte sich mit dem ätzenden Gestank der brennenden Kohlereste und dem säuerlichen Geruch von Haushaltsmüll. In der Mitte jeder Gasse reihten sich Klohäuschen aneinander, der Boden darum herum schwarz und feucht. Am fernen Ende der Reihe sah man ein matschiges Areal mit einer rostigen Wasserpumpe.

Hühner, Schweine, Ziegen und gelegentlich ein Hund liefen frei in den Straßen und Höfen herum, Gesichter und Füße schwarz verschmiert. Kinder in zerrissenen, schmutzigen Sachen spielten auf kümmerlichen Rasenflächen, wo sich neben Badewannen und kaputten Fahrrädern karge Gärten zu behaupten versuchten. Eine ältere Frau saß in einem Schaukelstuhl, ein nacktes Kind auf dem Schoß, und betrachtete stumm, wie die Schwarze Maria vorbeifuhr. Auf manchen Veranden saßen mehr als zwanzig Personen: ältere Männer und Frauen, heranwachsende Mädchen, ausgemergelte Frauen und Kinder jeden Alters. Und über allem lag eine Schicht aus Kohlenstaub: an den Wänden, auf den Dächern, in den Gärten, auf Treppen und Zäunen, sogar auf den Blättern an den Bäumen.

Emma kamen die Tränen, aber gleichzeitig brannten ihre Füße vor Wut, als steige die Empörung direkt aus dem Boden empor. Sie kroch durch ihre Beine in ihren Leib und dann weiter in Hals und Kopf, wo sie schon wie Feuer brannte. Unwillkürlich musste sich Emma vorstellen, wie Hazard Flint in einem teuren Anzug an seinem Sekretär im Flint Mansion saß und Geld zählte, während oben in der Bergarbeitersiedlung Kinder vor Hunger weinten und Babys unter ihren durchgewetzten Decken zitterten. Sie dachte an Onkel Otis und Tante Ida und ihre schicke Kleidung und die Vitrinen voller Porzellan, an die Anrichte, die sich bog unter Shepherd's Pie und Rindersuppe, Lammkoteletts und gefüllten Eihälften, Brotpudding und Kirschkuchen, Teebrötchen und Scones mit Orangenmarmelade. Wie konnten sie es nur mit ihrem Gewissen vereinbaren, in Saus und Braus zu leben, wohl wissend, dass die Familien der Männer, die die Kohle für sie aus der Erde holten, bittere Armut litten? Plötzlich revoltierte ihr Magen, weil ihr bewusst wurde, dass sie dieselben feinen Sachen trug und dieselben Speisen aß, die auf Kosten der Arbeiter erworben wurden, während diese nicht einmal ihre Familien ernähren konnten.

Michaels Worte hallten in ihrem Kopf wider. *Sie müssen helfen.* War es das, was er ihr hatte mitteilen wollen? Dass sie den Bergleuten und ihren Kindern helfen solle? Aber wie? Was um alles in der Welt könnte sie überhaupt bewirken? Und was hatte Albert mit der ganzen Sache zu tun?

Während sie versuchte, das Gefühl abzuschütteln, dass sich trotz der Helligkeit schwarze Schatten auf sie herabsenkten, folgte Emma dem Leichenwagen, der an einer Scotch Road, einer Dago Street und einem Welsh Hill vorbeifuhr und dann in eine enge Gasse namens Murphy's Patch einbog. Die Mäuler der Maultiere dampften, und ihre Hufe wirbelten Wolken schwarzen Staubs auf.

Irgendjemand schrie: »Die Schwarze Maria kommt!«, worauf sofort die Frauen aus ihren Hütten stürzten und sich auf die Vordertreppe stellten. Sie rangen die Hände und krallten sich an ihre fleckigen Schürzen, während sie darauf warteten, wo die Kutsche anhalten würde. Kleine Kinder erschienen neben den langen Röcken ihrer Mütter und schauten neugierig auf die Straße. Wenn die Kutsche an ihrem Haus vorbeigefahren war, ließen die Frauen die Köpfe sinken, als sprächen sie ein stilles Dankgebet, dass es ihren Ehemann oder Sohn an diesem Tag nicht getroffen hatte.

Schließlich zog der Fahrer die Zügel an und hielt an der vorletzten Hütte am Ende der Gasse. Die Frau auf der Veranda erbleichte und sank auf die Knie. Im nächsten Moment fing sie an zu schreien. Zwei kleine Kinder kamen aus der Tür gerannt, hielten sich mit ihren dreckigen Händen am splittrigen Geländer fest und starrten ihre Mutter an, die Gesichter angstverzerrt. Die anderen Frauen stiegen die Treppen hinunter und begaben sich schweigend zum Haus der neuen Witwe. Der Kutscher und sein Helfer kletterten von der Schwarzen Maria herab, zogen eine zugedeckte Leiche von der Ladefläche, trugen die Bahre zur Hütte und hielten nur an, um einen herabbaumelnden Fuß unter die blutbefleckte Decke zurückzuschieben. Eine Nachbarin half der Witwe, auf die Beine zu kommen, und schob sie und die Kinder aus dem Weg, damit die Männer die Leiche hineintragen konnten.

Eine vollbusige Blondine trat von ihrer Veranda herab und kam auf Emma zu, wobei sich der lange, ausgebleichte Rock in ihren Beinen verfing. Emma kannte die Frau vom Laden. Sie hieß Fern und hatte zwei lange Unterhosen bezahlen müssen, von denen sie behauptete, sie habe sie nie gekauft. Percy hatte die Frau ermahnt, endlich Ruhe zu geben, sonst könne sich ihr Ehemann eine andere Arbeit suchen. Emma konnte sich noch gut an das unheimliche Gefühl erinnern, als Fern sie beide, bevor sie das Geschäft verlassen hatte, eine ganze Minute lang angestarrt hatte. Jetzt spannte Emma den Kiefer an und hoffte inständig, die Frau würde sie nicht wiedererkennen.

»Sie gehen besser zurück zu den Reichen, wo Sie hingehören!«, rief Fern, noch bevor sie bei ihr angelangt war. »Solche wie Sie wollen wir hier nicht haben. Vor allem nicht, wenn sie im Halsabschneiderladen arbeiten.«

»Ich wollte nur sehen …«

»Was sehen?« Fern blieb stehen, die Fäuste in den Hüften, und musterte sie finster. »Die Leiche eines armen Bergarbeiters? Seine weinende Witwe? Seine hungrigen Kinder?«

»Nein«, sagte Emma. »Ich … Kann ich irgendwie behilflich sein?«

»Sie können nichts tun, als dorthin zurückkehren, woher Sie gekommen sind. Weg hier!«

»Ich wünschte, ich könnte irgendetwas tun«, sagte sie, weil sie nicht wusste, was sie sonst sagen sollte. »Ich will genauso wenig hier sein wie Sie.«

Die Frau verschränkte die Arme. Ihre Ellbogen und Unterarme waren rot und schuppig. »Was soll das denn heißen?«

»Ich bin in Coal River, weil meine Eltern bei einem Brand ums Leben gekommen sind«, sagte Emma und schaute wieder zu dem Haus der neuen Witwe hinüber. Sie hoffte, dass Fern Mitleid mit ihr haben und sie in Ruhe lassen würde.

Fern brummte etwas, und als Emma sie wieder ansah, stellte sie zu ihrer Überraschung fest, dass jede Anspannung und Feindseligkeit aus ihren Zügen verschwunden war. Die Frau schüttelte traurig den Kopf.

»Ich arbeite nur im Laden der Bergwerksgesellschaft, weil meine Tante und mein Onkel erwarten, dass ich mir meinen Aufenthalt bei ihnen verdiene«, fügte Emma hinzu. »Geld bekomme ich nicht dafür.«

Lebhafte Anteilnahme spiegelte sich in Ferns Miene. »Als ich ein kleines Mädchen war«, begann sie, »haben wir immer auf der Veranda gestanden und gewartet, dass Pa heimkehrt. Wenn wir ihn dann den Weg hochkommen sahen, Hände und Gesicht schwarz von Kohle, sind wir auf ihn zugerannt und haben uns nicht darum gekümmert, dass wir uns schmutzig machten, wenn er uns auf den Arm nahm. Wir waren einfach nur glücklich, ihn lebendig wiederzuhaben, alle Hände und Füße und Arme und Beine noch dran. Er gehörte zu den Glücklichen, die einfach irgendwann an Altersschwäche sterben. Unvorstellbar, wie es sein muss, mit einem Schlag Mama und Papa zu verlieren. Tut mir leid, dass ich so barsch zu Ihnen war.«

Emma nickte, um zu signalisieren, dass sie Ferns Entschuldigung annahm. »Was wird jetzt aus der Witwe und den Kindern?«

»Schwer zu sagen«, antwortete Fern. »Die Bergwerksgesellschaft schickt sie vielleicht in die Widow's Row, die Straße der Witwen, wo sie ihre Miete damit verdienen kann, dass sie neue Einwanderer und alleinstehende Bergleute aufnimmt. Falls es denn Platz dort gibt.«

»Und wenn nicht?«

»Dann wird sie ausgewiesen.«

Emma schüttelte sprachlos den Kopf.

»Sie scheinen ein nettes Mädchen zu sein«, sagte Fern. »Warum befolgen Sie nicht meinen Rat und gehen wieder nach Hause? Hier gibt es nichts, was Sie tun könnten.«

Sie tätschelte Emmas Arm und machte sich dann ebenfalls auf den Weg zum Haus der neuen Witwe. Emmas Augen füllten sich mit Tränen, als sie die mageren Kinder auf den Veranden und in den Gärten sah. Vielleicht hatte Fern recht. Wie um alles in der Welt sollte sich jemand gegen die Bleak Mountain Mining Company auflehnen und Hazard Flint das Handwerk legen? Wie sollte jemand diese Tragödie beenden, vor allem jemand wie sie? Als Michael gesagt hatte, sie solle helfen, muss er etwas anderes gemeint haben.

Sie suchte die Gesichter der Kinder nach dem von Jack ab und hoffte, in Erfahrung zu bringen, wo Clayton Nash wohnte, aber der Junge war nirgends zu sehen. Also hielt sie nach Michaels Großmutter Ausschau, weil eine Frau mit langen, weißen Zöpfen schwer zu übersehen war. Vielleicht konnte sie ihr sagen, wie und warum Michael mit ihr gesprochen hatte und woher er von Albert wusste.

In diesem Moment erschien eine Schar Bergleute am Ende der unbefestigten Gasse, Kleidung, Hüte und Gummigaloschen mit Kohlenstaub bedeckt, Ärmel und Hosenbeine feucht und schwer. Proviantbüchsen und Feldflaschen schlugen beim Gehen aneinander und hallten wie Kuhglocken wider. Die Männer waren mit Metallstangen, Schaufeln, Spitzhacken, Stocherstangen, Grubenlampen und Sprengstoffdosen bepackt. Ihre Gesichter unter den mit Öllampen versehenen Kappen waren schwarz, und ihre verschwollenen, blutunterlaufenen Augen sahen wie klaffende Wunden aus.

Emma suchte die Männer nach Clayton ab, konnte ihn aber nicht sehen. Außer bei Nally, der einen Kopf größer war als die anderen, war es unmöglich, ein pechschwarzes Gesicht vom anderen zu unterscheiden. Alle Augenbrauen waren gerunzelt, alle Münder zu einer dünnen, harten Linie zusammengepresst. Nally und ein paar andere lösten sich aus der Gruppe und begaben sich zur nächsten Hüttengasse, während Emma ihre Aufmerksamkeit nun wieder auf das Haus der Witwe richtete. Kurz darauf klopfte ihr jemand auf die Schulter. Es war Clayton, die staubbedeckten Lippen um eine Tonpfeife geschlossen, die er jetzt mit seiner schwarzen Hand aus dem Mund nahm.

»Was machen Sie denn hier?«, fragte er.

»Ich bin der Schwarzen Maria gefolgt. Wissen Sie, was passiert ist?«

»Stolleneinbruch.«

»Passiert das oft?«

Er schnaufte, als sei das die lächerlichste Frage, die er je gehört hatte. »Es ist ein Bergwerk«, sagte er. »Wir arbeiten mehr als hundert Meter unter der Erde. Was denken Sie denn?«

Sie erstarrte, betroffen von seiner Feindseligkeit. Machte er sie etwa dafür verantwortlich, dass er verhaftet worden war? »Woher soll ich das wissen!«, sagte sie. »Ich bin nicht in einer Kohlestadt aufgewachsen. Als ich zehn war, habe ich ein paar Monate hier gewohnt, das ist alles. Und das ist schon lange her.«

»Sie Glückliche«, sagte er.

»Ja, ich Glückliche.«

»Wenn es zu einer Explosion kommt, ist es noch schlimmer«, erklärte er. »Dann müssen wir die Teile einzeln aufsammeln, einen Arm hier, ein Bein da, einen Mann ohne Kopf, während das Gehirn an der Stollenwand klebt, zerfetzte Maultiere. Da vergeht einem erst einmal der Appetit.«

»Bitte«, sagte sie und legte sich eine Hand auf den Bauch. »Warum wollen Sie mich unbedingt mit so entsetzlichen Geschichten quälen?«

»Ich will, dass Sie etwas begreifen«, sagte er. »Ich will, dass Sie begreifen, dass Ihr Onkel und der Mann, für den er arbeitet, etwas am Betrieb dieses Bergwerks ändern müssen, bevor es zu einer großen Katastrophe kommt. Anständige Arbeitsbedingungen sind alles, was wir fordern. Notausgänge, ausreichende Belüftung, bessere Pumpen, um die Grube trocken zu halten. Die ergiebigste Kohleader grenzt direkt ans Flussbett. Jeden Moment kann das Bergwerk dort einbrechen und uns alle ertränken. Aber Hazard Flint spart an allen Ecken und Enden und lässt es drauf ankommen. Er lässt zu enge Stollen graben und will auch eingebrochene Strecken weiter ausbeuten, weil dort zu viel Kohle liegt, um sie einfach verloren zu geben.«

»Was hat das mit mir zu tun?«, fragte sie. »Wenn ich mich recht entsinne, arbeiten Sie auch für Hazard Flint!«

Eine Weile sagte er gar nichts, dann schaute er sie an.

»Stimmt schon. Aber sind Sie sicher, dass Sie nichts damit zu tun haben? Wer bezahlt denn die schönen Sachen, die Sie tragen? Und darf ich wirklich annehmen, dass Sie Ihr Essen selbst anbauen, Ihre Kuh melken und Ihr eigenes Schwein schlachten?« Er nahm seine Kappe ab und enthüllte eine weiße Stirn mit ein paar Kohlenstaubflecken. »Tut mir leid, aber mir ist soeben zu Ohren gekommen, dass Sie im Laden der Bergwerksgesellschaft arbeiten. Und ich werde immer wütend, wenn ein guter Mann dran glauben muss.«

Hinter ihm kam eine Gruppe Polizisten den Hügel hochgeritten, die Gewehre auf den Oberschenkeln, und wirbelte Staub auf.

»Sie gehen jetzt besser«, sagte Clayton, setzte seine Kappe wieder auf und spurtete mit gesenktem Kopf los, um die anderen Bergleute einzuholen.

Die Frauen und Kinder kehrten in ihre Hütten zurück, und Emma machte sich auf den Heimweg, die Augen auf den Weg gerichtet, den Kopf voller wirrer Gedanken. Kein Wunder, dass die Bergleute von Streik redeten. Wenn sie sich weigerten, die Kohle aus dem Boden zu holen, müsste Mr. Flint ihnen zuhören, oder? Worauf warteten sie noch? Die Pferde trabten an ihr vorbei und warfen mit ihren Hufen Dreck und Kohlenstaub auf. Eines der Pferde blieb neben ihr stehen und schnaubte, die braune Flanke glänzend vor Schweiß. Sie schaute zu dem Reiter hoch. Es war Captain Frank Bannister.

»Was haben Sie hier oben zu suchen?«, fragte er.

»Nichts«, sagte sie und ging weiter.

Er wendete sein Pferd und folgte ihr. »Mit wem haben Sie da gerade geredet?«, fragte er. »War das Clayton Nash?«

Sie blieb stehen und funkelte ihn an. »Mit wem ich rede, geht Sie nichts an.«

»Ich versuche nur, Sie zu beschützen, Emma«, sagte er. »Merken Sie das nicht?«

»Ich brauche niemanden, der mich beschützt, und Sie ganz bestimmt nicht.«

»Soll ich Sie vielleicht in die Stadt zurückbringen? Meine Kollegen kommen schon alleine zurecht.«

»Warum sind Sie überhaupt hier?«, fragte sie. »Die Menschen hier brauchen keine Polizei. Einer ist schon tot. Diese Leute brauchen Essen, Kleidung und gerechte Löhne.«

Frank setzte eine finstere Miene auf. »Nun, da habe ich offenbar meine Antwort. Klingt so, als hätten Sie tatsächlich mit Nash gesprochen.«

»Für wie dumm halten Sie mich eigentlich?«, erwiderte sie. »Dass diese Leute hier nicht gerecht behandelt werden, muss mir niemand erst sagen. Man muss sich doch nur umgucken. Solange Sie also nicht hier sind, um zu helfen, haben wir uns nichts mehr zu sagen.«

»Ich bin in einer offiziellen Angelegenheit hier.«

Sie schaute sich zu den Hütten der Bergleute um. Die anderen Polizisten ritten jetzt auf eine zweigeschossige Hütte mit vernagelten Fenstern zu. Drei von ihnen blieben im Sattel sitzen, während zwei andere abstiegen und die Treppe zur Veranda hochgingen, das Gewehr in der Hand. Einer klopfte an die Haustür, der andere stellte sich daneben und wartete. Eine schwangere Frau öffnete. Sie trug ein dünnes Hauskleid mit ausgefranstem Saum und hatte ein kleines Kind auf dem Arm. Der erste Polizist hielt ihr einen Zettel unter die Nase und zeigte auf die Straße. Die Frau erbleichte und griff sich an den Hals, das Gesicht vor Angst verzerrt. Sie flehte die Polizisten an.

Emmas Mund füllte sich mit dem bitteren Geschmack der Verachtung. Sie schaute wütend zu Frank hoch. »Schmeißen Sie die Frau aus ihrem Haus raus?«, fragte sie ihn.

Sein Gesicht wurde hart. »Das ist nicht ihr Haus«, sagte er. »Es gehört Hazard Flint. Ihm gehören alle Bruchbuden hier.«

»Aber warum wird sie aus dem Haus vertrieben?«, fragte sie. »Was hat sie denn getan?«

»Ihr Cousin Percy behauptet, diese Leute hätten einen Monat lang ihre Außenstände im Laden nicht beglichen«, sagte er. »Und da der Ehemann heute verletzt wurde, kann er nicht arbeiten. Zurzeit hockt er im Saloon und versäuft sein letztes Geld.«

»Aber sie haben ein kleines Kind, und eines ist unterwegs! Können Sie die Leute nicht dort wohnen lassen, bis der Ehemann wieder arbeiten kann?«

»Wir tun nur, wofür Mr. Flint uns bezahlt.« Er streckte ihr seine Hand hin. »Geben Sie mir die Hand, dann ziehe ich Sie hoch.«

»Nein«, sagte sie. »Bitte. Lassen Sie mich einfach in Ruhe.«

KAPITEL 7

Eine halbe Stunde nach Mitternacht, als sie sicher sein konnte, dass alle schliefen, zog sich Emma an, nahm ihren Koffer und stieg leise die Treppe hinab. Sie schlich sich durch die Flure, in denen es von unförmigen Schatten wimmelte, und schlüpfte in die Küche. Die weißen Kacheln waren in ein überirdisches bläuliches Licht getaucht, der Kohleofen knackte in der Stille. Das Mondlicht spiegelte sich in den Scheiben der Vitrinen und ließ es aussehen, als bestünden sie aus Eis. Auf Zehenspitzen ging sie durch den Flur in die Speisekammer und erstarrte jedes Mal, wenn die Dielen unter ihr knarrten oder ächzten. So schnell sie konnte, füllte sie ihren Koffer mit Konserven, indem sie jeweils ein Glas Bohnen, Karotten, Rote Bete, Tomaten, Mais und Erbsen abzweigte. Sie betete inständig, dass Cook nichts merken würde. Als sie in der Speisekammer fertig war, stopfte sie zwei Brotlaibe in einen Stoffbeutel, nahm einen halben Käse und holte eine Milchflasche aus der Eiskiste.

Schließlich verließ sie die Küche, durchquerte mit hochgezogenen Schultern das Esszimmer und versuchte, das Gefühl abzuschütteln, dass ihre Tante und ihr Onkel sie von dem Porträt über dem Kaminsims beobachteten und jede ihrer Bewegungen mit finsterem Blick verfolgten. Das Sausen in ihren Ohren mischte sich mit dem Rauschen des Bluts in ihren Adern. Sie ging zur Kirschholzanrichte, schlug drei Scones in ein Tuch ein und steckte es in den Beutel. Als sie nach einem Glas Marmelade griff, erstarrte sie. Hinter ihr war jemand, sie hörte deutlich sein schnelles, schweres Atmen. Die Angst schnürte ihr die Kehle zu. Man hatte sie ertappt. Sie versuchte, nicht in Panik zu geraten und sich eine glaubwürdige Ausrede auszudenken, aber vergeblich.

Dann kam ihr ein unheimlicher Gedanke, und auf ihren Armen bildete sich eine Gänsehaut. Es war Michael. Er war ins Haus eingedrungen, weil er noch eine Nachricht für sie hatte. Sie fuhr herum, um ihm ins Gesicht zu schauen, ganz sicher, dass er dastand und sie mit seinen schwarzen Augen anstarrte.

Es war niemand da.

Dafür stand am hinteren Ende des Speisezimmers ein Fenster auf. Ein Ast strich über das Fensterbrett, immer hin und her, ein rhythmisch wischendes Geräusch. Emmas Schultern sackten herab, und sie stieß einen Seufzer der Erleichterung aus. Ihr heftig pochendes Herz beruhigte sich ein wenig.

Sie wollte schon hingehen und das Fenster schließen, beschloss dann aber, dass sie keinen unnötigen Krach machen sollte. Stattdessen nahm sie das Marmeladenglas und huschte in den Flur. Dort blieb sie stehen, bis sich ihre Augen an das Dämmerlicht gewöhnt hatten, und ging dann durch den Salon zur Gartenveranda.

Sie hielt die Luft an und sprach ein stummes Gebet, dass die Verandatür nicht abgeschlossen sein möge, dann griff sie zum gläsernen Türknauf und drehte daran. Der Riegel klickte, und die Tür löste sich mit einem leisen Quietschen aus dem Rahmen. Emma schlüpfte hinaus und schloss die Tür sorgfältig hinter sich. Sie hievte Koffer und Beutel über das Geländer der Veranda und ließ sie vorsichtig in Tante Idas Blumenbeet fallen, wobei sie darauf achtete, möglichst nicht ihre heiß geliebten Rosenstöcke zu zerknicken. Dann stieg sie selbst über das Geländer, sprang hinab und überquerte den mondbeschienenen Rasen. Sie warf einen letzten Blick über die Schulter, um sicherzustellen, dass sie unbemerkt entkommen war.

Die Vorhänge im Schlafzimmer von Onkel Otis und Tante Ida waren beiseitegezogen. Und das Licht brannte.

Schnell duckte sie sich, rannte gebückt zum Garten an der Seite des Hauses und richtete sich erst auf, als sie den Saum aus Kanadischen Hemlocktannen und Hartriegel erreicht hatte. Dort verbarg sie sich im Schatten und schaute wieder zum Haus zurück, die Stirn schweißglänzend. Plötzlich schüttelte sie den Kopf, und ihrem Mund entfuhr ein zittriges Lachen. Die Schlafzimmervorhänge waren geschlossen, aber das Material war so fein, dass man sie gar nicht sah. Niemand hatte Vorhänge zurückgezogen, um sie dabei zu beobachten, wie sie durch den Garten schlich. Niemand schob das Schiebefenster hoch, um ihr in der Nacht hinterherzuschreien. Sie sprach einen stummen Dank, kletterte über den schmiedeeisernen Zaun und machte sich auf den Weg in Richtung Stadt.

Der Mond stand hoch, und Millionen Sterne schimmerten am Nachthimmel über den Bergen wie Eisstückchen in einem Firn aus Kohlenstaub. Sie betete, dass alle Menschen im Bett liegen mochten, folgte den Wohnstraßen der Stadt und mied jene, an denen sich Saloons, Hotels oder Schenken befanden. Als sie den Stadtpark erreichte, ging sie quer über den dunklen Rasen, um eine Abkürzung zur Straße zum Bergwerk zu suchen. Plötzlich nahm sie eine Bewegung wahr und erstarrte. Am Musikpavillon waren ein paar Silhouetten zu sehen; die orangefarbene Glut von Zigarren und Zigaretten glimmte in der Dunkelheit. Angeheitertes Gelächter und laute Stimmen drangen durch die feuchte Luft zu ihr herüber. Wenn sie nicht Gefahr laufen wollte, von einer Schar Trunkenbolde belästigt zu werden, würde sie wohl den langen Weg außen herum nehmen müssen. Schnell drehte sie sich um, ging wieder zurück und wagte kaum zu atmen, bis sie außer Sichtweite war.

Dicht an die Hauswände gedrückt, huschte sie von Gebäude

zu Gebäude, bis sie endlich auf die Straße stieß, die den Berg hinaufführte. Der Weg war steil, und ihre Hand schmerzte, weil ihr der Griff des Koffers in die Finger schnitt. Schwarze Äste und Blätter wirkten wie Grimassen oder schienen sich wie Hände nach ihr zu recken. Unvermittelt blieb sie stehen und schnappte mit trockener Kehle nach Luft. Was, wenn Michael hier an der dunklen Straße auf sie wartete? Was, wenn sie ihn erst im letzten Moment sah?

Schluss jetzt, ermahnte sie sich. *Es gibt keinen Grund, Angst zu haben. Michael ist nur ein kleiner Junge. Er hat keinen Anlass, mir etwas zu tun. Wenn überhaupt, sollte ich Angst davor haben, noch ein paar Betrunkenen über den Weg zu laufen.* Sie atmete aus, ging weiter und dachte über ihr Vorhaben nach.

Als sie die Bergarbeitersiedlung erreichte, versteckte sie sich unter einer einzeln stehenden hochstämmigen Fichte, stellte ihr Gepäck ab und vergewisserte sich, dass die Luft rein war. Abgesehen von ein paar offenen Fenstern, in denen gelbliches Lampenlicht flackerte, waren die Häuser dunkel und die Straßen wie ausgestorben. Emma nahm Koffer und Beutel und hielt sich am Straßenrand. Unter ihren Schuhen knirschten die Kohlensplitter, in der Ferne rief eine Eule. Am Ende von Welsh Hill sprang ein Coonhound von einer Veranda herab und bellte sie an. Sie fuhr zusammen, eilte schnell weiter und bog in die unbefestigte Gasse ein, die zu Murphy's Patch führte. Hinter ihr heulte der Hund in die Nacht, ein langes, leidendes Jaulen, das in der hohlen Stille widerhallte.

Das Herz schlug ihr bis zum Hals, als sie der Gasse folgte, die zum Haus der neuen Witwe führte. Die Fenster waren dunkel, an der Haustür hingen schwarze Bänder herab. Emma ging um die windschiefe Veranda herum, kniete sich ins feuchte Gras, öffnete den Koffer und holte drei Gläser mit eingelegtem Gemüse heraus. Dann schlich sie die Treppe hoch, gab acht, nicht über die maroden Stufen zu stolpern, stellte die

Gläser auf die Schwelle und legte den Beutel mit dem Brot, dem Käse und der Milchflasche daneben. Schließlich klopfte sie laut an die Tür, eilte die Treppe hinunter, schnappte sich ihren Koffer und rannte die unbefestigte Gasse hinunter. Nachdem sie sich hinter einem Klohäuschen versteckt hatte, wartete sie und wagte kaum, sich zu rühren. Als sie irgendwann um die Ecke lugte, wurde sie von einer Welle menschlicher Gerüche überrollt und musste sich Mund und Nase zuhalten. Sie fluchte in sich hinein und hätte sich am liebsten ein anderes Versteck gesucht, aber sie hatte Angst, dass die Witwe herauskommen und sie sehen könnte.

Sekunden später flackerte eine Lampe hinter einem Fenster auf, und die Tür öffnete sich. Die Witwe schaute sich auf der leeren Veranda um, das vergrämte Gesicht ratlos. Als sie niemanden sah, trat sie zurück und wollte die Tür schon wieder schließen. Da bemerkte sie die Gläser auf der Schwelle. Sie kniete sich hin und schaute in den Beutel. Mit offenem Mund nahm sie ihn an sich, hob die Gläser auf und drückte sie mit ihrem sehnigen Arm an die Brust. Bevor sie die Tür wieder schloss, schaute sie in den Himmel und bekreuzigte sich.

Als keine Gefahr mehr drohte, trat Emma hinter dem Klohäuschen hervor und entfernte sich von der Hütte. Erleichterung durchströmte sie und löste die Anspannung in ihrem Nacken und ihren Schultern. Erstmals seit einer Ewigkeit hatte sie das Gefühl, dass ein Gewicht von ihr genommen war, als würde sie unter einem Felsbrocken hervorkriechen oder aus dem Gefängnis entlassen werden. Zum ersten Mal seit ihrer Ankunft in Coal River schien sie richtig durchatmen zu können. Vielleicht hatte sie getan, was Michael von ihr verlangt hatte. Vielleicht war es genau das, was sie tun sollte.

Und doch gab es noch viel zu viele offene Fragen. Woher sollte Michael wissen, dass es das war, was sie brauchte? Und wieso konnte er mit ihr reden, obwohl er taubstumm war?

Und wichtiger noch: Warum hatte er Alberts Namen genannt? Darauf musste sie Antworten finden.

Während sie sich über Murphy's Patch entfernte, stellte sie die anderen Gemüsegläser auf irgendwelchen Veranden ab und wünschte, sie wüsste, ob die vertriebene Frau noch irgendwo in der Siedlung wohnte, um auch ihr etwas zukommen lassen zu können. Nachdem sie alles verteilt hatte, lief sie den Hügel wieder hinab, beschwingt von einem erhebenden Gefühl, das eine Mischung aus Liebe und Triumph zu sein schien. So etwas hatte sie noch nie in ihrem Leben verspürt, und es befiel sie vollkommen unerwartet. In ihrem Innern strahlte ein Licht, und ihrem Geist schien nichts unmöglich. Sie erinnerte sich, vor einigen Jahren mal ein Zitat von Booker T. Washington gelesen zu haben: »Die sind am glücklichsten, die am meisten für andere Menschen tun.« Plötzlich verstand sie es zum ersten Mal in seiner ganzen Tiefe. Es war schwer zu erklären, aber es war wie ein Rausch – sie war trunken vom Leben und von der Liebe zu ihren Mitmenschen. Morgen früh würde die Hochstimmung verflogen sein, begraben unter dem Gewicht der erdrückenden Sorgen, aber jetzt würde sie die Atempause erst einmal genießen. Und in den kommenden Tagen würde es den entsetzlichen Kummer, den sie in ihrem Herzen trug, vielleicht mildern, wenn sie den Bergleuten half. Es bestand immerhin Anlass zur Hoffnung.

KAPITEL 8

Am Morgen nach dem Stolleneinbruch und Emmas nächtlichem Ausflug in die Bergarbeitersiedlung hing der Himmel bedrohlich tief, als habe sich der ewige Rauch aus den Abraumhalden unter den Wolken angesammelt und würde die ganze Welt wie ein riesiges Leichentuch verhüllen. Es war Sonntag, und Emma durfte tun, wonach ihr der Sinn stand, solange sie nur rechtzeitig zur Kirche erschien. Sie verließ das Haus ihres Onkels, bevor die anderen erwacht waren. Die Welt war grau und still, wenn man mal von dem fernen Tosen des Coal River absah.

In der Nacht war sie voller Hoffnung und Tatendrang ins Bett gegangen, fest überzeugt davon, dass es richtig gewesen war, der Witwe Lebensmittel auf die Schwelle zu legen. Sie hatte sich geschworen, den Bergleuten so oft etwas zu essen zu bringen, wie es ihr nur möglich war, ohne erwischt zu werden. Das könnte ein Weg sein, in Coal River zu bleiben, ohne verrückt zu werden. Nachdem sie sich aber die halbe Nacht lang hin und her gewälzt hatte, weil sie immerzu darüber nachdenken musste, wie sie den Bergleuten sonst noch helfen könne, kehrten Jammer und Wut wieder. Ihr war nur zu bewusst, dass sie darauf angewiesen war, dass ihr Onkel die milden Gaben bereitstellte, die auf dem Rücken der Bergarbeiter erwirtschaftet worden waren. Essen zu verteilen war nicht genug. Sie musste mehr tun, auch wenn sie keine Ahnung hatte, was. Wenn sie aber überhaupt jemandem helfen wollte, musste sie zuerst etwas ganz anderes tun.

Sie ging den steilen Hügel hinunter, dann ein Stück am

Stadtrand entlang und folgte schließlich der Straße hinter dem Flint Mansion und der Susquehanna Avenue. Nachdem sie am Lokschuppen vorbeigekommen war, bog sie in die kurze Straße zum Fluss ein. Sie sah die Kohlegrube, wo die Lokomotiven befeuert wurden, die in den Rangierbahnhof kamen, dann ging sie einen steilen Feldweg hinab. Bewusst schwang sie die Arme im Rhythmus ihrer Schritte, um nicht nachdenken zu müssen, bevor sie ihr Ziel erreicht hatte. Heuschrecken zirpten in der Flussbirke, und in den Kiefern sang ein Rotkardinal. Tannen und Geißblatt säumten die eine Seite des Pfads, ein Gewirr aus Weinreben und Giftsumach die andere. Neun Jahre zuvor, als sie Percy und seine Freunde diesen Weg entlanggejagt hatte, waren die Bäume noch kleine Setzlinge gewesen und alles mit Vogelmiere und Quecke überwuchert. Trotzdem erinnerte sie sich an sämtliche Windungen, als wäre es erst gestern gewesen, wich den felsigen Stellen aus und verlangsamte an den scharfen Kurven, die um mit Blattwerk getarnte Klippen herumführten, ihren Schritt.

»Ich geh einfach unbeirrt weiter«, sagte sie zu allen Wesen, die ihr lauschen mochten. Vielleicht mündete der Pfad in einen Uferweg und folgte dem Fluss aus Coal River hinaus. Wenn sie nur bequeme Sachen angezogen und Proviant mitgenommen hätte. Wenn nur die Berge um sie herum nicht so allgegenwärtig und steil wären und der Wald nicht voller wilder Tiere. Wenn es nur einen Ort gäbe, an den sie gehen könnte. *Denk dran, warum du hier bist,* ermahnte sie sich selbst.

Als sie zur dritten Weggabelung kam und zum Fluss hinabging, schnürte sich ihr die Kehle immer mehr zusammen. Im nächsten Moment erhob sich eine Schar Krähen aus den Ästen eines kleinen Ahorns und ließ sie zusammenfahren. Sie blieb stehen, die Hand an ihr rasendes Herz gepresst, und rang nach Luft. Die Krähen schrien, schlugen mit ihren kräftigen schwarzen Flügeln und schimpften, weil sie sie aufgeschreckt hatte. Dann waren sie so schnell, wie sie aufgetaucht waren, wieder verschwunden, und sie war erneut alleine. Als sie weiterging, versuchte sie, die Panik zu bekämpfen, die ihr eiskalt den Rücken hochkroch, obwohl ihr die Sonne wärmend in den Nacken fiel. An jeder Ecke hielt sie die Luft an, weil sie sicher war, dass Michael auf dem Weg stehen und auf sie warten würde. Obwohl sie ihm dankbar war, dass er sie dazu gebracht hatte, den Bergleuten zu helfen, und obwohl sie gute Absichten hinter seinem Verhalten vermutete, war er immer noch ein Taubstummer, der außer zu ihr noch nie ein Wort gesprochen hatte. Sein Gesicht zeigte keinerlei Gefühle, aber seine dunklen Augen schienen ihr direkt in die Seele zu schauen. Gespenstisch war das. Und was würde er wohl sagen, wenn er jetzt hier wäre?

Sie wappnete sich und ging weiter. Wenn Michael ihr noch etwas zu sagen hatte, würde sie zuhören. Besonders wenn es mit Albert zu tun hatte. Irgendwann wurde der Boden endlich ebener, und sie kam an eine von Kiefern und Birken gesäumte Lichtung. Nachdem sie durch hohes Gras gestapft war, erreichte sie ein Mosaik flacher, grauer Steine am Flussufer. Das braune Wasser wirkte kalt und verströmte den muffigen Geruch von Eisen, Kohlenstaub, Schwefel und nassem Gestein. Die Wellen wirbelten wie immer hoch auf zwischen den felsigen Ufern, die von den Abwässern aus dem Bergwerk gelb gefleckt waren. Das Donnern der Stromschnellen erfüllte die Luft, ein ewiges Rauschen, das manch einer als friedlich empfinden mochte, doch Emmas Unruhe steigerte sich dadurch nur umso mehr. Das Tosen des Wassers gemahnte sie an die unkontrollierbare Gewalt des Flusses und die Geschwindigkeit, mit der er ein Leben mit sich fortreißen konnte.

Lange schaute sie in das dunkle Wasser, dann kehrte sie auf die grasbewachsene Lichtung zurück und blickte in Richtung

Osten, zur Eisenbahnbrücke in der Ferne. Dies war die Stelle, wo sie, Emma, sein musste. Nicht da, wo ihr Bruder in der kalten, harten Erde begraben lag, sondern da, wo seine Seele seinen Körper verlassen hatte. Dies war die Stelle, wo sie vor neun Jahren gestanden hatte, die Füße auf dem vereisten Boden angewurzelt, und untätig zugeschaut hatte, wie er ertrank. Sie schloss die Augen und stellte sich sein kleines Gesicht vor, seine braunen Augen und seine sommersprossige Nase. Sein fröhliches Grinsen. Dann musste sie an all die Dinge denken, die er verpasst hatte: größer zu werden und sich zu verlieben, Familienessen und verschneite Weihnachten, die berühmten Schokoladenkuchen, die ihre Mutter ihnen zum Geburtstag buk. Die vielen Automobile, die man jetzt in Manhattan sah, hätten ihm sicher gefallen und auch die abendfüllenden Kinoprogramme.

Es zerriss ihr das Herz, wenn sie daran dachte, wie sehr sie ihn jetzt, da ihre Eltern tot waren, doch bräuchte. Bevor sie nach Coal River zurückgekehrt war, hatte sie ihn schon so lange nicht mehr gesehen oder mit ihm gesprochen, dass es fast war, als habe sie ihn nur geträumt oder in einem anderen Leben geliebt. Nur eines hatte sich in all den Jahren nicht verändert: ihr tiefes Schuldgefühl. Hier in Coal River schwoll diese Last noch einmal ums Zehnfache an. In dieser abgelegenen Kohlestadt war ihr Bruder so allgegenwärtig wie der Kohlenstaub, der die Berge, Häuser und Straßen, die Blätter und Stämme der Bäume und die Gesichter der Knaben und jungen Männer bedeckte. Emma hatte das Gefühl, als erhalte sie jetzt die gerechte Strafe dafür, dass sie ihn vergessen hatte, dass ihm nicht unentwegt ihr erster und einziger Gedanke gegolten hatte, dass sie weitergelebt hatte, obwohl es ihm verwehrt geblieben war.

Wenn sie nur Percy und seinen Freunden an jenem Tag nicht zum Fluss hinterhergejagt wäre. Wenn sie doch nicht einfach starr dagestanden und zugesehen hätte, wie ihr Bruder im Eis einbrach. Sie hätte ihn retten müssen. Sie hätte einen Ast oder einen Stock packen müssen, irgendetwas, das sie ihm hätte hinhalten können, bis Hilfe gekommen wäre. Aber es war alles so schnell gegangen. So schnell.

»Es tut mir leid!«, schrie sie über das Tosen des Wassers hinweg. »Ich hatte Angst. Ich habe nur an mich gedacht! Das war unverzeihlich. Ich bin eine schreckliche Schwester!« Sie ließ den Kopf sinken, und von ihrer Nase tropften Tränen herab. »Bitte, Albert, bitte. Vergib mir, wenn du kannst.«

Sie kniete sich ins Gras und legte das Gesicht in die Hände. Finstere Gedanken bemächtigten sich ihrer. *Vielleicht haben die Leute ja recht*, dachte sie. *Vielleicht liegt ein Fluch auf mir. Vielleicht sollte ich in den Fluss steigen und mich von den Stromschnellen fortreißen lassen, fort von dieser Pein. Vielleicht sollte ich auf die Eisenbahnbrücke gehen und mich hinunterstürzen.* Sie stellte sich vor, wie sie von der hohen Brücke fiel, wie der Wind ihre Haare hochpeitschte, dann der harte Aufprall auf dem Wasser und dann ... Frieden. Sie raufte sich die Haare. *Nein, das kann ich nicht. Ich habe zu viel Angst. Außerdem habe ich nun endlich die Gelegenheit, wiedergutzumachen, was ich getan habe. Ich bin nicht bereit, kampflos unterzugehen.*

In diesem Moment zerriss ein scharfes Geräusch die Luft, ein kurzer, lauter Knall, der das Tosen des Flusses übertönte. Ein Schuss. Emma zuckte zusammen und zitterte am ganzen Leib. Er schien aus der Nähe gekommen zu sein. Als noch ein Schuss fiel, rannte sie los und versteckte sich hinter einer mächtigen Eiche. Woher die Schüsse gekommen waren, konnte sie nicht genau sagen. Dann erklang ein dritter, ein gedämpftes Geräusch in der Ferne. Nach ein paar Minuten, in denen sie nichts mehr hörte, trat sie vorsichtig hinter dem Baum hervor und schlich sich im Schutz der Büsche zum Ufer. Vielleicht war jemand auf der Jagd. Die Schüsse waren von stromaufwärts gekommen, nicht aus Richtung der Eisenbahnbrücke.

Als sie auf die flachen Ufersteine trat, wurde ihr plötzlich eiskalt. Nur wenige Zentimeter vom Ufer entfernt trieb ein Mann den Fluss hinab, das Gesicht blutüberströmt, Arme und Beine ein Spielball der Wellen. Ihr kam das Frühstück hoch, und sie schlug die Hand vor den Mund, um sich nicht zu übergeben. Bevor der Körper an ihr vorbeigetrieben war, hatte sie sich wieder erholt und fiel auf die Knie, um nach dem Mann zu greifen, damit er nicht fortgespült würde. Aber wieder war der Fluss schneller als sie. Die Stromschnellen rissen den Körper mit sich, und die bleichen Hände tauchten auf und unter wie weiße Fische, die dicht an der aufgewühlten Wasseroberfläche schwammen. Emma fluchte und hieb sich mit der Faust auf den Oberschenkel, dann schaute sie stromaufwärts, von wo die Leiche gekommen war. Auf einem Felsvorsprung stand eine Gruppe Männer. Ihr stockte der Atem, aber bislang hatte niemand sie entdeckt.

Einer der Männer war Hazard Flint, der nur zuschaute, während ein anderer in einer Hirschlederjacke mit einem überdimensionalen Kreuz auf dem Rücken einem knienden Mann eine Pistole an die Schläfe drückte. Ein vierter Mann in Polizeiuniform stand mit dem Rücken zu Emma neben dem knienden Mann. Sie war sich nicht sicher, aber er sah wie Frank Bannister aus. Irgendwann nickte Mr. Flint, Frank trat zurück, und der Mann in der Hirschlederjacke betätigte den Abzug. Der Kniende sackte vornüber, und Frank stieß ihn mit dem Fuß über die felsige Uferkante. Der Mann in der Hirschlederjacke warf die Waffe in den Fluss und schaute zu, wie die Wellen über ihr zusammenschlugen. Dann blickte er in ihre Richtung.

Für den Bruchteil einer Sekunde erstarrte Emma und fragte sich, ob er sie überhaupt sehen konnte. Als er in ihre Richtung zeigte, sauste sie mit gesenktem Kopf ins Unterholz, ohne sich darum zu kümmern, ob sie von Dornen und peitschenden Ästen verletzt wurde. Durch stacheliges Gestrüpp bahnte sie sich eine Abkürzung zu dem Weg, der sich so plötzlich vor ihr auftat, dass sie fast gestürzt wäre, als sie aus dem Unterholz hervorbrach. Zu ihrer Rechten hörte sie das Knacken und Rascheln einer Person, die durch den Wald lief. Wer auch immer das war, er kam in ihre Richtung. Sie drehte sich um und rannte den Hügel hinauf. Heftig keuchend trieb sie sich selbst zur Eile, damit sie oben war, bevor der Verfolger ihr den Weg abschneiden konnte.

Auf halber Strecke stolperte sie und stürzte. Schmerz schoss ihr in den Knöchel, und in ihre Handflächen bohrten sich Steine und Stöckchen. Sie zwang sich, wieder aufzustehen, und stolperte ein paar Schritte vorwärts, bevor sie Tritt fassen konnte. Ohne auf den Schmerz zu achten, rannte sie weiter den Weg hinauf und hörte nichts als ihr eigenes Keuchen. Plötzlich brach jemand hinter ihr aus dem Gebüsch und rief etwas. Sie rannte weiter, und unter den rutschigen Sohlen ihrer Schuhe spritzten Sand und Kies auf. Wenn sie es bis oben schaffte, könnte sie zum Lokschuppen laufen oder sich in einem der Lagerhäuser bei der Kiesgrube verstecken. Im nächsten Moment packte sie jemand am Arm und wirbelte sie zu sich herum. Es war Frank.

»Emma!«, rief er, die Augen im verschwitzten Gesicht weit aufgerissen.

Sie riss sich los und rannte weiter. Er holte sie sofort wieder ein, und seine starken Finger gruben sich in ihre Oberarme.

Sie trat ihm gegen das Schienbein. »Lassen Sie mich gehen!« Aber er packte sie nur noch fester.

»Was machen Sie hier?«, fragte er.

»Ich habe nur …«

»Was haben Sie gesehen?«, fragte er und schüttelte sie.

»Nichts!«, sagte sie mit zitternder Stimme. »Ich habe gar nichts gesehen!«

»Warum laufen Sie dann weg?«

Ihre Gedanken wirbelten, als sie nach einer glaubhaften Ausrede suchte. »Ich dachte, ich hätte eine … Leiche gesehen«, sagte sie. »Im Fluss. Ich war in Panik.«

»Das ist alles?«

Sie nickte.

»Sie lügen«, sagte er. In diesem Moment bogen gut hundert Meter weiter unten Mr. Flint und der Mann in der Hirschlederjacke um die Ecke und kamen schnell näher. Frank schaute über die Schulter und wandte sich dann wieder ihr zu. »Kein Sterbenswörtchen über das, was Sie hier gesehen haben«, flüsterte er. »Oder Sie werden es bereuen. Und jetzt schlagen Sie mich. Feste!«

Sie schüttelte verwirrt den Kopf. »Was wollen Sie …«

»Schlagen Sie zu!«, presste er zwischen den Zähnen hervor, und in seinen Augen blitzte eine merkwürdige Mischung aus Machtbewusstsein und Angst. »Wenn Sie nicht wie Ihr Bruder in diesem Fluss landen wollen, schlagen Sie sofort zu!«

Sie kratzte ihm einmal durchs Gesicht und legte, als sie ihn mit beiden Fäusten traktierte, ihre ganze Wut und Angst hinein. Er heulte auf und ließ sie los, vor Schmerzen gekrümmt. »Verschwinden Sie!«, zischte er. »Schnell.«

Sie drehte sich um und rannte den Berg hinauf, schneller, als sie je in ihrem Leben gerannt war.

Nachdem sie hatte mit ansehen müssen, wie unten am Fluss zwei Männer ermordet wurden, lief Emma auf direktem Weg nach Hause, weil sie das Gefühl hatte, Coal River sofort verlassen zu müssen. Wenn sie sich beeilte, konnte sie fort sein, bevor ihre Tante und ihr Onkel aus der Kirche zurückkamen.

Als sie daheim war, machte sie sich allerdings klar, dass sich seit ihrer Ankunft nichts verändert hatte. Sie hatte immer noch kein Geld und keine Bleibe. Und selbst wenn sie wüsste, wo sie hingehen sollte, würden Tante Ida und Onkel Otis ihr sicher keine Fahrkarte spendieren. Immerhin sorgte Emma für einen zusätzlichen Verdienst und arbeitete umsonst im Haus mit. Warum sollten die beiden gutes Geld dafür ausgeben, eine Sklavin loszuwerden?

Oder sollte sie ihnen etwa erzählen, dass sie unbedingt wegmusste, weil sie gesehen hatte, wie Hazard Flint jemanden umgebracht hatte? Weil er und Frank Bannister Mörder waren? Sie würden ihr niemals glauben. Aber vielleicht wussten sie es ja auch. Sie waren schließlich Teil des Problems, weil sie zuließen, was Mr. Flint mit dieser Stadt tat. Selbst wenn ihr, Emma, etwas zustoßen würde, wäre es ihnen nicht ziemlich gleichgültig? Sie warf sich aufs Bett, Tränen der Wut in den Augen.

Frank hatte sie ermahnt, kein Sterbenswörtchen zu verraten, und genau das würde sie tun. Vorerst zumindest. Wem sollte sie schon davon erzählen? Die einzige Person, der sie ein Stück weit vertraute, war Clayton Nash, und den kannte sie kaum. Und was könnte er schon tun? Würde er irgendetwas aushecken, wäre er der Nächste, den Mr. Flint beiseiteschaffen würde. Vorerst würde sie erst einmal so tun, als wüsste sie von nichts. Sie konnte nur hoffen, dass Mr. Flint sie unten am Fluss nicht erkannt hatte und Frank sie nicht verraten würde. Was für eine Wahl hatte sie schon?

Als sie am nächsten Morgen auf dem Weg zum Laden den steilen Hügel hinabeilte, schaute sie sich ständig um und blickte immer wieder in den Wald, weil sie Angst hatte, Mr. Flints Scherge könne aus dem Nichts auftauchen, sie an den Fluss schleppen und für immer zum Schweigen bringen. Alles um sie herum schien sich in Zeitlupe zu bewegen, während ihre eigenen Bewegungen überstürzt und fahrig zu sein schienen, als habe sie ihre Gliedmaßen nicht unter Kontrolle. Die Angst, Michael zu begegnen, war eine Sache: Es war die Angst vor Geistern oder schlimmen Träumen, vor etwas, von dem man dachte, es könne einem vielleicht etwas anhaben, obwohl das natürlich Einbildung war. Die Angst vor Hazard Flint und seinem Schergen war etwas ganz anderes. Emma fühlte sich wie ein Kaninchen, das von einem Fuchs gejagt wurde, oder wie ein Soldat, der sich während der Schlacht versteckte.

Auf halbem Weg in die Stadt stieß sie auf eine Gruppe von Leuten, die in Richtung Freedom Hill unterwegs waren. Emma ging langsamer und war sich nicht sicher, was sie da sah. Sechs Jugendliche in dunklen Jacken trugen einen kleinen Kiefernsarg die Schotterstraße hoch, gefolgt von einer schluchzenden Frau und einem düster dreinschauenden Mann. Der Mann trug eine schwarze Hose und abgewetzte Lederstiefel. Er hatte ein kleines Kind auf der Hüfte und versuchte mit der freien Hand, die Frau zu stützen und zum Weitergehen zu bewegen. Sie stolperte neben ihm her, die Schultern bebend, das Gesicht verzerrt vor Leid. Ein Stück hinter ihnen folgte eine Schar Bergarbeiterfrauen und -kinder, die sich mit leeren Gesichtern dahinschleppten. Das Schlusslicht der Prozession bildete eine zusammengewürfelte Truppe von Jungen in kurzen Jacken und geflickten Kniehosen, die Hände in den Taschen, die Köpfe gesenkt. Sie schienen zwischen sechs und zwölf Jahren alt zu sein, wobei die jüngeren deutlich in der Überzahl waren. Einige schauten Emma mit gehetztem Blick an, die Lippen aufeinandergepresst. Die meisten versuchten, die Tränen zurückzuhalten. Einige gingen an Krücken, weil ihnen ein halbes Bein oder ein Fuß fehlte, andere hatten nur einen Arm. Zwei Jungen hatten keine Hände, einer trug eine schwarze Augenklappe.

Hat das denn nie ein Ende?, dachte Emma. *Der Tod, diese Ver-*

stümmelungen, dieser schreckliche Blutzoll, den das Bergwerk dieser Stadt und ihren Familien und Kindern abverlangte?

Sie trat beiseite, um die Beerdigungsprozession vorbeizulassen, konnte die Augen aber nicht von dem kleinen Sarg losreißen. Irgendwann hatte sie mal gehört, dass es Unglück bringe, einem Trauerzug zu begegnen. Sollte man in die Situation geraten, müsse man auf den Hacken kehrtmachen und sofort in die andere Richtung gehen. War das nicht möglich, müsse man einen Knopf in der Hand halten. Sie hatte nie an diesen Unsinn geglaubt, aber die Stimmung in Coal River war dazu angetan, vernunftwidrige Ängste zu wecken. Außerdem hatte sie schon genug Unglück in ihrem Leben erfahren. Plötzlich hatte sie einen brennenden Kloß im Hals, packte einen Knopf an ihrer Bluse und drückte so fest zu, dass ihre Finger taub wurden.

Der Sarg ist so klein, dachte sie, und im nächsten Moment liefen ihr die Augen über. *Ist ein Bergarbeiterkind krank geworden? Hat es zu lange nichts gegessen und ist dann verhungert?*

Sie schluckte und wischte sich mit der freien Hand das Gesicht ab. Noch vor einer Minute hatte sie Angst um ihr Leben gehabt, aber jetzt würde sie es fast begrüßen, von diesem nagenden Kummer erlöst zu werden. Wie konnte es sein, dass es so viel Leid auf der Welt gab? Wie konnten Menschen damit leben, Liebe zu empfinden, wenn ihnen die geliebten Wesen doch nur wieder genommen wurden? Wie konnte es Gottes Plan sein, Eltern ihre Kinder zu entreißen und ihre Herzen und Seelen für immer zu zerstören? Das würde sie im Leben nicht verstehen.

Ein Junge auf Krücken blieb mitten auf der Straße stehen und schaute sie an. Die anderen zogen an ihm vorbei, zu sehr versunken in ihren Jammer, um sich um ihn zu kümmern. Als Emmas Blick auf ihn fiel, hatte sie das Gefühl, am Boden festzufrieren. Es war Michael. Mithilfe seiner Krücken hüpfte er auf sie zu und blieb dann einen Meter vor ihr stehen. Ihre Hände waren klamm, ihr Atem flach und schnell. Kurz dachte sie darüber nach, ihn zu fragen, warum er sie angesprochen hatte, aber dann beschloss sie abzuwarten, ob er es wieder tun würde.

»Werden Sie helfen?«, krächzte er.

Emma schluckte. Plötzlich schien alles außer Michael – der Trauerzug, der Hügel, der Himmel, die Bäume – von einem feinen Schleier überzogen zu sein, einer hauchdünnen Eisschicht wie nach einem Tauwettertag im Frühling. Es war, als befänden sie sich in einer schlierigen Glaskugel, in der niemand sie sehen konnte.

»Was verlangst du von mir?«, fragte sie.

Michael schaute über die Schulter zu den Kohlejungen hinüber, die hinter dem Sarg den Hügel hinauftrotteten. Nach einem langen Blick in die Richtung schaute er sie wieder an, die Augen feucht.

»Willst du, dass ich den Kohlejungen helfe?«, fragte sie.

Er nickte.

»Aber wie?«, fragte sie. »Was soll ich denn tun? Und was hat mein Bruder damit zu tun?«

Der Schleier löste sich auf, und Michael drehte sich ohne ein weiteres Wort um und eilte auf seinen Krücken davon, um die anderen einzuholen.

Sie schaute ihm hinterher und widerstand dem Drang, hinterherzulaufen und ihn zu nötigen, ihre Fragen zu beantworten. Lebensmittel in die Bergarbeitersiedlung zu bringen, war eine Sache, aber wie sollte sie den Kohlejungen helfen? Und warum ausgerechnet sie? Weil sie neu war in Coal River? Weil sie die Nichte des Grubenaufsehers war? Weil man ihr ansah, dass ihr das Leid der Bergleute nicht gleichgültig war? Das ergab alles keinen Sinn. Übelkeit und Verwirrung schlugen ihr auf den Magen.

Als sie zwanzig Minuten später den Laden betrat, waren ihre Augen immer noch rot geschwollen. Nach der Begegnung mit dem Trauerzug und dem erneuten Gespräch mit Michael hatte sie die Tränen einfach nicht mehr zurückhalten können. Percy stand im letzten Gang und räumte Mehlbeutel auf das oberste Regalbrett.

»Weißt du etwas über die Beerdigung, die heute stattfindet?«, fragte sie ihn.

Mit einem Ächzen hievte er sich einen Sack Mehl auf die Schulter, Stirn und Wimpern mit weißem Pulver bestäubt. »Ist eine Gruppe von Jungen hinter dem Sarg hergegangen?«, fragte er, wuchtete den Sack aufs Regal, richtete sich auf und klopfte Mehl von seinen Ärmeln.

Sie nickte.

»Dann war es die eines Kohlejungen. Einer von ihnen ist wohl neulich in die Kohlenschütte gefallen und dort erstickt. Man hat das erst gestern bemerkt, weil alle mit dem Stolleneinbruch beschäftigt waren.«

Sie schnappte nach Luft. »Aber der Sarg war winzig! Wie alt war er denn?«

»Sechs, glaube ich«, sagte Percy beiläufig, als hätte sie nach dem Mehlpreis gefragt.

»Ich dachte, die Kohlejungen seien älter!«

»Sie sind unterschiedlich alt«, sagte er achselzuckend und eilte in Richtung Lager.

»Warte«, sagte sie. »Was kannst du mir noch über Michael Carrion erzählen?«

»Nicht viel. Ich habe ihn immer gesehen, wenn er mit seiner Großmutter hier eingekauft hat. Das war aber, bevor seine Eltern gestorben sind. Jetzt habe ich die beiden schon ein paar Monate nicht mehr gesehen.«

»Warum nicht?«, fragte sie.

»Kein Geld vermutlich«, sagte er. »Es kursieren Gerüchte,

dass seine Großmutter aus Kräutern Trünke und Tinkturen herstellt und sie bei den Bergarbeiterfrauen gegen Lebensmittel eintauscht. Und der Junge fängt Kaninchen und verkauft das Fell. Andererseits habe ich auch gehört, dass sie bei einem alten Bergmann wohnen. Schwer zu sagen, was nun stimmt.« Plötzlich riss er die Augen auf. »Warum? Hat er wieder mit dir geredet?«

»Nein.« Sie hatte beschlossen, niemandem davon zu erzählen, bis sie mehr herausgefunden haben würde.

»Du musst ihn mit jemandem verwechselt haben«, sagte Percy. »Hier wissen alle, dass er nicht sprechen kann.«

»Es überrascht mich, dass Kohlejungen zu der Beerdigung gehen dürfen«, sagte sie, um das Thema zu wechseln.

»Mr. Flint ist doch nicht herzlos. Er hat den Jungen ein paar Stunden freigegeben.«

Ihre Miene verfinsterte sich, und sie wurde von Wut übermannt. »Nicht herzlos? Er lässt Sechsjährige im Kohlebrecher schuften. Und warst du mal oben in der Bergarbeitersiedlung? Diese Menschen leben in bitterer Armut, während er wie ein König in seiner Villa residiert.«

Die Glocke über der Tür klingelte, bevor Percy etwas sagen konnte. Sally Gable trat ein, einen Weidenkorb über dem Arm. Percy warf Emma einen dringlichen Blick zu, damit sie den Mund hielt, und ging dann zu Sally hinüber. Emma folgte ihm.

»Guten Morgen, Mrs. Gable«, sagte Percy. »Kann ich Ihnen behilflich sein?«

»Nein danke«, sagte Sally in ihrem hohen Singsang. »Ich brauche nur die üblichen Dinge.« Sie ging an der ersten Regalreihe vorbei zur Ladenmitte.

Percy vergewisserte sich, dass Sally außer Hörweite war, und schaute Emma dann an. »Du solltest vorsichtig sein«, flüsterte er. »Wenn jemand dich so reden hört, könnte er auf die

Idee kommen, dass du dich mit den falschen Leuten abgibst. Du denkst sicher, meine Eltern sind streng mit dir, oder? Wenn sie herausfinden, dass du noch einmal mit Clayton Nash gesprochen hast ...«

»Mit den falschen Leuten?«, fiel Emma ihm ins Wort, ohne sich darum zu kümmern, ob jemand sie hörte. »Die ganze Stadt wimmelt von falschen Leuten.«

Sally reckte das Kinn und sah über die Hülsenfrüchte zu ihnen herüber, die Augen groß und glänzend wie bei einem Jagdhund, der eine Fährte wittert. Prompt kam sie in ihre Richtung, blieb bei den Nähartikeln stehen und nahm ein paar Garnrollen zur Hand. Emma war klar, dass ihr Interesse daran geheuchelt war, weil sie lauschen wollte. Percy verzog sich in den hinteren Raum, und Emma machte sich daran, Konserven zurechtzurücken.

»Ich weiß gar nicht, wie meine Tochter das anstellt«, flötete Sally. »Egal wie oft ich ihre Sachen flicke, ständig kommt sie mit zerrissenen Kleidern nach Hause. Vermutlich hat sie immer noch etwas von einem jungen Kater an sich, obwohl ich mir solche Mühe gebe, eine junge Dame aus ihr zu machen.« Sie schenkte Emma ein Lächeln. »Sie sind doch ungefähr so alt wie Charlotte. Was um Himmels willen tut sie nur, dass sie es nicht schafft, auf ihre Kleidung aufzupassen? Klettert sie auf Bäume? Geht sie wandern?«

Emma biss sich auf die Wange und kämpfte gegen den Drang an, Sally Gable zu erzählen, dass die Kleider ihrer Tochter vermutlich von einem schmutzigen Alten namens Otis Shawcross zerrissen wurden. »Keine Ahnung«, sagte sie. »Vielleicht hat sie einen Verehrer, der ein wenig grob zur Sache geht?«

Sally erbleichte und ließ die Garnrolle fallen. Ihre Lippen stülpten sich vor, als würde sie an einer Zitrone lutschen. »Das ist doch die Höhe! Warten Sie nur ab, bis ich mit Ihrer Tante gesprochen habe. Offenbar hatte sie nur allzu recht: Sie haben keinen Respekt vor dem Alter, junge Dame!« Schimpfend und schnaubend stapfte sie aus dem Laden.

Percy stürzte auf Emma zu. »Was ist nur in dich gefahren?«, fragte er. »Ein solches Theater kann ich nicht gebrauchen! Wenn dir das alles so zuwider ist, warum verschwindest du dann nicht einfach? Weißt du was? Allmählich denke ich, mein Vater hatte recht. Du bist genau wie deine Eltern, die sich auch immer für etwas Besseres gehalten haben. Los, mach schon! Pack deinen Koffer und nimm den nächsten Zug fort von hier!«

Sie starrte ihn an. »Das würde ich sofort tun, wenn ich könnte, das kannst du mir glauben.«

»Gut, aber in der Zwischenzeit«, er zeigte mit dem Kinn zum Büro hinüber, »kannst du dir einen Besen schnappen und dich nützlich machen, statt hier herumzustehen und dich über etwas zu echauffieren, das du ohnehin nicht ändern kannst.«

Sie gehorchte, da sie wusste, dass jede Diskussion zwecklos war. Für den Rest des Tages bekam sie Michael und das Bild von dem kleinen Sarg nicht mehr aus dem Kopf. Immer noch sah sie die Jungen mit ihren trostlosen, glasigen Augen vor sich, wie sie der trauernden Familie den Hügel hinauf folgten. Die Vorstellung, dass ein kleiner Junge in einer Kohlenschütte erstickt war, ließ sie unweigerlich an Albert denken, der unter dem Eis gefangen gewesen war und um sich geschlagen hatte, ohne Luft zu bekommen. Sie stellte sich seinen letzten Moment vor, als er es nicht mehr aushielt und mit einem letzten kräftigen Atemzug Wasser in die Lunge sog. War das so ähnlich, wie in einer Kohlenschütte zu ersticken? Hatten sich die Lungen des sechsjährigen Jungen mit Kohlenstaub gefüllt? Schon bei dem bloßen Gedanken wäre sie fast in die Knie gegangen.

Sie hatte keine Ahnung, wie es in einem Kohlebrecher zuging, aber wie konnte überhaupt jemand in eine Kohlenschütte fallen? Gab es kein Tor oder Gitter, um das zu verhindern? Und wo standen die Kohlenschütten? Im Kohlebrecher? Im Bergwerk? Hatte Percy nicht gesagt, dass die Kinder im Kohlebrecher Kohle sortierten? War der Junge irgendwo gewesen, wo er nicht hätte sein sollen? Oder arbeiteten im Bergwerk auch Kinder?

Plötzlich hatte sie eine Idee. Ihre Arbeit im Laden würde heute ein paar Minuten eher enden, als die Sirene das Schichtende in der Grube verkündete. Wenn sie den Laden verließ, konnte sie also noch zum Bergwerk hochmarschieren und sich selbst ein Bild machen. Vielleicht konnte sie die Jungen, die aus dem Kohlebrecher kamen, nach ihrer Arbeit fragen und herausfinden, wieso sich so viele von ihnen verletzten. Sie würde niemandem helfen können, wenn sie nicht wusste, was überhaupt los war.

Und nach ihrem Besuch am Bergwerk könnte sie in die Bergarbeitersiedlung gehen und Michael und seine Großmutter Tala suchen.

KAPITEL 9

Oben am Berg, in der Nähe des Hauptschachts der Grube der Bleak Mountain Mining Company, versteckte sich Emma hinter einem Blechschuppen und wartete darauf, dass die Bergleute von der Arbeit kamen. Sie drückte sich ein Baumwolltuch auf Mund und Nase, und ihre Augen brannten von dem Kohlenstaub aus dem Kohlebrecher und dem schwelenden Abraum. Überall standen schwarze Baumstümpfe herum, und die letzten verbleibenden Pflanzen wirkten trostlos und erstickt. Der Kohlebrecher ragte düster vor dem Himmel auf, ein gewaltiges Holzbauwerk, hinter dessen rußigen Fenstern sirrende Gerätschaften und Maschinen zu erkennen waren. Ganz oben auf einem langen Förderband, das zur höchsten Stelle des Kohlebrechers führte, standen Bergleute und kippten Kohle in eine Rüttelmaschine. Die schwarzen Brocken purzelten aus den Förderwagen in eiserne Schütten und begannen ihren Abstieg durch den mächtigen Bau.

Aus der Nähe erhielt Emmas Fantasie vom Kohlebrecher als einem grässlichen Monster neue Nahrung. Sie stellte sich vor, wie die riesigen Zähne der Kohlezertrümmerungsmaschine mit ihren rotierenden Zylindern die Kohle in immer kleinere Stücke zermalmten, sah den Kohlebrecher mit seinen Mammutkiefern mahlen und mit einem markerschütternden Brüllen Dampf ausstoßen, stets darauf hoffend, dass Kinder in seinen Schlund fielen.

Als die Sirene erklang und mit ihrem durchdringenden Heulen das Ende der Schicht verkündete, fuhr Emma zusammen. Wenige Minuten später verlor das monotone Grollen des Kohlebrechers an Kraft und kam dann zum Stillstand. Schließlich trat Ruhe ein, als habe das Bergwerk alleine gearbeitet, ohne von menschlichen Händen bedient zu werden, ein großes Maschinenwesen, das an der Flanke des Berges lebte, atmete und schlief. Emma hörte nichts als das Pochen ihres Herzens und ein paar seltsame metallische Knallgeräusche und dumpfe Schläge, die tief aus der Erde nach oben drangen. Kein Vogel sang, kein Blatt raschelte in der Abendbrise, kein Insekt summte im Gras. Und dann, nach einer gefühlten Ewigkeit, fluteten plötzlich Stimmen, Kettengerassel und das Quietschen von Metallrädern aus dem Schacht an die Oberfläche.

Schließlich trotteten die Bergarbeiter aus dem schwarzen Maul des Bergwerks heraus. Ihre Galoschen knirschten auf dem Schotter, und an ihren Gürteln und Händen klapperten die Blechdosen für das Mittag- und das Abendessen. Die meisten Männer gingen zu Fuß, während andere in Förderwagen saßen, die von schweren Ketten gezogen wurden. Sobald einer dieser Wagen den Ausgang erreichte, sprangen die Männer ab, ohne darauf zu warten, dass er anhielt. Die Bergleute husteten und spuckten aus, nahmen die Hüte ab, kratzten sich an Kopf und Hals und rieben sich die roten, blinzelnden Augen.

Emma reckte den Hals, um nach Mr. Flint oder Onkel Otis Ausschau zu halten, bereit, sich in diesem Fall sofort hinter dem Blechschuppen zu verstecken. Hinter den Förderwagen erschien eine Gruppe Jungen mit schwarzen Gesichtern. Sie hatten Schlangenpeitschen an den Gürteln und führten schlammbedeckte Maultiere aus dem Schacht. Einige der Jungen schienen nicht älter als acht oder neun zu sein. Emma überlief ein Schauer. Im Bergwerk arbeiteten also tatsächlich kleine Jungen, nicht nur im Kohlebrecher. Hinter den Maultieren traten zwei Bergleute aus dem Schacht, die Arme um die Hüfte eines hinkenden Halbwüchsigen gelegt. Sein Bein war verbunden und blutete. Die Männer geleiteten ihn zu einem Fuhrwerk, legten ihn auf die Ladefläche und gingen dann ihres Wegs.

Zur Rechten kamen die Jungen aus dem Kohlebrecher geströmt. Wie Ameisen, die ihren Ameisenhaufen verließen, liefen sie die lange Holztreppe an der Gebäudeseite hinunter. Ruß schwärzte ihre Kappen und Gesichter, Mäntel und Hosen, Hände und Stiefel, sodass sie aussahen wie kleine Lehmfiguren. Als sie den Boden erreichten, spuckten sie feuchte Batzen Kautabak aus und wischten sich das Kinn an ihren schmutzigen Ärmeln oder Halstüchern ab. Ein paar Kohlejungen trotteten zum Hauptschacht hinüber, wo sie darauf warteten, dass Freunde, Onkel oder Väter erschienen, während andere in Emmas Richtung kamen, um über die Schotterstraße nach Hause zu gehen.

Etliche Jungen humpelten auf Krücken einher, weil ihnen ein Bein oder ein Fuß fehlte. Manche hatten eine Krücke, manche zwei. Obwohl den Jungen Gliedmaßen oder ein Auge fehlten, arbeiteten sie immer noch im Kohlebrecher. Emma blinzelte gegen die Tränen an und suchte in der Menge nach Michael, aber es war unmöglich, die Jungen aus der Ferne auseinanderzuhalten, weil sie alle so schmutzig waren.

Als der Trupp der Kohlejungen näher kam, schwatzend, fluchend, lachend, schreiend und hustend, zog sich Emma ein Stück zurück, weil sie nicht wusste, wie sie auf ihre Anwesenheit reagieren würden. Einer von ihnen riss seinem Nachbarn die schmutzige Kappe vom Kopf, sodass die blasse Stirn sichtbar wurde. Er rannte los, worauf sofort drei Jungen hinter ihm herjagten. Der Junge ohne Kappe lief ebenfalls mit und rief dem Dieb Schimpfwörter hinterher. Woher nahmen sie die Kraft, nach einer Zehnstundenschicht noch zu Fuß nach Hause zu laufen, geschweige denn sich aufzuführen, als würden sie zur Pause auf den Schulhof strömen?

Ehe Emma sichs versah, waren die Jungen schon fast auf ihrer Höhe. Als der erste sie neben dem Schuppen stehen sah, senkte er den Blick und wechselte schnell die Straßenseite. Der Nächste, der sie erblickte, zog ein finsteres Gesicht und sah aus, als müsse er sich mühsam beherrschen, um sie nicht zu beschimpfen oder wegzuschicken. Ein dritter Junge spuckte vor ihr in den Dreck, um seinem Missfallen Ausdruck zu verleihen.

Auf der anderen Straßenseite war plötzlich eine dünne Frau in einem braunen Kleid erschienen, die Arme um den Oberkörper geschlungen, als sei ihr kalt. Ihre Haare waren zerzaust, und ihre blutunterlaufenen Augen musterten jedes einzelne der rußbedeckten Gesichter.

»Wo ist mein Chippy?«, fragte sie die Jungen, die an ihr vorbeikamen. »Habt ihr meinen Chippy gesehen?«

Emma stockte der Atem, und ihre Kehle brannte. Das war die Frau von der Beerdigungsprozession. Ihr Junge war an diesem Morgen in der Erde versenkt worden, und doch war sie hier und suchte nach ihm. Es sei denn, sie hatte noch einen Sohn. Nein, da war kein Junge an ihrer Seite gewesen, nur der Ehemann und das Baby. Der Strom der Kohlejungen teilte sich wellenartig nach beiden Seiten und floss in großem Bogen um die verzweifelte Frau herum, als habe sie eine ansteckende Krankheit.

»Ich finde meinen Chippy nicht«, rief die Frau. »Wisst ihr, wo er sein könnte?«

»Er ist tot, dummes Weib!«, rief einer der Kohlejungen.

Emma schlug die Hand vor den zitternden Mund und fragte sich, ob sie die verwirrte Frau nach Hause bringen sollte. Dann fiel ihr Blick auf ein paar Kohlejungen, denen Tränen über die schmutzigen Wangen rannen. Manche weinten vollkommen ungehemmt, während andere versuchten, die Tränen zurückzuhalten, um keine Aufmerksamkeit auf sich zu ziehen. Als Emma den Grund für ihren Kummer entdeckte, blieb ihr die Luft weg. Die Finger der Jungen waren geschwollen und schwarz, und die Fingerkuppen waren aufgeplatzt und bluteten. Unwillkürlich trat sie auf einen der weinenden Jungen zu und scherte sich nicht mehr darum, ob jemand sie sah.

»Was ist denn mit dir passiert?«, fragte sie. Der Junge sah aus wie fünf und lehnte sich an einen älteren Jungen, der seinen Arm um ihn gelegt hatte und ihn aufforderte, nicht zu weinen.

»Kümmern Sie sich um Ihre eigenen Angelegenheiten«, sagte der ältere Junge.

»Warum bluten seine Finger?«, fragte sie. »Hat ihm jemand etwas getan?«

»Er ist ein Rotfinger«, sagte eine Stimme in ihrem Rücken.

Sie drehte sich um. Hinter ihr stand der Junge von der Tanzveranstaltung am Vierten Juli, der ältere, von dem Clayton behauptet hatte, er kümmere sich um Jack. Wie war noch sein Name? Sawyer? Ja, genau. »Ein Rotfinger?«, fragte sie. »Was ist das?«

»So nennen wir die Neuen«, erklärte Sawyer. »Heute war sein erster Tag. In den ersten Wochen im Kohlebrecher bluten die Finger immer.«

»Das ist ja entsetzlich!«, sagte Emma. »Was hat er denn um Himmels willen für eine Arbeit gemacht?« Schock und Zorn wüteten in ihrem Kopf, und ihr wurde fast schwindelig.

»Schiefer und Steine aus der Kohle geholt«, sagte Sawyer, »damit sie durch die Schütte auf die Halden kommen. Der Schwefel verbrennt die Haut, dann schwellen die Finger an und platzen auf. Und Schiefer kann ganz schön scharfkantig sein. Aber keine Sorge, seine Finger werden schon noch robuster.« Er hielt eine Hand hoch. Seine Finger waren schwarz vor Ruß, aber man sah weder Blut noch Risse in der Haut. Sie wirkten vielmehr hart und schwielig. »Dann bluten sie nur noch, wenn er nicht aufpasst, was er tut.«

Die anderen Jungen hatten sich um Emma und Sawyer versammelt und schauten sie neugierig an. Einige wirkten verblüfft, während andere missbilligend die Stirn runzelten.

»Warum tragt ihr keine Handschuhe?«, fragte Emma.

»Man muss den Stein fühlen, um schnell arbeiten zu können«, sagte Sawyer. »Mit Handschuhen geht alles viel langsamer. Wenn der Boss uns mit Handschuhen ertappen würde, bekämen wir aber was auf die Finger, wenn nicht gar Schlimmeres.«

»Euer Boss schlägt euch?«, fragte sie und versuchte, ihre Gefühle im Zaum zu halten. Hatte denn der Albtraum, den diese Jungen zu erleiden hatten, gar kein Ende?

Er zuckte mit den Achseln. »Manchmal«, sagte er. »Wenn wir unsere Arbeit nicht machen.« In diesem Moment rempelte ein größerer, kräftigerer Junge Sawyer an und brachte ihn zum Straucheln. Sawyer ließ seine Proviantbüchse fallen, hielt sich aber auf den Beinen. Streitlustig die Schultern durchgedrückt, drehte er sich zu seinem Angreifer um.

»Wer ist denn dein Liebchen da, du Einfaltspinsel?«, fragte der kräftige Junge. »Sie ist ein bisschen zu alt für dich, meinst du nicht auch?« Er lachte, und die anderen Jungen stimmten mit ein.

Sawyer ignorierte ihn und wandte sich wieder an Emma, die Miene angespannt. »Ich sollte jetzt besser gehen. Es wäre wohl für alle das Beste, wenn Sie auch nach Hause zurückkehren, Ma'am.«

»Weißt du, ob Mr. Flint hier ist?«, fragte sie.

Der Junge schüttelte den Kopf. »Er kommt nicht oft her, es sei denn, es gibt Ärger.«

»Und was ist mit dem Grubenaufseher?«, fragte sie. »Weißt du, wo er jetzt gerade ist?«

Er schaute sie einen Moment an, dann senkte er den Blick und wollte um sie herumgehen. »Ich muss jetzt heim.«

Sie hielt ihn sanft an der Schulter fest, aber er entzog sich und runzelte die Stirn. »Tut mir leid, Ma'am«, sagte er. »Sie scheinen wirklich nett zu sein, aber ich möchte keinen Ärger. Wenn Sie mit jemandem sprechen wollen, suchen Sie ihn selbst. Aber ich warne Sie: Die werden nicht erfreut sein, Sie hier zu sehen.«

»Kannst du mir denn wenigstens verraten, wo ich nach Otis Shawcross suchen muss?«, fragte sie. »Hier gibt es so viele Gebäude. Ich würde ewig brauchen, um ihn zu finden.«

Sawyer zögerte einen Moment, dann zeigte er mit dem Kinn zum Schachteingang hinüber. »Gleich dort drüben. Einen schönen Tag noch, Ma'am.« Damit setzte er seine Kappe auf und eilte davon.

Emma schaute zum Bergwerk hinüber. Neben einem grauen Gebäude mit der Aufschrift MASCHINENRAUM stand Onkel Otis und hatte ihren Wortwechsel beobachtet, die Hände in die Hüften gestützt, die Augen zusammengekniffen. Er wirkte sauberer als die anderen Bergarbeiter. Das Gesicht war nur mit einer dünnen Kohlenstaubschicht bedeckt, und Jacke und Hose waren trocken. Emma holte tief Luft und ging auf ihn zu. Als er sie kommen sah, spuckte er aus, stürzte mit wedelnden Armen auf sie zu und schrie, sie solle verschwinden. Die anderen Bergleute blieben stehen und schauten zu.

Für den Bruchteil einer Sekunde dachte Emma daran, den Berg hinunterzuflüchten und nach Hause zu gehen. *Nein*, dachte sie dann. *Jetzt bin ich schon so weit gekommen, da werde ich doch nicht aufgeben.*

Als er sie erreicht hatte, rief Onkel Otis: »Was zum Teufel machst du hier? Geh! Geh verdammt noch mal nach Hause!« Sein Gesicht war knallrot, seine Augen fuchsteufelswild.

»Ich habe gehört, dass ein kleiner Junge gestorben ist und du nicht einmal davon gewusst hast wegen des Stolleneinbruchs«, sagte sie. »Hat er im Kohlebrecher gearbeitet?«

»Das geht dich nichts an. Du machst jetzt kehrt und verlässt diesen Berg.«

»Sagen Sie es ihr, Boss!«, rief einer der Bergarbeiter. Die Männer redeten nun miteinander, schüttelten den Kopf oder nickten. Manche lächelten amüsiert, während andere grimmig dreinschauten. Ein paar Dutzend Bergleute näherten sich Onkel Otis in einer geschlossenen Reihe, als wollten sie Emma vom Bergwerk fernhalten.

»Schaffen Sie sie hier fort!«, rief ein Mann.

Einer der Bergleute hob einen Stein auf und wog ihn in der Hand. Andere folgten seinem Beispiel. Angst und Wut schnürten Emma den Brustkorb zu. Würden diese Männer sie tatsächlich angreifen? Hatten sie Angst vor ihr, weil sie eine Frau war? Oder steckte etwas anderes dahinter? Percy hatte sie gewarnt, dass die Bergleute abergläubisch waren. Sie bewegte sich auf gefährlichem Terrain, aber das hier war lächerlich. Wiederum, wenn diese Männer, nicht anders als Hazard Flint, gleichmütig mit ansahen, wie kleine Jungen für die Bergwerksgesellschaft starben, dann sollte sie es vielleicht doch mit der Angst zu tun bekommen.

Onkel Otis packte ihren Arm und zog sie vom Bergwerk fort. Seine knochigen Finger bohrten sich wie Schürhaken in ihre Haut. Sie versuchte sich loszureißen.

»Nehmen Sie Ihre Finger weg!«, rief sie. »Ich möchte einfach nur wissen, was hier los ist. Warum machen Kinder eine derart gefährliche Arbeit?«

Onkel Otis zerrte sie so schnell die Schotterstraße hinab, dass sie fast noch die Kohlejungen überholten. Als sie außer Hörweite waren, stieß er sie grob den Berg hinunter. Sie stolperte, fing sich wieder und drehte sich dann keuchend zu ihm um.

»Verschwinde, verdammt noch mal!«, brüllte er. »Und komm nie wieder hier hoch!«

»Ich werde Sie bei der Polizei anzeigen!«, sagte sie. »Kleine Jungen werden verletzt oder sterben, und Sie schauen untätig zu! Es muss irgendein Gesetz geben, das diese Jungen schützt, und Sie verstoßen dagegen!«

Ein höhnisches Grinsen trat in sein Gesicht. »Geh ruhig und zeige mich an. Und wenn du schon mal dabei bist, kannst du auch Hazard Flint und jeden anderen Bergwerksbesitzer, Vorarbeiter und Grubenaufseher in diesem Staat anzeigen. Du kannst ja mal schauen, wie weit du kommst.« Er wischte sich mit seiner verschwitzten Hand über die Stirn, was einen schwarzen Schmierstreifen hinterließ, dann verfinsterte sich seine Miene. »Aber eines weiß ich mit Sicherheit: Du wirst es noch bereuen, dass du hierhergekommen bist.« Er drehte sich um und wollte die Straße wieder hochgehen. Sie folgte ihm.

»Wie kannst du nur in den Spiegel schauen?«, rief sie. »Du hast ein großes, schickes Haus, kaufst deiner Frau, was immer sie will, stopfst dich mit den feinsten Delikatessen voll und trinkst teuren Whisky, während kleine Jungen sterben, um dich so reich zu machen!«

Bei diesen Worten schoss er herum und schaute sie an, den Kiefer vorgereckt und die Fäuste geballt. »Was denn, du undankbare kleine Weibsperson«, sagte er. »Du bist genau wie deine Eltern. Dir ist es egal, wo das Geld herkommt, solange du ein warmes Bett und Essen im Bauch hast. Bevor sie abgereist sind, um sich in Manhattan eine schöne Zeit zu machen, haben deine Eltern zwei Monate lang bei uns gewohnt. Ich wette, daran erinnerst du dich nicht mehr, was? Oh, sie haben es sich wirklich gut gehen lassen, haben meinen Whisky getrunken und mein Essen gegessen, sind morgens nicht aus dem Bett gekommen, um danach dann gleich auf der Sonnenterrasse herumzulümmeln und deine Tante Ida springen zu lassen.«

»Doch, ich erinnere mich«, sagte sie. »Ich erinnere mich daran, dass mein Vater das Dach repariert hat, um für unseren Aufenthalt aufzukommen, und ich erinnere mich auch, dass meine Mutter die Böden geschrubbt hat. Aber woran ich mich noch besonders gut erinnere, ist, dass meine Mutter Tante Ida ständig trösten musste, weil Sie die Nächte im Saloon verbracht haben.«

»Unsinn!«, sagte er. »Du hast keine Ahnung, wie es im wahren Leben zugeht. Und jetzt mach verdammt, dass du hier wegkommst!«

»Ich werde nicht tatenlos mit anschauen, wie Sie und Hazard Flint Kinder in Gefahr bringen.«

»Jetzt hör mir mal gut zu«, sagte er mit geblähten Nasenflügeln. »Du kehrst jetzt auf dem kürzesten Weg nach Hause zurück. Und ab sofort wirst du dich um deine eigenen Angelegenheiten kümmern, sonst findest du dich schneller auf der Straße wieder, als du gucken kannst.«

»Das können Sie sich gar nicht leisten.« In Emmas Stimme schwang Sarkasmus mit. »Was würden denn die Leute sagen, wenn Sie Ihre arme, verwaiste Nichte rausschmeißen würden?«

Ein sonderbares Kichern entwich seinen Lippen. »Nach dieser kleinen Einlage heute würde es die Leute nicht weiter kümmern. Aber keine Sorge, ich werde ein gutes Wort bei Miss Sylvia im Lehigh Hotel einlegen. Sie weiß, wie man Frauen hilft, die keine Bleibe haben. Ein frisches junges Ding wie dich nimmt sie bestimmt gerne bei sich auf.«

Emma bohrte die Fingernägel in die Handflächen. »Tante Ida wird nicht zulassen, dass Sie mich rausschmeißen«, sagte sie. »Schließlich braucht sie meine Hilfe und mein Einkommen aus dem Laden.«

»Das interessiert mich nicht, was sie will. Ich bin der Mann im Haus und bestimme, wo es langgeht.«

»Fragt sich, ob Sie immer noch der Mann im Haus sein werden, wenn ich ihr von dem jungen Mädchen erzähle, das Sie am Vierten Juli hinter dem Tanzsaal angegrapscht haben. Wie hieß sie noch gleich? Charlotte Gable? Ist ihr Vater nicht ein Freund von Ihnen?«

Er warf ihr einen vernichtenden Blick zu. »Du kleine hinterhältige …«, zischte er. »Erzähl deiner Tante, was du willst. Sie weiß, dass du eine elende Lügnerin bist. Ihr war immer klar, dass du nicht die Wahrheit über den Tod deines Bruders erzählt hast, um Percy die Schuld in die Schuhe zu schieben. Es ist allein deine Schuld, dass Albert tot ist, und das wissen alle. Ida wird dir kein Wort glauben. Wenn du ihr etwas auf die Nase zu binden versuchst, wird das nur beweisen, dass du die Mühe nicht wert bist.«

Emma wurde steif. Eine Erinnerung blitzte in ihrem Geist auf: ihre Tante am vereisten Ufer, wie sie einen schluchzenden Percy an ihren Busen drückte und Emma mit dem Finger drohte. Als Emma erzählte, dass Albert ins Eis eingebrochen sei, weil Percy ihr das Amulett weggenommen habe, verpasste ihre Tante ihr eine schallende Ohrfeige. Percy habe immerhin Hilfe geholt, erklärte sie, während Emma nur untätig am Ufer gesessen habe. Emma solle nie wieder so etwas behaupten, nie wieder. Tatsächlich hat sie auch nie wieder so etwas behauptet. Onkel Otis hatte recht. Egal worum es ging, Tante Ida würde immer zu ihrem Mann und ihrem Sohn halten. Würde Emma ihr die Sache mit Charlotte erzählen, würde sie schlicht damit kontern, dass Emma nur Ärger mache. Die Eskapade mit dem Bergwerk sei Grund genug, um sie in ein Armenhaus zu stecken. Oder schlimmer noch, in eine Irrenanstalt.

»Ich bin keine Lügnerin«, sagte Emma, die fast an ihrem Ärger erstickte. »Und eines Tages wird die Wahrheit ans Licht kommen. Über meinen Bruder, über dieses Bergwerk und über Sie!«

Bevor ihr Onkel etwas erwidern konnte, stürmte sie davon, zitternd vor Wut. Die Bergleute johlten ihr hinterher. Zu ihrer Überraschung stimmten die Kohlejungen mit ein, als sie sie verschwinden sahen.

»Ich warne dich«, rief Onkel Otis ihr hinterher. »Kümmere dich um deine eigenen Angelegenheiten und halte dich vom Bergwerk fern, sonst landest du bald auf der Straße!«

Vielleicht machte sie sich etwas vor, wenn sie dachte, irgendjemand in Coal River wolle ihre Hilfe. Für wen hielt sie sich eigentlich? Und was verleitete sie zu der Annahme, Michael habe sie zur Retterin der Kohlejungen erkoren? Vielleicht waren es nur ihre Schuldgefühle, die solche Wahnvorstellungen hervorbrachten.

Statt zur Bergarbeitersiedlung hochzugehen und Michael und Tala zu suchen, kehrte sie nach Hause zurück, die Beine schwer wie Blei. Plötzlich war sie erschöpft und verspürte keinen anderen Wunsch mehr, als unter die Bettdecke zu schlüpfen und zu schlafen.

KAPITEL 10

Am Morgen nach der Auseinandersetzung mit Onkel Otis huschte Emma in Percys Büro. Bevor sie es betrat, schaute sie noch einmal über die Schulter, um sich zu vergewissern, dass keine Kunden kamen. Percy war draußen und lud eine Lieferung Wischlappen, Waschschüsseln, Bügeleisen und Besen ab. Die Tür zum Lagerraum war offen, sodass man hörte, wie sich Percy mit dem Fahrer unterhielt und Kisten und andere Behältnisse auf dem Dielenboden aufstapelte.

Das Herz klopfte ihr in der Kehle, als sie zu Percys Schreibtisch ging und die linke obere Schublade öffnete. Sie holte das Kundenregister heraus, drückte es an die Brust und ging noch einmal zur Bürotür, um sich zu vergewissern, dass niemand im Laden war. Dann eilte sie wieder ins Büro und suchte in den Schubladen nach dem BEZAHLT-Stempel. Nachdem sie ihn zwischen einer Schnurrolle und einer Schachtel Büroklammern gefunden hatte, schlug sie das Kundenregister an der Stelle auf, an der das Bändchen eingelegt war, überflog die Namen und versuchte sich zu erinnern, wer kleine Kinder hatte und am meisten Hilfe brauchte.

Als das Glöckchen an der Tür bimmelte, rutschte ihr das Herz in die Hose. Sie wartete einen Moment, holte dann tief Luft und stempelte den Betrag einer Bergarbeiterfamilie als »bezahlt« ab. Schnell blätterte sie um, stempelte zwei weitere Beträge, blätterte noch einmal zwei Seiten weiter und stempelte dort drei Beträge als »bezahlt«. Nach acht Namen hielt sie inne, weil sie Sorge hatte, dass es sonst auffallen würde. Im Laden hörte man nun die Stimme von Tante Ida, die nach

Percy rief. Emma legte Stempel und Register schnell in den Schreibtisch zurück, richtete sich auf und strich sich mit zitternden Händen Rock und Schürze glatt. Dann atmete sie kräftig aus und eilte zur Bürotür hinaus.

»Percy ist hinter dem Haus«, teilte sie ihrer Tante mit. »Er lädt Waren aus.«

»Was hast du im Büro zu suchen?«, fragte Tante Ida. »Du sollst doch im Laden aufpassen.«

Emma gab sich Mühe, ruhig zu sprechen. »Ich habe nach einer sauberen Schürze gesucht.«

Tante Ida musterte sie von oben bis unten und rümpfte die Nase. »Deine Schürze ist doch tadellos. Jetzt aber an die Arbeit. Du hast schon genug Schaden angerichtet.«

Emma ging zur Registrierkasse und rang sich ein Lächeln ab. »Kann ich Ihnen irgendwie behilflich sein?«, fragte sie.

Tante Ida kramte in ihrer Handtasche, holte einen Zettel heraus und reichte ihn Emma. »Ich werde am Wochenende ein Geburtstagsessen für deinen Onkel ausrichten«, sagte sie. »Du musst mir alles zusammensuchen, was auf der Liste steht. Der arme Mann war in letzter Zeit so vielen Belastungen ausgesetzt, daher werde ich keine Kosten scheuen. Und nach der Geschichte, die du dir gestern geleistet hast, denke ich, ist es wohl das Mindeste, dass du mir bei den Vorbereitungen zur Hand gehst. Du kannst die Sachen auf die Rechnung für die Wocheneinkäufe setzen und mitbringen, wenn du von der Arbeit kommst. Percy soll sie dann noch in die Monatsspalte eintragen. Und geh nirgendwohin als nach Hause oder zur Arbeit. Wenn mir zu Ohren kommt, dass du in der Stadt herumstrolchst oder dich sonst irgendwo herumtreibst, wo du nichts zu suchen hast, sperre ich dich so lange in dein Zimmer ein, bis du deine Lektion gelernt hast! Hast du mich verstanden?«

»Ja, Ma'am.«

Tante Ida öffnete den Papierfächer, der an ihrer Taille hing, und wedelte damit vor ihrem roten Gesicht herum, die Lippen zu einer strengen, selbstgerechten Linie zusammengepresst. »Du kannst von Glück sagen, dass ich dir deinen Onkel gestern Abend vom Hals gehalten habe, junge Dame. Er ist vor Wut fast geplatzt! So aufgebracht habe ich ihn schon ewig nicht mehr gesehen. Ich mag mir gar nicht vorstellen, zu was er sich hätte hinreißen lassen. Aber eines machst du dir besser klar: Der einzige Grund, warum ich eine schützende Hand über dich halte, ist, dass du die Tochter meiner Schwester bist. Ich kann aber nicht versprechen, dass ich das immer tun werde, also benimmst du dich besser.«

»Ja, Ma'am«, sagte Emma wieder.

Sie hatte sich gezwungen, kleinlaut zu klingen. Sobald ihre Tante den Laden verlassen hatte, hängte sie sich einen Weidenkorb über den Arm, ging durch den Laden und sammelte die Sachen von Tante Idas Liste zusammen: Erbsendosen, zwei Pfund Butter, eine Speckseite, ein Döschen Zimt, getrocknete Bohnen, fünf Pfund Zucker. Von jedem Artikel auf der Liste nahm sie ein zusätzliches Teil, außer von den größeren Dingen wie dem Räucherschinken und dem Zehn-Pfund-Sack Kartoffeln. Als sie fertig war, setzte sie die Sachen auf Tante Idas Rechnung und packte alles in Papiertüten.

Als sie abends nach Hause kam, brachte sie die Lebensmittel von der Liste in die Küche und in die Speisekammer und versteckte die zusätzlichen Artikel hinter Mehl- und Haferflockendosen oder in sauberen Kesseln und Töpfen. Cook hatte das Abendessen schon zubereitet, daher war es nicht sehr wahrscheinlich, dass sie zufällig auf etwas stieß. Und selbst wenn, könnte Emma immer noch sagen, dass sie mit offenen Augen geträumt und die Dinge einfach falsch eingeräumt hatte. Cook würde sich hüten, Tante Idas Entscheidungen zu hinterfragen, selbst wenn ihr die für das Fest eingekauften

Mengen übertrieben vorkämen. Und dass Emma einen Fehler gemacht hatte, würde sie nie jemandem erzählen.

Später am Abend, als der Moment nahte, in dem Tante Ida mit Otis und Percy im Speisezimmer aus der Bibel lesen würde, verabschiedete sich Emma mit der Begründung, dass sie müde sei und früh ins Bett gehen wolle. Unauffällig schmuggelte sie die überzähligen Esswaren in ihr Zimmer. Nach Mitternacht, als alle schliefen, schlich sie sich aus dem Haus, stieg zur Bergarbeitersiedlung hoch und hinterließ die Lebensmittel auf den Schwellen der Häuser, die besonders armselig aussahen.

KAPITEL 11

Die rot-gelb-blauen Plakate für Professor Sid Roscoe's Wanderkirmes erschienen entweder am späten Samstagabend oder am frühen Sonntagmorgen, während die meisten Menschen in der Stadt schliefen. Irgendjemand hatte die Straßen vom Nordende der Main Street bis hin zum anderen Ende der Railroad Avenue damit vollgeklebt, auch die rußverschmierten Holzschindeln des Pennsylvania-Hotels, Herrick's Apotheke und Abe's Pferdewechselstation, das Postamt, den Laden der Bergwerksgesellschaft und jeden einzelnen verwitterten Mast. Die gesamte staubbedeckte Stadt war mit bunten Rechtecken gepflastert.

Obwohl plötzlich der dringend benötigte Regen einsetzte, versammelten sich Junge und Alte vor den farbenfrohen Plakaten und juchzten unter ihren Regenschirmen, als sie die Bilder von Riesenrädern und Karussells betrachteten. Mit offenem Mund starrten sie auf die bärtige Frau, den Mann mit den zwei Köpfen und den Jungen mit dem Löwengesicht. Die Kohlejungen rannten von einem Plakat zum nächsten und drängelten und schubsten, um besser sehen zu können, die ungläubigen Gesichter mit Regentropfen und den Resten von Kohlenstaub gesprenkelt. Der Direktor des Pennsylvania-Hotels verscheuchte etliche Jungen von seiner Veranda, wo sie im Schutze des Daches geraucht und das Plakat von der Meerjungfrau angegafft hatten.

Seit dem Ende der Messe hatte der Regen gar nicht mehr aufgehört, ließ jetzt aber allmählich nach. Er klopfte auf Emmas Schirm, und sie war dankbar dafür, dass er die Luft abgekühlt und den Kohlenstaub von Fenstern, Bürgersteigen und Ladenmarkisen gewaschen hatte. Onkel Otis und Tante Ida waren erfreulicherweise bei Sally Gable zum Gemeindeessen eingeladen, weshalb Emma und Percy ein bisschen Zeit für sich blieb. Zu Emmas großer Überraschung hatte man ihr erlaubt, alleine heimzulaufen, solange sie versprach, bei der Rückkehr ihrer Tante und ihres Onkels zu Hause zu sein.

Vor einem Plakat neben der Pferdewechselstation blieb sie stehen und fragte sich, ob die Kohlejungen wohl auch zur Kirmes gehen durften. Sie war nur für Freitag und Samstag angekündigt, beides Tage, an denen der Kohlebrecher normalerweise auf Hochtouren lief. Schwer vorzustellen, dass Mr. Flint die Produktion anhalten würde, damit seine Angestellten ein wenig Spaß haben konnten. Aber vielleicht konnte man den Kirmesbetreiber ja auch überreden, einen Tag länger zu bleiben.

Sie lächelte matt, als sie daran dachte, wie sie von ihren Eltern zum ersten Mal in den Central Park ausgeführt worden war. Die Sonne hatte von einem kobaltblauen Himmel herabgeschienen, und ihre Eltern hatten ihr ein Erdbeereis in der Waffel gekauft. Um das Riesenrad zu besteigen oder das Spiegelkabinett zu betreten, hatte sie zu viel Angst gehabt, aber das Karussell und die Glücksspiele hatten sie begeistert. Sie wusste noch, dass sie so glücklich gewesen war wie schon lange nicht mehr. Nur Albert hatte gefehlt.

Als ihr Blick auf ein Plakat weiter unten an der Main Street fiel, waren die freudigen Erinnerungen wie weggeblasen. Von dem Plakat am Telegrafenmast schaute Lionel, der Junge mit den Kamelbeinen, auf sie herab. Er sah aus, als wäre er vier Jahre alt, und trug nichts als eine Unterhose. Sein Bauch wölbte sich auffallend vor, und seine großen braunen Augen wirkten elend. Seine Knie knickten nach hinten ab, also andersherum als normal, sodass seine Beine aussahen wie die eines Kamels. Emma zog ihren Kragen bis ans Kinn hoch, eilte über den Bürgersteig davon und versuchte, eine ganz andere Fantasie aus dem Kopf zu bekommen – einen kleinen Kohlejungen auf einem Jahrmarktsplakat, die Haut schwarz, die wunden Finger blutend, die Beine abgetrennt. Seine schmerzliche Miene war mehr, als sie ertragen konnte.

Am Morgen der Eröffnung von Professor Sid Roscoe's Wanderkirmes drängte Tante Ida Emma, sich mit der Hausarbeit zu beeilen, damit sie endlich in die Stadt kamen. Percy war angewiesen worden, Emma für den Tag freizugeben, damit sie ihre Tante zum Jahrmarkt begleiten konnte. Tante Ida hatte nicht nur keine Lust, alleine hinzugehen, sie hatte auch beschlossen, dass Emma die Gelegenheit nutzen solle, um ihren skandalösen Auftritt am Bergwerk wettzumachen. Die Stadtbevölkerung sollte sehen, dass man Emma angemessen gerügt und ihr die Flügel gestutzt hatte. Von nun an würde sie still und sittsam sein und sich wie eine richtige junge Dame benehmen. Emma hätte allerdings lieber im Laden gearbeitet.

Als Emma und Tante Ida kurz vor sieben frühstücken wollten, kehrte Onkel Otis nach Hause zurück, knallte wütend die Hintertür zu und marschierte ins Speisezimmer.

»Was machst du denn hier?«, fragte Tante Ida. »Ist etwas vorgefallen?«

»Wir mussten den Betrieb einstellen und alle nach Hause schicken!«, sagte Onkel Otis. Er warf die schmutzigen Handschuhe auf den Boden, ging zur Anrichte und schenkte sich Whisky ein.

»Was ist denn passiert?«, fragte Tante Ida.

Onkel Otis stürzte seinen Whisky in vier geräuschvollen Schlucken hinunter. Dann wischte er sich den Mund ab, schenkte sich nach und schaute seine Frau wütend an. »Die haben den Kohlebrecher sabotiert!«

»Wer, die?«

»Diese verdammten Kohlejungen.«

»Warum in Gottes Namen sollten sie das tun?«, fragte Tante Ida.

»Warum wohl, zum Teufel? Damit sie zum Jahrmarkt gehen können.« Onkel Otis schüttelte den Kopf und blitzte seine Frau an. »Manchmal könnte man meinen, dass du kein Hirn im Schädel hast.«

Emma schlug die Augen nieder und blickte auf die Serviette in ihrem Schoß, weil sie fürchtete, man könne ihr die Freude ansehen.

»So redest du nicht mit mir, Otis Walter Shawcross!«, sagte Tante Ida. »Ich kann deine Wut gut nachvollziehen, aber das ist noch lange kein Grund, schroff zu werden.«

Onkel Otis presste zwei Finger auf die Nasenwurzel, zog eine Grimasse und schloss die Augen. Nach einer langen Weile löste er die Finger und richtete sich auf. »Das verstehst du nicht«, sagte er mit angespannter Stimme. »Im Moment können wir es uns nicht leisten, Produktionszeit zu vergeuden.«

»Das tut mir leid, mein Schatz.« Tante Ida ging um den Tisch herum und legte ihrem Ehemann eine Hand auf den Arm. »Ich weiß, wie schlimm das ist. Aber ich für meinen Teil bin hocherfreut, dass ihr für heute schließen musstet. Ich habe nicht gerade viel von dir.« Sie zog seinen Stuhl zurück und geleitete ihn hin. »Und jetzt setz dich erst einmal und frühstücke, dann wird es dir schon besser gehen. Danach kannst du mich in die Stadt begleiten und mir einen Paradiesapfel spendieren. Wir könnten Riesenrad fahren wie bei unserem ersten Rendezvous. Du erinnerst dich doch an unser erstes Rendezvous, nicht wahr, mein Liebling?«

Onkel Otis ließ sich auf seinen Stuhl sinken. Er trank noch einen Schluck Whisky und stellte das Glas dann auf den Tisch.

Tante Ida rief nach Cook, um Kaffee nachzubestellen, setzte sich dann wieder und schob ihrem Ehemann die Platte mit den Wurst-Mais-Muffins hin.

Obwohl sie Tante Ida nicht ausstehen konnte, musste Emma doch denken, dass sie ihr auch leidtat. Verhätschelte sie ihren Ehemann, weil sie ihn aufrichtig liebte? Oder war das alles nur Getue, weil sein Geld ihr diesen aufwendigen Lebensstil ermöglichte? In jedem Fall war es traurig mit anzuschauen. Und Emma würde es wohl immer fremd bleiben.

Sie nahm sich einen Muffin von der Platte und stand auf. »Wenn Sie mich entschuldigen würden. Ich mache mich fertig und gehe in die Stadt, weil ich neugierig bin, was der Jahrmarkt so bietet.«

»Wir wollten doch zusammen dorthin gehen«, sagte Tante Ida. »Es schickt sich nicht, dass du alleine gehst.«

»Ich bin mir sicher, dass ich schon jemanden finde, der sich um mich kümmert«, sagte Emma. »Wahrscheinlich wird Captain Bannister dort irgendwo herumschleichen. Oder vielleicht laufe ich auch Charlotte Gable über den Weg.« Sie warf Onkel Otis einen Blick zu, weil sie auf eine Reaktion hoffte, aber vergeblich. Er war in Gedanken ganz woanders, das Gesicht finster und zornig.

»Oh, was für eine nette Idee!«, sagte Tante Ida. »Charlotte wäre eine so wunderbare Freundin für dich. Sie ist eine richtige junge Dame!«

»Ich bin mir sicher, dass sie mir ein paar gute Ratschläge geben kann«, sagte Emma und verließ den Raum.

Überall im Stadtpark standen weiße Zelte und Fahrgeschäfte, zwischen denen Clowns mit Trauben von Luftballons herumliefen. Girlanden aus blauen, orangefarbenen und gelben Wimpeln waren aufgespannt. Die Einwohner von Coal River flanierten durch den Mittelgang, belagerten die Essstände und

Glücksspielbuden oder blieben stehen, um zuzuhören, wie Marktschreier die Wunder anpriesen, die in den Zelten mit den kurios verunstalteten Menschen auf die Schaulustigen warteten.

Dankbar, den Tag für sich alleine zu haben, schlenderte Emma durch die aufgekratzte Menge und schaute zu, wie die Reichen von Coal River ihren Kindern Luftballons und Zuckerwatte kauften und einen Bogen um die Kohlejungen machten, die sich gegenseitig anrempelten, während sie in Trauben anstanden, um Riesenrad oder Karussell zu fahren. Die Luft vibrierte von Dampforgelmusik, Gelächter, lauten Stimmen und Applaus, und es roch nach gerösteten Erdnüssen und Paradiesäpfeln. Unter einer gelb-weiß gestreiften Markise standen ein paar Kohlejungen und teilten sich eine Schachtel Popcorn, die sie immer wieder herumreichten. Neben ihnen saßen an einem ramponierten Tisch zwei weitere Kohlejungen und teilten sich eine Kugel Eis in einer handgefertigten Waffel. Der ältere Junge hielt die Waffel mit beiden Händen umklammert, die rußverschmierten Finger mit klebrigem weißem Zeug vollgetropft, während der kleinere Junge gierig zuschaute. Seine Hände waren mit blutiger Gaze umwickelt. Der Ältere leckte ein paarmal an der Eiskugel und hielt das Hörnchen dann dem kleineren Jungen hin.

Am westlichen Rand des Stadtparks, gegenüber den Fahrgeschäften und den Glücksspielbuden, reihten sich große Zelte aneinander, vor denen riesige, grell bemalte Fahnen Bilder von den Wundern zeigten, die den Zuschauer im Innern erwarteten: die Riesenratte, die Lebende Meerjungfrau, der Dreibeinige Junge, der Wikingerriese. Ein Mann mit einem weißen Zylinder stand zwischen den Zelten auf einer Holzbühne und schrie über die versammelte Menge hinweg.

»Sie haben richtig gehört, meine Herrschaften!«, rief er. »Hier erwartet Sie jetzt eine große Sensation, vollkommen kostenlos! Sie kostet Sie keinen Cent! Meine Damen und Herren, herbeimarschiert, das müssen Sie sehen! Diese Show ist Stadtgespräch! Gleich werden wir Ihnen hier den Feuerschlucker, das Schlangenmädchen und die Zwerge präsentieren! Schauen Sie gut hin – und da kommen sie auch schon! Sperren Sie die Augen auf! Das werden Sie sich nicht entgehen lassen wollen!«

Emma blieb stehen, um zuzuschauen. Sie fingerte an den Kordeln ihres Zugbeutels herum, von einer merkwürdigen Mischung aus Neugierde und Angst gepackt. Einerseits wollte sie wissen, ob es tatsächlich so etwas gab wie eine Meerjungfrau oder eine Riesenratte. Andererseits war sie besorgt, dass ihr der Anblick eines dreibeinigen Jungen oder eines Schlangenmädchens Albträume bereiten könnte. In Coal River gab es schon genug Kummer und Leid, da musste man sich nicht noch zusätzlich belasten.

»Ich werde nun die hübsche, fette, kleine Dame aus Fort Lauderdale aufwecken!«, sagte der Mann. »Mein Gott, ist die fett! Vier Männer braucht es, um sie zu umarmen, und einen Frachtcontainer, um sie fortzuschaffen! Sie wird ein Tänzchen für Sie aufführen, dass das Zelt nur so wackelt!« Er breitete die Arme aus und schaute dann an der Reihe von Zelten entlang, erst zur einen Seite, dann zur anderen. »In den Zelten zu meiner Linken und zu meiner Rechten erleben Sie die kuriosesten Gestalten, alle lebendig und alle bereit, Ihre Fragen zu beantworten! Es handelt sich nicht um Illusionen, liebe Leute, aber man muss sich mit eigenen Augen davon überzeugen, um es zu glauben! Bitte schauen Sie sich den Zauberer, das Elektrische Mädchen und all die anderen Attraktionen an!« Dann hielt er plötzlich inne, warf die Hände in die Luft und schüttelte den Kopf, als komme er plötzlich zur Besinnung. »Nein, nein«, sagte er. »Ich weiß, wie hart Sie für Ihr Geld arbeiten müssen! Daher werde ich Ihnen jetzt einmal etwas verraten:

Heute werden wir Ihnen ein ganz besonderes Angebot unterbreiten. Unser Kartenverkäufer wird jetzt den Wecker auf drei Minuten stellen, und wir lassen Sie herein! All die wunderbaren Menschen, die jetzt hier stehen und mir zuhören, lassen wir zum halben Preis herein, um sich die Show anzusehen. Wir haben Wunder und Kuriositäten für jedes Nervenkostüm. Treten Sie also näher, bevor die Zeit abgelaufen ist!«

Emma atmete erleichtert auf, als ihr klar wurde, dass der Mann die armen Wesen doch nicht herauslassen würde. Er versuchte nur, die Menge anzulocken und ihre Neugier zu wecken. Sie zog sich zurück, während alle anderen nach vorne strömten wie eine Viehherde auf dem Weg zum Futtertrog. Als sie sich umdrehte, um zu den Essständen zu gehen, drückte jemand sanft ihren Ellbogen. Sie fuhr herum und hoffte, dass es nicht Frank Bannister war.

Es war Clayton Nash.

Da ihr sofort ihre Auseinandersetzung in der Bergarbeitersiedlung in den Sinn kam, spannten sich ihre Schultern an. Gleichzeitig konnte sie nicht verhehlen, dass sie sich über seinen Anblick freute.

»Erstaunlich, Sie hier zu sehen«, sagte er grinsend. Die Wut, die neulich aus seinen Augen geblitzt hatte, war glücklicherweise verschwunden. »Wo ist denn Ihre Anstandsdame, junge Frau?«

Ihre Wangen wurden heiß. »Ich muss sie wohl verloren haben.«

Er zeigte zu den Kuriositätenzelten hinüber und verbeugte sich leicht. »Darf ich Sie hineinbegleiten?«

»O Gott, nein«, sagte sie und schüttelte den Kopf. »Lieber nicht.«

»Sind Sie sich sicher? Das ist wirklich ein Spektakel.«

Wieder schüttelte sie den Kopf und ging weiter, den Blick zu Boden gesenkt.

Er folgte ihr. »Darf ich ein Stück mitgehen?«

Sie nickte und klammerte sich an ihren Beutel, den sie vor ihrem Körper festhielt. Dann lockerte sie den Griff, nur um sich im nächsten Moment wieder zu verkrampfen, unsicher, wo sie mit ihren Händen hin sollte. Sie wollte nicht zufällig Claytons Hand streifen oder ihm den Eindruck vermitteln, sie warte darauf, dass er ihren Arm nahm. »Sie waren also schon bei der Kuriositätenshow?«, fragte sie schließlich.

»Vor Ewigkeiten. Als die Kirmes zum letzten Mal hier war, war ich elf.«

»Haben Sie die Meerjungfrau gesehen?«

Er lachte. »Ich glaube nicht, dass es damals eine Meerjungfrau gab.«

»Und was ist mit den anderen?«, fragte sie. »Mit dem Dreibeinigen Jungen? Dem Riesen?«

Er hielt an und zeigte zum Zelt zurück. »Sind Sie sicher, dass Sie es nicht mit eigenen Augen sehen wollen? Ich lade Sie auch ein.«

»Nein, nein«, sagte sie. »Das war reine Neugierde. Ich habe mich nur gefragt, ob sie echt sind.«

Er zuckte mit den Achseln und ging weiter. »Nun, die Leute, die ich gesehen habe, waren echt. Allerdings weiß ich nicht, ob manche Attraktionen auch optische Täuschungen waren. Beim letzten Mal habe ich einen Mann mit zwei Köpfen gesehen, das werde ich nie vergessen. Ich weiß sogar noch, was er trug: ein weißes Hemd, eine blaue Fliege, eine Nadelstreifenhose und eine glänzende rote Weste. Er saß in einem Ohrensessel, rauchte Zigarre und schaute die Leute an. Die Zigarre hielt er abwechselnd an seine beiden Münder, sog daran und blies den Qualm mit dem jeweils anderen Mund wieder aus. Und alle seine Augen gingen immer zur selben Zeit nach rechts, links, oben oder unten. Ich habe wochenlang Albträume deswegen gehabt.«

Es fröstelte sie. »Reden Sie lieber nicht weiter. Das möchte ich alles gar nicht wissen.«

»Tut mir leid«, sagte er. »Sollen wir etwas Lustiges tun, um Sie abzulenken? Wir könnten mit dem Riesenrad fahren.«

In diesem Moment kamen Jack und Sawyer – der Waisenjunge und der Kohlejunge, die zugeschaut hatten, als Clayton bei der Tanzveranstaltung verhaftet worden war – auf sie zugerannt. Sie lachten, und ihre begeisterten Gesichter waren mit Zuckerwatte verschmiert.

»Bekomme ich einen Nickel für die Show?«, fragte Jack.

»Hast du dein Geld denn schon ausgegeben?«, fragte Clayton.

Jack ließ den Kopf sinken, steckte die Hände in die Hosentaschen und scharrte mit den Schuhen im Dreck. »Ja.«

»Dann kennst du die Antwort«, sagte Clayton. »Ich hatte dir doch gesagt, dass du nicht alles sofort ausgeben sollst.«

»Ich weiß.« Jack weinte. »Aber ich wollte ...«

»Kein Grund zu jammern«, sagte Clayton. »Hier gibt es genug andere Dinge, die keinen Penny kosten. Lauf los und halte dich von Ärger fern.«

Sawyer zog Jack am Ärmel, und die beiden rannten zu der rot-weißen Markise des Grillzelts, wo Kinder einen Clown belagerten.

Clayton grinste Emma an. »Entschuldigen Sie bitte.«

»Das macht doch nichts«, sagte sie. »Ich weiß, wie kleine Jungen sein können.« Sie gingen weiter und näherten sich dem Mittelgang. »Sawyer hat mir von Jack erzählt. Es ist wunderbar, dass Sie ihn zu sich genommen haben.«

Clayton hatte die Augenbrauen gerunzelt und schaute in den Himmel, als suche er etwas, das nicht da war. Eine Ewigkeit schien zu verstreichen, ohne dass er den Mund auftat. Sie wollte sich schon erkundigen, ob sie etwas Falsches gesagt habe, als er plötzlich das Schweigen brach.

»Haben Sie Kinder?«, fragte er.

»Ich?«, sagte sie. »Gott bewahre, nein.« Sie nestelte an der Spitzenmanschette ihres Ärmels herum und war selbst überrascht, dass sie Clayton unbedingt von Albert erzählen wollte. »Ich hatte einen kleinen Bruder, aber der ist nicht mehr bei uns. Er war acht, als er ertrunken ist. Hier in der Gegend, im Coal River.«

»O Gott«, sagte Clayton. »Das tut mir sehr leid.« Als er ihre Hand berührte, brannten seine Finger auf ihrer Haut, als seien es in der Sonne aufgeheizte Steine. Noch nie hatte sie eine so warme Hand erlebt. »Bitte verzeihen Sie meine Neugierde. Hoffentlich habe ich nicht schlimme Erinnerungen geweckt.«

»Es ist erstaunlich, dass Sie das nicht wussten. Offenbar ist es Stadtgespräch.«

»Klatsch und Tratsch gehen eher an mir vorbei«, sagte er.

Sie kaute auf ihrer Lippe herum und wusste nicht, ob sie ihn fragen sollte, ob er Michael kannte. Percy war keine große Hilfe gewesen, aber vielleicht wusste Clayton ja, wo der Junge wohnte oder ob Percys Aussagen der Wahrheit entsprachen. Vielleicht war ja gar nichts dran an der Geschichte, dass Michael taubstumm war. Andererseits wusste sie tief in ihrem Innern, dass sie stimmte. Irgendetwas war mit Michael, und die Art und Weise, wie er gesprochen hatte, war tatsächlich merkwürdig gewesen. Wenn sie nur daran dachte, lief ihr schon ein Schauer über den Rücken. »Darf ich Sie etwas fragen?«, begann sie.

»Natürlich.«

»Kennen Sie einen Jungen namens Michael Carrion? Oder seine Großmutter Tala? Sie hat weiße Zöpfe und …«

Clayton schüttelte den Kopf. »Der Name klingt irgendwie vertraut, aber ich kann ihn im Moment nicht zuordnen.«

Sie wollte schon weiterreden, hielt dann aber inne. Er sollte sie schließlich nicht für töricht oder, schlimmer noch, verrückt halten. »Macht nichts. So wichtig ist es nicht.«

»Ich habe immer so viel zu tun, dass ich manchmal sogar meinen eigenen Namen nicht mehr weiß«, sagte er.

»Was tun Sie denn so?«, erkundigte sie sich. Wenn er schon nichts über Michael wusste, könnte er ihr ja vielleicht etwas über sich selbst erzählen. Darüber zum Beispiel, ob er etwas gegen die Bergwerksgesellschaft und Hazard Flint zu unternehmen gedachte, und wenn ja, was.

»Heute ist nicht der richtige Tag, um über unerfreuliche Dinge zu reden«, erwiderte er. »Schauen Sie sich doch nur um.« Er lächelte und ließ die Hand über die Menge schweifen, als präsentiere er einen Zaubertrick. »Heute sollten wir uns amüsieren! Was ist nun mit dem Riesenrad?«

»Es tut mir leid, aber ich habe kein Geld eingesteckt«, sagte sie in der Hoffnung, dass er ihre Lüge nicht durchschaute. Sie wollte nicht zugeben, dass sie keinen müden Cent besaß, weil Tante Ida der Ansicht war, dass ihr Lohn für die Arbeit im Laden direkt in die Haushaltskasse fließen müsse. Und sie wollte verflucht sein, würde sie ihre Tante und ihren Onkel auch nur um einen Penny anbetteln. Sie würde sich wohl damit zufriedengeben müssen, dem Treiben zuzuschauen. »Vielleicht ein andermal.«

»Ein andermal? Haben Sie vorhin nicht mitbekommen, wie lange der Jahrmarkt schon nicht mehr hier war? Nun kommen Sie schon. Ich lade Sie ein.«

»Ich kann nicht. Wirklich nicht. Riesenrad ist nichts für mich.«

»Warum denn nicht?«, fragte er. Dann neigte er den Kopf und grinste. »Sie leiden doch nicht etwa unter Höhenangst?«

Sie zuckte mit den Achseln und schwieg, aber er hatte verstanden.

Plötzlich waren sie von einer Gruppe Kohlejungen umzingelt, die lachten und sich gegenseitig anspornten, schneller zu laufen. Im nächsten Moment waren sie schon wieder fort, und Emma versuchte zu erkennen, wo sie hinwollten. Warum waren sie so aufgekratzt?

In einiger Entfernung teilte sich die Menge, um jemanden durchzulassen. Ein Mann mit einem breit gestreiften Anzug und einem schwarzen Zylinder auf dem Kopf kam den Mittelgang entlanggeschritten. Überall um ihn herum wuselten Kohlejungen, sprangen ihm in den Weg, begleiteten ihn und wetteiferten um seine Aufmerksamkeit wie Hühner, denen ein Bauer Mais hinwarf. Der Mann griff in einen Lederbeutel, reichte den Jungen Münzen und erklärte lächelnd, dass für alle genug da sei.

Es war Levi Flint.

Emma und Clayton traten stumm beiseite, um ihn vorbeizulassen. Unwillkürlich schaute sich Emma nach Mr. Flint um, konnte ihn aber nirgends entdecken.

»Ich kann kaum glauben, was ich da sehe«, sagte sie.

»Ich auch nicht«, sagte Clayton.

»Denken Sie, Mr. Flint weiß davon?«

Clayton schüttelte den Kopf. »Er muss auf Geschäftsreise sein oder so etwas. Ich bewundere Levis Courage.«

Ein paar Meter hinter Levi und den Kohlejungen erschien jetzt Frank. Mit versteinerter Miene kam er direkt auf Emma und Clayton zu. Ohne nachzudenken, packte Emma Claytons Hand und zerrte ihn in eine Ansammlung von Menschen, die einem Mann zuhörten, der Größe und Gewicht der Umstehenden zu erraten suchte.

»Das Riesenrad befindet sich aber auf der anderen Seite«, sagte Clayton.

Emma ignorierte ihn und zog ihn durch die Menge, vorbei an Kinderwagen und lachenden Kindern. Sie kämpfte sich auf die andere Seite des Mittelgangs durch und ging in die entgegengesetzte Richtung, am Schießstand und der Wurfbude vorbei. Am Ende der Kirmes angelangt, blieb Emma stehen und schaute Clayton an, heftig keuchend. Dann ließ sie seine Hand los.

»Entschuldigung«, sagte sie und spürte, dass ihre Wangen heiß wurden. »Aber ich …«

»Ist schon in Ordnung. Ich habe Frank Bannister auch bemerkt. Sie wollen sicher nicht, dass wir zusammen gesehen werden.«

»Es ist nicht so, dass …«, begann sie und überlegte einen Moment, ob sie ihm erzählen sollte, was Frank und Mr. Flint am Fluss getan hatten. Vielleicht sollte sie ihn warnen. Dann besann sie sich eines Besseren. Sie kannte ihn einfach nicht gut genug, und wenn er es jemandem weitererzählte, würde er sie beide in Gefahr bringen. »Lassen Sie es mich so ausdrücken: Ich kenne Frank schon eine ganze Weile und würde es vorziehen, nie wieder mit ihm sprechen zu müssen.«

»Die Leute haben Angst vor Frank, weil er Mr. Flints rechte Hand ist«, sagte er. »Und er ist nicht gerade der klügste Kopf, der in Coal River herumläuft.« Clayton trat näher und griff nach ihren Händen. »Aber Sie zittern ja.« Seine Hände waren groß und rau. Es war die Art Hände, die einen auffingen, wenn man fiel, oder einen schnell wegzogen, wenn eine Kutsche vorbeijagte. Die Art Hände, die einem das Gefühl von Sicherheit gaben. Emma riss sich schnell los, weil sie Angst hatte, ihm sonst schluchzend in die Arme zu fallen.

Er warf ihr einen forschenden Blick zu, als wolle er das Geheimnis in ihren Augen ergründen. Dann drückte er den Rücken durch, grinste verschmitzt und hielt ihr den Arm hin. »Ich werde Sie vor jedem Schaden bewahren, schöne Dame«, sagte er mit einem falschen englischen Akzent. »Aber bitte, wenn es Ihnen nichts ausmacht, sollten wir uns wieder den Vergnügungen des Tages widmen.«

Emma holte tief Luft und gewann die Fassung wieder. Sie nahm seinen Arm und ließ sich von ihm zum Mittelgang zurückführen. Er hatte recht. Jahrmärkte waren dazu da, dass man sich amüsierte. An Michael, Frank und Mr. Flint konnte sie morgen noch denken. Wenn Onkel Otis und Tante Ida sie mit Clayton sehen würden, wäre natürlich die Hölle los, aber vorerst sollte sie das Beste aus dem Tag machen. Außerdem hofften die beiden sicher, sie so schnell wie möglich unter die Haube zu bringen. Warum sollten sie sich also darum scheren, wer ihr den Hof machte, solange sie nur schnell aus ihrem Haus verschwand? Als jemandes Ehefrau würde sie ihnen nicht mehr zur Last fallen. Ob sie einen armen Bergmann, einen reichen Banker oder einen ungehobelten Polizisten heiratete, konnte ihnen doch ziemlich gleichgültig sein.

Sie rückte näher an Clayton heran und streifte mit der Schulter seinen Arm. Er roch nach Holzfeuer, Kiefern und Rasierseife, der Geruch eines starken, tüchtigen Mannes, der wusste, wie er seine geliebte Ehefrau beschützte. Im nächsten Moment schüttelte Emma den Kopf. Was war nur in sie gefahren? Stellte sie sich Clayton schon als ihren zukünftigen Ehemann vor? Sie kannte ihn doch kaum! Außerdem konnte sie nichts und niemanden gebrauchen, der sie an Coal River band.

Derart in Gedanken versunken, hatte sie gar nicht gemerkt, wo Clayton sie hinführte. Als sie das Riesenrad erreichten, blieb er stehen. Die Mitarbeiter ließen soeben die Leute für die nächste Fahrt einsteigen, und es wartete nur noch ein einziges Paar in der Schlange. »Wollen wir?«, fragte er.

Sie lächelte unsicher. »Ich weiß nicht.«

»Es gibt keinen Grund, Angst zu haben«, sagte er und führte sie hin. »Kommen Sie schon, das ist ein großer Spaß. Sehen Sie die Gondeln dort?« Er zeigte auf die Bänke. »Das ist, als würden Sie bei Ihrer Großmutter auf dem Sofa sitzen.«

»Sollen wir uns nicht lieber im Glücksspiel versuchen?«, sagte sie. »Oder Karussell fahren?«

»Karussell ist etwas für Kinder!«, erwiderte er lachend.

Sie betrachtete das Riesenrad und rang mit sich. Vielleicht war es ja gar nicht so schlimm, wie sie dachte. Auf der Rampe hielt ein Mann die Sicherheitsstange einer leeren Gondel hoch und trieb sie zur Eile. Emma schaute sich um, ob sie andere Interessenten aufhielten, aber hinter ihnen stand niemand. Plötzlich stockte ihr der Atem. Onkel Otis und Tante Ida schoben sich Arm in Arm durch die Menge und kamen geradewegs auf sie zu. Tante Ida aß einen Paradiesapfel, und Onkel Otis küsste sie auf die Wange. Sein Gesicht war knallrot und verschwitzt, als sei er vollkommen überhitzt oder betrunken. Emma schaute wieder auf die Einstiegsrampe. Entweder das Riesenrad oder Tante und Onkel. Der Mann fuchtelte nun verärgert herum und drängte sie, endlich einzusteigen. Emma packte Claytons Hand, eilte geduckt hin und stieg in die rote Metallgondel mit den blauen Sternen an der Seite.

Der Mitarbeiter schloss die Sicherheitsstange, trat zurück und erklärte, dass sie sich gut festhalten sollten. Mit einem metallisch schabenden Geräusch ruckelte die Gondel vor und zurück, und prompt revoltierte Emmas Magen. Als sie schon sagen wollte, dass sie sich geirrt habe und sofort aussteigen wolle, sauste die Gondel zurück und flog sofort in die Höhe, bis zum Scheitelpunkt des Riesenrads, als würde sie an einem Seil hochgezogen. Emma klammerte sich so fest an die Sicherheitsstange, dass ihre Knöchel weiß hervortraten. Die Haare flogen ihr ins Gesicht. Sie kniff die Augen zusammen und versuchte, nicht zu schreien.

»Machen Sie die Augen auf!«, rief Clayton über die rauschende Luft und das ratternde Metall hinweg.

Sie schüttelte den Kopf, überzeugt davon, dass sie sich im nächsten Moment übergeben oder sterben würde.

»Es besteht kein Grund zur Angst!«, sagte er. »Genießen Sie die Aussicht. Das ist doch das Schönste daran!« Und dann legte er ihr unerwartet den Arm um die Schultern und zog sie an sich. »Ich werde niemals zulassen, dass Ihnen etwas passiert, das verspreche ich Ihnen.«

Sie versuchte, normal zu atmen, holte langsam und tief Luft und atmete ebenso wieder aus. Trotz der Panik war ihr die Nähe von Claytons Wange und der saubere Kieferngeruch seines kräftigen Halses nur zu bewusst. Zwar kam es ihr nicht ganz schicklich vor, so dicht neben ihm zu sitzen und zuzulassen, dass er seinen Arm um sie legte. Andererseits fühlte sie sich wohl und sicher, als sei sie genau dort, wo sie hingehörte. In Claytons Nähe schien ihr nichts passieren zu können. Vorsichtig öffnete sie ein Auge, dann das andere. Das Herz pochte in ihrer Brust, und sie versuchte, das Gefühl abzulegen, über den Rand der Gondel gesogen zu werden und wie ein Stein zu Boden zu stürzen. Starr blickte sie geradeaus und wagte es nicht, nach rechts oder links zu schauen.

Wie ein aufgewühlter brauner Fluss erschienen Dächer vor ihr, gefolgt von grünen Baumwipfeln, Zeltspitzen und dem Meer von Jahrmarktbesuchern. Dann schwebte die Gondel wieder zurück und hoch hinauf zum Scheitelpunkt des Riesenrads, von wo man die Berge über der Stadt aufragen sah, über den Dächern, den Straßen, den Menschen, über allem. Ihre Arme und Beine zitterten, aber sie konnte nicht widerstehen, auf die Menschen unter ihnen hinabzuschauen. Von dort oben auf dem Riesenrad ähnelten die Hüte und Köpfe den Perlen einer bunten Kette, die auf den Boden gefallen war – rot, grün, weiß, violett, grau, schwarz.

Just in dem Moment, als sie dachte, dass ihr vielleicht doch nicht übel werden würde, war ein lautes Knacken zu hören, als würde Metall zerbrechen. Es tat einen Ruck, und das Riesenrad kam zitternd und quietschend zum Stillstand. Emmas und

Claytons Gondel, die wieder den obersten Punkt des Riesenrads erreicht hatte, schaukelte wild hin und her. Emma geriet in Panik und bemühte sich, einen Schrei zu unterdrücken. Vielleicht war sie doch nicht so mutig, wie sie sich eingebildet hatte.

»Was ist los?«, rief sie.

Clayton nahm sie noch fester in den Arm. »Es ist alles in Ordnung«, sagte er. Dann streckte er die freie Hand aus und packte das Metallgerüst des Riesenrads, um ihre Gondel zu stabilisieren.

»Warum ist das Riesenrad stehen geblieben?«

»Machen Sie sich keine Sorgen«, sagte er. »Das passiert ständig. Heute Nacht habe ich zugeschaut, wie man die Fahrgeschäfte getestet hat. Die Betreiber haben mir erzählt, dass der Motor mindestens einmal am Tag versagt. Hier oben sind wir absolut sicher, während sie sich darum kümmern.«

»Aber wie sollen wir wieder hinunterkommen?«

»Wir warten, bis sie den Schaden repariert haben, dann lassen sie uns hinab.«

»Wir sollen hier oben bleiben, bis sie das Ding wieder in Gang gebracht haben?«, fragte sie. »Aber was, wenn …«

»Pscht«, machte er und zog sie noch näher an sich. »Ganz ruhig. Es ist alles in Ordnung. Uns wird nichts passieren, das verspreche ich Ihnen. In wenigen Minuten werden wir wieder unten sein, Sie werden schon sehen.«

»Ich hätte mich niemals von Ihnen überreden lassen dürfen.«

»Stellen Sie sich einfach vor, Sie säßen auf einer Schaukelbank«, sagte er. »Schließen Sie die Augen, wenn Sie mögen, aber bleiben Sie ganz ruhig, um sich nicht in einen Anfall hineinzusteigern.«

»Ich steigere mich in nichts hinein«, sagte sie. »Ich habe einfach nur Angst.«

Er lachte. Erst dachte sie, er lache sie aus, aber dann sagte er:

»Ich sehe Ihre Tante und Ihren Onkel. Sie schauen hier hoch und denken darüber nach, was wohl los ist. Alle schauen hoch und zeigen auf das Riesenrad. Ich könnte ihnen ein Stück Kohle in den Mund werfen, wenn ich eins hätte.«

»Können die beiden uns sehen?«

»Nein. Von da unten können sie uns nicht erkennen.«

»Ganz sicher?«

»Ganz sicher.«

»Hoffentlich sind sie weg, wenn wir aussteigen.«

»Ist das der Grund, warum Sie sich anders besonnen haben und in die Gondel eingestiegen sind? Damit die beiden uns nicht zusammen sehen?«

»Sie kennen meinen Onkel nicht«, sagte sie.

»Oh, ich kenne Ihren Onkel sehr gut.«

»Woher?« Sie gab sich alle Mühe, sich auf das Gespräch zu konzentrieren, um zu vergessen, dass sie hoch oben in der Luft hing.

»Ich habe jahrelang unter ihm gearbeitet. Mein Vater hat immer gesagt, dass man einen Mann danach beurteilen kann, wie er mit seinen Untergebenen umgeht. Allein schon nach diesem Maßstab habe ich eine klare Vorstellung davon, was für ein Mensch Ihr Onkel ist. Kommt hinzu, dass er mich nicht mag und damit nicht hinterm Berg hält.«

»Warum mag er Sie denn nicht?«

»Mein Vater hat auch unter Ihrem Onkel gearbeitet.«

»Hat?«

»Mein Vater ist gestorben, als ich fünf war.«

»Was ist denn passiert?«

Als er seufzte und auf seinem Sitz herumrutschte, fing die Gondel wieder an zu schaukeln. Emma versuchte sich einzureden, dass sie auf einer Schaukelbank saß, und das half ein wenig.

»Er hat in einem Abschnitt des Bergwerks gearbeitet, den

man längst stilllegen wollte, als plötzlich der Stollen eingebrochen ist. Otis hat sich geweigert, die Produktion zu unterbrechen und eine Rettungsmannschaft hinzuschicken, also hat mein Onkel die Arbeit hingeworfen und ist hin, um meinen Vater rauszuholen. Er musste ihn mit der Schaufel vom Boden abkratzen, weil er von den herabstürzenden Felsen zermalmt worden war. Otis hat meinem Onkel den Lohn für den Tag gestrichen. Als mein Onkel das herausfand, hat er Otis im Saloon aufgespürt und ihm die Faust ins Gesicht geknallt. Das ist schon lange her, aber seither sind sich unsere Familien spinnefeind. Mir ist aber auch egal, ob Ihr Onkel mich mag. Er ist ein nichtsnutziger, verkommener Hurensohn.«

Sie schluckte. »Das tut mir sehr leid.«

Er schaute über die Stadt hinweg zum Bergwerk, in Gedanken ganz woanders. »Mir tut es auch leid. Ich hätte das gar nicht erzählen sollen. Otis ist schließlich immer noch Ihr Onkel.«

»Ich wünschte, es wäre anders. Er ist sowieso nur ein angeheirateter Onkel. Mir tut es einfach leid, dass er Ihre Familie so schmählich behandelt hat. Das ist unentschuldbar.«

»Ich habe gesehen, wie Sie sich am Bergwerk mit ihm gestritten haben«, sagte er. »Das hat ja für ziemlichen Aufruhr gesorgt, nach allem, was ich mitbekommen habe. Was hatten Sie eigentlich dort zu suchen? Alle reden darüber und fragen sich, was Sie vorhatten.«

Sie überlegte, wie viel sie ihm erzählen sollte. Wenn sie ihm verriet, dass sie dort gewesen war, weil sie den Kohlejungen helfen wollte, würde er sie vielleicht auslachen. Oder vielleicht würde es ihn auch ärgern, dass sie sich einbildete, etwas ändern zu können. »Ich hatte gar nichts vor«, sagte sie. »Ich wollte nur mehr über die Kohlejungen herausfinden.«

»Was denn?«

Sie schaute ihm ins Gesicht und fragte sich, ob seine Einstellung, dass man den Charakter eines Menschen an seinem Umgang mit Untergebenen erkennen könne, auch dann noch galt, wenn es darum ging, kleine Jungen aus dem Bergwerk herauszuholen. Vielleicht ginge ihm das aber auch zu weit. Wenn er der Meinung war, dass es schon in Ordnung sei, kleine Jungen in Gefahr zu bringen, »weil man das ja immer schon getan habe«, wüsste sie nicht, was sie erwidern sollte. Eines stand allerdings fest: Würde er sich in diese Ausrede flüchten, würde es ihr leichter fallen, ihm zukünftig aus dem Weg zu gehen. Er hielt ihrem Blick stand, die Augen so grün und still wie ein Mühlenteich. »Ich wollte herausfinden, wie gefährlich ihre Arbeit ist«, sagte sie.

»Sie ist äußerst gefährlich. Das ist allgemein bekannt.«

»Ich wusste es nicht«, erklärte sie. »Bis ich hierherkam, hatte ich noch nie etwas von Kohlejungen gehört. Aber dann habe ich Jungen gesehen, denen irgendwelche Gliedmaßen fehlen, oder kleine Kinder mit blutigen Fingerkuppen. Und kürzlich bin ich diesem Trauerzug begegnet…« Ihre Kehle schnürte sich zusammen, und sie schwieg, um ihre Stimme wiederzufinden. »Sollte es nicht ein Gesetz geben, das sie schützt, besonders die ganz Kleinen?«

»Das Gesetz gibt es«, sagte er grimmig. »Das Pennsylvania State Law besagt, dass Jungen unter zwölf nicht im Bergwerk arbeiten dürfen.«

Sie hielt die Luft an, weil sie ihren Ohren nicht traute. »Dann verstößt Mr. Flint gegen das Gesetz?«

»Ja«, sagte er. »Viele Bergwerksgesellschaften tun das.«

»Das höre ich andauernd, aber das macht es doch nicht besser. Irgendjemand muss Mr. Flint anzeigen, um diese Jungen zu schützen.«

Er rutschte auf der Sitzbank herum und brachte die Gondel wieder zum Schaukeln. »Sie haben recht. Aber so einfach, wie Sie sich das vorstellen, ist es nicht…«

»Mir ist egal, ob es einfach ist oder nicht«, sagte sie. »Warum haben Sie es nicht versucht?«

Er nahm den Arm von ihrer Schulter. »Woher wollen Sie wissen, dass ich es nicht versucht habe?«

Ihr Nacken glühte plötzlich. »Ich weiß es nicht. Aber …«

»Sie sollten nachdenken, bevor Sie über etwas reden, wovon Sie keine Ahnung haben.«

»Entschuldigung«, sagte sie. »Es ist nur … Ich würde so gerne etwas tun. Mr. Flint muss das Handwerk gelegt werden.«

»Und Sie sind offenbar der Ansicht, dass Sie das schaffen«, sagte er. »Sie denken, Sie können sich mit der Bleak Mountain Mining Company anlegen und die Kohlejungen retten.«

Retten. Ja genau, Emma wollte die Kohlejungen retten. Nachdem sie nichts getan hatte, um Albert zu retten. Michaels Worte hallten in ihren Ohren wider. *Warum stehen Sie einfach da und tun nichts?* Sie nickte. Ihre Augen füllten sich mit Tränen, obwohl sie sich fest vorgenommen hatte, nicht zu weinen. Plötzlich verschwamm die Welt um sie herum, und sie vergaß, dass sie in einem Riesenrad feststeckte. »Das ist einfach nicht in Ordnung«, sagte sie mit brechender Stimme.

»Da stimme ich Ihnen zu.« Er zog ein Taschentuch aus der Tasche und reichte es ihr. »Haben Sie von dem Brand im Kohlebrecher vor zehn Jahren gehört?«

Sie schüttelte den Kopf und wischte sich mit dem Taschentuch die Tränen ab.

»Mein Bruder und ich haben im Kohlebrecher gearbeitet, als es passierte«, sagte er. In seinem Gesicht hatten sich tiefe Falten gebildet, als rede er nicht gerne darüber. »Eines Morgens sprangen Funken aus dem Hochofen auf das Holzgerüst zwischen Rauchabzug und Förderwagengleis über. Bald stand auch der Kohlebrecher in Flammen und stürzte über dem Hauptschacht ein. Dreizehn Jungen starben, auch mein Bruder. Wenn Hazard Flint nicht die Brandausrüstung verscherbelt hätte, hätte man sie vielleicht retten können.«

Sie rang nach Luft. »Wie alt war Ihr Bruder?«

»Ich war zehn, mein Bruder zwölf. Er hat ein Fenster eingeschlagen und mich aus dem Kohlebrecher hinausgehievt, dann hat die Treppe im Innern nachgegeben.«

»O Gott. Das tut mir schrecklich leid.«

»Eine Weile konnte ich nicht arbeiten«, sagte er. »Und da mein Vater tot war, hat Mr. Flint meine Mutter und mich aus unserem Haus rausgeschmissen, weil wir die Miete nicht zahlen konnten. Wir sind in die Hütte einer anderen Witwe gezogen, wo schon zehn andere Leute wohnten, bis ich schließlich alt genug war, um so viel zu verdienen wie ein Mann.«

Sie starrte ihn schockiert an. »Warum um alles in der Welt arbeiten Sie immer noch für Mr. Flint? Wie bringen Sie das nur übers Herz?«

»Im Moment habe ich keine andere Wahl. Etwas anderes, als im Bergbau zu arbeiten, habe ich nicht gelernt. Und ich kann mich nicht einfach davonmachen.«

»Weil Sie wollen, dass sich die Situation verbessert«, sagte sie. »Sie wollen Mr. Flint zwingen, etwas an den Arbeitsbedingungen der Bergleute zu ändern.«

»Wenn das nur in meiner Macht stünde.«

»Aber Percy und Onkel Otis behaupten, Sie würden geheime Versammlungen organisieren und wollten eine Gewerkschaft gründen.«

Er schaute sie eindringlich an und wandte dann den Blick ab. »Ich weiß nicht, wovon Sie reden.«

»Wird es einen Streik geben?«

»Ich weiß es nicht.«

»Werden Sie sich auch für die Kohlejungen einsetzen?«

»Warum wollen Sie das alles wissen?« In seiner Stimme schwang Ungeduld mit.

Sie seufzte und fragte sich, wie sie sein Vertrauen erlangen konnte. Am liebsten hätte sie ihm erzählt, dass sie Lebensmittel auf die Schwellen der Bergarbeiterhäuser gestellt und ihre Rechnungen als »bezahlt« gestempelt hatte, aber dafür war es noch zu früh. Außerdem würde er sie vielleicht auffordern, nicht so ein dummes Zeug zu erzählen. »Das habe ich doch schon gesagt«, erklärte sie. »Ich möchte den Kohlejungen helfen.«

»Nun, da sind Sie bei mir an der falschen Adresse«, erwiderte er. »Und wenn ich Sie wäre, würde ich aufhören, so viele Fragen zu stellen. Damit handeln Sie sich nur Ärger ein.«

»Aber wenn alle zusammenhalten würden«, begann sie, »und wenn alle Bergleute in Streik treten würden …«

Clayton deutete mit dem Kinn zum Bergwerk hinüber. »Sehen Sie diese Holzschuppen da, gleich über dem Bergwerk? Und den anderen dort, in der Nähe vom Gerichtsgebäude?«

Sie nickte.

»Das sind die Wachtposten der Coal and Iron Police«, sagte er. »Mit ihren Repetierbüchsen schießen sie jeden über den Haufen, der sich darüber beklagt, wie Hazard Flint die Dinge handhabt. Erst letzte Woche ist ein Mann nach Schichtende erschossen worden, weil er in McDuff's Ole Alehouse den Mund zu voll genommen hat.«

»Wollen Sie damit sagen, dass Sie sich nicht einmal beschweren dürfen?«

In diesem Moment ging ein Zittern durch das Riesenrad. Ihre Gondel ruckte ein Stück vor und schwang wild hin und her. Emma verzog das Gesicht, krümmte die Schultern vor und klammerte sich an die Sicherheitsstange. Dann setzte sich die Gondel wieder in Gang und begann zu sinken.

Als Emma sich wieder unter Kontrolle hatte, sagte sie: »Was kann ich tun, um zu helfen?«

»Sie können nichts tun.«

»Denken Sie nach.«

»Wie ich schon sagte«, erklärte er. »Ich füge mich und kümmere mich um meine eigenen Angelegenheiten.«

»Das nehme ich Ihnen nicht ab.«

Bevor Clayton etwas erwidern konnte, verlangsamte sich das Tempo, und ihre Gondel hielt an der Einstiegsrampe an. Ein Mitarbeiter packte die Rückenlehne, damit die Gondel zu schwingen aufhörte, stellte einen schmierigen Stiefel auf die Fußstütze und klappte die Sicherheitsstange hoch. Clayton stieg aus und drehte sich um, um Emma aus der Gondel zu helfen. Sie raffte ihren Rock hoch und nahm Claytons Hand. Ihre Beine zitterten, als sie aufstand. Clayton hakte sie unter, und so stiegen sie die Rampe hinab. Emma war so erleichtert, festen Boden unter den Füßen zu spüren, dass sie zunächst gar nicht merkte, dass Onkel Otis und Tante Ida mitten in der Menge standen und sie mit Blicken durchbohrten.

KAPITEL 12

Vier Tage nachdem die Wanderkirmes Coal River verlassen hatte, schlich Emma in der Bergarbeitersiedlung um einen Holzschuppen herum und erreichte einen ausgetretenen Pfad, der hinter einem Hühnerstall aus Schrott und Holzresten entlangführte. Schuhe und Rocksaum sogen sich mit nächtlichem Tau voll. Eine sanfte Brise rauschte durch die Kiefern, und in den Bergen heulten die Kojoten, einer Schar verlorener Kinder gleich. Bis zur Morgendämmerung war es noch eine Weile hin, und sie konnte nur sehen, was vom gelblichen Lichtkegel ihrer Öllampe beschienen wurde. Drei Stunden zuvor, lange bevor ihr Onkel und ihre Tante den Wecker ausstellen und in ihren Nachtgewändern ins Badezimmer schlurfen würden – Ida im Baumwollnachthemd und Otis in einer roten langen Unterhose –, hatte sie sich angezogen und aus dem Haus gestohlen.

Nachdem Clayton ihr erzählt hatte, dass Mr. Flint tatsächlich gegen das Gesetz verstieß, war Emma zuversichtlich, dass sie schon irgendeinen Weg finden würde, um den Kohlejungen zu helfen. Leider hatte sie für den Moment keinen besseren Plan, als sie mit Lebensmitteln zu versorgen und mit ihren Familien zu reden, aber wenn sie Augen und Ohren offen hielt, würde sich schon eine Lösung abzeichnen. Jetzt würde sie erst einmal warten, bis die Bergarbeiter und Kohlejungen zur Arbeit aufbrachen, um mit ein paar Müttern zu sprechen.

An einem Seil über ihrer Schulter hing ein Sack mit Geschenken, die ihr hoffentlich den Weg ebnen würden: Dosen mit schwarzem Tee, Honiggläser und Cashmere-Bouquet- und Ivory-Seife. Den Tee hatte sie in einem Versteck hinten zwischen den Küchengeräten in Tante Idas Speisekammer gefunden, den Honig hatte sie im Laden mitgehen lassen, und die Seife hatte sie aus dem stets reich bestückten Weidenkorb im Wäscheschrank genommen, überzeugt davon, dass niemand es merken würde, wenn etwas fehlte.

In einem anderen Leben an einem anderen Ort hätte sie es für falsch gehalten, jemanden zu bestehlen. In Coal River nicht. Hier behandelte man Kinder wie Männer, Taubstumme konnten sprechen, und Diebstahl schien in Ordnung zu sein. Mehr als in Ordnung, es schien genau das zu sein, was sie jetzt zu tun hatte.

In den letzten beiden Wochen hatte sie Konserven aus Tante Idas Speisekammer, Käse aus dem Eiskasten, Kartoffeln aus dem Kartoffelkeller und Zucker und Mehl aus dem Buffetschrank genommen. Jedes Mal, wenn sie im Laden arbeitete, stempelte sie mindestens zwei offene Beträge von Bergarbeiterfamilien als »bezahlt« ab und war erleichtert, dass die Frauen die Einträge im Register nie hinterfragten. Wenn sie an der Verkaufstheke standen und Emma ihnen beschied, dass ihre Schulden bezahlt seien, schaute sie ihnen immer in die Augen und hoffte, dass sie verstanden und mitspielten. Außerdem belog sie Percy, indem sie ihm erzählte, dass seine Mutter um ein paar Dinge gebeten habe, und packte dann Marmelade und Brot, Schweinshaxen und getrocknete Bohnen und gelegentlich auch Pfefferminzstangen und Zitronendrops in einen Einkaufskorb. Auf dem Heimweg versteckte sie die Dinge vor dem Haus ihres Onkels im Wald. Sie legte sie in einen verbeulten Metallbehälter, den sie im Holzschuppen gefunden hatte, damit nicht die Tiere darüber herfielen. Wenn alle schliefen, schlich sie sich aus dem Haus, holte die Lebensmittel und stieg zur Bergarbeitersiedlung hoch, um sie auf den Schwellen verschiedener Häuser zu hinterlegen. Auf dem Rückweg fühlte sie sich immer zufrieden und stark, weil sie Mr. Flint eins ausgewischt hatte. Und weil sie ihrer Tante und ihrem Onkel für eine Weile entkommen war. Essen zu stehlen und sich aus dem Haus zu schleichen, war aber fast zu einfach, und ihr war klar, dass es nur eine Frage der Zeit war, bis man ihr auf die Schliche kam. Obwohl sie sich also noch nie so lebendig gefühlt hatte, wusste sie, dass es nicht reichte. Sie musste mehr tun.

Sie sah es noch vor sich, wie Onkel Otis und Tante Ida am Riesenrad auf sie gewartet hatten, mit wütendem Blick und vor Ärger verzerrtem Mund. Onkel Otis hatte sie am Arm gepackt und mit sich durch die Menge zu seinem Wagen gezogen, zu empört, um ein Wort hervorzubringen. Tante Ida war ihnen gefolgt und hatte stammelnd und stotternd ihre Enttäuschung darüber zum Ausdruck gebracht, dass ausgerechnet ihre eigene Nichte sich in so verabscheuungswürdige Gesellschaft begab. Clayton hatte Otis entgegentreten wollen, aber Emma hatte ihn gebeten, sie einfach gehen zu lassen, um die Sache nicht noch schlimmer zu machen. Sie wollte nicht, dass er wieder verhaftet und von Jack fortgerissen wurde, und hatte ihm versichert, dass sie die Sache schon überstehen werde. Glücklicherweise hatte er auf sie gehört.

Daheim hatte Onkel Otis sie in ihrem Zimmer eingesperrt und ihr nahegelegt, ausgiebig und gründlich über ihr Betragen nachzudenken und auch darüber, ob sie weiterhin die Hilfe ihrer Verwandtschaft in Anspruch nehmen wolle. Drei Tage blieb sie auf ihr Zimmer verbannt. Tante Ida brachte ihr Eier und Suppe und ließ sie nur heraus, damit sie zur Toilette gehen konnte. Gesprochen hatte sie nur einmal mit ihr am ersten Tag ihres Stubenarrests.

»Dich mit diesem Krawallmacher zu sehen, war für deinen Onkel ein schlimmer Schlag!«, sagte sie. »Damit und mit deinem Auftritt am Bergwerk neulich hast du seine Gefühle tief verletzt. Ich bin mir nicht sicher, ob er darüber hinwegkommt, wenn du dich nicht künftig dankbarer zeigst für das, was wir für dich tun.«

Jetzt pustete Emma ihre Öllampe aus, versteckte sich hinter einer Räucherkammer und beobachtete die Silhouetten der Ehefrauen und Mütter, wenn sie im Licht aus dem Innern des Hauses ihre Männer und Jungen verabschiedeten, die in der Finsternis des frühen Morgens zur Arbeit aufbrachen. Einer nach dem anderen kamen die Männer aus den Hütten und trotteten schweigend durch Pfützen und Kohlensplitter, jeder in seine eigenen Gedanken versunken. Ihre Körper waren noch warm vom Schlaf und vom Feuer in der Küche, und die Bäuche waren mit Spiegeleiern und Ersatzkaffee gefüllt. Kohlejungen zogen schweigend neben den Älteren her, gähnten oder schauten zu Boden, eine feierliche Prozession kleiner, zerlumpter Männer, die eigentlich schlafen und vom Baseballspielen oder Angeln träumen sollten.

Die dunklen, unförmigen Gruppen der Bergarbeiter stießen auf der Hauptstraße zusammen und stapften gemeinsam zum Schachteingang hoch. Man hörte nichts als das Klappern der Proviantbüchsen, das Knirschen der Kohlensplitter unter den Hunderten von Füßen und das kurze, bellende Husten vieler Bergleute. Die Frauen schauten ihnen hinterher, bis sie außer Sicht waren, und dachten zweifellos schon über ihre eigenen Aufgaben nach: Betten machen, Sonntagsanzüge bügeln, Böden wischen, den Abwasch erledigen, die Reste vom gestrigen Nachtmahl strecken, damit sie etwas auf den Tisch bringen konnten. Nachdem der letzte Mann hinter dem Hügel verschwunden war, drehten sich die Frauen um und verschwanden wieder im Haus – vermutlich nicht ohne ein Stoßgebet, dass die Bergwerkssirene erst wieder zum Schichtende ertönen möge. Dutzende von Türen schlossen sich fast zeitgleich.

Emma kam um die Räucherkammer herum und begab sich

zur ersten Reihe von Behausungen. An den ersten beiden Hütten ging sie vorbei, um die Treppe zur dritten schließlich hinaufzusteigen. Sie war aufgewühlt vor Nervosität. In der Ecke der Veranda stand wie ein ausgebleichtes Skelett ein alter splittriger Schaukelstuhl. Präriegras und Tropfensame wucherten zwischen den maroden Bodenplanken empor. Emma stellte ihre Öllampe ab, strich sich das Kleid glatt und klopfte. Hinter der Tür weinte ein Baby, und eine Frau sang leise ein Schlaflied. Dann hörte man Schritte näher kommen, und die Tür ging auf. Vor Emma stand eine magere Frau in einem schlabbrigen Baumwollkleid, einen kleinen Jungen auf dem Arm, und blinzelte Emma irritiert an. Sie war barfuß, und ihr dünnes, fettiges braunes Haar hing offen herab und rahmte ein bleiches Gesicht mit tiefen Schatten unter den Augen ein.

»Kann ich helfen?«, fragte sie matt.

Emma räusperte sich. »Hallo«, sagte sie. »Ich heiße Emma Malloy und wollte fragen, ob ich ein paar Minuten mit Ihnen sprechen dürfte.«

»Worüber?«, fragte die Frau.

»Kann ich reinkommen?«

Die Frau starrte sie einfach nur an, den Mund zu einer harten Linie zusammengekniffen. Emma holte tief Luft und zwang sich zu einem Lächeln.

»Ich …« Sie hielt inne, weil sie nicht wusste, wie sie anfangen sollte. »Ich arbeite im Laden der Bergwerksgesellschaft.«

»Ich weiß. Ich habe Sie dort gesehen.«

»Entschuldigung«, sagte Emma. »Ich habe keine Manieren. Wie heißen Sie?«

»Pearl«, sagte die Frau.

»Freut mich, Sie kennenzulernen, Pearl«, sagte Emma und streckte ihre Hand aus. Die Frau schüttelte sie halbherzig.

Emma nahm den Sack von der Schulter, kramte darin herum und holte ein Stück Cashmere-Bouquet-Seife heraus. Sie hielt sie Pearl hin.

»Das habe ich Ihnen mitgebracht«, sagte sie. »Meine Lieblingsseife.«

Pearl trat einen Schritt zurück. In diesem Moment erschien ein kleines Mädchen, das um die zwei Jahre alt war und am Finger lutschte. An seinem Kinn glänzte Speichel. Es trug nichts als vergilbte Unterwäsche, die aus einem Mehlsack genäht war, und schaute Emma mit großen feuchten Augen an.

»Kommen Sie herein«, sagte Pearl.

Emma wünschte, sie hätte etwas für das kleine Mädchen mitgebracht, als sie über die Schwelle trat und zum Hauptraum durchging. Er war Küche und Wohnzimmer in einem; an der Rückwand befanden sich zwei grob zusammengezimmerte Türen. Die Außenwände der Hütte bestanden aus nacktem, unverputztem Holz und der Boden aus groben Planken. In der Luft hing der Geruch von gebratenen Eiern und Kohlenfeuer, vermischt mit den schweren Ausdünstungen schlammgetränkter Kleidungsstücke. Zwei lange Unterhosen hingen über einer Leine, die hinten im Raum aufgespannt war, außerdem ein Grubenhemd, das man über den Kopf anzog, und eine Latzhose, die an Beinen und Knien schwarze Flecken hatte. Im Küchenbereich stand ein kleiner Kohleofen mit einem undichten Ofenrohr. Von Haken in der Decke hingen gusseiserne Pfannen und Kessel herab, und neben dem Kohleofen stand eine verzinkte runde Waschschüssel. Die Dielenbretter um die Schüssel herum waren schwarz vom Schmutzwasser. An der Wand über der abgeblätterten Spüle standen auf einem groben Holzbrett zerkratzte Tassen, blinde Gläser und ein Stapel bunt zusammengewürfelter Teller und Schüsseln. Die Stühle am ramponierten Küchentisch sahen aus, als würden sie bei der leisesten Berührung zusammenbrechen. Am anderen Ende des Raums huschte eine Maus über die Dielen und verschwand in einem Loch unter der Spüle. Die Frau schien es gar nicht zu bemerken.

Das kleine Mädchen trippelte auf seinen krummen Beinchen in die Wohnzimmerecke und holte eine Stoffpuppe aus einer selbst gemachten Wiege. Sie hob sie hoch, drückte sie an ihr Kinn und kam dann zu Emma, um sie ihr zu zeigen. Emma kniete sich hin und strich der Puppe sanft über die Wange.

»Ist das dein Baby?«

Das kleine Mädchen nickte überschwänglich. Seine Augen glänzten.

»Passt du auch gut auf sie auf?«, fragte Emma.

Wieder nickte das Mädchen und kehrte dann in die Ecke zurück, um die Puppe wieder in ihre Wiege zu legen. Emma richtete sich auf und schenkte Pearl, die das Baby auf der Hüfte schaukelte, ein Lächeln.

»Ich würde Ihnen gerne einen Kaffee anbieten«, sagte Pearl. »Aber wir haben keinen mehr.«

»Das ist schon in Ordnung.« Emma kramte wieder in ihrem Sack. »Ich habe Tee mitgebracht. Mögen Sie Tee?«

Pearl kniff die Augen zusammen. »Wieso sind Sie hier?«, fragte sie. »Brauchen Sie etwas?«

Emma räusperte sich, lächelte wieder und hoffte, dass sie freundlich wirkte. »Nun«, begann sie, »erinnern Sie sich an die Konserven, die Sie auf der Türschwelle gefunden haben? Die habe ich dorthin gelegt.«

Pearl hielt in ihren Schaukelbewegungen inne und musterte Emma. »Wieso?«, fragte sie.

»Ich weiß, wie hart das Leben für Sie ist«, sagte Emma. »Ich weiß, dass die Bergwerksgesellschaft nicht genug zahlt. Und ich weiß auch, dass der Laden der Gesellschaft zu hohe Preise für die Artikel verlangt, die Sie für Ihre Familie brauchen.«

»Ich habe kein Geld, um Ihnen diese Dinge zu bezahlen«, sagte Pearl. »Ich hatte Sie um nichts gebeten.«

»Nein, nein«, sagte Emma. »Das meine ich ja auch gar nicht. Ich möchte kein Geld von Ihnen.«

Mit skeptischer Miene setzte sich Pearl auf einen Küchenstuhl, legte das Baby an die Schulter und klopfte ihm auf den Rücken. Ihre Hände waren rissig und schwielig, ihre Fingernägel kaputt und schmutzig. »Niemand tut etwas umsonst«, sagte sie. »Was wollen Sie also?«

»Ich möchte helfen«, sagte Emma.

Pearl stieß ein bitteres Lachen aus. »Dann gehen Sie besser dahin zurück, wo Sie hergekommen sind. Sie haben keine Ahnung, wovon Sie reden.«

»Ich weiß«, sagte Emma. »Aber ich hatte die Hoffnung, dass Sie es mir erklären können.« Sie zog einen Stuhl zurück und setzte sich an den Tisch. »Vorhin haben zwei Jungen Ihr Haus verlassen. Sie haben also noch zwei ältere Söhne?«

Pearl, die immer noch dem Baby auf den Rücken klopfte, hielt inne. »Was haben denn meine Jungs damit zu tun? Haben sie etwas angestellt?«

»Nein, nichts dergleichen. Ist es aufdringlich, wenn ich frage, wie alt die beiden sind?«

»Tanner ist acht«, sagte Pearl. »Er wird in drei Wochen neun. Jasper ist zehn.«

»Und sie arbeiten für die Bergwerksgesellschaft?«

Pearl runzelte die Stirn. »Ich weiß nicht, wieso …«

»Arbeiten Ihre Söhne im Kohlebrecher?«

»Tanner ja. Jasper ist Bremser.«

»Was ist denn ein Bremser?«

»Nur die flinksten Jungen werden Bremser«, sagte Pearl, und ein Funken Stolz ließ ihr müdes Gesicht aufleuchten. »Sie überwachen die Geschwindigkeit der Förderwagen, wenn sie eine abschüssige Strecke hinabrollen.«

»Und wie machen sie das?«

»Mit langen Holzstäben, die sie schnell zwischen die Räder stecken«, sagte Pearl und tat, als führte sie Stoßbewegungen aus. »Das Holz blockiert die Räder und verlangsamt das Tempo der Förderwagen.«

»Klingt gefährlich.«

»Ist es wohl auch. Im Bergwerk zu arbeiten ist immer gefährlich.«

»Ist Ihnen klar, dass Hazard Flint gegen das Gesetz verstößt, wenn er Jungen im Bergwerk arbeiten lässt?«

Pearl nahm das Baby von der Schulter und stand auf. »Ich sage kein Wort mehr.«

»Nein, bitte!«, sagte Emma. »Das war ein Missverständnis. Es ist nicht meine Absicht, Sie in Schwierigkeiten zu bringen.«

»Mich in Schwierigkeiten bringen?«, fragte Pearl. »Ich habe schon genug Schwierigkeiten damit, die Kleinen hier satt zu bekommen.«

»Das sehe ich«, sagte Emma. »Deshalb habe ich auch das Essen auf Ihre Veranda gestellt. Und deshalb bin ich auch jetzt hier, um mit Ihnen zu reden. Ich möchte Ihnen und Ihrer Familie helfen. Ich möchte allen Bergleuten und ihren Familien helfen.«

»Ich sehe nicht, wie Reden helfen soll«, erwiderte Pearl, setzte sich wieder und nahm das Baby auf den Schoß. »Mein Pa hat als Kohlejunge angefangen und dann viele Jahre im Bergwerk gearbeitet. Als er zu alt war, um Kohle zu hauen, wurde er als Aufseher in den Kohlebrecher versetzt. Bevor er an der Staublunge starb, sagte der Arzt, dass er so viel Kohlenstaub in der Lunge hat, dass sie hart wie Beton ist. Wenn man mit dem Hammer draufgeschlagen hätte, wäre sie wie ein Teller zerbrochen. Drei Wochen habe ich bei meinem Vater gesessen und ihn sterben sehen. Mein Mann und meine Söhne werden wohl das gleiche Schicksal erleiden. Sie beginnen im

Kohlebrecher und landen auch wieder dort, erst als Kind, dann als Mann. So ist das eben.«

»Wie lange arbeiten Ihre Söhne schon?«

Pearl zuckte mit den Achseln. »Drei, vier Jahre.«

»Hat die Bergwerksgesellschaft Sie nach den Geburtsurkunden gefragt, als die Jungen eingestellt wurden?«

Pearl senkte den Blick.

»Hat sie?«, hakte Emma nach. »Wusste man, dass Ihre Söhne so jung waren?«

Pearl sah wieder auf und starrte Emma mit glasigen Augen an. »Sehen Sie dieses Haus?«, fragte sie. »Sehen Sie das Kartoffelfass dort? Und die Mehldose? Meine Jungen müssen im Bergwerk arbeiten, sonst hätten wir nicht genug zu essen. Wir hätten kein Geld für die Miete, und die Bergwerksgesellschaft würde uns rausschmeißen!«

»Das verstehe ich ja«, sagte Emma. »Aber haben Sie denn keine Angst, dass Ihre Jungen verletzt oder getötet werden könnten? Erst neulich ist wieder ein Kohlejunge gestorben, und …«

Pearl sprang auf, setzte sich das Baby auf die Hüfte, marschierte durch den Raum und riss die Haustür auf. »Sie sind schon viel zu lange hier. Es ist wohl besser, Sie gehen jetzt.«

Emma stand auf. In ihrem Kopf wirbelten die Gedanken. Sie musste Pearl beweisen, dass sie auf ihrer Seite stand. »Was ist mit Schule?«, fragte sie. »Wer bringt Ihren Kindern Lesen und Schreiben bei?«

»Man muss nicht lesen und schreiben können, um Kohle aus der Erde zu buddeln.«

»Aber wünschen Sie sich denn nicht etwas Besseres für Ihre Kinder?«, fragte Emma. »Wollen Sie denn nicht, dass sie sich aussuchen können, was sie aus ihrem Leben machen?«

»Bergarbeiterkinder gehen nicht zur Schule«, sagte Pearl. »So ist das schon, seit ich mich erinnern kann.«

»Und was, wenn ich Ihren Kindern Lesen und Schreiben beibringen würde? Würde Ihnen das gefallen? Ich könnte abends kommen, ein paarmal die Woche.«

Pearl schüttelte den Kopf. »Meine Jungs sind zu müde für Unterricht, wenn sie nach Hause kommen. Wenn sie sich gewaschen und eine Kleinigkeit gegessen haben, fallen sie meist sofort ins Bett.«

»Aber verstehen Sie denn nicht?«, fragte Emma. »Diese Kinder haben mehr verdient. Wenn Sie und die anderen Mütter sich zusammentun und sich weigern würden, die Jungen unter derart gefährlichen Bedingungen arbeiten …«

»Wissen Sie, was mit dem letzten Mann passiert ist, der sich gegen Hazard Flint aufgelehnt hat?«, fragte Pearl. »Er wurde ins Gefängnis gesteckt, und seine Frau und die Kinder sind aus dem Haus rausgeflogen. Das Letzte, was ich von ihnen gehört habe, ist, dass die Mutter und das Jüngste an Lungenentzündung gestorben sind. Die anderen Kinder sind wohl im Waisenhaus gelandet. Ist das wirklich besser als das, was wir hier haben?«

»Aber wenn alle zusammenhalten würden. Wenn alle …«

Pearl zeigte mit dem Kinn in Richtung Veranda. »Ich habe eine Menge Arbeit«, sagte sie.

Emma legte den Sack über die Schulter und ging zur Tür. »Es tut mir leid, dass Sie das so sehen«, sagte sie. »Und es tut mir auch leid, dass ich Sie verärgert habe. Das war nicht meine Absicht. Wenn Sie es sich anders überlegen, wissen Sie ja, wo Sie mich finden.«

»Das wird bestimmt nicht geschehen«, sagte Pearl.

Emma trat über die Schwelle und wandte sich noch einmal zu ihr um. »Darf ich Sie noch etwas fragen?«

»Was?«

»Kennen Sie Michael Carrion und seine Großmutter Tala?«

»Nie gehört«, sagte Pearl und wollte die Tür schließen, aber Emma hielt die Hand dagegen.

»Wenn Sie mir den Namen Ihres Ehemanns verraten«, sagte sie leise, »kann ich Ihre Warenrechnung für diese Woche als ›bezahlt‹ markieren, zum Dank, dass Sie mir so viel Zeit geopfert haben.«

Pearl starrte sie an, als stelle sie das vor eine schwierige Entscheidung. Tiefe Falten gruben sich in ihre Stirn. Nach einer Weile drückte sie wieder gegen die Tür, aber ihre Miene entspannte sich. Das Baby begann zu weinen. »Roy Sinclair«, sagte sie erschöpft und schlug Emma die Tür vor der Nase zu.

Gegen acht Uhr hatte Emma mit einem guten Dutzend Frauen gesprochen. Die meisten hatten zu viel Angst, um gegen die Bergwerksgesellschaft aufzubegehren, oder sie fürchteten um den zusätzlichen Arbeitslohn ihrer Söhne. Andere waren regelrecht feindselig gewesen und hatten sie aufgefordert, sofort ihr Haus zu verlassen und nie wiederzukommen. In manchen Teilen der Siedlung wurde nur deutsch, polnisch oder italienisch gesprochen, und Emma hatte sich gar nicht verständlich machen können. An jeder Tür hatte sie die Luft angehalten, bevor sie geklopft hatte, weil sie sich unweigerlich die Frage gestellt hatte, ob auf der anderen Seite vielleicht Jacks – und damit Claytons – Zuhause lag. Andererseits verbrachte Jack die Tage vielleicht auch woanders, während Clayton bei der Arbeit war. Sie hatte erwogen, sich nach Claytons Adresse zu erkundigen, hatte sich dann aber anders besonnen. Zufällig an seine Tür zu klopfen, wäre das eine, aber ihn gezielt zu suchen, wäre etwas ganz anderes.

Nach Michael und Tala hingegen hatte sie gezielt gefragt, aber niemand schien etwas Genaues zu wissen. Eine Frau hatte behauptet, dass sie in der Witwengasse gewohnt hätten, aber kürzlich vertrieben worden seien. Eine andere hatte erklärt, Tala sei mit einem alten Witwer liiert, aber mit wem, wisse sie nicht. Die verbreitetste Geschichte war, dass Michael und Tala in selbst gebauten Hütten im Wald wohnten, häufiger ihr Quartier wechselten und nur in die Stadt kamen, um Trünke, Tinkturen und Tierfelle gegen Essen einzutauschen. Nur darin, dass Michael taubstumm war, waren sich alle einig.

Zu Emmas Entsetzen war jede Hütte elender und dürftiger als die vorhergehende. Alle wimmelten sie von schmutzigen, zerlumpten Kindern und verhärmten Müttern mit schwieligen Händen und todmüden Augen. In manchen Hütten wohnten gleich zehn, zwanzig Menschen: Witwen, kleine Kinder, Waisen, alte Frauen und kranke, verkrüppelte Männer. Alle pflichteten Emma bei, dass die Verhältnisse nicht gut waren, aber niemand hatte eine Vorstellung, was man dagegen hätte unternehmen können. Ein paar wenige mutige Frauen brachten die Hoffnung zum Ausdruck, dass es zum Streik käme, und nannten Clayton als möglichen Streikführer.

Auf der Veranda der letzten Hütte an der Scotch Road riss eine spindeldürre Frau mit matten Haaren Emma die Teedose und das Honigglas aus der Hand und eilte dann, ohne die Tür zu schließen, ins Haus zurück. Emma blieb auf der Schwelle stehen, unschlüssig, was sie tun sollte. Schließlich folgte sie ihr ins Haus und zog die Tür hinter sich zu. Die Frau war zum Kohleofen geeilt, öffnete mit hektischen, vogelartigen Bewegungen die Teedose, goss heißes Wasser aus einem Kessel in eine milchig weiße Tasse und fügte ein paar Teeblätter und einen Löffel Honig hinzu. Dann schüttete sie heißes Wasser über einen Lappen in einen Eimer, drückte Emma den Eimer in die Hand und führte sie in den hinteren Teil der Hütte. Bei all diesen Verrichtungen redete sie wie ein Wasserfall mit einem starken italienischen Akzent. Sie heiße Francesca, kenne Emma aus dem Laden und finde sie sehr hübsch. Seit fünf Jahren sei sie schon in Coal River.

In einem kleinen Raum lag ein schmaler Junge unter einem dünnen Laken in einem Holzbettchen. In seiner Brust rasselte es, während er mühsam nach Luft rang. Sein seidiges blondes Haar lag wirr auf einem fleckigen Kissen, und seine Haut war von einer tödlichen Blässe. Auf dem Nachttisch lagen zwischen einer Schüssel mit Wasser und einem Tongefäß eine zerfledderte Bibel und ein Rosenkranz. Daneben stand ein ovaler Rahmen mit dem grobkörnigen Foto eines gut aussehenden Mannes. Francesca bewegte sich nun ganz langsam, als sie die Teetasse auf einen Tisch stellte, Emma den Eimer mit dem heißen Wasser abnahm und ihn neben dem Bettchen absetzte. Sanft fuhr sie mit einem Tuch über die Augenbrauen des Jungen und feuchtete es in der Schüssel mit dem kalten Wasser immer wieder an.

»*Questo è Nicolas*«, flüsterte sie. »Wir befürchten, dass er die Staublunge hat. Er leidet schon seit seiner Geburt an Atemnot, aber so schlimm wie jetzt war es noch nie.« Sie half Nicolas, sich aufzurichten, stopfte weitere Kissen in seinen Nacken, setzte sich dann auf die Bettkante und hielt ihm einen Löffel Tee hin. »In den letzten vier Jahren hat er so hart gearbeitet, genau wie sein Vater. Aber letzte Woche ist er …« Sie hielt inne, und ihr Kinn zitterte. »Er *crollato*, zusammengebrochen.«

Emma stand daneben und wusste nicht, was sie sagen sollte. Sie wünschte, sie hätte das Laudanum noch, um das Leid des armen Jungen zu lindern. Francesca schob ihm den Löffel mit dem Tee zwischen die Lippen und fing die herabfallenden Tropfen vorsichtig mit den Fingern auf. Nach dem vierten Löffel hustete Nicolas, schüttelte den Kopf und flüsterte, dass er zu müde sei, um noch länger wach zu bleiben. Francesca stellte die Tasse weg und strich ihm die feuchten Strähnen aus der Stirn. Mit zitternden Händen zog sie das Laken von seinem nackten Oberkörper, sodass man sah, wie sich jedes Mal, wenn er Luft holte, die Rippen unter seiner weißen Haut abzeichneten. Francesca öffnete das Tongefäß und schmierte ihm eine Paste aus Holunder, Löwenzahnblättern, Ulmenrinde und Schafgarbe auf die Brust. Dann wrang sie den Lappen aus dem Eimer mit dem heißen Wasser aus, legte ihn auf die Paste und zog das Laken wieder hoch. Schließlich richtete sie sich auf und küsste ihn auf die Stirn.

»Er braucht Ruhe«, sagte sie, führte Emma in die Küche und bot ihr einen Stuhl an. »*Grazie* für den Tee und den Honig. Das wird sicher helfen.«

»Gern geschehen«, sagte Emma. »Es tut mir leid, dass Ihr Sohn so krank ist.«

»Grazie«, sagte Francesca noch einmal. »Wir beten um ein Wunder, aber ich …« Sie schüttelte den Kopf, und ihre Lippen bebten.

Emma holte tief Luft und fragte sich, ob sie die arme Frau allein lassen sollte. »Haben Sie noch andere Kinder?«

Francesca lächelte matt und hielt zwei Finger hoch. »Zwillinge.«

»Wie alt?«

»Sieben«, sagte Francesca. »Ich hatte noch einen Sohn. Er war zwei. Er war genauso blond wie seine Brüder und hatte gerade zu sprechen angefangen.«

Emma wappnete sich für weitere schlechte Nachrichten. »Und wo ist er jetzt?«

Francesca bekreuzigte sich. »Bei unserem Vater im Himmel«, sagte sie. »Er hatte … wie sagt man?« Sie schlug sich mit der Hand an die Brust.

»Lungenentzündung?«

»Ja«, sagte Francesca. »Letzten Winter.«

»Das tut mir sehr leid«, sagte Emma. »Und die Zwillinge? Wo sind die?«

Francescas Augen füllten sich mit Tränen, und ihre Mundwinkel zogen sich herab. »Die arbeiten«, sagte sie leise.

»Im Kohlebrecher?«

Francesca nickte.

Emma beschloss, nicht davon anzufangen, dass Hazard Flint gegen das Gesetz zur Kinderarbeit verstieß. Die arme Francesca hatte es so schon schwer genug, wenn sie um ihren Zweijährigen trauerte und sich um Nicolas kümmern musste. Sicher war ihr nicht danach zumute, einen Aufstand anzuzetteln. Dann kam Emma ein anderer Gedanke. »Darf ich Sie etwas fragen? Haben Sie die Paste für Nicolas selbst hergestellt?«

»Nein«, sagte Francesca. »Das könnte ich gar nicht. Ich habe unseren letzten Laib Brot dafür eingetauscht.«

»Eingetauscht? Bei wem?«

»Es war eine … wie sagt man, Indianerin?«

»Eine ältere Frau?« Emma tat so, als würde sie ihre Haare zurückziehen. »Mit weißen Zöpfen?«

»Ja.«

»Wissen Sie, wo sie wohnt? Oder wie ich sie finden kann?«

»Nein«, sagte Francesca. »Aber ihre Enkelin lebt ein Stück weiter, fast am Ende der nächsten Gasse.«

»Wohnt ihr Enkelsohn auch dort?«

Francesca schüttelte den Kopf. »Nein«, sagte sie. »Der lebt mit seiner Großmutter im Wald. Manche Menschen haben Angst und machen ihm das Leben schwer.«

»Angst vor wem? Vor dem Enkel?«

Francesca nickte.

Emma beugte sich vor. »Warum?«

»Er ist nicht ganz richtig im Kopf, heißt es.«

»Inwiefern?«

»Das ist nur das, was ich gehört habe.« Francesca zuckte mit den Achseln. »Mein Ehemann ist nicht erfreut, dass ich mit der Indianerin handele, aber ich muss doch etwas tun. Wir versuchen, Geld zu sparen, damit wir richtige Medizin für Nicolas besorgen können, aber der Garten hat keinen Regen gekriegt, und wir müssen Lebensmittel kaufen. Diesen Sommer wächst nichts. Ich weiß nicht, was ich sonst tun soll.« Sie rang die schwieligen Hände.

Emma schluckte schwer, um den Kloß im Hals loszuwerden. Sie sah den ganzen Schnickschnack im Haus ihres Onkels vor sich und fragte sich, ob sie irgendetwas davon verkaufen könnte, um Medizin für Nicolas zu besorgen – die Porzellanballerina auf dem Kaminsims, die italienische Vase im Speisezimmer, den Silberkandelaber im Salon, Tante Idas Elfenbeinbrosche. Missmutig verwarf sie den Plan. Tante Ida mochte es nicht merken, dass Lebensmittel aus der Speisekammer verschwanden, aber ihre heiß geliebten Habseligkeiten würde sie bestimmt sofort vermissen. Und wo sollte man eine Porzellanballerina überhaupt verkaufen? Da könnte sie vielleicht eher ein, zwei Dollar aus der Ladenkasse abzweigen – nur um Medizin zu kaufen, um Leben zu retten. Nein, das war zu riskant. Percy machte täglich Kasse, ohne jede Ausnahme. Dann dachte sie daran, wie sie einmal auf dem Weg zum Wäscheschrank an Percys Zimmer vorbeigekommen war. Er hatte die Tür ein Stück offen gelassen, und sie hatte auf seiner Ankleidekommode ein mit Filz bezogenes Silbertablett gesehen, auf dem sein Portemonnaie, seine Taschenuhr, eine Handvoll glänzender Münzen und eine Geldklammer mit einem Bündel Scheine gelegen hatte.

»Wie viel Geld brauchen Sie denn?«, fragte sie Francesca.

Ein paar Minuten später trat Emma aus Francescas Hütte und machte sich auf den Weg zur nächsten Gasse. Wenn sie Michael und Tala schon nicht finden konnte, würde sie vielleicht von Talas Enkeltochter Antworten auf ihre Fragen bekommen. Vor dem ersten Haus stand eine Frau mit roten Wangen auf dem kümmerlichen Rasen und schnitt einem Jungen mit einer rostigen Schere und einem zerbrochenen Kamm die Haare. Ihre Hände waren rot und rissig, als würden sie zu oft in heißem Wasser stecken. Emma kannte die Frau aus dem Laden. Der Junge, der sieben oder acht sein mochte, saß in kurzer Hose und barfuß auf einem Hocker, von dem die blaue Farbe abblätterte. Beide Arme waren über dem Ellbogen abgetrennt. Zwei kleine Kinder spielten mit Stöcken und einem verdreckten Ball auf der Terrasse, und in einer Holzwiege schlief ein Baby. Ein Mädchen von ungefähr zehn Jahren saß auf der Treppe zur Veranda und schaute in ein Buch. Überrascht blieb Emma stehen.

»Schöner Tag heute«, sagte sie zu der Mutter.

Die Frau nickte und fuhr fort, die Haare am Hinterkopf des Jungen zu stutzen. Der Junge versuchte, zu Emma hochzuschauen, während er das Kinn gesenkt hielt.

»Ist das Mädchen auf der Treppe Ihre Tochter?«, fragte Emma.

Die Frau schaute über die Schulter zu dem Mädchen hinüber und nickte. »Ja.«

»Kann sie lesen?«

»Nein, sie schaut sich nur die Bilder an.«

»Was halten Sie davon, wenn ich ihr Unterricht gebe? Ihre Jungen könnten auch teilnehmen, wenn Sie wollen.«

Die Frau hielt in ihrer Bewegung inne, richtete sich auf und musterte Emma misstrauisch. »Wieso?«

Das Mädchen erhob sich, kam näher und stellte sich neben ihre Mutter. Sie lächelte Emma schüchtern an, das Buch an die Brust gepresst. Das Cover zeigte einen Löwen mit roter Mähne und grüner Brille. Es war *Der Zauberer von Oz*.

»Nur so«, sagte Emma und schaute zu dem Mädchen hinab. »Würde es dir gefallen, wenn du dein Buch lesen könntest?«

Das Mädchen nickte, ihre braunen Augen glänzten.

»Ich kann Sie nicht bezahlen«, sagte die Frau.

»Sie müssen mir auch nichts bezahlen«, sagte Emma. »Ich

mache es umsonst, wenn Ihnen das recht ist. Ich bringe gerne Kindern das Lesen bei.«

Die Frau zog die Augenbrauen zusammen und dachte nach. Schließlich sagte sie: »Dann ist es mir wohl recht.«

»Soll ich abends vorbeikommen, nach dem Abendessen?«

»Warum nicht?« Zum ersten Mal lächelte die Frau.

Emma bedankte sich bei der Frau, verabschiedete sich und ging weiter. Endlich tat sich etwas. Mit dem Mädchen mit dem Buch und ihrem Bruder, zwei weiteren Mädchen und Francescas Zwillingen hätte sie schon sechs Schüler. Und wenn die anderen Mütter hörten, dass ein paar Kinder lesen und schreiben lernten, würden sie vielleicht auch vorbeikommen. Obwohl Emma schwer ums Herz war, freute sie sich auf die erste Stunde. Sie konnte es kaum erwarten, die Augen der Kinder glänzen zu sehen, wenn sie ihnen etwas vorlas. Im Moment hatte sie nur zwei geeignete Bücher aus Tante Idas Bücherregal: *Anne auf Green Gables* und *Der Wind in den Weiden,* aber das war schon mal ein Anfang. Außerdem hatten vielleicht auch die anderen Kinder Bücher zu Hause, so wie das braunäugige Mädchen. Und Stifte und Papier aus dem Laden zu entwenden, um den Kindern das Schreiben beizubringen, dürfte nicht schwer sein. Sie könnte gleich morgen Abend mit dem Unterricht beginnen, nachdem sie Cook beim Abwasch geholfen hatte. Dass sie ihre Tante und ihren Onkel mit ihrem Auftritt am Bergwerk und später mit Clayton auf der Kirmes gegen sich aufgebracht hatte, hatte auch etwas Gutes: Mittlerweile war es ihnen egal, ja, sie registrierten es nicht einmal, wenn sie abends sehr früh zu Bett ging. Es wäre ein Leichtes, sich unbemerkt fortzuschleichen und zur Bergarbeitersiedlung hochzusteigen.

Derart in Gedanken versunken, dauerte es eine Weile, bis Emma die alte Frau sah. Dann aber blieb sie wie angewurzelt stehen, und ihr stockte der Atem. Es war Tala, die in einem

Vorgarten an einem Spinnrad saß und mit den nackten Füßen die Trittbretter betätigte. Das weiße Haar war zu einem einzigen langen Zopf auf dem Rücken zusammengebunden. Emma versuchte sich daran zu erinnern, ob sie hier Lebensmittel hinterlassen hatte, wusste es aber nicht mehr. Viele Hütten glichen einander wie ein Ei dem anderen. Sie stand in der Gasse, nestelte an ihrem Sack herum und fragte sich, ob sie Tala erzählen solle, dass Michael mit ihr geredet hatte. Die Familie des Jungen würde das sicher interessieren. Vielleicht könnten sie ihn dazu bewegen, mehr zu reden. Möglicherweise wussten sie es aber auch schon. Dann kamen ihr Francescas Worte in den Sinn: *Er ist nicht ganz richtig im Kopf, heißt es.*

War es denkbar, dass Michael verrückt war? Vielleicht war das der Grund dafür, dass er Dinge sagte, die keinen Sinn ergaben. Vielleicht hatte Emma in seine Worte etwas hineingelesen, das da gar nicht war. Aber das erklärte immer noch nicht, wieso er Albert erwähnt hatte. Es gab nur einen Weg, das herauszufinden. Sie holte tief Luft, zwang sich zu einem Lächeln, betrat das Grundstück und näherte sich Tala.

»Guten Morgen«, sagte sie zögernd.

Tala schaute mit wässrigen braunen Augen auf, nickte kurz und widmete sich dann wieder ihrem Spinnrad. Mit knotigen Fingern zupfte sie graue Fasern aus der Wollmasse, während die Füße unablässig im Wechsel die Trittbretter nach unten drückten, und fütterte die Spindel damit. Aus der Nähe sah man, dass ihre Haut dunkel und von tiefen Falten durchfurcht war, als sei sie aus Holz geschnitzt. Zwischen ihren schmalen Lippen sprangen zwei gelbe Zähne hervor.

»Entschuldigen Sie die Störung«, sagte Emma. »Aber dürfte ich Sie vielleicht etwas wegen Michael fragen, Ihrem Enkel?«

Tala spann weiter, das Gesicht hoch konzentriert. Emma ging neben dem Spinnrad in die Hocke.

»Stimmt es, dass er nicht sprechen kann?«, fragte sie.

Tala nickte im selben Rhythmus, in dem sich ihre Füße bewegten.

Emma versuchte, ganz ruhig weiterzuatmen. All die Sätze, die sie sich zurechtgelegt hatte, waren wie Tauben aus einem Taubenschlag aufgestoben. »Ich dachte, es interessiert Sie vielleicht, dass er mit mir geredet hat.«

Tala erstarrte in ihrer Bewegung und fixierte Emma. Plötzlich war ihr Blick hart und glasklar. Sie legte den Wollbausch hin und erhob sich unter großen Mühen von ihrem Hocker. Emma richtete sich auf, und vor Aufregung trat ihr der Schweiß auf die Stirn. Sie wollte Tala helfen, hielt dann aber inne, weil sie nicht wusste, ob ihre Hilfe überhaupt erwünscht war. War Tala zornig oder schockiert? Unmöglich zu sagen. In diesem Moment eilte eine junge, dunkelhaarige Frau mit besorgt gerunzelten Brauen aus der Hütte. Sie wischte sich die Hände an der Schürze ab, kam die Treppe heruntergelaufen und half Tala beim Aufstehen.

»Was ist los, Großmutter?«, fragte die Frau. »Geht es dir nicht gut?«

Emma kannte sie aus dem Laden. Sie kam immer alleine. »Es tut mir leid«, sagte Emma, »aber ich fürchte, ich habe sie aufgeregt.«

»Wieso?«, fragte die Frau. »Was haben Sie denn getan?«

Unsicherheit schnürte Emma die Kehle zu. War das Michaels Schwester? Wäre sie auch empört? Würde sie Emma vorwerfen, Lügenmärchen zu erzählen, und sie fortscheuchen? Einen Moment lang fragte sie sich, ob sie die Frauen nicht besser in Ruhe lassen sollte. Es war offensichtlich, dass sie unter der Last des Lebens litten, und sich um Michael zu kümmern, war sicher auch nicht einfach. Aber Emma musste einfach wissen, warum er den Namen ihres Bruders genannt hatte. Außerdem würden seine Verwandten doch sicher erfahren wollen, dass Michael sprechen konnte, oder? Sorgfältig wog sie ihre Worte ab, wobei sie die Sache mit Albert vorerst aussparte, und erzählte der jungen Frau ihre Geschichte. Dann wartete sie auf die Reaktion. Die Frau musterte sie, als versuche sie zu ergründen, ob sie die Wahrheit sprach.

»Es tut mir leid, dass ich Ihre Großmutter so aufgebracht habe«, sagte Emma. »Aber ich dachte, Sie sollten das wissen. Wenn Sie mit ihm verwandt sind, können Sie vielleicht mit ihm daran arbeiten, häufiger zu reden.«

»Ich bin Michaels Schwester, Simone«, sagte die Frau. »Aber so leid es mir tut, Sie müssen ihn mit jemandem verwechseln.« Damit machte sie kehrt, um Tala zur Treppe zu geleiten.

»Bitte«, rief Emma ihr hinterher. »Er kannte den Namen meines verstorbenen Bruders!«

Simone blieb stehen und drehte sich um. »Das mit Ihrem Bruder tut mir wirklich leid, aber Michael ist *mein* Bruder, und ich muss ihn beschützen. Er hat schon genug durchgemacht.«

»Das verstehe ich«, sagte Emma. »Und ich verspreche Ihnen auch, dass ich ihm nicht wehtun möchte. Und Ihnen auch nicht. Ich versuche einfach nur herauszufinden, warum er mit mir gesprochen hat und woher er den Namen meines Bruders kennt. Bitte. Es ist meine Schuld, dass Albert tot ist.« Bei den letzten Worten brach ihre Stimme.

Simone warf ihr einen langen Blick zu. Schließlich sagte sie: »Kommen Sie herein.«

Emma und Simone nahmen am Küchentisch Platz, während Tala in einem Schaukelstuhl saß und aufmerksam zuhörte. Simone erklärte, dass ihre Großmutter immer das Spinnrad benutze, wenn Michael bei der Arbeit war. Im Frühling, Sommer und Herbst lebten die beiden in selbst gebauten Hütten im Wald. Nur im Winter, wenn der Schnee zu hoch lag und die Temperaturen unter den Gefrierpunkt sanken, wohnten sie manchmal bei ihr. Simone würde sie gerne das ganze Jahr zu sich holen, aber die beiden weigerten sich und beharrten darauf, dass sie schon auf sich aufpassen würden. Glücklicherweise verstand Michael sich aufs Wildfallenstellen, während Tala wusste, welche Pilze, Wurzeln, Blätter und Beeren genießbar waren. Ihre Großmutter tauschte Kräuter gegen Lebensmittel, und von dem wenigen Geld, das Michael im Kohlebrecher verdiente, konnten sie sich andere überlebenswichtige Dinge besorgen. Simone kaufte für sie mit ein, weil die beiden es nach Möglichkeit vermieden, in die Stadt zu gehen. Diese selbst auferlegte Verbannung bestand seit zwei Jahren, seit ihre und Michaels Eltern bei einem Kutschenunglück ums Leben gekommen waren.

»Michael wollte nach ihrem Tod weglaufen«, sagte Simone. »Also ist meine Großmutter mit ihm in den Wald gegangen.« Sie stützte das Kinn in die Hand. »Und dort sind sie dann geblieben.«

»Warum wollte er weglaufen?«

»Er hatte Angst.«

»Wovor?«

»Viele Leute waren grausam zu ihm, haben ihm Schimpfworte hinterhergerufen und ihn mit Steinen beworfen. Er konnte das einfach nicht begreifen.«

Emmas Gesicht wurde heiß vor Scham, weil sie sich eingestehen musste, dass sie auch eine Gänsehaut bekam, wenn sie an Michael dachte. »Aber er ist doch noch ein Kind«, sagte sie. »Warum sollten die Leute das tun?«

»Die Menschen haben Angst vor Dingen, die sie nicht verstehen«, sagte Simone. »Bei der Arbeit im Kohlebrecher lässt man ihn nur deshalb in Frieden, weil Mr. Flint das so angeordnet hat.«

Emma zog die Augenbrauen hoch. »Mr. Flint verteidigt Michael?«

Simone zuckte mit den Achseln. »Er braucht Michael, um Kohle zu sortieren. Mein Bruder lässt sich nicht so leicht ablenken wie die anderen Jungs, weil er nichts hört und nicht sprechen kann. Er ist eine gute Arbeitskraft.«

Emma nickte. *Natürlich. Wieso sollte Mr. Flint es sonst tun?* »Aber warum haben die Leute denn Angst vor Michael?«

Simone lehnte sich zurück und rieb sich mit dem Daumen die Knöchel. »Das ist eine lange Geschichte. Sind Sie sicher, dass Sie sie hören möchten?«

Emma nickte.

»Also gut«, sagte Simone. Sie beugte sich vor. »Unser Großvater mütterlicherseits kam aus Frankreich. Dort war er weithin bekannt, weil er eine Gabe hatte. Einige respektierten ihn, während andere ihn schmähten. Sie dachten, seine Gabe komme vom Teufel.«

»Was hatte er denn für eine Gabe?«, fragte Emma.

»Manche Menschen sahen ein Medium in ihm. Andere hielten ihn für besessen. Großvater selbst sprach von ›Spiritismus‹.«

Emma standen die Nackenhaare zu Berge. »Sie meinen, er hat mit den Toten gesprochen?«

Von so etwas hatte sie in New York auch schon gehört. Eine Bühnenarbeiterin hatte ihr erzählt, dass sie zu einem Medium gehe, um in Verbindung zu ihrem verstorbenen Sohn zu treten. Das Medium habe behauptet, es könne den Kontakt mit geliebten Menschen herstellen, die auf die andere Seite übergegangen seien, und ihr Sohn könne über das Medium mit seiner Mutter sprechen. Statt des Sohns meldete sich dann aber der verstorbene Ehemann zu Wort, ein Tyrann, der die Séance dazu nutzte, seine Frau zu ermahnen, sich mal wieder die Haare zu schneiden und nicht so viel Geld für Blumen zu verschwenden. Hinterher hatte das Medium erklärt, man könne nicht immer beeinflussen, wer durchkomme. Die Toten sehnten sich danach, sich Gehör zu verschaffen, und würden jede sich bietende Gelegenheit dazu nutzen.

Simone nickte. »Unsere Mutter hat die Gabe geerbt, wollte es aber nicht zugeben. Und wir durften nicht darüber reden, weil unser Großvater sie enterbt hat, als sie unseren Vater geheiratet hat, einen Mann mit indianischen Wurzeln, und mit ihm nach Amerika gegangen ist.«

»Ich verstehe nur nicht, was das mit Michael zu tun hat.«

»Wir glauben, dass Michael die Gabe von unserer Mutter geerbt hat. Soweit wir wissen, hat er sie nur einmal benutzt, aber damals haben es alle mitbekommen. Deshalb wollte er auch fortlaufen.«

»Was heißt *damals*?«, fragte Emma. Ihre Haut kribbelte vor Aufregung.

Simone holte tief Luft und schloss die Augen, als müsse sie all ihren Mut zusammennehmen, um fortzufahren. Als sie die Augen wieder öffnete, waren sie glasig. »An dem Tag, an dem unsere Eltern starben, hat jemand gehört, wie Michael gesagt hat, dass der Kutscher vor der Abfahrt die Achse überprüfen soll.«

»Er hat ihn reden hören?«

Simone nickte. »Ja.«

»Zum ersten Mal?«

»Ja. Und zum einzigen.«

»Und das hat den Leuten Angst eingejagt?«

»Nein«, erwiderte Simone. »Die Leute hatten Angst, weil Michael offenbar wusste, was passieren würde. Die Achse brach, die Kutsche fuhr über eine Klippe, und unsere Eltern starben. Danach entstanden Gerüchte, dass Michael mit unserem verstorbenen Großvater Kontakt aufgenommen habe. Oder dass er von ihm besessen sei. Und dass er deshalb habe sprechen können.«

Emma rang nach Luft und fragte sich, ob das, was Simone

erzählte, wahr sein konnte. Nach Alberts Tod hatte sie unentwegt mit ihm geredet und ihn gebeten, ihr ein Zeichen zu senden, dass es ihm gut ging. Aber es war nichts gekommen. Nach ein paar Jahren ohne Antwort hatte sie den Versuch dann aufgegeben. Könnte es sein, dass Albert durch Michael nun endlich mit ihr sprach? Könnte es ihr Bruder sein, der sie darum bat, den Kohlejungen zu helfen?

Nein, dachte sie. *Das kann nicht sein. Es muss eine andere Erklärung geben.* Tante Ida zufolge tratschten in Coal River alle über den frühen Tod ihres Bruders. Vielleicht hatte Michael eins dieser Gespräche mitbekommen. Vielleicht hatte er gehört, wie Simone und Tala darüber gesprochen hatten. Albert ins Spiel zu bringen war vielleicht seine Art und Weise, Emma wissen zu lassen, dass sie von ihm nichts zu befürchten hatte. Natürlich. So musste es sein. Er konnte überall von Albert gehört haben. Die Vorstellung, dass ihr Bruder aus dem Jenseits mit ihr reden wollte und Michael dazu benutzte, war verrückt. Oder?

KAPITEL 13

Am Sonntagnachmittag, zwei Stunden nach der Messe, saß Emma im Bett, ein Kissen in den Rücken gestopft, und versuchte zu lesen, während sich Percy im Salon mit *Für Elise* herumquälte und der Regen an ihr Zimmerfenster peitschte. In den letzten Wochen hatte sie jeden zweiten Abend vorgegeben, müde zu sein, und sich dann zur Hintertür hinausgeschlichen, um in der Bergarbeitersiedlung ihre neuen Schüler zu unterrichten. Glücklicherweise waren Onkel und Tante immer noch so wütend auf sie, dass sie sie beim Abendessen kaum eines Blickes würdigten, geschweige denn Anstoß daran nahmen, wenn sie sich gleich nach dem Abwasch in ihr Zimmer zurückzog. Hätte Emma gewusst, dass man sie mit Nichtbeachtung strafen würde, weil sie zum Bergwerk hochgegangen und mit Clayton gesehen worden war, hätte sie das schon viel früher getan. Es erleichterte die Dinge erheblich.

Den Unterricht hielt sie im Wohnzimmer des Mädchens mit dem *Zauberer-von-Oz*-Buch ab. Das Kind begriff die Wörter viel schneller, als Emma es für möglich gehalten hätte. Mithilfe von Papier und Stiften, die sie aus dem Laden der Bergwerksgesellschaft entwendet hatte, brachte Emma den Kindern das Schreiben bei, angefangen mit den ersten Buchstaben des Alphabets. Nach dem Schreibunterricht las sie ihnen aus *Der Wind in den Weiden* vor, und die Kinder hörten wie gebannt zu. Selbst die Zwillinge, die sich manchmal beklagten, dass sie zu müde zum Lernen seien, lauschten der Geschichte ganz still. Bei Emmas drittem Besuch brachten drei weitere Frauen ihre Kinder in das Haus, womit sie schon neun Schüler hatte. Viel war das nicht, aber es war immerhin ein Anfang. Außer den Kindern lesen und schreiben beizubringen, wollte Emma auch das Vertrauen ihrer Eltern gewinnen. Wenn sie begriffen, dass ihr das Wohl der Kinder am Herzen lag, würden sie vielleicht zu ihr halten, wenn die Zeit gekommen sein würde, um für die Kohlejungen zu kämpfen. Bislang, so erzählten die Frauen, seien die Männer entweder nicht zu Hause gewesen, hätten zu viele Sorgen, um nach den Kindern zu fragen, oder freuten sich einfach, dass diese etwas lernen konnten.

Zwei Tage zuvor, als sie gerade aus einer Hütte in der Hazel Patch Road getreten war, hatte sie Jack gesehen, das Waisenkind, das bei Clayton wohnte. Er spielte auf einer Veranda vier Häuser weiter und ließ ein hölzernes Jo-Jo über das Geländer hinabsausen. Kurz dachte sie darüber nach, hinzugehen und ihn zu begrüßen. Andererseits wollte sie erst mit Clayton sprechen, weil sie Sorge hatte, dass er ihre improvisierte Schule nicht gutheißen würde. Sie musste eine Gelegenheit finden, ihn davon zu überzeugen, dass Jack ebenfalls eine anständige Ausbildung verdiente, damit er sich seine Meinung nicht auf der Basis von Tratsch und Hörensagen bildete.

Ob Michael ihr half oder Albert sie auf wundersame Weise leitete, wusste sie nicht, aber sie hatte das Gefühl, auf dem rechten Weg zu sein. Zunächst dachte sie daran, Simone zu bitten, ein Treffen mit Michael zu arrangieren. Dann aber sagte sie sich, dass Albert, wenn er wirklich mit ihr in Verbindung treten wollte, schon eine Möglichkeit finden würde. Und wenn Michael ihr noch etwas zu sagen hatte, würde sie ihm sicher früher oder später über den Weg laufen. Bislang war alles ganz natürlich vonstattengegangen, und es wäre vielleicht ein Fehler, die Dinge herbeizuzwingen. Für den Moment war es richtig, die Kinder zu unterrichten, und für ihr Empfinden brachte es sie ihrem Ziel, Mr. Flint das Handwerk zu legen, einen Schritt näher. Wenn alles andere noch warten musste, würde sie sich eben in Geduld üben.

Aber dann hatte sie in der letzten Nacht – nachdem sie in den vergangenen Tagen immer mal wieder einen Geldschein von Percys Ankleidekommode gestohlen hatte und vor Angst fast gestorben wäre, weil man sie früher oder später erwischen musste – Francesca endlich das Geld gebracht, nur um zu erfahren, dass Nicolas am Vorabend gestorben war. Sie fand Francesca im Hinterzimmer, wo sie sich auf dem Bettchen neben ihrem toten Sohn zusammengerollt hatte, delirierend und untröstlich. Nicolas sah aus, als würde er schlafen. Er hatte die Augen geschlossen, und die weiße Haut seiner eingefallenen Wangen war seidenweich. Die quälenden, kurzen Atemzüge waren verstummt und der Schmerz in seinem Gesicht wie weggewischt. Irgendjemand hatte ihm die mageren Hände über der Brust gekreuzt und ihm einen Rosenkranz und ein winziges Wildblumensträußchen zwischen die Finger gesteckt. Die Zwillinge saßen am Küchentisch und schauten stumm in ihre Schüsseln, in denen eine dünne Suppe schwamm. Selbst in ihrem Kummer waren sie wunderschön mit diesem hellblonden Haar und den kornblumenblauen Augen. Emma hielt Francescas Ehemann, der auf der Schwelle der Hintertür stand und in die Nacht starrte, das Geld hin. Wortlos nahm er die Scheine entgegen, nickte und starrte dann wieder ins Dunkle.

Jetzt bemühte sich Emma verzweifelt, die trübseligen Gedanken aus ihrem Kopf zu verscheuchen, indem sie eins von Tante Idas Büchern las. Es war zwecklos. Sie kam nicht über die erste Seite hinaus, weil sie ständig das herzzerreißende Bild vor Augen hatte, wie Francesca und Nicolas Seite an Seite in dem Kinderbettchen gelegen hatten, einer so knochig und bleich wie der andere. Endlich regnete es, den Regen, für den Francesca gebetet hatte, damit in ihrem Garten etwas wachsen möge. Aber er kam zu spät.

Während sie so in ihrem Zimmer saß und durch den Dielenboden Percys Klavierspiel hörte, wurde ihr der Gedanke, dass dieser schöne Junge in der kalten, harten Erde vergraben werden würde, immer unerträglicher. Neben dem Kummer war es die Wut – Wut auf Mr. Flint und auf Gott und auf die ganze Welt –, die wie Teer in ihrem Bauch kochte. Sie widerstand dem Impuls, Tante Idas Buch quer durch den Raum zu pfeffern oder nach unten zu rennen, um mit bloßen Fäusten Tante Idas Klavier zu zertrümmern. Jetzt durchzudrehen wäre zu nichts gut. Das Einzige, was helfen würde, wäre, der Kinderarbeit in Coal River einen Riegel vorzuschieben. Wenn sie sämtliche Mütter davon überzeugen könnte, sich zu weigern, ihre Kinder zur Arbeit zu schicken, würde es vielleicht jemand zur Kenntnis nehmen. Oder wenn Clayton einen Streik organisieren könnte, würden sich die Verhältnisse vielleicht ändern. Vielleicht, vielleicht … Vielleicht war es aber auch für alle zu spät.

Emma legte das Buch hin und vergrub das Gesicht in den Händen, weil all ihre Hoffnung schwand. In diesem Augenblick klingelte es unten an der Tür, und Percy hörte auf zu spielen. Kurz darauf ertönten Schritte auf dem engen Flur, von dem aus die Treppe zum Dienstbotenquartier führte.

»Emma!«, rief Tante Ida die Treppe hoch. »Komm sofort herunter!«

Emma setzte sich auf, schwang die Beine über die Bettkante und fragte sich, warum ihre Tante so zornig klang. Im ersten Moment hätte sie am liebsten über die Aufforderung hinweggehört, damit ihre Tante hochkommen und sie holen müsste, aber dann wischte sie sich über die Augen, schob ihre Füße in die Schuhe und trat in den Flur. Tante Ida stand am Fuße der Treppe, die Lippen geschürzt.

»Was ist?«, fragte Emma.

»Da ist jemand, der mit dir sprechen will.«

»Mit mir? Wer?«

»Komm und sieh selbst«, erwiderte ihre Tante. »Ich für meinen Teil bin jedenfalls gespannt, worum es geht.« Sie drehte sich um und entschwand über den Flur, die Haare von ihrem Nickerchen auf dem Sofa im Salon noch ganz platt.

Emma eilte die Treppe hinunter und rätselte, wer das wohl sein mochte. Wäre es Frank, würde sich Tante Ida ja freuen. Wäre es Clayton, hätte sie ihn längst des Grundstücks verwiesen. Vielleicht war es eine der Bergarbeiterfrauen, Pearl oder Francesca vielleicht, die Hilfe brauchten.

Oder vielleicht war es auch Michael.

Nein, der bestimmt nicht. Wenn Tante Ida einen einbeinigen Kohlejungen auf ihrer Veranda stehen sehen würde, würde sie ihn verscheuchen, ohne auch nur zu fragen, was er wollte. Außerdem wusste Michael auch nicht, wo sie wohnte, oder? Und wie hätte er sich nach ihr erkundigen sollen, wenn er nicht gerade mit seiner Schwester zusammen war?

Tante Ida wartete mit verschränkten Armen in der Küche.

»Wer ist es?«, fragte Emma noch einmal.

Tante Ida hob das Kinn, schnaubte missbilligend und führte sie dann durchs Speisezimmer in Richtung Hauseingang. Männerstimmen hallten durch den Flur. Eine gehörte Percy, aber die andere konnte Emma nicht zuordnen. Ihre Tante ging in die Eingangshalle, trat dann einen Schritt beiseite und behielt Emma im Blick, um ihre Reaktion zu beobachten. Verwirrt blieb Emma stehen.

Es war Frank Bannister.

»Guten Tag, Miss Malloy«, sagte Frank ernst. Er rührte sich nicht vom Fleck, die Polizeikappe unter den Arm geklemmt, das Gesicht frei von jeder Gefühlsregung. Percy stand ihm gegenüber. Seine Augen wirkten besorgt, und seine Lippen waren zu einer harten Linie zusammengepresst. Es handelte sich offensichtlich nicht um eine Aufwartung.

»Was kann ich für Sie tun?«, fragte Emma, deren Herz unwillkürlich schneller schlug. Hatte er Mr. Flint erzählt, dass sie die Frau war, die den Mord an den beiden Männern beobachtet hatte? Würde er sie zu seinem Herrenhaus mitnehmen, um sie von Mr. Flints Schergen erschießen zu lassen? Und dann ans Flussufer schleppen und in den Coal River werfen zu lassen?

»Wir vermissen ungefähr zehn Kohlejungen«, sagte Frank. »Ihre Mütter scheinen der Meinung zu sein, dass Sie ihnen Flausen in den Kopf gesetzt haben. Jedenfalls sind sie fort.«

Tante Ida schnappte nach Luft.

»Wenn die Jungen weggelaufen sind«, erwiderte Emma, »hat das nichts mit mir zu tun, das kann ich Ihnen versichern.«

»Sind Sie sich da sicher?«, fragte Frank. »Ein paar der Frauen haben erzählt, dass Sie in der Siedlung herumschnüffeln und eine Menge Fragen stellen.«

»Ich habe im Laden mit ein paar Frauen geredet«, sagte sie. »Und auch mit ein paar Kindern. Gibt es ein Gesetz, das es verbietet, freundlich zu sein?«

»Emma«, rief Tante Ida. »Hüte deine Zunge, junge Dame. Captain Bannister arbeitet für Mr. Flint, und er ist Gast in meinem Haus. Ich werde es nicht dulden, dass du ihm den Respekt verweigerst. Du wirst dich sofort entschuldigen!«

»So dramatisch ist es nicht, Mrs. Shawcross«, sagte Frank. »Aber wenn es Ihnen nichts ausmacht, ich bin ein bisschen in Eile. Mr. Flint schickt mich, um Ihre Nichte abzuholen. Er möchte ihr ein paar Fragen stellen.«

Emma wurde eiskalt. Was wollte Mr. Flint von ihr? »Das ist lächerlich«, sagte sie und bemühte sich, eher gelangweilt als ängstlich zu klingen. »Diese Jungen können selber denken. Wenn sie fortgelaufen sind, dann aus eigenem Antrieb. Nichts, was ich sagen könnte, würde sie dazu bringen, ihre Familien und ihre vertraute Umgebung zu verlassen. Vielleicht hoffen sie einfach auf ein besseres Leben als das, das sie hier haben. Hat Mr. Flint mal darüber nachgedacht?«

Tante Ida verdrehte die Augen in Richtung Decke, das Gesicht rot vor Wut und Scham. »Herr im Himmel, was hat das Mädchen nur für ein Mundwerk. Es tut mir furchtbar leid, Captain Bannister. Emma wird natürlich gerne mit Ihnen zusammenarbeiten.«

»Halten Sie es wirklich für nötig, Emma mitzunehmen?«, fragte Percy. »Ich meine …«

»Du bist still, Percy Shawcross!«, sagte Tante Ida und drohte ihm mit dem Finger. »Wenn Mr. Flint Emma sehen will, wird er sie sehen. Wenn sie etwas angestellt hat und ins Gefängnis muss, damit sie ihre Lektion lernt, können die Herrschaften sie gerne dorthin befördern! Gott weiß, dass ich mit meinem Latein am Ende bin, was dieses Mädchen betrifft.«

Emma brach der Schweiß aus. »Sie können nicht von mir erwarten, dass ich alleine mit Frank mitgehe«, sagte sie. »Was würden denn die Leute sagen? Und möchten Sie wirklich, dass die ganze Stadt mitbekommt, dass er mich abholt?«

»Sie hat recht«, sagte Percy. »Wir können sie nicht alleine gehen lassen. Ich begleite sie.«

»So war das nicht gedacht«, sagte Frank. »Mr. Flint möchte alleine mit Emma reden.«

»Warum?«, fragte Percy. »Weil sie mit den Familien der Bergarbeiter gesprochen hat? Ich begreife nicht, wieso das …«

»Halt dich da raus, Percy«, sagte Tante Ida. »Wir kennen Captain Bannister und Mr. Flint persönlich, das ist das Einzige, was zählt. Emma wird schon keinen Schaden nehmen.« Sie ging zum Schrank, holte einen Mantel und einen Schirm heraus und reichte sie Emma. »Du hast Glück, dass dein Onkel heute Nachmittag dienstlich unterwegs ist und nichts von dieser Szene mitbekommt.« Sie spuckte diese Worte aus, als hätten sie einen schlechten Geschmack.

Emma griff zu dem Mantel und gab sich alle Mühe, nicht zu zittern. Den Schirm wollte sie zunächst nicht annehmen, besann sich dann aber eines Besseren. Sollte Frank ihr zu nahe kommen, könnte sie sich wenigstens verteidigen. Frank setzte die Kappe wieder auf und öffnete die Haustür. Emma schob die Arme in den Mantel, schloss den Kragen bis obenhin und trat auf die Veranda. Frank war bereits die Vordertreppe hinuntergelaufen und zu einem Tourenwagen mit Vollverglasung vorgeeilt, die Hand an der Kappe, damit sie nicht wegflog. Als Emma ihm folgte, prasselte ihr der Regen wie ein Kugelhagel ins Gesicht. Frank öffnete die Tür hinter dem Beifahrersitz und wartete, bis Emma eingestiegen war, dann sprang er selbst in den Wagen und ließ den Motor an. Der Regen tropfte von Emmas Wimpern und rann an ihrem Kragen herab. Sie fröstelte und versuchte sich zu entspannen, in der Hoffnung, sie möge eher wütend als ängstlich wirken. Schließlich setzte sich der Wagen in Gang und holperte derart über die Straße, dass Emma auf ihrem Sitz hin und her geworfen wurde.

»Was ist los?«, fragte sie. »Warum will Mr. Flint mich sprechen?«

Frank hielt die Augen auf die Straße gerichtet und schwieg. Der Regen trommelte an die Windschutzscheibe und aufs Dach und füllte die Stille im Wagen.

Zehn Minuten später waren die Wolken bereits pechschwarz. Von Nordosten her näherte sich ein Unwetter, das dem Himmel die Farbe von Kohle verlieh. Als Flint Mansion in Sicht kam, schluckte Emma den säuerlichen Geschmack der Angst hinunter. Frank fuhr auf das Herrenhaus zu, bog dann um die Ecke und blieb unter einem steinernen Torbogen stehen. Von dieser Seite wirkte das Haus mit den vielen Balkonen, den beiden überdimensionalen Flügeln und der Doppeltreppe zum Hintereingang noch imposanter. In die gewaltige Kuppel, in der elektrisches Licht brannte, schien Tante Idas ganzes Speisezimmer hineinzupassen.

Als Frank ihr die Wagentür öffnete, stieg Emma aus, schaute die lange Backsteinzufahrt zurück und fragte sich, ob sie einfach weglaufen sollte. Dann fiel ihr aber wieder ein, dass Frank eine Pistole hatte. Wenn die beiden sie umbringen wollten, müssten sie in dem Fall gar nicht mehr warten, bis sie das Haus betreten hatte. Vielleicht sollte sie Frank mit dem Schirm niederschlagen, der noch auf der Rückbank lag. Bevor sie aber danach greifen konnte, hatte Frank die Tür schon wieder geschlossen.

Er eilte die Marmortreppe hinauf, öffnete eine der beiden Flügeltüren und wartete mit unergründlicher Miene, bis Emma eingetreten war. Im Innern durchquerten sie einen großen Raum mit hohen Decken und Messingleuchtern. Zu Emmas Überraschung erkannte sie nichts wieder. Dann fiel ihr allerdings ein, dass sie sich bei ihrem ersten Aufenthalt hier durch den Dienstboteneingang hereingeschlichen hatte. Und später, bei ihrem fluchtartigen Aufbruch mit Albert, war sie einfach zu aufgeregt gewesen, um irgendetwas um sich herum wahrzunehmen – zumal man einen ganzen Tag brauchen würde, um sich alles hier anzuschauen.

Sobald sie aber in einen holzgetäfelten Flur kamen, der im Zentrum des Herrenhauses zu liegen schien, kehrten die Erinnerungen wieder – der Geruch nach altem Holz und kaltem Putz, die staubigen Läufer, die in Öl gemalten Porträts. Jetzt durch dieses Haus zu gehen war, als würde sie einen Albtraum noch einmal durchleben. Dies war der Flur, durch den sie vor all den Jahren geschlichen war, vorbei an Speisezimmer und Bibliothek bis hin zu der Treppe, die zur Kinderstube hinaufführte. Die Wände um sie herum schienen sich zusammenzuziehen. Nur mit größter Mühe konnte sie sich beherrschen, nicht auf dem Absatz kehrtzumachen und fortzulaufen.

Und dann kam die letzte Treppenbiegung in Sicht, der geschnitzte Pfostenkopf, die Eisenspindeln der Geländerstangen.

Mit einem Mal fühlte sie sich neun Jahre zurückversetzt und spürte Alberts kleine Hand in der ihren. In Zeitlupe glitten sie auf die letzten Minuten seines Lebens zu, in denen er ihr und den Jungen zum Fluss hinunterfolgte. Dann geleitete Frank Emma an der Treppe vorbei und ging weiter. Albert ließ ihre Hand los. Das Gefühl, einen alten Albtraum zu durchleben, war gebrochen.

Als sie die Treppe hochschaute, erwartete Emma fast, Albert und Mr. Flints verstorbene Ehefrau Viviane dort stehen und mit ruhelosen Augen auf sie hinabblicken zu sehen. Sie war sich nicht sicher, was sie tun würde, wenn sie dem Geist ihres verstorbenen Bruders begegnen würde, aber sie konnte gut darauf verzichten, das jetzt herauszufinden. Wäre sein Gesicht schwarz und aufgedunsen, und würde Eiswasser aus seinem wirren Haar tropfen? Oder würde er so aussehen, wie sie ihn in Erinnerung hatte, mit rosigen Wangen und einem verschmitzten Grinsen? Sie wusste, dass es Menschen gab, die die Begegnung mit Geistern suchten, indem sie Séancen abhielten und auf Friedhöfen herumschlichen, aber zu diesen Menschen gehörte sie nicht. Vielleicht war sie nach dem Tod ihrer Eltern und der verwirrenden Entdeckung, dass Albert möglicherweise Verbindung zu ihr aufzunehmen versuchte, immer noch zu verletzlich, aber eine Begegnung mit dem Geist ihres Bruders würde ihr sicher den Rest geben. Zu ihrer großen Erleichterung war die Treppe leer. Sie atmete auf und konzentrierte sich darauf, einen Fuß vor den anderen zu setzen.

Schließlich blieb Frank vor einer Doppeltür stehen und klopfte. Eine tiefe, polternde Stimme bat sie herein. Frank schob die Schiebetüren ganz in die Wand hinein und trat dann zurück, damit Emma als Erste eintrat.

In dem Raum mit der hohen Decke saß Mr. Flint hinter

einem gewaltigen Mahagonischreibtisch und rauchte Zigarre. Als sie eintraten, stand er auf und bot Emma einen Platz auf einem der Polsterstühle an. Frank bezog neben den hohen Bücherregalen Position, breitbeinig und die Arme verschränkt. Gerahmte Fotografien bedeckten jeden Zentimeter der pfirsichfarbenen Wände: Züge, Förderwagen, Kohlebrecher, Maultiere, Bergleute und händeschüttelnde Männer in Anzügen.

»Wie gefällt es Ihnen in Coal River, Miss Malloy?«, erkundigte sich Mr. Flint.

Sie verschränkte die Hände im Schoß, damit sie nicht zitterten. »Ich bin nicht auf Urlaub hier, Mr. Flint.«

»Natürlich nicht«, sagte er. »Ich wollte nur hören, ob Sie allmählich zu würdigen wissen, was Ihr Onkel und Ihre Tante für Sie tun. Manchmal muss man das Beste aus einer nicht ganz idealen Situation machen.«

»Das ist mir sehr wohl bewusst«, sagte sie.

»Haben Sie sich auf dem Jahrmarkt amüsiert?«, fragte er.

»Haben Sie mich aus dem Grund kommen lassen?«, fragte sie. »Um sich zu erkundigen, ob es mir in Coal River gefällt und ob ich mich auf dem Jahrmarkt amüsiert habe? Ich dachte, es geht um die Kohlejungen.«

Er grinste. »Touché«, sagte er. »Ihnen entgeht offenbar nichts, Miss Malloy. Lassen Sie uns also zur Sache kommen. Captain Bannister hat Ihnen sicher mitgeteilt, dass zehn Kohlejungen mit der Wanderkirmes verschwunden sind. Ihre Mütter sind entsetzt, und manche von ihnen werfen Ihnen vor, den Jungen Flausen in den Kopf gesetzt zu haben. Aber das tut jetzt nichts zur Sache. Was geschehen ist, ist geschehen.«

»Warum haben Sie mich dann geholt?«, fragte sie. »Was wollen Sie von mir?«

»Wenn es Ihnen nichts ausmacht, würde ich es vorziehen, wenn ich die Fragen stelle.« Mr. Flint lehnte sich zurück, seinen Stock auf den Oberschenkeln. Eine seiner altersfleckigen

Hände umklammerte den Goldknauf. »Wie gut kennen Sie Clayton Nash?«

Emmas Herz setzte einen Moment aus. »Warum fragen Sie?«

Mr. Flint beugte sich vor und knallte das Stockende auf den Boden. »Clayton Nash«, wiederholte er, »erzählen Sie mir, was Sie über ihn wissen.« Obwohl er es eigentlich verbergen wollte, war deutlich, wie wütend er war. Emma hatte den Eindruck, dass dieser Mann seit Langem schon seine Gefühle nicht mehr hatte unter Kontrolle halten müssen.

Sie schüttelte den Kopf und gab sich Mühe, sich vom Wirbel der Gedanken in ihrem Innern nichts anmerken zu lassen. »Nichts«, sagte sie. »Ich meine ... Ich bin ihm mal begegnet, aber wir haben kaum zwei Worte miteinander gewechselt.« Draußen krachte ein Donner und rumpelte wie ein Zug über das Herrenhaus hinweg.

»Fahren Sie oft Riesenrad mit Männern, die Sie kaum kennen?« Er zwinkerte ihr mit seinem verschorften Augenlid zu. Dieser plötzliche Stimmungswechsel war irritierend, und sie fragte sich, ob das Absicht war. Am liebsten hätte sie sich seinen Stock geschnappt und ihm dieses selbstgefällige Grinsen aus dem Gesicht geschlagen.

»Da müssen Sie mich mit jemandem verwechseln«, sagte sie. »Ich kann gar nicht Riesenrad fahren, weil ich unter Höhenangst leide.«

»Lügen nützt in Ihrer Situation auch nichts.«

»In meiner Situation?«, wiederholte sie. »Entschuldigen Sie, wenn ich nachfrage, aber was ist denn meine Situation? Und warum sollte ich Anlass haben, Sie anzulügen?«

»Das versuche ich ja gerade herauszubekommen.«

»Es tut mir leid«, sagte sie, »aber Sie verschwenden nur Ihre ...«

»In dieser Stadt herrscht Unruhe, und es ist keineswegs

Zeitverschwendung, Neuankömmlinge zur Vorsicht zu mahnen. Ich bin ein Familienmensch, und meine Arbeiter sind Teil meiner Familie. Daher bin ich außerordentlich besorgt, wenn eine Verwandte meines Aufsehers sich mit dem falschen Mann einlässt.«

»Ich habe mich mit niemandem eingelassen«, erklärte Emma. »Wie Sie sehen, verschwenden Sie also tatsächlich Ihre Zeit. Und ich kann auch nicht erkennen, wieso die Unruhe in Coal River irgendetwas mit mir zu tun haben sollte.« Draußen rumpelte und knallte es, und die regennassen Scheiben leuchteten auf.

»Clayton Nash ist ein gefährlicher Mann. Wir haben Grund zur Annahme, dass er Mitglieder einer Bruderschaft namens Ancient Order of Hibernians hierherlockt. Es handelt sich dabei um einen Decknamen für eine Bande von Mordgesellen, die Molly Maguires.«

»Wie ich schon sagte, Sie verschwenden Ihre Zeit. Ich habe keine Ahnung, wovon Sie reden.«

»Verzeihen Sie«, sagte er und rang sich ein Lächeln ab. »Vielleicht war ich vorschnell. Lassen Sie mich eine Frage voranstellen: Hat Captain Bannister Ihnen erzählt, was seit Ihrer Ankunft in Coal River passiert ist?«

Sie schüttelte den Kopf.

In diesem Moment klopfte hinter ihr jemand an die Tür.

»Herein!«, rief Mr. Flint so laut, dass Emma zusammenfuhr.

Die Türflügel glitten auf, und Mr. Flints Sohn Levi kam herein. »Entschuldige die Störung«, sagte er. »Aber ich fürchte, wir haben ein Problem im …« Dann erblickte er Emma und unterbrach sich schnell, wobei er verwirrt die Stirn runzelte. »Oh, Entschuldigung, ich wusste nicht, dass du Gesellschaft hast. Hallo, Miss Malloy. Schön, Sie wiederzusehen.«

Sie nickte kurz und fragte sich, ob er ihr vielleicht helfen konnte.

»Was ist denn?«, fragte Mr. Flint gereizt.

»Es gibt ein Problem mit einer Maschine in Pumpenhaus neun«, sagte Levi.

»Das ist mir bekannt«, sagte Mr. Flint.

»Also hat sich schon jemand darum gekümmert?«

»Nein«, sagte Mr. Flint. »Ich habe dir doch gestern schon gesagt, dass wir die Maschine laufen lassen, bis sie den Geist aufgibt.«

»Ich weiß, dass du das gesagt hast, aber der Vorarbeiter im Pumpenhaus ist besorgt.«

»Hast du eine Vorstellung, was es kostet, eine Maschine im Pumpenhaus auszutauschen?«

»Ja«, sagte Levi. »Aber wenn wir es nicht tun, könnte jemand verletzt oder getötet werden.«

»Wenn es etwas gibt, von dem ich etwas verstehe«, sagte Mr. Flint, »dann ist es die Maschinerie im Bergwerk. In dem alten Mädchen steckt noch eine Menge Leben, und ich werde jeden Penny aus ihr herausholen.« Er schüttelte den Kopf. »Du bist wie deine Mutter, die auch mit dem Herzen und nicht mit dem Kopf gedacht hat. Und jetzt kümmere dich wieder um die Gehaltsabrechnungen und den Vertrieb unserer Kohle und überlasse alles andere mir.«

»Ja, Vater«, sagte Levi. »Guten Tag, Miss Malloy.« Er nickte zu Frank hinüber und verließ den Raum.

Ein weiteres Mal fragte sich Emma, wie es sein konnte, dass Levi Mr. Flints Sohn war. Nach allem, was sie gesehen und gehört hatte – seine höflichen Manieren beim Tanz am Vierten Juli, seine Entschuldigung für das Verhalten seines Vaters, seine Großzügigkeit auf der Kirmes –, mochte man kaum glauben, dass die beiden miteinander verwandt waren. Ihr kam Mr. Flints zweiter Sohn in den Sinn, das Baby, das entführt worden war. Wenn der Junge noch lebte, wäre er dann eher wie Hazard oder eher wie Viviane? Und wenn er nicht vor all den Jahren entführt worden wäre, würde er sich dann auch um das Bergwerk kümmern? Würde er versuchen, etwas zu ändern, oder würde er sich mit seinem Vater gegen Levi stellen? Wenn er nicht verschleppt worden wäre, hätte sich Mr. Flint vielleicht längst aus dem Geschäft zurückgezogen und sie, Emma, würde jetzt nicht hier sitzen.

Als Levi den Raum verlassen hatte, wandte sich Mr. Flint wieder ihr zu. »Was ich sagen wollte«, begann er. »Innerhalb von drei Tagen wurde einer meiner Direktoren mit aufgeschlitzter Kehle im Wald gefunden, ein weiterer vermisster Bergarbeiter wurde tot in einem aufgelassenen Schacht entdeckt, und ein anderer Mann, ein guter Mensch, wurde hinter einem Saloon erschossen. Und seit den letzten beiden Wochen werden noch mehr Personen vermisst.«

Auf Emmas Armen bildete sich eine Gänsehaut. Sie war sich nicht sicher, wie sie reagieren sollte. Sollte das ein Geständnis oder eine Drohung sein? Und was war in dieser Stadt los?

Sie schaute zu Frank hinüber. »Mir scheint, Ihre Polizei macht ihre Arbeit nicht richtig.«

Frank nahm die Arme auseinander und kam mit wütender Miene auf sie zu. »Clayton und seine Bande sind ein Haufen heimtückischer …«

Mr. Flint hob die Hand, um ihn zum Schweigen zu bringen. Frank kehrte auf seinen Platz am Bücherregal zurück, die Wangen immer noch rot gefleckt. Das Unwetter rumpelte jetzt in der Ferne und schien sich endlich über die Berge zu verziehen.

»Wir glauben, dass Clayton Nash und die Molly Maguires etwas mit den Morden zu tun haben«, sagte Mr. Flint. »Die Mollys sind ein geheimer Bergarbeiterbund, der zu Gewalt greift, um Bergwerksgesellschaften zu schaden. Viele Jahre lang hatten wir keine Probleme mit ihnen, aber jetzt schlagen sie plötzlich wieder zu. In anderen Kohlestädten hat man sie wegen Mordes, Brandstiftung und Entführung verhaftet und aufgeknüpft.«

Emma fühlte, wie sich in ihrem Gehirn etwas verschob, als habe sie ein Puzzleteil gefunden, von dem sie gar nicht gewusst hatte, dass es fehlte. Konnte sie sich in Clayton geirrt haben? War das der Grund, warum er nicht zugab, dass er Geheimtreffen organisierte? Dass er ein armer Bergmann war, machte ihn nicht automatisch immun gegen Missetaten, aber war er verzweifelt genug, um zu Gewalt zu greifen? Zugegeben, Mr. Flint war verschlagen und gemein, aber zwei Übel ergaben noch längst nichts Gutes. *Nein*, sagte sie sich. *Ich habe gesehen, wie Hazard Flint und sein Scherge die Männer ermordet haben. Ich kann keinem seiner Worte trauen.*

»Ich verstehe immer noch nicht, warum Sie mir das alles erzählen«, sagte sie.

»Wir denken, dass Clayton etwas im Schilde führt«, sagte er. »Und wenn er losschlägt, wird es mehr Blutvergießen geben. Das müssen wir unterbinden, bevor es überhaupt dazu kommt. Aber dazu brauchen wir Hilfe. Wir brauchen jemanden, der in seine Nähe gelangt.«

Emma riss die Augen auf. »Sie wollen, dass ich …«

Mr. Flint nickte.

»Nein«, sagte sie und schüttelte den Kopf. »Das werde ich nicht tun.«

»Ich bezahle Sie auch dafür. Berichten Sie mir über geplante Treffen und Streiks, und ich gebe Ihnen fünfzig Dollar. Und wenn die Rädelsführer verhaftet sind, bekommen Sie noch einmal hundert.«

Emma holte scharf Luft. Mit so viel Geld könnte sie von ihrem Onkel und ihrer Tante wegkommen. Sie könnte nach New York zurückkehren und sich eine Wohnung und eine Stelle suchen, oder sie könnte wieder zur Schule gehen und Lehrerin werden. Sie könnte für immer aus Coal River verschwinden. Aber dann dachte sie an ihre Schüler und ihre strahlenden Gesichter, wenn sie zum ersten Mal ihren eigenen Namen schrieben. Sie dachte an die Kohlejungen und daran, dass sie geschworen hatte, ihnen zu helfen. Sie dachte an den armen Nicolas und seine trauernde Familie. Sie dachte an Clayton, Jack und Sawyer. Wenn sie diese Menschen wegen des Geldes im Stich ließ, machte sie sich genauso schuldig wie Hazard Flint.

»Nein«, sagte sie. »Das tu ich ganz bestimmt nicht, da können Sie mir noch so viel bezahlen. Ich habe mit alledem nichts zu tun, und so soll es auch bleiben.«

Ein böses Lächeln trat auf Mr. Flints Lippen. »Aber Sie stecken doch schon längst in der Sache mit drin. Sie werben um das Vertrauen der Bergarbeiterfamilien und pflegen einen freundlichen Umgang mit Clayton Nash. Wenn Sie nicht auf meiner Seite stehen, muss ich wohl davon ausgehen, dass Sie auf ihrer Seite sind.«

Sie schwieg. Wusste er, dass sie sich heimlich in die Bergarbeitersiedlung schlich, Fragen stellte und den Kindern Lesen beibrachte? Wenn ja, warum hatte er sie nicht darauf angesprochen? Vielleicht gefiel es ihm, sie zappeln zu lassen. Innerlich wurde sie immer entschiedener. Sie musste diesen Mann irgendwie aufhalten. Emma beugte sich vor und sah ihm in die Augen.

»Vielleicht können Sie mir ja eines erklären«, sagte sie. »Wieso muss es überhaupt zwei Seiten geben? Warum muss es immer heißen: Sie gegen die anderen?« Sie versuchte, entschieden zu klingen, aber ihre Stimme machte nicht mit. Es war eine wütende, ängstliche Stimme, die bei jedem zweiten Wort brach. »Sie arbeiten doch alle auf derselben Seite, indem Sie Kohle aus dem Boden holen und Geld damit verdienen. Die Bergarbeiter wollen nur überleben und ihre Familien versorgen können, aber Sie machen ihnen das nahezu unmöglich.

Kein Wunder, dass in Coal River Unruhe herrscht. Das einzige Problem, das ich hier sehe, sind Sie. Weil Sie alles für sich wollen.«

Bei diesen Worten hatte sich sein Gesicht verfinstert, und er durchbohrte sie mit seinem Blick. »Die Bleak Mountain Mining Company befindet sich seit fast einem Jahrhundert im Besitz der Familie meiner Frau, da waren all diese Bergleute noch gar nicht geboren«, erklärte er. »Und die Gesellschaft wird es noch geben, wenn diese Männer längst fort sind. Sie sind zu mir gekommen, weil sie Arbeit gesucht haben. Wenn ihnen die Arbeit nicht gefällt, steht es ihnen frei, jederzeit wieder zu gehen. Täglich strömen neue Einwanderer in dieses Land, und die würden sogar für weniger Lohn arbeiten, als die Bergleute ihn heute bekommen.«

»Und die kleinen Jungen?«, fragte sie. »Die Jungen, die im Kohlebrecher Leib und Leben riskieren – sind die auch ersetzbar?«

»Natürlich sind sie das. Die Bergleute vermehren sich wie Kaninchen.«

Sie stand auf, zitternd vor Zorn. In diesem Moment wurde ihr klar, warum sie Hazard Flint aus tiefster Seele hasste.

Mr. Flint schlug mit seinem Stock an die Schreibtischkante. »Ihr Onkel ist ebenfalls ersetzbar. Behalten Sie das im Hinterkopf, wenn Sie Ihre Entscheidung treffen.«

»Machen Sie mit meinem Onkel, was Sie wollen«, sagte sie. »Der Mann ist mir ziemlich egal. Und ich werde auch nicht mehr lange in Coal River bleiben, daher müssen Sie auf meine Hilfe wohl verzichten. Wenn Sie mich jetzt entschuldigen würden.« Sie ging zur Tür, aber Frank packte sie am Arm.

»Das ist schon in Ordnung«, sagte Mr. Flint. »Lassen Sie sie ruhig gehen. Wir wissen ja, wo wir sie finden.«

Frank gehorchte, folgte ihr aus dem Raum und schloss die Türen hinter sich. »Ich bringe Sie nach Hause«, sagte er.

Sie ging weiter. »Nein danke, ich kenne den Weg.«

»Sie werden vollkommen durchnässt sein.«

»Das ist mir egal.«

Er packte sie an der Schulter. »Ich weiß, dass Sie in der Bergarbeitersiedlung waren.«

»Oh«, sagte sie verächtlich. »Dann verdanke ich es also Ihnen, dass ich hier bin.« Sie versuchte sich loszureißen, aber er packte sie noch fester.

»Ich habe Mr. Flint nichts davon erzählt«, sagte er. »Ich habe behauptet, dass Sie im Laden mit den Jungen reden.«

»Aber Sie haben ihm erzählt, dass ich mit Clayton Riesenrad gefahren bin.«

Er nickte.

»Warum?«

»Weil Sie sich klarmachen müssen, auf was Sie sich da einlassen!«

»Auf was ich mich einlasse?« Ihren Lippen entwich ein eigentümliches Kichern. »Wegen Ihnen ist Mr. Flint jetzt eine größere Bedrohung für mich, als Clayton es je sein könnte.«

Er drückte ihre Schulter und verzog ungeduldig das Gesicht, als kämpfe er gegen den Drang an, sie zu schütteln. »Ich bin nicht wie er«, sagte er. »Habe ich das nicht schon unter Beweis gestellt? Ich kann Sie vor all diesen Leuten beschützen.«

Sie starrte ihn mit offenem Mund an, unfähig zu glauben, was sie da hörte. »Haben Sie die Sache neulich vergessen? Was ich Sie habe tun sehen?«

»Ich war es nicht, der den Abzug betätigt hat.«

»O Gott, Sie begreifen wirklich gar nichts, was?« Sie riss sich los und eilte davon.

»Aber ich habe Sie laufen lassen«, sagte er und folgte ihr immer noch. »Ich hätte Sie diesen Leuten ans Messer liefern können. Ich hätte …«

Emma fuhr herum und blitzte ihn an. »Was? Sie hätten mich in den Fluss werfen und ertrinken lassen können?«

»Nein!«, schrie er. Dann schaute er schnell über die Schulter und senkte die Stimme. »Ich hätte zulassen können, dass diese Leute kurzen Prozess mit Ihnen machen. Mr. Flint hat keine Ahnung, dass Sie die Person unten am Fluss waren. Ich habe behauptet, dass ich Sie nicht erkannt hätte. Wenn er die Wahrheit herausfindet, bezahlen wir beide dafür.«

Sie drehte sich um und eilte in Richtung Ausgang. »Es ist höchste Zeit, dass Sie für etwas bezahlen.«

»Was soll das heißen?«

Ohne seine Frage zu beantworten, riss Emma die Tür auf, eilte über die Veranda und lief zur Treppe. Es regnete in Strömen. Sie rannte über den Bürgersteig nach Hause, wobei sie gelegentlich über die Schulter schaute, um sicherzugehen, dass Frank ihr nicht folgte. Nach ein paar Minuten verlangsamte sie das Tempo und stapfte durch tiefe Pfützen und nassen Schotter, die Haare triefnass, während der Rocksaum mit jedem Schritt schwerer wurde. Was sollte sie jetzt nur tun?

KAPITEL 14

Später an diesem Abend, als alle zu Bett gegangen waren, schlich sich Emma in die Bergarbeitersiedlung, eine Dose Rosinen und zwei in Pergamentpapier eingewickelte Scheiben Zitronenkuchen unter dem Mantel, damit sie nicht nass wurden. Der Regen hatte nachgelassen, aber gelegentlich öffnete der Himmel wieder die Schleusen und ließ kalte Schauer niedergehen. Als Emma ihr Ziel erreichte, waren ihre Haare und der Saum ihres Rocks vollkommen durchnässt. Ob sie zitterte, weil ihr das Regenwasser in den Nacken rann oder weil sie so angespannt war, wusste sie nicht. Mitten auf der unbefestigten Straße blieb sie stehen und hoffte, am richtigen Ort zu sein.

Die Fenster der Hütte waren dunkel, die Veranda leer. Sie holte tief Luft, stieg langsam die Treppe hoch und klopfte. Im Innern war nichts zu hören, keine Schritte und auch keine Stimmen, die fragten, wer da sei. Sie klopfte lauter. Schließlich wurde die Klinke hinuntergedrückt, und dann öffnete sich ganz langsam die Tür. Auf halber Höhe wurde ein Stück Wange sichtbar. Ein Auge lugte durch den dunklen Spalt.

Es war Jack.

»Hallo«, sagte sie. »Erinnerst du dich an mich?«

Er nickte.

»Ist dies das Haus von Clayton Nash?«

Jack öffnete die Tür noch ein Stück, die Hand an der Klinke. Er war barfuß und trug ein abgetragenes Nachthemd mit ausgewaschenen roten Streifen. Verschlafen schaute er zu ihr auf und nickte blinzelnd. »Ja«, sagte er dann leise.

»Ist er wach?«

Jack schüttelte den Kopf.

Sie holte die Lebensmittel unter ihrem Mantel hervor, kniete sich hin und wickelte den Zitronenkuchen aus. Der süße, buttrige Geruch verbreitete sich in der feuchten Nacht. Sie lächelte und hielt ihm ein Stück hin. »Würdest du Clayton wohl für mich wecken?«, fragte sie. »Ich würde gerne mit ihm reden.«

Jack nahm den Zitronenkuchen und biss hinein. Ein verzückter Ausdruck trat in sein Gesicht, dann verschwand er im Haus. Die Tür glitt langsam auf.

Einen Augenblick lang verharrte Emma reglos auf der Schwelle und wusste nicht, ob sie hineingehen sollte. Dann entschied sie, dass es besser wäre, wenn die Feuchtigkeit nicht ins Haus zog, trat in den dunklen Vorraum und schloss die Tür hinter sich, blieb aber gleich beim Eingang stehen. Jacks Schritte waren auf den Dielen zu hören, dann klopfte er an eine Tür. Die Tür öffnete und schloss sich wieder. Emma blinzelte, damit sich ihre Augen an das Dämmerlicht gewöhnten. Der Raum war aber zu dunkel, als dass sie etwas anderes als die vagen Umrisse von Möbeln hätte erkennen können. Jacks hohe Stimme drang gedämpft durch eine Wand irgendwo hinten im Haus, als würde eine aufgeregte Elfe unter Wasser reden. Dann erklang eine tiefe Stimme, missmutig, überrascht. Im ersten Moment wäre Emma am liebsten verschwunden. Vielleicht war es ein Fehler hierherzukommen. Plötzlich regte sich etwas auf der anderen Seite des dunklen Raums. Man hörte ein Rascheln und ein dumpfes Geräusch, als würde sich jemand im Bett umdrehen. Emma erstarrte. Sie war nicht allein. Als jemand hustete, fuhr sie herum und tastete blind nach der Klinke.

Nun war aber im hinteren Teil des Hauses ein Knall zu hören und schließlich Schritte auf dem Dielenboden. Emma schaute über die Schulter. Eine Tür ging auf, und gelbliches Licht füllte den Türrahmen. An der Wand des anderen Raums flackerten die Schatten von Körpern. Emma ließ die Türklinke wieder los und drehte sich um. Jack erschien und dann auch Claytons verwirrtes Gesicht, das von einer Sturmlaterne gelb gefärbt wurde. Seine Haare standen in sämtliche Richtungen ab. Er trug ein ärmelloses Unterhemd und eine braune Hose mit Hosenträgern, die von der Hüfte herabbaumelten. Das Laternenlicht ergoss sich in den Raum, und Emma schaute sich um.

Ein weiterer Junge und drei Mädchen schliefen auf Liegen und einem zerschlissenen Sofa. Ihre Köpfe lagen auf klumpigen Kissen, und ihre Körper waren in dünne Decken gehüllt. Die zwei älteren Mädchen kannte Emma vom Laden, und der Junge war Sawyer. Sie schaute Clayton an, und ihr Kopf schwirrte von lauter Fragen. Wer waren diese Kinder, und was hatten sie hier zu suchen? Dass er sich um Jack kümmerte, wusste sie ja, aber was war mit den anderen? Warum hatte er ihr nicht erzählt, dass Sawyer auch bei ihm wohnte? Und was hatte er sonst noch zu verbergen? Eine Ehefrau? Einen radikalen Streikwillen? Mordlust?

Clayton flüsterte Jack etwas ins Ohr, dann bedeutete er Emma, mit nach hinten zu kommen. Jack kehrte zu seiner behelfsmäßigen Schlafstatt zurück, während Emma Clayton einen kurzen Gang entlang folgte und in ein Hinterzimmer mit Einweckgläsern und Holzfässern gelangte. Sie gab sich Mühe, nicht auf seine nackten Arme und Schultern zu schauen. Da sie im Theater aufgewachsen war, hatte sie viele männliche Schauspieler in Unterwäsche gesehen, aber die waren entweder blass und mager oder übergewichtig gewesen. An Claytons Oberkörper und Armen hingegen zeichneten sich Muskeln ab, als zögen sich Eisengeflechte unter der Haut entlang, und die schiere Breite seines Rückens erinnerte an die

Kruppe eines Arbeitspferds. Als er sich zu ihr umdrehte, wurde sie rot.

»Sie haben Familie«, flüsterte sie.

»Kann man so sagen.« Er drehte die Lampe herunter und stellte sie auf ein Regalbrett.

»Und Ihre Frau?«, fragte sie. »Schläft sie? Vielleicht hätte ich nicht kommen sollen …« Sie drehte sich wieder zur Tür um.

Er hielt sie am Ellbogen fest und schüttelte den Kopf. »Meine Frau …« Er hielt inne, als suche er nach den richtigen Worten. »Jennie ist bei der Gelbfieberepidemie letztes Jahr gestorben.«

Emma schluckte. »Das tut mir furchtbar leid. Das muss sehr schwer gewesen sein.«

»Wenn es die Kinder nebenan nicht gegeben hätte, wüsste ich nicht, was ich getan hätte. Sie hat wirklich gekämpft, aber dann …« Er rieb sich über den Mund und schaute schnell weg, als der Schmerz wie ein Schatten über sein Gesicht flog.

Einen Moment brachte Emma keinen Ton heraus, warum, war ihr selbst nicht klar. Claytons Verzweiflung über den Tod seiner Frau zu sehen hatte etwas merkwürdig Verstörendes. Da sie aber wild entschlossen war, die Oberhand über ihre Gefühle zu behalten, beachtete sie den brennenden Kloß in ihrer Kehle nicht und redete weiter. »Es muss sehr schwer sein, sich alleine um so viele Kinder zu kümmern.«

»Manchmal schon.«

Dann kam ihr ein anderer Gedanke. Sie runzelte die Brauen, unschlüssig, ob sie die Sache zur Sprache bringen sollte, aber letztlich war ihr klar, dass kein Weg daran vorbeiführte. »Sawyer arbeitet im Kohlebrecher«, sagte sie. »Haben Sie keine Angst, dass ihm etwas zustößt?«

Clayton lehnte sich an die Wand, und die Erschöpfung schien ihn wie ein triefnasser Mantel hinabzuziehen. »Was habe ich für eine Wahl? Ich kann diese Kinder doch nicht verhungern lassen. Wenn es geht, arbeite ich Extraschichten, aber es ist trotzdem schwer, sie durchzubringen.«

»Das tut mir leid«, sagte sie. »Eigentlich geht es mich auch gar nichts an. Es ist schließlich Ihre Familie, und ich ...«

»Es sind Waisenkinder.«

Emma starrte ihn mit großen Augen an. »Alle?«

Er nickte. »Sawyer und Jack sind Brüder.«

»Aber als Sawyer mir von Jacks Eltern erzählt hat, klang er so ... so ... sachlich. Ich wäre nie auf die Idee gekommen, dass er von seinen eigenen Eltern redet.«

»Sawyer ist stark«, sagte Clayton. »Manchmal sogar zu stark.«

»Aber warum leben sie alle bei Ihnen?«

»Violet, Sadie und Edith haben wir kurz vor dem Tod meiner Frau zu uns genommen. Nachdem sie nicht mehr da war, kamen noch Jack und Sawyer dazu.«

Mit einem Mal wusste Emma, dass Mr. Flint und Frank eine falsche Meinung von Clayton hatten. Er mochte eine raue Fassade haben, aber tief im Innern war er ein guter Mann, der trotz seiner eigenen Not das Leben der Menschen um ihn herum erträglicher machen wollte. Das glaubte sie aus ganzem Herzen. Nun wusste sie auch endlich, dass sie ihm vertrauen konnte. Sie musste ihn nur noch davon überzeugen, dass sie auf seiner Seite stand. Würde er ihr eine Chance geben, würde sie alles tun, was er von ihr verlangte, egal was. Bei ihm fühlte sie sich vollkommen sicher. Plötzlich schien es im Vorratsraum so heiß wie in einem Kohleofen zu sein. Sie sehnte sich danach, Clayton alles zu sagen, was sie empfand, aber sie hatte keine Ahnung, wie sie anfangen sollte. Oder ob sie es überhaupt tun sollte. Worte konnten den wilden Gefühlen, die ihr durch den Kopf rauschten, ohnehin nicht gerecht werden. Am liebsten hätte sie die Arme um ihn geschlungen und ihn auf den Mund geküsst, um seinen Schmerz zu lindern und ihn wissen zu lassen, dass er nicht mehr allein war. Schließlich blinzelte sie gegen die Tränen an und fragte: »Was ist mit ihren Eltern passiert?«

»Grubenunglücke und Krankheiten. Manche sind auch einfach spurlos verschwunden.«

Sprachlos schüttelte sie den Kopf.

»Was machen Sie eigentlich hier, Emma?«, fragte er.

Sie zögerte, weil sie nicht wusste, wie sie es ihm erklären sollte. »Ich wollte Sie nur warnen, dass Hazard Flint denkt, Sie führten etwas im Schilde. Er möchte, dass ich Sie bespitzele. Er hat mir Geld dafür angeboten.«

Clayton richtete sich auf, offensichtlich bestürzt. »Wann hat er das gesagt? Und warum haben Sie überhaupt mit ihm gesprochen?«

»Frank Bannister hat mich gezwungen, ihn zu Flints Villa zu begleiten. Er sagte, Mr. Flint wolle mich wegen der Kohlejungen befragen, die davongelaufen sind.«

»Warum sollte er ausgerechnet Sie dazu befragen?«

»Vermutlich weil ich mich hier hochgeschlichen habe, um Lebensmittel zu verteilen und ein paar Kindern Lesen und Schreiben beizubringen. Irgendjemand hat es wohl herausgefunden.«

»Sie waren es also, die Lebensmittel auf meine Veranda gelegt hat! Ich wusste es!«

Emma schaute ihn mit offenem Mund an. »Sie wussten es?«

»Eine Kämpfernatur erkenne ich auf den ersten Blick. Außerdem hatten Sie mir ja erzählt, dass Sie helfen wollen. Da muss man nur zwei und zwei zusammenzählen.«

»Wenn ich gewusst hätte, dass all diese Kinder bei Ihnen leben«, sagte sie, »hätte ich Ihnen mehr dagelassen. Aber ich wusste ja nicht einmal mit Sicherheit, dass dies Ihr Haus ist.«

»Es war schon eine Menge. Die Kinder dachten immer, es

sei Weihnachten, wenn sie etwas auf der Schwelle fanden. Danke.« Er schenkte ihr ein Lächeln, und seine grünen Augen glänzten im Laternenlicht. Sie konnte sich nur mühsam beherrschen, ihm nicht um den Hals zu fallen.

»Gern geschehen. Ich bin froh, wenn ich etwas tun kann.«

Plötzlich verfinsterte sich sein Gesicht. »Jetzt erzählen Sie mir aber von Mr. Flint. Was wollte er von Ihnen?«

»Er sagte, die Mütter der Jungen beschuldigten mich, ihren Söhnen Flausen in den Kopf gesetzt zu haben. Eigentlich wollte er mich aber nach Ihnen ausfragen. Er behauptet, Sie hätten etwas mit den Molly Maguires zu tun, einer geheimen Bergwerksgesellschaft, die ihre Ziele mit Gewalt durchsetzt.«

»Ich kenne diese Gesellschaft.«

»Angeblich planen Sie eine große Sache, bei der viel Blut vergossen wird.«

Seine Gesichtszüge verhärteten sich. »Das ist nicht wahr. Ich möchte den Bergleuten helfen, sich für ihre Rechte einzusetzen und die Dinge zu verlangen, die ihnen zustehen. Aber wir sind friedliche Aufrührer und lehnen Gewalt ab. Wenn es zu einem Blutvergießen kommt, dann ist das Hazard Flints Schuld, nicht meine.«

»Ich würde gerne helfen«, sagte Emma. »Im Moment tu ich alles, was ich kann, aber ich brauche …«

Clayton trat auf sie zu, und sie spürte, dass sie schwach wurde und widerstandslos in seine Arme sinken würde. Aber er packte sie an den Schultern. »Nein«, sagte er. »Das ist zu riskant. Und wenn Mr. Flint Sie im Visier hat, müssen Sie noch vorsichtiger sein. Er ist gefährlich. Nichts kann ihn davon abhalten, sich unliebsamer Kritiker zu entledigen.«

»Ich weiß. Ich habe gesehen, wie er zwei Männer umgebracht hat.«

»Wie bitte? Wann?«

»Vor gut einer Woche, als ich unten am Fluss war. Mr. Flint

war mit Frank Bannister dort und mit einem Mann, den ich noch nie gesehen hatte. Wie sie den ersten Mann getötet haben, habe ich nicht mitbekommen. Ich sah nur die Leiche den Fluss hinabtreiben. Aber dann haben sie noch einen Mann erschossen und ins Wasser geworfen.«

»Scheiße.« Clayton drehte sich von ihr weg, die Hände zu Fäusten geballt. »Haben die Männer Sie gesehen?«

»Bei Mr. Flint und dem anderen Mann bin ich mir nicht sicher«, sagte sie. »Aber Frank hat mich gesehen. Er hat gesagt, ich soll den Mund halten.«

Clayton fuhr herum. »Er hat Sie nicht angeschwärzt?«

Sie schüttelte den Kopf. »Nein. Wir kannten uns schon als Kinder und ...« Sie zuckte mit den Achseln.

»Sie sind also mit einem Polizei-Captain befreundet?«

»Nein«, protestierte sie. »Er möchte mit mir befreundet sein, aber ... Ihm habe ich zu verdanken, dass Mr. Flint mit mir sprechen wollte. Frank möchte mir weismachen, dass er mich beschützen kann. Er würde gerne ...«

»Haben Sie einen der Männer erkannt, die umgebracht wurden?«

Im ersten Moment war sie verletzt, weil er sich nicht für ihre Beziehung zu Frank interessierte. Aber das war kindisch. Sie hatten wirklich andere Sorgen. »Die Bergarbeiter kenne ich ja gar nicht«, antwortete sie. »Ich kenne nur ein paar der Frauen.«

»Vermutlich waren sie alleinstehend, oder es waren Einwanderer«, sagte er. »Männer, die sich geweigert haben, bei irgendetwas mitzuziehen, das Mr. Flint von ihnen verlangt hat.« Er marschierte auf und ab und brütete vor sich hin. Dann blieb er stehen und schaute sie an. »Vielleicht sollten Sie Mr. Flints Spielchen mitspielen.«

»Nein, ganz bestimmt nicht. Ich habe ihm gesagt, dass ich Sie kaum kenne.«

»Wenn er es noch einmal versucht, erzählen Sie ihm, was ich Ihnen gerade gesagt habe: dass ich versuche, einen friedlichen Widerstand zu organisieren.«

»Was heißt das genau?«

»Einen Streik.«

Sie starrte ihn an. »Ich soll ihm sagen, dass Sie einen Streik planen?«

»Ja«, sagte er. »Wenn er Sie noch einmal aushorcht, sagen Sie ihm, dass ich einen Streik organisieren möchte, dass aber niemand mitmacht, weil alle Angst vor ihm haben.«

»Stimmt das denn?«

»Vielleicht«, sagte er. »Vielleicht auch nicht. Aber was Sie nicht wissen, kann Ihnen auch nicht zum Verhängnis werden. Und mir verschafft es vielleicht etwas Zeit. Aber jetzt gehen Sie besser. Und passen Sie auf, dass niemand Sie sieht.«

KAPITEL 15

Eine Woche später, in den ersten Augusttagen, schritt eine Gruppe von Trauernden hinter mehreren Särgen zum Freedom Hill hinauf, eine lange, unregelmäßige Prozession, die sich an der letzten Kurve, bevor sie in den Friedhof einbog, allmählich der Sicht entzog. Hazard und Levi Flint folgten den Trauernden und ihren Familien in ihrem knatternden Tourenwagen, der schwarzen Rauch in die Morgenluft blies. Hinter ihnen ritt das gesamte Regiment der Coal and Iron Police von Coal River – vierzig Männer hoch zu Ross, die Gewehre über den Rücken gehängt. Die übrigen Einwohner schritten zu Fuß hinterher, nur Onkel Otis, Tante Ida, Percy und Emma saßen in der Tin Lizzie.

Zwei Tage zuvor war kurz vor der Mittagspause ein ganzer Abschnitt des Kohlebrechers mit sechs Ebenen zugleich eingestürzt; massive Balken, schweres Gerät und ein Teil der immer noch rotierenden Zerkleinerungsanlage hatten drei Stockwerke durchschlagen. Vier Kohlejungen waren auf der Stelle tot gewesen, zwei weitere waren gestorben, nachdem man sie aus den Trümmern geborgen hatte. Außerdem litten viele an schweren Verletzungen, an Knochenbrüchen, Quetschungen und tiefen Schnittwunden.

Emma hatte keine Vorstellung, wen es getroffen hatte, da das Bergwerk für zwei Tage stillgelegt worden war. Sie hatte daheim festgesessen, weil Onkel Otis die halbe Nacht getrunken hatte und zu den verrücktesten Zeiten durchs Haus gewandert war. Sie hatte Angst gehabt, dass er sie ertappte, wenn sie sich hinausschleichen würde, um in die Bergarbeitersiedlung zu gehen. Da selbst der Laden der Bergwerksgesellschaft geschlossen worden war, hatte sie keinerlei Vorwand gehabt, um das Haus zu verlassen. Ihr war nichts übrig geblieben, als zu beten, dass Sawyer nichts zugestoßen war und Clayton nicht dachte, sie habe sie im Stich gelassen. Außer der Zeit nach Alberts Tod, als sie in Coal River auf ihre Eltern gewartet hatte, und der Zeit nach ihrem Erwachen im Krankenhaus waren es die längsten Tage ihres Lebens gewesen.

Glücklicherweise hatte ihr Tante Ida die Geschichte abgenommen, was im Herrenhaus der Flints geschehen sei. Emma hatte bei ihrer Rückkehr einfach behauptet, Mr. Flint und sie hätten sich darauf verständigt, dass die Kohlejungen mit der Kirmes davongelaufen sein müssten. Mit ihr habe das gar nichts zu tun, hatte Emma erklärt. Wenn überhaupt, sei ihr Mr. Flint in seiner Güte dankbar, dass sie auf freundschaftlichem Fuße mit den Bergarbeiterfamilien verkehre und so die jüngsten Missverständnisse zwischen den Bergarbeitern und der besseren Gesellschaft der Stadt ausräumen helfen könne. Obwohl Tante Ida erleichtert war, dass Mr. Flint keine Anschuldigungen gegen Emma erhob, behielt sie sie genau im Auge. Onkel Otis wiederum erzählte sie gar nicht, dass Frank Bannister ihre Nichte abgeholt hatte, da er schon genug am Hals hatte.

Jetzt steuerte Onkel Otis die Tin Lizzie durchs eiserne Friedhofstor. Jedes Mal, wenn die Prozession langsamer wurde, bremste er leise fluchend. Emma, die mit Percy auf der Rückbank saß, tupfte sich mit einem Taschentuch die geschwollenen Augen. Am Wagenfenster zogen die Grabsteine vorbei, und sie hoffte, sie würden nicht an Alberts Grab vorbeikommen, das in einem abgetrennten Bereich im hinteren Friedhofsteil lag. Vielleicht war es selbstsüchtig, aber sie war seit ihrer Rückkehr noch nie an seinem Grab gewesen und hatte auch nicht die Absicht, es in Zukunft aufzusuchen. Abgesehen davon, dass er in Onkel Otis' Familiengruft lag, zerriss es ihr auch das Herz, dass sein kleiner Körper in einer Holzkiste unter der Erde lag – kalt, still und mutterseelenallein.

Onkel Otis parkte den Wagen, kam auf die andere Seite und reichte Tante Ida die Hand, um ihr über das Trittbrett hinunterzuhelfen. Percy stieg aus, öffnete Emmas Tür und bot ihr feierlich den Arm an, was Emma ablehnte. Stattdessen beugte sie sich vor und zog die Hutkrempe ins Gesicht, weil sie hoffte, Clayton und die Bergarbeiterfrauen würden sie nicht sehen. Mit zitternden Beinen folgte sie Percy und seinen Eltern zu den Gräbern. Eigentlich hatte sie früher am Morgen aufbrechen wollen, um zu Fuß zum Friedhof zu gehen. In Wahrheit hatte sie allerdings nur vor ihren Verwandten da sein wollen, um während des Trauergottesdienstes nicht neben ihnen stehen zu müssen. Tante Ida hatte aber wie immer darauf bestanden, dass sie gemeinsam als Familie zu der Beerdigung gingen, um vor den Leuten und vor Hazard Flint Zusammenhalt zu demonstrieren.

Die sechs Gruben waren früher am Morgen ausgehoben worden, und die aufgeworfenen Hügel aus frischer Erde ragten wie Miniatur-Abraumhalden neben den finsteren Löchern auf. Father Delaney wartete mit einem Buch an den offenen Gräbern, die knotigen Finger auf die erste Seite der Trauerliturgie für Kinder gelegt.

Emma blieb hinter ihrer Tante stehen, an dem einen Ende des unförmigen Hufeisens der Trauergäste, die sich um die Gräber herum versammelt hatten. Sie wappnete sich und suchte die erste Reihe nach Clayton, Jack, Sadie, Edith und Violet ab. Wenn sie Clayton ohne Sawyer in der ersten Reihe stehen sehen würde, hieße das, dass sich ihre schlimmsten Befürchtungen bewahrheitet hätten. Ihr Herz setzte aus, um dann umso heftiger zu schlagen, als sie sich den Schock vorstellte. Was würde sie tun, wenn sie Clayton dort stehen sähe, weinend und mit gekrümmten Schultern? Würde sie sich beherrschen können, nicht sofort hinzulaufen, um ihn und die überlebenden Kinder zu trösten? Würde sie schluchzend zusammenbrechen?

Glücklicherweise stand Clayton nicht in der ersten Reihe, und Emmas Schultern sackten vor Erleichterung herab. Dann betrachtete sie die anderen Gesichter und betete, dass sie niemanden von den Eltern der toten Jungen kennen möge.

Die Sargträger – Onkel, Freunde, ältere Brüder der Verstorbenen – ließen die Särge in die Gruben hinab. Father Delaney besprenkelte einen nach dem anderen mit Weihwasser, um sie für alle Ewigkeit zu segnen. Die Mütter der Toten in ihren abgetragenen Sonntagskleidern und den Hüten mit den improvisierten Schleiern, die Gesichter bleich wie wässrige Milch, klammerten sich an die Arme ihrer Männer, als seien es Rettungsflöße auf stürmischer See. Die Väter sahen sich erschüttert um, als müssten sie sich davon überzeugen, dass sie nicht träumten.

Eine der Mütter brach in ein heiseres Schluchzen aus, ein weißes Taschentuch an den Mund gepresst. Ihr Ehemann stützte sie mit einem Arm, da er im anderen ein Baby hielt. Neben ihm standen ein älterer Junge und ein kleines Mädchen, das sich eine Babypuppe unters Kinn drückte. Emmas Herz setzte aus, und ihr schossen erneut Tränen in die Augen.

Die Frau war Pearl.

Die arme Pearl, die ihre Angst hinter ihrem Stolz verbarg. Die arme Pearl, die, egal was passierte, eine tapfere Miene zur Schau trug. Emma hatte ihre Worte noch im Ohr: *Sie beginnen im Kohlebrecher und landen auch wieder dort, erst als Kind, dann als Mann. So ist das eben.* Jetzt war einem ihrer Söhne die Möglichkeit genommen worden, ein Mann zu werden. Zittrig holte Emma Luft und betrachtete die anderen Mütter; sie hoffte inständig, nicht noch jemanden zu kennen. Plötzlich stockte ihr der Atem, und die Welt begann sich zu drehen. Sie konnte sich gerade noch beherrschen, nicht nach Percys Arm zu greifen. Sechs Personen neben Pearl lehnte Francesca an der Schulter ihres Mannes, die Augen geschlossen, die Arme schlaff herabhängend. Sie war so dürr wie ein Skelett und knochenbleich. Wie konnte sie überhaupt noch aufrecht stehen? Wie konnte ihr gebrochenes Herz überhaupt noch schlagen?

Emma biss sich auf die zitternde Lippe und kämpfte gegen ihre Schluchzer an. Sie war einer Panik nahe. Wenn sie jetzt weinte, würde sie nie wieder aufhören können. Sie würde zerbrechen wie bei Alberts Tod und dann dem ihrer Eltern. Plötzlich entdeckte sie ein Stück weiter Mr. Flint und Levi und wurde von einer unmäßigen Wut gepackt. Levi schaute mit glasigen Augen und düsterer Miene auf die Gräber, während sich Mr. Flint auf seinen Stock stützte und einen Blick auf seine Taschenuhr warf. Emma kämpfte gegen den Drang an, hinzumarschieren und ihn zu fragen, was er da tue. Sie hätte ihn gern gefragt, ob das nun ein hinreichender Beweis dafür sei, dass kleine Jungen im Bergwerk nichts zu suchen hätten. Oder was er für die trauernden Familien zu tun gedenke. Und wie er nachts schlafen könne, wohl wissend, dass die Herzen der Eltern gebrochen und die Kinder durch seine Schuld ums Leben gekommen seien. Trauer und Wut zerfraßen ihren Körper wie Säure und drohten, ein Loch in ihre Brust zu brennen. Ihre Lippen zitterten von der Anstrengung, nicht die Kontrolle zu verlieren. Wie konnten es diese armen Leute nur ertragen, dass der Mann, der für den Tod ihrer Kinder verantwortlich war, bei ihrer Beerdigung erschien? War sie die Einzige, die Widerwillen und Hass empfand, oder waren alle anderen nur zu verängstigt und von ihrer Trauer überwältigt, um ihn fortzuschicken?

»Lasset uns beten«, sagte Father Delaney mit kratziger Stimme. Die Trauernden neigten den Kopf. »Gott, unser

Herr, gib jenen, die in deinem Glauben gelebt haben, den ewigen Frieden. Segne diese Gräber und lass deine Engel über sie wachen. Wenn wir die Körper dieser kleinen Jungen in die Erde senken, nimm sie auf in dein Reich und lass sie mit deinen Heiligen in der Herrlichkeit frohlocken. Darum bitten wir durch Christus, unseren Herrn. Amen.«

»Amen«, wiederholte die Trauergemeinde leise.

Während der restlichen Zeremonie murmelten die Katholiken ihr: »Herr, erhöre uns.« Alle anderen standen schweigend da, ehrerbietig den Kopf geneigt. Emma suchte die Menge nach Clayton und Michael ab, konnte sie aber nicht entdecken. Es gab zu viele gesenkte Köpfe und hängende Schultern, während Rotkehlchen und Rotschulterstärlinge zwitschernd über den gleichgültigen Himmel flitzten.

»Vater unser, der du bist im Himmel«, begann Father Delaney, und andere stimmten in das Gebet mit ein. Ihre Worte wurden vom Wind davongetragen.

Francesca wiegte sich nun vor und zurück und stöhnte.

»Amen«, murmelte die Gemeinde.

Francesca begann laut zu weinen. Das verhärmte Gesicht tränenüberströmt, taumelte sie vor, obwohl ihr Ehemann sie zurückhalten wollte. Sie schwankte nach rechts, in Richtung eines der offenen Gräber, und eine kurze, panische Sekunde lang dachte Emma, sie wolle sich hineinstürzen. Hände wurden ausgestreckt, um sie festzuhalten, aber sie wankte noch ein paar Schritte weiter, um dann direkt vor Mr. Flint auf die Knie zu fallen. Mit ihren mageren Händen klammerte sie sich an seine Hose.

»Geben Sie mir meine Zwillinge zurück«, rief sie. »Bitte, hier liegt ein Fehler vor! Meine Jungen leben noch! Sie müssen weitersuchen!«

»O Gott«, sagte Tante Ida und presste ihr seidenes Taschentuch an die Lippen.

Emma wurde von Grauen ergriffen. Plötzlich war ihr schwindelig und sterbenselend zumute. *Beide* Zwillinge waren umgekommen.

Mr. Flint zog eine angeekelte Grimasse, als müsse er sich beherrschen, Francesca nicht mit einem Tritt aus dem Weg zu schaffen. Ihr Ehemann eilte ihr zu Hilfe, das Gesicht vollkommen eingefallen.

»Bitte!«, klagte Francesca. »Sie sind alles, was ich in dieser Welt noch habe!«

Während die anderen Trauergäste bestürzt und traurig herüberschauten, half Levi dem Ehemann, Francesca hochzuheben und an ihren Platz zurückzubringen. Dann nahm er Francesca in die Arme, legte ihrem Mann eine tröstende Hand auf die Schulter und ging zu seinem Vater zurück. Mr. Flint schüttelte den Kopf, als würde er sich dafür schämen, dass sein Sohn seinen Gefühlen in der Öffentlichkeit freien Lauf ließ.

Emma senkte das Kinn und knirschte so heftig mit den Zähnen, dass es sie nicht gewundert hätte, wenn sie abgebrochen wären. Die Eiseskälte, die sie verspürte, ging bis auf die Knochen durch. Percy nahm den Arm seiner Mutter und zog sie an sich, während Onkel Otis steif und ungerührt dastand.

»Gott, unser Vater«, beendete Father Delaney die Zeremonie, »tröste diese Männer und Frauen in ihrem Leid. Du hast ihre Kinder durch das Wasser der Taufe gereinigt und ihnen neues Leben geschenkt. Mögen wir sie eines Tages wiedersehen und für immer die himmlischen Freuden mit ihnen teilen. Das bitten wir dich im Namen unseres Herrn, Amen.«

Als Emma den Kopf wieder hob, sah sie, dass Francesca in Ohnmacht gefallen war.

KAPITEL 16

Um zwei Uhr in der Nacht zum Sonntag, vier Tage nach der Beerdigung der Kohlejungen, war der weiß verkleidete Ballsaal in der oberen Etage des Pennsylvania-Hotels dunkel. Es brannten lediglich vier flackernde Öllampen, die auf zwei Holztischen standen. Vor die geschlossenen Fenster hatte man Wolldecken genagelt. Die Luft im Raum war stickig und schwer vom Tabakqualm und dem säuerlichen Geruch von Schweiß, Anspannung und Angst. Vier Dutzend Bergarbeiter und Kohlejungen saßen mit düsteren Gesichtern auf Hockern und Holzstühlen oder lehnten an den Wänden, die mit rot-weiß-blauen Wimpelgirlanden geschmückt waren. Alle Augen ruhten auf Clayton Nash, der am Tisch in der Mitte stand. Zu seinen Seiten saßen sechs Einwanderer, auch Nally, der hünenhafte Ire.

Hinten in der Ecke, zusammengesunken auf einem Stuhl, saß Emma und mied jeden Blickkontakt mit den Umstehenden. Trotz der Hitze widerstand sie dem Wunsch, sich den Schweiß von Stirn und Nacken zu wischen. Sie hatte die Arme verschränkt und versteckte die Fäuste unter ihren Ellbogen, damit niemand ihre Hände sah. Daheim hatte sie sich die Fingernägel kurz geschnitten und später die Hände mit Straßendreck eingerieben, damit sie wie Arbeiterhände aussahen. Dennoch hatte sie Angst, dass jemand merken könne, dass diese blassen, zarten Finger nur einer Frau gehören konnten. Hose und Hemd hatte Clayton ihr geliehen. Ihr Haar war zu einem strengen Knoten zusammengefasst und steckte unter einer von Claytons Bergarbeiterkappen. Glücklicherweise passten ihre Füße in die Gummistiefel in Kindergröße, und mithilfe eines Stücks Kohle hatte sie sich die Augenbrauen geschwärzt und auf ihre Oberlippe einen Bartschatten gezaubert. Für einen erwachsenen Mann würde sie nicht durchgehen, aber in dem schummrigen Licht konnte man sie leicht für einen zwölf-, dreizehnjährigen Jungen halten. Trotzdem hallte das wilde Pochen ihres Herzens in ihren Ohren wider. Nachdem sie erleben musste, wie wütend die Bergleute auf ihre Anwesenheit vor dem Bergwerk reagiert hatten, hatte sie panische Angst davor, entdeckt zu werden.

Clayton hatte sie vorgewarnt, dass die Bergleute angespannt waren und Angst hatten, dass Hazard Flint und seine Männer die Türen einschlagen und alle Personen im Raum verhaften könnten. Sollte das geschehen, würde sie in der Patsche stecken. Bis es aber so weit war, würde man ihr vielleicht nicht allzu viel Beachtung schenken.

Zwei Tage lang hatte sie Clayton bekniet, an dem Treffen teilnehmen zu dürfen, weil sie nicht helfen konnte, wenn sie die Vorgänge nicht durchschaute. Im Moment war alles ganz und gar verwirrend für sie. Wenn sie all die Einwanderer und Bergleute, die Grubenbesitzer und die Polizisten der Coal and Iron Police sah, begriff sie gar nichts mehr. Dass man der Polizei nicht trauen konnte, widersprach allem, was sie gelernt hatte. Und wenn man Onkel Otis und Percy so reden hörte, konnte man zu der Überzeugung gelangen, dass die englischsprachigen Bergarbeiter Angst davor hatten, ihre Jobs an die Immigranten zu verlieren. Andererseits hatte Clayton es irgendwie geschafft, ein paar gebürtige Amerikaner und die Einwanderer an einen Tisch zu bekommen, damit sie sahen, dass man auf derselben Seite stand. Jetzt musste er nur noch den Rest davon überzeugen.

Anfänglich hatte er es rigoros abgelehnt, sie an dem Treffen teilnehmen zu lassen. Sie hatte allerdings gedroht, trotzdem zu kommen, und ihm in Erinnerung gerufen, dass sie zum Bergwerk hochgegangen sei und Onkel Otis zur Rede gestellt habe, obwohl sie gewusst hatte, dass ihr Onkel und die Bergleute empört sein würden. Schließlich hatte Clayton nachgegeben. Er hatte ihr erzählt, dass es erst das zweite Treffen in sechs Monaten sei, weil es so lange gedauert habe, allen Bescheid zu sagen und sie zum Kommen zu überreden. Am ersten Treffen im Februar, zwei Monate bevor Emma nach Coal River gekommen war, hatten nur zwanzig Personen teilgenommen. Jetzt schien es, als habe der Unfall im Kohlebrecher einige aufgerüttelt. Immerhin hatte sich die Teilnehmerzahl verdoppelt. Clayton räusperte sich und wandte sich an die Anwesenden.

»Bevor wir anfangen«, sagte er, »möchte ich die Aufmerksamkeit auf die Fenster dort lenken.« Er zeigte auf die Wand hinter sich, wo man neben dem Backsteinkamin vier große Fenster sah. »Wenn Mr. Flints Schergen auftauchen, werden wir durch diese Fenster die Flucht ergreifen. Draußen an der Wand lehnen Leitern, die auf dem Dach der Gartenveranda stehen, von wo aus zwei weitere Leitern zum Boden führen. Einige Männer werden aber auch von dem Dach herunterspringen müssen. Danach verstreuen wir uns in alle Winde. Verstanden?«

Die Bergleute und Kohlejungen nickten.

»Gut«, sagte Clayton. Er schaute sich mit ernster Miene im Raum um. »Der heutige Tag markiert den Beginn eines Aufstands gegen Hazard Flint und die Bleak Mountain Mining Company. Wir werden uns für das Recht erheben, unser Werkzeug niederlegen und der Unterdrückung entgegentreten. Wir werden zusammenkommen, um für unsere Rechte zu kämpfen und für die Rechte unserer Kinder und Kindeskinder.«

Etliche Bergleute beugten sich vor und lauschten aufmerksam. Emma bekam eine Gänsehaut. Sie hatte recht gehabt: Clayton war der geborene Anführer. Und er stand auf der richtigen Seite, auf der Seite von Wahrheit und Gerechtigkeit.

»Seht ihr diese Männer?« Clayton zeigte auf die neuen Einwanderer. »Sie möchten euch nicht die Stellen klauen. Sie sind einfach nur Arbeiter wie ihr. Und im Moment sind sie ebenfalls Sklaven der Bergwerksgesellschaft. Hazard Flint zieht ihnen Geld vom Lohn ab, um ihnen Kost und Logis zur Verfügung zu stellen. Auch das Geld für ihre Kleidung und den Puder nimmt er von ihrem Lohn. Wenn sie verletzt sind oder krank werden, zahlt er ihnen zwei Dollar weniger, damit sie zu einem Arzt gehen können. Selbst das Geld für ihre Zugfahrkarte hierher hat er ihnen vom Lohn abgezogen! Der Kampf heißt nicht: Wir gegen sie! Er heißt: Wir alle zusammen gegen die Bergwerksgesellschaft! Und wenn wir zusammenhalten, wenn wir alle gemeinsam die Arbeit niederlegen, kann Hazard Flint seine Kohle nicht mehr aus der Erde holen. Die Kohle, die wir fördern, ist keine deutsche Kohle oder polnische Kohle oder irische Kohle. Es ist schlicht und einfach Kohle.«

Gemurmel erhob sich. Einige Männer nickten zustimmend, während andere die Arme verschränkten und die Stirn runzelten, als seien sie nicht überzeugt.

»Dieser Mann hier, Nally«, sagte Clayton, »ist Ende Juni mit den anderen Einwanderern gekommen. Vor sieben Monaten hat er einen erfolgreichen Streik gegen die Bergwerksbesitzer in Cabin Creek geleitet. Jetzt ist er hier, um uns seine Hilfe anzubieten.«

Nally erhob sich mit ernster Miene. »Schaut euch diese imposanten Herrenhäuser in den Hügeln an«, sagte er. »Die Frauen der Aufseher kleiden sich vom Blut eurer kleinen Söhne. Mr. Flint lässt euch nach Kohle graben und zahlt den Preis, der ihm gerade passt. Oben in Paint Creek und Cabin Creek haben wir uns an die Gesetze gehalten. Dann haben wir gestreikt und bekamen das Doppelte von dem, was wir sonst verdient haben. Die Schichten haben wir auf neun Stunden reduziert. Jetzt bin ich hier bei euch, und die Coal and Iron Police, diese blutigen Bastarde, können zum Teufel gehen!«

»Wie viele Bergleute sind bei dem Streik in Cabin Creek gestorben?«, fragte ein Bergmann. »Wie viele wurden von der Coal and Iron Police niedergeschossen?«

»Was ist mit Eagle Hill?«, rief ein anderer. »Die Bergleute trugen nichts bei sich als die amerikanische Flagge, und trotzdem sind die Sheriffs und ihre Schergen mit Gewehren auf sie losgegangen. Wie viele Bergleute sind an dem Tag gestorben? Zwanzig? Dreißig? Wollen wir das hier auch?«

»Es wäre dumm, zu leugnen, dass es Zusammenstöße zwischen den Streikenden und der Polizei gab«, sagte Nally. »Aber die Polizisten sind dazu da, die Bergwerke zu beschützen, genau wie hier. Wenn ihr nicht bereit seid, für eure Rechte Opfer zu bringen, dann seid ihr bei diesem Treffen vielleicht nicht richtig. Ich will euch erzählen, was ich 1902 bei dem großen Streik in den Kohlerevieren von Pennsylvania erlebt habe. Mehr als hunderttausend Männer und Jungen haben ihre Arbeit niedergelegt, und egal, ob sie hungern mussten oder ihren Job verloren, sie haben nicht nachgegeben. Ein paar gute Männer haben mit dem Leben bezahlt, aber es waren wesentlich weniger, als in den Gruben gestorben wären, wenn man immer so weitergemacht hätte. Wie ich hörte, gibt es in Coal River noch mehr Grubenunglücke als in anderen Bergwerken, wo es schon schlimm genug ist.«

»Wir kennen Sie kaum!«, rief ein anderer Mann. »Woher sollen wir wissen, dass wir Ihnen trauen können?«

»Das stimmt«, sagte Nally. »Aber im Moment vertraut ihr euer Auskommen, nein, euer ganzes Leben einem Kriminellen an.«

»Clayton«, sagte der erste Mann. »Du hast uns hier zusammengetrommelt. Ich kenne dich, seit du ein Rotzlöffel warst. Die meisten hier haben mit deinem Vater zusammengearbeitet. *Du* solltest hier reden, nicht dieser Fremde.«

Die meisten Bergarbeiter nickten und murmelten »genau« und »finde ich auch«.

Nally hob die Hände und setzte sich.

»In Ordnung«, sagte Clayton. »Beruhigt euch. Aber Nally hat recht. 1902 wurde eine Menge erreicht, aber das hat unsere Probleme nicht gelöst. Sie betrügen uns an den Waagen und zahlen zu wenig für die Kohle, die wir hochholen. Als wir uns dann endlich auf den Preis für einen voll beladenen Förderwagen geeinigt hatten, ist Hazard Flint hingegangen und hat einfach größere gekauft. Außerdem hat er die Preise im Laden der Bergwerksgesellschaft erhöht. Wie sollen wir unter diesen Bedingungen wohl leben?«

»Den Staat kümmert das einen Dreck«, rief eine tiefe Stimme. »Das ganze Land kümmert das einen Dreck. Und die Regierung erst recht.«

»Das stimmt nicht«, widersprach Clayton. »Die Gesetzgebung steht auf unserer Seite. Kein Kohlebrecher darf näher als hundert Meter am Schachteingang stehen. Jede Grube muss einen Notausgang haben, falls es im Hauptschacht zu einem Unglück kommt. Für gute Belüftung muss gesorgt sein. Es gibt Regelungen für die Lagerung von Sprengstoff im Bergwerk, für den ordnungsgemäßen Betrieb des Kohlebrechers und selbst für die Art des Lampenöls, das sie uns zur Verfügung stellen, damit wir uns nicht selbst in die Luft jagen!« Er ereiferte sich nun, und die Worte sprudelten nur so aus ihm heraus. »Es muss richtige Tragen geben, einen Notdienst, das ganze Brimborium. Es gibt Gesetze! Die Sache ist die, dass Hazard Flint gegen all diese Gesetze verstößt!«

Claytons Wut schien sich auf andere im Raum zu übertragen. In der letzten Reihe erhob sich ein alter Mann. Er trug eine Augenklappe und lehnte sich zur Seite, als wolle er eine kaputte Hüfte entlasten.

»Ich habe mein ganzes Leben lang im Bergwerk geschuftet«, sagte der Alte. »Und ich habe keinen heilen Knochen mehr im Leib. Mein Schädel wurde zertrümmert, mein Auge zerstört, und eines meiner Beine fühlt sich an wie Holz. Als ich das letzte Mal verletzt wurde, konnte ich sechs Tage nicht arbeiten. Am letzten Tag sollte ich aus unserer Hütte vertrieben werden, weil ich mit der Miete im Rückstand war. Ich habe um einen Tag Aufschub gebeten, weil meine Frau krank geworden war, aber die Polizei gab mir fünf Minuten, um das Haus zu verlassen. Sie schleppten mich, meine kranke Frau und meine blinde Schwiegermutter auf die Straße. Wir kamen bei einer Witwe mit fünf Kindern unter. Ich hatte kein Geld für einen Arzt. Wenige Tage später war meine Frau tot.« Er senkte den Kopf und seufzte, dann schaute er wieder auf. »Clayton hat recht. Es ist Zeit, dass wir uns gegen Hazard Flint wehren.«

Ein paar Plätze neben Emma stand ein magerer Junge von etwa zwölf Jahren und knetete seine Kappe in den kohleverschmierten Händen. »Als mein Vater krank wurde und starb«, sagte er, »bin ich in die Witwengasse gezogen und habe angefangen, im Kohlebrecher zu arbeiten. Eigentlich sollte ich fünfundsechzig Cent am Tag bekommen. Stattdessen zeigten sie mir den Kündigungsbrief für unser altes Haus und sagten, ich schulde ihnen fast hundert Dollar, weil mein Vater die Miete nicht gezahlt hat. Diese Schulden arbeite ich heute noch ab.«

Aus den Reihen der Bergleute waren empörte Kommentare und Gemurmel zu hören. Emma konnte kaum glauben, was sie da hörte. Es war alles noch viel schlimmer, als sie gedacht hatte.

Nun erhob sich ein weiterer Mann. »Ich weiß nicht, ob mich alle kennen, aber ich bin seit über zwanzig Jahren mit der Hebamme der Siedlung verheiratet. Meine Frau hat die Kleinen im Arm gehalten und sie an Tuberkulose, Mangelernährung und Ruhr sterben sehen. Ich selbst habe miterleben müssen, wie das Baby meiner Schwester nach Milch schrie, während die Grubenbesitzer in ihren schnieken Wagen herumkutschiert sind, ihre Frauen und Kinder in Seide gekleidet und mit Diamanten behängt, die alle von Blut, Schweiß und Tränen der Bergleute bezahlt wurden. Im Traum höre ich die hungrigen Kinder immer noch schreien. Das ist eine Schande!«

Plötzlich redeten sämtliche Bergarbeiter durcheinander. Manche rutschten unruhig auf ihren Stühlen herum, andere standen auf und reckten die Fäuste. Clayton hob die Hand, um sie zum Schweigen zu bringen.

»Ich danke euch für eure Geschichten«, sagte er. »Unser Leid ist noch wichtiger als die Gesetze.« Er warf Emma einen Blick zu und sah schnell wieder weg. »Und das bringt mich noch auf etwas anderes. Vor uns liegt ein weiterer Kampf. Die während des Kohlestreiks von 1902 gegründete Kommission hat Kinderarbeit für gesetzeswidrig erklärt, aber die Jungen müssen weiter im Bergwerk und im Kohlebrecher arbeiten, solange die Eltern ihren Lohn und die Bergwerksgesellschaften ihre Arbeitskraft brauchen. Schaut euch doch nur um. Einer von vier Grubenarbeitern ist jünger als sechzehn. Viele sind erst sieben, acht Jahre alt. Hier in Coal River arbeiten alle Jungen im Bergwerk. Ich habe schon Fünfjährige im Kohlebrecher erlebt. Wenn euch die Beerdigung letzte Woche nicht davon überzeugt hat, dass wir dem Ganzen einen Riegel vorschieben müssen, dann weiß ich auch nicht, was euch aufrütteln sollte. Ihr müsst mit euren Nachbarn und Freunden reden und ihnen erzählen, was ihr heute Nacht hier gehört habt. Sagt ihnen, dass es nur eine Möglichkeit gibt, etwas zu ändern, und das ist, wenn wir alle zusammenhalten. Sagt ihnen, dass es noch ein Treffen geben wird und ich sie alle hier sehen will. Seid ihr dazu bereit, in eurem eigenen Interesse?«

Die Bergarbeiter und die Jungen nickten.

»Und jetzt kehrt heim und geht Montagmorgen ganz normal zur Arbeit«, fuhr Clayton fort. »Benehmt euch anständig. Ich möchte, dass ihr euch immer ordentlich verhaltet. Es gibt auch ein paar gute Vorarbeiter und Bosse, aber ihnen sind die Hände gebunden. Wir dürfen sie nicht für unser Elend verantwortlich machen. Hazard Flint soll sehen, dass wir uns an die Gesetze halten. Ich habe einen Plan, und wenn wir alle zusammenhalten, werden wir Hazard Flint zwingen, das Richtige zu tun. Aber ihr müsst geduldig sein, liebe Freunde, und ihr müsst mir vertrauen. Und jetzt kehrt heim wie echte Männer und tut die Arbeit, die man euch zugewiesen hat.«

»Du hast leicht reden, wenn du Geduld von uns verlangst«, sagte einer der Bergarbeiter. »Letzten Monat habe ich mein Jüngstes beerdigt, und am Tag der Beerdigung war nicht ein Bissen im Haus, obwohl ich noch sechs Mäuler zu stopfen habe.«

»Hört zu«, sagte Clayton. »Der Kampf findet statt, aber nicht heute. Und auch morgen nicht. Wir haben erst noch ein paar Dinge zu erledigen. Geht nach Hause, alle miteinander, friedlich und haltet euch an die Gesetze. Gönnt euch einen Drink – ich weiß, wie nötig ihr den habt. In den nächsten Wochen komme ich vielleicht wieder auf euch zu, damit wir den nächsten Schritt tun.«

Als er gerade noch einmal wiederholen wollte, dass sie allen Bergleuten von der Sache berichten sollten, hörte man plötzlich draußen auf der Straße Hufe herandonnern. Vor dem Hotel verstummte der Lärm. Im nächsten Moment hatten Clayton und Nally schon alle Laternen bis auf eine ausgeblasen. Alle Männer standen auf, sorgsam darauf bedacht, dass die

Stühle nicht über den Boden kratzten. Stiefel polterten über die vordere Veranda des Hotels und ließen die Fensterscheiben im Ballsaal erzittern. Clayton lief zu einem der Fluchtfenster und öffnete es. Nally und zwei weitere Männer öffneten die anderen drei. Emma, die in Claytons Richtung eilte, hämmerte das Herz in der Brust. Sie hielt das Kinn gesenkt und lief schnell, aber geräuschlos mit den Bergarbeitern und den Jungen mit. Wortlos kletterten die Männer aus dem Fenster. Die Holzleitern schlugen dumpf gegen die Holzverkleidung des Gebäudes. Als Emma das Fenster erreichte, schaute Clayton in ihre Richtung, sagte aber nichts. Für den Bruchteil einer Sekunde erstarrte sie, die Hand auf dem Fensterrahmen.

»Los!«, befahl Clayton leise.

Emma schob sich über die Fensterbank und versuchte, nicht darüber nachzudenken, dass der Ballsaal vier Stockwerke über dem Boden lag. Zwei Männer kletterten die Leiter hinab und wurden von der Dunkelheit verschluckt. Das Dach der Veranda konnte man nicht erkennen. Zu Emmas Überraschung ließ ihre Angst plötzlich nach, weil sie nicht sehen konnte, wie weit es hinunterging. Und weil sie wusste, dass sie im Gefängnis landen würde, wenn man sie schnappte, worauf Onkel Otis sie für immer unter Hausarrest stellen oder in ein Armenhaus stecken würde. Sie biss die Zähne zusammen, schwang sich über die Kante und folgte den Bergleuten in die Finsternis. Am Ende der Leiter trat sie aufs Verandadach und tastete sich dann an der Hauswand entlang. Von hier konnte sie den Hinterhof, den gepflasterten Bürgersteig und die runden Beete mit den kümmerlichen Rosenstöcken erkennen. Einige der Bergarbeiter und Kohlejungen sprangen vom Dach hinab und purzelten bei der Landung nach vorne oder fielen auf den Po. Emma ging zu einer Leiter und wartete, bis sie an der Reihe war. Hinunterzuspringen kam für sie nicht infrage.

Schließlich trat sie auf die Leiter und kletterte eilig hinab.

Am Boden verstreuten sich die Männer, verschwanden in Seitengassen oder stiegen durch offene Fenster in umliegende Gebäude. Emma lief zum Zaun des Anwesens, blieb dort stehen und duckte sich in den Schatten. Sie fragte sich, ob sie auf Clayton warten sollte. Nein, das Risiko, geschnappt zu werden, war zu groß. Sie folgte einer Gruppe Bergleute zu einer kurzen Durchfahrt und schlüpfte in eine Gasse zwischen Postamt und Apotheke. Am anderen Ende bog sie in eine Seitengasse ein, hielt sich dicht an den Hauswänden und schaute gelegentlich über die Schulter zurück, um sicherzugehen, dass sie nicht verfolgt wurde. Erst als sie zu Hause war und in ihr Bett kroch, begann sie am ganzen Leib zu zittern.

KAPITEL 17

Am Morgen nach der Geheimversammlung stand Emma vor dem Spiegel an ihrem Waschtisch, kämmte sich die Knoten aus dem Haar und fragte sich, was sie Tante Ida erzählen sollte, falls sie die Schrammen an ihren Händen bemerkte. Sie könnte behaupten, sie sei auf der Straße gestürzt oder bei der Arbeit von jemandem gekratzt worden. Die Kohle in ihrem Gesicht hatte sich glücklicherweise abwaschen lassen. Außerdem würde Tante Ida vermutlich sowieso nicht merken, dass irgendetwas nicht stimmte. Heute nach der Kirche würde sie zu einem ihrer Gemeindeessen gehen, und so war sie sicher vollauf damit beschäftigt, sich herauszuputzen und den jüngsten Klatsch noch einmal durchzukauen.

Emma legte die Bürste hin und begann sich einen Zopf zu flechten, hielt dann aber inne und lauschte. Vom Untergeschoss hallten jämmerliche Klagelaute herauf. Das war Tante Ida. Emma schoss ein Bild in den Kopf – die Schwarze Maria, wie sie vor der Haustür stehen blieb, um die Leiche von Onkel Otis abzuliefern. Aber es war Sonntag, und das Bergwerk war geschlossen. Onkel Otis war vermutlich unten und trank Kaffee, um die Kopfschmerzen zu lindern, die er den Alkoholexzessen der letzten Nacht verdankte. Sie öffnete ihre Zimmertür und steckte den Kopf hinaus. Im ersten Stock knallte eine Tür zu, dann noch eine. Emma flocht ihren Zopf zu Ende, zog sich an und eilte die Treppe hinab.

Im Esszimmer waren die Vorhänge zugezogen. Tante Ida saß mit rot verweintem Gesicht am Tisch. Onkel Otis tigerte hin und her; die Adern an seiner Stirn waren geschwollen und pochten. Percy hockte in der Nähe des Kamins auf der Sofakante und war noch bleicher als sonst. Auf dem Esstisch lagen drei zerknüllte, an den Rändern gerissene Zettel.

»Was ist denn hier los?«, fragte Emma.

»Das geht dich nichts an«, sagte Onkel Otis, ging zur Anrichte und schenkte sich Whisky ein.

Emma zog einen Stuhl zurück, setzte sich neben Tante Ida und legte ihr sanft die Hand auf den Arm. »Was ist passiert?«, fragte sie. »Geht es Ihnen nicht gut?«

Tante Ida schluchzte auf und legte das Gesicht in die Hände. Ihre Schultern bebten. Percy stand auf, zog einen der roten Samtvorhänge beiseite und schaute hinaus in die Einfahrt. Dann ließ er den Vorhang wieder zufallen und kam zurück.

Tante Ida schaute auf. »Ist da draußen jemand?«, fragte sie mit zittriger Stimme.

Percy schüttelte den Kopf.

»Sie werden nicht am helllichten Tag kommen«, erklärte Onkel Otis. Er stürzte den Whisky in vier geräuschvollen Zügen hinunter und füllte das Glas wieder auf. »Wenn überhaupt, werden sie mitten in der Nacht über uns herfallen.«

»O Gott!«, rief Tante Ida. »Das halten meine Nerven nicht aus!«

»Ich hatte doch gesagt, dass du deine Sachen packen und nach Scranton gehen sollst, bis alles vorbei ist«, sagte Onkel Otis. »Als hätte ich nicht schon genug Sorgen am Hals. Auf eine hysterische Ehefrau kann ich da wirklich verzichten.«

»Und dann?«, sagte Tante Ida. »Irgendwann komm ich heim und darf feststellen, dass du und Percy hingemetzelt seid? Wir sollten alle unsere Sachen packen und verschwinden!«

Onkel Otis knallte das Glas auf die Anrichte, und der Whisky schwappte ihm über die Finger. »Ich werde doch nicht den Schwanz einziehen und wie ein elender Feigling davonrennen!«, erwiderte er. »Ich habe zu lang und zu hart gearbeitet, um den Forderungen dieser Leute nachzugeben! Wenn die Bergleute eine Schlacht wollen, können sie die haben!«

Emma erstarrte. *Schlacht? Aber Clayton hatte doch gesagt, dass die Bergleute noch nicht so weit waren, um loszuschlagen. Es war noch zu früh.* »Würde mir vielleicht irgendjemand erklären, was hier los ist?«

»Lies selbst«, sagte Percy und zeigte auf die Zettel auf dem Tisch.

Tante Ida schniefte und putzte sich dann mit ihrem bestickten Taschentuch die Nase.

Emma zog die zerknüllten Zettel zu sich herüber und strich sie glatt. Um die ungelenk geschriebenen Sätze herum hatte jemand Schilder mit Särgen, Pistolen, Totenschädeln und gekreuzten Knochen gemalt. Auf einem der Zettel stand:

Ihre Tage sind gezählt. Stellen Sie schon mal Ihren Sarg bereit, oder verlassen Sie sofort dieses Haus. Ihr Leben ist am Ende, und Sie werden wie ein Hund sterben, wenn Sie weiter Grubenmeister bleiben. Im Namen eines Fremden, der Sie kennt.

Auf dem zweiten Zettel stand:

Sie haben es zu weit getrieben. Sie und die anderen Grubenmeister sollten sich vorsehen.

Der dritte Zettel lautete:

Wenn Hazard Flint nicht aufhört, werden wir seinen Kohlebrecher niederbrennen und ihn gleich mit.

Emmas Verstand raste. Wer steckte dahinter? Clayton? Nally? Das ergab keinen Sinn. Clayton hatte seine Leute aufgefordert, sich anständig zu verhalten. Außerdem würde er nie jemanden in dieser Weise bedrohen, oder? Irgendjemanden, der gestern bei der Versammlung gewesen war, musste der Teufel geritten haben.

»Was soll das heißen?«, fragte sie und gab sich Mühe, vollkommen ahnungslos zu klingen. »Wer sollte denn so etwas machen?«

»Das sind Sargbriefe«, erklärte Percy.

Tante Ida presste das Taschentuch vor den Mund und erstickte einen Schluchzer. »Die Molly Maguires stecken dahinter.«

Emmas Haut kribbelte. *Hatte Mr. Flint doch recht? Hatte Clayton sich mit den Molly Maguires eingelassen?*

»Das wissen wir doch gar nicht«, sagte Percy. »Sie waren schon jahrelang nicht mehr in dieser Gegend zugange. Falls es sie überhaupt gibt. Irgendjemand will uns einen Schrecken einjagen, das ist alles.«

»Vermutlich sind das nur leere Drohungen«, sagte Onkel Otis. »Aber sollte ein Haufen beschränkter Bergleute glauben, man könne Hazard Flint Angst machen, dann täuschen sie sich gewaltig.«

»Denkst du, Clayton Nash steckt dahinter?«, fragte Percy.

»Natürlich«, antwortete Onkel Otis. »Er ist der Einzige, der klug genug ist, um die Bergleute zu mobilisieren. Aber Mr. Flint wird sich schon um Nash und seine Kumpane kümmern.«

Emma schwindelte. »Was wird Mr. Flint denn mit ihm machen?«

Onkel Otis, der sich gerade noch einen Whisky einschenken wollte, hielt inne. Er stellte das Glas ab und schaute sie lange an, bevor er fragte: »Wieso interessiert dich das?«

»Ich wollte nur …«

Unvermittelt kam Onkel Otis zum Tisch geeilt und klammerte sich an eine Stuhllehne, bis seine Fingerknöchel weiß hervortraten. »Ich dachte, ich hätte klargestellt, dass du dich von Clayton Nash fernhalten sollst. Er ist ein mordlüsterner, nichtsnutziger Hurensohn.«

»Ich halte mich doch von ihm fern«, sagte Emma.

»Du lügst.« Onkel Otis' Augen blitzten vor Wut. Bevor Emma wusste, wie ihr geschah, schoss er um den Tisch herum, packte sie beim Zopf und riss sie vom Stuhl. »Sag, was du weißt!«

Tante Ida sprang auf, lief zu Percy und vergrub ihren Kopf an seinem Hemd. Emma verzog das Gesicht und bohrte die Fingernägel in den Handrücken ihres Onkels, um sich zu befreien. »Lass mich los!«, rief sie. Tränen des Schmerzes traten ihr in die Augen. »Ich weiß von nichts!«

Onkel Otis zog sie zu sich herum und hielt sie immer noch am Zopf gepackt. Mit der freien Hand nahm er ihr Kinn und bohrte ihr seine knochigen Finger in den Kiefer. »Hast du dich mit ihm getroffen?«

»Nein!«, schrie sie.

Er riss sie an den Haaren und ließ ihren Kopf wie einen Sack Kartoffeln hin und her baumeln. »Sag mir die Wahrheit!«

»Ich sage die Wahrheit!«, antwortete sie. »Ich mache mir nur Sorgen wegen der Waisenkinder, die bei ihm leben.« Sie hatte die Worte kaum ausgesprochen, da war ihr schon klar, dass sie einen Fehler gemacht hatte.

»Woher weißt du, dass Waisenkinder bei ihm leben?«, fragte Onkel Otis. »Warst du bei ihm zu Hause?«

Tante Ida eilte durch den Raum und stellte sich neben Onkel Otis, ihr Gesicht eine Maske des Entsetzens. »Pflegst du Beziehungen zu diesem Mann?«, fragte sie.

»Nein!«, sagte Emma.

Otis zog so fest an ihrem Zopf, dass sie vor Schmerz aufschrie und sich auf die Zehenspitzen stellen musste.

»Lass sie los!«, sagte Percy und ging mit wutentbranntem Gesicht auf seinen Vater zu. »Sie hat nichts damit zu tun!«

Onkel Otis ließ Emma los. Die Nasenflügel gebläht, blieb er einen ewigen Moment lang neben ihr stehen, atmete schwer und starrte sie an. Dann ging er auf Percy los. Der duckte sich aber, und Onkel Otis geriet ins Straucheln. Nachdem er sich wieder gefangen hatte, drehte er sich um, packte Percy um die Taille und warf ihn in die Porzellanvitrine. Die Scheiben zersprangen, und die Einlegeböden brachen entzwei. Gläser und Kristallschalen zerschellten auf dem Fußboden. Tante Ida schrie. Percy hatte es irgendwie geschafft, sich auf den Füßen zu halten, warf sich nun auf seinen Vater, schob ihn durch den Raum und knallte ihn wie einen Rammbock gegen die Wand.

»Aufhören!«, rief Tante Ida. »Hört sofort auf!«

Percy presste seinen Vater gegen die Wand, den Arm an seinem Hals. »Lass Emma in Ruhe«, sagte er. »Sie hat nichts Schlimmes getan, und wen interessiert es, was sie mit Clayton anstellt? Wir haben im Moment ganz andere Sorgen.«

»Du nimmst besser die Finger von mir, Junge«, sagte Onkel Otis mit erstickter Stimme.

Tante Ida versuchte, Percy fortzureißen, und traktierte seinen Nacken und seine Schultern. »Hör endlich auf. Du lässt deinen Vater jetzt sofort los!«

Gerade als Emma etwas sagen wollte, klopfte es an der Tür. Tante Ida schnappte nach Luft und schoss herum, das Gesicht schlagartig blutleer. Sie bedeutete den anderen, still zu sein. Das Letzte, was sie wollte, war, dass irgendjemand sie streiten hörte. Percy ließ seinen Vater los und keuchte. Onkel Otis sank gegen die Wand und rang nach Luft. Eine ganze Weile lang rührte sich niemand. Dann klopfte es wieder, lauter und herrischer diesmal.

»Otis Shawcross!«, rief eine männliche Stimme. »Ich habe eine Nachricht von Hazard Flint.«

Onkel Otis richtete sich auf, warf Percy einen vernichtenden Blick zu und ging dann in den Vorraum. Auf dem Weg strich er sich die Haare aus dem Gesicht und rückte seinen Kragen zurecht. Emma wartete mit den anderen im Speisezimmer, während Onkel Otis mit dem Mann an der Tür sprach. Schließlich schloss sich die Haustür wieder. Mit schweren Schritten überquerte der Mann die Veranda vor dem Eingang und ging die Treppe hinunter. Percy eilte zum Fenster und schaute durch den Vorhang. Als Onkel Otis zurückkehrte, zogen sich tiefe Sorgenfalten über seine Stirn.

»Ab morgen Mittag treten die Bergarbeiter in den Streik«, verkündete er. »Sie haben bereits die Förderwagen vom Gleis genommen. Mr. Flint haben sie ebenfalls Sargbriefe zukommen lassen. Sie werden die Arbeit niederlegen und sie erst wieder aufnehmen, wenn Mr. Flint sich auf ihre Forderungen einlässt.«

Emma konnte es kaum fassen. Clayton hatte gesagt, dass er die Bergarbeiter erst in den nächsten Wochen wieder zusammenrufen würde. Sie hatten ja auch noch gar nicht genug Leute an Bord. An der Versammlung hatten jedenfalls nicht genug Männer teilgenommen, um einen richtigen Streik durchziehen zu können. Was um alles in der Welt war hier nur los?

»Was fordern sie denn?«, fragte Percy.

»Eine Lohnerhöhung von zwanzig Prozent, einen Acht-Stunden-Tag und ein Ende der Verpflichtung, im Laden der Bergwerksgesellschaft einzukaufen«, sagte Onkel Otis. »Aber keine Sorge, Mr. Flint wird der Sache ein Ende bereiten, bevor sie überhaupt richtig losgegangen ist. Um ein Uhr wird er im Kohlebrecher eine Erklärung verlesen. Jeder, der die Arbeit verweigert, wird seinen Job verlieren. Und wenn es Ärger gibt, wird er keinerlei Bedenken haben, gewaltsam dagegen vorzugehen.«

»Was ist mit den Kohlejungen?«, fragte Emma.

»Was soll mit ihnen sein?«, fragte Onkel Otis zurück.

»Wenn die Bergarbeiter streiken, können sie nicht arbeiten. Ich möchte nicht, dass Mr. Flint Kinder für etwas bestraft, was …«

»Kohlejungen tun, was die Bergarbeiter von ihnen verlangen«, fiel Onkel Otis ihr ins Wort. »Das heißt, dass sie ebenfalls streiken werden.«

Um ein Uhr, als Mr. Flint seine Erklärung verlesen wollte, saß Emma neben Tante Ida in der Kutsche und suchte die Menge am Kohlebrecher nach Clayton ab. Von der Stelle, wo sie angehalten hatten, sahen all die Kappen und Köpfe allerdings völlig gleich aus.

Früher am Tag, als Onkel Otis und Percy das Haus verlassen hatten, hatte Tante Ida dem Fahrer aufgetragen, ihre Kutsche vorzubereiten und zwei geladene Gewehre hineinzulegen. Als Emma klar wurde, dass sie zum Bergwerk fahren wollte, um sich Mr. Flints Erklärung anzuhören, bat sie ihre Tante, mitfahren zu dürfen. Zunächst erwartete sie eine Abfuhr, da Tante Ida sie nicht einmal eines Blickes würdigte, aber irgendwann sagte sie zu Emmas Überraschung: »Aber nur, wenn du in der Kutsche bleibst und tust, was ich dir sage.«

»Das werde ich tun«, sagte Emma. »Versprochen.«

»Wenn Otis uns sieht, wird er nicht glücklich sein«, sagte Tante Ida. »Aber ich muss wissen, was da los ist. Mich betrifft es schließlich auch. Wenn wir hinreichend Abstand halten und beim ersten Anzeichen von Ärger verschwinden, kann uns nichts passieren. Aber du solltest besser nicht davor zurückschrecken, im Notfall zum Gewehr zu greifen.«

Emma hatte noch nie in ihrem Leben ein Gewehr in der

Hand gehalten, aber es wäre wenig hilfreich, das jetzt zu erwähnen. »Keine Sorge«, sagte sie. Ausnahmsweise einmal war sie froh, dass Tante Ida ihre Nase gern in anderer Leute Angelegenheiten steckte. Es wäre unerträglich, zu Hause sitzen und auf Nachrichten warten zu müssen, und wie sie sich unbemerkt zum Bergwerk hätte schleichen sollen, hätte sie nicht gewusst.

Jetzt füllten Hunderte von Bergleuten und Kohlejungen die Fläche vor den Bergwerksanlagen. Ehefrauen und Geschwister warteten in sicherer Entfernung, weil sie unbedingt mitbekommen wollten, was geschah. Die Kohlejungen standen in verstreuten Gruppen herum, einige mit verschränkten Armen oder mit den Händen in der Hosentasche, um es den Männern gleichzutun, während andere unter Gelächter Dosen herumkickten oder Fangen spielten. Emma fragte sich, ob den Ehefrauen und Kohlejungen eigentlich klar war, wie wichtig diese Versammlung war und wie gefährlich zugleich. Am liebsten hätte sie alle gebeten, nach Hause zu gehen.

Zu Emmas Überraschung war die Menge der Bergleute deutlich geteilt. Sie fragte sich, ob das eine Spaltung in streikbereite und streikunwillige Männer war. Welche Gruppe den Streik unterstützte, wusste sie nicht, aber auf der einen Seite standen mindestens viermal so viele Männer wie auf der anderen. Ein Dutzend Mitglieder der Coal and Iron Police patrouillierten zwischen den beiden Blöcken und stießen die Männer in ihre Gruppe zurück, wenn sie mit ihren Kollegen auf der anderen Seite aneinandergerieten. Ein Arbeiter trug die amerikanische Flagge und duckte sich, wenn Steine nach ihm geworfen wurden, während die Bergarbeiter um ihn herum patriotische Lieder sangen.

Auf einer mit einem Holzgerüst überbauten Böschung in der Nähe des Eingangs zum Kohlebrecher standen Mr. Flint, Levi und Frank, flankiert von sechs Mitgliedern der Coal and

Iron Police. Auch die Grubenvorstände, Vorarbeiter und Aufseher, unter ihnen Onkel Otis, hatten sich dort versammelt. Eine weitere Phalanx grimmig dreinschauender Polizisten hatte sich an den Gleisen zu Füßen der Böschung postiert; die Eisenbahnschienen wirkten wie eine Demarkationslinie, die die Bergleute nur zu überschreiten wagen sollten. Zwei weitere Polizisten standen auf dem niedrigsten Dach des Kohlebrechers und verschanzten sich hinter ihren Repetiergewehren. Etliche andere verharrten, Gewehr in der Hand, in den offenen Fenstern. *Würden sie wirklich einen Bergmann erschießen, genau hier, vor aller Augen, nur weil er für sich und seine Familie ein besseres Leben herausholen wollte?*, fragte sich Emma. *Oder eine Frau? Einen Kohlejungen?*

Eine Hand in der Jackentasche, stand Mr. Flint da und wartete, bis sich die Menge beruhigt hatte und Stille einkehrte. Dann begann er mit seiner Rede. Er musste schreien, um sich verständlich zu machen.

»Sie haben keinen Anführer«, rief er. »Clayton Nash und die anderen Rädelsführer, die den bevorstehenden Streik organisiert haben, sind im Gefängnis. Sie gehören den Molly Maguires an, einer illegalen Geheimgesellschaft, und werden gleich morgen früh verurteilt und gehängt!«

Emma schlug die Hand vor den Mund. Mr. Flint hatte keinerlei Beweise, woher sollte er die auch haben? Für den Morgen eine Gerichtsverhandlung anzusetzen und die Männer gleich danach zu hängen, war unmöglich, oder? Das musste ein Bluff sein, damit die Bergarbeiter Angst bekamen und einlenkten. Alles andere war undenkbar. Und doch konnte sich Emma nicht dagegen wehren, dass ein Zittern durch ihren ganzen Körper lief.

»Alle, die vorhatten, in den Streik zu treten, sollten besser pünktlich zur Schicht erscheinen und die Arbeit tun, für die ich sie bezahle«, fuhr Mr. Flint fort. »Sie haben keine Gewerkschaft, und Ihr Streik kann gar nicht erfolgreich sein. Wenn Sie meine Regeln und Vorschriften missachten, werden Sie gefeuert und verhaftet, und Ihre Familien werden umgehend aus ihren Häusern verjagt. Wir verfügen über die nötige Feuerkraft und werden nicht davor zurückschrecken, davon Gebrauch zu machen. Männer mit Repetierbüchsen werden das Bergwerk und den Kohlebrecher bewachen. Um das klarzustellen, ich hege keinen Groll auf die anständigen, hart arbeitenden Angestellten meines Unternehmens. Die Rechte und Interessen der Arbeiter werden berücksichtigt und geschützt werden, und zwar gerade nicht von den Aufwieglern, sondern von den Christen, denen Gott in Seiner unendlichen Weisheit die Verfügungsgewalt über dieses Bergwerk übertragen hat. Es ist meine Pflicht, den Mann zu schützen, der arbeiten will, und mit ihm seine Familie und seine Kinder. Ein Kohleengpass ist eine schlimme Sache, und Sie alle hier wissen nur zu gut, was für eine Not es mit sich bringt, wenn die Grube geschlossen wird.«

Die Menge der Männer und Jungen hatte sich zunehmend erregt, und Mr. Flints arrogante Schlussbemerkung wurde mit wütenden Schreien quittiert.

»Wir brauchen keinen Anführer!«, rief ein Bergmann. »Wir streiken auch ohne!« Die Bergleute um ihn herum johlten und reckten die Fäuste in die Luft.

»Und wir gehen nicht eher wieder an die Arbeit, bis Sie uns nicht geben, was wir verlangen!«, rief ein anderer Mann.

Etliche Bergleute aus der anderen Gruppe hatten auch zu schreien angefangen, aber Emma konnte nicht verstehen, was sie sagten. Schließlich schaffte es ein Streikwilliger, an den Polizisten vorbeizukommen, griff einen der Kollegen von der anderen Seite an und lieferte sich einen Faustkampf mit ihm. Die Polizisten jenseits der Gleise preschten vor, um die Prügelei zu beenden. Mr. Flint sagte etwas zu Levi und Frank. Levi trat zurück, und Frank zog seine Pistole aus dem Holster, hob den Arm und schoss zweimal in die Luft. Nach und nach gelang es den Polizisten, die beiden Streithähne, die nicht voneinander ablassen wollten, zu trennen und an verschiedene Stellen zu verbringen.

»Ich habe meinen Teil gesagt!«, rief Mr. Flint. »Sie sind alle gewarnt! Und für den Fall, dass Sie die Situation unten in Virginia nicht kennen: Dort haben dreißigtausend Bergleute ihr Obdach verloren und leben in Zelten, ohne ihre hungrigen Familien ernähren zu können. Und das alles nur wegen ein paar Rädelsführern und Kriminellen, wie sie auch in Coal River ihr Unwesen treiben. Dort unten herrscht Krieg, und er kostet Menschenleben. Das möchte hier niemand. Jetzt kehren Sie nach Hause zu Ihren Familien zurück und denken Sie darüber nach. Ich bin mir sicher, dass Sie morgen alle das Richtige tun werden. Wenn nicht, werde ich die Löhne senken, egal auf welcher Seite Sie stehen.«

Die abschließende Drohung löste weitere Schreie und Flüche aus. Die Polizisten hoben ihre Gewehre und richteten sie in die Menge. Irgendwann beruhigten sich die Bergleute und zogen sich zurück. Die Menge löste sich langsam auf. Tante Ida ließ die Zügel niedersausen und wendete die Kutsche, als habe sie es eilig wegzukommen, bevor Onkel Otis sie entdecken konnte.

Emma klammerte sich an die Kutschbank und versuchte, ruhig zu atmen, als sie an Clayton im Gefängnis dachte. Ging er davon aus, dass er freikam, oder wusste er, dass sie ihn aufknüpfen wollten? Und sollten sie ihn doch gehen lassen, würde er dann aufgeben, oder dachte er immer noch, dass er den Sieg über Hazard Flint davontragen konnte? Und was hatte sie selbst sich eigentlich eingebildet? Wie hatte sie nur auf die Idee kommen können, sich gegen eine solche Übermacht aufzulehnen? Vielleicht sollte sie sofort verschwinden.

Wenn man Clayton hängte, wollte sie das lieber nicht wissen, das wäre zu viel für ihr ohnehin schon gebrochenes Herz. Vielleicht könnte sie eine hinreichend große Summe von Percys Schreibtisch stehlen, um sich eine Zugfahrkarte zu kaufen. Vielleicht könnte sie Coal River verlassen und die Kohlejungen einfach aus ihren Gedanken verbannen. Sie sollte Jack und Sawyer und Pearl und Francescas tote Söhne schnellstens vergessen. Und Clayton und Albert auch. Sie sollte sie in eine Kammer in ihrem Kopf verfrachten, die Tür verriegeln und den Schlüssel wegwerfen. Sie wollte zu gerne glauben, dass das möglich war. Aus ganzem Herzen. Aber sie war nicht gut darin, sich etwas vorzumachen.

Die Kutsche bog um eine Kurve und erreichte die Straße, die zur Bergarbeitersiedlung hochführte und in der anderen Richtung in die Stadt. Eine Gruppe Bergarbeiter und Kohlejungen trat beiseite, um sie passieren zu lassen. Sie waren in ein erregtes Gespräch vertieft. Einige schauten zu Emma und Ida hoch und starrten sie verächtlich an – die privilegierten Frauen, die auf Kosten der hart arbeitenden Bergleute ein Leben in Saus und Braus führten. Bei der Gruppe stand auch ein Kohlejunge mit Krücken und einem leeren Hosenbein. Es war Michael. Wieder einmal. Er warf Emma einen ruhelosen Blick zu. Einen flehenden Blick. Emma musterte sein bleiches Gesicht und suchte nach Antworten darin. Es schlug sie förmlich in seinen Bann. Aber als sie in diese Augen schaute, wurde ihr nur eines ganz klar: Coal River entkam sie nicht.

KAPITEL 18

Eine halbe Stunde nach Mitternacht saß Clayton in der von Schatten erfüllten Küche seiner Hütte und hielt eine Schüssel mit blutigem Wasser in der Hand. Emma spülte einen Lappen in der Schüssel aus, tupfte geronnenes Blut von seinem Haaransatz und gab sich alle Mühe, nicht an die klaffende Wunde an der Stirn zu geraten. Schwaches Lampenlicht flackerte über die Regale und ließ Einweckgläser und verbeultes Besteck aufblitzen. Als Emma zu fest zudrückte, zuckte er zusammen.

»Das muss genäht werden«, sagte sie.

»Das wird schon wieder«, sagte er. »Irgendwann heilt es von selbst.«

Erneut spülte sie das Tuch aus und betrachtete sein Gesicht. Außer der Platzwunde an der Stirn war die Oberlippe an zwei Stellen aufgeplatzt, und ein Auge war zugeschwollen. Die Haut um das Auge herum war schwarz und lila. Als sich Emma zuvor zu Claytons Haus geschlichen hatte, um nach den Waisenkindern zu schauen, war sie vor Schreck fast umgefallen, als sie ihn dort angetroffen hatte. »Warum hat man Sie gehen lassen?«

»Ich habe versprochen, den Streik abzublasen«, erklärte er.

Sie wischte getrocknetes Blut von seiner Schläfe. »Ich dachte, Sie wollten noch gar nicht streiken.«

»Wollten wir auch nicht«, sagte er. »Aber das wissen die nicht. Wie ich schon sagte, wir müssen sie im Unklaren lassen, während ich ein paar Dinge regele. Deshalb hatte ich Sie ja auch gebeten, Mr. Flints Spielchen mitzuspielen. Dass er so schnell reagiert, hätte ich allerdings nicht gedacht.«

Emma hielt inne. »Ich habe Mr. Flint aber gar nichts erzählt. Ich dachte, er hat Sie wegen des Sargbriefs verhaftet, den Sie an seine Tür geheftet haben.«

Er schaute sie stirnrunzelnd an. »Wir haben keinen Sargbrief an irgendjemandes Tür geheftet. Das ist nicht unsere Vorgehensweise.«

»Nun, irgendjemand muss es getan haben. Heute Morgen hingen drei Zettel an Onkel Otis' Tür: Er solle die Stadt sofort verlassen, sonst sei er ein toter Mann. An Mr. Flints Tür hingen auch solche Zettel.«

»Scheiße.« Clayton sprang entsetzt auf. »Damit haben wir nichts zu tun. Irgendjemand muss auf Ärger aus sein.« Er nahm ihr den Lappen aus der Hand und legte ihn in die Schüssel. »Sie gehen jetzt besser. Ich möchte nicht, dass Sie in die Sache hineingezogen werden.«

Draußen bellte ein Hund. Clayton stellte die Schüssel auf den Boden und ging zu einem Fenster an der Hausseite. Regungslos stand er da und lauschte, dann eilte er in den vorderen Teil des Hauses. Emma nahm die Lampe und folgte ihm.

»Blasen Sie die aus!«, forderte Clayton sie auf. Er zog die Vorhänge zu und lugte dann an der Seite hindurch. In der Ferne donnerten galoppierende Pferde über die Schotterstraße und kamen immer näher.

Emma blies die Lampe aus, stellte sie auf den Tisch und wartete, dass sich ihre Augen an das Dämmerlicht gewöhnten. Mondlicht sickerte durch die fadenscheinigen weinroten Vorhänge und verlieh dem Raum einen sonderbaren rötlichen Glanz. Clayton zeichnete sich als dunkler, regloser Schatten am Fenster ab. Draußen wieherte ein Pferd, und das Geklapper der Hufe war angeschwollen, als habe auf der Gasse eine wilde Flucht eingesetzt. Im nächsten Moment wurden die Pferde langsamer und hielten an.

Auf dem Sofa rührte sich das jüngste Mädchen, Violet, und fing an zu weinen. Emma tastete sich zu ihm vor und nahm das warme, schläfrige Kind in die Arme.

»Pscht«, flüsterte sie und streichelte Violets mageren Rücken. »Schlaf einfach weiter.«

Von der Hütte nebenan waren Geräusche zu hören. Pferde schnaubten, Sättel knarrten, Stiefel landeten auf dem Boden. Schritte liefen die Holztreppe hoch, eine Tür splitterte, Möbel krachten an die Wände. Eine Frau schrie auf, und Kinder fingen an zu weinen. Zwei Schüsse lösten sich. Ein Kind kreischte. Entsetzt drückte Emma Violet an die Brust. Dann polterten Schritte über die Veranda der Nachbarn und die Treppe hinunter. Zügel knallten, männliche Stimmen trieben die Pferde an, und das Donnern galoppierender Hufe entfernte sich.

»Bleiben Sie hier und passen Sie auf die Kinder auf!«, zischte Clayton über die Schulter. Bevor sie protestieren konnte, hatte er schon die Haustür geöffnet und war hinausgeschlüpft.

Emma wusste nicht, was sie tun sollte. Violet weinte immer noch kläglich, also wiegte sie das Kind, um es zu besänftigen. Dabei versuchte sie, ihre wirbelnden Gedanken zu sortieren. Was, wenn Clayton nicht zurückkam? Was, wenn die Männer zurückkehrten und sich Zutritt zum Haus verschafften? Als sich Violet schließlich beruhigt hatte, legte Emma sie ab, schlich auf Zehenspitzen zum Fenster und zog einen Zipfel vom Vorhang beiseite. Auf der anderen Seite der Gasse stiegen vor einem zweistöckigen Haus Männer vom Pferd. Einige hatten sich Säcke mit dunklen Gucklöchern über den Kopf gezogen, andere trugen Bandanas über Nase und Mund. Die Männer zogen ihre Pistolen, brachen die Tür auf und huschten ins Haus. Eine Frau schrie, und drei Schüsse zerrissen die Luft. Emma ließ den Vorhang los und lehnte sich an die Wand. Ihre Knie zitterten so sehr, dass sie zusammenzubrechen drohte.

»Clayton?«, rief eines der Kinder. Es war Sawyer. Er saß aufrecht in seinem Bett.

Emma ging zum Sofa und nahm Violet auf den Arm. »Sawyer«, sagte sie so laut, wie sie es sich traute. »Hilf mir, alle zu wecken. Wir müssen sofort hier weg!«

»Was ist los?«, fragte er.

»Tu einfach, was ich sage!« Emma rüttelte die anderen Waisenkinder wach. Violet begann wieder zu wimmern, und Emma tätschelte ihren Rücken. »Steht auf, aber leise«, sagte sie zu den Kindern. »Geht in die Vorratskammer und wartet dort auf mich.«

»Ich kann nichts sehen«, sagte Edith.

»Nehmt euch an den Händen«, sagte Emma. »Sawyer führt euch.«

Die Kinder taten, was sie sagte, und Emma folgte ihnen, Violet auf dem Arm. Durch ein kleines Fenster unterhalb der Decke fiel fahles Mondlicht in die Vorratskammer und beschien die bleichen Gesichter der Waisenkinder, tauchte aber den Rest des Raums in einen bläulichen Schatten. Nackte Zehen krümmten sich auf den groben Dielenbrettern, während die Augen der Kinder schläfrig und verwirrt zu Emma aufschauten. Als Emma nach dem Knauf an der Hintertür griff, pochte ihr das Herz in der Brust.

»Was ist hinter dieser Tür?«, fragte sie Sawyer.

»Der Hinterhof«, sagte er. »Und der Hof des Nachbarn, der hinter uns wohnt.«

»Und Henny und Gus«, flüsterte Sadie.

»Henny und Gus?«, fragte Emma.

»Unser Huhn und unser Maultier«, sagte Sawyer. »Der Stallmeister wollte Gus erschießen, weil er krank war, aber Clayton hat ihn hierhergebracht. Der Mann denkt, Gus ist ausgebrochen und weggelaufen. Wir dürfen niemandem erzählen, dass er hier ist.«

»Ist der Hinterhof eingezäunt?«, fragte Emma.

»Ja, aber es gibt ein Tor«, sagte Sawyer. »Warum? Gehen wir weg?«

»Vertraut mir einfach, ja?« Emma wandte sich an die anderen Kinder und gab sich Mühe, ganz ruhig zu sprechen. »Wir spielen jetzt ein Spiel, das ihr bestimmt kennt. Sawyer geht zur Tür hinaus, und wir gehen ihm alle nach, immer im Gänsemarsch. Dabei dürfen wir nicht das geringste Geräusch machen, sondern müssen ganz, ganz still sein. Ich komme als Letzte und mache die Tür zu.«

Genau in diesem Moment öffnete sich die Haustür und wurde sofort wieder geschlossen. Emma riss die Hintertür auf und bedeutete den Kindern, sofort zu verschwinden. Sawyer stieg als Erster die Treppe hinab, gefolgt von Jack.

»Emma?«, rief Clayton von drinnen.

»Wartet!«, sagte sie und winkte die Kinder wieder herein. »Rührt euch nicht vom Fleck!« Violet auf der Hüfte, eilte sie in die Küche. Clayton erschien im Türrahmen, zwei kleine Mädchen bei sich. Ihre Augen waren verquollen und blutunterlaufen, die Wangen tränenüberströmt. Emma schnappte nach Luft: Die dünnen Nachthemden und die nackten Füße waren mit Blut vollgespritzt.

»Um Gottes willen!«, flüsterte sie. »Was ist passiert?«

Clayton schob die beiden Mädchen in die Vorratskammer. »Ihr bleibt alle hier, bis ich sage, dass ihr rauskommen sollt. Ich bin gleich wieder zurück!«

»Wo gehen Sie hin?«, fragte Emma lauter als beabsichtigt.

»Bleibt einfach hier und verhaltet euch ruhig!«, sagte er. Bevor Emma protestieren konnte, hatte er sich umgedreht und war wieder verschwunden.

In der Vorratskammer legte Emma Violet ab und überredete die anderen, sich auf den Boden zu setzen. Dann gesellte sie sich zu ihnen, nahm Violet auf den Schoß und dachte darüber nach, wie sie die Kinder dazu bringen könnte, still zu sein. Die Mädchen in den blutbefleckten Nachthemden rückten schniefend und wimmernd an sie heran. Das jüngere klammerte sich mit beiden Händen an den Arm seiner Schwester und drückte das verzerrte Gesicht an ihren blutbespritzten Ärmel.

Emma streichelte in einem sanften, beruhigenden Rhythmus die Hand der Älteren. »Jetzt seid alle schön leise, dann singe ich euch ein Lied vor«, flüsterte sie. »Clayton ist gleich wieder da.«

»Aber wir sollen keinen Lärm machen«, sagte Jack.

»Ich singe ganz leise«, sagte Emma. »Versprochen.«

»Kennst du ›Oh My Darling, Clementine‹?«, fragte Sadie.

»Klar«, sagte Emma und fing an zu singen, die Stimme kaum mehr als ein Flüstern. Mit einer Hand strich sie Violet über den Kopf, mit der anderen streichelte sie die Hand des älteren Mädchens. Die Kinder beruhigten sich ein wenig und hielten sich mit ängstlichem Blick an Emma fest. Als sie den letzten Vers zum dritten Mal sang, hörte man draußen Männer schreien. Sie hielt sofort inne und ermahnte die Kinder zur Ruhe. Ein paar Minuten später öffnete und schloss sich die Haustür. Emma legte den Finger an die Lippen, damit niemand einen Mucks von sich gab. Schließlich erschien Clayton im Flur vor der Vorratskammer.

»Sie sind weg«, sagte er. »Ich habe gesehen, wie sie den Hügel wieder hinabgeritten sind, in Richtung Stadt. Emma, kommen Sie mit.«

Emma stieß einen Seufzer der Erleichterung aus und reichte Violet an Sawyer weiter. Dann erhob sie sich und forderte die Kinder auf, sich nicht von der Stelle zu rühren.

»Lass uns nicht allein«, rief das jüngere Mädchen in dem blutbespritzten Nachthemd. »Es ist so dunkel hier!«

»Einen Moment«, sagte Clayton.

Emma blieb stehen, während Clayton in der Küche verschwand und mit einer Kerze in einem Zinnhalter wiederkehrte. Er zündete sie an und stellte sie in dem kurzen Flur zwischen Küche und Vorratsraum auf den Boden. Die flackernde Flamme warf einen gelblichen Schein auf die ängstlichen jungen Gesichter.

»Besser so?«, fragte Clayton.

Das Mädchen nickte, presste die Lippen zusammen und versuchte, die Tränen zurückzuhalten.

Emma folgte Clayton in den hintersten Winkel der Küche, damit die Kinder sie nicht hören konnten. Seine vertrauten Züge vermochte sie kaum zu erkennen, da sein Gesicht im Schatten lag. Der Kerzenschein aus dem Flur spiegelte sich in seinen ernsten Augen.

»Was ist los?«, fragte sie.

»Hazard Flints Schergen haben die Nachbarn erschossen.«

Sie starrte ihn entgeistert an. »Die Eltern der beiden Mädchen?«

Er nickte. »Ich konnte nichts mehr ausrichten.«

»Warum tun sie das?«

»Um uns zu beweisen, dass Hazard Flint kurzen Prozess mit uns macht, wenn wir ihm in die Quere kommen. Ich bin mir nicht ganz sicher, aber ich habe das Gefühl, dass sich diese mordlüsternen Bastarde in der Tür geirrt haben.«

»Was wollen Sie damit sagen?«

»Entweder waren die Kugeln für mich bestimmt, oder sie sind absichtlich zum falschen Haus gegangen, um die Bergleute einzuschüchtern und gegen mich aufzuhetzen.«

Sie umkrallte den Stoff ihres Rockes, um ruhig zu bleiben. »Gegenüber haben sie auch jemanden erschossen.«

»Ich weiß.«

»Was wollen Sie tun, wenn die Männer zurückkommen?«

Er zuckte mit den Achseln. »Ich werde bleiben und kämpfen.«

In der Vorratskammer fing nun eines der neuen Waisenkinder zu schluchzen an. Die Klagelaute hallten wie Sirenen in der engen Hütte wider, und Emma eilte los, um es zu trösten.

»Sehen Sie zu, dass Sie für die beiden Mädchen andere Kleider finden«, rief Clayton ihr hinterher. »Die Sachen meiner verstorbenen Frau liegen unten in der Kommode in meinem Zimmer. Ich setze noch schnell Wasser auf, dann können Sie die Mädchen gleich waschen.«

Emma blieb stehen und schaute zurück. »Gehen Sie noch einmal weg?«

»Ich muss die Leute beruhigen. Sie sind vollkommen aufgewühlt. Können Sie noch ein bisschen bleiben?«

Sie nickte und ging dann, um nach den Waisenkindern zu schauen.

KAPITEL 19

Zwei Nächte nachdem Hazard Flints Schergen zwei Bergarbeiter und ihre Ehefrauen umgebracht hatten, rüttelte eine starke Hand Emma wach. Bevor sie richtig zu sich kam, dachte sie, es sei der Arzt im Krankenhaus in Manhattan, der ihr mitteilen wollte, dass ihre Eltern bei einem Brand ums Leben gekommen waren. Oder es sei Michael, der ihr noch eine Nachricht von Albert überbringen wollte. Dann ergoss sich das Mondlicht, das zum Fenster hereinströmte, über Percys bleiches Gesicht und ließ es wie einen wild dreinschauenden Dämon über ihr schweben. Erschrocken zog sie die Bettdecke ans Kinn und rutschte ans Kopfende hoch.

»Was machst du denn hier?«, fragte sie.

Percy richtete sich auf. Hinter ihm stand ein Mann mit einem Jutesack über dem Kopf und hielt ihm eine Pistole in den Rücken. Emmas Herz tat einen doppelten Satz. Der Mann gab ihr mit der Pistole ein Zeichen.

»Aufstehen!«, knurrte er.

Emma krabbelte aus dem Bett und schlang sich die Überdecke um die Schultern. Ihre Hände zitterten derartig, dass sie die Decke fast fallen ließ. Der Mann mit der Pistole bedeutete ihr und Percy, den Raum zu verlassen und in den Flur zu gehen. Mit weit aufgerissenen Augen starrte sie Percy an und flehte stumm, dass er das nicht zulassen möge, obwohl sie nur zu gut wusste, dass er machtlos war. Percy schüttelte den Kopf, und sie taten das Verlangte. Der Mann trieb sie mit der Pistole vor sich her. Als sie die Treppe erreichten, klammerte sich Emma ans Treppengeländer, weil sie fürchtete, zu stolpern oder in Ohnmacht zu fallen. Ihr Herz hämmerte so wild, dass es im nächsten Moment zu zerspringen drohte. Am Fuße der Treppe nötigte sie der Mann, durch den Flur in den vorderen Teil des Hauses zu gehen.

Onkel Otis und Tante Ida saßen im Nachtgewand im Speisezimmer, Rücken an Rücken, die Handgelenke an die Stuhllehnen gefesselt. Die Vorhänge waren zugezogen, und der Raum wäre stockduster, wenn nicht auf dem Kaminsims zwei flackernde Sturmlaternen stünden. Neben der Anrichte warteten zwei weitere Männer mit Pistolen und Säcken über dem Kopf; auf einen der Säcke war in blauen Buchstaben das Wort KARTOFFELN gedruckt. Der Mann, der mit der Pistole hinter Emma und Percy herging, gesellte sich zu den beiden anderen. Zwei der Männer trugen Nagelschuhe, dunkle Mäntel und schwarze Hosen. Der dritte trug Cowboystiefel und eine Hirschlederjacke mit einem riesigen schwarzen Kreuz auf dem Rücken. Emma bekam eine Gänsehaut.

Es war der Schütze vom Fluss. Der Mann, der auf Hazard Flints Befehl jemanden umgebracht hatte.

Er steckte Onkel Otis' Whiskyflasche unter den Sack, der sein Gesicht verhüllte, und nahm einen Schluck. Der andere Mann richtete derweil seine Pistole auf Onkel Otis' Kopf. Tante Ida starrte Emma und Percy mit hervorquellenden Augen an; ihre Wangen glänzten vor Tränen. Onkel Otis blickte auf den Mann mit der Pistole, das Gesicht knallrot, der Mund wutverzerrt. Der Whiskytrinker stellte die Flasche wieder ab und schlenderte um Onkel Otis herum zu Emma und Percy. Er zog seine Pistole und entsicherte sie mit dem Daumen.

»Stell dich an die Wand«, sagte er zu Percy. Dem stand die Panik im Gesicht geschrieben, als er die Hände hob und rückwärtsging, bis er an den Kaminsims stieß. Er schob sich seitlich weiter und drückte sich in eine Ecke. Der Mann mit dem Kartoffelsack hielt seine Pistole auf ihn gerichtet, während der

Mann mit dem Jutesack auf Tante Ida zielte, die auf ihrem Stuhl saß und heulte.

Der Whiskytrinker riss einen Stuhl vom Esstisch zurück und bedeutete Emma, sich zu setzen. Sie tat es und wickelte sich enger in die Überdecke. Der Mann blieb vor ihr stehen.

»Weißt du, warum ich hier bin?«, fragte er.

Sie schüttelte den Kopf.

»Ida und ich haben nichts damit zu tun!«, rief Onkel Otis.

»Maul halten, Otis!«, befahl der Mann mit dem Kartoffelsack.

Emma war sich nicht sicher, aber er klang wie Frank. Sie schaute in seine Richtung. Wenn sie Frank begegnet war, hatte er immer seine Polizeiuniform getragen, daher verriet die Kleidung nichts über seine Identität. Außerdem trug er wie die anderen Lederhandschuhe, sodass sie auch seine Hände nicht sehen konnte. Der Whiskytrinker trat gegen den Stuhl, auf dem sie saß.

»He!«, sagte er. »Ich rede mit dir!« Er drückte ihr die Pistole an den Hals.

Sie verzog das Gesicht, und der Puls pochte ihr in den Schläfen. Der Lauf der Pistole war eiskalt an ihrer Haut. Trotz ihrer Angst versuchte sie, die Augen des Mannes hinter seiner Maske zu erkennen. »Was wollen Sie von mir?«

»Irgendjemand hat im Laden der Bergwerksgesellschaft die Bücher frisiert«, sagte er.

Sofort brach ihr der Schweiß aus, und sie hatte einen säuerlichen Geschmack in der Kehle. In der Hoffnung, verwundert zu klingen, fragte sie: »Und was habe ich damit zu tun?«

»Hast du Hazard Flint bestohlen?«, knurrte er.

»Nein!«

»Du weißt also nichts davon?«

»Nein.«

Der Whiskytrinker straffte sich und nahm seine Pistole

weg. Dann ging er zu Percy hinüber. »Also war es wohl Percy, der die Bücher frisiert hat.« Er schob Percy die Pistole unters Kinn und hob es an. »Wie sieht's aus, Percy? Hast du offene Beträge fälschlicherweise als bezahlt markiert? Lebensmittel geklaut, um sie den Bergleuten zu bringen?«

»Lassen Sie ihn in Ruhe!«, kreischte Tante Ida. »Mein Junge würde nie etwas stehlen.«

»Sie hat recht«, sagte Onkel Otis. »Und Mr. Flint würde er erst recht nichts stehlen, weil ich ihn dann eigenhändig umbringen würde.«

Der Mann mit dem Jutesack hielt die Pistole an Otis' Schläfe. »Dann waren Sie es ja vielleicht!«

Onkel Otis zuckte zusammen und wich vor dem Pistolenlauf zurück.

»Man würde meinen, ein Mann mit einem so schönen Haus wie diesem hier und einer guten Arbeit würde sich etwas dankbarer zeigen, was?«, sagte der Whiskytrinker.

»Ich für meinen Teil würde es jedenfalls tun«, sagte der Mann mit dem Jutesack. »Ich hätte gerne so ein schönes Haus.«

»Nun kommen Sie schon«, sagte Onkel Otis. Seine Stimme zitterte. »Ich war das nicht, und das wissen Sie auch.«

»Wer war es denn dann?«, fragte der Whiskytrinker wütend. Er packte Percy am Kragen und stieß ihm die Pistole ins Gesicht, sodass eine Delle in seiner Wange entstand. »Du sagst uns besser, wer den Laden der Gesellschaft beklaut. Sonst wirst du auf diesem hübschen Teppich verbluten, und dein Papa hat bei Morgengrauen keine Arbeit mehr.«

»Emma war's!«, rief Percy, und seine Stimme brach. »Sie weiß, wie man die Rechnungen als bezahlt markiert! Und sie weiß auch, wo ich die Bücher aufbewahre!«

»Vollkommen richtig!«, stimmte Tante Ida zu. »Sie ist es doch, die hier ständig für Ärger sorgt. Ich selbst habe sie ...«

Ehe sie sichs versah, hatte der Mann mit dem Kartoffelsack Tante Ida geknebelt und ihre Mundwinkel dabei weit an die Backenzähne zurückgezogen. Sie stampfte mit den Füßen auf und warf den Kopf vor und zurück, um sich zu befreien.

»Das ist nicht wahr!«, rief Emma.

»Viele der Bergarbeiter begleichen nicht regelmäßig ihre Schulden«, sagte Percy. »Mir war schon aufgefallen, dass in den letzten Wochen irgendetwas nicht stimmte. Ich habe nur gewartet, dass ich sie mal ertappe.«

Emma warf ihm einen vernichtenden Blick zu und konnte sich nur mühsam davon abhalten, aufzuspringen und ihm eine Faust ins Gesicht zu schleudern.

Der Whiskytrinker nahm die Pistole von Percys Hals und ließ seinen Kragen los. »Was du nicht sagst!«

Erleichtert sank Percy gegen die Wand, das Gesicht schweißüberströmt. Dann sackte er vor und erbrach sich auf den Boden.

Der Whiskytrinker sprang gerade noch rechtzeitig weg. »Herrgott!«, polterte er. Angeekelt inspizierte er seine Stiefel, während die anderen Männer kicherten. Der Whiskytrinker fuhr herum, beförderte Percy mit einem Tritt in die Rippen zu Boden und ließ ihn liegen. Percy hielt sich stöhnend die Seite.

»Nun, Otis«, sagte der Whiskytrinker. »Sieht so aus, als hättest du ein Problem. Hazard Flint wird es nicht gerade freuen, dass deine Nichte ihn bestohlen hat. Arme Bergarbeiter, die ihre Hilfe angenommen haben, in deren Haut möchte ich nicht stecken. Wenn ich es recht bedenke, möchte ich in deiner Haut allerdings auch nicht stecken, besonders wenn diese Leute erst einmal erfahren, warum sie gefeuert wurden. Offenbar ist ja doch etwas dran an dem Tratsch. Deine Nichte bringt Unglück. Und du bist es, der sie hergeholt hat!«

»Nur einen Moment!«, sagte Onkel Otis. »Wir können doch über die Sache reden. Es besteht kein Grund, dass die Bergleute erfahren, warum sie entlassen wurden. Rechnen Sie doch einfach aus, wie viel Emma gestohlen hat, damit Percy und ich den Fehlbetrag begleichen können. Und das Mädchen entlassen wir. Diese Lösung wäre sicher in Mr. Flints Sinn. Sonst weiß schließlich niemand davon.«

Tante Ida trampelte wieder herum und grunzte, um Aufmerksamkeit zu erringen. Der Mann mit dem Jutesack ging zu ihr und schaute ihr mit seiner Maske direkt ins Gesicht. »Du willst was sagen, Dickerchen?«

Tante Ida murmelte etwas in ihren Knebel.

»Kein Geschrei mehr?«, fragte der Mann.

Sie schüttelte den Kopf, und er nahm den Knebel ab.

»Emma wird nie wieder einen Fuß in den Laden setzen«, keuchte Tante Ida. »Bitte, wir machen alles, was Sie sagen, aber tun Sie uns nichts. Wir hatten keine Ahnung, was das Mädchen anstellt, aber jetzt wissen wir es ja. Ab sofort behalte ich sie hier, dann kann sie im Haus arbeiten. Ich schwör's, ich sperre sie in ihr Zimmer, und wir lassen sie nie wieder aus den Augen! Was verlangen Sie sonst noch? Geld? Wir geben Ihnen welches. Lassen Sie uns nur einfach gehen!«

»Meine Frau hat recht«, sagte Onkel Otis. »Wir kümmern uns um Emma, das schwöre ich. Oben in meiner Ankleidekommode habe ich ein hübsches Sümmchen – das gehört Ihnen, wenn Sie uns gehen lassen. Es gibt keinen Grund, andere in die Sache reinzuziehen. Jetzt, wo der Streik droht, hat Mr. Flint schon genug am Hals.«

»Es wird keinen Streik geben«, sagte der Mann mit dem Kartoffelsack. »Dafür werden wir schon sorgen.«

Als sie seine Stimme nun zum zweiten Mal hörte, wusste Emma, dass es Frank war. Das Bild von den Mädchen in den blutbespritzten Nachthemden schoss ihr in den Kopf, und die

Wut durchfuhr sie wie ein Blitz. Plötzlich war ihre Angst wie weggeblasen.

»Wie wollen Sie das bewerkstelligen?«, fragte sie. »Indem Sie mitten in der Nacht in die Häuser der Bergleute eindringen und sie in ihren Betten abmurksen? Indem Sie etliche Kinder zu Waisen machen? Ich dachte, ein Polizei-Captain sei dazu da, die Menschen zu beschützen.«

Sein Kopf fuhr zu ihr herum.

»Sie sind nichts als ein Rüpel, Frank Bannister«, sagte sie. »Das waren Sie schon immer, und das werden Sie auch bleiben. Der einzige Unterschied zwischen jetzt und damals ist, dass Sie sich jetzt hinter einer Pistole und einem Sack verstecken. Feige sind Sie also auch noch geworden.«

Der Mann mit dem Kartoffelsack stürmte durch den Raum, hielt ihr die Pistole an die Stirn und entsicherte sie. »Ich werde Ihnen zeigen, wer hier ein Feigling ist.«

Als sie zu ihm aufschaute, spürte sie, wie sein Hass ein Loch in ihre Brust sengte. »Ich habe gesehen, wie Sie unten am Fluss diese Männer erschossen haben, Sie und Mr. Flint und der da drüben.« Sie deutete mit dem Kinn auf den Whiskytrinker. »Was zählt da schon ein weiterer Mord? Los, schießen Sie.«

»Ich weiß nicht, was Sie denken, mit wem Sie es zu tun haben«, sagte er mit wuterfüllter Stimme. »Sie müssen mich mit jemandem verwechseln.«

»Lass sie in Ruhe«, befahl der Whiskytrinker. »Es würde uns nichts nützen, die Nichte des Oberaufsehers zu erschießen. Wir haben, was wir brauchen. Mr. Flint wird entscheiden, wie es weitergeht.«

Frank blieb, wo er war. Sein Atem ging heftig und stoßweise und blähte den Jutesack über dem Mund. Emma biss die Zähne zusammen, schloss die Augen und wartete darauf, dass er den Abzug betätigte. Schließlich ließ er die Pistole sinken und trat zurück.

»Lass uns hier verschwinden«, sagte der Whiskytrinker.

»Was ist mit dem Geld?«, fragte der Mann mit dem Jutesack.

»Deswegen sind wir nicht hier«, erwiderte der Whiskytrinker. »Wir sind keine Ganoven.«

Nachdem die drei Männer in aller Ruhe ihre Waffen ins Holster gesteckt hatten, verließen sie den Raum. Der Whiskytrinker drehte sich noch einmal um und warf Percy einen Blick zu, als wolle er ihn vor einer unüberlegten Handlung warnen. Schließlich verschwanden sie im Vorraum. Die Haustür öffnete und schloss sich wieder. Auf der Veranda waren Schritte zu hören, die schließlich die Treppe hinabpolterten. Percy rappelte sich auf und stolperte zu seinen Eltern hinüber, um sie loszubinden. Draußen galoppierten Pferde davon. Emma stand auf, zog sich die Decke um die Schultern und war sich nicht sicher, ob sie Percy zu Hilfe eilen sollte, der an dem Seil um die Handgelenke seiner Mutter herumnestelte. Onkel Otis versuchte sich selbst loszureißen, das purpurrote Gesicht schweißbedeckt. Als sein Blick auf Emma fiel, hielt er inne.

»So ist es recht!«, knurrte er. »Schau einfach untätig zu, du undankbare kleine Kröte.«

Emma zögerte, dann biss sie sich auf die Lippe und ging zu ihrem Onkel, um ihm zu helfen. Percy hatte derweil eins der Handgelenke seiner Mutter befreit und mühte sich nun mit dem anderen ab.

»Hilf deinem Vater«, sagte Emma. »Ich mach das schon.« Sie zupfte an dem Seil und versuchte, den strammen Knoten zu lösen.

»Nimm deine Finger weg!«, kreischte Tante Ida. »Ich kann deinen Anblick nicht mehr ertragen!« Emma ließ los und trat einen Schritt zurück.

»Ich wollte Sie nur losbinden«, sagte sie.

Tante Ida sprang auf und schlug Emma ins Gesicht. »Du

hältst den Mund! Wir haben dich aus reiner Herzensgüte aufgenommen, und so vergiltst du uns das? Indem du dafür sorgst, dass wir fast umgebracht werden und dein Onkel seine Stelle verliert? Die Leute haben recht: Auf dir ruht wirklich ein Fluch. Ich will dich nie wieder in meiner Nähe sehen.«

Emma legte eine Hand an die Wange, ihre Augen brannten. »Verkünden Sie ruhig ständig, dass Sie mich aus reiner Herzensgüte aufgenommen haben, wenn Sie dann besser schlafen können«, sagte sie. »Dabei wissen wir doch beide, wie es sich verhält. Sie wollten eine billige Arbeitskraft – das ist der *einzige* Grund, warum ich hier bin.«

Tante Ida starrte sie fassungslos an. Onkel Otis riss seinen Arm los, noch bevor Percy ihn vollständig losgebunden hatte, fuhr herum und pflanzte sich drohend vor Emma auf.

»Ich gebe dir fünf Minuten, um deinen Koffer zu packen und aus meinem Haus zu verschwinden!«, sagte er, und Speichel flog in alle Richtungen. »Wir sind fertig mit dir!«

»Er hat recht«, sagte Tante Ida. »Wir haben für dich getan, was wir konnten, aber dir war das ja nie gut genug. Dies ist das erste Mal in meinem Leben, dass ich mein Wohl über das eines anderen stelle, aber ich habe eine Verantwortung für meine Familie und für mich selbst. Der kann ich nicht gerecht werden, wenn du hier bist und für Ärger sorgst, sobald man dir nur den Rücken zudreht.«

Vor Wut und Angst schlug Emmas Herz schneller. *Wo sollte sie nur hingehen?* Trotzdem drückte sie die Schultern durch und schaute ihrer Tante in die Augen. »Gut, ich gehe, nichts lieber als das. Aber wenn Sie das wirklich wollen, brauche ich Geld für den Zug.«

»Von uns bekommst du keinen Cent mehr«, sagte Tante Ida mit bebender Stimme.

Emma wandte sich an Onkel Otis. »Nun, wenn das so ist, dann sollte ich vielleicht nicht gehen, ohne Ihnen ein kleines

Andenken an mich zu hinterlassen. Ich bin mir sicher, dass Sie sich an den Tanz am Vierten Juli erinnern, wo …«

»Wir geben dir das Geld für die Zugfahrkarte«, ging ihr Onkel dazwischen. »Und dann interessiert es mich einen feuchten Kehricht, was aus dir wird.«

KAPITEL 20

Um vier Uhr morgens saß Emma auf einer abgeblätterten Bank vor dem Bahnhof und fragte sich, was sie nun tun sollte. Der Fahrkartenschalter würde erst in zwei Stunden öffnen, daher hatte sie genug Zeit zum Nachdenken. Endlich hatte sie Geld, um aus Coal River herauszukommen. Ihr Onkel und ihre Tante hatten sie hinausgeworfen und ihr die Entscheidung abgenommen. Jetzt hatte sie keine Wahl mehr, sie musste verschwinden und sich irgendwie durchschlagen. Dies war ihre Chance, diesen Ort ein für alle Mal zu verlassen, aber ob sie es schaffen würde, war keineswegs sicher.

Ein Bild von Nicolas blitzte in ihrem Kopf auf. Dann Francescas wunderschöne Zwillinge, Pearls Sohn, die blutigen Fingerspitzen, die Jungen ohne Arme und Beine, die Prozession der Minisärge. Wie konnte sie einfach verschwinden, wenn kleine Jungen litten und starben, damit andere sich bereicherten? War sie gerade dabei, die Kohlejungen genauso im Stich zu lassen, wie sie es damals mit Albert getan hatte?

Aber wenn sie doch nichts bewirken konnte? Es war ein erschreckender Gedanke, ohne Geld und klare Ideen irgendwo von vorne anzufangen, aber an einem Ort zu bleiben, wo menschliche Wesen so wenig zählten, dass man kleine Jungen in einem der gefährlichsten Industriezweige arbeiten ließ, war eine regelrecht lähmende Vorstellung. In ihrem Leben hatten sich schon so viele schreckliche Dinge ereignet, warum sollte sie sich das weiterhin zumuten? Vielleicht sollte sie diesmal wirklich aufgeben. Sie war zu müde zum Kämpfen. Vielleicht war es an der Zeit, sich einzugestehen, dass Hazard

Flint sämtliche Trümpfe in der Hand hielt. Er hatte gewonnen.

Ganz abgesehen davon, dass sie, wenn sie blieb, nicht nur obdachlos wäre, sondern ihres Lebens nicht mehr sicher sein könnte. Mr. Flint und seine Schergen wussten nun, dass sie die Bergwerksgesellschaft bestohlen hatte, und würden vielleicht kurzen Prozess mit ihr machen. Selbst wenn ihre Tante und ihr Onkel sie im Haus eingeschlossen hätten, wäre sie nicht mehr sicher gewesen. Sie hatte mit eigenen Augen gesehen, wozu Mr. Flint fähig war, daher musste sie schon aus Selbstschutzgründen gehen, oder? Und hatte sie Coal River nicht verlassen wollen, seit sie wieder hierher zurückgekehrt war?

Sie könnte nach New York zurückgehen. Vielleicht würde sich der alte Theaterdirektor ihrer erbarmen. Vielleicht hatte er ein neues Gebäude erworben und könnte ihr einen Job geben. Vielleicht hätte sie endlich einmal Glück im Leben.

Die Vorstellung, Clayton nie wiederzusehen, zerriss ihr natürlich das Herz, aber an Leid war sie gewöhnt. Es war Teil ihres Lebens, so wie ihr widerspenstiges Haar und ihre zu kleinen Fingernägel. Sie würde lernen, damit zu leben, oder? Sie würde es wegstecken wie die Trauer um ihre Eltern, um Albert und um all die Kinder, die in Coal River gestorben waren und noch sterben würden, bis das Leid irgendwann zu Eis erstarren würde. Ihr Herz würde immer langsamer schlagen und ihre Atmung zunehmend ins Stocken geraten.

Wie Ertrinken wäre das.

Sie ließ den Kopf sinken und wurde rot vor Scham. Wie konnte sie nur so eigennützig sein? Selbst wenn Mr. Flints Schergen sie mitten in der Nacht erschießen würden, würde sie wenigstens für eine gute und richtige Sache sterben. Das wäre besser, als davonzulaufen. Nachdem sie schon so viel für die Kinder der Bergleute getan hatte, indem sie ihnen Lebensmittel gebracht und sie lesen und schreiben gelehrt hatte, konnte sie sie jetzt nicht im Stich lassen. Emma ließ den Blick über den düsteren Waldrand und die langen Schatten neben dem Lokschuppen schweifen. Ausnahmsweise einmal hätte sie sich gewünscht, Michael würde irgendwo auftauchen und sie mit seinen dunklen, ruhelosen Augen anschauen. Jetzt würde sie ihn herbeirufen und fragen, was sie tun sollte. Was, wenn Simone recht hatte und es tatsächlich Albert war, der über Michael zu ihr in Verbindung treten wollte? Vielleicht würde er die Antwort kennen. Andererseits brauchte sie Michael oder ihren toten Bruder gar nicht, um eine Entscheidung zu treffen. Letztlich hatte sie gar keine andere Wahl. Sie musste bleiben.

Als sich hinter den Bergen östlich der Stadt der schwache Schimmer der Morgendämmerung abzeichnete, stapfte Emma die steile Straße zur Bergarbeitersiedlung hoch, in der Hand ihren Koffer. Sie betrachtete die dunkle, hoch aufragende Silhouette des Kohlebrechers. Des Kinderfressers. Gelegentlich trat der abnehmende Mond zwischen den Wolken hervor und ließ Lichtreflexe in den Fenstern des Kohlebrechers aufblitzen, als sei jemand im Gebäude und morse Emma eine verschlüsselte Botschaft zu. Niedriger weißer Nebel hing über dem Kiefernwald, der sich über den höchsten Berggipfel zog, und schwebte wie im Fall erstarrter Schnee in der Luft.

Als sie die letzte Anhöhe erklomm, ging Emma noch einmal durch, was sie Clayton erzählen würde. Sie musste ihn dazu überreden, sie aufzunehmen, weil sie bleiben und helfen wollte, was auch immer geschah. Wenn er sich weigerte, würde sie an die Tür anderer Bergleute klopfen und das Geld ihres Onkels für Kost und Logis anbieten. Irgendjemand würde sie schon hereinlassen. Andererseits hatte sie das deutliche Gefühl, dass Clayton sie nicht wegschicken würde, schon allein deshalb, weil sie ihm mit den Waisenkindern behilflich sein könnte. Außerdem war unübersehbar, dass sein Haus die Hand einer Frau brauchte. Die Vorstellung, bei einem Witwer einzuziehen, war ihr mehr als unangenehm, aber sie würde es dennoch tun, wenn er sie ließ. Vielleicht sollte sie das Gespräch damit beginnen, dass sie ihm das Geld zeigte, das sie in ihrem Büstenhalter versteckt hatte, statt sofort von den Kohlejungen anzufangen. Vielleicht sollte sie ihm auch einfach gestehen, was sie für ihn empfand. Nein. Zuzugeben, dass sie das Gefühl hatte, sich in ihn zu verlieben, würde die Dinge nur verkomplizieren. Außerdem war das jetzt nicht von Belang.

Sie musste daran denken, wie sie ihn bei den Feierlichkeiten zum Vierten Juli zum ersten Mal gesehen hatte. Den Vorfall zwischen Nally und Frank hatte er souverän gemeistert, ein schöner, wilder Mann im Sonntagsstaat. Damals hatte sie nur den Unruhestifter in ihm gesehen, als den Percy und ihr Onkel ihn bezeichnet hatten, aber jetzt fragte sie sich, ob sie nicht tief im Innern sofort gewusst hatte, dass er etwas Besonderes war. Später hatte sie erlebt, wie er ihr bei der Tanzveranstaltung zu Hilfe geeilt war, ihr auf dem Riesenrad ein Gefühl der Sicherheit vermittelt hatte und eine Versammlung verzweifelter Bergleute in seinen Bann gezogen hatte. Wann sich ihre Gefühle für ihn verändert hatten – oder wann sie aufgehört hatte, sie zu ignorieren –, war ihr selbst nicht klar; sie wusste nur, dass es so war. Er war ganz anders als die Männer in New York, diese bleichen Schauspieler, die nur an ihre Karriere dachten, oder die Hafenarbeiter, die neben dem Fischmarkt Bier tranken und Poker spielten, oder die reichen jungen Männer, die in ihren modischen Anzügen durch die Stadt flanierten und Emma keines zweiten Blickes würdigten. Clayton arbeitete hart, hatte Waisenkinder aufgenommen und glaubte, dass alle Menschen gleich waren. Emma war nie jemandem begegnet, der so genau wusste, was er wollte und wo er hingehörte. Aber das war nur ein weiterer Grund dafür, warum sie ihm nicht erzählen konnte, was sie für ihn empfand. Er würde Coal River nie verlassen, und sie konnte nicht ewig hierbleiben.

Als sie sich der letzten Kurve vor der Siedlung näherte, zog eine Ansammlung gelber Lichtpünktchen neben der Abraumhalde ihren Blick auf sich. Zunächst dachte sie, es seien Glühwürmchen, die zwischen den Bergen aus Schiefer, Ton und Felsbrocken herumschwirrten. Als sie aber näher kam, erkannte sie, dass es sich um Öllampen handelte.

Emma senkte den Kopf, ging auf die andere Straßenseite und beschleunigte den Schritt. Sie versuchte, auf dem harten Bankett zu bleiben, damit ihre Schuhe nicht im Schotter knirschten. Im nächsten Moment aber trat die Sonne hinter dem Gipfel des Bleak Mountain hervor, und nun erkannte Emma im spärlichen Licht eine Gruppe von Frauen und Kindern, die im Abraum gruben, um ihre Eimer und Schubkarren mit winzigen Kohlestückchen zu füllen. Drei Frauen standen gebückt auf halber Höhe der größten Halde und wühlten mit Händen und Füßen im Geröll herum. Ihre Ärmel hatten sie bis zu den Ellbogen hochgeschoben, und ihre langen Schürzen waren mit Kohlenstaub verschmiert. Ein Junge von etwa acht Jahren suchte im frischen Schutt ganz oben am Scheitelpunkt des Haufens, über fünfzehn Meter hoch. Am Fuße der Halde saß ein Kleinkind mit schmutziger Haube und zerrissener Strumpfhose auf einem Jutesack in einer Schubkarre, das schläfrige Gesichtchen rußverschmiert. Ein blondes Mädchen trug zwei Eimer zu einer anderen Schubkarre, Kleid und Arme bis zu den Armbeugen besudelt, als habe es im Schlamm gewühlt. Wie auf ein Zeichen hin drehten die Frauen ihre Lampen aus, schnappten sich ihre Kinder, Säcke und Schubkarren und zerstreuten sich in alle Richtungen.

Plötzlich merkte eine der Frauen, dass sie beobachtet wurden, und erstarrte vor Angst. Als sie Emma erkannte, sackten ihre Schultern erleichtert herab. Es war Pearl. Sie trat auf die Straße.

»Bringen Sie wieder Lebensmittel?«, fragte sie und beäugte Emmas Koffer.

»Nein«, sagte Emma.

»Sind Sie abgehauen?«

»So was in der Art. Ich kann nicht mehr bei meinem Onkel wohnen.« Sie stellte den Koffer ab und rieb sich die schmerzende Hand.

»Ich würde Ihnen gerne eine Bleibe anbieten«, sagte Pearl. »Aber wir kommen so schon kaum zurecht, wo jetzt auch noch Tanners Lohn wegfällt.« Ihre Augen füllten sich mit Tränen. Sie legte die Hand auf den Unterleib und massierte ihn sanft mit ihren rußverschmierten Fingern. »Wir können niemanden mehr durchfüttern, weil ich ja auch noch schwanger bin.«

»Das ist schon in Ordnung«, sagte Emma. Sie nahm Pearl in die Arme und spürte, dass Tränen in ihren Augen brannten. »Es tut mir so leid mit Ihrem Sohn.«

Pearl erwiderte die Umarmung, entzog sich dann wieder und wischte sich mit ihrer schwarzen Hand die Nase ab. »Es war wohl Gottes Wille, dass er mir meinen Jungen genommen hat«, sagte sie und schniefte. »Außerdem hat er uns mit einem Kind gesegnet, um unsere gebrochenen Herzen zu heilen.«

Emma zwang sich zu einem Lächeln und versuchte, nicht daran zu denken, in was für eine Armut Pearls neues Baby hineingeboren werden würde. »Wie geht es Ihnen denn?«, fragte sie, weil ihr nichts Besseres einfiel.

»Ich komm schon zurecht«, sagte sie. »Soll ich eine der Witwen fragen, ob sie Sie aufnehmen kann?«

»Nein, nein«, sagte Emma. »Ich habe mich selbst in diese

Lage hineinmanövriert, ich werde auch alleine wieder herausfinden.«

»Hat Ihr Onkel herausbekommen, dass Sie uns geholfen haben?«

Emma nickte und schaute dann über Pearls Schulter zu den Frauen und Kindern hinüber, die immer noch in der Nähe der Abraumhalde standen. »Was machen Sie eigentlich hier?«

Pearl folgte ihrem Blick und runzelte die Stirn. »Wir suchen Kohle«, erklärte sie. »Zwischen dem Schotter und den Steinen stecken immer noch schöne Brocken Anthrazit. Mr. Flint sagt, wir sollen unsere Kohle im Halsabschneiderladen kaufen, aber es ist nicht richtig, uns für die Kohle Geld abzuknöpfen, wo unsere Ehemänner sie doch aus der Erde holen. Einige könnten sie sich sowieso nicht leisten, ob es nun richtig ist oder nicht.«

»Das verstehe ich gut«, sagte Emma.

»Und Sie werden uns nicht verraten?«

»Natürlich nicht. Stand ich nicht immer auf Ihrer Seite?«

Pearl nickte. »Ich denke schon.«

»Aber warum sind Sie so früh hier?«, fragte Emma. »Wäre es nicht leichter, wenn Sie aufs Tageslicht warten würden?«

»Oje, besser nicht«, sagte Pearl. »Die Coal and Iron Police hat auch schon mal weggeschaut, wenn sie uns nach Kohleresten buddeln sah. In letzter Zeit patrouillieren sie aber immer hier und kippen unsere Körbe und Schubkarren um, wenn sie uns erwischen. Beim letzten Mal haben sie gedroht, unsere Häuser zu durchsuchen und uns für die Kohle, die sie finden, den doppelten Ladenpreis zu berechnen, egal ob wir sie im Halsabschneiderladen gekauft haben oder nicht.«

Emma schüttelte angewidert den Kopf. Wie konnte jemand, der so reich war wie Hazard Flint, nur so gierig sein?

In diesem Moment erklang unterhalb von ihnen der Donner galoppierender Hufe und kam rasch näher. Pearl wartete gar nicht ab, wer es war, sondern eilte zur Abraumhalde, riss das Kleinkind vom Jutesack hoch und verschwand in einer Ansammlung struppiger Kiefern. Die anderen Frauen und Kinder folgten ihr; Eimer und Schubkarren blieben zurück. Der Junge, der ganz oben auf der höchsten Halde stand, begann eilig den Abstieg und rutschte auf dem lockeren Abraum hinunter. Seine Mutter wartete unten und trieb ihn zur Eile, die Arme ausgebreitet, als wolle sie ihn auffangen.

Hinter Emma kamen vier Polizisten die Straße heraufgeritten, gespensterhafte Schemen in einer grauen Staubwolke. Emma nahm ihren Koffer und rannte mit gebeugten Schultern in den Wald. Als jemand schrie, blieb sie stehen und drehte sich um. Es war die Mutter, die an der Halde auf ihren Sohn gewartet hatte. Der Junge war ausgerutscht und hatte eine Lawine aus Schiefer und Geröll ausgelöst. Die Halde sank um ihn herum ein und schien ihn lebendig zu verschlingen. Das Geröll reichte ihm schon bis an die Knie. Emma gefror das Blut in den Adern. Sie rannte zurück, warf ihren Koffer hin, kippte einen der Eimer aus und kletterte die Halde hinauf. Während sie immer wieder herabpolternden Steinen auswich, bewegte sie sich parallel zu der Stelle, wo der Junge versank. Der Abraum rutschte unter ihren Füßen weg und zwang sie, auf Hände und Knie niederzugehen. Sie hatte keine Ahnung, was sie tun sollte, aber sie konnte nicht einfach dastehen und den Jungen sterben sehen. Die Mutter schrie wie verrückt, dass doch bitte jemand kommen und ihren Sohn retten solle.

Der Junge war in Panik und versackte mit jeder Bewegung tiefer im Abraum, während er sich mit bloßen Händen an die Steine krallte. Er warf sich auf die Seite und reckte die Hände zum Gipfel der Halde, als schwimme er in schwarzem Treibsand. Seine Finger waren verkratzt und bluteten.

»Hör auf zu zappeln!«, rief Emma. Der Junge gehorchte

und starrte sie mit wildem Blick an, das magere Gesicht aschfahl. Der Abraum rutschte immer noch, vergrub jetzt seine Taille unter sich und bewegte sich allmählich auf seine schmale Brust zu wie ein abschüssiges Fließband aus Steinen und Staub. Für einen Moment erstarrte Emma. All der Schutt war plötzlich schneeweiß, und sie sah Albert im Eis einbrechen. Schnell schüttelte sie den Kopf, um das Bild wieder loszuwerden, dann legte sie sich flach hin und schob sich über das Geröll, parallel zum Boden, etwas oberhalb des Jungen. Die scharfkantigen Steine schnitten ihr in Brust und Bauch. Die Beine gespreizt, kroch sie näher und näher und schob dem Jungen den Eimer hin, den sie am Henkel gepackt hielt.

»Halt dich am Eimer fest!«, rief sie.

Der Junge warf sich zur Seite und packte den Eimer mit aller Kraft. Emma zog, aber es nützte nichts. Er war schon zu tief versunken. Also kroch sie noch näher und prüfte immer wieder, wie viel Halt sie auf dem Geröll hatte. Als sie sich nah genug wähnte, warf sie ihren Körper quer über den Hang, packte die Ellbogen des Jungen und mobilisierte sämtliche Kräfte. Es reichte nicht. Sie ließ den Jungen los und fing an, mit dem Eimer um ihn herum zu graben, damit er sich vielleicht selbst herausziehen konnte. Schiefer und Geröll rutschten aber nur noch schneller herab, und der Junge sank immer tiefer ein. Emma versuchte, die Gedanken zusammenzuhalten. In ihren Ohren dröhnte der Puls.

Inzwischen hatten unten an der Halde zwei der Polizisten die schreiende Mutter an den Armen gepackt und zerrten sie fort, während die beiden anderen ihre Schubkarre umtraten und ihren Eimer ausleerten. Irgendwann hielt einer inne und schaute hoch, als würde er Emma und den Jungen jetzt erst bemerken. Es war Frank.

»Halten Sie ihn fest!«, rief er und kletterte mit großen, schweren Schritten die Halde hinauf.

Innerhalb weniger Sekunden hatte er den Jungen erreicht und zerrte an seinen Armen, das Gesicht vor Anstrengung verzogen. Der Schweiß brach ihm aus. Emma versuchte ihm zu helfen, doch vergeblich. Sie bekamen den Jungen einfach nicht herausgehebelt. Während Emma ihn weiter festhielt, trat Frank einen Schritt beiseite und versuchte, näher an ihn heranzukommen. Plötzlich rutschte der Abraum unter seinen Stiefeln weg, worauf sich wie ein schwarzer Strom Schiefer, Ton und Geröll über die Halde ergossen. Frank stolperte und fiel hin. Die Gesteinsmasse gab nach und verschluckte seine Beine bis hinauf zu den Knien, als habe sich unter ihm eine Fallgrube geöffnet. Er rutschte ein Stück den Hang hinab, fort von dem Jungen. Dann bebte und rumorte der Boden, als würde die Erde einbrechen, und Frank sank ein. Schnell.

Eine Hand am Henkel, die andere am Handgelenk des Jungen, reckte sich Emma und hielt den Eimer in Franks Richtung. In seiner Panik bemerkte er es gar nicht. Wie in Zeitlupe zog ihn der Abraum immer tiefer und tiefer. Blind suchte er nach einem Halt, irgendeinem, aber es gab nichts, woran er sich festhalten konnte, und seine Arme und Hände rutschten über die Massen, als sei es Eis. Innerhalb weniger Sekunden hatte der Abraum seine Taille erreicht. Ohne zu merken, dass er alles nur noch schlimmer machte, schlug er um sich und riss immer mehr feinen Schotter auf sich herab. Er war auf dem besten Weg, sich lebendig zu begraben.

Emma rief immer wieder seinen Namen, bis Frank endlich zur Besinnung kam. Er hörte auf zu kämpfen und griff nach dem Eimer, die Augen vor Angst weit aufgerissen. Beim ersten Versuch verfehlte er den Eimer und stieß einen panischen Schrei aus. Statt es aber noch einmal zu versuchen, schlug er wieder um sich und versuchte verzweifelt, sich aus den Gesteinsmassen zu befreien. Die Sehnen an seinem Hals traten hervor, und sein Mund war zu einem stummen Schrei aufgerissen. Der feine Schotter verschluckte ihn Zentimeter um Zentimeter. Dann hielt er plötzlich inne und schaute Emma an. Er keuchte schwer und hatte den Mund im kohleverschmierten Gesicht weit aufgerissen, eine sonderbare Mischung aus Erkenntnis und Schock. Er wusste, dass er sterben würde.

Emma streckte sich so weit wie möglich und schob den Eimer noch etwas näher zu ihm hin. »Halten Sie sich daran fest!«, rief sie. »Das schaffen Sie!«

Nach einer gefühlten Ewigkeit versuchte Frank es noch einmal, dann noch einmal, bekam den Eimer aber nicht zu fassen. Mit jedem Mal wurden seine Versuche schwächer, da Panik und Entsetzen an seinen Kräften zehrten. Er röchelte und hustete, da der Schotter ihm schon auf die Brust drückte. Schließlich gab er auf und erschlaffte, und Emma war sich sicher, dass er es nicht mehr schaffen würde. Sie rief noch einmal seinen Namen, worauf er sich zu ihrer Überraschung zu einem erneuten Versuch aufraffte. Schließlich erreichte er mit einer Hand den Rand des Eimers, dann schaffte er es auch mit der zweiten. Aber die Steinmassen zogen ihn weiter hinab.

Emma nahm ihre letzten Kräfte zusammen und hielt den Eimer und den Jungen fest. Ihre Schultern und Arme explodierten fast vor Schmerz, als würden Muskeln und Knochen auseinandergerissen. Und dann rutschte sie ebenfalls weg und näherte sich langsam, aber sicher dem schwarzen Strom rutschender Erdmassen.

Genau in dem Moment, als sie dachte, es keine Sekunde länger aushalten zu können, packte sie ein Polizist um die Taille. Die anderen beiden Polizisten schoben einen langen Balken zwischen Frank und den Jungen. Der Junge schlang seine Arme darum und hielt sich fest. Frank ließ den Eimer mit einer Hand los und griff ebenfalls nach dem Holz. Einer der Polizisten hielt Frank am Handgelenk fest, bis er den Balken auch mit der anderen Hand zu fassen bekam. Mithilfe seines Kollegen hievte er sich heraus, dann packte er den Arm des Jungen und zog ihn ebenfalls aus dem Loch. Der andere Polizist riss Emma zurück, damit sie nicht im Weg stand. Sie landeten allesamt auf der Halde und krochen schnell von der Einbruchstelle weg.

Das Loch wurde aber immer größer und breiter und kam unerbittlich auf sie zu, da seine schwarzen Kanten unentwegt wegbrachen. Im nächsten Moment hatte es schon den Eimer und den Holzbalken verschluckt. Emma packte die blutige Hand des Jungen und kletterte hastig die Halde hinab. Frank und die anderen Polizisten folgten und versuchten, schneller zu sein als die Lawine aus Schiefer und Geröll. Am Fuß der Halde schnappten sich die Polizisten ihre Pferde und rannten von der Abraumhalde fort. Emma lief hinterher und zerrte den Jungen zur Straße, wo seine Mutter wehklagend auf den Knien lag.

Nachdem sie sich in Sicherheit gebracht hatten, blieben sie alle stehen. Die Gesteinsmassen der Halde hinter ihnen rutschten immer noch polternd zu Boden. Der Junge lief zu seiner Mutter und brach dort zusammen. Sie schlang ihre Arme um ihn und presste ihn an ihre bebende Brust. Frank beugte sich vornüber, stützte die Hände auf die Knie und versuchte wieder zu Atem zu kommen. Emma hustete und spuckte, um ihre Lunge vom Staub zu befreien. Als sie endlich wieder Luft bekam, ohne das Gefühl zu haben, ersticken zu müssen, ging sie zu dem Jungen, um sich zu vergewissern, dass er die Sache unbeschadet überstanden hatte. Seine Hände und Unterarme waren verkratzt und blutig, und seine Hose war zerrissen. Einer seiner Schuhe fehlte.

»Ich hatte dir doch gesagt, dass du nicht ganz nach oben gehen sollst«, schimpfte die Mutter. »Wenn man nicht aufpasst, verschlingt einen der Schutt mit Haut und Haar.«

»Ich weiß, Mama«, sagte der Junge. »Ich werde es auch nie wieder tun.«

Emma legte ihm sanft die Hand in den Rücken. »Geht es dir gut?«, fragte sie. »Tut dir etwas weh?«

Der Junge schüttelte den Kopf, sein Kinn zitterte.

»Kannst du aufstehen?«, fragte Emma.

Der Junge rappelte sich auf und ging ein paar Schritte, um zu beweisen, dass alles in Ordnung war. Auf dem Ballen seines nackten Fußes humpelte er.

Die Frau nahm Emmas Arm, die Augen voller Tränen. »Danke, dass Sie ihn gerettet haben«, sagte sie. »Ich weiß nicht, was ich …«

»Wir hatten angeordnet, von den Abraumhalden fernzubleiben«, unterbrach sie einer der Polizisten. »Sie sind alle wegen Diebstahls verhaftet.« Er trat einen Schritt auf Emma zu, während die anderen beiden Polizisten sich dem Jungen und seiner Mutter näherten.

Frank richtete sich auf und kam zu ihnen herüber. »Lasst sie in Frieden«, befahl er seinen Kollegen. Rußiger Schweiß rann an seinen Schläfen herab, und er klopfte sich schwarzen Staub von Ärmeln und Hose. Die anderen runzelten die Stirn.

»Aber Mr. Flint …«, begann einer der Männer.

»Mir ist egal, was Mr. Flint gesagt hat«, erklärte Frank. »Keiner von euch hat heute jemanden beim Stehlen ertappt! Ist das klar?«

Einer der Polizisten deutete mit dem Kinn auf Emma. »Ich werde nicht gegen die Regeln verstoßen, nur weil du dich in das Mädel da verguckt hast.«

»Den Mist kannst du dir sparen!«, sagte Frank. »Ich kann euch beide ins Gefängnis werfen lassen, und Mr. Flint wird nicht einmal wissen wollen, wieso ich das getan habe. Jetzt schwingt euch auf eure Gäule und dann auf zum Schachteingang. Wir sind nicht deswegen heute hier.«

Die Männer murrten und spuckten aus, gingen aber zu ihren Pferden. Sie saßen auf und warteten, doch Frank bedeutete ihnen zu verschwinden.

»Macht schon!«, rief er. Die Männer wendeten ihre Pferde und ritten mit grimmiger Miene davon. Als sie außer Hörweite waren, richtete Frank den Blick auf Emma.

»Was haben Sie hier oben zu suchen?«

Ihre Gedanken überschlugen sich. »Ich wollte …«

»War das Ihr Koffer?«

Sie erstarrte und schaute zur Abraumhalde. Als sie hinaufgeklettert war, um dem Jungen zu helfen, hatte sie den Koffer einfach hingeworfen. Jetzt war der gesamte Hang abgerutscht, und ihr Koffer war nirgendwo mehr zu sehen. Die Gesteinsmassen hatten all ihre Habseligkeiten verschlungen. Gleichzeitig ging ihr auf, dass es besser wäre, wenn niemand davon wüsste, dass sie bleiben und den Kohlejungen helfen wollte, besonders nicht Frank Bannister und Hazard Flint. »Ich werde Coal River verlassen. Meine Tante und mein Onkel wollen nichts mehr mit mir zu tun haben.«

Er runzelte die Stirn. »Hat das irgendetwas mit Clayton Nash zu tun?«

Emma biss sich auf die Innenseite der Wangen, weil sie sich nur mit Mühe beherrschen konnte. Frank wusste nur zu gut, warum ihre Verwandten sie nie mehr wiedersehen wollten. Keine zwölf Stunden war es her, dass er in ihrem Speisezimmer gestanden und Emma eine Pistole an den Kopf gesetzt hatte. Sie wollte ihn schon der Heuchelei bezichtigen, besann sich dann aber eines Besseren. In ihrer Situation wäre es nicht ratsam, ihn weiter zu provozieren.

»Wir hatten ein paar schwerwiegende Meinungsverschiedenheiten«, sagte sie. »Also haben sie mich rausgesetzt.«

»Das erklärt nicht, warum Sie hier oben sind«, sagte er. »Es sei denn, Sie lügen.«

Die Adern in ihrem Hals pochten, als würden sie im nächsten Moment platzen. Soeben hatte sie ihr Leben riskiert, um das seine zu retten, und nun behandelte er sie wie eine Verbrecherin? Schon wieder? Vielleicht hätte sie ihn einfach sterben lassen sollen.

»Mein Zug fährt erst in zwei Stunden«, sagte sie. »Ich bin nur hier, um mich von ein paar Bergarbeiterfrauen und ihren Kindern zu verabschieden.« Sie presste die Lippen zusammen, als müsse sie sich Mühe geben, nicht zu weinen. »Ich weiß, dass wir beide nicht immer einer Meinung waren, aber bitte verraten Sie niemandem, dass ich wieder hier oben war. Es hat so viele schlimme Gerüchte gegeben, und trotz der Auseinandersetzungen mit meinem Onkel möchte ich meiner Tante Ida nicht noch mehr Schmerzen zufügen. Sie ist immer noch die Schwester meiner Mutter, und sie war sehr gut zu mir. Ich möchte das alles hinter mir lassen und irgendwo ein neues Leben anfangen.«

»Eines würde ich aber noch gerne wissen«, sagte er.

»Was denn?«

»Warum haben Sie mich gerettet?«

Sie blinzelte, überrascht über die Frage. »Weil man das ja wohl tun *muss*«, sagte sie. »Das ist alles. Außerdem wären Sie die Schuldgefühle nicht wert, die mich gepackt hätten, wenn ich Sie hätte sterben lassen.« Die Worte waren heraus, bevor sie sich auf die Zunge beißen konnte.

»Das ist alles?«, fragte er und musterte sie forschend. »Kein anderer Grund?«

Sie schüttelte den Kopf und fragte sich, was für einen Grund es seiner Meinung nach wohl noch geben könnte. Dachte er etwa, dass sie sich von ihm beschützen lassen wolle? Oder dass sie endlich zur Besinnung gekommen sei und nun wisse, dass sie füreinander bestimmt seien? Wenn er das dachte, hatte er sich aber gründlich geirrt. »Das ist alles«, wiederholte sie.

»Und was ist mit der Sache damals, als ich Mr. Flint nicht verraten habe, dass Sie die Person am Fluss waren?«

Sie starrte ihn an. »Sie meinen, kurz bevor Sie mir einen Strick daraus drehen wollten, dass ich mit den Frauen der Bergleute und mit Clayton Nash geredet habe? Oder bevor Sie mir eine Pistole an den Kopf gehalten haben, weil ich Sie einen Feigling genannt habe?«

Er seufzte schwer und verschränkte die Arme. Sie hatte ihn ertappt. »Wo ist Ihre Zugfahrkarte?«

Sie legte die Hand an die Brust und klopfte auf das Geld, das sie zusammengefaltet in ihren Büstenhalter gesteckt hatte. »Die ist gut versteckt«, sagte sie. »Wo niemand sie suchen wird.«

Sein Blick senkte sich auf ihren Busen. Unvermittelt griff er nach ihrer Hand. Sie entriss sie ihm.

»Sie bluten«, sagte er.

Emma schaute auf ihre Hände hinab. Ihre Fingernägel waren abgesplittert und Haut und Knöchel mit Kohlenstaub und Blut verschmiert. Über ihren Handrücken zog sich eine lange, blutige Schramme.

»Das wird schon wieder.«

Er zeigte auf sein Pferd. »Warum kommen Sie nicht mit zu mir?«, fragte er. »Sie können sich nirgendwo blicken lassen, wenn Sie so aussehen, als seien Sie aus einem Kohleflöz gekrochen. Ich bring Sie zu mir nach Hause, damit Sie sich waschen können. Hinterher begleite ich Sie dann zum Bahnhof.«

»Nein«, sagte sie etwas lauter als beabsichtigt. »Ich meine … Eine der Bergarbeiterfrauen wird mir schon die Gelegenheit geben, mich zu waschen.«

Er kniff die Augen zusammen. »Ich bin mir nicht sicher, ob ich Ihnen gestatten soll, zur Siedlung zu gehen. Sie haben schon genug Unruhe gestiftet. Außerdem habe ich das Gefühl, dass Sie mir nicht alles erzählen. Vielleicht sollte ich Sie lieber ins Gefängnis bringen, nur zu Ihrem Besten.«

»Vielleicht hätte ich Sie lieber in diesem Loch versinken lassen sollen.«

Er schaute sie lange an, dann wischte er sich über den Mund und senkte den Blick. Zum ersten Mal hatte sie das Gefühl, dass er sich schämte. »Ich bin Ihnen wohl etwas schuldig.«

»Ja«, sagte sie. »Das sind Sie. Und da ich noch vor Ende des Tages fort sein werde, können Sie mich einfach vergessen. Es wird so sein, als sei ich nie hier gewesen.«

»Sie müssen nicht von hier fortgehen«, sagte er. »Falls Sie eine Unterkunft brauchen, meine Mutter und ich besitzen ein Haus am Ende der Susquehanna Avenue. Ihrer Tante Ida wäre das bestimmt recht, und Sie wären dort in Sicherheit. Luxuriös ist es nicht, aber ich arbeite dran. Besser als das, was Sie jetzt haben, ist es allemal. Und ich wette, dass es auch besser ist als alles, was Sie in Zukunft irgendwo haben werden.«

»Nein«, sagte sie. »Ich habe meine Entscheidung getroffen.«

»Ich könnte gut für Sie sorgen, Emma. Das wissen Sie, oder?«

Sie traute ihren Ohren nicht. War er wirklich derart verblendet? Oder hatte er sich bei dem Sturz den Kopf angeschlagen? Sie widerstand dem Impuls, ihm zu erklären, dass sie lieber tot oder im Gefängnis wäre, als sich mit ihm abzugeben. »Es tut mir leid, aber ich kann nicht bleiben. Dieser Ort birgt zu viele schlimme Erinnerungen.«

Wieder seufzte er, und nach einer langen Pause sagte er: »Viel Glück dann. Das meine ich ernst.«

»Danke.« Sie zwang sich zu einem Lächeln.

»Falls Sie es sich anders überlegen«, sagte er, »Sie wissen ja, wo Sie mich finden.«

»Ja, das weiß ich.«

»Das heißt vermutlich, ›Leben Sie wohl‹.«

»Ja.«

Er nickte kurz, drehte sich dann um und ging zu seinem

Pferd. Sie schaute ihm schweigend hinterher und merkte, wie sich ihre Brust und ihre Schultern entspannten. Zum ersten Mal, seit sie von der Abraumhalde heruntergeklettert war, verspürte sie Schmerzen: im Bauch, in den Armen, im Rücken. In der Wunde an ihrem Handrücken brannte der Schwefel. Ihr ganzer Körper tat weh, als sei sie von einer Kutsche überfahren und von Hunderten von Hufen überrannt worden. Frank steckte den Fuß in den Steigbügel und schaute sich noch ein letztes Mal um. *Bitte verschwinden Sie einfach,* dachte sie. Schließlich stieg er auf, gab dem Pferd die Sporen und galoppierte davon. Wenn er Mr. Flint oder sonst jemandem erzählte, dass er sie heute Morgen hier oben gesehen hatte, wer weiß, was dann geschah. Vielleicht würde Onkel Otis sie suchen kommen. Vielleicht würde er sie nach Hause schleppen und in einen Schrank sperren. Oder er würde sie fortschaffen lassen. Vielleicht würde Mr. Flint jemanden losschicken, um sie zu verhaften oder zu erschießen. Sie atmete tief und zittrig ein, machte sich auf den Weg zur Bergarbeitersiedlung und betete, dass Frank Wort halten würde.

KAPITEL 21

Zunächst weigerte sich Clayton, Emma bei sich aufzunehmen, und bestand darauf, dass sie ihrem Onkel gehorchte und Coal River mit dem nächsten Zug verließ. Die Dinge seien zu gefährlich, und er könne keinen weiteren Ärger gebrauchen. Außerdem sei es nicht ihr Kampf. Emma stand in ihren schmutzigen, rußverschmierten Sachen auf seiner windschiefen Veranda, die Hand blutüberströmt, und erwiderte, dass sie dann bei einer der Witwen klopfen und Hilfe mit ihren Kindern anbieten werde. Gehen werde sie jedenfalls nicht. Clayton schaute sie nachdenklich an. Irgendwann holte sie das Geld aus dem Büstenhalter, aber es dauerte noch eine Weile, bis er sie tatsächlich hereinließ. Sie versteckten das Geld in einem Einweckglas und schickten Edith, das älteste Mädchen, in den Laden, um Maisgrieß, einen Schinken, Kartoffeln und fünf Pfund Mehl zu kaufen.

Clayton gab Emma ein paar Kleidungsstücke aus der untersten Schublade seiner Kommode – ein ausgebleichtes Hauskleid, dessen Taschen viel zu tief saßen, ein blaues Sonntagskleid mit weißem Kragen, zwei Schürzen, einen Baumwollrock und eine hochgeknöpfte Bluse mit Stehkragen. Mithilfe von Nadel und Faden, die sie in einem Nähkorb in der Vorratskammer gefunden hatte, nähte sie die Kleidungsstücke enger und kürzte die Säume, damit sie mit ihrer zarten Figur nicht darin verschwand. Claytons verstörte Blicke, als sie die Kleider seiner verstorbenen Frau anhatte, versuchte sie, so gut es ging, zu übersehen.

In der ersten Woche reinigte sie Wände und Böden, wischte

Tisch und Stühle ab und putzte die Fenster, alles bestimmt hundertmal. Trotzdem haftete der Kohlenstaub in jeder Ritze und an jeder Oberfläche, sowohl in der Hütte als auch außerhalb, als würden sie in einer riesigen Schneekugel wohnen, die statt mit Schnee mit Anthrazitpulver gefüllt war. In der dritten Woche waren ihre Haare bereits schmierig und schlaff, und egal wie oft sie sich Arme, Hals und Gesicht wusch, ihre Haut war mit einer feinen, zähen Staubschicht bedeckt. Wie die anderen Frauen und Kinder badete sie nur am Samstagabend, um das Wasser für die Bergleute und Kohlejungen zu sparen.

Um Wasser zu holen, musste sie mit den anderen Frauen an der Pumpe am Ende der Gasse Schlange stehen und die schweren Eimer dann mit schmerzenden Schultern und Armen heimtragen. Eine Pumpe versorgte fünfundzwanzig Familien, und wenn das Wasser mal versiegte, bewaffneten sie sich mit Eimern und Wannen, um Wasser aus den Abflüssen der brackigen Teiche bei den Abraumhalden zu schöpfen.

Mit Claytons und Ediths Hilfe schaffte es Emma, sich in den Rhythmus des Lebens in der Siedlung einzufinden. Montag war Waschtag, Dienstag Bügeltag, Mittwoch Backtag – falls man denn die nötigen Zutaten hatte –, Samstag gingen Edith und Sadie einkaufen, und der Sonntag war als Ruhetag vorgesehen. Clayton nutzte ihn für gewöhnlich, um die Leute für die nächste Versammlung zu mobilisieren oder im Haus Reparaturen vorzunehmen. Emma hatte nicht viel Erfahrung mit Gemüseanbau oder Tierpflege, aber sie tat ihr Bestes, um den Garten von Unkraut freizuhalten, und lernte auch, wie man Henny ein Ei wegnahm, ohne dass sie nach einem hackte. Sie ging mit den Mädchen in den Wald, um Nüsse und Beeren zu suchen, lernte, wie man aus Löwenzahn einen Salat zubereitete, tauschte mit den anderen Frauen Waren und stopfte die Löcher in den Hüttenwänden mit Lumpen, um Ungeziefer und Fliegen fernzuhalten. Abends versammelte sie ein paar

Bergarbeiterkinder in der Stube, um ihnen Lesen, Schreiben und ein bisschen Rechnen beizubringen. Für die Söhne und Töchter der Einwanderer bot sie auch einen Wochenendkurs in Englisch an.

Wenn die Frauen nach dem Abendessen aufräumten und sich um die Kinder kümmerten, gingen etliche Bergarbeiter in den Saloon, um bei Hahnenkämpfen zu wetten, Poker zu spielen und illegal gebrannten Whisky oder Bier zu trinken. Clayton blieb zu Hause, um den Abwasch zu erledigen oder im Garten zu arbeiten, wo er Raupen von den kümmerlichen Blättern der Kartoffelpflanzen klaubte und sie Henny zu fressen gab oder den behelfsmäßigen Zaun reparierte, um die Ziege der Nachbarn fernzuhalten.

Obwohl Emma glücklich war, eine Aufgabe zu haben, litt sie darunter, dass sie wie Claytons Ehefrau lebte, ohne die entsprechende liebevolle Zuwendung zu genießen. Nachts schlief sie auf einem Stapel alter Decken in der Vorratskammer und sehnte sich danach, in sein Schlafzimmer zu gehen und zu ihm unter die Decke zu kriechen. Täglich mahnte sie sich, dass sie nicht gekommen war, um sich mit Clayton einzulassen. Sie war gekommen, um den Kindern der Bergleute und den Kohlejungen zu helfen. Als zwei der Bergarbeiterfrauen sie fragten, ob sie und Clayton ein Paar seien, schüttelte sie den Kopf und schaute schnell zu Boden. Glücklicherweise hatten die Frauen zu viele eigene Sorgen, um weiter in sie zu dringen. Die Frage hatte sie aber getroffen und ihr ein sonderbares, wenngleich nicht unvertrautes Gefühl der Verlassenheit eingeflößt.

Aus irgendeinem Grund nämlich eilte Clayton, obwohl er bei ihrem ersten Zusammentreffen so aufmerksam gewesen war, jetzt immer geschäftig umher, machte einen großen Bogen um sie, damit sie sich in der kleinen Küche nicht zu nahe kamen, setzte sich auf den Hocker, wenn sie auf dem

Sofa saß, und weigerte sich standhaft, sich nach der Arbeit von ihr den rußbedeckten Rücken waschen zu lassen. Er schien froh und dankbar zu sein, dass sie ihm mit den Kindern und dem Haushalt half, aber darüber hinaus hatte er entweder das Interesse an ihr verloren oder war zu sehr damit beschäftigt, den Streik und die nächste Geheimversammlung zu organisieren. Nach Sonnenuntergang war er hochgradig nervös und sprang jedes Mal, wenn er ein Knarren oder einen bellenden Hund hörte, von seinem Platz auf und schaute aus dem Fenster.

Vielleicht wollte er auch seiner verstorbenen Frau nicht untreu werden.

Pearl hatte Emma erzählt, dass Clayton und Jennie schon mit zehn beste Freunde gewesen waren und mit sechzehn dann geheiratet hatten.

»Als sie starb«, fügte Pearl hinzu, »sah man es ihm an, dass er es kaum ertrug, ohne sie weiterzuleben.«

Was auch immer der Grund für Claytons Verhalten war, vielleicht war es gut so. Schließlich hatten sie ganz andere Sorgen.

Als dann am Vortag die Sirene schon vor Mittag geheult hatte, war Emma in Panik verfallen und hatte sich nur mühsam beherrschen können, nicht zum Bergwerk zu laufen, um sich zu vergewissern, dass Clayton und Sawyer nichts passiert war. Sie durfte nicht das Risiko eingehen, dass Onkel Otis sie entdeckte. Stattdessen hatte sie ständig nach der Schwarzen Maria Ausschau gehalten. Als die ein paar Stunden später tatsächlich kam, stand sie zitternd auf der Veranda, und ihr Herz pochte derart heftig, dass sie Angst hatte, es müsse zerspringen. Sie klammerte sich ans Geländer, um nicht zu schwanken, musste sich aber schließlich doch auf die Treppe setzen, um abzuwarten, wo die Kutsche anhalten würde. Als sie an der letzten Hütte in ihrer Reihe vorbeigefahren war und in die nächste Gasse einbog, senkte sie den Kopf und blinzelte gegen die Tränen der Erleichterung an.

Innerhalb weniger Minuten zerriss der gequälte Schrei einer neuen Witwe die Stille.

Am Abend erzählte ihr Clayton, dass sich ein Schacht verschoben hatte und eingebrochen war. Ein Bergmann war zerquetscht worden, während ein anderer über hundert Meter tief in den darunterliegenden Gang gestürzt war. Als Emma später darüber nachdachte, schien ihr kaum begreiflich, wie man jeden Tag mit der Angst leben konnte, ob Ehemann oder Sohn abends heimkehrten. Im nächsten Moment traf sie die Erkenntnis wie der Schlag, und sie musste sich auf den nächstbesten Stuhl setzen.

Sie hatte sich hoffnungslos und ganz und gar in einen Bergmann verliebt. Und solange sich am Betrieb des Bergwerks nichts änderte oder sonst irgendein Wunder geschah, war Clayton immer in Gefahr. Als sie bei ihm eingezogen war, hatte sie gewusst, dass sie etwas für ihn empfand. Aber nachdem sie jetzt all diese Wochen bei ihm gelebt und den Kindern ein Zuhause gegeben hatte, nachdem sie gemeinsam gegessen und ruhige Abende auf der Veranda verbracht und bei süßem Tee in den Sonnenuntergang geschaut hatten, hatten sich ihre Gefühle verwandelt in etwas anderes, Größeres. Mit einem Mal war ihr klar, dass er die Liebe ihres Lebens war.

Was stellte sie sich vor? Dass sie ihn dazu überreden könnte, Coal River zu verlassen? Dass ein Streik alles ändern würde? Dass sie nur den Kohlejungen helfen musste, um fortan ein sorgenfreies Leben zu leben? Selbst wenn der Streik dazu führte, dass die Bergleute gerechte Löhne bekamen, würde die Arbeit in einem Bergwerk immer gefährlich bleiben. Und Clayton würde niemals von hier weggehen. Die Arbeit im Bergwerk war alles, was er kannte. War sie bereit, in ständiger Angst zu leben, nur um mit dem Mann, den sie liebte, zusammen zu sein? Oder musste sie gehen, um nicht verrückt zu werden? Vollkommen überwältigt schlug sie die Hand vor den Mund und weinte. Sie war es so satt, sich hilflos und verwirrt zu fühlen. Was würde sie tun, wenn Clayton etwas zustieß? Und was, wenn die Leute in der Stadt recht hatten und tatsächlich ein Fluch auf ihr lag? Vielleicht musste sie schon deshalb fortgehen, um Clayton zu schützen.

Ein paar Minuten lang überließ sie sich ihren traurigen Gedanken, dann wischte sie sich über die Augen und holte tief Luft. Zu ihrer Erleichterung hatte der nagende Schmerz nachgelassen. Sie versuchte, Klarheit in ihre Gedanken zu bringen. Clayton hatte kein Interesse an einer Beziehung mit ihr. Und egal, wie sehnlichst sie sich wünschen mochte, dass er ihre Gefühle erwiderte, würde das vielleicht niemals geschehen. Vielleicht hatte er ihr damals nur ein gewisses Interesse entgegengebracht, weil er den schmerzlichen Verlust seiner Frau vergessen wollte. Vielleicht hatte er gedacht, dass der Umgang mit einer Fremden den schrecklichen, zermürbenden Schmerz in seinem Herzen lindern könne. Nun aber, da Emma unter seinem Dach lebte, war ihm vielleicht aufgegangen, dass es ein Fehler war, ihr den Hof zu machen – dass er nie jemanden so lieben könne, wie er Jennie geliebt hatte, und dass er ihrem Andenken niemals untreu werden würde. Eigentlich müsste er sich keine Sorgen machen, weil Emma ohnehin nur bleiben wollte, bis sie einen Weg gefunden haben würde, den Kohlejungen zu helfen. Das war alles. Danach würde sie verschwinden. Und bis dahin würde sie eben zusehen, dass sie die Tage möglichst gut hinter sich brachte. Sie hatte schon öfter geliebte Menschen verloren, sie würde es auch überleben, Clayton zu verlieren. Und von ihm fortzugehen wäre sogar leichter, als miterleben zu müssen, wie ihm im Bergwerk etwas zustieß.

Jetzt stand Emma vor dem heißen Kohleofen in Claytons

Küche und schaufelte mit einem abgewetzten Holzlöffel Wasser, Schmalz und Mehl in eine gusseiserne Pfanne – ihr erster Versuch, die berühmte »Bulldog Gravy« herzustellen, eine Art nahrhafter Tunke. Das Zeug hatte keinerlei Ähnlichkeit mit irgendeiner Soße, die Emma je in ihrem Leben gegessen hatte, aber Clayton hatte sie angeblich schon mindestens hundertmal gekocht, nach einem alten Rezept seiner Mutter. Außerdem war es das einzig Soßenartige, das sie sich leisten konnten. Emma wischte sich mit dem Handrücken über eine Augenbraue und rührte schnell weiter, damit sich die Klumpen auflösten. In einer anderen Pfanne schob sie dünne Scheiben von altem Maisbrot und »Squaw Bread« hin und her und hoffte, die harte Kruste würde durch die Schmalztunke etwas aufweichen. Abgesehen von dem ein oder anderen Ei, das Henny gelegt hatte, oder den verkrumpelten Möhren aus Claytons Garten hatten sie seit Wochen nichts anderes gegessen als »Squaw Bread« – Roggenbrot mit Zuckersirup – und wilde Kräuter. Emma fragte sich, was sie wohl im kalten November essen würden, der nur noch ein paar Wochen entfernt war. Dass seit ihrer Rückkehr nach Coal River kaum mehr als drei Monate vergangen waren, konnte sie kaum glauben. Ihr kam es eher wie drei Jahre vor.

Bald war es Zeit fürs Abendessen, und Clayton und Sawyer würden jeden Moment zur Hintertür hereingetrottet kommen, hundemüde und ausgehungert, die Kleidung schwer von Schlamm und Kohlenstaub. Emma schaute nach den Kesseln, um sicherzustellen, dass das Badewasser kochte, dann ging sie in die Vorratskammer, um die Holzwanne zu holen. Sie schleppte sie in die Küche und stellte sie an die übliche Stelle neben dem Kohleofen, wo sich auf den Dielen ein großer, runder Rußfleck ausbreitete. Violet, die Jüngste, hielt ein Nickerchen, während Jack und die älteren Mädchen, Sadie und Edith, im Garten hinter der Hütte spielten.

Emma rührte die Schmalztunke noch einmal gründlich um, als sie plötzlich Schritte auf der Verandatreppe hörte. Erst dachte sie, es seien Clayton und Sawyer, aber sie hatte gar keine Stiefel über die Schotterstraße knirschen hören. Außerdem kamen die beiden immer durch die Hintertür, damit sie keinen Dreck ins Haus schleppten. Nun klopfte es. Sie ging zum Fenster und lugte durch den Vorhang, um nachzuschauen. Zwei Kinder standen auf der Veranda. Sie öffnete und erkannte den Nachbarsjungen, Jimmy Fitzpatrick, und seinen kleinen Bruder Nelson.

»Habt ihr euch die Hände gewaschen?«, fragte sie.

»Ja, Ma'am«, sagte Jimmy.

»Dann kommt rein und esst etwas.«

Jimmy war zehn und der dritte Sohn einer Familie mit sechs Jungen und zwei Mädchen. Wegen eines verwachsenen Fingers konnte er nicht im Kohlebrecher arbeiten, und sein Vater war bei dem Grubeneinsturz im letzten Jahr ums Leben gekommen. Seine Mutter nahm Untermieter auf, um wenigstens ein kleines Einkommen zu erzielen.

Jimmy kam herein, seinen kleinen Bruder an der Hand. »Ich wollte nur Nelson bringen«, sagte er. »Ich habe schon gegessen.«

Der vierjährige Nelson war barfuß; Gesicht und Hemd starrten vor Schmutz und altem Schnodder. Seine Hände und Unterarme aber waren sauber, so sauber zumindest, wie Jimmy es hinbekommen hatte. Emma verteilte eine Scheibe Maisbrot auf zwei Schüsseln, dann schöpfte sie einen Löffel Schmalztunke aus der Pfanne, goss sie darüber und stellte die Schüsseln auf den Tisch. Obwohl er angeblich schon gegessen hatte, starrte Jimmy genauso hungrig auf das Essen wie sein Bruder.

»Ihr könnt euch meine Portion teilen«, sagte Emma. »Ich bin heute nicht so hungrig.«

Jimmy und Nelson kletterten auf zwei Stühle und warteten geduldig, bis sie Besteck geholt hatte.

»Los, haut rein«, sagte sie, was sich die Jungen nicht zweimal sagen ließen. Innerhalb weniger Sekunden hatten sie alles verschlungen und leckten die Krümel von ihrer Gabel.

»Hat eure Mama heute Milch für das Baby?«, fragte sie.

Jimmy nickte. »Einer der Untermieter hat gestern einen Krug mitgebracht.«

»Sagt Bescheid, wenn sie mal keine hat«, bat Emma. »Irgendwie werde ich schon welche beschaffen können.«

»Ja, Ma'am«, sagte Jimmy.

In diesem Moment hörte man draußen Hunderte von Schritten über den Schotter knirschen.

»Jetzt geht ihr am besten wieder«, sagte Emma.

Die Jungen wischten sich den Mund ab, bedankten sich und verließen das Haus. Ein paar Minuten später traten Clayton und Sawyer durch die Hintertür. Jacken und Stiefel hatten sie bereits draußen ausgezogen. Ihre Gesichter waren schwarz.

»Rieche ich da Bulldog Gravy?«, fragte Clayton.

»Ich hoffe es«, antwortete Emma. Sie wickelte ein Trockentuch um den Griff des siedend heißen Kessels, hievte ihn mit beiden Händen hoch und goss das Wasser in die Wanne. Wallender Dampf stieg auf. Clayton und Sawyer stellten ihre Proviantbüchsen und die Feldflaschen neben die Spüle und zogen ihr Hemd aus. Jeder Abend verlief nach demselben Ritual: Erst reinigten sie sich so weit, dass sie etwas essen konnten, und wenn dann alle draußen oder oben waren, wuschen sie sich gründlich. Emma reichte Sawyer ein Stück Kernseife und brachte die Hemden ins Hinterzimmer, wo sie sie auf dem Waschbrett schrubben und dann aufhängen würde. Als sie in die Küche zurückkehrte, kniete Sawyer vor der Wanne und rieb sich den Kohlenstaub von Händen und Nacken. Clayton stand am Ofen und probierte die Tunke, das falsche Ende des Kochlöffels im Mund. Als er sie sah, grinste er. In dem schwarzen Gesicht wirkten seine Augen riesig und weiß.

»Jetzt hast du mich ertappt«, sagte er.

»Tja«, sagte sie. »Wie ist sie?«

»Nun ja, es ist Tunke.«

Sie verschränkte die Arme und lächelte. »Was soll das heißen?«

»Sie ist exakt so, wie meine Mutter sie gemacht hat.« Er probierte noch einmal und legte den Löffel dann auf den Pfannenrand, plötzlich ernst. »Sawyer, beeil dich mit dem Waschen und geh mit den anderen hinaus. Ich muss mit Emma sprechen.« Er lehnte sich an die Spüle und wartete.

Emma setzte sich an den Tisch. In ihren Eingeweiden machte sich eine entsetzliche Angst breit. Das war es dann wohl. Jetzt würde er ihr sagen, dass sie gehen solle. Es gebe keine Möglichkeit, Mr. Flint das Handwerk zu legen, also könne sie genauso gut verschwinden. Er würde sagen, dass er ihr dankbar sei für ihre Hilfe mit den Kindern und im Haushalt, aber da das Geld ihres Onkels längst ausgegeben sei, könne er es sich nicht leisten, sie länger mit durchzufüttern. Die Zeit verging im Schneckentempo, bis Sawyer sich schließlich Gesicht und Hände abtrocknete. Nach einer kleinen Ewigkeit verließ er endlich den Raum.

»Was ist?«, fragte Emma. »Stimmt etwas nicht?«

»Du sagst doch immer, du willst gerne helfen, daher möchte ich dich um einen Gefallen bitten.«

Sie stieß vor Erleichterung Luft aus. »Alles, was du willst.«

Er holte seine Proviantbüchse, stellte sie auf den Tisch, öffnete den Deckel und nahm eine Zeitung heraus. Es war ein Exemplar der *Scranton Times*.

»Du musst einen Brief schreiben«, sagte er. »Diesem Mann hier, John Mitchell.« Er zeigte auf das Bild eines dunkelhaarigen Mannes auf der Titelseite. »Die Person, die mir diese Zeitung gegeben hat, ist der Meinung, dass er uns helfen kann. Er ist der Präsident der United Mine Workers.«

»Das kann ich tun«, erklärte sie. »Sag mir nur, was ich schreiben soll.«

»Wir müssen uns vor dem Streik mit dieser Gewerkschaft treffen. Der Mann muss zu den Bergleuten sprechen und sie davon überzeugen, dass streiken der richtige Weg ist. Berichte ihm, was wir hier planen, und bitte ihn, nach Coal River zu kommen.«

»Meinst du, er tut das?«

»Keine Ahnung, aber es kann nicht schaden, ihn darum zu bitten.«

Gemeinsam betrachteten sie das Bild von dem Mann in Anzug und Krawatte. Die Haare hatte er sich mit Pomade aus dem glatt rasierten Gesicht frisiert. Emma fragte sich, ob ein einziger Mann wirklich solche Veränderungen bewirken konnte. Wenn ja, dann musste auch eine einzige Frau die Macht haben, den Kohlejungen zu helfen. Ein Stück unter dem Bild von Mr. Mitchell zeigte ein grobkörniges Schwarz-Weiß-Foto eine Gruppe von Bergarbeitern, die sich mit grimmigen Mienen an einem Schachteingang versammelt hatten. Die Bildunterschrift lautete: »Drei Bergleute einer Streikpostenkette in Brackenridge, Pennsylvania, von Sicherheitskräften der Bergwerksgesellschaft erschossen.« Die Gesichtszüge der Männer konnte man kaum erkennen, aber der Schmerz und das Elend in ihren Augen waren so unübersehbar wie der Kohlenstaub auf ihrer Haut.

Plötzlich fiel Emma auf, dass Clayton die Zeitung zwar in der Hand hielt, sie aber gar nicht wirklich las. Seine Augen glitten einfach über die Seite. Emma war davon ausgegangen, dass sie den Brief schreiben sollte, weil sie eine schönere Handschrift besaß. Jetzt aber fragte sie sich, ob Clayton überhaupt lesen und schreiben konnte. Statt sich danach zu erkundigen, streckte sie die Hand nach der Zeitung aus.

Er überließ sie ihr, und sie las den Artikel zu Mr. Mitchells

Bild laut vor. »Hier steht, dass die Soldaten einer Kompanie des Neunten Regiments, das in Parson, Pennsylvania, stationiert ist, begeistert den Namen ›John Mitchell‹ skandiert haben, als sie am Hauptquartier der United Mine Workers of America in Wilkes-Barre vorbeimarschiert sind. Die meisten Soldaten sind wohl Bergleute.«

»Siehst du«, sagte Clayton. »Genau deshalb brauchen wir den Mann. Wir brauchen die Unterstützung jedes einzelnen Bergarbeiters, und die werden wir nicht bekommen, wenn sich nicht jemand der Sache annimmt. Jemand, dem die Bergleute zuhören.«

»Auf dich hören sie doch«, sagte sie. »Und auf Nally auch.«

»Einige wenige hören mir zu. Aber längst nicht alle. Und Nally vertrauen sie immer noch nicht.«

»Denkst du, dieser John Mitchell kann auch den Kohlejungen helfen?«

Er zuckte mit den Achseln. »Keine Ahnung.«

»Vielleicht sollte ich diesem Mann hier ebenfalls schreiben«, sagte sie und zeigte auf den Namen des Reporters, der den Artikel verfasst hatte. »Vielleicht wäre er bereit, auch über die Kohlejungen zu berichten.«

»Das würde nicht viel helfen. Die meisten Menschen in einer Gegend mit Kohlebergbau wissen, dass es die Kohlejungen gibt. Das wäre nichts Neues. Sie würden einfach wegschauen, wie sie es immer getan haben.«

»Dann müssen wir vielleicht mit jemandem reden, der nicht in diesem Bundesstaat wohnt.« Sie überflog die Zeitung noch einmal und hielt dann plötzlich die Luft an. Wieso war sie nicht schon früher darauf gekommen? »Ich sollte an die *New York Times* schreiben. Die würde sich bestimmt für einen mächtigen Minenbesitzer interessieren, der gegen das Gesetz verstößt.«

Clayton verzog das Gesicht. »Glaubst du wirklich, die Leute in New York wollen das wissen? Solange sie im Winter ihre Kohle haben, ist es ihnen doch egal, wo die herkommt.«

»Du irrst dich«, sagte sie, weil sie an die Leute denken musste, die sie dort gekannt hatte. »Das ist ihnen genauso wichtig wie anderen Menschen. Sie haben auch Familie und Kinder. Wenn sie erfahren, dass hier kleine Jungen sterben oder verstümmelt werden, geht ihnen das bestimmt ans Herz. Das weiß ich.«

»Sie werden dich für verrückt erklären und den Brief wegschmeißen.«

In diesem Moment kam ihr eine andere Idee, und sie strotzte plötzlich vor Energie. »Und was, wenn sie die Kohlejungen mit eigenen Augen sehen könnten? Dann würden sie es begreifen. Niemand könnte es leugnen.«

Er schaute sie an, als sei sie übergeschnappt. »Was willst du denn tun – den Chefredakteur der *New York Times* nach Coal River einladen?«

»Nein, es gibt keine andere Möglichkeit, als ihnen Bilder zu zeigen. Alles, was ich brauche, ist ein Fotograf.«

»Die *New York Times* wird nicht Unsummen ausgeben, damit ein Fotograf eine halbe Weltreise unternimmt, um eine Rotte armer Kohlejungen zu fotografieren.«

»Das weißt du doch gar nicht«, sagte sie. Ihr Atem ging jetzt schneller. Wenigstens hatte sie jetzt eine Antwort, davon war sie felsenfest überzeugt. »Wenn nur ein einziges Foto von den kleinen Kohlejungen mit ihren schwarzen Gesichtern in der *New York Times* erscheint, wird schon jemand helfen.«

Clayton hatte skeptisch gewirkt, weil er offenbar nicht nachvollziehen konnte, warum man sich in New York um Kinderarbeit in Bergwerken bekümmern sollte, aber jetzt wurde seine Miene sanfter. »Dann schreib deinen Brief halt. Vielleicht bewirkt er etwas, vielleicht auch nicht. Aber erst musst du John

Mitchell schreiben. Damit kannst du wirklich etwas Sinnvolles tun.«

»Deinen Brief sollst du bekommen«, sagte sie. »Ich werde Mr. Mitchell berichten, dass du dich gegen Hazard Flint auflehnen willst. Ich werde ihm von den Kohlejungen erzählen, von den Arbeitsbedingungen und von den Gesetzesverstößen der Bergwerksgesellschaft. Vielleicht kann er jemanden mitbringen, der Fotos macht. Oder vielleicht besitzt er ja auch selbst eine …« Plötzlich schoss ihr ein Bild durch den Kopf: Onkel Otis, Tante Ida und Percy, die auf der Treppe vor dem Haus posieren und darauf warten, dass sie ein Foto macht. »Oder besser noch: *Wir* könnten der *New York Times* Fotos schicken! Sie können die Wahrheit nicht ignorieren, wenn sie ihr ins Gesicht schauen!«

»Mag sein, aber wo willst du eine Kamera herbekommen? Nicht einmal im Laden wird so etwas verkauft.«

»Nein«, sagte sie. »Aber ich weiß, wo ich eine besorgen kann.«

Clayton kratzte sich im Nacken und musterte sie skeptisch. »Na gut, lass uns also mal davon ausgehen, du könntest eine Kamera beschaffen. Wie willst du in den Kohlebrecher gelangen? Glaubst du, die lassen einfach eine Frau hereinspazieren und ein paar Fotos machen?«

»Nein«, sagte sie. »Aber sie lassen Kohlejungen hinein.«

Seine mit Kohlenstaub überzogene Stirn legte sich in Falten. »Nein«, sagte er und schüttelte den Kopf. »Ich werde Sawyer bestimmt nicht bitten, ein solches Risiko auf sich zu nehmen. Wenn er geschnappt wird, prügeln sie ihm die Seele aus dem Leib, wenn nicht gar Schlimmeres.«

»Ich würde ja auch nicht Sawyer darum bitten.«

»Wen dann?«

Sie tippte sich an die Brust. »Mich.«

KAPITEL 22

Um ein Uhr nachts schlich sich Emma auf Strümpfen durch den dunklen Flur vor dem Schlafzimmer ihrer Tante und ihres Onkels, immer dicht an der Wand entlang. Nervöser Schweiß bedeckte ihre Haut, und ihre Ohren kribbelten, weil sie auf jedes Geräusch lauschte. Es war schwer, sich nicht ständig vorzustellen, wie Onkel Otis die Tür aufriss und sich mit wildem Blick auf sie stürzte. Was würde er tun, wenn er herausfand, dass sie Coal River gar nicht verlassen hatte? Was würde er tun, wenn er entdeckte, dass sie keineswegs ein für alle Mal aus seinen Augen verschwunden war, sondern vielmehr in seinem Haus herumschlich, um seine Sachen zu stehlen? Vermutlich würde er sie vom Balkon stürzen oder die Treppe hinunterzerren, zum Fluss bringen und in die Fluten werfen, in denen sie verschwinden und so weit forttreiben würde, dass außer Beutelratten, Waschbären und Wild niemand je ihre Leiche finden würde.

Bevor sie nach oben geschlichen war, hatte sie in der Speisekammer einen Jutesack mit Brot und Konserven gefüllt und war dann ins Nähzimmer gegangen, um Nadeln, Nähgarn und Stoffreste zu entwenden, aus denen sie den Kindern neue Kleidung nähen würde. Damit forderte sie ihr Glück ungebührlich heraus, aber diese Gelegenheit konnte sie sich einfach nicht entgehen lassen. Nachdem sie den Sack mit den Lebensmitteln und das Nähzeug draußen vor die Verandatür gestellt hatte, war sie wieder ins Haus zurückgekehrt, um die Handkamera zu suchen.

Als sie vor dem Schlafzimmer ihrer Tante und ihres Onkels

stehen blieb, sprach sie ein stummes Gebet, dass die Kamera noch im Kleiderschrank sein möge. Dann legte sie die zitternde Hand auf die verschnörkelte Messingklinke und drückte sie langsam hinunter. Das Geräusch des Schnappers hallte wie ein Schuss im stillen Flur wider und ließ sie zusammenzucken. Mit angehaltenem Atem wartete sie, dass die Kette eines Lampen-Zugschalters klirren oder eine Bettfeder knarren würde. Das einzige Geräusch war aber ein tiefes, kehliges Schnarchen, dessen Vibrationen wie die einer ratternden Lokomotive durch die Holztür zu dringen schienen. Langsam schob Emma die Tür auf und trat auf Zehenspitzen in das dunkle Schlafzimmer.

Das Mondlicht brach sich im runden Spiegel der Frisierkommode und legte sich als Schimmer auf das gewaltige Himmelbett, den Kirschholzschrank und die roten Samtstühle. Glücklicherweise kannte sie sich hier gut aus, weil sie regelmäßig die Betten neu bezogen hatte. Auf dieser Bettseite lag Tante Ida und schnarchte mit offenem Mund. An ihrer Stirn und in den Augenwinkeln klebten Antifaltenpflaster. Onkel Otis lag neben ihr, die Hände über der Brust gekreuzt, als ruhe er im Sarg. Selbst im Schlaf wirkte er hartherzig mit diesen tief herabgezogenen Mundwinkeln, die ihn wie einen Ochsenfrosch aussehen ließen. Emma schlich sich ums Fußende des Bettes herum und ging an ihrem Onkel vorbei, stets den Blick auf ihn gerichtet, falls er sich regen sollte.

Als sie den Schrank erreicht hatte, kniete sie sich hin und tastete blind zwischen den Stiefeln, Schuhen und Pantoffeln am Boden herum. Eine Kamera war nicht zu spüren. Sie stand auf und wühlte zwischen den Jacken, Kleidern und Hosen herum, bis ihre Finger die Rückwand berührten. Nun befühlte sie vorsichtig die Schachteln und Taschen auf dem Regalbrett über der Kleidung, sorgsam darauf bedacht, nichts umzustoßen. Sie wollte schon aufgeben und noch einmal unten suchen, als ihre Finger hinter einer Hutschachtel ein flaches Behältnis ertasteten. Es hatte genau die richtige Größe für eine Kamera. Sie zog es heraus und ging zum Fenster, um es im Mondlicht genauer zu betrachten. Es war die Kameratasche.

Sie öffnete sie, um sicherzugehen, dass sie nicht leer war. Neben der mit genarbtem Seehundleder bezogenen Kamera lag eine Filmrolle. Plötzlich fiel ein Zettel aus dem Behältnis und flatterte zu Boden. Sie hob ihn auf und faltete ihn auseinander. Der Text war in dem dämmrigen Licht schlecht zu lesen, aber die Unterschrift war so klar und deutlich wie am helllichten Tag: *In all meiner Zuneigung, geliebter Otis. Tausend Küsse, Charlotte.*

Emmas Magen rebellierte. Kein Wunder, dass Onkel Otis die Kamera wie seinen Augapfel hütete. Sie war ein Geschenk von Charlotte Gable, der jungen Frau, mit der er sich bei der Tanzveranstaltung am Vierten Juli vergnügt hatte. Der Gedanke an das Verhalten der beiden erfüllte sie mit Ekel und Zorn. Sie schlich um das Bett herum und legte das Briefchen aufgefaltet auf Tante Idas Nachttisch, unter ihre Brosche. Als sie gerade verschwinden wollte, grunzte Onkel Otis und setzte sich auf. Emma warf sich zu Boden und kroch mit wild klopfendem Herzen unter das Bett. Die Bettfedern knarrten und drückten sich auf einer Seite durch. Ihr Onkel stand auf, und sie sah seine Zehennägel wie gelbe Klauen im Mondlicht erglänzen. Seine trockenen Fußsohlen kratzten wie Schleifpapier über den Boden, als er nun zum Ankleidetisch hinüberschlurfte und dort stehen blieb.

»Emma«, sagte er mit monotoner Stimme.

Sie bekam eine Gänsehaut.

»Pass bloß auf«, sagte er.

Dann wandte er sich ohne ein weiteres Wort vom Ankleidetisch ab und kehrte ins Bett zurück. Innerhalb weniger Sekunden setzte das Schnarchen wieder ein. Emma lag auf dem Bauch, die Kamera an die Brust gedrückt. Dass ihr Onkel schlafwandelte, hatte sie gar nicht gewusst. Und wie grotesk, dass sie in seinen Träumen herumspukte. Dann schoss ihr ein anderer Gedanke durch den Sinn, und ihr kamen die Tränen. Sie hörte noch die Worte des Mediums, dass die Toten sich danach sehnten, sich Gehör zu verschaffen, und jede sich bietende Gelegenheit ergriffen. Könnte es Albert gewesen sein, der da zu ihr gesprochen hatte?

Wenn du es warst, dachte sie, *dann wäre ich dankbar, wenn du einen Weg finden würdest, mir das deutlicher zu zeigen.*

Nach einer Minute, in der sie abgewartet hatte, ob noch jemand aufstehen würde, kroch Emma unter dem Bett hervor und erhob sich. Ihr Blick fiel auf die Frisierkommode. Der Mond war nun heller, als hinge die riesige schimmernde Kugel direkt vor dem Fenster und schiene mit dem Licht von tausend Laternen herein. Es wurde vom Spiegel reflektiert, der plötzlich eine Eisfläche zu sein schien. Als Emma zur Tür gehen wollte, erstarrte sie, da sie das deutliche Gefühl hatte, Alberts Gesicht im Spiegel zu erblicken. Sie blinzelte, dann war es schon wieder verschwunden. Einen Kloß im Hals, schlüpfte sie hinaus auf den Flur und schaute noch ein letztes Mal zurück. Der Spiegel war dunkel.

KAPITEL 23

Am nächsten Morgen stand Emma noch vor der Dämmerung im Nachthemd vor Claytons Ankleidetisch und flocht ihr Haar zu einem langen Zopf. Mit jeder Bewegung zog sie die Strähnen fester, damit sich der Zopf nicht löste. Als sie fertig war, band sie das Zopfende mit einem Stück Schnur zusammen. Ein anderes wickelte sie um das obere Ende des Zopfs, unterhalb des einen Ohrläppchens. Dann nahm sie die Schere und schnitt das Ganze oberhalb der oberen Schnur ab. Die stumpfen Klingen nagten sich durch ihr Haar wie ein Biber durch einen Baumstamm. Sie wickelte den Zopf in einen alten Kopfkissenbezug und bewahrte ihn gut auf, weil sie sich noch an die Anzeigen für »Haarteile aus hochwertigem, sorgfältig ausgewähltem Echthaar« in gewissen Zeitschriften erinnern konnte. Haarteile gab es in allen Farben, und die Preise bewegten sich zwischen fünfundneunzig Cent und fünfundzwanzig Dollar für Spezialanfertigungen. Vielleicht konnten Sawyer oder Edith den Zopf an die Ehefrau eines Vorarbeiters verkaufen oder ihn gegen eine Tüte Mehl oder Zucker eintauschen.

Nachdem der Zopf abgetrennt war, nahm sie die restlichen Haare büschelweise in die Hand und kappte sie ebenfalls. Sie schaute in den Spiegel und versuchte, so gerade zu schneiden wie nur möglich. Dann schnitt sie die Ohren frei und kürzte den Pony. Als sie fertig war, benetzte sie die Hände in der Waschschüssel, strich sich die kurzen Locken aus dem Gesicht und schaute wieder in den Spiegel. Alberts Zwilling schaute zurück, die Augen vor Angst weit aufgerissen. Bis zu diesem

Moment war ihr noch nie aufgefallen, wie sehr sie sich ähnelten. Sie betrachtete ihr Spiegelbild eine ganze Weile. *Wenn du wirklich in meiner Nähe bist*, dachte sie, *dann hilf mir bitte, das durchzustehen.*

Sie schloss die Augen und versuchte, ihre Gedanken zu sortieren. Nach einer Weile schlüpfte sie in eine von Sawyers knielangen Baumwollunterhosen und zurrte das Taillenband fest. Dann streifte sie das Nachthemd ab und zog eine Wollhose an. In diesem Moment klopfte es hinter ihr leise an die Tür.

»Bist du bald fertig?« Claytons Stimme klang gedämpft. Emma stellte sich vor, wie er draußen im Flur stand und sich vorbeugte, die großen, abgearbeiteten Hände am Türrahmen.

»Noch nicht«, rief sie. Zuvor hatte sie einen Jutesack in lange, breite Streifen geschnitten, die sie jetzt von Claytons Bett nahm. Einen legte sie auf ihre nackten Brustwarzen und führte ihn hinter ihren Rücken, um ihn auf der anderen Seite wieder nach vorne zu ziehen. Möglicherweise würde man ihre kleinen Brüste unter dem dicken Arbeitshemd gar nicht bemerken, aber das Risiko wollte sie nicht eingehen. Leider verrutschte der Streifen ständig, weil sie ihn nicht straff genug binden konnte.

»Ich bräuchte Hilfe«, rief sie über die Schulter.

»Soll ich hereinkommen?« Er klang überrascht und unsicher.

»Von da draußen kannst du mir wohl kaum helfen.«

Knarrend öffnete sich die Tür. Über die Schulter sah sie, wie er langsam in den Raum trat, den Blick gesenkt. Nachdem er die Tür geschlossen hatte, schaute er sie an und riss die Augen auf. »Deine Haare!«, rief er.

»Reg dich nicht auf«, sagte sie. »Sie würden kaum unter eine Kappe passen, und ich will kein Risiko eingehen.«

»Wobei soll ich dir helfen?«

Clayton den Rücken zugekehrt, stand sie neben seinem Bett und drückte mit einem Arm den Jutestreifen an die Brust. »Ich kann das nicht straff genug ziehen«, sagte sie und reckte ihre freie Hand hinter den Rücken, um ihm das Ende des Streifens anzureichen.

Er räusperte sich und trat hinter sie. »Das ist Selbstmord. Wenn man dich erwischt...«

»Hast du den Frauen der Bergleute gesagt, dass ich krank bin und eine Weile keinen Unterricht geben werde?«

»Ja.«

»Was hast du Sawyer und Edith erzählt?«

»Dass du arbeiten gehst, weil wir Geld brauchen. Sie sind schlau genug, um niemandem von unserem Vorhaben zu erzählen. Und die Kleinen wissen noch nicht, dass Frauen im Bergwerk nichts zu suchen haben.«

»Und wenn sich eins der Kinder verplappert?«

»Ich habe ihnen klargemacht, dass wir einen Haufen Ärger bekommen, wenn sie etwas verraten. Vermutlich würden wir dann aus dem Haus rausgeschmissen und zum Teufel geschickt, mit nichts als unseren Sachen am Leib. Das hat sie hoffentlich genug eingeschüchtert, damit sie den Mund halten.«

»Das tut mir leid«, sagte sie.

»Was?«

»Dass du sie wegen mir anlügen musst.«

»Du musst das alles nicht tun«, sagte er. »Wir können allen erzählen, dass du dir die Haare abschneiden musstest, weil du Läuse hattest.«

»Den Kleinen solltest du das ohnehin erzählen. Und doch, ich muss das tun. Und jetzt hilf mir bitte, ja?«

»Was soll ich denn machen?«

»Zieh die Jutestreifen stramm – als würdest du ein Korsett zuschnüren.«

»Ein Korsett zuschnüren?« Er klang irritiert.

»Zieh den Streifen im Rücken straff, ganz fest, und reich ihn mir wieder nach vorne.«

Clayton tat es. Sie hob die Ellbogen, griff nach dem Jutestreifen, legte ihn sich über die Brust und reichte ihn wieder nach hinten. Als seine warmen Arme ihre nackte Haut streiften, schoss ihr die Hitze des Verlangens in Brust und Bauch. Sie konnte sich nur mühsam beherrschen, sich nicht umzudrehen und ihn zu küssen. Wie gerne hätte sie den Jutestreifen fallen gelassen, ihre nackten Brüste an sein Hemd gepresst und sein klopfendes Herz an ihrem gespürt. Aber es war weder der rechte Moment noch der richtige Ort dafür. Dies war das Schlafzimmer, das er mit seiner Frau geteilt hatte, und nebenan waren die Kinder. Und obwohl sie eine wahnsinnige Angst hatte, würde es das Unvermeidbare nicht abwenden, wenn sie jetzt mit ihm schlief. Jetzt musste sie die Sache durchziehen, bevor sie es sich anders überlegte. Sie durften auf keinen Fall zu spät zur Arbeit kommen. Außerdem war sie hier, um den Kohlejungen zu helfen, und nicht, um sich Clayton an den Hals zu werfen. Was würde sie überhaupt machen, wenn er sie von sich stieß?

Er zog den Jutestreifen immer enger und enger, bis ihre Brüste am Brustkorb klebten. »Ist das gut so?«, fragte er. »Ist das nicht zu eng?«

Sie holte Luft und füllte ihre Lungen ein wenig, um sicherzugehen, dass sie atmen konnte. Bis zu diesem Moment war ihr gar nicht aufgefallen, dass sie beinahe hyperventilierte. »Es ist genau richtig so.«

Als er fertig war, band er die Enden der letzten Streifen zusammen und stopfte sie in ihren Hosenbund. »Und jetzt?«

Emma zog ein langärmeliges Hemd an und drehte sich zu ihm um. »Und?«

»Und was?«

»Sehe ich wie ein Junge aus?«

Er starrte ihr ins Gesicht. »Ich denke schon, vor allem mit den kurzen Haaren.«

»Das meine ich nicht«, sagte sie. »Hierhin musst du schauen.« Sie zeigte auf ihre Brust.

Er senkte den Blick auf ihren Busen und sah dann schnell wieder weg. »Mhm.«

»Was heißt das?«

»Es funktioniert«, sagte er. »Man sieht nicht, dass du ... mhm ...«

»Dass ich Brüste habe?«

»Ja.« Er wurde rot.

Sie grinste. »Danke. Jetzt brauche ich nur noch eine Proviantbüchse und eine Feldflasche, dann bin ich fertig.«

»Was ist mit der Kamera?«

»Ein bisschen geübt habe ich schon damit. Ich habe den Feststellhebel gelöst und die Platte mit dem Objektiv so weit wie möglich herausgezogen. Für die nächste Belichtung muss ich weiterspulen, aber ich bin mir nicht sicher, wie lange das dauert. Da ich mehr als ein Foto machen möchte, muss ich es einfach drauf ankommen lassen.«

»Das meine ich nicht. Wie willst du die Kamera hineinschmuggeln?«

»Im Moment muss ich erst selbst hineinkommen«, sagte sie. »Ich werde mich ein wenig umsehen und herausfinden, wann und wo ich überhaupt Fotos machen kann. Sobald ich das weiß, werde ich mir die Kamera beim nächsten Mal unter die Jacke schieben oder in meine Proviantbüchse stecken.«

Er starrte sie an. »Du willst mehr als einmal in den Kohlebrecher gehen?«

»Klar. Der ganze Aufwand ist zwecklos, wenn die Fotos nichts werden. Und ich möchte auch ein paar Fotos von den Jungen im Bergwerk machen, von den Grubenhelfern und den Bremsern.«

»Wie willst du das denn anstellen?«, fragte er. »Kohlejungen betreten das Bergwerk normalerweise gar nicht. Außerdem habe ich noch mal über die Sache nachgedacht: Wie willst du die Bilder überhaupt entwickeln?«

»Wenn ich keinen Weg finde, den Film entwickeln zu lassen, lege ich ihn meinem Brief bei. Dann muss ich die Leute von der *New York Times* davon überzeugen, dass sie die Bilder unbedingt sehen müssen.«

»Gut. Hast du einen Blitz? Im Kohlebrecher ist es dunkel.«

»Irgendwann muss doch die Sonne durch die Fenster fallen, oder?«

Er dachte einen Moment nach. »Vielleicht für ein paar Minuten, wenn sie hoch am Himmel steht. Aber die Fenster sind ziemlich schmutzig.«

»Die Bilder müssen ja nicht perfekt sein. Wenn die Leute von der *New York Times* sie zu Gesicht bekommen, schicken sie vielleicht einen professionellen Fotografen, der bessere machen kann. Erst einmal muss ich aber ins Bergwerk hineingelangen, alles andere kommt danach.«

»Ich weiß nicht«, sagte Clayton. »Vielleicht sollten wir noch einmal darüber nachdenken, bevor wir halb gare Sachen machen.«

»Ich denke über nichts anderes nach als die Kohlejungen.«

»Ich weiß«, sagte er. »Aber du bist eine …«

»Was bin ich?«, fragte sie. »Eine Frau?«

»Ja. Was ist, wenn etwas passiert? Was, wenn es einen Unfall gibt?«

Emma wandte sich von ihm ab, nahm den Gürtel von seinem Bett und schob ihn durch die Schlaufen ihrer Hose. »Dann habe ich es wenigstens versucht.«

Er trat zu ihr und drehte sie zu sich um. Seine starken Hände lagen sanft auf ihren Schultern.

»Emma Malloy«, sagte er. »Ich glaube, du bist die mutigste

Frau, der ich je begegnet bin.« In seinen Augen spiegelte sich Bewunderung, aber auch noch etwas anderes. Es war derselbe Blick, mit dem ihre Mutter sie angesehen hatte, als sie an Alberts Sarg zusammengebrochen war. Es war die Angst, jemanden zu verlieren, den man mehr liebte als sich selbst.

Emma begann zu zittern. Wenn Clayton jetzt sagen würde, dass er sie liebte, und wenn nur die geringste Aussicht bestünde, mit ihm zusammen zu sein, wüsste sie nicht, was sie täte. Sie hatte schon so viel verloren. Würde sie mutig genug sein, um ihren Plan durchzuziehen und in den Kohlebrecher zu gehen? Welcher Narr würde die Chance, die wahre Liebe zu erfahren, aufs Spiel setzen? Und selbst wenn sie ihren Ausflug in den Kohlebrecher überstehen würde, war sie wirklich bereit, mit der ewigen Angst zu leben, ihn bei einem Grubenunglück zu verlieren? Sie holte tief Luft und riss sich zusammen. Hier ging es nicht um sie, hier ging es um die Kohlejungen.

»Oder die dümmste«, sagte sie.

»Sei einfach vorsichtig. Ich weiß nicht, was ich machen soll, wenn dir etwas zustößt.«

Im nächsten Moment wurde sie trotz aller Versuche, einen klaren Verstand zu bewahren, von einer Welle des Überschwangs ergriffen. Endlich wusste sie, wie er für sie empfand. Das Herz ging ihr in der Brust auf und quoll über vor Liebe und Erleichterung und Angst. Das war mehr, als sie ertragen konnte. Was würde geschehen, wenn sie den Kohlejungen und den Bergleuten geholfen haben würde? Könnte sie in Coal River bleiben, wohl wissend, dass sie in ewiger Angst um Clayton leben müsste? Oder könnte sie ihn dazu überreden, von hier fortzugehen und sich irgendwo eine weniger gefährliche Arbeit zu suchen, damit sie zusammen alt werden konnten? Sie rang sich ein Lächeln ab, um Zuversicht auszustrahlen, aber es wollte nicht gelingen. Ihre Augen füllten sich mit

Tränen. Im nächsten Moment küsste er sie, und sie hatte alle Ängste vergessen.

Emma stand neben Clayton im Bergwerksbüro, einem holzverkleideten Gebäude neben dem Eingang zum Hauptschacht, zwischen dem Maschinenhaus und dem Sprengpulverlager. Der Kohlenstaub war in jeden Spalt und jede Ritze gekrochen, hatte Boden, Decke und Wände geschwärzt und ließ die Holzdielen wie graue Granitplatten aussehen. Auf einer Tafel an der Wand stand:

Kesselkohle: 4 – 6 Inches. Stückkohle: 3 – 5 Inches.
Eierkohle: 2 – 2,5 Inches. Ofenkohle: 1 – 1,6 Inches.
Nusskohle: kleiner als 1 Inch. Erbskohle: kleiner als ½ Inch.
Abraum: Gestein, Schiefer, Schutt, Ton, Asche.

Emma zog Sawyers Mütze in die Stirn und steckte die Hände in die Tasche, damit sie nicht zitterten. Außer einer von Sawyers schweren Jacken trug sie Nagelstiefel, die eine Nummer zu groß waren, und einen Wollschal. Clayton hatte ihr erklärt, dass sie den Schal brauche, um damit bei der Arbeit Mund und Nase zu bedecken, denn obwohl im Kohlebrecher Backofentemperaturen herrschten, müsse man die Haut durch zusätzliche Bedeckung vor dem Schwefel im Kohlenstaub schützen.

Der Grubenmeister stand auf der anderen Seite des Schalters und blinzelte sie über den Rand seiner runden Brille hinweg an.

»Das ist mein Neffe«, sagte Clayton. Er legte ihr die Hand auf die Schulter und schüttelte sie, um zu demonstrieren, wie kräftig sein Neffe war. »Gerade aus Wilkes-Barre gekommen. Er wohnt jetzt bei mir und sucht Arbeit.«

»Hast du auch einen Namen, Junge?«, fragte der Grubenmeister.

»Er redet kaum«, sagte Clayton. »Als er klein war, hatte er ein schlimmes Fieber. Emmet heißt er.«

»Wie alt?«, fragte der Grubenmeister und griff unter den Tresen, um die nötigen Formulare herauszuholen.

»Alt genug«, sagte Clayton.

»Haben Sie Beweise dafür?«, fragte der Grubenmeister. »Eine Geburtsurkunde oder so?«

»Nein, Sir«, sagte Clayton. Er zog ein Blatt aus der Tasche und faltete es auseinander. »Alles, was ich habe, ist dieser Brief, den meine Schwester auf dem Sterbebett geschrieben hat. Sie bittet mich, gut auf den Jungen aufzupassen.«

Der Grubenmeister winkte ab und begann damit, Emmas Arbeitspapiere auszufüllen. »Schon mal in einem Bergwerk gearbeitet, Emmet?«

Sie schüttelte den Kopf.

»Gestern haben wir einen Grubenhelfer verloren«, sagte der Mann. »Der Idiot ist eingeschlafen und hat die Förderwagen erst kommen hören, als es schon zu spät war. Gegen einen Wagen von vier Tonnen kommt man halt nicht an. Meinst du, das wäre eine Arbeit für dich, Emmet? Du musst natürlich nebenher auch auf den Berg hören. Und wenn du merkst, dass das Holz der Stützkonstruktion arbeitet, musst du die Bergleute warnen.«

»Das ist eher nicht der richtige Arbeitsplatz für ihn«, sagte Clayton und tippte sich ans Ohr. »Das Fieber hat auch sein Gehör beeinträchtigt. Wenn ich mich recht erinnere, war im Kohlebrecher immer Platz für zusätzliche Arbeiter.«

»Gut«, sagte der Grubenmeister. »Bring ihn in den Kohlebrecher. Ich sage Walt Bescheid, dass ein Neuer kommt.«

»Wird gemacht«, sagte Clayton und wandte sich zum Gehen.

Als Emma ihm zum Kohlebrecher folgte, war sie bereits schweißgebadet. Die ersten Förderwagen des Tages rumpelten aus dem Bergwerk und wurden von schweren Drahtseilen die steilen, schmalen Schienenabschnitte zum Dach des Kohlebrechers hochgezogen. Sawyer wartete mit ein paar Jungen an der Treppe zum Kohlebrecher und winkte sie herbei. Als sie ihn erreichten, zog er eine Tüte aus der Tasche, schob sich einen Batzen Kautabak zwischen Zähne und Wange und hielt Emma die Tüte hin.

Sie schüttelte den Kopf.

»Wenn du keinen Kohlenstaub in den Hals bekommen willst«, sagte Sawyer, »dann solltest du besser zugreifen.«

Sie schaute Clayton an.

»Sawyer hat recht«, sagte er.

Emma griff in die Tüte, nahm sich einen Batzen getrockneter und gepresster roter Blätter und schob ihn sich in die Wange. Der scharfe Tabaksaft rann über Zähne und Zunge, regte den Speichelfluss an und füllte ihren Mund mit einem bitteren Geschmack nach Dreck, Pflaumen und morschem Holz. Sie schluckte.

»Nicht schlucken!«, sagte Sawyer.

Sie spuckte aus und wischte sich die Lippen ab. Ihr Magen rebellierte. »Ich kann das nicht«, flüsterte sie. »Das ist scheußlich.«

»Man gewöhnt sich dran«, sagte Clayton. »Besser, als wenn man den Mund voller Kohlenstaub hat. Spuck einfach ab und zu aus.«

Sie spuckte noch einmal aus und kämpfte gegen den Würgereiz an. In die Gruppe auf der Treppe kam jetzt Bewegung. Sawyer gab Emma ein Zeichen, ihm zu folgen.

»Mach einfach, was man dir sagt«, erklärte Clayton. »Immer. Und wenn Mr. Flint seine Runden dreht, halt einfach den Kopf gesenkt.« Er lächelte mit feuchten Augen, drückte ihre Schulter und ging.

Emma folgte Sawyer die steile, schmale Treppe hoch und

zuckte jedes Mal zusammen, wenn die knochentrockenen Stufen unter ihren Füßen knarrten. Mit einer Hand klammerte sie sich ans Eisengeländer und hoffte, dass niemand die Panik in ihren Augen sah. Allmählich drang ihr der Geruch von feuchtem Holz und Kohlenstaub in die Nase. Während sie immer höher und höher stieg, breitete sich vor ihren Augen das Bergwerksgelände aus, ein eintöniges Gemälde in den verschiedensten Grau- und Schwarzschattierungen: die Abraumhalden und das Kesselhaus, das Lagerhaus für die Grubenlampen und die Tischlerei, die Absetzbecken und die Maultierweiden.

Emma musste an die Jungen denken, die im Bergwerk arbeiteten, die Grubenhelfer, Bremser und Maultierführer. Sie hätte nicht sagen können, welche Vorstellung ihr mehr Unbehagen einflößte: außen an diesem Gebäude emporzusteigen, das aussah, als würde es im nächsten Moment in tausend staubige Stücke zerfallen, oder mit einem Förderwagen in den Bauch des Bergwerks einzufahren und viele Hundert Meter unter der Erdoberfläche zu verschwinden, wo Wasser von den Felsen tropfte und Ratten durch die dunklen Gänge flitzten.

Sie schluckte, und sofort wurde ihr wieder schwindelig. Im ersten Moment hatte sie sogar Angst, sich übergeben zu müssen. Schnell spuckte sie den Kautabak auf die Treppe, wischte sich das Kinn ab und zog den Schal über Mund und Nase. Der Tabak war zu stark. Sie würde nicht arbeiten können, wenn ihr speiübel war.

Als sie ungefähr auf Höhe des fünften Stockwerks angelangt war, begann die Maschinerie im Innern des Kohlebrechers zu rumoren. Riesige Fließbänder kreischten und sirrten, gewaltige Getriebe knirschten; das monströse Gebilde erwachte zum Leben. Emma klammerte sich noch fester ans Geländer und war überzeugt davon, dass der Kohlebrecher einstürzen oder die Treppe unter ihren Füßen nachgeben würde. Das gesamte Gebäude zitterte und bebte, als würde es die Beine ausstrecken und gleich den Berg hinaufklettern. Sie konnte sich nur mühsam beherrschen, nicht auf den Hacken kehrtzumachen, die nachfolgenden Jungen beiseitezustoßen und die Treppe wieder hinunterzulaufen. Ihre Beine waren schwer wie Blei, aber sie biss die Zähne zusammen und hielt sich eindringlich vor Augen, warum sie hier war.

Schließlich erreichte sie den Eingang und folgte Sawyer hinein. Das Knirschen der Walze in der eigentlichen Kohlezerkleinerungsanlage war ohrenbetäubend, und Emma presste die Hände auf die Ohren. Die Jungen lachten und zeigten mit dem Finger auf sie. Emma ließ die Arme wieder sinken und schalt sich selbst, dass sie unnötig Aufmerksamkeit auf sich gezogen hatte. Geschwärzte Balken stützten die hohen Wände, und von den zitternden Dachsparren rieselte feiner Staub herab wie schwarzer Schnee. Durch die verrußten Sprossenfenster an der gegenüberliegenden Wand fiel mattes Sonnenlicht, und von der hohen Decke hingen verbeulte Lampenschirme mit schwachen Glühbirnen herab, die ein trübes gelbliches Licht spendeten. Emma verließ der Mut. Vielleicht hatte Clayton recht. Im Kohlebrecher war es dunkler als erwartet.

Nein, sagte sie sich. *Es ist ja noch früh. Im Laufe des Tages wird die Sonne mehr Kraft bekommen. Außerdem ist es jetzt sowieso zu spät für einen Rückzieher.*

Oben im Kohlebrecher wurden die Förderwagen ausgekippt, worauf sich eine tonnenschwere schwarze Lawine in eine breite, eiserne Kohlerutsche ergoss. Bevor die Kohle die Zerkleinerungsanlage erreichte, sortierten Männer und ältere Jungen die größten Schieferbrocken heraus. Die Kohlebrocken waren teilweise so groß wie ein Rind und schwer genug, um einen ausgewachsenen Mann zu erschlagen. Nachdem die Kohle von den mächtigen Zähnen der Zerkleinerungsanlage zertrümmert worden war, floss sie in lang gezogene, kantige

Tröge, die sich auf mehreren Fließbändern nebeneinander aufreihten. Im steilen Winkel glitten diese Tröge wie eine Phalanx gigantischer Schlitten die Halle hinab; die gewaltigen Kohlemassen, die darin zitterten und rappelten, erfüllten die Luft mit Schwaden schwarzen Staubs. Neben jedem Trog befand sich eine schmalere Rinne, während auf der anderen Seite Holztritte zu erkennen waren. Bretter, die sich über die gesamte Breite der Fließbänder zogen, lagen auf den Trögen wie die Sprossen einer gigantischen Leiter.

Zwischen den schwarzen Kohleströmen standen drei Männer mit Besen in der Hand auf den Holztritten. Alle drei hatten einen grauen Schnäuzer und ein stacheliges Kinn. Mitleidlos überwachten sie die Jungen, die Gesichter von harter Arbeit und verdrängtem Schmerz verwittert. Ein vierter Mann saß auf der Kante eines Trogs und schlug grinsend mit einem langen Stock gegen das Eisen. Zwei seiner Vorderzähne fehlten.

»Los, an die Arbeit!«, rief er. »In zehn Minuten kontrolliere ich die erste Schüttung! Und wehe, ich finde lauter Kohlereste im Abraum!«

Die Jungen eilten die Tritte neben den Trögen hoch, setzten sich auf einen Platz auf einem der Bretter und beugten sich über den Kohlestrom. Immer fünf oder sechs hockten nebeneinander, ein Brett oberhalb des anderen, wie bei einem Fahrgeschäft auf der Kirmes. Sawyer bedeutete Emma, ihm zu folgen, stieg auf halber Höhe auf ein Brett und ließ sich dort nieder. Sie kletterte hinterher und zog sich den Schal fester um das Gesicht. Ein Junge setzte sich auf das Brett über Sawyer, ein anderer auf das darunter. Emma blieb auf seinem Brett stehen und wartete auf Anweisungen. Sawyer stemmte seine Stiefel in das mit Kohle beladene Fließband und verlangsamte mit den Füßen die Fließgeschwindigkeit.

»Such Schiefer, Ton und einfache Steine raus!«, rief er.

»Und wirf sie in die Abraumrinne!« Er nahm ein Stück Ton und zeigte es ihr. »Die Kohle lässt du durch. So!« Er hob die Füße und ließ die Kohle zu dem Jungen unter ihm weiterfließen.

»Du da!«, rief ein Aufseher. »An Trog fünf!« Emma schaute sich um. Es war der Aufseher mit der Zahnlücke, der nun mit seinem langen Stock auf sie zeigte. Sie hob das Kinn, um zu signalisieren, dass sie ihn gehört hatte. »An die Arbeit!«

Emma schaute sich nach einem leeren Platz um. Das einzige Brett, wo noch keiner war, befand sich am oberen Ende der Halle, direkt unterhalb der Zerkleinerungsanlage. Sie stieg die Holztritte hoch und setzte sich auf das Brett über dem Eisentrog. Sofort waren Augen, Nase und Hals mit Kohlenstaub verstopft. Das Fauchen und Röhren der Maschine war ohrenbetäubend, als würde in ihren Ohren unentwegt Dynamit explodieren. Der Aufseher kam hochgestiegen, blieb neben ihr stehen und beugte sich über ihren Kopf.

»Wenn die Kohle beim letzten Jungen ankommt, muss sie rein sein!«, rief er. »Greif schnell zu und mach den anderen die Arbeit nicht noch schwerer, oder du bekommst meinen Stock zu spüren!«

Sie nickte und wandte sich dem Trog zu. Der Oberaufseher des Kohlebrechers ließ seinen Stock genau neben ihrem Fuß gegen die Eisenwand knallen, bevor er schließlich wieder hinunterstieg. Emma biss die Zähne zusammen und steckte die Hand in den herandrängenden Strom schwarzer Kohle.

KAPITEL 24

Am Abend saß Emma in Arbeitskleidung in Claytons Küche, während Mantel und Schal in einem staubverkrusteten Haufen auf dem Boden lagen. Sie biss auf einen Lederriemen, und ihr liefen vor Schmerzen Tränen über die Wangen. Nach zehn Stunden im Kohlebrecher, in denen sie auf einem Holzbrett gesessen und sich über einen Eisentrog gebeugt hatte, tat ihr der Rücken weh, und ihr Gesäß schmerzte in einer Weise, als habe ihr jemand ein paar Messer hineingejagt. Ihre Schultern und Beine zitterten und zuckten, und sie hatte Ohrensausen. Sie fühlte sich so hinfällig wie die alten Frauen in der Witwengasse. Noch immer sah sie den schwarzen Kohlestrom zwischen ihren Beinen hindurchfließen und ihre dreckigen, blutigen Hände, die wieder und wieder hineingriffen. Noch schlimmer als alles andere war der Schmerz in ihren Fingern.

Mit besorgter Miene nahm Clayton ihre Hand und tauchte sie langsam in die Schüssel mit Wasser, die auf dem Tisch stand. Emma verzog das Gesicht und wollte sie wegziehen, weil die Kernseife wie Nadeln in ihre Fingerspitzen stach. Clayton hielt sie sanft fest und zwang sie, die Finger in die Flüssigkeit zu tauchen. Emma stöhnte, dankbar, dass der Lederriemen ihren Aufschrei dämpfte. Clayton hatte die Kinder nach draußen geschickt und Sawyer aufgetragen, vorher zu klopfen, wenn sie hereinwollten, was sie aber nur im Notfall tun sollten. Dann hatte er die Türen abgeschlossen.

»Möchtest du wirklich weitermachen?«, fragte er.

Emma senkte den Kopf und schloss die Augen. Tränen und Schweiß rannen ihr über das Gesicht. Sie spannte ihren Bauch an und versuchte, bei Bewusstsein zu bleiben. Trotzdem schaffte sie es, kurz zu nicken.

»Gib mir die andere Hand«, sagte er. »Man bringt es am besten so schnell wie möglich hinter sich.«

Sie überließ ihm ihre andere Hand und stöhnte auf, sobald die Fingerspitzen das Wasser berührten.

»Halt noch einen Moment durch«, sagte er. »Wir müssen den Schwefel von deiner Haut abbekommen.«

Einen solchen Schmerz hatte sie noch nie im Leben gespürt. Wenn sie es nicht besser wüsste, hätte sie geschworen, dass ihr jemand die Fingerkuppen abgeschnitten hatte und die blutigen Stümpfe in ein Gefäß mit Essig und Salz drückte. Wie konnte man sich damit abfinden, dass kleine Jungen einem solchen Leid ausgesetzt wurden? Wie verzweifelt musste eine Mutter sein, um mit ansehen zu können, wie ein Kind solche Schmerzen litt, und es trotzdem am nächsten Tag wieder zur Arbeit zu schicken? Das war schlicht unvorstellbar.

Nach einer Weile, die sich wie eine Ewigkeit anfühlte, holte Clayton zwei saubere Tücher unter der Spüle hervor, breitete sie auf dem Tisch aus und hob ihre Hände vorsichtig aus dem Wasser. Sie kämpfte gegen den Impuls an, sie wegzureißen, und ließ zu, dass er sie auf die Tücher legte. Das Wasser im Becken hatte sich rot gefärbt.

»Nicht bewegen«, sagte er. Dann zog er die Vorhänge zu und füllte die Wanne auf dem Boden mit heißem Wasser vom Ofen. Anschließend wickelte er die Tücher um ihre Hände, bis sie wie Fausthandschuhe aussahen.

»Kannst du aufstehen?«, fragte er.

Emma nickte und hievte sich auf ihre schwachen Beine. Der Lederriemen fiel ihr aus dem Mund. Clayton legte ihr die Arme um die Taille und führte sie zur Wanne.

»Ich helfe dir beim Waschen, aber erst musst du aus diesen Sachen raus.«

Ihre Augen waren vor Tränen fast blind, als sie die Ellbogen hob, damit er ihr aus dem verstaubten Hemd helfen konnte. Er zupfte es aus ihrem Hosenbund und hielt dann die Ärmel fest, damit sie die Arme herausziehen konnte. Trotz der Tücher an ihren Händen hatte sie bei der geringsten Berührung das Gefühl, als würde jemand ein heißes Bügeleisen an ihre Fingerspitzen pressen.

»Mach die Augen zu«, sagte er.

Emma kniff die Augen zusammen, und Clayton zog ihr das Hemd über den Kopf. Sie prustete und spuckte, weil ihr Kohlenstaub in Mund und Nase geriet, und obwohl sie immer noch den Jutesackwickel trug, hielt sie instinktiv den Arm vor die Brüste. Clayton befeuchtete ein Tuch und wischte ihr über Lippen und Augen. Dann schwenkte er ein Stück Seife durchs Wasser in der Wanne, um Lauge zu erzeugen, und wusch den Rest ihres Gesichts, sorgsam darauf bedacht, ihr nicht Seife oder Staub in die Augen zu schmieren. Anschließend forderte er sie auf, sich neben die Wanne zu knien und hineinzubeugen. Wortlos ließ er sich neben ihr nieder und wusch ihr das kurze Haar. Er schrubbte ihr den Schmutz von Hals und Schultern und massierte mit seinen starken Händen ihre schmerzenden Muskeln. Als er fertig war, half er ihr wieder auf. Dann öffnete er ihren Gürtel, zog ihr die Hose herunter und forderte sie auf, aus den Hosenbeinen zu steigen.

Sie hatte zu starke Schmerzen, um sich darum zu kümmern, dass sie dann halb nackt vor ihm stehen würde, daher gehorchte sie. Obwohl sie zwei Schichten Kleidung getragen hatte, lag ein feiner schwarzer Staub auf ihrer Haut und ihrer Unterwäsche.

Clayton zeigte auf die Wanne. »Steig rein.«

Sie hievte ihre Beine über den Rand und blieb im Wasser stehen. Sanft wusch Clayton ihr die Schultern und Arme.

Schmutziges Wasser rann an ihrem Körper herab, und sie fühlte sich wie eine Porzellanstatue in einem modrigen Springbrunnen. Als Clayton mit einem nassen Lappen unter den Rändern ihres Jutewickels entlangfuhr, streiften seine warmen Finger ihre Taille und die leichte Wölbung über ihrer Brust. Sie begann zu zittern.

»Ich bin gleich fertig«, sagte er.

Als er bei ihren Beinen anlangte, hatte sich ihre Baumwollunterwäsche mit Wasser vollgesogen, und sie hatte Sorge, dass er durch das dünne Material hindurchschauen könne. Er fuhr mit dem nassen Lappen am oberen Rand ihrer Unterhose entlang und streifte mit dem Finger fast ihren Bauchnabel. Dann kniete er sich hin und rollte die Beine ihrer Unterhose so hoch wie nur möglich und wischte Knie und Oberschenkel ab. Ihr Gesicht wurde warm. Sie schaute an die Decke und versuchte, an etwas anderes zu denken. Obwohl ihre Finger brannten, kribbelte plötzlich ihr ganzer Unterleib und vertrieb jeden Schmerz aus ihrem Bewusstsein. Es war, als seien ihre Hände taub und sie spüre nichts mehr als seine Hände auf ihrem Körper. Krampfhaft bemühte sie sich, ruhig weiterzuatmen.

Clayton hielt inne. »Tu ich dir weh?«

»Nein, geht schon.«

Nachdem er mit ihren Beinen fertig war, richtete er sich auf. »Es tut mir leid«, sagte er. »Aber ich kann dich nicht richtig waschen, wenn du noch … solange du noch deine …«

»Solange ich noch die Unterhose anhabe?«

Er nickte. »Und den Wickel.«

Sie biss sich auf die Lippe. Tausendmal hatte sie sich in ihrer Fantasie ausgemalt, wie sie sich vor ihm ausziehen würde, aber so hatte sie sich das nicht vorgestellt. Andererseits fühlte sich der Kohlenstaub wie Rollsplitt auf ihren Beinen an, und der Schwefel fraß sich in die empfindliche Haut an ihren Brustwarzen und den zarten Falten zwischen ihren Oberschenkeln. Schlimm genug, dass ihre Finger höllisch brannten, aber wunde Haut an anderen Stellen des Körpers konnte sie wirklich nicht gebrauchen.

»Dann ziehe ich sie eben aus«, sagte sie. »Aber du musst den Jutewickel für mich aufknoten.«

Er wurde rot und schüttelte den Kopf.

»Das wäre ja nicht das erste Mal, dass du eine Frau nackt siehst, oder?«

»Nein, aber ich möchte nicht, dass du denkst…«

»Das spielt doch jetzt keine Rolle«, sagte sie und trat aus der Wanne. »Bitte. Meine Haut brennt. Hol einfach frisches Wasser, ja?«

»Bist du sicher?«

Sie nickte. »Bin ich.«

Clayton knotete den Jutewickel auf, beließ ihn aber, wo er war. Dann schöpfte er mit einem Eimer Wasser aus der Wanne und kippte es hinten zum Fenster hinaus. Emma war derweil mit dem Rücken zu ihm stehen geblieben und hatte den Jutewickel von ihrem Brustkorb gelöst. Genau wie sie befürchtet hatte, waren ihre Brustwarzen mit schwarzem Staub verkrustet und die Haut überall, wo die Jute gesessen hatte, gereizt und wund. Als sie sich umdrehte, verschränkte sie die Arme vor der Brust. Clayton schaute kurz herüber und wandte dann schnell wieder den Blick ab.

Sobald die Wanne leer war, füllte Clayton sie mit ernster Miene wieder auf, den Blick gesenkt. Wieder hielt er Tuch und Seife ins Wasser und schwenkte sie herum, um Lauge herzustellen. Als er fertig war, richtete er sich auf und drehte sich von ihr weg.

»Los«, sagte er. »Setz dich rein.«

»Ich habe meine Unterhose noch an.«

»Kannst du die nicht… selbst ausziehen?«

»Nein. Du hast mir die Finger eingewickelt. Ich kann meine Hände nicht benutzen. Binde sie einfach für mich auf.«

Clayton drehte sich um und kam auf sie zu, den Blick zu Boden gerichtet, auf ihre Füße, überallhin, nur nicht auf ihr Gesicht und ihre nackten Brüste. Sie hob die Arme. Mit geschlossenen Augen streckte er seine großen Hände aus und berührte ihre Rippen, ihre Hüften und schließlich ihre Taille. Zögernd tastete er sich zur Kordel vor, knotete sie auf und zog den Bund so weit auseinander, wie es nur ging. Dann trat er zurück und drehte sich wieder um. Mithilfe der Handgelenke rollte Emma das obere Ende ihrer Unterhose hinunter, aber das durchnässte Material verzog sich und blieb an ihrer feuchten Haut kleben.

»Ich schaffe es nicht«, sagte sie. »Zieh sie einfach runter.«

»Bist du sicher?«

»Bitte. Ich bin einfach nur müde.«

»Dreh dich um.«

Nachdem sie sich umgedreht hatte, trat er zu ihr und zog an der Unterhose, bis sie auf ihre Knöchel hinabfiel. Emma stieg aus den Beinlöchern und versuchte, nicht daran zu denken, dass ihr Po vor Claytons Gesicht schwebte. Im nächsten Moment hatte er ihr aber schon wieder den Rücken zugewandt. Emma setzte sich im Schneidersitz in die Wanne. Das warme Seifenwasser strich wie flüssige Seide über ihre gereizte Haut. Ihre weißen Knie ragten aus der Lauge empor und lehnten an den hölzernen Wannenrändern.

»Ich kann meine Brust nicht waschen«, sagte sie.

»Kannst du dich nicht vorbeugen und sie einfach abspülen?«

»Dazu ist das Wasser nicht tief genug. Bitte, ich möchte das einfach nur hinter mich bringen. Mach die Augen zu, wenn es dir dann leichter fällt.«

Er seufzte, kam dann aber näher und kniete sich neben die Wanne, das Gesicht weggedreht. »Wo ist der Lappen?«

»Ich sitze drauf.«

Seine Schultern sackten herab. »Gütiger Gott.«

»Hör zu«, sagte sie. »Das spielt jetzt keine Rolle. Nichts davon spielt eine Rolle. Ich vertraue dir.«

Nun schaute Clayton sie endlich an, und in seinen Augen spiegelte sich seine Zuneigung. »Ich bin froh, dass du mir vertraust. Aber ich hätte das alles niemals zulassen dürfen.«

»Es war meine Entscheidung.«

»Aber es ist unerträglich, dich leiden zu sehen.«

»Das wird schon wieder, wirklich. Wie könnte ich mich beklagen, wo kleine Jungen so etwas täglich erdulden müssen?«

Er ließ lange seinen Blick auf ihr ruhen, als überlege er, ob er sie küssen solle, dann griff er einfach ins Wasser und zog das Tuch unter ihren Oberschenkeln hervor. Nachdem er noch einmal ihre Schultern gewaschen hatte, wrang er den Lappen aus und ließ das Seifenwasser über ihre Brust laufen. Dieses Mal schaute er hin, als er es tat, den Kiefer angespannt.

»Etwas mehr Mühe musst du dir schon geben«, sagte sie. »Der Kohlenstaub ist hartnäckig.«

Wieder tauchte er das Tuch ins Wasser und wischte über ihre Brust. Sie hielt die Luft an und versuchte, an etwas anderes zu denken, vergeblich. Sie war körperlich und geistig erschöpft, aber ihre Sinne waren hellwach. Die sanften Berührungen und der weiche, seifige Lappen an ihrer Haut beherrschten all ihre Gedanken. In diesem Moment verspürte sie kein anderes Verlangen mehr, als in seinen Armen zu liegen, seine warme Haut zu spüren und sich von seinen starken Händen halten zu lassen. Unfähig, sich länger zu beherrschen, schlang sie ihm die Arme um den Hals und zog ihn zu sich herab. Seine Augenbrauen schossen überrascht hoch, aber dann ließ er den Lappen fallen, nahm ihren Hinterkopf in seine Hände und küsste sie sanft auf die Lippen. Zitternd küsste sie ihn zurück, und aller Schmerz löste sich in sehnendes Verlangen auf.

Irgendwann stöhnte er, öffnete hungrig den Mund und küsste sie heftiger. Nach einer Weile ließ er von ihr ab und zog sie auf die Füße. Er nahm ein Handtuch von einer Stuhllehne und schlang es ihr um die Schultern. Sie trat aus der Wanne und blieb neben dem Ofen stehen, damit er sie abtrocknen konnte. Mit langsamen Bewegungen rubbelte er sie behutsam ab und liebkoste durch den dicken Stoff hindurch ihre Arme und Brüste. Seufzend legte Emma den Kopf in den Nacken, und Clayton ließ den Mund über ihre Schlüsselbeine und ihren Hals wandern. Schließlich schlang er ihr das Handtuch wieder um die Schultern, hob sie hoch und trug sie ins Schlafzimmer. Er stellte sie neben seinem Bett ab, ließ das Handtuch zu Boden gleiten und zog die Bettdecke zurück. Dann legte er Emma mit dem Rücken aufs Laken und bettete ihre Hände über ihrem Kopf aufs Kopfkissen. Nachdem er die Tür geschlossen hatte, zog er sein Hemd aus und öffnete die Gürtelschnalle, ohne Emma aus dem Blick zu lassen.

Schaudernd in freudiger Erwartung, schaute sie ihm zu. Sie wünschte, sie könnte ihm mit den Fingern durch das dichte Haar fahren und seine Haut berühren. Er kletterte neben ihr ins Bett und stützte sich auf einen Ellbogen.

»Bist du sicher, dass du das möchtest?«, fragte er. »Du hast Schmerzen und bist vollkommen erschöpft. Ich möchte dir nicht wehtun.«

»Ich war mir noch nie so sicher in meinem Leben«, antwortete sie.

Er rutschte näher und ließ sich vorsichtig auf sie herabsinken. Endlich spürte sie seinen warmen Körper an ihrer Haut und seinen Herzschlag an ihrer Brust. Er küsste sie auf den Mund, um seine Lippen dann über ihren Hals zu ihren Brüsten hinabwandern zu lassen. Sie erbebte und schlang die Arme um seinen Hals. Als er sie schließlich wieder auf den Mund küsste, wurden ihre Küsse und Bewegungen gieriger. Irgendwann zog er sich zurück und schaute sie an, und sie hatte das Gefühl, dass sich ihre eigene Unsicherheit in seinen Augen spiegelte. Sie war immer davon ausgegangen, dass sie ihre Jungfräulichkeit irgendwann einmal an einen Ehemann verlieren würde, aber in diesem Moment hatte sie nur einen Wunsch – sich Clayton hinzugeben. Jetzt gab es kein Zurück mehr. Sie zog ihn zu sich herab und bedeckte sein Gesicht mit Küssen.

Obwohl sie so viele Bücher gelesen hatte, wusste sie nichts über diese Dinge. Es überraschte sie trotzdem nicht, dass sie genau wusste, was sie wollte. Als sie sich liebten, knarrte das Bett unter ihren Bewegungen. Selbst wenn sie nicht für immer und ewig zusammen sein könnten, diesen Moment konnte ihr niemand mehr nehmen. Und im Augenblick war das alles, was zählte.

Später ging Clayton in die Küche, um den Kindern etwas zu essen zu geben. Dann kam er zurück und setzte sich auf die Bettkante, um Gänsefett auf Emmas Fingerspitzen zu reiben. Er wickelte die Lappen ab und begann mit der rechten Hand. Sie biss die Zähne zusammen und versuchte, nicht laut aufzuschreien. Der Schmerz schien immer schlimmer zu werden.

»Das wird den Heilungsprozess beschleunigen«, sagte Clayton. »In den nächsten Tagen wird es allerdings erst einmal schlimmer.«

»Ich weiß. Im Moment denke ich, dass ich die Fotos vielleicht vor …«

Er drückte zu fest zu, und sie schnappte nach Luft.

»Entschuldigung«, sagte er. »Red weiter, vielleicht hilft das.«

Emma versuchte sich zu konzentrieren. »Ich denke, dass ich die Fotos kurz vor der Mittagspause machen kann. Dann verlassen die Aufseher die Tritte an den Fließbändern, holen ihre Proviantbüchsen und warten an der Tür, bis der Kohlebrecher zum Stillstand kommt. Ich könnte es tun, wenn sie nicht hinschauen.«

Er hatte nun alle ihre Fingerspitzen mit Gänsefett eingeschmiert und stand auf. »Tu es aber bald, damit du da rauskommst.«

»Ich muss auf die richtigen Lichtverhältnisse warten«, sagte sie. »Außerdem könnte es eine Weile dauern, bis ich den verflixten Belichtungshebel wieder betätigen kann.« Sie hielt ihre Finger hoch und schenkte ihm ein schwaches Lächeln.

Er küsste sie auf die Stirn. »Ich bring dir etwas zu essen, und dann musst du ein wenig schlafen.«

»Ich habe doch mein eigenes Bett.«

Er schüttelte den Kopf. »Du schläfst nicht mehr auf dem Holzboden. Und sosehr ich es bedaure, das sagen zu müssen: Du solltest dich wirklich ausruhen, damit du morgen wieder zur Arbeit gehen kannst.«

KAPITEL 25

In den nächsten Tagen war der Himmel bedeckt, dann regnete es zwei Tage lang ununterbrochen. Abgesehen davon, dass man unter diesen Bedingungen das Gefühl hatte, in tiefster Nacht zu arbeiten, wäre es Emma gar nicht möglich gewesen, im Kohlebrecher die Kamera zu benutzen. Die Fotos mussten an einem hellen, sonnigen Tag gemacht werden, wenn so viel Tageslicht wie nur möglich hereinfiel.

Jeden Tag wickelte sie die Kamera ihres Onkels in ein Tuch, steckte sie in den Hosenbund unter ihrer Jacke und ging zur Arbeit. Jeden Tag saß sie ganz oben an Trog fünf und betete, dass der Himmel aufklaren möge, damit sie, wenn die Sonne im Zenit stand, die Kamera herausholen und von ihrem Brett aus Bilder machen konnte.

Während sie Kohle sortierte und sich Mühe gab, sich nicht von den Fließbändern Hände und Füße abreißen zu lassen, beobachtete sie genau, was die Aufseher zu tun pflegten und wovon sich die Jungen ablenken ließen. Wenn die Aufseher nicht hinsahen, warf sie große Brocken reinen Anthrazits in die Abraumrinne, damit die Bergarbeiterfrauen in den Halden fündig werden würden, und wühlte nur mit einer Hand in der Kohle herum, immer abwechselnd, damit ihre Finger heilen konnten. Trotz der allabendlichen Behandlung mit Gänsefett fragte sie sich, ob die brennende, aufgeplatzte Haut je vernarben und Schwielen bilden würde. Zu den Essenszeiten konnte sie kaum eine Gabel oder ein Stück Maisbrot in der Hand halten. Wie ertrugen kleine Jungen das nur Tag für Tag?

Oft gestikulierten die Jungen hinter dem Rücken der Aufseher und verständigten sich mit Zeichensprache. Während der Mittagspause verzehrten sie mit schmutzigen Fingern ihre mageren Mahlzeiten, dann rauchten sie Zigaretten und spielten, wenn es nicht regnete, Baseball und Fangen. Sie rannten in die Maschinenräume, um Kohle- oder Eisenstücke zu holen und ihre Aufseher damit zu bewerfen, wenn die gerade nicht hinsahen. Auch einander spielten sie Streiche, warfen anderen Jungen Bälle aus Schmierfett und Kohle an den Kopf, nagelten Proviantbüchsen an den Boden oder verknoteten Jacken, die irgendwer zum Mittagessen ausgezogen hatte. Gott sei Dank hatte Sawyer ihnen erzählt, dass »Emmet« soeben erst seine Mutter verloren habe und auch sonst nicht viel spreche, weil er als Kind von einem schlimmen Fieber heimgesucht worden sei.

Emma beobachtete das Treiben aus der Distanz und war verblüfft, dass die Jungen noch die Energie hatten, etwas anderes zu tun, als sich auszuruhen und zu essen. Offenbar waren sie wie ihre Fingerspitzen: aufgeplatzt und blutig, aber auch hart und verschwielt.

Stets hielt sie nach Michael Ausschau, damit sie sich schnell wegdrehen konnte, wenn sie ihn sah. Höchstwahrscheinlich arbeitete er auf einer anderen Ebene des Kohlebrechers, aber sie hatte trotzdem Angst, dass er sie erkennen würde, wenn sie einander über den Weg liefen. Eines Tages meinte sie tatsächlich, ihn zu sehen, wie er neben den Gleisen auf einer leeren Dynamitkiste saß und sein Mittagessen verzehrte. Er hatte seine Kappe abgenommen, und sein dichtes Haar stand in alle Richtungen ab. Neben ihm auf der Kiste lagen seine Krücken. Außerdem war er der einzige Kohlejunge, der alleine aß. Da aber sein Gesicht so schwarz war wie das aller anderen, war sie sich nicht sicher. Trotzdem, irgendetwas daran, wie er seinen Kopf hielt, hatte etwas Vertrautes. Glücklicherweise saß er jeden Tag an derselben Stelle, was es leichter machte, ihm aus dem Weg zu gehen.

Wenn die Aufseher im Kohlebrecher mit Peitschen und Besen auf die Rücken der Jungen eindroschen, konnte sich Emma nur mühsam beherrschen, nicht aufzuspringen und sie die Tritte hinunterzustoßen. Ständig musste sie an sich halten, um den Aufseher mit der Zahnlücke nicht anzubrüllen, wenn er seinen Stock einem Jungen über die Fingerknöchel zog. Schockiert stellte sie fest, dass die Jungen gezüchtigt wurden, wenn sie nicht schnell genug arbeiteten, wenn sie die Köpfe zusammensteckten und redeten oder sogar wenn sie zu laut husteten. Wie war es nur möglich, dass diese Männer, die selbst einmal im Kohlebrecher angefangen hatten, keinerlei Nachsicht mit den Jungen kannten? Hatten sie vergessen, wie es war, unter Angst und Schmerzen arbeiten zu müssen? Hatten sie das Bedürfnis nach Sonne und frischer Luft vergessen, die Lust, zu schwimmen, zu angeln oder sonstige Dinge zu tun, die Kinder eben tun sollten? Hatten all die Jahre in der Finsternis ihre Herzen zu Stein werden lassen, so wie der Druck der Erdmassen Baumwurzeln und herabgefallene Äste in Kohle verwandelt hatte? Emma wusste, dass die Männer ihre Arbeit brauchten und dass sie vermutlich von Mr. Flint gefeuert wurden, wenn die Kohle nicht rein genug war. Aber Kohle zu sortieren, war ohnehin schon hart und gefährlich. War es nötig, die Arbeit noch leidvoller zu gestalten? Oder waren sie der Auffassung, dass sie die Jungen für das harte Leben, das auf sie wartete, stählen mussten? Jedes Mal, wenn einer der Kohlejungen vor Schmerzen schrie, konnte Emma nur mühsam die Tränen zurückhalten. Dieses Elend musste ein Ende haben.

Am Dienstag in ihrer zweiten Woche fragte sie sich, ob je wieder die Sonne scheinen würde. Den ganzen Morgen über hatte es geregnet, und während der Mittagspause hingen immer noch schwere Wolken am Himmel. Eine Stunde später aber trat unvermittelt die Sonne hinter einer Gewitterwolke hervor, fiel steil durch die schmierigen Fenster und erfüllte den Kohlebrecher mit fahlem Licht. Emma legte die Hand auf die Wölbung unter ihrer Jacke und fragte sich, ob sie die Kamera sofort herausholen oder lieber einen helleren Tag abwarten sollte, als plötzlich einer der Aufseher losschrie. Sie fuhr zusammen.

»Aufwachen, du faules Stück Scheiße!«

Emma schaute über die Schulter, und das Herz barst ihr fast vor Angst. Es war der Aufseher mit der Zahnlücke. Aber er redete gar nicht mit ihr. Er stand neben einem etwa sieben- oder achtjährigen Jungen am Fuß von Trog zwei. Der Junge erwachte und fuhr hoch, die Augen verquollen und blutunterlaufen.

»Ja, Sir«, sagte er.

»Das ist das dritte Mal, dass ich dich heute beim Dösen ertappe«, sagte der Aufseher.

»Mir geht es nicht gut«, sagte der Junge. »Mir ist immer noch kalt, und ich kann die Augen einfach nicht aufhalten.«

»Dich krieg ich schon wach«, sagte der Aufseher. »Leg deine Hand hierhin.« Er zeigte mit dem Stock auf den Tritt, wo der Junge saß.

»Ich werde nie wieder eindösen«, sagte der Junge. »Das verspreche ich.«

Der Aufseher hob seinen Stock und zog ihn dem Jungen über den Rücken. Das Kind schrie vor Schmerz. Die meisten Kohlejungen hatten sich umgedreht und schauten zu, während die übrigen mit gesenkten Köpfen weiterarbeiteten. Die anderen Aufseher und ein Vorarbeiter standen unten in der Halle, stützten sich auf ihre Besen und unterhielten sich. Emma knöpfte ihre Jacke auf und versuchte mit zitternden Händen, die Kamera aus dem Tuch zu wickeln. Sie hatte lange genug gewartet. Sie löste die Verriegelung, zog die Objektivplatte heraus und drehte sich auf ihrem Platz um, die Kamera im Schoß.

»Leg deine Hand auf diese verdammte Stufe!«, brüllte der Aufseher mit der Zahnlücke.

Der kranke Junge verzog das Gesicht und gehorchte, weil ihm klar war, dass ihm nichts anderes übrig blieb. Im nächsten Moment hatte der Aufseher mit der Zahnlücke den Fuß gehoben und knallte dem Jungen seinen Nagelstiefel auf die Finger. Der Junge heulte auf und krümmte sich, das Gesicht schmerzverzerrt, als der Mann immer fester und fester zudrückte. Emma richtete die Kamera auf die beiden, schaffte es aber nur mit Mühe, sie ruhig zu halten. Sie drückte auf den Auslöser, wartete, bis sich die Blende wieder geschlossen hatte, schaute dann auf und spulte den Film weiter. Um das Spulgeräusch zu übertönen, hustete sie, obwohl es bei dem Lärm der brechenden Kohle und den gequälten Schreien des Jungen ohnehin niemand hören würde. Dann drehte sie sich ein Stück weiter und richtete die Kamera in die gegenüberliegende Ecke des Raums, weil sie hoffte, ein paar Kohlejungen an den Trögen aufnehmen zu können. Sie machte ein Bild, drehte sich wieder nach vorne und spulte. Viermal noch richtete sie die Kamera abwechselnd nach rechts und nach links und zitterte dabei am ganzen Körper.

Irgendwann nahm der Aufseher mit der Zahnlücke den Fuß von der Hand des Jungen, der vornübersank und sich die blutenden Finger hielt. Rußverschmierte Tränen strömten sein schwarzes Gesicht hinab. Just in diesem Moment betrat durch einen Seiteneingang ein Mann in Zylinder und Dreiteiler den Kohlebrecher. Einer der Aufseher ließ sofort seinen Besen stehen und eilte zu ihm hin. Es war Mr. Flint. Emma setzte sich auf, schob die Kamera zusammen und stopfte sie zurück unter ihre Jacke. Dann vergewisserte sie sich schnell, dass niemand in ihrer Nähe sie beim Fotografieren beobachtet hatte. Der Aufseher mit der Zahnlücke stieg die Tritte hinunter, während die Kohlejungen sich wieder an die Arbeit machten. Ein paar der jüngeren weinten. Emma stieß einen zittrigen Seufzer aus, und ihre Zähne klapperten vor Angst und Wut. Sie konnte nichts tun, als sich zu beherrschen, um den Aufseher mit der Zahnlücke nicht von der Ebene hinunterzustoßen. Jetzt musste sie sich vor allem darauf konzentrieren, irgendwie den Tag hinter sich zu bringen. Sie hatte keine Ahnung, was sie tun sollte, wenn die Fotos nichts geworden wären. Zwölf Bilder hatten auf dem Film Platz. Zog man die beiden Fotos von ihren Verwandten am Vierten Juli und die sechs Bilder von heute ab, blieben ihr noch vier. Sie musste einen Weg finden, ins Bergwerk zu gelangen und Bilder von den Grubenhelfern und Bremsern zu machen, dann wäre der Film voll. Jetzt kehrte sie aber erst einmal an die Arbeit zurück.

Unvermittelt verlangsamten Zerkleinerungsanlage und Rüttelmaschine das Tempo, um schließlich ganz zum Stillstand zu kommen. Der gesamte Kohlebrecher bebte wie ein riesiges Tier, das sich nach einem Bad schüttelte. Kohlenstaubregen rieselte von den Deckenbalken herab. Die Jungen richteten sich auf und schauten sich um; die Verwirrung stand ihnen im Gesicht geschrieben. Emma beugte sich vor, einen Arm über die Kamera unter ihrer Jacke gelegt. Panik bemächtigte sich ihrer. Hatte jemand gesehen, wie sie die Fotos gemacht hatte? War das der Grund, warum man die Anlage abgeschaltet hatte? Würde sie im nächsten Moment die Peitsche zu spüren bekommen oder Schlimmeres? Oder hatte jemand durchschaut, wer sie war? Vielleicht war Mr. Flint ja hier, um sie ins Gefängnis zu stecken.

»Warum halten Sie das Ding an?«, rief Mr. Flint von unten herauf.

»Ein Junge steckt in der Zerkleinerungsanlage!«, rief ein

Mann über Emmas Kopf hinweg. »Er sollte die Maschine ölen und ist hineingefallen!«

Emma schnappte nach Luft, ein entsetzliches Grauen packte sie. Etliche Jungen pressten sich die Hände auf die Ohren und kniffen die Augen zu. Einige schrien auf.

Einer der Jungen erhob sich mit angsterfülltem Blick. »Wer war es?«

»Herr im Himmel!«, brüllte Mr. Flint und trat auf die untersten Tröge zu. »Ihr Jungs haltet den Mund und geht sofort zurück an die Arbeit.« Dann rief er dem Mann hinter Emma zu: »Schalten Sie das Ding wieder an und machen Sie weiter! Um die Leiche können Sie sich nach Schichtende kümmern!«

Emma presste die Ellbogen an den Körper; es hielt sie kaum auf ihrem Platz. Am liebsten wäre sie hinuntergerannt und hätte Mr. Flint mit seinem Stock blutig geprügelt. Vielleicht würden die Kohlejungen ihr ja helfen und ihn am Boden festhalten. Stattdessen begann das gewaltige Getriebe über ihr zu mahlen, die Zerkleinerungsanlage rotierte wieder, und im nächsten Moment hörte man ein Geräusch, als würden Rippen splittern. Emma schlug die Hand vor den Mund und kämpfte gegen den Brechreiz an. Als auch das Fließband unter ihren Füßen wieder anlief und sie nicht mehr zu ersticken drohte, biss sie die Zähne zusammen und steckte mit brennenden Augen die Hand in den Trog. Sie griff nach einem Stück Schiefer, um es sofort wieder fallen zu lassen. Der Kohlestrom war mit Fleischfetzen und glänzendem Blut gesprenkelt.

KAPITEL 26

Eine Woche nachdem sie die Bilder im Kohlebrecher gemacht hatte, betrat Emma durch den Schachteingang die Bleak Mountain Mine und hielt sich tunlichst zwischen Nally und Clayton versteckt, den Blick zu Boden gesenkt. Die Männer um sie herum, all die Bergarbeiter, Grubenhelfer, Bremser und Maultiertreiber, trugen Schaufeln und Ladestöcke, Dosen mit Sprengpulver und Grubenlampen, Bohrer, Spitzhacken, Bremsknüppel und Peitschen in den Händen. Palavernd und hustend marschierten sie alle zusammen in den dunklen Stollen. Proviantbüchsen, Werkzeuge und Feldflaschen klirrten, und auf dem Schotter knirschten die Stiefel. So froh Emma war, dem Kohlebrecher entkommen zu sein: Der Gedanke, Hunderte von Metern in die Erde hinabzusteigen und unter einem gewaltigen Berg durch lange, schwarze Kohle- und Felstunnel zu wandern, brachte ihre Eingeweide in Wallung. Sie presste die Lippen zusammen und versuchte, ganz ruhig zu atmen, da ihr jetzt schon mulmig war.

Als Clayton ihr am Vorabend erzählt hatte, dass Nallys Grubenhelfer bei einem Stolleneinbruch die Beine zerquetscht worden waren – er hatte in einem stillgelegten Stollen Kohle aus einer tragenden Säule schlagen müssen, eine Technik, bei der man die Decke manchmal ersatzweise mit Holzpfählen abstützte, sie manchmal aber auch einfach einstürzen ließ –, war ihr sofort klar gewesen, dass ihr Moment gekommen war. Jetzt konnte sie sich ins Bergwerk einschleichen und Bilder von den Bremsern und Grubenhelfern machen. Clayton hatte ihr mal erklärt, dass Bergleute oft Helfer hatten, die ihnen das Werkzeug trugen, Lampenöl nachfüllten und Grubenabschnitte auf giftige Gase oder einsturzgefährdete Decken hin überprüften. Sie wurden vom Lohn des jeweiligen Bergmanns bezahlt. Manchmal brachten die Bergleute auch ihre Söhne mit, die dann nur die Förderwagen ihrer Väter befüllen durften. Wurde der Sohn verletzt oder getötet, konnte die Bergwerksgesellschaft behaupten, dass er nicht auf der Lohnliste stand und überhaupt nicht unter Tage hätte sein dürfen.

Als Emma vorgeschlagen hatte, für Nallys Grubenhelfer einzuspringen, war Clayton strikt dagegen gewesen. Erst als sie gedroht hatte, zum Haus des Iren zu gehen und ihm ihre Dienste als »freiwilliger« Helfer anzubieten, hatte Clayton eingewilligt, Nally einzuladen und die Sache mit ihm zu besprechen. Ein paar Stunden später, mitten in der Nacht, hatten sie zu dritt am Küchentisch gesessen und über einem Krug Bier Pläne geschmiedet.

»Emma ist offenbar der Meinung, dass wir die Aufmerksamkeit der Presse erringen können«, sagte Clayton. »Vielleicht hält sich Hazard Flint dann mit seinen Vergeltungsmaßnahmen etwas zurück, wenn wir mit dem Streik weiterkommen.«

»Das Mädchen gefällt mir«, sagte Nally mit leuchtenden Augen. »Der berühmte irische Wagemut ist den Leuten hier ja eher fremd.«

»In Schacht sechs, dem neuen Schacht, wird am wenigsten los sein«, sagte Clayton. »Da ist die Wahrscheinlichkeit, geschnappt zu werden, am geringsten.«

»Die größte Schwierigkeit wird sein, genug Licht zum Fotografieren zu haben«, sagte Emma. »Können wir ein paar zusätzliche Laternen mit hineinnehmen?«

»Mach dir deswegen mal keine Gedanken, Mädel«, sagte Nally. »Ich werde dafür sorgen, dass du alles Licht der Welt hast.«

»Aber du darfst niemandem ein Sterbenswörtchen verraten«, sagte Clayton zu Nally. »Du weißt, was die Bergleute über Frauen im Bergwerk denken. Wir können gar nicht vorsichtig genug sein.«

»Wenn ich dich enttäusche«, sagte Nally, »soll mich der Fluch von Mary Malone und ihren neun blinden, unehelichen Kindern über die Hügel der Verdammnis treiben, bis mich der Herr nicht einmal mit dem Teleskop wiederfindet.« Er trank sein Bier aus und knallte den Krug auf den Tisch.

Jetzt trottete Emma über die Eisenbahnschwellen und strömte mit der Schar von Männern und Jungen in den Trichter des mit Holzpfählen abgestützten Schachts – wie Ratten, die in der Kanalisation verschwanden. Als sie die erste Felsenkammer erreichten, blieben die Bergleute am Tisch des Aufsehers unter Tage stehen, um ihre Messingmarken abzugeben. Der Aufseher hängte die nummerierten Marken an ein Nagelbrett, von dem er sie später, wenn die Bergleute ihre Schicht beendeten, wieder abnehmen würde. Blieb eine Marke hängen, machte sich der Aufseher auf die Suche nach dem fehlenden Mann.

Nachdem sie ihre Marken abgegeben hatten, gingen die Bergleute zum Schalter des Brandschutzmeisters und holten sich jeder eine Grubenlampe ab, mit der sich giftige Gase dingfest machen ließen. Neben der Tür stand Onkel Otis, die Arme verschränkt, und redete mit dem Meister. Emma senkte schnell den Blick und ging weiter.

Clayton hatte ihr erzählt, dass das Innere des Bergwerks einer gigantischen unterirdischen Stadt glich. Die Flöze auf den verschiedenen Ebenen, aus denen die Bergleute die Kohle schlugen, glichen den Stockwerken eines hohen Wohnhauses. Alles war durch Schächte, Rolllöcher und schräge Stollen miteinander verbunden, ein schwarzes Labyrinth. Emma hatte sich vorgestellt, dass unter Tage ein ohrenbetäubender Lärm herrschen würde, aber zu ihrer Überraschung schluckten die

Gänge jedes Geräusch. Die dichte Erde mit ihren Kohleschichten schien den Lärm der trampelnden Stiefel und der Schaufeln und Spitzhacken regelrecht aufzusaugen.

Weiter im Innern kamen sie an den Maultierställen und der Rettungsstation vorbei, wobei Letztere nichts war als ein weiß getünchter, mit Holzpfählen abgestützter Raum mit einem roten Kreuz am Türrahmen. Durch die geöffnete Tür sah man einen Mann auf einer Trage liegen. Er stöhnte. Seine Stirn war mit weißer Gaze verbunden, der Arm ruhte in einer Schlinge. Ein glatzköpfiger Mann in einem schmutzigen weißen Arbeitsanzug tauchte einen Holzspatel in ein Metallgefäß und strich eine schwarze Tinktur auf die nässende Wunde am Bein des stöhnenden Mannes.

Hinter der Krankenstation hingen keine Fackeln mehr an der Wand, um den Weg auszuleuchten. Die Bergleute zündeten die Öllampen an ihren Kappen an und drangen immer tiefer in die Gänge ein, huschende Schatten in der Nacht. Die Gänge wurden enger und enger und die Decke immer niedriger. Rechts und links fielen nasse Felsplatten schräg ab, nur wenige Zentimeter über Nallys Kopf. Manchmal musste er sich bücken, um in die nächste Kammer zu gelangen. Je tiefer sie in die Erde eindrangen, desto kälter wurde es. Überall tropfte Wasser herab. Emma konnte das Gefühl nicht abschütteln, sich in einem gewaltigen Grab zu befinden. In gewisser Weise traf das ja auch zu. Wie viele Männer waren hier schon gestorben? Wie viele Leichen waren nach Grubeneinbrüchen hiergeblieben, für immer und ewig begraben unter den gewaltigen Massen von Erde, Kohle und Schiefer?

Fröstelnd krümmte sie die Schultern und versuchte, die Bilder zu verdrängen, wie Stützhölzer einknickten, die Stollendecke nachgab und die herabpolternden Fels- und Erdmassen die Männer lebendig unter sich begruben. Irgendwann blieben Nally und sie hinter den anderen Bergleuten zurück, damit Emma die Kamera herausholen konnte. Sobald sie allein waren, konnten sie nur noch sehen, was im Bereich des flackernden Scheins ihrer Stirnlampen lag. Vor und hinter ihnen herrschte absolute Finsternis.

Als sie auf einen Grubenhelfer stießen, einen Türöffner, blieben sie stehen. Ganz auf sich gestellt, öffnete und schloss der Junge eine breite Holztür, um die Förderwagen durchzulassen. Er schien etwa acht Jahre alt zu sein. Nally stellte ihm »Emmet« vor und zeigte ihm stolz »seine« neue Kamera. Dann fragte er den Jungen, ob er sich gerne fotografieren lassen würde, er würde ihm auch später den Abzug zeigen. Der Junge stimmte begeistert zu, stellte sich mit verschränkten Armen auf die Schienen und grinste. Nally öffnete seine Sprengpulverbüchse und holte drei dicke Stäbe heraus, deren Ende mit ölgetränkten Lappen umwickelt war. Zwei der selbst gemachten Fackeln zündete er an und legte sie auf den Boden, die dritte hielt er hoch.

Das Licht der Fackeln erleuchtete den Schacht, warf einen flackernden Schein auf die zerklüfteten Wände und die gewölbte Decke und fiel auf Initialen, die in die schwere Holztür geschnitzt waren. Wände und Decken der Grube schillerten in den verschiedensten Farben – Weiß- und Grüntönen, Schattierungen von Grau und Schwarz und einem seltsam gelblichen Orange, das wie Kupfer- oder Rostadern aussah. Von jeder Oberfläche tropfte Kondenswasser herab. Die dicken Holzpfähle, die den Gang abstützten, waren mit weißem und schwarzem Schimmel überzogen.

»Stell dich dorthin, wo du sonst auch stehst«, sagte Emma zu dem Jungen. »Und schau nicht in die Kamera. Es soll so aussehen, als würdest du arbeiten.«

Der Grubenhelfer setzte sich auf die Holzkiste neben der Tür. Das Flämmchen seiner Stirnlampe erhob sich wie das ferne Leuchtsignal eines Schiffs vom Schirm seiner Kappe. An einem Eisennagel über seinem Kopf hing eine weitere Jacke, direkt neben den Rohren, durch die das Wasser aus dem Bergwerk hinausgepumpt wurde. Emma fröstelte, als sie sich vorstellte, dass der Junge zehn Stunden am Tag in dieser finsteren Kammer hockte, die Tür öffnete, wenn er einen Förderwagen heranrollen hörte, und ansonsten allein war mit dem tropfenden Wasser und dem stöhnenden, knarzenden Berg um ihn herum. Und wie mochte es wohl sein, wenn ihn die riesigen Ratten, von denen Clayton erzählt hatte, mit ihren gierigen roten Augen anstarrten? Emma konnte sich kaum vorstellen, dass sie selbst so mutig sein würde.

Nally zog sich ein Stück zurück, als Emma zwei Fotos machte. Sobald sie fertig war, trat er die Fackeln wieder aus, holte eine Rolle Drops aus seiner Proviantbüchse und gab sie dem Jungen.

»Keine Ahnung, was der Boss davon halten würde, wenn er uns während der Arbeit mit einer Kamera herumspielen sehen würde«, sagte er zwinkernd. »Aber was er nicht weiß, kann ihn auch nicht erzürnen, was?«

Der Junge nickte lächelnd, nahm die Drops-Rolle und steckte sie in die Hosentasche. Dann packte er mit beiden Händen den eisernen Türgriff und lehnte sich zurück, um die Tür unter Einsatz seines gesamten Gewichts aufzuwuchten. Er winkte Nally und Emma durch, und als sich die Tür hinter ihnen wieder schloss, hörten sie ihn pfeifen. Emma steckte die Kamera in den Hosenbund unter ihrer Jacke zurück. In den niedrigen Flözen, die jetzt rechts und links vom Schacht abzweigten, arbeiteten die Bergleute und ihre Helfer auf allen vieren, Knie und Hände im Wasser, die Kleidung schwarz verschlammt. Nachdem Emma und Nally die Arbeiter hinter sich gelassen hatten, drang tief aus dem Innern der Grube ein leises, grollendes Geräusch, als würde es gewittern.

Emma blieb stehen. »Was war das?«

»Das war nur der Berg«, sagte Nally. »An manchen Tagen ist er geschwätzig.«

Er lächelte und drängte sie weiterzugehen. Sie holte tief Luft und setzte sich wieder in Bewegung, doch ihr lief ein eiskalter Schauer über den Rücken. Plötzlich ertönte hinter einer Biegung im Schacht eine Stimme.

»Hüah!«, rief ein Junge; gleich darauf musste er husten.

Ketten rasselten, Achsen knarrten, und Hufe knirschten auf dem losen Schotter. Nally gestikulierte ungestüm, damit Emma die Kamera herausholte. Sie tat es, und im nächsten Moment kam ein Maultier, das einen leeren Förderwagen zog, um die Ecke gebogen. Ein Halbwüchsiger lenkte das Gespann; zwei kleinere Jungen hockten auf dem Boden des Wagens, hölzerne Bremsstangen in der Hand. Nally zog einen Beutel Kautabak aus der Tasche, trat zwischen die Schienen und stellte sich dem Maultier in den Weg. Er hielt den Beutel hoch.

»Interesse an frischem Kautabak?«, fragte er.

»Brrr«, machte der Maultiertreiber und brachte das Tier zum Stehen. Er sprang vom Wagen herunter, und die beiden Jungen kletterten hinaus.

»Was wollen Sie dafür?«, fragte der Maultiertreiber, die Hände in die Hüften gestützt. »Sollen wir jemandem eins auswischen?«

Nally schüttelte den Kopf. »Nein«, sagte er. »Wir wollen nur ein Bild von dir und deinem schönen Maultier machen.«

»Wieso?«, fragte einer der Jungen, der seine Bremsstange wie einen Baseballschläger über die Schulter gelegt hatte. »Hat das was mit dem bevorstehenden Streik zu tun?«

»Mein Freund hier will seine neue Kamera ausprobieren, das ist alles«, sagte Nally. »Zwei Beutel Kautabak sind für euch drin, wenn ihr den Mund haltet.«

»Warum sollen wir denn den Mund halten?«, fragte der Maultiertreiber.

»Weil sonst der Vorarbeiter erfährt, dass ihr die jungen Knaben dazu angestachelt habt, mit den leeren Förderwagen den Hang runterzugondeln, an dem Tag, als der neue Bremser überfahren wurde. Ihr würdet nicht gut aussehen, wenn der Vorarbeiter das wüsste, und könntet euch schon einmal überlegen, wie ihr euren Müttern erklären wollt, warum ihr eure Arbeit verloren habt und so.«

»Wüsste nicht, warum ich irgendwem von Ihnen und Ihrer dämlichen Kamera erzählen sollte«, sagte der Maultiertreiber und griff nach dem Tabak. Nally hielt ihn höher, ein gutes Stück außer Reichweite.

»Erst das Bild«, sagte Nally. »Stellt euch neben das Tier.«

In diesem Moment krachte es, als würde ein Felsblock in zwei Stücke zerbersten. Es klang, als sei es aus der Tiefe des Schachts gekommen, von einer Stelle hinter dem Maultier mit dem Förderwagen.

Emma erstarrte und musste sich zusammenreißen, um nicht sofort kehrtzumachen und wegzurennen.

Das Maultier spitzte die Ohren und wollte weiterlaufen, die Augen panisch aufgerissen. Der Maultiertreiber griff nach den Zügeln, um es zurückzuhalten. »Heute Morgen rumort es in Schacht sechs ständig«, sagte er. »Wir sind gerade auf dem Weg, um Bescheid zu sagen, dass mal jemand nachschauen muss.«

»Ja«, sagte einer der Bremser. »Irgendwas stimmt da nicht.«

»Dann lass uns schnell machen mit dem Bild«, sagte Nally.

Der Maultiertreiber hielt das Tier fest, und die beiden Bremser stellten sich neben ihn. Nally zündete wieder die Fackeln an. Emma machte zwei Bilder von den Jungen und versuchte, nicht zu zittern, als sie auf den Auslöser drückte und den Film vorspulte. Sie hatte nur einen Wunsch – so schnell wie möglich aus dem Bergwerk herauszukommen. Sobald der Film voll war, musste sie fort. Vielleicht konnte Nally den Aufsehern sagen, dass sie sterbenskrank war und nicht arbeiten konnte. Andererseits war ihnen das vermutlich egal. Vermutlich würde Emma für den Rest des Tages hier unten eingeschlossen sein. Nachdem Nally den Jungen ihre Belohnung gegeben hatte, stiegen sie in ihren Wagen und fuhren davon. Emma schob die Kamera zusammen, um sie wieder in ihren Hosenbund zu stecken, während Nally die Fackeln austrat.

Plötzlich ertönte aus den Tiefen des Bergwerks ein hohes Quieken, als würden sich Tausende von Rädern an ungeschmierten Achsen drehen. Nally nahm eine der immer noch brennenden Fackeln, hielt sie hoch und schaute in den Schacht. Hunderte von Ratten kamen um die Ecke geschossen, rasten im Zickzack auf sie zu und ergossen sich wie eine braune Flutwelle über Steine und Gleise. Ihre langen Schwänze schabten über den Schiefer. Im nächsten Moment hörte man Gestein und Holz bersten, und ein mächtiger rußgeschwängerter Luftstoß fegte Emma von den Beinen. Nally ließ die Fackel fallen, riss Emma hoch und zerrte sie hinter sich her.

»Grubeneinbruch!«, rief er.

Sie stolperte neben ihm her, hustend und spuckend wegen des dichten Staubs. Wie bittere Galle stieg ihr die Angst in die Kehle. Als sie nach der Kamera unter ihrer Jacke tastete, war sie nicht da.

»Wo ist die Kamera?«, rief sie.

»Du musst sie fallen gelassen haben«, rief er zurück.

Obwohl Nally schrie, sie solle die Kamera vergessen, hielt sie an und rannte zu der Stelle zurück, wo sie gestürzt war. Die immer noch nicht erloschenen Fackeln ließen den felsigen Boden erglühen, und in der staubigen Luft flackerten orangefarbene Flammen. Emma zog sich den Schal über die Nase und hielt nach der Kamera Ausschau. Da der Kohlenstaub immer dichter und dichter wurde, konnte sie kaum noch atmen, ohne zu würgen. Panische Stimmen drangen aus dem Schacht, ein wildes Schreien und Heulen. Plötzlich sah Emma aus dem Augenwinkel etwas Silbernes aufblitzen, fiel auf die Knie und wühlte blind im Schiefer herum, bis sie etwas Hartes, Eckiges ertastete. Sie packte die Kamera und richtete sich wieder auf. Nun aber wusste sie nicht mehr, wo sie war. In welche Richtung ging es zum Ausgang? Eine von Nallys Fackeln hatte jetzt eine tragende Stütze in Brand gesetzt und ließ sie in Flammen aufgehen. Das Holz zischte und sprühte Funken.

Ihr Instinkt sagte Emma, dass der Ausgang hinter ihr lag, aber Staub und Rauch raubten ihr jede Orientierung. Sie hörte, wie Nally nach ihr rief, aber seine Stimme verlor sich im allgemeinen Tumult schreiender Männer, berstender Holzpfähle und knisternder Flammen. Wenn sie jetzt in die falsche Richtung lief, war sie verloren.

Emma schloss die Augen und versuchte, sich daran zu erinnern, auf welcher Seite der Schienen sie gestürzt war. Sie tastete mit dem Fuß auf dem Boden herum, bis ihr Stiefel auf eine Schiene stieß. War es rechts gewesen? Sie drehte sich um und rannte in die Richtung, von der sie hoffte, dass sie zum Ausgang führte, spuckend und blinzelnd, um überhaupt etwas zu sehen. So stolperte sie durch den Schacht, und es schien kein Ende zu nehmen. Mit der einen Hand presste sie die Kamera an die Brust, während sie sich mit der anderen an der kalten, harten Wand entlangtastete. Irgendwann packte sie jemand am Handgelenk. Es war Nally, der sie nun wieder hinter sich herzog. Um sie herum liefen andere Männer, Bergleute, die aus den Tiefen heraufgetaumelt waren.

»Alle Mann raus hier!«, schrie Nally. »So schnell wie möglich! Rennt!«

Eine Explosion ließ den Schacht hinter ihnen erbeben. Heiße Luft schoss durch den Gang und hätte Emma beinahe zu Fall gebracht, wenn Nally sie nicht festgehalten hätte. Dann wankten sie durch die Tür des jungen Grubenhelfers und kämpften sich zu der ansteigenden Stelle durch, die zum Hauptschacht führte. Überall sah man Männer stolpern und hinfallen. Es wurde gerufen und gedrängelt. Maultiere schrien, Peitschen knallten. Der Gestank nach brennendem Holz mischte sich mit dem Schwefelgeruch des Kohlenstaubs und stach Emma in Augen und Nase.

»Wo ist Clayton?«, fragte Emma.

»Weiß ich nicht!«, antwortete Nally.

»Ist er durch denselben Schacht abgestiegen?«

»Nein!«

Sie klammerte sich mit aller Kraft an den Rücken von Nallys Jacke; ihre Zähne klapperten. Nally eilte in einem schier irrwitzigen Tempo an den anderen Männern vorbei, bis sie nach einer Ewigkeit, wie ihr schien, endlich in den Hauptschacht gelangten. An den Ställen im Innern des Bergwerks stand Onkel Otis und schrie die Stallknechte an, sie sollten die Boxen öffnen und die Maultiere freilassen.

»Zur Hölle mit den Männern, rettet die Maultiere!«, schrie er ein ums andere Mal.

In der Erde unter ihnen war ein gewaltiges Dröhnen zu hören. Heiße Luft verbreitete sich im Bergwerk, als sei es ein lebendiges, atmendes Wesen. Nally und Emma hatten nun die ansteigende Strecke zum Ausgang erreicht. Die hölzerne Stützkonstruktion knarzte und schwankte über ihren Köpfen wie ein Schiff, das von den Wellen hin und her geworfen wurde. Als sie ans Tageslicht kamen, rannten sie einfach weiter, während das riesige Maul des Bergwerks Geröll und Rauch ausspie.

Erst in sicherer Entfernung hielten Nally und Emma an. Dutzende anderer Bergleute taten es ihnen gleich, taumelnd und humpelnd, und verständigten sich darüber, wer es geschafft hatte und wer nicht. Die Bergwerkssirene heulte, um das Unglück zu verkünden. Männer sanken auf die Knie und husteten und spuckten und rieben sich die brennenden Augen. Emma konnte ebenfalls kaum sehen und fummelte unbeholfen herum, um die Kamera zu verstecken. Schließlich schaffte sie es, sie wieder in den Hosenbund zu schieben und die Jacke darüberzuziehen. Irgendjemand steckte ihre Hände in einen Eimer, und sie wusch sich mit schmutzigem Wasser das Gesicht. Schließlich stand sie auf und hielt verzweifelt nach Clayton Ausschau. In ihrem Kopf wirbelte es. Sie konnte ihn nirgendwo sehen. War er noch im Bergwerk?

Nein, lieber Gott. Bitte nicht. Nicht Clayton.

Eine grauschwarze Rauchsäule stieg aus dem Bergwerk gen Himmel auf und verdunkelte die Sonne. Feuer leckte am Treppengerüst zum Dach des Kohlebrechers und ließ das trockene Holz in orangefarbenen und gelben Flammen aufgehen. Holzteile brachen ab und schwebten wie brennende Blätter zu Boden. Dann gab am oberen Teil ein ganzer Abschnitt nach. Zwei Förderwagen fielen vom Gleis, stürzten über hundert Meter in die Tiefe und landeten mit einem tosenden Knall auf der Erde.

Jungen strömten aus dem Kohlebrecher und stolperten, ans Eisengeländer geklammert, die wackeligen Stufen hinunter. Panisch schauten sie zum Bergwerk hinüber und sahen, wie das Feuer das Außengerüst hochkroch. Gleichzeitig versuchten sie, darauf zu achten, wo sie ihre Füße hinsetzten. Als ein Junge stürzte, halfen andere ihm wieder auf, aber sie mussten um ihr Gleichgewicht kämpfen, weil so viele von hinten nachdrängten. Die Jungen ganz oben schimpften und fluchten, bis sich die Reihe wieder in Bewegung setzte. Ein anderer Junge schlüpfte unter dem Geländer durch und hielt sich noch eine Weile am Treppengerüst fest, bis er sich schließlich auf den Boden fallen ließ. Er landete hart und kippte nach vorn, aber dann sprang er auf und eilte davon, die Hand an der Kappe. Etliche andere taten es ihm gleich. Ein Junge rutschte aus, glitt unter dem Geländer hindurch und fiel hinab. Im ersten Moment blieb er im Dreck liegen und wälzte sich vor Schmerzen, dann rappelte er sich auf und humpelte davon. Die Jungen, die die letzte Stufe erreichten, rannten sofort von dem Gebäude weg.

Und dann entdeckte Emma plötzlich Onkel Otis, nur ein paar Meter entfernt. Er keuchte und schaute zum Bergwerk zurück, das verrußte Gesicht schweißüberströmt. Im selben Moment merkte sie, dass sie ihre Bergarbeiterkappe verloren hatte. Wenn ihr Onkel in ihre Richtung schauen würde, würde er sie erkennen. Sie drehte sich schnell weg und wollte in der Menge verschwinden, als sie wie angewurzelt stehen blieb. Mr. Flint und Levi, die auf dem Weg zum Bergwerk waren, kamen direkt auf sie zu. Bevor sie fortlaufen oder sich verstecken konnte, eilten sie an ihr vorbei und streiften dabei sogar ihre Schulter. Frank, der direkt hinter ihnen herlief, bemerkte Emma ebenfalls nicht, obwohl sie nur wenige Zentimeter von ihm entfernt war. Mr. Flint und Levi stürzten sich auf Onkel Otis.

»Was zum Teufel ist passiert?«, fragte Mr. Flint.

»Das wüsste ich auch gern, verdammt!«, sagte Onkel Otis. »Soweit ich weiß, war es in Schacht sechs.«

»In dem neuen?«, fragte Mr. Flint.

Onkel Otis nickte.

»Sind alle rausgekommen?«, fragte Levi. Während sein Vater und Onkel Otis wütend aussahen, wirkte er eher erschüttert und besorgt.

Onkel Otis schüttelte den Kopf.

»Sind die Maultiere in Sicherheit?«, fragte Mr. Flint.

»Ich weiß es nicht, die Hälfte war schon im Bergwerk«, antwortete Onkel Otis.

»Zur Hölle mit der ganzen Bagage!«, fluchte Mr. Flint, dessen Wangen vor Wut bebten.

Die obere Hälfte des Kohlebrechers stand nun in Flammen, und das Dach brach ein.

»Ihr da«, rief Levi einer Gruppe von Bergleuten zu und zeigte auf den Kohlebrecher. »Rüber mit euch! Bildet eine Eimerkette zur Pumpstation und löscht das Feuer!«

»Holt zuerst die Förderwagen und die Maschinen da weg!«, befahl Mr. Flint. Etliche Männer gehorchten ihm, während andere zur Pumpstation gingen, um Eimer zu holen.

»Sie müssen zuerst das Feuer löschen«, sagte Levi. »Es sind noch Jungen drin.«

»Den Kohlebrecher können wir wieder aufbauen«, entgegnete Mr. Flint.

Aus der Richtung der Bergarbeitersiedlung kamen nun Scharen von Frauen angelaufen, die langen Röcke mit den Fäusten zusammengerafft. In ihren Gesichtern spiegelte sich das Entsetzen. Sie rannten, so schnell sie konnten, als würden sie von einem grauenerregenden Tier verfolgt. Manche hatten Kleinkinder oder Babys auf dem Arm, andere hatten weinende Kinder im Schlepptau. Eine Frau war barfuß und trug nichts als ihr Nachthemd. Einige hatten noch Geschirrtücher über der Schulter oder Mehl an Gesicht und Händen.

Innerhalb weniger Sekunden waren Onkel Otis, Mr. Flint und Levi von Massen hysterischer Bergarbeiterfrauen umringt, die wissen wollten, was mit ihren Männern und Söhnen war. Sie riefen alle durcheinander, ein wildes Gemisch aus Englisch, Polnisch, Deutsch und Italienisch. Als Onkel Otis den Kopf schüttelte und sie fortscheuchte, stöhnten sie gequält oder begannen zu schreien. Manche standen auch stocksteif da und starrten auf die qualmende Grube, während andere sich die Augen zuhielten und auf die Knie sanken, schluchzten und beteten. Frank trieb die Frauen von Mr. Flint fort und schreckte auch nicht davor zurück, seinen Schlagstock zu Hilfe zu nehmen.

Anders als den anderen Männern schien Levi das Leid der Frauen nahezugehen. »Es tut mir so leid«, sagte er immer wieder in dem Versuch, ein bisschen Trost zu spenden. »Es tut mir so leid. Wir werden alles tun, was in unserer Macht steht, um Ihre Männer und Söhne zu retten.«

»Geht nach Hause!«, rief Mr. Flint. »Ihr könnt hier ohnehin nichts tun! Hier kann niemand etwas tun! Verschwindet jetzt von hier!«

»Ich kann sehr wohl etwas tun!«, rief jemand über den allgemeinen Tumult hinweg.

Mitten zwischen den Frauen war plötzlich Nally erschienen, eine Pistole in der Hand. Eine Frau schrie auf, die anderen wichen zurück, die Augen weit aufgerissen. Die Menge teilte sich. Wie in Zeitlupe entsicherte Nally die Pistole und richtete sie auf Mr. Flint.

»Jetzt bist du dran, du Hurensohn!«, schrie er.

Fast zur Bewegungslosigkeit erstarrt, drehte sich Mr. Flint um und wollte fortlaufen, duckte sich dann aber hinter seinen Sohn und Onkel Otis. Nally betätigte den Abzug, und die Kugel erwischte Levi. Sie drang in seine Brust ein, holte ihn von den Beinen und ließ Blut über seine linke Gesichtshälfte spritzen. Den Kopf gesenkt und die Arme ausgestreckt, kippte Levi zurück und knallte hart zu Boden. Die Frauen schrien auf. Emma schlug die Hand vor den Mund und wich entgeistert zurück. Mr. Flint eilte zu seinem Sohn, das Gesicht eine Maske des Entsetzens. Er fiel auf die Knie, nahm Levis Kopf in die Hände und rief immer und immer wieder seinen Namen. Ein Vorarbeiter und Onkel Otis versuchten, ihn hochzuziehen, um ihn vor Nally in Sicherheit zu bringen, aber Mr. Flint weigerte sich und schlug wie ein gefangenes Tier um sich.

Die meisten Bergarbeiter wichen zurück. Nur wenige sahen aus, als wollten sie sich auf Nally stürzen oder ihn zur Rede stellen. Nally stand wie erstarrt da, offenbar selbst schockiert von dieser Gewalttat, als könne er es nicht fassen, dass er den Abzug betätigt hatte. Er wirkte unschlüssig, was er jetzt tun sollte. Im nächsten Moment kam er aber wieder zur Besinnung, schoss noch einmal und traf Mr. Flint am Oberarm. Hazard Flint fiel auf die Seite und wirbelte eine schwarze Staubwolke auf. Als sei er plötzlich hypnotisiert von der Macht der Kugeln, schoss Nally einem Vorarbeiter in die Stirn und zielte dann auf Onkel Otis. Frank, der hinter Nally stand, zog seine Pistole und richtete sie auf ihn.

»Waffe fallen lassen!«, rief Frank.

Nally fuhr herum und nahm Frank ins Visier.

Als Emma sich einen Weg durch die zurückweichende Menge bahnte, hämmerte ihr das Herz in der Brust. Sie verließ die Deckung, trat zwischen Nally und Frank und schaute Nally an. »Was tust du da?«, rief sie. »Schmeiß die Waffe weg!«

»Verschwinde, Emma«, sagte Nally. »Dies ist nicht dein Kampf.«

Sie schüttelte den Kopf. »Nein!«, sagte sie. »Das war nicht so abgemacht! Du wirst nicht noch jemanden erschießen!«

»Dann muss ich wohl um dich herumschießen«, sagte Nally, kniff ein Auge zusammen und drückte auf den Abzug.

Die Kugel durchdrang Emmas Oberarm, als würde man mit einem heißen Schürhaken ein Stück Butter durchbohren. Im ersten Moment fühlte es sich an, als habe sie jemand mit einem Brett geschlagen, dann spürte sie ein Brennen, als stehe der Muskel in Flammen. Sie sank auf die Knie und griff nach der Wunde; sofort war ihre ganze Hand mit klebrigem Blut bedeckt. In schneller Abfolge lösten sich zwei weitere Schüsse, und sie wartete, dass ihr eine Kugel den Schädel zerschmetterte. Als nichts geschah, schaute sie auf. Nally lag am Boden, die Lippen leblos, der Bauch blutüberströmt. Sie drehte sich zu Frank um, der seine Pistole immer noch auf Nally gerichtet hielt. Aus dem Lauf trat Qualm. Und ein paar Schritte hinter Frank lag Clayton auf dem Boden, die Augen geschlossen. Aus seinem Mund sickerte Blut. Emma schrie auf und kroch zu ihm hinüber. Sie zitterte am ganzen Körper, und ihre Knie und Hände wurden vom Schiefer zerschnitten. Direkt unter Claytons Schlüsselbein klaffte ein schwarzes, zerfranstes Loch in seiner Jacke. Blut quoll heraus. Emma legte ihre zitternde Hand an sein Gesicht, es fühlte sich kalt und feucht an. Dann drückte sie ihm ein Ohr an die Brust und hielt den Atem an, um sein Herz schlagen zu hören. Aber sie hörte nichts als die gequälten Schreie von Hazard Flint.

Sie schüttelte Clayton an der Schulter. »Sag etwas!«, schrie sie. »Bitte, Clayton! Sag etwas!«

Er antwortete nicht.

»Wir brauchen einen Arzt!«, rief sie und schluchzte aus tiefster Kehle auf. »Bitte, irgendjemand muss helfen!«

Mittlerweile waren weitere Mitglieder der Coal and Iron Police eingetroffen und versuchten, die Menge unter Kontrolle zu bringen. Einer richtete eine Waffe auf Nally, der reglos am Boden lag, während sich zwei andere über Mr. Flint und Levi beugten. Frank kam auf Emma zu; er hielt die Pistole mit beiden Händen auf sie gerichtet. In seinem Gesicht spiegelten sich Wut und Ratlosigkeit.

»Was zum Teufel ist hier los, Emma?«, fragte er.

»Ich weiß es nicht!«, sagte sie.

»Sie stecken mit Clayton und Nally unter einer Decke!«

»Nein«, sagte sie. »So kann man das nicht …«

»Ich hatte Ihnen doch gesagt, dass Clayton nur Ärger macht!«

»Clayton? Auf den hat Nally doch gerade geschossen!« Sie schüttelte den Kopf, und Tränen strömten ihre Wangen hinab. »Ich habe keine Ahnung, was hier passiert ist, aber es ist meine

Schuld, nicht Claytons. Wir wussten nicht, dass Nally schießen würde!« Plötzlich verließen sie die Kräfte, und ihr wurde schwindelig. Sie schwankte und schloss die Augen.

»Verhaftet sie!«, rief Frank.

Zwei Polizisten kamen herbeigeeilt, rissen Emma hoch und legten ihr die Hände hinter dem Rücken in Handschellen. Schmerzen schossen ihr in Schulter und Brust, als würde ihr jemand den Arm ausreißen.

»Ich habe soeben eine Kugel kassiert, die für Sie bestimmt war«, sagte sie zu Frank. »Und jetzt lassen Sie mich verhaften?« Gleichzeitig spürte sie, wie sie fiel. Dann war alles schwarz.

KAPITEL 27

Unter einem kohlschwarzen Himmel stand Emma auf einem zugefrorenen Fluss, umgeben von ein paar Jungen – Albert, Michael, Nicolas, seine Zwillingsbrüder, Pearls Sohn Tanner. Aus Gründen, die sie nicht verstand, schrien sie auf sie ein, sie möge sofort wegrennen. Im nächsten Moment fiel ein Schuss. Die Jungen brachen im Eis ein und riefen ihren Namen. Sie warf sich auf die Knie und versuchte verzweifelt, sie zu fassen zu bekommen, aber es war zu spät. Einer nach dem anderen versank im dunklen Wasser. Das Einzige, was zurückblieb, war eine von Michaels Krücken, die zersplittert zu ihren Füßen lag. Emma war allein. Um sie herum knarrte und ächzte das Eis und schien vom hohlen Stöhnen einer unterirdischen Kreatur erfüllt. Sie legte das Gesicht in die Hände und weinte. Plötzlich hörte sie, wie Clayton ihren Namen rief. Sie schaute auf und sah ihn hoch über ihrem Kopf auf der hölzernen Eisenbahnbrücke stehen. In diesem Moment knackte das Eis unter ihr und brach ein, und sie wurde vom eiskalten Wasser verschluckt.

Emma fuhr hoch und schüttelte sich, um wach zu werden. Nach einer Weile drangen zwei Dinge in ihr Bewusstsein: ein stechender Schmerz im Oberarm und der beißende Gestank von altem Urin. Dann merkte sie, dass sie zitterte, obwohl sie vollständig angezogen war. Sie lag auf einer harten Fläche, auf der man eine Art kratzige Decke ausgebreitet hatte. Ihr Brustkorb war bleischwer, und ihr Kopf schien mit Sirup gefüllt. Blinzelnd öffnete sie die Augen. Die hohe, gewölbte Decke über ihr hatte die Farbe von Gestein, pockennarbig und stahlgrau. Sie schaute an sich hinunter und sah, dass sie eine schmutzige Hose und Stiefel trug; von ihrem Hemd war ein Ärmel abgerissen. Fliegen summten um die Stoffbinde an ihrem Arm herum und setzten sich auf die dunklen Flecken des Bluts, das durch den weißen Stoff sickerte. Sie verzog das Gesicht, setzte sich auf und schwang die Beine von der Metallliege. Im nächsten Moment musste sie husten, ein trockenes, brennendes Bellen tief in der Brust. Sie bekam keine Luft und fragte sich schon, ob sie Wasser in der Lunge hatte. Vielleicht wäre sie tatsächlich fast ertrunken. Aber das erklärte nicht die Wunde an ihrem Arm oder die schwarzen Rußflecken an ihren Händen. Als sie schließlich atmen konnte, ohne zu husten, schaute sie sich um und versuchte sich daran zu erinnern, wo sie war und wie sie hierhergekommen war.

Der Raum war so groß wie ein Kartoffelkeller und hatte Steinwände und einen mit schwarzem Schimmel bedeckten Holzboden. Spärliches Sonnenlicht fiel durch zwei winzige, tief eingelassene Fenster hoch über ihrem Kopf, direkt unterhalb des Deckengewölbes. Es gab nur einen Ausgang, und der war mit einem dicken Eisengitter verschlossen. Plötzlich kam alles zurück, und sie wusste wieder, wo sie war. Sie saß in einer Gefängniszelle, und im Bergwerk hatte es eine Explosion gegeben. *Und dann hat Nally angefangen, um sich zu schießen.*

Panik durchfuhr sie. *Clayton.* Emma sprang so schnell auf, dass sie fast umgekippt wäre, und musste sich wieder setzen. Sie hielt sich an der Kante der Liege fest und atmete langsam und tief ein, um sich zu beruhigen. Dann fuhr ihre Hand an den Hosenbund und tastete nach der Kamera. Sie war fort. Als Emma sich wieder aufzustehen traute, stakste sie zur Tür und steckte die Finger durchs Gitter. Die massiven Steinquader der Türöffnung versperrten ihr die Sicht auf das, was links und rechts von der Zelle lag. Das Einzige, was sie sehen konnte, war eine Zelle auf der gegenüberliegenden Seite des breiten Flurs.

»Ist da jemand?«, rief sie und rüttelte am Eisengitter. »Bitte! Sie müssen mich hier rauslassen!« Ihre Stimme war rau und heiser, und das Pochen in ihrem verletzten Arm hatte sich wie ihr Herzschlag beschleunigt.

»Tut mir leid, Mädel«, antwortete eine Stimme irgendwo in der Nähe. Sie hallte in dem Steingebäude wider. »Hier wird niemand auf dich hören.«

»Nally?«, fragte sie. »Was zum Teufel hast du getan? Und wo ist Clayton? Lebt er?«

»Keine Ahnung«, sagte er.

»Warum hast du auf ihn geschossen?«, rief sie.

»Tut mir leid. Ich hatte auf Frank gezielt.«

Ihre Beine sackten weg, und der Boden wankte unter ihren Füßen. Sie lehnte sich an die Tür und wartete, dass sich der Schwindel wieder verzog. Wenn Clayton tot war, nur weil sie darauf bestanden hatte, sich ins Bergwerk einzuschleichen, würde sie sich das nie verzeihen. Die Gesichter der Waisenkinder blitzten in ihrem Kopf auf: Sawyer, Jack, Sadie, Violet, Edith. Trug sie die Verantwortung dafür, dass auch ihr Leben jetzt zerstört war? Sie schluckte, weil sie einen brennenden Kloß im Hals hatte, und versuchte, die Stimme wiederzufinden.

»Warum hattest du eine Pistole dabei?«, fragte sie. »Leute zu erschießen war nicht Teil der Verabredung.«

»In Coal River kommt man nicht weit, wenn man streikt und Bilder macht«, sagte Nally. »Ein Mann wie Hazard Flint versteht nichts als die Sprache der Gewalt.«

»Nun, hier drinnen kommen wir auch nicht weit«, stieß sie erbittert hervor.

Nally antwortete nicht.

Emma trat gegen die Wand, schäumend vor Wut, Enttäuschung und Angst. Sie musste hier raus. Sie musste sich vergewissern, ob Clayton lebte oder tot war. Und sie musste die Kamera finden. Wieder rüttelte sie an der Tür.

»Hallo?«, rief sie. »Ist da jemand?« Dann kam ihr etwas anderes in den Sinn, und sie erstarrte. Sie wagte es kaum, sich bei Nally zu erkundigen. »Was ist mit dem Bergwerk? Sind alle rausgekommen?«

»Keine Ahnung«, sagte Nally. »Ist nicht sehr wahrscheinlich.«

Sie klammerte sich an das Gitter und presste die Stirn an das kalte Eisen. »Verflucht!«

Es hatte nicht gereicht, Bilder von den Kohlejungen zu machen, sie hatte unbedingt auch noch die Grubenhelfer und Bremser fotografieren müssen. Ganz zu schweigen davon, dass sie Nally vertraut hatte, einem Mann, den sie kaum kannte. Für den Grubeneinbruch konnte sie nichts, aber Nally und sie hatten die Fackeln mit hineingenommen, die den Brand ausgelöst hatten. Schon zum zweiten Mal in ihrem Leben könnte jemand gestorben sein, nur weil sie unbedingt die Heldin spielen wollte. An dem Tag, als Albert gestorben war, war sie es gewesen, die beschlossen hatte, Percy und seinen Freunden zum Fluss hinterherzujagen, genauso wie es jetzt ihre Entscheidung gewesen war, sich ins Bergwerk einzuschleichen. Für wen hielt sie sich eigentlich? Sie blinzelte, um nicht loszuheulen, und hasste sich selbst dafür, dass sie immer alles vermasselte. »Weißt du, wo die Kamera ist?«

»Die hat Frank.«

Sie stöhnte und ließ den Kopf hängen. Wie sollte sie die Kamera je zurückbekommen? Und was, wenn Frank den Film entwickeln ließ oder, schlimmer noch, zerstörte? Irgendwo im Zellenblock knarrte eine schwere Tür in rostigen Angeln und knallte dann wieder zu, was in dem Steingebäude wie ein

Schuss widerhallte. Dröhnende Schritte, rasselnde Schlüssel, dann erschien Frank und blieb vor ihrer Zelle stehen.

»Frank!«, rief sie. »Wo ist Clayton? Geht es ihm gut?«

Frank deutete mit dem Kinn zur Nachbarzelle. »Man hat ihn, so gut es ging, wieder zusammengeflickt«, sagte er. »Was mir nicht wirklich in den Kopf will – wo er doch Ende der Woche sowieso an einer Schlinge baumeln wird.«

Die eiskalten Finger der Angst griffen nach Emmas Herz. »Was meinen Sie damit?«

»Clayton ist angeklagt wegen eines Komplotts mit Mordabsicht.«

»Aber er hat nichts damit zu tun!«, sagte sie. »Er wurde doch ebenfalls angeschossen, um Himmels willen!«

»Die Kugel war für mich bestimmt, und das wissen Sie auch.«

»Das stimmt«, mischte Nally sich ein. »Ich bin ein lausiger Schütze.«

»Wir wussten gar nicht, dass Nally eine Pistole hat«, sagte Emma.

»Ich habe in Notwehr gehandelt«, erklärte Nally.

»Halt deine verdammte Klappe, du irischer Radaubruder!«, herrschte Frank ihn an. Er hob den Arm und winkte Hilfe herbei. »Bringen Sie diesen Gefangenen ans andere Ende des Zellenblocks.«

Von irgendwo weiter oben näherten sich Schritte, zuerst über einen Steinboden, dann eine Eisentreppe hinab. Frank fummelte einen Schlüssel vom Ring an seinem Gürtel und verschwand aus Emmas Sicht. Quietschend öffnete sich die Tür zu Nallys Zelle, und im nächsten Moment hallten im Flur Kampfgeräusche wider – schweres Atmen, Grunzen, der dumpfe Aufprall von Fäusten auf Muskeln und Knochen. In einem kurzen Moment der Hoffnung dachte Emma, Nally könne den Polizisten überrumpeln und erscheine gleich keuchend an ihrer Zellentür, um sie freizulassen. Er war zwar ein Verbrecher und hatte auf Clayton geschossen, aber solange sie nicht aus dieser Zelle herauskam, waren ihr in jeder Hinsicht die Hände gebunden. Dann erblickte sie allerdings einen Polizisten, der Nally am Arm gepackt hielt, den Mund vor Wut verzerrt. Nallys Gesicht war zerschlagen und blutig, die Hände hinter seinem Rücken in Handschellen gelegt. Der Polizist zerrte ihn fort. Nun trat Frank wieder vor ihre Zelle. Er setzte seine Kappe auf, strich sich die Jacke glatt und schaute zu, wie Nally durch den Zellenblock geschleppt wurde.

»Was auch immer passiert, Emma«, rief Nally, »vergiss nicht, dass diese Leute unrecht haben und wir recht!«

Frank blitzte sie an.

Emma schüttelte den Kopf. »Nein, er meint nicht …«

»Sparen Sie sich das für die Gerichtsverhandlung auf«, sagte Frank und wollte gehen.

Sie rüttelte an der Tür. »Warten Sie!«

Er kam zurück und verschränkte die Arme vor der Brust, die Augenbrauen gerunzelt.

»Bitte, sagen Sie doch«, begann sie, »was ist im Bergwerk passiert? Ist jemand umgekommen?«

»Über vierzig Männer und Jungen werden noch vermisst. Aber man versucht immer noch, das Feuer zu löschen. Bis das nicht geschafft ist, wird man nicht mehr wissen.«

»O Gott«, sagte sie, und ihre Augen füllten sich mit Tränen. »Und was ist mit den Kohlejungen? Konnten sie sich alle retten?«

»Soweit wir wissen, ja.«

»Denken Sie, dass es den Männern und Jungen im Bergwerk gut geht?«

»Niemand weiß, wie viele bei der Explosion gestorben oder durch den Grubeneinbruch eingeschlossen sind. Wer eingeschlossen wurde, ist vermutlich mittlerweile erstickt, weil sich giftige Gase bilden. Höchstwahrscheinlich wird ein Gutteil der Männer in der Schwarzen Maria heimkehren.«

»O Gott.« Emma schlug die Hand vor den Mund, sank zu Boden und lehnte sich an den steinernen Türrahmen.

»Was hatten Sie im Bergwerk zu suchen, Emma?«, fragte Frank. Seine Stimme klang hart. Er löste die Arme und trat näher. »Und warum waren Sie mit Nally zusammen? Haben Clayton und er Sie zu irgendetwas angestiftet? Haben Sie sich wegen den beiden die Haare abgeschnitten?«

Sie schluckte. Als sie zu ihm aufschaute, war ihr Blick von Tränen verschleiert. »Ich …«, begann sie, um dann plötzlich innezuhalten. Ihre Schultern sackten herab. War es möglich, dass Clayton die ganze Zeit über gewusst hatte, was Nally vorhatte? Geheime Versammlungen zu planen und für die Rechte der Bergleute zu streiken, schön und gut, aber Menschen zu ermorden, war doch etwas ganz anderes. Dann schüttelte sie den Kopf. Nein, so war Clayton nicht. Er hatte sich immer dafür eingesetzt, dass der Widerstand friedlich ablaufen würde. Ihre Idee war es gewesen, sich in den Kohlebrecher und das Bergwerk einzuschleichen, nicht seine. Sie hatte ihn förmlich anbetteln müssen, um als Nallys Grubenhelfer mitgehen zu dürfen. Als Nally dann unversehens Mr. Flint gegenübergestanden hatte, hatte er die Gelegenheit genutzt, um seine eigenen Pläne zu verwirklichen. Vielleicht hatte Nally gedacht, dass er in dem allgemeinen Chaos damit durchkam.

Emma zog sich am Gitter hoch und schaute Frank direkt in die Augen. »Ich war nicht mit Nally dort. Ich bin auf eigene Faust ins Bergwerk gegangen.«

»Das glaube ich Ihnen nicht.«

»Mir ist egal, ob Sie mir glauben.«

»Ist Ihnen eigentlich bewusst, in was für einem Schlamassel Sie stecken? Man ist drauf und dran, Sie alle drei aufzuknüpfen.«

Alles Blut wich aus ihrem Gesicht, und ihr Magen rebellierte. »Warum?«

»Es heißt, Sie hätten die Explosion verursacht. Und Sie hätten Nally nach Coal River gebracht, um Mr. Flint und die anderen zu erschießen.«

»Das ist nicht wahr!«, sagte sie. »Es gab einen Grubeneinbruch, und die Fackeln haben einen Brand ausgelöst. Danach habe ich ...«

»Levi Flint ist tot!«, sagte Frank. »Und einer der Vorarbeiter ebenfalls!«

Emmas Herz wurde schwer wie Blei. Warum Levi und nicht sein Vater? Levi hätte vieles geändert, wenn man ihn denn gelassen hätte. Er wollte alte Geräte und Maschinen austauschen, weil sie für die Bergleute eine Gefahr darstellten, und hat sich um die Jungen im Kohlebrecher gesorgt. Mr. Flint hingegen sorgte sich nur um eines, und das war sein Profit.

»Das mit Levi tut mir sehr leid«, erklärte sie. »Und das meine ich aus ganzem Herzen. Er hat diesen Tod nicht verdient. Aber ich ...«

»Kein Wort mehr!«, sagte Frank. Dann steckte er den Schlüssel ins Schloss ihrer Zellentür, öffnete sie und wartete, dass sie herauskam.

Verwirrt trat sie in den breiten Flur. Ließ er sie etwa gehen? Bevor Frank sie daran hindern konnte, war sie zur Nachbarzelle geeilt. Auf der anderen Seite der Gittertür lag Clayton auf einer Pritsche, die Augen geschlossen. Sie rüttelte am Gitter.

»Clayton!«, schrie sie. »Wach auf!«

Er rührte sich nicht.

Frank packte sie am Arm und zog sie fort. »Los jetzt!«

»Bitte lassen Sie mich nur eine Minute mit ihm reden.«

Frank ignorierte ihr Flehen und zerrte sie durchs Gefängnis, wobei er ihr die dicken Finger in die Haut bohrte. Der gewaltige Zellenblock war kalt und klamm und roch nach feuchtem Stein. Am Ende führte eine Eisentreppe zwei Stockwerke höher zu einem Wandelgang mit Eichengeländer. Die Wände des zweiten Stocks wurden von weiteren Zellen gesäumt. Fünf Wachen verteilten sich, Gewehre in der Hand, auf dem Umgang. Noch ein ganzes Stück höher wölbte sich das Dach über ihren Köpfen.

Frank merkte, dass sie hinaufsah. »Unser Gefängnis ist so konstruiert, dass man den Galgen hier drinnen aufstellen kann.«

Emma fröstelte. Kein Wunder, dass ihr das Gebäude immer Unbehagen eingeflößt hatte. Und im Innern war das Elend noch tausendmal bedrückender. Erinnerungen an menschliches Leid hingen in der Luft, als wimmele es hier von den Geistern der Verstorbenen. Emma war schon ganz mulmig zumute. Schließlich führte Frank sie durch eine verschlossene Metalltür und einen kurzen Flur in ein Büro. Er forderte sie auf, sich auf einen Stuhl zu setzen, schloss die Tür hinter sich und blieb mit verschränkten Armen vor ihr stehen. Offenbar hatte er nicht vor, sie gehen zu lassen.

»Ich gebe Ihnen noch eine einzige Chance, die Wahrheit zu sagen«, erklärte er. »Wenn Sie zugeben, dass Clayton und Nally Sie da hineingezogen haben, kann ich Sie vielleicht schützen. Andernfalls habe ich mit der Sache nichts mehr am Hut. Was hatten Sie im Bergwerk zu suchen? Und wo waren Sie überhaupt die ganze Zeit? Hatten Sie mir nicht erzählt, dass Sie Coal River verlassen?«

»Lassen Sie mich gehen, wenn ich es Ihnen sage?«

Seine Miene verfinsterte sich. »Sie wissen genau, dass ich das nicht tun kann.«

Emmas Gedanken überschlugen sich. Warum hatte er sie in ein Büro geführt, wo niemand sie hören konnte? Hatte er wirklich gedacht, dass sie Clayton belasten würde, um ihre eigene Haut zu retten? Und selbst wenn sie es tun würde, was dann? Hegte er die Hoffnung, dass sie sich ihm verpflichtet fühlen würde, weil er ihr geholfen hatte? Wollte er immer noch unter Beweis stellen, dass er sie beschützen konnte? Frank kannte sie doch gut genug, um zu wissen, dass sie nichts mit den Schüssen auf Mr. Flint und Levi zu tun hatte, oder? Von seinen eigentlichen Beweggründen mal abgesehen, war dies vielleicht die letzte Gelegenheit, seine Aufmerksamkeit zu erringen. Er würde sich Mr. Flint nicht widersetzen und sie freilassen, und er war vielleicht auch nicht in der Lage, sie vor der Schlinge des Henkers zu bewahren, aber möglicherweise könnte sie ihn dazu bringen, ihr auf andere Weise zu helfen. Wenn sie schon für ein Verbrechen gehängt wurde, das sie nicht begangen hatte, sollte sie wenigstens versuchen, zu Ende zu bringen, was sie angefangen hatte. Sie weigerte sich zu glauben, dass alles umsonst gewesen sein sollte.

»Wo ist die Kamera?«, fragte sie.

»Herr im Himmel, Emma«, sagte er. »Sie haben jetzt ganz andere Probleme als den Verlust einer Kamera! Haben Sie nicht gehört, was ich gesagt habe?«

Sie ballte die Fäuste im Schoß, bis die Knöchel weiß hervortraten. »Sie waren es.«

Er runzelte irritiert die Stirn. »Was war ich?«

»Sie waren es, der mein Amulett aufs Eis geworfen hat.«

»Wovon reden Sie überhaupt?«

»Ich rede über meinen Bruder, Albert. Sie erinnern sich doch an ihn, oder?«

Frank ließ die Arme sinken. »Was hat Ihr Bruder mit dieser Angelegenheit zu tun? Und warum um alles in der Welt kommen Sie jetzt damit?«

»Sie sind mir etwas schuldig.«

»Sie wollen eine Entschuldigung hören? Jetzt?«

»Das wäre schon mal ein Anfang«, sagte sie.

»Emma ...« Er schüttelte den Kopf. »Die Sache ist passé. Sie haben große Schwierigkeiten. Jetzt. Heute. Sie müssen ...«

»Nein«, erwiderte sie. »Die Sache ist nicht passé. Ich muss jeden Tag damit leben. Und ich würde gar nicht hier sitzen, wenn mein Bruder nicht ertrunken wäre.«

Frank setzte sich auf die Schreibtischkante und senkte den Blick. »Ich war ein kleiner Junge damals.«

»Albert war auch ein kleiner Junge. Zwei, drei Jahre jünger als Sie, wenn ich mich recht entsinne. Sie wussten, wie gefährlich das Eis auf dem Fluss ist, weil Sie hier aufgewachsen sind. Albert wusste es nicht. Er dachte, es trägt ihn.«

»Es tut mir leid. Ich hätte nicht damit gerechnet, dass er das Amulett holt. Ich dachte ... Mir ist nicht klar, was Sie von mir verlangen. Wenn ich die Zeit zurückdrehen und mich anders verhalten könnte, würde ich es tun. Es war ein Unfall.«

»Nein«, sagte sie. »Es war ein Fehler. Ihrer. Aber obwohl Sie Albert auf dem Gewissen haben und obwohl Sie mir und meiner Familie dieses Leid zugefügt haben, habe ich zweimal mein Leben aufs Spiel gesetzt, um Sie zu retten. Ich habe mir sogar eine Kugel eingefangen, die eigentlich für Sie bestimmt war.«

»Ich weiß«, sagte er, die Augenbrauen gerunzelt. Er ging um den Schreibtisch herum und setzte sich. »Aber ich kann doch nichts anderes tun, als Ihnen hier und jetzt meine Hilfe anzubieten. Was wollen Sie denn sonst noch?«

»Sie wissen, dass ich nichts Verbotenes getan habe.«

»Mag sein«, sagte er. »Aber das wird Ihnen vor Gericht nicht viel nützen. Nally ist ein Mitglied der Molly Maguires und wird ohne reguläre Verhandlung aufgeknüpft. Es gibt eine Menge Zeugen, also besteht nicht die geringste Aussicht, dass er davonkommt. Und Mr. Flint habe ich noch nie so erlebt wie jetzt. Seit Levis Tod ist er am Boden zerstört. Ich dachte schon, man müsse ihn sedieren lassen. Jetzt hat er seine ganze Familie verloren. Erst hat die Amme seinen zweiten Sohn entführt, dann hat seine Frau Selbstmord begangen, und nun wurde Levi umgebracht.«

»Soll ich etwa Mitleid mit ihm empfinden?«

»Nein. Aber Mr. Flint möchte, dass jemand für die Tat büßt. Und wenn Sie nicht neben Nally an einem Strick baumeln wollen, erzählen Sie mir besser, was Sie im Bergwerk zu suchen hatten. Ich kann Ihnen nur helfen, wenn Sie mir die Wahrheit sagen.«

»Ich sage Ihnen die Wahrheit, wenn Sie mir versprechen, mir einen Gefallen zu tun.«

Er schaute sie skeptisch an. »Was denn?«

»Erst versprechen.«

»Ich verspreche gar nichts, solange ich nicht weiß, worum es sich handelt.«

»Sie sollen nur etwas für mich verschicken.«

»Das ist alles?«

Sie nickte.

Er warf ihr einen langen Blick zu und spannte immer wieder den Kiefer an. Seine Schläfen pulsierten. Schließlich lehnte er sich zurück und beäugte sie misstrauisch. »In Ordnung, ich werde es für Sie tun. Aber jetzt erzählen Sie mir, was passiert ist.«

»Ich war im Bergwerk, um Fotos zu machen«, begann sie. »Irgendwann kam es zu dem Grubeneinbruch, und Nally hat die Fackel fallen gelassen, mit der er mir geleuchtet hat. Ich wusste nicht, dass er eine Waffe hatte oder jemanden erschießen wollte. Für mich war Nally nur wichtig, um ins Bergwerk zu gelangen. Clayton wusste von meinem Vorhaben, aber ihm war auch nicht klar, dass Nally eine Waffe hatte. Das ist die Wahrheit, das schwöre ich bei Alberts Seele.«

»Sie haben sich die Haare abgeschnitten und sich als Grubenhelfer verkleidet, um ein paar Fotos zu machen?«, fragte er. »Und das soll ich Ihnen abnehmen?«

»Ja.«

»Was haben Sie fotografiert?«

Sie kaute auf der Innenseite ihrer Wange herum und wusste nicht, wie sie fortfahren sollte. Ihr fiel einfach keine glaubhafte Lüge ein. Jedenfalls war es nicht sehr wahrscheinlich, dass sie sich die Haare abgeschnitten und ihr Leben aufs Spiel gesetzt hatte, weil Fotografieren ihre Liebhaberei war.

»Es ist die Kamera von Onkel Otis«, sagte sie. »Ich habe sie entwendet, um Bilder von den Kohlejungen, den Grubenhelfern und den Bremsern zu machen.«

»Warum?«

Sie rutschte auf die Stuhlkante. »Bitte. Ich möchte einfach nur, dass Sie den Film für mich verschicken. Das ist alles.«

Er schüttelte den Kopf. »Erst wenn Sie mir den Rest erzählen.«

»Es ist für einen guten Zweck, das verspreche ich Ihnen«, sagte sie. »Außerdem hatten wir eine Abmachung, erinnern Sie sich? Tun Sie doch ausnahmsweise einmal das Richtige.«

»Was haben Sie sich denn dabei gedacht? Dass Sie den Bergleuten helfen können, ihre Forderungen durchzusetzen, indem Sie Ihren Freunden in New York Bilder schicken?«

Sie verzog keine Miene, obwohl er sich die Wahrheit erstaunlich schnell zusammengereimt hatte. »Nein«, sagte sie.

»Sie sind naiv, wenn Sie denken, dass sich hier irgendetwas ändern wird.«

»Dann kann es ja auch nicht schaden, wenn Sie mir helfen.«

»Wo haben Sie die ganze Zeit über gewohnt?«

»Was tut das zur Sache?«

»Sie hatten versprochen, mir die Wahrheit zu erzählen.«

»Bei Clayton.«

Er stieß einen leisen Fluch aus, und auf seinem Gesicht bildeten sich rote Flecken.

»Bitte«, sagte sie. »Schicken Sie den Film für mich weg. Niemand wird etwas davon erfahren.«

Er atmete schwer. »An wen?«

Sie senkte den Blick und zupfte an der schwarzen Nagelhaut ihres Daumens herum.

Frank beugte sich vor. »Reden Sie nicht um den heißen Brei herum, sondern erzählen Sie mir einfach, was Sie verdammt noch mal vorhaben. Vielleicht nehmen Sie mir das nicht ab, aber ich möchte Sie genauso wenig an einem Strick baumeln sehen wie Sie selbst.«

Auf dem Flur war zu hören, wie sich die Tür zum Gefängnis öffnete und wieder schloss. Schwere Schritte stapften über den Holzboden.

»Captain Bannister?«, rief ein Mann. Es war Hazard Flint.

Blitzschnell riss Frank die Schreibtischschublade auf und holte ein Blatt mit dem Briefkopf des Gefängnisses heraus. Er tauchte einen Füllfederhalter in ein Tintenfass und hielt ihn über das Blatt, bereit zu schreiben. »Wo soll ich den Film hinschicken?«

»An den Herausgeber der *New York Times.*«

Er hielt inne und runzelte die Stirn. »Wieso?«

»Sie hatten gesagt, Sie würden mir helfen.«

»Wie lautet die Adresse?«, fragte er ungeduldig.

»One Times Square«, sagte sie und zitterte plötzlich. »New York, New York.«

Bevor Frank alles notieren konnte, wurde die Türklinke heruntergedrückt, und die Tür öffnete sich. Er ließ den Füllfederhalter fallen, eilte um den Schreibtisch herum und pflanzte sich vor Emma auf. Mr. Flint trat, schwer auf seinen Stock gestützt, ein und schloss die Tür hinter sich. Sein linker

Arm steckte in einer Schlinge. Er schien geschrumpft zu sein und wirkte elend.

»Was zum Teufel ist hier los?«, knurrte er. »Warum ist die nicht in ihrer Zelle?«

»Ich vernehme sie«, sagte Frank. »Sie wollte mir gerade erzählen, was sie im Bergwerk zu suchen hatte.«

Mr. Flint schleppte sich durch den Raum und blieb am Schreibtisch stehen, das Gesicht von Wut und Kummer verzerrt. »Sie sind kein Anwalt!«

»Ich hatte bereits ein paar Auseinandersetzungen mit dieser Gefangenen«, sagte Frank. »Ich werde die Wahrheit schon aus ihr herausholen. Lassen Sie mich einfach meine Arbeit machen.«

»Machen Sie mit ihr, was Sie wollen«, sagte Mr. Flint. »Stellen Sie nur sicher, dass sie noch lebt, wenn wir ihr einen Strick um den Hals legen.« Er kniff die Augen zusammen, als habe er Schmerzen, und drückte sich Daumen und Zeigefinger gegen die Nasenwurzel. »Was für ein höllisches Chaos, mit dem wir uns da rumschlagen müssen.«

»Irgendwelche Entwicklungen im Bergwerk?«

Mr. Flint schüttelte den Kopf. »Vierundzwanzig Männer konnten mit geringfügigen Verletzungen entkommen, aber wir schaffen es einfach nicht, das Feuer zu löschen, um zu den anderen vorzudringen.«

Emma holte tief Luft und versuchte, ruhig zu bleiben, überwältigt von der seltsamen Mischung aus Erleichterung und Hoffnungslosigkeit. Vierundzwanzig waren in Sicherheit, aber wie viele würden noch sterben?

»Miss Malloy weiß, wie das Feuer ausgebrochen ist«, sagte Frank. »Und soeben wollte sie mir erzählen, was sie über Nally weiß.«

»Sparen Sie sich das für die Gerichtsverhandlung auf, falls es eine gibt«, sagte Mr. Flint. »Sie wollen doch nicht, dass die

Dame jetzt schon herausfindet, wie sie ihre Geschichte am besten frisiert!«

»Aber sie könnte mich zu anderen Mollys führen, wenn sie mir Nallys Kumpel nennt«, sagte Frank.

Mr. Flint stand schweigend da, als versuche er, zu einer Entscheidung zu gelangen. »In Ordnung, aber notieren Sie jedes verdammte Wort, das sie sagt!« Plötzlich schwankte er und griff nach der Schreibtischkante. Frank zog den Schreibtischstuhl vor und half ihm, sich zu setzen.

»Alles in Ordnung, Boss?«, fragte Frank.

Mr. Flint lehnte sich zurück und atmete schwer. »Ich werde wohl …«, begann er, aber dann zitterten seine Lippen, und er schüttelte nur den Kopf, unfähig, noch ein Wort herauszubringen.

Obwohl sie diesen Mann hasste, zog sich Emmas Kehle zusammen. Den Schmerz der Trauer kannte sie nur zu gut. Mit ansehen zu müssen, wie er diesen Tyrannen brach, bewies einmal mehr, wie übermächtig er war.

»Sie werden mir wohl nicht glauben, Mr. Flint«, sagte sie. »Aber das mit Levi tut mir wirklich leid. Sein Tod ist eine Tragödie. Er schien ein guter Mann zu sein.«

Mr. Flint blinzelte sie mit seinen mürrischen, blutunterlaufenen Augen an. Es sah aus, als würde er losschreien oder eine Pistole aus der Tasche ziehen und sie auf der Stelle erschießen. Zu ihrer Überraschung fielen seine Gesichtszüge schließlich in sich zusammen. Er holte ein Taschentuch aus der Westentasche, und seine Schultern bebten.

»Ja«, sagte er. »Mein Sohn war ein guter Mann. Ein besserer, als ich es je sein werde. Leider habe ich ihm das nie gesagt …« Seine Stimme brach, und er konnte nicht weitersprechen.

Emma schluckte. Nun da Mr. Flint seinen Sohn verloren hatte, konnte man vielleicht sogar mit ihm reden. Wenn sie etwas wusste, dann dass Trauer die Menschen verwandelte.

Vielleicht würde er jetzt endlich einsehen, dass es falsch war, die Söhne anderer Leute einer solchen Gefahr auszusetzen. »Mir ist klar, dass es nicht dasselbe ist, wie ein Kind zu verlieren«, sagte sie. »Aber ich kann mir vorstellen, was für einen Schmerz Sie empfinden müssen. Ich habe meinen Bruder verloren. Und meine Eltern. Deshalb fällt es mir auch so schwer zu begreifen, was in Coal River passiert.«

Mr. Flint schüttelte den Kopf, als sei er plötzlich wieder zur Besinnung gekommen. Er wischte sich über die Wangen und erhob sich mühsam. »Das hätten Sie sich klarmachen müssen, bevor Sie einen radikalen Rädelsführer hier anschleppen«, knurrte er. Dann steckte er sein Taschentuch wieder ein und ging an ihr vorbei in Richtung Tür.

Emma spannte den Kiefer an und schalt sich innerlich. Was hatte sie denn gedacht? Ein Herz aus Stein würde sich nie verwandeln. Sie drehte sich auf ihrem Stuhl um. »Jetzt wissen Sie wenigstens, was die Eltern der toten Kohlejungen mitmachen«, sagte sie. »Diese Leute verspüren denselben Schmerz. Dieselbe Trauer.«

Mr. Flint erstarrte und fuhr herum. »War es das, was Sie im Sinn hatten? Mir eine Lektion zu erteilen?«

»Nein«, sagte sie. »Ich würde niemandem den Tod eines geliebten Menschen wünschen, nicht einmal einer so gierigen und gemeinen Person wie Ihnen.«

»Wie können Sie es nur wagen?«, brüllte er. »Wegen Ihnen ist mein Sohn tot!«

»Haben Sie sich jemals gefragt, wie viele Mütter und Väter ihre Söhne wegen Ihnen verloren haben?«

Emma hatte die Worte kaum ausgesprochen, da stürzte Mr. Flint mit wilder Miene auf sie zu. Sie sprang auf und wich zurück. Ihr Herz hämmerte in ihrer Brust. Er drängte sie in die Ecke und hob seinen Stock, die Zähne gefletscht. Sie riss den Arm hoch, um sich zu verteidigen, und duckte sich in eine Lücke zwischen der Wand und einem Schubladenschrank.

»Aufhören!«, rief Frank.

Mr. Flint zielte auf Emmas Schädel und ließ den Stock niedersausen. Frank streckte schnell die Hand aus und fing ihn in der Luft ab.

»Sie hat nichts mit Levis Tod zu tun«, sagte Frank. »Und das wird uns auch nicht helfen, die Wahrheit herauszufinden.«

Mr. Flint ließ den Stock sinken und warf Frank einen langen Blick zu. Dann knurrte er, wankte durchs Büro zurück und stützte sich zwischendurch am Schreibtisch und am Stuhl ab. Als er schließlich zur Tür hinaus war, seufzte Emma erleichtert auf.

Frank starrte sie an. »Sind Sie vollkommen übergeschnappt? Dieser Mann kann Sie ohne jedes Gerichtsverfahren aufknüpfen lassen! Begreifen Sie das denn nicht?«

Emmas Beine waren weich, als sie ihre Ecke verließ und zu ihrem Stuhl zurückkehrte. »Dann haben wir nicht mehr viel Zeit. Geben Sie mir ein Blatt Papier. Ich muss den Brief schreiben, der dem Film beigelegt werden muss.«

Frank schüttelte resigniert den Kopf. »Das führt zu nichts Gutem.«

Sie setzte sich und schaute zu ihm hoch. »Helfen Sie mir nun oder nicht?«

Er fluchte leise vor sich hin und holte dann ein Blatt Papier aus der Schublade. Emma gab sich alle Mühe, ihre zitternden Hände still zu halten, und schrieb, so schnell sie konnte, ohne die Tinte zu verwischen. Frank saß auf der anderen Schreibtischseite und beobachtete sie. In ihrem Brief erklärte sie, wo sie die Bilder gemacht hatte, und wies darauf hin, dass Hazard Flint gegen das Kinderschutzgesetz von Pennsylvania verstieß, in seinem Bergwerk vieles schleifen ließ und jeden umbrachte, der sich ihm widersetzte. Dann berichtete sie, wie sie sich als

Kohlejunge und Grubenhelfer ins Bergwerk geschmuggelt hatte. Als ihr Levi Flint in den Sinn kam, fügte sie noch hinzu, dass er vieles hatte ändern wollen. Sein Name sollte nicht beschmutzt werden. Aber die Schuld liege nicht nur bei Hazard Flint, fuhr sie fort. Andere Grubenmeister, ihren Onkel eingeschlossen, hätten ebenfalls gegen das Gesetz verstoßen. Sie unterschrieb den Brief, nahm ihn in die Hand, pustete die Tinte trocken und faltete ihn dann zusammen.

»Ich brauche einen Umschlag«, sagte sie.

Frank streckte die Hand nach dem Brief aus. »Ich will ihn erst lesen.«

»Nein«, sagte sie. »Diesmal tun Sie das Richtige, erinnern Sie sich?«

Einen Moment lang schien Frank sich weigern zu wollen, aber dann verzog er das Gesicht, ließ den Arm sinken und kramte im Schreibtisch nach einem Umschlag.

KAPITEL 28

In der Morgendämmerung des nächsten Tages fuhr Emma aus dem Schlaf hoch, als im Schloss ihrer Zellentür ein Schlüssel herumgedreht wurde. Sie setzte sich auf und schaute zur Tür. Niemand zu sehen. Der Zellenblock war dunkel, nur eine vereinzelte Deckenlampe am anderen Ende des Flurs spendete ein schwaches gelbliches Licht. Im ersten Moment fragte sie sich, ob sie träumte. Sie hatte unruhig geschlafen und war die ganze Nacht hindurch zwischen schlimmen Albträumen und Träumen von Albert und ihren Eltern immer wieder aufgeschreckt. Zuweilen hatte sie das Gefühl gehabt, am Rande des Bewusstseins zu verharren, ohne genau zu wissen, wann die Träume endeten und die nur allzu realen Albträume begannen. Jetzt wurde ihr klar, dass das Schlüsselgeräusch von der Nachbarzelle kam. *Claytons Zelle.* Sie schwang die Beine über den Pritschenrand und eilte zur Tür. Das Einzige, was sie sehen konnte, war der Rücken eines Gefängniswärters. Quietschend öffnete sich eine Eisentür, und der Wärter verschwand in der Zelle.

»Sind Sie das, Frank?«, rief sie.

Keine Antwort.

Schwere Schritte durchquerten die Zelle, eine Metallpritsche knarrte, dann klang es, als würde ein Körper herumgewälzt und hochgehoben. Irgendwann kam der Wärter wieder in Sicht, den blutigen Arm eines Mannes über die Schulter gelegt. Stiefel schleiften über den Boden, jemand stöhnte. Halb schleppend, halb ziehend, beförderten zwei Wärter Clayton an Emmas Zelle vorbei. Frank war nicht dabei.

»Clayton!«, rief sie.

Er antwortete nicht. Die kalten Finger der Angst drückten ihr die Kehle zu.

»Wo bringen Sie ihn hin?«, rief sie.

Plötzlich stand Frank vor ihrer Zelle, und sie zuckte zusammen. »Mr. Flint wünscht, dass er auf die Krankenstation gebracht wird.«

»Wieso?«, fragte sie.

»Er möchte sich die Genugtuung nicht entgehen lassen, ihn am Ende eines Stricks zappeln zu sehen.«

»Wollen Sie damit sagen, dass er an der Schussverletzung sterben könnte?«

»Schwer zu sagen.« Frank klang matt. »Hängt vermutlich davon ab, wie hart er um sein Leben kämpft.« Er drehte sich um und ging.

»Warten Sie!«

Er kehrte zurück. »Was denn jetzt noch?«

»Haben Sie den Brief weggeschickt?«, flüsterte sie.

»Ich weiß nicht, wovon Sie reden«, sagte er und verschwand aus der Sicht.

Seine Schritte hallten durch den steinernen Zellenblock, dann öffnete sich quietschend eine schwere Tür, um sich mit einem lauten Knall wieder zu schließen. Emma kehrte in ihre Zelle zurück, ließ sich auf ihre Pritsche sinken und schlug die Hände vors Gesicht. Clayton musste einfach überleben, alles andere war undenkbar. Andererseits, was hatte er schon davon, wenn er dann doch aufgehängt wurde? Sie schloss die Augen, weil ihr die Tränen kamen, und bemühte sich krampfhaft, ihre wirbelnden Gedanken im Zaum zu halten. Da sie aber schon zu weinen angefangen hatte, konnte sie sich nicht mehr beherrschen. Sie dachte an Albert und ihre Eltern und schluchzte laut auf. Sie weinte um die Waisen, um die Mütter und Väter, die Kinder verloren hatten, um die im Bergwerk eingeschlossenen Männer, um die toten und verkrüppelten Kohlejungen und um alle anderen in dieser Stadt, die leiden mussten, um Hazard Flints Gier zu befriedigen.

Sie flehte, dass die Erschöpfung sie übermannen würde und wieder in Schlaf sinken ließe. Aber es war zwecklos.

In den nächsten Tagen hallte das steinerne Gebäude von Hammerschlägen und Sägegeräuschen wider. Unermüdlich kamen Zimmerleute an Emmas Zelle vorbei und schleppten Bauholz, Werkzeug, Seile und Schrauben herein. Sie lachten und scherzten, und während der Mittagspause, die sie ebenfalls im Zellenblock verbrachten, erkundigten sie sich bei den Wärtern, ob sie bei der Hinrichtung zuschauen dürften. Gelegentlich kam Frank zu Emmas Zelle. Er teilte ihr mit, dass die Zimmerleute im Zellenblock einen Galgen errichteten, und brachte sie auf den neuesten Stand der Entwicklungen am Bergwerk. Jeden Tag saß sie auf ihrer Pritsche, an die Wand gelehnt, die Arme um die Knie geschlungen, und verspürte abwechselnd herzzerreißenden Kummer, aufwühlende Wut und panische Angst. Immer wieder begann die Wunde an ihrem Arm zu bluten, aber der Schmerz verblasste vor dem Grauen.

Die Nachrichten aus dem Bergwerk waren verheerend. Siebzehn Männer und Jungen wurden immer noch vermisst. Rettungskräfte hatten zwei tote Maultiere im Schacht gefunden, und die überall vorherrschenden bösen Wetter, die berüchtigten tödlichen Grubengase, gaben wenig Anlass zur Hoffnung für die Eingeschlossenen. Ein paar Stunden nach dem Unfall war ein dampfbetriebener Ventilator eingetroffen, um die Gänge zu belüften, außerdem hatte man einen Baumwollschlauch in den Hauptschacht eingeführt, um Sauerstoff ins Bergwerk zu blasen und die Frischluftzufuhr in bestimmten Bereichen zu verbessern. Trotz der Belüftung aber waren die Rettungsmannschaften am späten Nachmittag des Tages nach der Explosion erst fünfundzwanzig Meter in den Eingangsschacht vorgedrungen. Sie mussten feststellen, dass die Belüftungsanlage und eine gleich daneben aufgeworfene Kohlehalde brannten, was alle Anstrengungen, Sauerstoff ins Bergwerk zu pumpen, aussichtslos erscheinen ließ. Da Schutt im Schacht die Luftzirkulation zusätzlich beeinträchtigte, entstanden weiterhin böse Wetter in tödlichen Mengen. Herabtropfendes Wasser löschte das Feuer schließlich, worauf man mithilfe von Zuluftventilatoren weitere Frischluftbereiche schaffen konnte. Gegen vier Uhr morgens konnten die Rettungskräfte endlich mehrere Hundert Meter in den Schacht vordringen, wo sie auf die ersten beiden Opfer stießen. Ihre Körper waren aufgedunsen, und aus den Mündern war Blut gesickert. Es handelte sich um den Vorarbeiter unter Tage und einen Maultiertreiber.

Am vierten Tag erreichten die Retter den östlichen Stollen, einen Durchstich von dem Schacht, der eingebrochen war. Dreißig Meter in seinem Innern stießen sie auf eine behelfsmäßige Barriere aus Kohle, Gesteinsbrocken, Holzresten, Schlamm und Leintuch. Die eingeschlossenen Bergleute hatten offenbar versucht, das Eindringen böser Wetter zu verhindern. Als die Rettungskräfte die Barriere einrissen, entdeckten sie dahinter die Leichen von neun Männern und Jungen. Sie schienen zu schlafen. Ein Vater hielt seinen Sohn im Arm, einige hatten die Hände zum Gebet gefaltet, andere lehnten an den Stollenwänden. Manche schienen noch um den letzten Atemzug gerungen zu haben, lagen mit dem Gesicht im Kohlenstaub oder hatten sich ihr Hemd um den Kopf gebunden. Ihre Augäpfel waren hervorgequollen, und an Mündern und Nasen klebte eingetrocknetes Blut. Jetzt bestand nur noch wenig Hoffnung, dass die restlichen sechs Vermissten lebend aufgefunden würden.

Mit jedem neuen Bericht wünschte Emma, sie wäre im

Bergwerk gestorben. All diese Bergleute, all diese Jungen, waren nur wegen ihr gestorben. Vielleicht verdiente sie es ja, gehängt zu werden. Nachdem die Zimmerleute den Galgen aufgebaut hatten, stellten die Wärter im Zellenblock Stühle auf, ordentlich in Reih und Glied. Als Emma es durch die Gittertür bemerkte, musste sie gegen die aufsteigende Panik ankämpfen, die ihr die Luft abzuschnüren drohte. Was war denn mit der Gerichtsverhandlung? Frank würde es ihr doch mitteilen, wenn sie alle drei direkt zum Galgen geführt würden, oder? Und sollte es keine Verhandlung geben, wen würden sie zuerst aufhängen? Nally? Oder Clayton, damit er nicht vorher an seinen Wunden starb? Immerhin war er die Verbindung zwischen ihr und Nally, sodass man ihm vielleicht die Verantwortung für das ganze Desaster in die Schuhe schob. Möglicherweise knüpfte man aber auch sie zuerst auf, weil sie sich ins Bergwerk eingeschlichen hatte und offensichtlich irgendetwas verheimlichte. Sie kehrte zu ihrer Pritsche zurück und wartete, krampfhaft bemüht, sich nicht zu übergeben.

Drei Stunden später hatte sich das Gefängnis bis zum letzten Stehplatz gefüllt, mit Männern in Anzügen, Frauen im Sonntagsstaat und dem gesamten Regiment der Coal and Iron Police. Das Schwatzen und Tratschen schwoll unentwegt an und ab und erfüllte das steinerne Gebäude mit dem elektrisierenden Fieber gespannter Erwartung und nervöser Vorfreude. Wie das Summen von Millionen von Bienen in einem gewaltigen Bienenstock hallten die Stimmen von den Wänden wider. Emma beobachtete das Treiben von ihrer Zellentür aus und wurde von einem Zittern ergriffen, nun, da das Unheil seinen Lauf nahm.

Frank erschien vor ihrer Zelle, schloss auf und befahl ihr herauszukommen. Jeder Herzschlag in ihrem Brustkorb glich einer Explosion, als sie seiner Anordnung folgte. Zu ihrem Entsetzen musste sie feststellen, dass Nally bereits auf dem

Galgenpodest stand, hoch über dem Boden des Zellenblocks. Seine Hände waren auf dem Rücken in Handschellen gelegt, seine Füße gefesselt. Eine Augenbraue war blutig und blau, die Lippe aufgeplatzt und eines seiner Augen zugeschwollen. Zwei Mitglieder der Coal and Iron Police standen neben ihm und schauten mit ungerührter Miene über die Menge hinweg. Zu beiden Seiten des Galgens standen bewaffnete Gefängniswärter.

Zwei weitere Wärter schleppten Clayton durch den Zellenblock zur ersten Reihe. Seine Haut war aschfahl, sein Gesicht schmerzverzerrt. Er trug ein Hemd, das nur am Kragen zugeknöpft war. Der rechte Ärmel war leer. Den Arm hatte man ihm unter dem Hemd an den Körper gebunden, und er trug einen weißen Brustwickel. Es schien ihm schwerzufallen, überhaupt wach zu bleiben. Emma wurde von einer maßlosen Angst gepackt. Sie schnappte nach Luft, weil sich ihre Kehle zuschnürte. *Sie werden uns alle aufhängen!*

Frank löste ihre Handschellen und führte sie in Richtung Galgen. Mit weichen Knien stolperte sie neben ihm her.

»Was ist mit der Gerichtsverhandlung?«, fragte sie, den Tränen nahe.

»Die hat man heute Morgen im Schnellverfahren abgehalten«, sagte er. »Das wäre auch in Mr. Flints Interesse gewesen.«

»Was meinen Sie mit ›wäre gewesen‹? Wo ist er denn?« Emma hielt in der Menge nach ihm Ausschau, konnte ihn aber nicht entdecken.

»Mr. Flint ist zurzeit unpässlich. Die Coal and Iron Police, die Grubenaufseher und die Vorarbeiter haben die Entscheidung in seinem Namen getroffen.«

»Aber das dürfen Sie nicht zulassen! Sie können doch nicht einfach …« Emma erstickte fast an ihren Worten und konnte nicht weiterreden.

»Seien Sie still«, sagte Frank hart.

Über ihr bevölkerten Zuschauer den Wandelgang im zweiten Stock und schauten neugierig herab. *Das kann gar nicht wahr sein,* dachte sie. *Vielleicht ist es ein Albtraum. Vielleicht schlafe ich ja.* Sie zerbrach sich den Kopf, ob sie noch etwas tun konnte, irgendetwas, das sie drei noch retten könnte, aber es fiel ihr nichts ein. Frank setzte sie auf einen Holzstuhl am Anfang der ersten Reihe und blieb neben ihr stehen, die Miene gefasst, die Arme hinter dem Rücken. Claytons Bewacher setzten ihn auf den Stuhl am anderen Ende der Reihe und drückten seinen Oberkörper an die Rückenlehne, als sei er eine Stoffpuppe. Sein Kopf sackte immer wieder auf die Brust. Der Wärter, der neben ihm stand, stieß ihn gelegentlich an, damit er gerade saß.

Am Ende des Zellenblocks ragte der hölzerne Galgen auf. Vorne am Sockel, in Richtung Publikum, waren zwei Balken zu einem Kreuz zusammengehämmert. Massive Holzstufen führten zum Podest hinauf. Dort hatte man aus drei Balken einen Rahmen errichtet, der bis in den zweiten Stock hinaufreichte, als handele es sich um eine Schaukel für Riesen. Ein dicker brauner Strick hing vom Querbalken herab. Am Ende des Stricks befand sich eine Schlinge.

Emma hatte das Gefühl, verrückt zu werden. *Wen werden sie nach Nally hängen?,* fragte sie sich. *Clayton? Mich?* Die Menge murmelte und zeigte auf den Galgen. Und auf Clayton. Und auf sie.

Emma schaute zu Frank hoch. »Clayton und ich haben nichts getan«, sagte sie. Ihre Zähne klapperten.

Frank ignorierte sie.

Vor dem Galgen stand ein Polizist mit einem grauen Bart und las aus einem sehr offiziell wirkenden Buch vor, aber Emma verstand nur Bruchstücke. »Schweren Mordes schuldig … Anstiftung zur Rebellion … haarsträubende Taten … kriminelle Vereinigung … Tod durch den Strang.« Als der Mann verstummte, zog einer der Polizisten auf dem Podest Nally eine schwarze Haube über den Kopf, sodass man sein Gesicht nicht mehr sah. Ein zweiter Polizist legte ihm die Schlinge um den Hals und zurrte sie hinter seinem linken Ohr fest. Dann traten beide zurück und legten die Hände an einen massiven Hebel, der aus dem Boden aufragte.

Emma sprang auf und wollte hinlaufen oder lautstark protestieren, aber Frank stieß sie auf ihren Stuhl zurück. »Ich hatte gesagt, Sie sollen still sein«, zischte er.

Die Menge verstummte. Der graubärtige Polizist drehte sich um und nickte. Seine beiden Kollegen auf dem Podest zogen an dem Hebel, und die Falltür unter Nallys Füßen klappte weg. Nally fiel hindurch. Die Klappe schwang wieder zurück, traf ihn am Kopf und stieß ihn zur Seite. Blut färbte die Haube über seinem Kopf noch dunkler. Irgendwann kam Nally am Ende des Seils zum Stillstand und begann augenblicklich, um sich zu schlagen. Das Blut spritzte unter der Haube hervor, rann ihm über Hals und Oberkörper, lief an seiner Hose hinab und tropfte auf den Boden. Er röchelte und fiepte in dem Versuch, Luft zu bekommen. Emma schloss die Augen und senkte das Kinn; bittere Galle stieg ihr in die Kehle. Frauen japsten. Auf der anderen Seite des Raums war ein dumpfer Knall zu hören, als sei jemand in Ohnmacht gefallen. Holz und Seil protestierten laut knarrend gegen das Gewicht von Nallys zappelndem Körper, bis man schließlich nur noch das leise Weinen und Schniefen der weiblichen Zuschauer hörte.

Emma schaute auf, Tränen in den Augen. Nally hing schlaff in der Schlinge. Die blutbedeckten Stiefel schwebten nur wenige Zentimeter über dem Boden. Frank fasste Emma mit einer Hand unter dem Arm und zog sie hoch. Sie versuchte sich seinem Griff zu entwinden, nicht bereit, kampflos in den Tod zu gehen.

»Wir wussten nicht, dass er eine Pistole hat!«, schrie sie. »Clayton und ich haben den Tod nicht verdient.«

Die Leute schauten herüber, und im selben Moment stieg der Geräuschpegel wieder an. Etliche Männer zeigten auf sie, und die Frauen steckten die Köpfe zusammen und schlugen die behandschuhten Hände vor den Mund. Frank packte ihren Arm noch fester und zog sie zu sich heran.

»Still!«, sagte er. »Heute sind Sie nur hier, um Nallys Hinrichtung beizuwohnen.«

Vor Erleichterung wich sämtliche Anspannung aus ihren Muskeln und Knochen, und Emma ging in die Knie. Hätte Frank sie nicht festgehalten, wäre sie zu Boden gestürzt. Ihre Sicht verschwamm, und einen kurzen Moment lang befürchtete sie, ohnmächtig zu werden. In den letzten Tagen war es ihr egal gewesen, ob sie lebte oder starb, ja, sie hätte den Tod fast begrüßt, um ihr schlechtes Gewissen zu erleichtern. Sobald sie aber die Schlinge des Henkers gesehen hatte, hatte sich alles in ihr gegen den Tod gesperrt. Ob sie zu feige war oder einfach einen unbändigen Lebenswillen hatte, vermochte sie nicht zu sagen.

Frank zog sie hoch und hielt sie fest, bis sie ihre Umgebung wieder scharf erkennen konnte. Die Menge verstreute sich bereits. Die beiden Wärter hatten Clayton ebenfalls hochgehievt und schleppten ihn fort. Emma sah ihm hinterher und fragte sich matt, ob die nächste Hinrichtung wohl die seine wäre.

KAPITEL 29

Von außen glich das Carbon County Courthouse eher einem Schloss oder einer Kirche als einem Gerichtsgebäude, mit seinen Türmen, den vier Stockwerke hohen Wänden aus Sandstein, der im Norden des Landes abgebaut wurde, und dem Glockenturm mit der viereckigen Uhr im schmiedeeisernen Zierrahmen. Nachdem man Nally gehängt hatte, waren ein Dutzend Reporter nach Coal River gekommen, um über das Grubenunglück und die Schießerei zu berichten. Jetzt standen sie zwischen den Einwohnern auf der Treppe zum Gericht und warteten auf das Ergebnis der Verhandlung. Kacheln aus Minton schmückten die imposanten Flure im Innern des Gebäudes, und die Wände des Gerichtssaals waren mit edlem Eichenholz getäfelt. Gaslampen sorgten für Licht, und ein Bleiglasporträt der Göttin der Gerechtigkeit schaute vom Deckengewölbe herab.

Emma saß im Zeugenstand, die Hände im Schoß verschränkt, und wartete auf die nächste Frage der Anklage. Ihr Verteidiger, Jacques Bonnet, ein dünner, grauhaariger Mann mit fleckigen Händen, verfolgte die Sitzung von einem schmalen Tisch vor dem Publikum aus. Nach dem Grubenunglück vor neun Tagen hatte man eine Jury aus größtenteils walisischen und deutschen Bergleuten zusammengestellt, die kaum Englisch sprachen und sich mit ihren amerikanischen und irischen Nachbarn nicht verstanden. Der Richter, der zufälligerweise ein alter Freund der Familie Flint war, kam aus Scranton. Gebeugt und mit dicken Tränensäcken unter den Augen hockte er auf seiner Bank wie ein betagter Bergbewohner;

seine langen, weißen Koteletten hingen noch über sein Doppelkinn hinaus. Nur zwei Reporter hatte er zu dem Prozess zugelassen, und die saßen jetzt in der ersten Reihe, schrieben mit und kritzelten auf ihren Blättern herum.

Neben dem Verteidiger saß Clayton, den Arm in einer Schlinge, das Gesicht aschfahl. Sein Blick war trüb. Offenbar würde er nichts lieber tun, als den Kopf auf den Tisch legen und schlafen. Auf dem Weg zum Zeugenstand war Emma hinter ihm hergegangen. Sie hatte ihm sanft über die Schultern gestrichen und die Fieberhitze gespürt, die durch sein Hemd drang. Es war unbegreiflich, dass man ihn angesichts seiner unübersehbaren Qualen tatsächlich vor Gericht schleppte. Andererseits, warum sollte das jemanden kümmern? Man würde ihn ja sowieso hängen.

In der zweiten Reihe saß Onkel Otis mit Tante Ida, die ausdruckslosen Augen auf den Richter und die Jury gerichtet, als weigere er sich, Emmas Anwesenheit auch nur zur Kenntnis zu nehmen. Tante Ida rutschte auf ihrem Sitz hin und her, nestelte an ihrer Brosche herum und zerkaute sich die Lippen. Gelegentlich ließ sie den Blick über die Zuschauer in ihrer Nähe schweifen, weil sie zweifellos in Sorge war, was die Leute wohl denken mochten. Percy saß mit besorgter Miene neben ihr.

Mit zitternden Fingern strich sich Emma die kurzen Locken aus der Stirn und versuchte, die bohrenden Blicke der Witwe des Vorarbeiters und der anderen Bergarbeiter und ihrer Familien zu ignorieren. Es war nicht ausgeschlossen, dass Sawyer, Jack, Edith, Sadie und Violet irgendwo in der Menge saßen, aber sie konnte sich nicht dazu überwinden, nach ihren bekümmerten Gesichtern Ausschau zu halten. Ihr Körper war schlaff wie ein Sack, und die scharfen Krallen der Schuld zerrten an ihrem Innern. Nicht nur, dass diese Waisenkinder Clayton für immer verlieren könnten, sondern es wurden auch immer noch sechs Bergleute vermisst.

Frank zufolge war Mr. Flint an dem Tag, als Emma ihn im Gefängnis so angeherrscht hatte, vor seinem Haus zusammengebrochen und seither ans Bett gefesselt gewesen. Der Arzt hatte ein schwaches Herz und einen geistigen Zusammenbruch diagnostiziert. Mr. Flint hatte jegliche Nahrung verweigert und in seinen Träumen nach Viviane und Levi geschrien. In den letzten Tagen hatte er sich ein wenig erholt, aber der Arzt hatte ihm davon abgeraten, an der Gerichtsverhandlung teilzunehmen – er sei noch zu schwach, um ständig an den Tag erinnert zu werden, da man seinen Sohn erschossen hatte. Mr. Flint hatte aber darauf bestanden, das Bett zu verlassen und zum Gerichtsgebäude gefahren zu werden. Jetzt saß er in der ersten Reihe und klammerte sich mit bleichen Händen an seinen Stock, als würde nur der ihn aufrecht halten. Sein Gesicht war eingefallen, und sein Teint hatte die Farbe von geronnener Milch. Gelegentlich richtete er seine müden Augen auf Clayton und runzelte die Stirn, als versuche er sich daran zu erinnern, was hier los war und wer dieser Mensch sein mochte. Dann senkte er den Blick wieder zu Boden, holte ein Taschentuch heraus und wischte sich über Stirn und Wangen.

»Waren Sie sich an jenem Freitag, dem 25. Oktober 1912, darüber im Klaren, dass Nally O'Brian eine Schusswaffe bei sich trug?«, fragte der Staatsanwalt.

»Nein, Sir«, antwortete Emma.

»Wussten Sie, dass er ein Mitglied der Molly Maguires war?«

»Einspruch!«, sagte der Verteidiger. »Es gibt keinerlei Beweise für die Existenz dieser Mollys. Wie hätte meine Mandantin wissen sollen, dass Nally Mitglied einer erfundenen Geheimgesellschaft war?«

»Nicht stattgegeben«, sagte der Richter. »Beantworten Sie die Frage, Miss Malloy.«

»Ich hatte noch nie etwas von den Molly Maguires gehört, bis mein Onkel mir von ihnen erzählt hat«, sagte sie. »Onkel Otis scheint eine Menge über sie zu wissen.« Tatsächlich konnte sie sich gar nicht erinnern, ob es Otis oder Mr. Flint gewesen war, der ihr von den Mollys erzählt hatte, aber das war ihr im Moment ziemlich egal.

Tante Idas Mund klappte auf, und sie bedachte Emma mit einem vernichtenden Blick. Alle Augen richteten sich auf Onkel Otis, der mit verschränkten Armen dasaß, das Gesicht starr geradeaus gerichtet.

»Es ist aber nicht Ihr Onkel, der vor Gericht steht, weil er eine Explosion im Bergwerk verursacht, Levi Flint umgebracht und gegen Hazard Flint intrigiert hat«, sagte der Staatsanwalt, drehte sich auf den Hacken um und stolzierte mit erhobenem Kinn an der Jury vorbei. Seine Finger spielten mit der Uhrkette, die aus seiner Weste heraushing.

Emma holte tief Luft. Jetzt oder nie. »Wo Sie schon vom Gericht reden, Euer Ehren«, sagte sie. »Wussten Sie, dass die Coal and Iron Police und die Grubenaufseher Nally O'Brian ohne ordentliches Verfahren gehängt haben?«

»Die letzte Aussage kommt nicht ins Protokoll!«, polterte der Richter. »Miss Malloy, unterlassen Sie es, zu sprechen, solange Sie nicht von mir oder einem der anwesenden Rechtsvertreter konkret befragt werden.«

»Aber das widerspricht sämtlichen Bestimmungen!«, sagte sie. »In diesem Land …«

Der Richter knallte seinen Hammer auf den Tisch. »Miss Malloy!«, sagte er. »Tun Sie, was ich sage, oder Sie werden wegen Missachtung des Gerichts belangt! Und jetzt halten Sie den Mund und machen Sie sich bewusst, dass es bei diesem Prozess um Ihr Leben geht!«

Sie biss die Zähne zusammen. »Ja, Euer Ehren.«

»Miss Malloy«, fuhr der Staatsanwalt fort. »Bitte erzählen

Sie der Jury, wo Sie gewohnt haben, bevor Sie an jenem schicksalhaften Tag ins Bergwerk gegangen sind.«

»In der Bergarbeitersiedlung.«

Der Staatsanwalt drehte sich um. »Wo in der Bergarbeitersiedlung?«, hakte er nach. »In wessen Haus?«

»Im Haus von Hazard Flint«, antwortete sie.

Der Staatsanwalt zog irritiert die Augenbrauen zusammen. »Im Haus von Hazard Flint?«

»Hazard Flint gehören sämtliche Häuser in der Bergarbeitersiedlung«, erklärte sie.

Ein Raunen ging durchs Publikum. In diesem Moment traten vier Männer in den Gerichtssaal und blieben an der Rückwand stehen. Einer trug Anzug und Krawatte, der zweite eine schwarze Uniform und einen Polizeihelm und die anderen beiden die Uniform der State Police. Emma hatte die Männer noch nie zuvor gesehen. Der Richter hatte sie ebenfalls bemerkt und schien sich schon erkundigen zu wollen, wer sie waren und was sie hier machten. Da die Männer aber einfach stehen blieben, schwieg er.

Der Staatsanwalt seufzte und näherte sich dem Zeugenstand. »In Ordnung, aber wer zahlt die Miete für das Haus, in dem Sie gewohnt haben, Miss Malloy?«

Emma schaute auf ihre Hände hinab. Wenn sie die Wahrheit sagte, würde es diese Leute nur in der Annahme bestärken, dass Clayton und sie hinter der Sache steckten.

»Bitte setzen Sie sich gerade hin und reden Sie deutlich«, forderte der Staatsanwalt sie auf.

Sie drückte die Schultern durch, hob das Kinn und schaute Clayton an. Er lächelte schwach, aber seine Augen waren traurig. »Bei Clayton Nash«, sagte sie.

Tante Ida presste ein Spitzentaschentuch an den Mund und schüttelte den Kopf.

»War Ihnen bewusst, dass Mr. Nash Mitglieder der Molly

Maguires eingeschleust hat, um sich gegen Hazard Flint und die Bleak Mountain Mining Company zu verschwören?«

»So war das nicht«, sagte Emma.

»Ist es nicht so, dass Sie und Nally O'Brian am selben Tag in Coal River angekommen sind? Und nicht nur am selben Tag, sondern sogar mit demselben Zug.«

»Doch«, sagte Emma. »Aber damals kannte ich Nally noch gar nicht. Es war reiner Zufall, dass wir im selben Zug saßen.«

»War es auch reiner Zufall, dass Sie im selben Haus gewohnt haben wie Clayton Nash, der Mann, der Nally O'Brian dazu angestiftet hat, Levi und Hazard Flint umzubringen?«

»Nein«, sagte sie. »Ich meine, doch! Mein Onkel hat mich rausgeworfen und ... Clayton hat niemanden zu irgendetwas angestiftet.«

»Haben Sie in der Nacht zum zweiten September zusammen mit Nally O'Brian und Clayton Nash Sargbriefe an Mr. Flints Tür geheftet?«

»Nein«, sagte sie. »Die Briefe haben uns genauso überrascht wie alle anderen auch!«

»Haben Sie die Explosion im Bergwerk verursacht?«

Sie schüttelte den Kopf. »Das war ein Unfall. Es hat einen Grubeneinbruch gegeben, und Nally hat eine Fackel fallen lassen.«

»Die Fackel, die er benutzt hat, um das Feuer zu legen?«

»Nein«, sagte sie. »Ich meine, ja. Die Fackel hat das Feuer ausgelöst, aber das war keine Absicht. Nally hatte die Fackeln nur dabei, damit ich genug Licht für die Fotos hatte.«

Der Staatsanwalt legte die Hände auf das Geländer vom Zeugenstand. »Sie wollen uns also weismachen, dass Nally eine Fackel dabeihatte, weil Sie im Bergwerk fotografieren wollten?«

»Ja, Sir.«

Der Staatsanwalt schien amüsiert. »Und wo ist dann die

Kamera? Warum ist sie nicht in die Beweisaufnahme eingeflossen?«

Sie nickte zu Frank hinüber, der am Ende der Richterbank stand. »Frank Bannister hat sie«, sagte sie. »Er sollte den …«

Just in diesem Moment trat der Mann in Anzug und Krawatte in den Mittelgang, eine Zeitung in der Hand. Die drei Uniformierten folgten ihm. »Euer Ehren«, sagte er. »Würden Sie mir bitte gestatten, vor dem Hohen Gericht zu sprechen?«

Der Richter runzelte die Stirn. Seine Mundwinkel zogen die speckigen Wangen herab. »Was hat das zu bedeuten, dass Sie sich hier einfach Zutritt verschaffen?«

Der Mann hielt ein Exemplar der *New York Times* hoch: Die Titelseite war mit grobkörnigen Schwarz-Weiß-Fotos gefüllt. »Mein Name ist Lewis Hine, ich bin Fotograf des Nationalen Komitees gegen Kinderarbeit«, sagte er. »Ich suche die Frau, die diese Fotos von den Jungen im Kohlebrecher gemacht hat. Emma Malloy?«

Alle Augen richteten sich auf Emma.

KAPITEL 30

Der Richter schlug mit seinem Hammer auf den Tisch. »Ich bestehe darauf, dass Sie umgehend meinen Gerichtssaal verlassen!«, sagte er. »Miss Malloy wird erst nach dem Prozess mit der Presse reden.«

»Lassen Sie uns doch anhören, was Mr. Hine zu sagen hat!«, rief einer der Reporter in der ersten Reihe. Er stand auf und ging mit gezücktem Notizbuch zu ihm hinüber. »Sie sagen, Miss Malloy habe im Kohlebrecher Jungen fotografiert und die Fotos seien jetzt in der *New York Times* abgedruckt?«

»Ganz richtig«, sagte Mr. Hine. »Sie hat der *New York Times* auch einen Brief geschrieben. Die Leute draußen auf der Eingangstreppe haben behauptet, wir könnten Miss Malloy und Hazard Flint hier drinnen finden. Wir würden gerne mit ihnen sprechen, um herauszufinden, was in dieser Stadt los ist.«

Diesmal ließ der Richter seinen Hammer mit aller Wucht auf den Tisch niedersausen. »Tun Sie, was ich gesagt habe, oder ich werde Sie wegen Missachtung des Gerichts drankriegen.«

Der Mann mit der schwarzen Uniform und dem Polizeihelm ging an Mr. Hine vorbei und blieb zwischen den Tischen der Anwälte stehen. Die Männer von der State Police, die ihm gefolgt waren, nahmen ihn in ihre Mitte. Er zog eine Marke hervor.

»Ich bin der State Constable des Pennsylvania Office of Factory Inspection – der Werkskontrolle des Bundesstaats Pennsylvania«, sagte er an den Richter gewandt. »Miss Malloy hat uns zur Kenntnis gebracht, dass Hazard Flint und die Bleak Mountain Mining Company gegen das Gesetz zur Kinderarbeit verstoßen, welches besagt, dass Kinder unter zwölf Jahren nicht im Kohlebrecher arbeiten dürfen und Kinder unter vierzehn Jahren nicht im Bergwerk. Wir wurden auch darüber unterrichtet, dass der Grubenbesitzer nicht die gesetzlichen Bestimmungen für den Betrieb eines Bergwerks einhält und etliche Todesfälle vertuscht hat.«

Der Richter warf Mr. Flint einen nervösen Blick zu und erhob sich. »Mr. Flint steht heute nicht vor Gericht«, sagte er. »Und jetzt verlassen Sie meinen Gerichtssaal, oder ich werde Sie wegen Behinderung der Justiz verhaften lassen!«

Im nächsten Moment redeten alle Anwesenden durcheinander. Erneut knallte der Richter seinen Hammer auf den Tisch und forderte Ruhe im Gerichtssaal. Niemand beachtete ihn. Mit knallrotem Gesicht winkte er den Gerichtsdiener herbei.

In der ersten Reihe rutschte nun Mr. Flint auf die Stuhlkante und hievte sich mithilfe seines Stocks auf die Beine. Gesicht und Hände zitterten, als er sich bemühte, das Gleichgewicht zu halten. Schließlich klammerte er sich an das Geländer vor ihm. Mit einem schweren Seufzer schaute er sich um, die Lippen zusammengepresst, als könne er nur mit Mühe ein Zittern unterdrücken. Als die Leute merkten, dass er aufgestanden war, verstummten sie nach und nach, stießen auch ihre Nachbarn an und zeigten auf ihn. Allmählich kehrte Ruhe ein. Alle starrten Mr. Flint an und fragten sich, was er wohl vorhatte. Der Richter knallte noch zweimal mit seinem Hammer auf den Tisch, merkte dann aber, dass Mr. Flint ihn anschaute, und setzte sich. Den Saaldiener wies er an, erst einmal abzuwarten. Schließlich herrschte Totenstille im Raum.

»Euer Ehren«, sagte Mr. Flint. »Wenn Sie gestatten, würde ich die Gelegenheit gerne nutzen, um eine Aussage zu machen.

Ich habe etwas Wichtiges mitzuteilen. Eine gute Geschichte für die anwesenden Reporter.«

Der Richter runzelte die buschigen Augenbrauen. »Was soll das, Mr. Flint? Wir hatten die heutige Verhandlung fast abgeschlossen und …«

»Ich war es, der Nally O'Brian angeheuert hat«, erklärte Mr. Flint.

Im Saal brach ein Tumult los. Alle keuchten und redeten und riefen wild durcheinander, bis der Richter wieder nach seinem Hammer griff. Aber es kehrte Ruhe ein, bevor er ihn benutzen musste, weil alle wissen wollten, wie es weitergehen würde.

»Sie stehen hier nicht vor Gericht«, sagte der Richter. »Und wenn Sie darauf beharren, in diesem Moment als Zeuge aufzutreten, muss ich das Verfahren für ungültig erklären.« Er zeigte mit dem Hammer auf Emma und Clayton. »Sind Sie sich absolut sicher, dass Sie das Risiko eingehen wollen, diese beiden laufen lassen zu müssen?«

»Warum darf der Mann nicht einfach ausreden?«, sagte der State Constable. »Wir haben doch alle gehört, was er gesagt hat.«

»Das stimmt«, sagte Mr. Hine. Er deutete mit dem Kinn auf die Reporter. »Und es ist alles protokolliert. Sie wollen doch nicht, dass es so aussieht, als würden *Sie* die Justiz behindern, Euer Ehren?«

Der Richter wollte etwas erwidern, als jemand aus dem Publikum rief: »Nun lassen Sie Mr. Flint doch reden!«

Andere stimmten in die Forderung ein. Der Richter hob die Hand, um sie zur Ruhe zu bringen, und wandte sich dann an Hazard Flint. »Fahren Sie fort.«

»Ich muss es tun, Euer Ehren«, sagte Mr. Flint. »Es ist meine Schuld, dass Levi tot ist.« Er hielt inne, und sein Kinn zitterte. Dann holte er tief Luft und schaute zu den Bergleuten und ihren Familien hinüber. In seinen Augen glitzerten Tränen. »Und nun, da ich weiß, was es bedeutet, einen Sohn zu verlieren, möchte ich mich bei den Eltern der verstorbenen Kohlejungen und aller anderen Jungen, die im Bergwerk zu Tode gekommen sind, aufrichtig entschuldigen. Jetzt weiß ich, was für Qualen Sie ausgestanden haben, und ich kann gar nicht sagen, wie leid es mir tut, dass meine Gier die Ursache dafür war.« Mit Blick auf den Richter erklärte er: »Ich muss die Dinge klarstellen, ein für alle Mal.«

»Verstehe«, sagte der Richter. »Aber sind Sie sich wirklich sicher, dass Sie sich das nicht für Ihre sonntägliche Beichte aufsparen wollen?«

Mr. Flint schüttelte den Kopf, schlurfte dann aus seiner Sitzreihe und ging, schwer auf seinen Stock gestützt, nach vorne. Er nahm die Bibel, reichte sie dem Verteidiger, legte seine zitternde Hand darauf und hob die andere hoch. Der Verteidiger sprach den Eid.

»Das entspricht nicht den Verfahrensregeln«, rief der Staatsanwalt.

Der Richter brachte ihn mit einer Handbewegung zum Schweigen, lehnte sich zurück und verschränkte die Arme. »Der Sohn dieses Mannes ist tot«, sagte er. »Lassen Sie ihn reden.«

Mr. Flint nahm die Hand von der Bibel, räusperte sich und hob dann mit rauer Stimme zu sprechen an.

»Vor ein paar Monaten habe ich Nally O'Brian angeheuert, damit er sich unbemerkt unter die Bergleute mischt. Ich habe ihn dafür bezahlt, Mordkomplotte und bevorstehende Streiks aufzudecken und mir Informationen darüber zukommen zu lassen, damit ich die Unruhestifter verhaften lassen kann. Mir war nicht klar, dass er ein Mitglied der Molly Maguires war.«

Der Richter beugte sich vor. »Schön und gut«, sagte er. »Aber Nally O'Brian ist bereits für den Mord an Ihrem Sohn angeklagt und gehängt worden. Inwiefern hat das, was Sie hier sagen, etwas mit den beiden Angeklagten zu tun? Ich muss darauf bestehen, dass Sie aufhören, sich selbst zu bezichtigen. Sie sind der Eigentümer der Bergwerksgesellschaft, die nahezu jeden Bürger dieser Stadt beschäftigt. Es würde den sozialen und wirtschaftlichen Niedergang von Coal River bedeuten, wenn Sie das Unternehmen schließen müssten.«

»Ich bin nicht mehr der rechtmäßige Eigentümer, Euer Ehren«, erklärte Mr. Flint. »Die Bleak Mountain Mining Company gehörte der Familie meiner verstorbenen Frau, nicht mir. Vivianes Sohn ist der rechtmäßige Eigentümer.«

Der Richter zog die Brauen hoch. »Wovon in Gottes Namen reden Sie, Mann?«, fragte er. »Es tut mir leid, dass ich Sie daran erinnern muss, aber Vivianes Sohn Levi ist tot. Deshalb sind wir ja hier!«

Das Publikum flüsterte hinter vorgehaltener Hand. Mitleidig und ungläubig wurden Köpfe geschüttelt.

Mr. Flint hob eine zitternde Hand und wartete, bis alle wieder ruhig waren. »Ich weiß, dass es so klingen muss, als habe ein alter Mann den Verstand verloren, aber hören Sie mich bitte an. Ich rede nicht von Levi. Ich rede über Vivianes anderen Sohn. Sie alle kennen die Geschichte von der Entführung unseres zweiten Sohns. Und Sie wissen auch, dass meine wunderbare Viviane so verzweifelt war über den Verlust des Babys, dass sie sich in der Kuppel meines Hauses aufgehängt hat.« Er hielt inne, und sein Mund zuckte, als würde er dagegen ankämpfen, laut loszuschluchzen. »Jetzt verstehe ich auch, warum sie das getan hat. Vergib mir, Herr, aber ich verstehe es wirklich. Der Schmerz über den Verlust eines Kindes ist unerträglich. Nur dass ich jetzt hier stehe, um Ihnen eine Lüge zu gestehen. Meine wunderschöne Viviane ist für nichts und wieder nichts gestorben, weil die Entführung niemals stattgefunden hat.«

Ein schockiertes Raunen lief durch den Saal.

»Aber was, wenn Sie uns das bitte verraten würden, hat das mit der heutigen Verhandlung zu tun?«, fragte der Richter.

»Haben Sie doch ein wenig Geduld mit mir«, bat Mr. Flint, zog ein Taschentuch aus der Tasche und wischte sich über die Augen. »Sie müssen wissen, dass ich vor all diesen Jahren herausfand, dass Viviane eine Affäre hatte. Als sie zum zweiten Mal schwanger wurde, wusste ich nur zu gut, dass das Kind nicht von mir sein konnte. Also beauftragte ich meinen Knecht damit, das Neugeborene fortzuschaffen, und schob die Entführung dem Kindermädchen in die Schuhe. Das Lösegeld habe ich benutzt, um sie auszuzahlen, damit sie für immer verschwand.«

Das Gemurmel im Publikum wurde lauter. Die Miene des Richters verfinsterte sich. »Hazard Flint, wollen Sie etwa hier in meinem Gerichtssaal einen Mord gestehen?«

Mr. Flint schüttelte den Kopf. »Nein, Euer Ehren«, sagte er. »Gott weiß, dass ich mir viele schreckliche Dinge habe zuschulden kommen lassen, mit denen ich wohl oder übel leben muss. Sie können mich verhaften, weil ich gegen Gesetze verstoßen, Sicherheitsbestimmungen missachtet und den Tod von Kohlejungen vertuscht habe. Das habe ich wahrlich verdient, da gebe ich Miss Malloy recht. Aber ich habe nie ein unschuldiges Baby umgebracht oder jemanden dafür bezahlt, es zu tun. Ich habe meinen Knecht angewiesen, das Kind in die Bergarbeitersiedlung zu bringen und auf der Veranda meines ehrlichsten und fleißigsten Arbeiters abzulegen. Charlie Nash.«

Man hörte, wie alle gleichzeitig nach Luft schnappten. Emma starrte Clayton an, und auf ihren Armen bildete sich eine Gänsehaut. Clayton fixierte Mr. Flint, die Lippen leicht geöffnet, die Augenbrauen hochgezogen.

»Vivianes Sohn Clayton Nash ist nun der rechtmäßige

Eigentümer der Bleak Mountain Mining Company«, sagte Mr. Flint. »Ich übergebe ihm das Unternehmen in der Hoffnung, dass er es besser macht als ich.«

In diesem Moment flog die Tür auf, und ein kleiner Junge kam in den Saal gestürzt. »Man hat die restlichen Bergleute gefunden. Lebendig!«, keuchte er.

Geschäftiger Lärm brach aus, als die Bergleute und ihre Familien aufsprangen und sich den Weg zur Tür bahnten. Die bessere Gesellschaft von Coal River blieb sitzen, tuschelte hinter vorgehaltener Hand und ließ schockierte Blicke zwischen Clayton und Mr. Flint hin- und herschwirren.

Der Richter knallte ein letztes Mal mit seinem Hammer auf den Tisch. »Klage abgewiesen!«, rief er.

Emma ließ den Kopf sinken. Tränen der Erleichterung schossen ihr in die Augen.

KAPITEL 31

Als Emma aufschaute, hatte sich Clayton erhoben und kam auf den Zeugenstand zu. Die Anwälte diskutierten, was soeben geschehen war, gestikulierten wild und schüttelten ungläubig den Kopf. Frank stützte Mr. Flint und versuchte, ihn von einem der beiden Reporter abzuschirmen. Der andere befragte Lewis Hine und den State Constable, kritzelte etwas in sein Notizbuch, behielt dabei aber stets Clayton im Auge. Sicher hatte er ihn längst als nächsten Gesprächspartner auserkoren. Im Publikum waren ein paar Leute aufgestanden und näher gekommen, um zu lauschen. Andere sahen von der Galerie aus zu. Emma trat mit zitternden Beinen aus dem Zeugenstand. Da sie keine zusätzliche Aufmerksamkeit auf sich ziehen wollte, widerstand sie dem Impuls, Clayton entgegenzulaufen und ihm in die Arme zu fallen. Wie in Zeitlupe kam er näher, bis er schließlich vor ihr stand. Einige Sekunden lang schauten sie einander einfach nur an. Seine Augen waren immer noch glasig vom Fieber und vielleicht auch vom Schock.

Schließlich fragte er: »Geht es dir gut?«

Sie nickte und nahm seine Hand. »Und dir?«

Bevor er antworten konnte, sah Emma, dass der zweite Reporter sich näherte. Weitere Reporter drängten durch die Tür herein und kamen den Gang entlanggeeilt. Emma schaute sich im Gerichtssaal um und suchte eine Fluchtmöglichkeit. Der Richter verschwand durch die Tür hinter der Richterbank. Ein Stück weiter befand sich eine Tür mit der Aufschrift: WARTERAUM ZEUGEN. Dorthin zog sie Clayton nun.

»Nein, hier entlang«, sagte jemand und packte Emma am

Arm. Kampflustig drehte sie sich um. Es war Percy. »Nehmt den Ausgang neben der Geschworenenbank«, sagte er. »Wenn ihr den Flur bis zum Ende durchgeht, erreicht ihr eine Tür, die nach draußen führt.«

Emma schenkte Percy ein dankbares Lächeln und eilte mit Clayton zu der Tür. So schnell es ging, durchquerten sie den Flur und traten ins Freie, um auf dem Treppenabsatz schließlich innezuhalten und sich zu orientieren. Über die Steintreppe zur Rechten erreichte man einen Weg, der an der Gebäudeseite entlang zur Vorderseite führte. Vom Wegrand fiel die Landschaft allmählich ab, um sich jenseits eines trägen Bachs in Form einer Granitwand wieder zu erheben. Ein Wasserfall stürzte den Felsen hinab und erfüllte die Luft mit seinem beruhigenden Rauschen. Hinter dem Wasserfall ragte der kiefernbestandene Bleak Mountain in den blauen Himmel. Eine Brise war aufgekommen und vertrieb vorerst den Dunst aus dem Tal. Emma kam es so vor, als nehme sie die Schönheit der Natur von Coal River zum ersten Mal wahr. Ihr Atem beruhigte sich, und sie schaute Clayton an, der aus einem Albtraum zu erwachen schien.

»Ich kann es immer noch nicht glauben, was da gerade geschehen ist«, sagte sie. »Ich dachte, wir würden beide …«

Er schlang seinen heilen Arm um sie und zog sie an seine Brust. »Pscht, ich weiß. Aber jetzt ist es vorbei. Jetzt kann uns nichts mehr passieren.« Vor lauter Angst, es könne sich vielleicht nur um einen Traum handeln, presste sie sich an ihn, um sein Herz an ihrer Brust schlagen zu spüren. Er küsste sie auf den Kopf. Endlich lösten sich die Angst und Trauer der vergangenen Tage in seinen starken Armen auf. Er drückte sie noch fester an sich. Sie lächelte zu ihm auf, Tränen in den Augen, und nun küsste er sie auf die Lippen, lang und ungestüm. Irgendwann entzog sie sich ihm und schaute zu ihm hoch.

»Es tut mir so leid, dass Nally auf dich geschossen hat«, sagte sie. »Hast du noch große Schmerzen?«

»Mir geht es gut«, sagte er. »Und mit jedem Tag wird es besser.«

»Gott sei Dank.«

»Was ist mit dir?«, fragte er. »Was ist mit deinem Arm?«

»Der ist so gut wie verheilt.« Sie streckte die Hand aus und streichelte sein Gesicht. »Ich bin so froh, dass es dir gut geht. Das hätte ich mir nie verziehen, wenn dir etwas zugestoßen wäre.«

»Es war nicht deine Schuld.«

»Aber wenn ich nicht darauf bestanden hätte, ins Bergwerk zu gehen ... Wenn ich nicht ...«

»Wenn du nicht darauf bestanden hättest, wäre Hazard Flint immer noch in Amt und Würden, und alles wäre geblieben, wie es ist.«

»Aber die anderen Bergleute würden noch leben, wenn ...«

Er legte ihr einen Finger an die Lippen. »Es hat einen Grubeneinbruch gegeben«, sagte er. »Das war ebenfalls nicht deine Schuld. Hier wird jetzt alles besser, und das verdanken wir nur dir. Wenn du die Fotos nicht an die *New York Times* geschickt hättest, hätte Hazard Flint nie ein Geständnis abgelegt. Ihm war klar, dass er mit dem Rücken zur Wand stand. Jeder der Männer, die gestorben sind, wäre dir dankbar dafür.«

Sie legte den Kopf an seine Brust, einen Kloß im Hals, und betete, dass er recht haben möge. Nach einer Weile richtete sie sich auf und schaute ihn fragend an. »Hattest du auch nur die Spur einer Ahnung, dass du der Sohn von Viviane Flint sein könntest?«

Er schüttelte den Kopf. »Nein. Ich dachte, meine Mutter und mein Vater seien ... meine Eltern.«

»Es tut mir so leid«, sagte sie. »Nicht auszudenken, wie es dir damit gehen muss. Andererseits *waren* die Leute, die dich aufgezogen haben, ja deine Eltern. Sie waren es, die dich geliebt haben. Sie haben dir beigebracht, was Gut und Böse ist. Sie waren es, die dich zu dem Menschen gemacht haben, der du bist. Das ist alles, was zählt, und daran wird sich auch nichts ändern.«

Er lächelte und legte ihr sanft die Hand an die Wange, die Augen von Liebe und Dankbarkeit erfüllt. »Ich liebe dich, Emma Malloy.«

Sachte strich sie ihm die Haare aus der Stirn. Er war der überwältigendste Mann, dem sie je im Leben begegnet war. Selbst jetzt, so fiebrig und blass, fand sie ihn umwerfend. Während seine Muskeln und Knochen vor Männlichkeit nur so strotzten, war sein Gesicht so empfindsam, sein Blick so fürsorglich. »Ich liebe dich auch.«

»Nur eine Frage hätte ich noch«, sagte er. »Wirst du in Coal River bleiben und dein Werk zu Ende bringen?«

Sie sah zu ihm auf und musste an ihren Entschluss denken, Coal River so schnell wie möglich zu verlassen, wenn sie den Kohlejungen geholfen haben würde. So viel war seither geschehen, und so vieles würde sich jetzt ändern. Vielleicht sollte sie bleiben und schauen, wie sich die Dinge entwickelten. Clayton konnte ihre Hilfe vielleicht gebrauchen. Wie könnte sie außerdem den Mann verlassen, den sie liebte? Sie nickte, und er grinste.

Der Moment wurde zerstört, als eine Gruppe von Reportern um die Ecke geschossen kam und auf sie zustürzte.

»Was ist das für ein Gefühl, plötzlich zu erfahren, dass man Viviane Flints verlorener Sohn ist?«, rief einer von ihnen.

»Wie schnell werden Sie die Bleak Mountain Mining Company übernehmen?«, fragte ein anderer.

Clayton und Emma küssten sich noch einmal, dann seufzten sie und stellten sich den Fragen.

KAPITEL 32

Emma stand am Fenster des Ballsaals von Nash Mansion, ehemals bekannt als Flint Mansion, und schob den roten Samtvorhang beiseite. Es war Anfang Mai. Fast ein Jahr war seit ihrer Rückkehr nach Coal River vergangen, und der Schnee in den Wäldern oben auf den Bergen war endlich geschmolzen. Von ihrem Standort aus sah sie den Fluss, ein silbergraues Band, das die Landschaft zwischen den Bergen und dem östlichen Stadtrand durchschnitt. Wenn sie jetzt auf das wirbelnde Wasser schaute, wurde sie nicht mehr von Trauer und Entsetzen überwältigt. Der Fluss war nichts als eine mächtige Wasserstraße inmitten von Felsen, wilden Tieren und Bäumen, deren Äste sich zurzeit mit Knospen überzogen. Er war Teil der Erde und ebenso dem Willen der Menschen unterworfen wie die Menschen selbst. Coal River trug nicht die Schuld am Tod ihres Bruders, nicht mehr als die Berge, die diese Stadt umgaben. Die Menschen, die hier lebten und arbeiteten, waren die treibende Kraft hinter den Ereignissen der Vergangenheit, und sie waren es auch, die darüber entschieden, was in Zukunft geschah.

Nach Mr. Flints Geständnis vor Gericht hatte der State Constable ihn und seine Schergen, Frank eingeschlossen, verhaftet und ins Gefängnis von Scranton verbracht. Die ehrlichen Grubenaufseher und Bergleute wiederum hatten Onkel Otis, Tante Ida und die anderen gewissenlosen Bosse aus der Stadt verjagt.

Clayton hatte die Bleak Mountain Mining Company übernommen, und nach ein paar Monaten konnte das instand gesetzte Bergwerk wiedereröffnet werden. Hazard Flints Geld war größtenteils auf den Namen der Gesellschaft angelegt, und so konnte Clayton es nutzen, um gefährliche Maschinen auszutauschen, Notausgänge anzulegen und ein angemessenes Belüftungssystem einzubauen. Die neuen Aufseher und Vorarbeiter hatte er selbst ausgesucht, außerdem zahlte er angemessene Löhne und tauschte die Kohlejungen gegen erwachsene Männer aus. Die Bergleute erhielten Geld, um Scheunen zu bauen, und Vieh, um autarker leben zu können. Der Laden der Bergwerksgesellschaft wurde umbenannt in Albert & Michael's General Store, die Preise wurden gesenkt, und den Bergleuten stand nun frei, wo sie einkaufen wollten.

Bevor er ins Herrenhaus eingezogen war, hatte Clayton bei einer Auktion in Scranton Bilder, Teppiche und Möbel verkauft und den Erlös für die Bergarbeiterfamilien und Waisen von Coal River bestimmt. Jetzt füllten schlichte Möbel und selbst gewebte Teppiche, die man den Bergarbeiterfrauen und armen Handwerkern aus Pennsylvania abgekauft hatte, die Räume. Die Dinge liefen besser, als Emma es sich je zu träumen gewagt hätte.

Sie ließ den Vorhang los. Ihr Magen kribbelte, so aufgeregt war sie. Was, wenn es heute nicht so lief, wie sie sich das vorgestellt hatte?

Die Doppeltür zum Ballsaal öffnete sich, und Clayton kam nervös gestikulierend herein.

»Haben wir genug Tische?«, fragte er.

Sie schlängelte sich zwischen den Holzbänken und Holztischen hindurch und ging ihm entgegen. »Ich hoffe es!«

»Was ist mit der Tafel?«, fragte er. »Ist sie groß genug?«

Sie betrachtete die frei stehende Tafel, die er bestellt hatte. »Ja, die ist perfekt.«

»Brauchst du sonst noch etwas?«, fragte er. »Hast du genug Kreide? Bücher? Lineale?«

»Ja!«, sagte sie. »Ja! Und jetzt hör endlich auf, dich verrückt zu machen. Du hast Vorräte für eine halbe Ewigkeit besorgt.« Sie kaute auf ihrer Lippe herum. »Mich beschäftigt eher, wie viele eigentlich kommen. Klar, ich weiß natürlich, dass Sawyer, Jack, Edith, Sadie und Violet da sein werden. Sie leben schließlich nur ein Stockwerk höher, aber ...«

Clayton nahm sie in die Arme. »Keine Sorge, Mrs. Nash. Du hast das Vertrauen so vieler Bergleute und ihrer Familien gewonnen, und der Rest wird dann schon nachziehen, wenn sie erst einmal sehen, wie prima die Kinder sich machen. Wieso sollten all die Jungen außerdem nicht zur Schule kommen, wo sie doch wissen, dass sie eine so wunderschöne Lehrerin haben?« Er küsste sie auf den Mund, lang und fest.

Jemand klopfte an die offene Tür. Es war ihr Cousin Percy.

»Emma?«, sagte er. »Da ist jemand für dich.«

»Oh«, sagte sie, hob den Saum ihres Rocks und wollte zu ihm gehen.

»Nein«, sagte Percy und zeigte auf die Balkontür. »Sie warten da unten auf dich.«

Verwirrt wandte sie sich in Richtung Balkon. Ihr Verstand lief auf Hochtouren, und in Gedanken ging sie ein letztes Mal die Ansprache durch, die sie vorbereitet hatte, um die Schüler in ihrer neuen Schule willkommen zu heißen. Sie vergegenwärtigte sich noch einmal ein paar Regeln und ihre Überlegungen, wie sie die Kinder fürs Lernen begeistern wollte. Ob sie den Kindern erst eine Geschichte vorlesen sollte oder ob die Kinder erst einmal einzeln aufstehen und sich vorstellen sollten, hatte sie immer noch nicht entschieden. Am wichtigsten war es ihr, dass die Kinder sie mochten, damit sie wiederkamen. Sie griff nach der Klinke der Balkontür, zögerte dann aber, weil sie plötzlich Sorge hatte, dass die Bergarbeiterfrauen gekommen waren, um ihr mitzuteilen, dass die Kinder besser daheim halfen, als in die Schule zu gehen.

Nachdem sie noch einmal tief durchgeatmet hatte, öffnete Emma die Doppeltür und trat auf den sonnigen Balkon hinaus. Dort blieb sie wie angewurzelt stehen und legte die zitternden Finger an die Lippen. Ihr Blick verschwamm. Clayton kam heraus, stellte sich neben sie und grinste, als er über die Brüstung schaute. Auf dem penibel gestutzten Rasen unter ihnen standen Dutzende von Mädchen und ehemaligen Kohlejungen, die darauf warteten, an ihrer ersten Schulstunde in Coal River teilnehmen zu dürfen. Hinter den Kindern, in der Nähe des Marmorbrunnens im Vorgarten, stand Michael und hob die Hand. Und lächelte zum ersten Mal in seinem Leben. Emma hatte nie herausgefunden, woher er von Albert wusste oder ob ihr Bruder tatsächlich in Verbindung zu ihr hatte treten wollen. Für heute würde sie sich wohl damit abfinden müssen, dass es auf diese Frage vielleicht keine Antwort gab. Heute galt es, in die Zukunft zu schauen.

ANMERKUNG DER AUTORIN

Bei der Arbeit an *Das verlorene Medaillon* habe ich mich auf folgende Literatur gestützt: *Early Coal Mining in the Anthracite Region* von John Stuart Richards, *Growing Up in Coal Country* von Susan Campbell Bartoletti und *Historical Account of the Mollie Maguires* von A. Monroe Aurand jr. Es ist mir wichtig, darauf hinzuweisen, dass ich das Datum des Artikels in der *Scranton Times* geändert habe und ihn im Interesse der Handlung nicht 1902, sondern erst 1912 erscheinen lasse. In der Zeit, in der mein Roman spielt, war John Mitchell schon nicht mehr Präsident der United Mine Workers of Amerika (UMWA). Wichtig ist mir auch der Hinweis, dass Lewis Hine eine historische Person ist und mithilfe seiner Fotos die Kinderarbeit in verschiedenen Wirtschaftszweigen angeprangert hat: im Kohlebergbau, in Baumwollspinnereien, in Fabriken, in der Zeitungsindustrie, in der Meeresfrüchteindustrie, in der Landwirtschaft und im Einzelhandel. Die Stadt Coal River, Pennsylvania, ist fiktiv und hat kein Vorbild in einer existierenden Stadt.

DANK

Wieder ist es mir eine große Freude, den Menschen zu danken, die mich bei der Arbeit an diesem Buch unterstützt und immer an mich geglaubt haben.

An meine Leser, meine Fans im Internet und die Menschen in meiner näheren und weiteren Umgebung: Danke für eure herzliche Ermunterung und euren ungebrochenen Enthusiasmus. Das bedeutet mir wirklich enorm viel.

Tausend Dank an meine Freunde und meine Familie, die es mir ermöglichen, Abgabetermine einzuhalten, indem sie mir die Zeit zum Schreiben lassen, die meine Erfolge mit mir feiern und außerdem immer für mich da sind, wenn ich mal aus meiner Schreibstube hervorkriechen muss. Seid versichert, dass es mir nur durch eure Freundschaft und unerschütterliche Liebe möglich ist, Romane zu schreiben.

An meinen Mentor William Kowalski: Danke für das Fundament, das es mir ermöglicht, meinen Weg zu gehen – ich habe es beim Schreiben stets im Hinterkopf. Dir werden immer mein tiefster Respekt und meine Dankbarkeit gebühren.

Dank an meine unerhört talentierte »kreative Familie«, dass ihr mich davor bewahrt, verrückt zu werden. Wir haben in den letzten vier Jahren eine abenteuerliche Reise unternommen, und ich verdanke es meinen Glückssternen, dass wir die Höhen und Tiefen dieses Geschäfts weiterhin gemeinsam erleben werden.

Unendliche Liebe und Dankbarkeit geht an meine Freundin und kosmische Schwester Barbara Titterington, die einen frühen Entwurf gelesen hat und genau weiß, wie mein Gehirn funktioniert. Gemeinsam erspüren wir die Welt.

Wieder einmal ein aufrichtiger Dank an meinen wunderbaren Lektor John Scognamiglio für die Unterstützung und das fortgesetzte Vertrauen in mich. Und Dank auch an die anderen Mitarbeiter von Kensington für all die harte Arbeit hinter den Kulissen. Ich bin vom Glück gesegnet, dass ich ein so fantastisches Team an meiner Seite habe.

Die Entstehung dieser Geschichte verdanke ich meinem Agenten und treuen Freund Michael Carr. Danke für die wertvollen Ratschläge, für die harte Arbeit daran, diesen Roman stärker zu machen, und dafür, dass du weiterhin alles verkörperst, was man von einem Agenten nur erwarten kann. Zu sagen, dass ich für deine Weisheit und Führung dankbar bin, wäre eine grobe Untertreibung.

Und wie immer aus tiefstem Herzen Dank an meine geliebten Eltern Sigrid und Ted für ihre unwandelbare Liebe, Unterstützung und Freundschaft und an meinen Ehemann Bill für seinen unbeirrbaren Glauben an mich. Du bist mein bester Freund und größter Held. Unendliche Liebe und Dankbarkeit gebührt auch meinen Kindern Ben, Jessica, Shanae und Andrew und meinen wundervollen Enkeln Rylee, Harper und Lincoln. Danke, dass ihr mich liebt und an mich glaubt. Ihr seid der Grund meines Seins.

In den dunkelsten Straßen von New York

Jennifer Donnelly

Straße der Schatten

Roman

Aus dem Amerikanischen
von Ulrike Budde
Pendo, 448 Seiten
€ 19,99 [D], € 20,60 [A]*
ISBN 978-3-86612-398-4

1890, New York. Für Josephine Montfort scheint das Leben vorgezeichnet: Eine arrangierte Ehe und ein häusliches Leben. Dabei möchte sie viel lieber Journalistin werden. Doch eine Tragödie reißt sie aus ihren Träumen ihr Vater stirbt durch seine eigene Waffe. Josephine begibt sich gemeinsam mit dem Reporter Eddie Gallagher auf eine Spurensuche, die sie in die gefährlichsten New Yorker Viertel führt ...

PENDO

Leseproben, E-Books und mehr unter **www.pendo.de**